NORWAY
挪威
SWEDEN
瑞典
DENMARK
丹麥
OSLO
奧斯陸
STOCKHOLM
斯德哥爾摩
COPENHAGEN
哥本哈根
Gulf Bothnia of
波的尼亞灣
Baltic Sea
波羅的海
Bottenviken Perameri
博滕灣
Skagerrak
斯卡格拉克海峽
Kattegat
卡特加特海峽
Trondheim
Bergen
Stavanger
Kristiansand
Goteborg
Malmo
Uppsala
Gavle
Sundsvall
Umea
Lulea
Kiruna
Narvik
Bodo
Aalborg
Arhus
Odense
Bornholm (Denmark)
Gotland
Oland
Vanern
Vattern
Turku
Vaasa
Oulu
Gdansk
Gdynia
Kaliningrad
RUS
FIN

White Sea
白 海
Kandalakšskaja Guba
坎達拉克沙灣
FINLAND
芬
Suomen selkä
蘭
RUSSIAN FEDERATION
俄 羅 斯 聯 邦
Bottenviken Perameri
博滕灣
Gulf Bothnia of
波的尼亞灣
Gulf Of Finland
芬蘭灣
HELSINKI
赫爾辛基
TALLIN
塔林
ESTONIA
愛沙尼亞
Ladozskoe Ozero
拉多加湖
STOCKHOLM
斯德哥爾摩
RIGA
里加
Liivi Laht
里加灣
LATVIA
拉 脫 維 亞
LITHUANIA
立 陶 宛
VILNIUS
維爾紐斯
BELARUS
白 俄 羅 斯
MINSK
明斯克
RUSSIA
俄 羅 斯
Kaliningrad
Gdansk
Baltic Sea
波 羅 的 海
瑞

Norwegian Sea
挪威海
北極圈
North Sea
北海
UNITED KINGDOM
英
NORWAY
挪威
DENMARK
丹麥
典
OSLO
奧斯陸
COPENHAGEN
哥本哈根
Skagerrak
斯卡格拉克海峽
Kattegat
卡特加特海峽
Goteborg
哥德堡
Karlstad
卡爾斯塔德
Stokmarknes
Hadseloya
Austvagoy
Vestvagoy
Stamsund
Lodingen
Leknes
Moskenesoya
Moskenes
Moskenesoy
Vestfjorden
Skutvik
Nordfold
Landegode
Rost
Bodo
Loding
Fauske
Sandhornoy
Bejarn
Lnndyr
Rognan
Ornes
Glomfjord
Storjord
Vagaholmen
Nesoya
Kilboghamn
Tomma
Stokkvagen
Mo
Donna
Nesna
Sandnessjoen
Korgen
Heroy
Mosjoen
Forvik
Tarnaby
Gladstad
Vega
Bronnoysund
Trofors
Brenna
Terrak
Majavatn
Klimpfjall
Vikna
Foldereid
Rorvik
Kolvereid
Brekkvasselv
Hoylandet
Gaddede
Sor-Flatanger
Namsos
Nordli
Grong
Bangsund
Snasa
Sorli
Valsjobyn
Malm
Afjord
Steinkjer
Stromsund
Froya
Hellesvik
Brekstad
Verdalsora
Levanger
Kolasen
Follinge
Hitra
Valset
Rissa
Sandvika
Ronnofors
Hammerdal
Sandstad
Trondheim
Meraker
Are
Jarpen
Hopen
Smola
Aure
Orkanger
Melhus
Storlien
Ostersund
Kristiansund
Leira
Hallen
Storsjon
Brunflo
Tingvoll
Meldal
Storen
As
Eide
Alen
Ljungdalen
Bortnan
Molde
Hjellset
Berkak
Storsjo
Svenstavik
Sunndalsora
Fjallnes
Andalsnes
Roros
Funasdalen
Ratansbyn
Alesund
Oppdal
Os
Vemsdalen
Ostavall
Sjoholt
Romsdalen
Fosnavag
Tynset
Ytterhogdal
Bremangerlandet
Orstavik
Hjerkinn
Alvdal
Storsatern
Lesjaskog
Maloy
Dombas
Harjedalen
Svag
Korskrogen
Nordfjordeid
Norberg
Atnbrua
Hanestad
Drevsjo
Sandane
Lom
Floro
Eikefjord
Otta
Akrestrommen
Sarna
Lovnasvallen
Forde
Alhus
Osterdalen
Vinstra
Samstugan
Vastbacka
Vilnes
Dale
Vik
Skjolden
Elstad
Koppang
Sogndal
Urnes
Nybergsund
Fulunas
Lovnas
Sula
Lavik
Kaupanger
Lillehammer
Tanneng
Fagernes
Rena
Gudvangen
Borgund
Leira
Mora
Siljan
Brumunddal
Limedsforsen
Valdres
Gjovik
Hamar
Leksand
Knaivik
Vossavangen
Gol
Malung
Djuras
Askoy
Dale
Geilo
Hallingdal
Nes
Flisa
Vansbro
Store
Sotra
Bergen
Kinsarvik
Brandbu
Sollet
Osoyra
Rodberg
Raholt
Kongsvinger
Fredriksberg
Huftaroy
Rosendal
Numedal
Honefoss
Jessheim
Torsby
Lesjofors
Lillestrom
Skare
Rjukan
Kopparberg
Bomlo
Leirvik
Skare
Roldal
Haukeligrend
Drammen
Skotterud
Sunne
Filipstad
Sanda
Ski
Arvika
Hauge-sund
Notodden
Hokksund
Mysen
Hovden
Askim
Forshaga
Karmoy
Kopervik
Sand
Setesdal
Notodden
Moss
Arjang
Kristinehamn
Bykle
Kvitesid
Bo
Skudenes-Havn
Sarpsborg
Grums
Skien
Halden
Kumla
Tau
Porsgrunn
Sande-fjord
Amal
Saffle
Stavanger
Sandnes
Larvik
Tveitsund
Steneby
Kragero
Stromstad
Backefors
Vanern
Hova
Bryne
Bygland
Tonstad
Svenes
Risor
Tanumshede
Mellerud
Mariestad
Helleland
Evje
Egersund
Arendal
Orust
Vanersborg
Kvinesdal
Flekkefjord
Lillesand
Lysekil
Vara
Skara
Skovde
Lyngdal
Stenungsund
Vestbygd
Kristiansand
Vargarda
Vadstena
Mandal
Sogne
Tjorn
Kungalv
Alingsas
Lerum
Ulricehamn
Huskvarna
Skagen
Boras
Hirtshals
Hjorring
Frederikshavn
Kungsbacka
Vrigstad
Gislaved
Bronderslev
Vestero
Fjerritslev
Alborg
Varberg
Varnamo
Smalandsstenar
Thisted
Logstor
Thyboron
Hadsund
Torup
Nykobing
Anholt
Ljungby
Halmstad
Almhult
Hobro
Struer
Skive
Randers
Holstebro
Viborg
Grena
Osby
Angelholm
Ringkobing
Ebeltoft
Orkelljunga
Ringkobing Fjord
Arhus
Helsingborg
Kristianstad
Skanderborg
Hillerod
Skjern
Landskrona
Brande
Horsens
Horby
Juelsminde
Lund
Varde
Vejle
Malmo
Sjobo
Fano
Fredericia
Kalundborg
Roskilde
Ystad
Esbjerg
Kolding
Slagelse
Ribe
Odense
Koge
Trelleborg
Romo
Hederslev
Nyborg
Korsor
Aabenraa
Faaborg
Svendborg
Vordingborg
Nordfriesische Lnseln
Westerland
Tonder
Rudkobing
Nakskov
Kruse
Harrislee
Nykobing
Rugen
Wyk
Flensburg
Rodbyhavn
Sassnitz
Bredstedt
Schleswig
Putthardten
Gedser
Stralsund
Husum
North Roe
Shetland Is.
Foula
Lerwick
Fair Isle
Westray
Sanday
Kirkwall
Melvich
Thurso
John o' Groat's
Wick
Dormoch
Tain
Invergordon
Elgin
Banff
Fraserburgh
Fochabers
Peterhead
Huntly
Ballater
Aberdeen
Banchory
Stonehaven
Brechin
Montrose
Arbroath
Dundee
Kirkcaldy
Crail
Leven
North Berwick
Berwick
Melrose
Kelso
Hawick
Jedburgh
Alnwick
Warkworth
Otterburn
Brampton
Penrith
Darlington
Whitby
Northallerton
Thirsk
Settle
Scarborough
York
Bridlington

NORWAY
挪威
SWEDEN
瑞典
DENMARK
丹麥
FINL
芬
RUSSI
俄羅斯
OSLO
奧斯陸
STOCKHOLM
斯德哥爾摩
COPENHAGEN
哥本哈根
北極圈
Gulf Bothnia of
波的尼亞灣
Bottenviken Perameri
博滕灣
Baltic Sea
波羅的海
Skagerrak
斯卡格拉克海峽
Kattegat
卡特加特海峽
Vestfjorden
維斯特峽
Storsjon
Siljan
Vanern
Vattern
Gotland
Oland
Bornholm (Denmark)
Kaliningrad
加里寧格勒
Gdansk
Gdynia
TAL

MILLENNIUM · III

LUFTSLOTTET SOM SPRANGDES

直搗蜂窩的女孩

史迪格·拉森 Stieg Larsson／著　顏湘如／譯

目錄 · CONTENTS

第一部

走廊上的插曲

四月八日至十二日

據估計，美國南北戰爭期間約有六百名婦女參戰。她們女扮男裝投身軍旅。在這方面，好萊塢錯過了文化史上重要的一章——又或者就意識形態而言，這段歷史太難處理？歷史學者經常努力研究那些不遵守性別分際的女性，而再也沒有其他議題比武裝戰鬥更清楚地畫出這條分際線。（直至今日，女性參與瑞典傳統的麋鹿狩獵活動仍會引發爭議。）

但古往今來，有許許多多女戰士、女中豪傑的故事，其中最著名的便以戰士女王、統治者與領導者的身分名留青史。她們迫於情勢不得不扮演邱吉爾、史達林或羅斯福的角色：來自尼尼微的賽蜜拉米斯建立了亞述帝國，以及帶領英國人發動一次最血腥的戰役反抗羅馬占領軍的博蒂卡，只是其中兩個例子。泰晤士河上的西敏寺橋旁、大笨鐘正對面，還豎立了一座博蒂卡的紀念雕像。若有機會經過，別忘了向她打個招呼。

然而話說回來，歷史對於那些拿著槍、隸屬軍隊、在戰場上和男人扮演同樣角色的普通女兵，卻是著墨不多。其實幾乎沒有一場戰爭是沒有女兵參與的。

第一章

四月八日星期五

直升機預定降落前五分鐘，護士妮坎德將約納森醫師喚醒。這時剛好就快凌晨一點半。

「什麼事？」他困惑地問。

「救援直升機就快到了。兩名傷患，一名男性和一名較年輕的女性，女性受槍傷。」

「好吧。」約納森無力地說。

雖然只睡了半小時，卻覺得不太清醒。他在約特堡索格恩斯卡醫院急診室值夜班，眞是令人精疲力竭的一晚。打從傍晚六點開始値班，就有四人因爲在連多姆外圍開車對撞被送到醫院來，其中一人到院前便宣告死亡。此外，他爲林蔭大道某餐廳的一名女侍治療意外燙傷的雙腿，並救了一個四歲男童的命，男童因爲吞下玩具車輪，到達醫院時已呈現呼吸衰竭。他還替一個騎單車摔進水溝的女孩處理傷口；單車道盡頭那條水溝是道路維修單位決定開挖的，示警的柵欄卻倒在洞裡。女孩臉上縫了十四針，還得換兩顆新門牙。最後則是一個太熱中工作的木匠，不知怎地竟削下自己一大塊拇指，也是約納森幫忙縫合。

到了十二點半，不斷湧入急診室的人潮終於緩和下來。他繞了一圈，巡視病患的情況後，才回到員工寢室想休息一下。他得値班到早上六點，即使沒有人掛急診，也幾乎無暇睡覺。但今天他幾乎是一熄燈便入睡。

妮坎德護士遞給他一杯茶。關於即將送達的病患，她並未接獲任何細節。

約納森看見外頭海面上有閃電。他知道直升機即將抵達。忽然間一陣傾盆大雨打在窗上，暴風雨已悄悄侵襲約特堡。

他聽見直升機的聲音，看著它在間歇性強風中斜斜地飛向停機坪準備降落。有一度他緊張地屏氣凝神，因爲駕駛似乎快失去控制。接著直升機從他的視野消失，只聽見降落前引擎速度減慢的聲音。他很快喝了口茶，然後放下杯子。

約納森趕到緊急入院區與他們會合。另一名值班醫師卡塔琳娜．霍姆負責照顧先被推進來的患者——一名頭纏繃帶的年老男子，顯然臉上受了重創。另一名受槍傷的女子留給約納森照護。他迅速地作了目視檢驗：傷者看來像是青少女，全身髒兮兮、血淋淋，受傷十分嚴重。他掀起救援人員裹在她身上的毛毯，發現臀部和肩膀的傷口用絕緣膠帶綁著，心想此舉相當聰明，膠帶能阻隔細菌侵入還能止血。有一顆子彈由她的臀部外側射入，直接穿透肌肉組織。接著他輕輕抬起女孩的肩膀，確認子彈穿入背部的傷口位置。沒有射出的傷口，代表子彈還在她肩膀裡面。只希望沒有射穿肺部，而由於女子口中沒有血，因此他認定八成沒有傷到肺。

「照X光。」他對一旁的護士說，而且只說這句就夠了。

隨後他剪開急救人員纏在她頭部的繃帶，一看見另一個射入傷口，不由得驚呆了。女子頭部中彈，而且也沒有射出的傷口。

約納森醫師呆愣片刻，低頭望著女孩，內心感到沮喪。他常常形容自己的工作就像守門員。每天都有人來到他的工作地點，雖然各有各的狀況，目的卻都相同：爲了求助。也許是在諾斯坦購物中心突然心臟病發的老婦人，也許是左肺被螺絲起子刺穿的十四歲男孩，也許是吸毒後連續跳舞十八個鐘頭，最後倒地跌得鼻青臉腫的少女。他們有些是在工作場所意外受傷，有些是慘遭家暴；有些是在瓦薩廣場被狗攻擊的小孩，也有些是手工靈巧的男人，本來只想拿電鋸鋸幾塊木板，卻莫名其妙地割到手腕骨。

因此約納森醫師便是守在病患與殯葬業者之間的守門員。他的任務是決定該怎麼做，假如決定錯誤，病患可能會死，也可能清醒後一輩子殘廢。不過他作的決定多半都是正確的，因為絕大多數傷患都有一個顯而易見又明確的問題。肺部被刺傷或車禍撞傷都是特殊、清晰可辨、可以處理的問題。傷者能否存活得視傷勢與約納森醫師的技術而定。

但他最痛恨兩種傷。一是嚴重燒傷，因為無論採取何種措施，傷者幾乎都逃不了終生痛苦的結果。另一種則是腦部創傷。

躺在輪床上這個女孩，無論臀部有一塊鉛或肩膀有一塊鉛都能活命，但鉛塊卡在腦部卻是完全不同層級的創傷。他正想得入神，忽然聽到護士妮坎德好像說了什麼。

「抱歉，我剛剛沒注意聽。」

「是她。」

「什麼意思？」

「是莉絲．莎蘭德，因為斯德哥爾摩的三屍命案，過去幾個星期一直被警方追捕的女孩。」

約納森又看了看傷患失去意識的臉，頓時發現妮坎德說得沒錯。這幾星期以來，全瑞典的人——包括他在內——都在每個報攤外的新聞看板上看過她的護照相片。如今凶手本身遭到槍殺，也算是一種浪漫的正義吧。

但這不是他關心的重點。他的職責是救活病患，不管她是三屍命案凶手，或諾貝爾獎得主，又或兩者皆是。

緊接著，有效率的混亂爆發了，這在全世界每間急診室皆然。與約納森醫師一同值班的人員開始著手進行指定任務。莎蘭德的衣服被剪開，一名護士為她測量血壓，一〇〇／七〇，醫師則將聽診器放在她的胸口，她的心跳規律得出乎意料，但呼吸卻不太正常。

約納森毫不猶豫便將莎蘭德的情況列爲危急。她肩膀與臀部的傷口只要以止血繃帶，或甚至用不知道是誰突發靈感所使用的絕緣膠帶包紮，便可稍後再作處理。現在要緊的是她的頭。約納森吩咐以醫院最近購買的新型精密掃描儀進行斷層掃描。

安德斯．約納森醫師金髮藍眼，是瑞典北部烏麥歐的人，已在索格恩斯卡與東方醫院工作二十年，先後擔任過研究員、病理學者與急診室醫師。他有一項成就令同儕感到驚訝，也讓其餘和他共事的醫護人員感到榮幸，那就是他曾發誓不讓自己値班時接收的任何病患死去，神奇的是他果眞維持了零死亡率。當然，還是有些病患去世了，但總是死於後續治療或是與他的治療全然無關的原因。

他的醫學觀念有時有點離經叛道。他認爲醫生經常作出自己無法證實的結論，意思是說他們太輕易就放棄，又或者在緊急階段花太多時間去研究病患的問題所在，以便決定理想的治療方式。這當然是正確的程序，問題是當醫生還在考慮時，病人恐怕就要死了。

不過約納森從未收過腦部中彈的傷患，他很可能需要一位腦部外科醫師。要切入腦部的一切理論知識他都懂，但他壓根不認爲自己是個腦部外科醫師。雖然覺得力有未逮，卻又頓時發現自己或許堪稱幸運。在清洗雙手、換上手術衣之前，他找來護士妮坎德。

「斯德哥爾摩的卡蘿琳斯卡醫院有一位來自波士頓的美國醫師，名叫法蘭克．艾利斯，他今晚剛好人在約特堡，就住在林蔭大道的瑞迪遜飯店，剛剛發表了一場腦部研究的演說。他和我交情不錯。妳能不能幫我問一下電話號碼？」

約納森還在等X光結果，妮坎德便拿著瑞迪遜飯店的電話回來了。約納森撥了電話，飯店的夜班櫃檯人員堅持不肯這麼晚還吵醒房客，約納森不得不以一些激烈言詞強調情況的嚴重性，電話才終於接通。

「早啊，艾利斯。」聽到終於有人接電話，約納森隨即說道：「我是約納森。你想不想來索格恩斯卡幫忙動個腦部手術？」

「你在唬弄我嗎？」艾利斯已居住瑞典多年，瑞典話說得很流利（儘管仍帶有美國腔），但每當約納森和他說瑞典話，他總是用母語回答。

「艾利斯，我很遺憾錯過你的演講，但希望你能私下替我授課。這裡有個年輕女孩頭部中彈，子彈從左耳正上方射入。我非常需要有人提供意見，除了你我想不出更好的人選。」

「那麼很嚴重囉？」艾利斯坐起來，雙腳跨下床沿，揉了揉眼睛。

「患者二十來歲，只有射入傷口，沒有射出傷口。」

「她還活著？」

「脈搏微弱但規律，呼吸較不規律，血壓一〇〇／七〇。另外肩膀和臀部也都各中一槍，但這兩處我知道怎麼處理。」

「聽起來有希望。」艾利斯說。

「有希望？」

「如果有人頭部中彈又沒死，就表示還有希望。」

「我明白……艾利斯，你能幫我嗎？」

「約納森，我今晚和一群好友聚會，一點才上床，酒精濃度肯定很驚人。」

「作決定、動手術的人還是我，我只是需要有人來看看我有沒有做錯什麼。說到評估腦部傷害，就算是醉醺醺的艾利斯教授也比我厲害好幾級。」

「好吧，我去，但你可是欠我一個人情。」

「我會叫計程車到飯店大廳外等你，司機知道讓你在哪裡下車，妮坎德護士會去接你，為你打點好一切。」

艾利斯有一頭烏黑頭髮，略帶幾根花白，還有傍晚才冒出來的深色鬍碴。他有點像影集「急診室的春天」裡的演員。從那身強健的肌肉可以看出他每星期都會上健身房幾個小時。他推推眼鏡，搔搔頭背，兩眼凝視著電腦螢幕上，傷患莎蘭德腦部的每個角落。

艾利斯很喜歡瑞典的生活。最初是在七〇年代末以交換學者的身分來這裡待了兩年，後來經常往返，直到有一天斯德哥爾摩的卡蘿琳斯卡醫院提供給他一份固定工作。當時，他已經聞名國際。

十四年前，他和約納森在斯德哥爾摩一場座談會上相識，發現兩人都是飛蠅釣迷。他們一直保持聯絡，還相約去過挪威與其他地方釣魚，但卻從未共事過。

「這樣找你來，我很抱歉，可是……」

「沒關係。」艾利斯無所謂地揮揮手。「只不過下次釣魚你得請我喝一瓶克拉格摩爾威士忌。」

「好，我很樂意付這樣的代價。」

「幾年前，我在波士頓有個病人——我在《新英格蘭醫學雜誌》上寫過這個案例。那個女孩和你這個病人同樣年紀，當時她正要走進大學校園，忽然有人拿十字弓射她，箭從左眉外緣射入，直接穿透她的頭，從接近頭背正中央的地方穿出。」

「她沒死？」

「她來醫院的時候像沒事一樣。我們割斷箭桿，掃描她的頭部。箭從她的腦直穿而過，不管怎麼看，她都應該已經死亡，或至少因爲受到巨大創傷而陷入昏迷。」

「她狀況如何？」

「她始終意識清楚。還不僅如此，當然她確實嚇壞了，但完全沒有喪失理性。唯一的問題就只是頭骨裡插了一支箭。」

「結果你怎麼做？」

「我呢，拿起鉗子、拔出箭來，然後包紮傷口。大概就是這樣。」

「她活下來，還說出事情經過？」

「她的情況顯然很嚴重，但事實上她當天就能出院回家。我很少看到比她更健康的病患。」

約納森心裡納悶，不知道艾利斯是否在捉弄他。

「不過，」艾利斯繼續說道：「幾年前我在斯德哥爾摩也有一名四十二歲的病患，頭撞到窗臺後馬上覺得不舒服，便叫救護車送急診。我趕到時他已經不省人事。他只有一個小腫塊和非常輕微的瘀傷，但始終沒有恢復意識，在加護病房待了九天就去世了。直到今天我還是不知道他的死因。解剖報告中寫的是意外導致腦出血，但對於這樣的判斷，我們沒有人感到滿意，因爲出血量微乎其微，又是在一個應該毫無影響的部位。但偏偏他的肝、腎、心、肺一一失去功能。我年紀愈大，愈覺得這就像是玩俄羅斯輪盤。我想我們永遠也研究不出大腦確實的運作情形。」他說著用筆敲敲螢幕。「你打算怎麼做？」

「我還希望你告訴我呢。」

「讓我聽聽你的診斷。」

「好吧，第一，這似乎是小口徑的子彈，從太陽穴射入之後，卡在大腦約四公分深處，緊貼著側腦室。那邊有出血。」

「你要從何著手？」

「套用你的話，拿起鉗子，將子彈從它穿入的途徑取出。」

「好主意。我會用你手邊最薄的鉗子。」

「就這麼簡單？」

「不然還能怎麼辦？如果把子彈留在裡面，她或許能活到一百歲，也可能有風險，說不定會造成癲癇、偏頭痛等等病症。我最不建議的做法就是在她腦袋鑽洞引出血水，等一年後傷口本身都癒合了再動手術。子彈並不在主要血管附近，所以我會建議你把它夾出來……不過……」

「不過什麼？」

「子彈我倒是不太擔心，她到現在還活著是個好預兆，表示她也能捱得過子彈取出的過程。眞正的問題在這裡。」他指指螢幕。「射入傷口四周有大大小小的骨頭碎片，我能看到的至少就有十來片數毫米長的碎片，有些嵌在大腦組織裡。你一不小心，她就可能喪命。」

「那是不是和數字與數學能力相關的大腦部位？」約納森問道。

艾利斯聳聳肩。「胡說八道。我不知道這些特殊的灰色細胞有什麼用。你只能盡力。你來動手術，我會在你後面看著。」

麥可．布隆維斯特抬頭看看時鐘，凌晨三點剛過。因為手被銬著，覺得愈來愈不舒服，便稍微閉一下眼。他實在累斃了，卻靠腎上腺素支撐著。他重新睜開眼睛，狠狠地瞪了警察一眼。湯瑪斯．鮑爾松巡官臉上露出震驚的表情。他們此時坐在離諾瑟布羅不遠處，一座名叫哥塞柏加的白色農舍內的餐桌旁。布隆維斯特就在不到十二小時前，才第一次聽說這個地方。

關於此地發生的慘劇，他沒有否認。

「白癡！」布隆維斯特罵道。

「你給我聽好了……」

「白癡！」布隆維斯特又罵一次。「我警告你，他真的很危險。我說過你得把他當成活的手榴彈處理。他至少徒手殺死了三個人，身材壯得像坦克一樣。而你竟然當他是個週末夜的醉漢，只派幾名鄉下警察去捉他！」

布隆維斯特再次閉上眼睛，暗想著今晚不知還會出什麼事。

他在午夜剛過時找到莎蘭德，見她傷勢嚴重，連忙找來警察和救援人員。

唯一順利的一件事就是他說服他們派出直升機，將女孩送往索格恩斯卡醫院。他詳細描述了她受傷與頭部中彈的情形，救援隊中有個聰明的傢伙聽懂了。

儘管如此，塞維直升機空勤隊派出的「美洲獅」號，還是花了超過半小時才抵達農舍。布隆維斯特已先將兩輛車駛出穀倉，並打開車頭燈照亮屋前田野間可供降落的地區。

直升機組員與兩名醫護人員以專業的態度按照既定程序處理。一名醫護人員負責莎蘭德，另一人照料亞力山大．札拉千科，也就是當地人所認識的卡爾．阿克索．波汀。札拉千科是莎蘭德的父親，也是她的天敵。他原本打算殺死她，但沒有成功。布隆維斯特在農場的柴房裡發現他時，他臉上被劃開一道很深的傷口——很可能是斧頭砍的——一條腿也受到重創，不過布隆維斯特並未費心去檢視。

等候直升機之際，他盡可能地救助莎蘭德。他從衣櫃取出一條乾淨床單，剪開做繃帶。她頭部射入傷口處的血已凝結，他不知道該不該纏上繃帶，最後只是讓布條鬆鬆地套在頭上，主要是避免傷口接觸到細菌或塵土。不過他倒是以最簡單的方式，爲她臀部與肩膀的傷口止了血。他在屋裡找到一捲絕緣膠帶，便用這個來封住傷口。醫護人員表示，就他們的經驗而言，這是一種嶄新的包紮法。此外他還用溼毛巾盡可能替莎蘭德擦去臉上的塵土。

他沒有回到柴房去照顧札拉千科，老實說他根本不在乎那個男人，但還是用手機連絡了愛莉卡．貝葉，告訴她當下的情況。

「那**你**還好吧？」愛莉卡問他。

「我沒事。」布隆維斯特回答：「眞正有危險的是莉絲。」

「可憐的孩子。」愛莉卡說：「今天晚上我讀了畢約克寫給國安局的報告。我應該怎麼處理？」

「我現在沒力氣想那個。」布隆維斯特說道。「秘密警察的事得等到隔天再說。」

他與愛莉卡交談時，就坐在長凳旁的地板上，一面留意著莎蘭德。先前爲了包紮她臀部的傷口，脫掉她的鞋子和褲子，這時他的手不小心碰到丟在長凳旁的褲子口袋，裡面好像有東西。拿出來一看，是一部 Palm Tungsten T3。

他皺皺眉頭，目不轉睛地注視這部掌上型電腦良久，聽到直升機接近時，才連忙將它塞進自己夾克的內袋，隨後又搜遍莎蘭德所有口袋。他另外找到一副摩塞巴克公寓的鑰匙，和一本伊琳．奈瑟的護照，也全都迅速地放進他手提電腦袋的外側口袋。

直升機降落幾分鐘後，特羅海坦警局的托騰森與英格瑪森駕著第一部巡邏車抵達，接著到達的是鮑爾松巡官，他也立刻掌控全局。布隆維斯特開始向他解釋來龍去脈，但很快便察覺鮑爾松是個自大、死板的教官型人物。布隆維斯特說了半天，鮑爾松好像一句也沒聽進去，自從他到了以後，事情才真正出岔。

他似乎只聽懂一件事：現在躺在廚房長凳旁地板上受醫護人員照顧的重傷女孩，便是三屍命案嫌犯莎蘭德。而最重要的是他得逮人。鮑爾松也不管醫護人員忙得不可開交，連問了三次能不能立刻逮捕這女孩，最後逼得醫護員起身大吼，要該死的鮑爾松別妨礙救人。

鮑爾松這才將注意力轉移到柴房裡受傷的男人，布隆維斯特聽見他以無線電通報，說莎蘭德顯然又企圖殺人。

這時布隆維斯特對於鮑爾松把他的話當馬耳東風憤怒至極，忍不住吼著要他立刻打電話給斯德哥爾摩的包柏藍斯基巡官，甚至還掏出自己的手機，主動要替他撥電話，鮑爾松卻毫不在意。

接下來布隆維斯特犯了兩個錯誤。

首先，他耐心但堅定地解釋犯下斯德哥爾摩命案的人是羅納德．尼德曼，他魁梧得有如重武裝機器人，並罹患一種名叫先天性痛覺缺失的病，此時他正坐在前往諾瑟布羅公路旁的水溝裡，而且被綁在交通標誌牌底下。布隆維斯特向鮑爾松說出尼德曼的確切位置，並極力主張派出一支配備自動武器的小隊去逮捕他。鮑爾松最後問起尼德曼怎麼會跑進水溝裡，布隆維斯特想也沒想便坦承自己始終拿槍對準他，才好不容易把他困在那裡。

「以致命武器行凶。」這是鮑爾松的第一個反應。

到此地步，布隆維斯特本該發覺鮑爾松愚蠢得危險，他本該自己打電話給包柏藍斯基請他出面稍作解釋，否則鮑爾松顯然身陷迷霧之中。然而他不但沒這麼做，還又犯了第二個錯誤：他主動交出放在夾克口袋裡的武器，也就是當天稍早在莎蘭德位於斯德哥爾摩的公寓裡找到的那把科特點四五／一九一一政府型手槍。這便是他用來使尼德曼就範的武器——制服那個巨人的過程可不簡單。

鮑爾松一看，很快以持有非法武器的名義逮捕布隆維斯特，接著命令兩名警員托騰森與英格瑪森開車前往諾瑟布羅公路，驗證布隆維斯特的話是否屬實，看看路旁水溝裡是否真有一名男子被綁在「小心麋鹿」的標誌牌下。若真有其事，就將那人銬上手銬，帶到哥塞柏加農場來。

布隆維斯特立刻表示反對，並指出尼德曼不是那麼簡單用手銬就能逮捕的人：「他可是個殺人狂啊，你還不懂！」眼見鮑爾松對自己的抗議不理不睬，累積了一天的疲憊終於讓他忍不住衝動，大罵鮑爾松是無能的笨蛋，還高喊著要托騰森和英格瑪森先請求支援，否則絕不能給他媽的尼德曼鬆綁。爆發之後，他被銬上手銬，押進鮑爾松的警車後座，結果只能一邊咒罵，一邊眼睜睜看著托騰森和英格瑪森開著巡邏車離去。透過黑暗中唯一一絲微光看到的，就是莎蘭德被抬上直升機，此時甚至已消失在樹梢頂上，朝約特堡方向飛去。布隆維斯特感到十分無助，只能期望她受到最好的照護。這是她需要的，否則就會死。

約納森深深切了兩刀直到頭蓋骨，然後撥開射入傷口周遭的皮膚。他用夾子夾住開口，一名手術房護士插入抽吸管將血排出。接著棘手的部分來了，他得用鑽子將頭蓋骨的洞加大，過程極其緩慢。

最後他終於鑽出夠大的洞好進入莎蘭德的腦。他小心翼翼地將探針伸入腦內，使傷口路徑擴大幾毫米，然後再伸入更細的探針確認子彈位置。從X光片可以看到子彈轉了彎，與射入路徑成四十五度角。他謹慎地用探針去撬子彈邊緣，幾次失敗後終於讓它微微翹起，可以轉到正確方向。

最後他伸入細窄的鋸齒鉗，夾住子彈底部，穩穩夾緊後，直接將鉗子拉出，子彈也幾乎毫無阻礙地隨著冒出來。他將子彈舉到燈光下看了幾秒鐘，發現似乎完好無缺，便隨手丟進碗缽內。

「棉花棒。」護士立刻執行他的要求。

他瞄一眼心電圖，病患的心跳仍然規律。

不見。

「鉗子。」

他拉下頭頂上的高倍率放大鏡，對準暴露的部位。

「小心。」艾利斯提醒道。

接下來的四十五分鐘內，約納森從射入傷口四周挑出不下三十二片小碎骨，其中最小的用肉眼幾乎看不見。

布隆維斯特千方百計想把手機從夾克胸前口袋弄出來——這根本是不可能的任務，因爲他雙手被反銬住，即使弄出來了也不知該怎麼打——這段時間內又有幾輛車載著制服警員與技術人員抵達哥塞柏加農場。鮑爾松指派他們保全柴房裡的鑑識證據並徹底搜索農舍，在此之前已從農舍中查扣了一些武器。此時布隆維斯特知道自己幫不上一點忙，認分地坐在鮑爾松警車內，趁地利之便看著其他人來來去去。

一小時過後，鮑爾松忽然想起奉命去帶回尼德曼的托騰森與英格瑪森還沒回來，於是命人將布隆維斯特帶到廚房，要他再次詳述地點的方位。

布隆維斯特閉上眼睛。

被派去接替托騰森與英格瑪森的武裝因應小隊回報時，他還和鮑爾松待在廚房。他們發現英格瑪森被扭斷脖子死了，托騰森還活著，但遭到痛毆。他們是在公路旁一個「小心麋鹿」的標誌牌附近被發現，警槍與警車都不見了。

鮑爾松一開始面對的情況還算是在掌控之中，如今卻死了一名警員，還有一個持槍殺人犯在逃。

「白癡！」布隆維斯特又罵道。

「侮辱警察於事無補。」

「說得一點也沒錯，不過我要舉發你怠忽職守，你等著瞧好了。在我和你算完這筆帳之前，你就會以全瑞典最笨的警察的身分，登上全國各地的新聞看板。」

想到自己將成爲公開的笑柄，鮑爾松巡官終於有了反應，面露憂色。

「你有什麼建議？」

「不是建議，而是**強烈要求**你打電話給斯德哥爾摩的包柏藍斯基巡官。現在馬上打。我胸前口袋的手機裡有他的號碼。」

茉迪巡官被臥室另一頭的手機鈴聲給驚醒，發現才凌晨四點，不由感到驚愕。她看看丈夫，他還安穩地打著鼾，就算烽火連天恐怕也吵不醒他。她搖搖晃晃地下床，從充電器取下手機，摸索著按下通話鍵。

楊・包柏藍斯基，她心想，**還會有誰？**

「特羅海坦那邊已經一團糟。」她上司也不浪費時間打招呼或道歉，開門見山便說：「往約特堡的X二〇〇〇列車五點十分開車，搭計程車去。」

「發生什麼事了？」

「布隆維斯特找到莎蘭德、尼德曼，**還有**札拉千科，卻因爲辱罵警察、拒捕和持有非法武器被逮捕。莎蘭德頭上中了一槍，被送到索格恩斯卡。札拉千科也在那裡，頭被斧頭砍傷。尼德曼逃走了，而且今晚殺了一名警員。」

茉迪眨眨眼，同時意識到自己何等疲憊。她眞想爬回床上，休一個月的假。

「五點十分X二〇〇〇列車，知道了。你要我怎麼做？」

「到中央車站和葉爾凱・霍姆柏會合。你們要去特羅海坦警局找一位湯瑪斯・鮑爾松巡官。今晚這個局面似乎大半是他搞出來的。布隆維斯特說他是奧運級的笨蛋。」

「你和布隆維斯特說過話？」

「他似乎是被捕而且上了手銬。我好不容易說服鮑爾松，才和他說上幾句話。我現在要去總局，我會試著了解情況。手機保持連絡。」

茉迪又看看時間。叫了計程車後，衝進浴室沖個澡、刷刷牙、梳梳頭髮，然後穿上黑色長褲、黑色T恤和灰色夾克。她將警槍放進肩背袋，挑了一件暗紅色皮外套。隨後將丈夫搖到一定清醒程度，向他解釋自己要上哪去，天亮後他得負責打理孩子。當她走出大門，計程車剛好到達門口。

她毋須尋找同事霍姆柏刑警。她猜想他人應該在餐車，果真就在那裡找到他，而且已經替她買了咖啡和三明治。他們靜靜坐了五分鐘，自顧自地吃早餐。最後霍姆柏將咖啡杯推到一旁。

「我也許應該轉換領域，接受一點其他的訓練。」他說。

清晨四點過後，約特堡警局暴力犯罪組巡官馬克斯．埃蘭德來到哥塞柏加，從負擔過重的鮑爾松手裡接過調查工作。埃蘭德身材短小、微胖，約五十多歲，頭髮花白。他頭一件事就是鬆開布隆維斯特的手銬，遞給他麵包捲，還從保溫瓶替他倒咖啡。他們坐在客廳密談。

「我和包柏藍斯基談過了。」埃蘭德說：「『泡泡』和我已經認識多年，關於鮑爾松如此幼稚地對待你，我們倆都感到很抱歉。」

「今天晚上他害一名員警被殺。」布隆維斯特說道。

埃蘭德回說：「我個人認識英格瑪森警員。他調到特羅海坦之前在約特堡服務，家裡有個三歲女兒。」

「我很遺憾，我曾試著警告他。」

「我聽說了。你態度似乎十分強硬，所以才會被上銬。去年的溫納斯壯事件是你爆出來的，包柏藍斯基說你是個無恥的混蛋記者，也是個瘋狂的私家偵探，不過你應該很清楚自己在說什麼。你能不能先跟我說明一下，讓我了解整個情況？」

「今晚發生的事其實是兩樁命案的後續高峰，第一樁的被害者是我在安斯赫得的兩位友人，達格．史文森和蜜亞．約翰森，另一樁命案死者與我不相識……是個名叫畢爾曼的律師，也是莎蘭德的監護人。」

埃蘭德一面做筆記，偶爾停下來喝口咖啡。

「你想必知道，警方從復活節就一直在找莎蘭德，她是這三起命案的嫌犯。首先你得了解，她不僅沒有犯下這些命案，而且在這整件事當中，她從頭到尾都是受害者。」

「安斯赫得的案子和我毫無關連，但從媒體的相關報導看來，實在很難相信莎蘭德是百分之百清白。」

「但事實卻是如此。她是清白的，就這麼簡單。殺人凶手是尼德曼，也就是今晚殺害警員的那個人。他是波汀的手下。」

「你是說頭上插了斧頭，現在人在索格恩斯卡醫院那個波汀？」

「斧頭已經不在他頭上了。我猜砍他的人應該是莎蘭德。他的眞名叫亞力山大．札拉千科，是莎蘭德的父親。他曾是俄國軍情局的職業殺手，七〇年代期間叛逃，後來被瑞典國安局吸收直到蘇聯垮臺，之後他一直在經營自己的犯罪組織。」

埃蘭德打量著面前這個男人。他臉上因汗水而閃閃發亮，但看起來凍僵了也累垮了。到目前爲止，他的話似乎都合情合理，不過鮑爾松——他的意見對埃蘭德幾乎毫無影響——曾警告他說布隆維斯特滿口關於俄國特務與德國職業殺手的胡言亂語，在瑞典警察勤務中可不常見到這類人。布隆維斯特的故事顯然離譜到一定程度，才使得鮑爾松決定忽視他的一切說詞。但死了一名警察，還有另一人重傷倒在諾瑟布羅公路上，因此埃蘭德願意聽一聽。只不過他聲音裡仍流露著一絲狐疑。

「好，俄國特務。」

布隆維斯特無力地笑了笑，他太明白自己的故事聽起來有多怪異。

「是**前**俄國特務。我的每句說詞我都能舉證。」

「說下去。」

「在七〇年代，札拉千科是個頂尖的間諜，叛逃後，國安局爲他提供庇護。他上了年紀以後成爲幫派分子。據我了解，繼蘇聯垮臺後，這種情形並非特例。」

「好。」

「我說過了，今晚發生什麼事我不完全清楚，總之莎蘭德追蹤到十五年未見的父親。札拉千科對她母親兇狠施暴，害她住院大半輩子。他還試圖殺害莎蘭德，並藉尼德曼之手策畫達格與蜜亞的命案。此外，莎蘭德友人蜜莉安．吳遭綁架，他也是幕後黑手——你應該聽說過保羅．羅貝多在紐克瓦恩那場拳王大賽，蜜莉安就是因此死裡逃生。」

「如果莎蘭德拿斧頭砍她父親，就不算眞的無辜。」

「她被開了三槍，我想她的行爲應該可以算是自衛。我在想……」

「什麼？」

「她全身泥土、泥巴，頭髮就像一大塊乾硬土塊，衣服裡裡外外都是沙。看來她可能在夜裡被活埋。尼德曼顯然有活埋人的習慣，南塔耶警方已經在紐克瓦恩外圍、硫磺湖機車俱樂部所屬土地上發現兩個埋屍的坑洞。」

「其實是三個，昨晚又找到一個。但假如莎蘭德被槍殺活埋，又怎麼能爬出來，還拿著斧頭亂晃？」

「無論今晚這裡發生什麼事，你都得明白，莎蘭德有過人的應變能力。我不斷想說服鮑爾松派警犬單位……」

「他們已經出發了。」

「那就好。」

「鮑爾松逮捕你是因爲你辱罵警察……」

「這點我要抗議，我只說他是白癡和無能的笨蛋，就眼下的情況看來，這兩個稱號都不算離譜。」

「嗯，的確不是完全不正確。不過你還持有非法武器。」

「我不該主動將武器交給他。關於這點我得先和律師談談，現在不想多說。」

「好吧，那件事先到此爲止，我們還有更重要的事要討論。你對那個尼德曼了解多少？」

「他是個殺人犯，而且有點不對勁。他身高超過兩公尺，壯得像坦克，你去問問和他打過拳的羅貝多就知道了。他患有一種名爲先天性痛覺缺失的病，也就是說他神經突觸內的傳導物質運作失常，所以沒有痛覺。他是德國人，在漢堡出生，十幾歲加入平頭族幫派。如今他逃亡在外，可能對任何人造成嚴重威脅。」

「你知道他可能去哪裡嗎？」

「不知道，我只知道我把他綁得牢牢的，要逮捕他易如反掌，偏偏被特羅海坦那個笨蛋給搞砸了。」

約納森脫下沾血的橡膠手套，丟進回收桶。一名手術房護士正在包紮莎蘭德的臀部傷口。手術進行了三小時。他看著女孩受傷、剃了頭髮，目前已纏上繃帶的頭。

一份柔情油然而生——他對手術後的病人經常產生這種情愫。據報紙報導，她是個病態殺人狂，但在他眼中，她更像一隻受傷的麻雀。

「你是個出色的外科醫生。」艾利斯開心地看著他說。

「我請你吃早餐好嗎？」

「這裡吃得到煎餅加果醬嗎？」

「有鬆餅。」約納森說：「在我家。我先打電話回家通知老婆一聲，我們再去搭計程車。」他停頓一下，看看時鐘。「我想還是不要打電話比較好。」

安妮卡．賈尼尼忽然驚醒，看看時間是清晨五點五十八分……八點約了第一個當事人開會。她轉頭一看，安利科還睡得很熟，八點以前恐怕不會醒。她用力眨了幾下眼睛，下床按下咖啡壺之後才去沖澡，然後穿上黑色長褲、白色高領衫和暗磚紅色夾克。她用兩片吐司夾起司、橙醬和一片鱷梨做成三明治當早餐，拿著到客廳吃，剛好來得及看六點半新聞。喝了一口咖啡，正張嘴要咬三明治時，聽到了頭條新聞。

一名警員被殺，另一名受重傷。昨晚發生的慘劇，三屍命案嫌犯莉絲．莎蘭德終於落網。

起初她完全聽不懂。是莎蘭德殺了一名警察？新聞內容並不完整，但她逐漸拼湊出警方正在追捕一名涉嫌殺人的男子。已經通令全國留意一名三十多歲的男子，但並未公布姓名。莎蘭德本身受傷嚴重，正在約特堡的索格恩斯卡醫院接受治療。

安妮卡轉到其他頻道，仍無法進一步了解情況，便拿起手機撥給哥哥布隆維斯特，卻直接轉到語音信箱。她內心閃過一絲恐懼。哥哥前往約特堡時打了電話給她，說他正在追蹤莎蘭德和一個名叫尼德曼的殺人犯。

當天色漸亮，有個敏銳的警員在柴房後面的地上發現血跡。警犬追蹤血跡來到農舍東北方約四百公尺處一個林間空地，空地上挖了一道窄溝。

布隆維斯特與埃蘭德巡官一同前去，兩人神情嚴肅地檢視現場。溝內與四周顯然留下更多血跡。他們發現一個變形的菸盒，似乎曾被拿來當勺子用。埃蘭德將菸盒放進證物袋，貼上標籤，另外也給沾血的土塊採樣。一名制服員警前來報告，在坑洞不遠處有一根菸蒂，是沒有濾嘴的寶馬菸。這也同樣放進證物袋，貼上標籤封存。布隆維斯特記得曾在札拉千科家中的流理臺上看到一包寶馬香菸。

埃蘭德抬頭瞄一眼陰霾的烏雲。當晚稍早蹂躪過約特堡的暴風雨，顯然已移向諾瑟布羅地區以南，下雨只是遲早的事。他指示一名下屬去找防水布，將坑洞與鄰近四周全蓋起來。

「我想你猜得沒錯。」走回農舍時，埃蘭德對布隆維斯特說：「血液分析結果應該能證明莎蘭德曾被埋在這裡，我開始覺得那個香菸盒上應該有她的指紋。她被槍殺後埋在此地，卻不知爲何竟能存活逃生，還能……」

「還能回到農場拿斧頭劈札拉千科的頭。」布隆維斯特替他把話說完：「她可眞是硬脾氣。」

「但她到底怎麼應付尼德曼的？」

布隆維斯特聳聳肩。關於這點，他也和埃蘭德一樣困惑。

第二章

四月八日星期五

八點剛過，茉迪和霍姆柏抵達約特堡中央車站。包柏藍斯基打了電話下達新指令，要他們不必找車前往哥塞柏加，而是搭計程車到恩斯特方特爾廣場的警察總局，即西約塔蘭郡刑事局所在地。他們等了一個小時左右，埃蘭德巡官才和布隆維斯特從哥塞柏加趕回來。布隆維斯特向曾照過面的茉迪打招呼，也和不認識的霍姆柏握手寒暄。埃蘭德的一名同事前來告知追捕尼德曼的最新消息，只是簡短的報告。

「我們有一個小組在郡刑事局的協助下辦案。當然，已發出全面通緝令。失竊的警車，今天清晨在阿靈索斯找到了，目前線索只到這裡。我們不得不假設他換了車，但那一帶並沒有人因車輛失竊報案。」

「媒體呢？」茉迪問的同時，略帶歉意地覷了布隆維斯特一眼。

「有警察喪命，記者是大批出動。我們會在十點舉行記者會。」

「有人知道任何有關莎蘭德的消息嗎？」布隆維斯特問道，奇怪的是他對追捕尼德曼一事毫無興趣。

「她昨晚動了手術，從腦袋取出一顆子彈，現在還沒恢復意識。」

「有任何預後評估嗎？」

「據我了解，在她醒來之前一切都是未知數。不過動刀的醫師說，撇開不可預見的併發症不說，她活下來的希望很大。」

「札拉千科呢？」

「誰？」看來埃蘭德的同事還不知道所有最新的細節。

「卡爾．阿克索．波汀。」

「喔……他昨晚也動了手術。他臉上有一道很深的傷口，一邊膝蓋正下方也有一道，情況不太好，但沒有生命危險。」

布隆維斯特消化著這個訊息。

「你看起來很累。」茉迪說。

「妳說對了，我已經幾乎兩天兩夜沒闔眼。」

「信不信由妳，從諾瑟布羅來的路上，他眞的在車上睡著了。」埃蘭德說。

「你能把整件事從頭跟我們說一遍嗎？」霍姆柏問道：「我們覺得私家偵探和警察之間的比數差不多是三比〇。」

布隆維斯特虛弱地笑了笑。「我倒希望從泡泡警官口中聽到這句話。」

他們一同前往警局餐廳用早餐。布隆維斯特花了半小時逐步解釋自己如何拼湊出札拉千科的故事，說完後，探員們全都默然以對。

「你的說詞有幾個漏洞。」最後霍姆柏先開口。

「有可能。」布隆維斯特回答。

「例如你沒有提到：國安局關於札拉千科的極機密文件怎麼會跑到你手上？」

「昨天我終於研究出莎蘭德的住處後，在她的公寓裡發現的，而她很可能是在畢爾曼的避暑小屋找到的。」

「這麼說你知道莎蘭德的藏身處囉？」茉迪問。

布隆維斯特點點頭。

「所以呢？」

「你們得自己去找出來。莎蘭德費了很大工夫建立秘密住所，我無意洩漏公寓的所在。」

茉迪和霍姆柏焦慮地互望一眼。

「麥可……這是命案調查。」茉迪說。

「妳還是沒弄懂，是嗎？其實莎蘭德是清白的，警方卻以令人不敢置信的方式侵犯她，毀她名聲。『撒旦教女同性戀幫派分子』……這說法到底是哪來的？更別提她還為了三起與她毫無干係的命案遭到追捕。如果她想說出自己的住處，我相信她會說的。」

「還有一個地方我也不太明白。」霍姆柏又說：「當初畢爾曼是怎麼捲進這件事？你說是他找上札拉千科，請他殺死莎蘭德才啓動整個事件，但他為什麼要這麼做？」

「我認為他雇用札拉千科想除掉莎蘭德，計畫讓她葬身在紐克瓦恩的倉庫。」

「他是莎蘭德的監護人，有什麼動機要除掉她？」

「事情很複雜。」

「說來聽聽。」

「他的動機可大了。莎蘭德知道他做了某件事，因此威脅到他整個前途與發展。」

「他做了什麼？」

「我想你們最好給莎蘭德一個親口解釋的機會。」他堅定地看著霍姆柏的雙眼說道。

「我猜猜看，」茉迪說：「應該是畢爾曼對他的受監護人做了某種性侵害……」

布隆維斯特聳聳肩，不置可否。

「你不知道畢爾曼肚子上刺青的事嗎？」

「什麼刺青？」布隆維斯特頓時愣住。

「有人用粗糙的手法在他肚子上刺了一句話：**我是隻有性虐待狂的豬，我是變態，我是強暴犯**。我們一直不明白那是怎麼回事。」

布隆維斯特不禁放聲大笑。

「什麼事這麼好笑？」

「我一直在想她到底怎麼報仇？不過呢……我不想討論這件事，原因我剛才說過了。她才是真正的被害者，她想告訴你們什麼得由她自己決定，抱歉了。」

他的表情幾乎真的帶著歉意。

「被強暴就應該向警方報案。」茉迪說。

「這點我有同感。不過這樁強暴案發生在兩年前，莎蘭德卻還沒告訴警方，這表示她不想說。不管我多麼不贊成她的做法，這都是她的選擇。何況……」

「什麼？」

「她也沒什麼道理相信警方。她曾經試圖解釋札拉千科何等禽獸不如，結果卻被關進精神病院。」

初步調查的負責人李察．埃克斯壯請調查小組組長包柏藍斯基與自己面對面坐下時，心裡有點七上八下，不自覺地推推眼鏡、捻捻梳理得整齊的山羊鬍。他感覺得到情況十分混亂而不祥。他們已經追捕莎蘭德好幾星期，他親口宣稱她精神極端不穩定，是個危險的精神病患，還洩漏消息以便讓自己在未來的審判中占上風。一切都顯得無比順利。

他內心深信莎蘭德絕對是三起命案的凶手，審判過程肯定簡單明瞭，完全是以他為中心的媒體盛會。不料轉眼間事情全出了岔，他發現自己面對的是截然不同的凶手，和看似無邊無際的混亂場面。**那該死的女人莎蘭德**。

「這下我們的麻煩可大了。」他說：「今天早上有什麼發現？」

「已經對這個羅納德．尼德曼發出全國通緝令，但沒有他的蹤跡。目前我們只針對警員英格瑪森的命案追緝他，但我預料將來應該能指控他涉嫌斯德哥爾摩的三起命案。也許你應該召開記者會。」

包柏藍斯基最後這個提議，完全只是為了惹惱向來痛恨記者會的埃克斯壯。

「我想暫時還不用開記者會。」他斷然回答。

包柏藍斯基勉強忍住笑意。

「第一，這是約特堡警方的案子。」埃克斯壯說。

「可是我們確實派了茉迪和霍姆柏到約特堡的現場，而且也已經開始合作……」

「在了解更多案情之前，先不用開記者會。」埃克斯壯口氣冷淡地再次說道：「我要知道的是：你有多肯定尼德曼涉入斯德哥爾摩的謀殺案？」

「依直覺，我是百分之百肯定。不過要破案也不是太有把握，因為沒有目擊證人，也沒有足夠的鑑識證據。硫磺湖機車俱樂部的藍汀和尼米南什麼都不肯說，他們宣稱從未聽說過尼德曼。不過他殺了警員英格瑪森，還是得入獄。」

「沒錯，」埃克斯壯說：「現在最主要的就是警員遭殺害一事。但我要你告訴我：有沒有任何蛛絲馬跡顯示莎蘭德可能涉入那幾起命案？她可不可能是尼德曼的共犯？」

「我覺得不可能，換作是我，絕不會公開提出這個論點。」

「那麼她**到底是**如何涉案的？」

「這非常複雜，布隆維斯特一開始就說過了。一切都繞著那個……亞力山大・札拉千科打轉。」

埃克斯壯聽到布隆維斯特的名字，略感畏縮。

「繼續說。」

「札拉千科是俄國職業殺手，而且似乎無惡不作，他在七〇年代叛逃，而莎蘭德很不幸地正好是他女兒。國安局有某個派系資助他，並替他收拾所有犯罪的爛攤子。另外還有一名國安局員警負責將莎蘭德關進一間兒童精神病院。當時十二歲的她曾威脅要讓札拉千科的身分、他的化名、他的所有掩護曝光。」

「這實在有點令人難以理解。這幾乎是不能公開的事。如果我的理解正確，所有關於札拉千科的東西都是極機密。」

「可是這是事實。我有證據資料。」

「可以讓我看看嗎？」

包柏藍斯基將文件夾推到桌子對面，裡面有一份一九九一年的警察報告。埃克斯壯暗中瞄了一眼「極機密」的戳印和檔案編號，立刻認出那是屬於秘密警察的文件。他很快地翻閱這百來頁的檔案，跳著細讀其中一些段落，然後將文件夾放到一旁。

「對此我們得盡量低調，以免局勢一發不可收拾。所以呢，莎蘭德是因爲企圖殺害父親……也就是這個札拉千科，才被關進精神病院，現在又拿斧頭攻擊他。不管怎麼說，這都是預謀殺人，而且她也得因爲在史塔勒荷曼對馬哥．藍汀開槍被起訴。」

「你想抓誰隨便你，但如果是我，我會小心行事。」

「萬一國安局涉案的消息洩漏出去，可是天大的醜聞。」

包柏藍斯基聳聳肩。他的職責是調查罪行，不是爲醜聞善後。

「國安局那個王八蛋，那個古納．畢約克，你對他的角色了解多少？」

「他是主角之一。現在因爲椎間盤突出請病假，住在斯莫達拉勒。」

「好……暫時先不要揭露國安局介入一事，目前重點要放在警員的命案。」

「要保密恐怕有困難。」

「什麼意思？」

「我派安德森去帶畢約克來接受正式訊問。應該……」包柏藍斯基看看手錶。「……對，現在正在進行中。」

「你說**什麼？**」

「我其實很樂意親自開車到斯莫達拉勒，不過昨晚命案的相關事件得優先處理。」

「我可沒有允許任何人逮捕畢約克。」

「沒錯，但我沒有逮捕他，只是請他來問話。」

「不管怎麼樣，我不喜歡你的做法。」

包柏藍斯基俯身向前，彷彿要說悄悄話似的。

「埃克斯壯……事情是這樣的，莎蘭德從小開始，權利就多次受到侵犯，我不會讓這種事在我的眼皮底下繼續發生。你大可以撤除我調查組長的職位……但要是你這麼做，我也只好針對此事寫一份嚴苛的備忘錄。」

埃克斯壯露出一臉彷彿剛吃到某種很酸的東西的表情。

請了病假的國安局移民組副組長畢約克打開斯莫達拉勒避暑小屋的大門後，仰頭看著一位身材壯碩、理著小平頭、身穿黑色皮夾克的金髮男子。

「我找古納．畢約克。」

「我就是。」

「我是庫特．安德森，郡刑事局警員。」男子說著舉起證件。

「有什麼事嗎？」

「想請你和我去一趟國王島總局，協助偵查莉絲．莎蘭德一案。」

「呃……這其中恐怕有什麼誤會吧。」

「沒有誤會。」安德森回道。

「你不明白，我本身也是警察。為免你犯下大錯，還是再去問問你的上司吧。」

「就是我的上司想和你談談。」

「我得打通電話去……」

「電話可以到國王島再打。」

畢約克登時認命。**事情發生了，我會被捕。那個該死的布隆維斯特。該死的莎蘭德。**

「我被捕了嗎？」他問道。

「暫時還沒有。但如果你希望如此，我們可以安排。」

「不……當然不是，我跟你走。我當然願意協助警界的同仁。」

「那就好。」安德森說著走進玄關，密切監視著畢約克關上咖啡壺、拿起外套。

近午時分，布隆維斯特忽然想起自己租來的車還在哥塞柏加農場，但實在精疲力竭，根本無力也無法去找車，更別提開車了。埃蘭德好意地安排一名刑事鑑識人員順道將車開回。

「就當作補償你昨晚遭受的對待吧。」

布隆維斯特向他道謝後，搭了計程車前往羅倫斯柏路上的城市旅館，花八百克朗①訂一晚的房間，然後直接進房，脫去衣服。他裸身坐在床上，從夾克內袋掏出莎蘭德的 **Palm Tungsten T3**，拿在手裡掂了掂。想到鮑爾松對他搜身時沒有將它沒收，仍感到訝異，鮑爾松想必以為那是他自己的，而他始終沒有遭到正式拘捕與搜索。他思索片刻後，將它放進電腦袋的隔層，那裡頭還放了莎蘭德註明「畢爾曼」的DVD，鮑爾松也沒搜到。他知道嚴格說來自己是在藏匿證據，但這些東西莎蘭德絕不想落入不該落入的人手中。

他打開手機，發現電池量很低，便插上充電器，然後打電話給妹妹安妮卡。

「嗨，安妮卡。」

「昨晚的警員命案和你有何關連？」她劈頭就問。

他將事發經過簡短地說一遍。

「好，所以莎蘭德在加護病房。」

「對，在她恢復意識前無法知道她傷勢有多嚴重，但她現在眞的需要一個律師。」安妮卡略一沉吟。「你想她願意讓我當她的律師嗎？」

「她恐怕根本不想要律師，她不是會求助的那種人。」

「麥可……我之前說過，她需要的應該是刑事辯護律師。我先看看你手邊的資料吧。」

「去找愛莉卡，跟她要一份副本。」

布隆維斯特一掛斷電話，自己也打了愛莉卡的手機，她沒有接，於是他又打到《千禧年》辦公室。接電話的是亨利．柯特茲。

「愛莉卡出去了。」他說。

布隆維斯特簡單解釋了來龍去脈，並請柯特茲轉告總編輯。

「我會的。你要我們怎麼做？」柯特茲問道。

「今天什麼都不用做。」布隆維斯特回答：「我得先睡一覺。如果沒再發生什麼事，我明天就回斯德哥爾摩。《千禧年》將有機會在下一期報導這則故事，不過幾乎還有一個月的時間。」

他啪地關上手機，爬進被窩裡，不到半分鐘就睡著了。

郡警局副局長莫妮卡．史龐柏用筆敲著玻璃水杯，要求大夥安靜。她總局辦公室的會議桌旁圍坐著九個人，三女六男：暴力犯罪組組長與副組長；三名刑事巡官包括埃蘭德和約特堡警局公關室員警；負責初步調查的檢察官安涅妲．葉華，以及斯德哥爾摩警局的巡官茉迪與霍姆柏。讓他們參與是一種善意的表徵，顯示約特堡警方願意與首都的同仁合作，或許也是爲了讓他們瞧瞧眞正的偵查程序爲何。

經常是萬綠叢中一點紅的史龐柏向來不喜歡在形式或純粹的禮貌上浪費時間，這是衆所周知的事。她解釋說郡警局局長目前在馬德里參加歐洲刑警組織會議，一聽說有警員遭殺害便立刻中斷行程，但得到當晚深夜才會抵達。接著她直接轉向暴力犯罪組組長安德斯．裴宗，請他向與會人員作簡報。

「我們同仁在諾瑟布羅被殺至今大約十個鐘頭，已知凶手名叫羅納德．尼德曼，但還不知道他的相貌。」

「我們在斯德哥爾摩有一張他約莫二十年前的照片，是羅貝多透過德國一間拳擊俱樂部取得的，但幾乎不適用。」霍姆柏說道。

「好的。我們認為被尼德曼開走的巡邏車，今天早上在阿靈索斯找到了，各位想必都已知情。車子停在距離火車站三百五十公尺處的巷道內。今天上午那一帶尚未接獲任何車輛失竊的報案。」

「搜索的情形如何？」

「我們正在監視抵達斯德哥爾摩和馬爾摩的每一輛列車。除了發出全面通告外，也知會了挪威與丹麥警方。目前約有三十名警員在全力調查本案，當然全體警員也都睜大了眼睛留意著。」

「沒有線索？」

「都還沒有。不過尼德曼外表如此獨特，應該很快就會被注意到。」

「有人知道托騰森的現況嗎？」暴力犯罪組一名巡官問道。

「他人在索格恩斯卡醫院，傷勢似乎很像車禍傷患——竟然有人能徒手造成這種傷害實在不可思議：他斷了一條腿、肋骨斷裂、頸椎受傷，而且還有癱瘓的危險。」

眾人沉思著同事的慘況，片刻後史龐柏才轉向埃蘭德。

「埃蘭德……跟我們說說哥塞柏加到底出了什麼事。」

「哥塞柏加出了一個鮑爾松。」

聽到他的回答，在場的人發出一陣噓聲。

「就不能讓那個人提早退休嗎？他簡直是個活災難！」

「我很清楚鮑爾松。」史龐柏打斷道：「但是最近……嗯……最近兩年當中，我沒有聽到任何關於他的抱怨。他在哪方面變得難以掌控呢？」

「當地警局局長和鮑爾松是老朋友，所以很可能袒護他，這當然是善意，我不是想批評他。可是昨晚鮑爾松的行爲實在太怪異，他的幾名手下來跟我提過。」

「怎麼怪異？」

埃蘭德覷了覷茱迪和霍姆柏。要在斯德哥爾摩的來客面前討論自己組織的缺點，讓他感到難爲情。

「我個人覺得最奇怪的是他派了一名鑑識人員去清點柴房裡的所有東西……也就是我們發現札拉千科那傢伙的地點。」

「清點柴房裡的**什麼東西？**」史龐柏好奇地問。

「是的……就是呢……他說他要知道裡面究竟有多少柴火，這樣報告才會精確。」

埃蘭德繼續說下去之前，會議桌旁一片緊繃的沉默。

「今天早上我們得知鮑爾松正在吃至少兩種不同的抗憂鬱劑。他應該請病假，但沒有人知道他的狀況。」

「什麼狀況？」史龐柏語氣尖銳地問。

「我當然不知道他出了什麼問題——事關病患隱私等等的——但他現在吃的藥不但有強力鎮定劑還有興奮劑。他整晚亢奮得不得了。」

「我的老天！」史龐柏語氣很重地說，臉色陰沉得有如當天上午橫掃過約特堡的雷雨雲。「叫鮑爾松來跟我談談，馬上。」

「他今天早上病倒了，因爲疲勞過度住進醫院。剛好輪到他的班，只能算我們運氣不佳。」

「請問一下……鮑爾松昨晚逮捕布隆維斯特了嗎？」

「他寫了一份報告提到攻擊行爲、激烈拒捕與非法持槍。他報告裡是這麼寫的。」

「布隆維斯特怎麼說？」

「他承認罵了人，但也說是出於自衛。至於拒捕，他說其實是以強力言詞試圖阻止托騰森和英格瑪森在沒有後援的情況下，單獨去抓尼德曼。」

「有目擊者嗎？」

「有托騰森。我根本不相信鮑爾松說的激烈拒捕。這是典型的先發制人的報復行爲，如果布隆維斯特提出控訴，便能藉此削弱他的可信度。」

「但布隆維斯特畢竟獨力制伏了尼德曼，不是嗎？」檢察官葉華說道。

「他拿著槍。」

「所以布隆維斯特確實有槍，被捕還是有點道理。他哪來的槍？」

「沒有律師在場，布隆維斯特不肯多說。而鮑爾松是在布隆維斯特把槍交給警方時加以逮捕的。」

「我可以提出一個非正式的小小建議嗎？」茱迪謹慎地問道。

所有人同時轉頭看她。

「在這次調查過程中，我和布隆維斯特碰過幾次面。我發現他雖然是記者，卻相當明理。我想決定是否起訴他的人應該是妳吧……」她看著葉華，點頭示意。「這一切關於辱罵和激烈拒捕的說詞根本是胡說，我想妳應該不會納入考量。」

「應該是，非法武器比較嚴重。」

「我勸你們再耐心等等。布隆維斯特靠著自己拼湊出這一切，他可是遙遙領先我們警方，因此我們最好能與他保持良好關係，確保他願意合作，不要讓他在他的雜誌與其他媒體上發洩不滿、抨擊整個警界。」

過了幾秒，埃蘭德清清嗓子。既然茱迪膽敢冒險出頭，他也可以做到。

「我同意茱迪的意見，我也認爲布隆維斯特是可以合作的對象。關於他昨晚遭受的待遇，我已向他道過歉，他也似乎打算既往不究。而且他爲人正直，雖然不知用什麼方法找到莎蘭德的住處，卻不肯透露地址，也不怕公然與警方翻臉……而且以他的地位，他在媒體上的發言絕對和鮑爾松的任何報告同樣有分量。」

「但他不肯向警方透露任何關於莎蘭德的訊息。」

「他說我們得去問她本人，如果有這個機會的話。他說他絕對不會跟我們討論一個不只無辜而且權利嚴重受損的人。」

「他拿的是什麼槍？」葉華問。

「科特一九一一政府型，序號不詳。槍在鑑識組，現在還不知道有沒有涉及任何在瑞典已知的罪行。如果有的話，對這件事就得完全改觀了。」

史龐柏舉起筆來。

「葉華……要不要對布隆維斯特作初步調查由妳決定，但我建議先等鑑識報告出爐。好，我們繼續。這個叫札拉千科的人物……不知道斯德哥爾摩的同事對他有何了解？」

「事實上，」茱迪說道：「我們也是直到昨天下午，才第一次聽說札拉千科和尼德曼的名字。」

「你們好像一直忙著在斯德哥爾摩找一個撒旦教女同性戀幫派，我說得對嗎？」約特堡一名巡官說道，同事們一聽全都皺起眉頭。霍姆柏盯著自己的指甲看，茱迪不得不回答。

「關起門來，我可以告訴你們，我們也有像鮑爾松巡官那樣的人。關於撒旦教女同性戀幫派等等的玩意，很可能就是那個人放出的煙幕。」

隨後茱迪和霍姆柏詳細地敘述整個調查經過。說完之後，桌旁眾人靜默良久。

「假如關於畢約克的事一切屬實，而且爆發出來，國安局恐怕會被輿論攻擊得體無完膚。」暴力犯罪組副組長作此結論。

葉華抬起頭來。「我覺得你們的懷疑多半是根據推測與間接證據。身爲檢察官，缺乏確鑿的證據讓我感到憂心。」

「這點我們也意識到了。」霍姆柏說道：「我們大概知道事情的梗概，但還有一些問題有待解答。」

「我推測你們還忙著紐克瓦恩的挖掘工作。」史龐柏說：「據你們估計，這樁案子牽涉到幾條人命？」

霍姆柏無力地揉揉眼睛。「一開始是在斯德哥爾摩的兩條人命，接著又多一條。死者是律師畢爾曼、記者達格和學者蜜亞，也正是這些命案啓動了追捕莎蘭德的行動。在紐克瓦恩倉庫附近，到目前爲止發現了三個墳坑，也就是三具屍體，並確認了其中一個被分屍的是個著名藥頭兼小竊賊。第二個洞裡埋的是女人，身分尙未確認。第三具屍體還沒挖出來，年紀好像比另外兩個大。另外，布隆維斯特認爲數個月前發生在南塔耶的妓女命案，也和本案有關。」

「這麼說來，連同死於哥塞柏加的英格瑪森，總共至少有八起命案了。這是很可怕的數據。所有案子都懷疑是尼德曼所爲嗎？若是如此，得把他當成瘋子、當成連續殺人犯看待。」

茱迪和霍姆柏交換了一下眼色。此刻，他們得決定要支持這番主張到什麼地步。最後茱迪開口了。

「儘管缺乏確鑿的證據，但布隆維斯特說前三起命案的凶手是尼德曼，我的上司包柏藍斯基巡官和我都傾向於相信他，也因此我們必須相信莎蘭德是無辜的。至於紐克瓦恩的埋屍坑洞，尼德曼也因爲綁架莎蘭德的好友蜜莉安而有了地緣關係。她本來非常可能也死在他的手中。不過倉庫所有人是硫磺湖機車俱樂部會長的親戚，在確認其他細節之前，我們無法下任何結論。」

「你們已確認身分的那名竊賊是……」

「肯尼．古斯泰夫森，四十四歲，是個藥頭，少年時期就有前科。我猜測——但未經證實——他們恐怕是鬧內鬨。硫磺湖機車俱樂部有牽涉到幾種犯罪活動，其中包括經銷甲基安非他命。紐克瓦恩也許是一座林間墳場，用來埋葬阻撓他們的人，不過……」

「怎麼樣？」

「在南塔耶被殺的那名妓女……她名叫伊莉娜．佩特洛瓦。驗屍報告顯示死因是遭受凶殘而駭人的攻擊，似乎是被痛毆致死。但眞正傷人的凶器卻無法證實。布隆維斯特作出相當敏銳的觀察，伊莉娜的傷勢很可能是一個男人徒手造成的……」

「尼德曼？」

「這是合理的推測，但尚無證據。」

「那麼我們該如何著手？」史龐柏問道。

「這我得和包柏藍斯基商量。」茉迪說：「但理論上第一步應該是訊問札拉千科，我們很想聽聽他對斯德哥爾摩的命案有何說法，而你們也可以得知尼德曼在札拉千科事業中扮演的角色。他或許甚至能指引你們找到尼德曼。」

約特堡的一名巡官說道：「我們在哥塞柏加農場找到了些什麼？」

「四把手槍。一把拆解的席格索耶爾，正放在廚房桌上上油；一把波蘭製的P─八三瓦那，掉在廚房長凳旁的地板上；一把科特一九一一政府型，也就是布隆維斯特打算交給鮑爾松那把槍；最後是一把點二二口徑的布朗寧，與其他相較之下，這幾乎可以說是玩具槍。我們猜想這應該是用來射莎蘭德的槍，所以儘管子彈卡在腦袋裡，她還能活命。」

「還有什麼嗎？」

「我們找到並查封了一只大約裝著二十萬克朗的袋子。放在樓上尼德曼的房間裡。」

「你怎麼知道那是他的房間？」

「很簡單，他的尺寸是XXL，札拉千科穿的頂多是M。」

「你們有任何關於札拉千科或波汀的資料嗎？」霍姆柏問道。

埃蘭德搖搖頭。

「當然，得看我們如何詮釋被查封的武器。除了較精密的武器和精密得異乎尋常的農場監視器之外，它和其他農場並無兩樣。農舍本身很簡樸，沒有不必要的裝飾。」

正午前忽然有人敲門，一名制服警員遞給史龐柏一份文件。

「我們接獲報案，」她說：「阿靈索斯有人失蹤。今天早上，有個名叫阿妮塔‧卡斯培森的牙科護士在七點半開車出門，先送孩子去托兒所，理應八點之前就能到達工作地點，卻始終沒有出現。那間牙科診所距離巡邏車被發現的地點約一百五十公尺。」

埃蘭德和茉迪都看了手錶。

「那麼他領先了四個小時。是什麼樣的車？」

「一九九一年出廠的深藍色雷諾，這是序號。」

「立刻對這輛車發出全面通告。他可能已經到了奧斯陸或馬爾摩，甚至也可能在斯德哥爾摩。」

會議最後，他們決定讓茉迪和埃蘭德一起訊問札拉千科。

當愛莉卡從辦公室穿過玄關走進小廚房，柯特茲皺著眉頭，視線緊緊跟隨。不一會兒，她端著一杯咖啡又回到辦公室，關上門。

柯特茲說不出哪裡不對勁。《千禧年》是那種同事之間關係親密的小公司，他已經在這裡兼差四年，這段時間內，他們團隊克服了幾場大風暴，尤其是布隆維斯特因誹謗罪入監服刑三個月期間，雜誌社幾乎宣告破產。接下來則是同事達格還有她的女友同時遇害。

經歷這些風暴之際，愛莉卡一直穩如泰山，似乎誰也撼動不了她。當天一早她打電話叫醒他，並派任務給他和蘿塔·卡林姆，他並不感到驚訝。莎蘭德一案整個爆發開來，布隆維斯特也不知為何捲入約特堡警員的命案。到目前為止，一切都還在掌控中。蘿塔暫時留在警察總局，盡可能想從某人口中套出一點可靠的消息。柯特茲則是打了一個上午的電話，試圖拼湊出昨晚發生的事情全貌。布隆維斯特沒有接電話，但透過幾個消息來源，柯特茲仍對前一晚的事故有了相當清楚的了解。

倒是愛莉卡一整個早上心不在焉。她很少關上辦公室的門，通常只有與訪客會面或專心研究某個問題時才會這麼做。今天早上，一個訪客也沒有，而且依他看來，她也沒有在忙。有幾次他敲門進去傳達消息，卻發現她坐在窗邊，失神地望著約特路上人來人往，似乎陷入沉思。對他的報告也幾乎毫不在意。

不對勁。

門鈴聲打斷他的思緒。他起身開門，原來是安妮卡。柯茲見過布隆維斯特的妹妹幾次，但和她不熟。

「妳好，安妮卡。」他招呼道：「麥可今天不在。」

「我知道，我想找愛莉卡。」

愛莉卡依舊坐在窗邊幾乎沒有抬頭，但知道誰來了，很快地鎮定自己的心神。

「妳好。」她說：「麥可今天不在。」

安妮卡微微一笑。「我知道，我是來拿畢約克給國安局寫的報告。麥可要我看一看，萬一我得擔任莎蘭德的委任律師會用得著。」

愛莉卡點點頭，起身從桌上拿起一個文件夾交給安妮卡。

安妮卡遲疑了一下，不知該不該離開辦公室。隨後才下定決心，自作主張地坐到愛莉卡對面。

「說吧……妳是怎麼回事？」

「我就要離開《千禧年》了，卻還無法跟麥可說實話。他全副心思都放在打莎蘭德這場混仗，我一直找不到適當時機，而在告訴他之前又不能告訴別人。現在感覺爛透了。」

安妮卡咬咬下唇。「所以妳只好告訴我。妳爲什麼要離開？」

「我要去《瑞典晨間郵報》當總編輯。」

「天哪！要是這樣，我們應該向妳道喜，而不該哭泣或咬牙切齒。」

「安妮卡……我實在不想以這種方式結束我在《千禧年》的職務，現在正是一團亂。不過天外飛來這個機會，我不能拒絕。我是說……一生恐怕只有這一次了。對方是在達格和蜜亞遇害前提出的，後來整個辦公室陷入混亂，我只好隱忍不提。現在我眞的內疚到了極點。」

「我明白。但現在妳又不敢告訴麥可。」

「情況糟透了，我還沒告訴任何人。我本以爲夏天過後才要到《瑞典晨郵》上班，那麼還有時間告知大家。沒想到他們要我提早過去。」

她說到這裡打住，盯著安妮卡看，眼眶的淚水似乎隨時可能潰堤。

「事實上，這是我在《千禧年》的最後一個星期。下星期我會出趟遠門，然後……我大概需要兩星期的時間充電。五月一日開始到《瑞典晨郵》上班。」

「這麼說好了，如果妳今天是被巴士給撞了呢？他們同樣會立刻面臨沒有總編輯的情況。」

愛莉卡抬起頭來。「但我並不是出車禍，而是刻意將我的決定隱瞞了好幾個星期。」

「我看得出這是個艱難的情況，但我覺得麥可和克里斯特還有其他人終究會有辦法解決。妳應該馬上告訴他們。」

「好吧，可是妳那該死的哥哥今天人在約特堡。他睡著了，手機也關了。」

「我知道。沒有多少人像麥可這麼頑固，每當妳需要他，他就偏偏失蹤。不過愛莉卡，這不只關乎妳和麥可。我知道你們已經共事二十多年，經歷過無數起落浮沉，但妳也得爲克里斯特和其他員工著想。」

「我隱瞞了這麼久……麥可會……」

「麥可會大發雷霆，他當然會。但這二十年來妳只搞砸這麼一次，如果他承受不了這個事實，也就不配讓妳爲他耗費那麼多時間了。」

愛莉卡嘆了口氣。

「打起精神來。」安妮卡對她說：「把克里斯特和其他員工找來，馬上就做。」

克里斯特呆坐了幾秒鐘。愛莉卡召集所有職員幾分鐘後到小會議室來，當時他正準備提早離開。他瞄瞄柯特茲和蘿塔，他們同樣震驚。編輯秘書瑪琳．艾瑞森、採訪記者莫妮卡．尼爾森，和行銷主任桑尼．馬紐松事先也都毫不知情。唯一缺席的布隆維斯特正在約特堡，一如往常的他。

天哪，麥可也全然不知，克里斯特心想。**他會有什麼反應呀？**

這時他才意識到愛莉卡已經住口，會議室裡一片死寂。他搖搖頭，站起來，自然而然地給愛莉卡一個擁抱並親親她的臉頰。

「恭喜了，小莉。」他說：「《瑞典晨郵》的總編輯，從我們這個悲慘的小雜誌社爬上這一步，倒很不錯。」

柯特茲跟著回過神來，開始拍手。愛莉卡舉手制止。

「等等。今天的我不值得鼓掌。」她環顧擠在狹窄編輯室的同仁，又說道：「說真的……事情發展成這樣，我實在很抱歉。早在好幾個星期前我就想告訴你們，但達格和蜜亞所引起的騷動有點將這個消息給掩蓋過去。麥可和瑪琳發了瘋似地工作，而且……好像怎麼都找不到適當的時間和地點。所以才會走到今天這個地步。」

瑪琳心知肚明雜誌社的人手有多麼不足，愛莉卡一走，又會顯得多麼空虛。無論發生什麼事，也無論出現什麼問題，愛莉卡始終是她能依賴的老闆。**是啊……也難怪全國最大的日報會挖她跳槽。但接下來會怎樣呢？**愛莉卡一直是《千禧年》不可或缺的一部分。

「有幾件事我們得說清楚。我完全明白雜誌社會因此運作困難，我也不想這樣，但現實已無法改變。第一，我不會丟下《千禧年》不管。我仍然是合夥人，仍然會出席董事會。當然了，我不會過問任何編輯事宜。」

克里斯特若有所思地點點頭。

「第二，我正式的離職日是四月三十日，但上班只到今天。下星期我會出門旅行，你們都知道的，這是老早以前就計畫好了。過渡期間，我決定不再回來指揮個幾天。」她停頓片刻。「下一期的內容已經存在電腦裡面，只剩幾個小地方需要修改，這將是我負責的最後一期。再來得由新的總編輯接手，我今晚就會把辦公桌清空。」

室內一點聲響也沒有。

「新總編輯的人選將會在董事會上討論決定。這件事你們所有員工都得談一談。」

「麥可。」克里斯特說。

「不，絕不能是麥可。你們所能挑選的總編輯裡頭，他肯定是最不適當的人選。他是完美的發行人，修改文章與搞定即將刊登的作品中的瑣碎問題也非常拿手。但他是善後者，而總編輯必須採取主動，而且麥可也常常栽進自己的故事裡，每次總會有幾星期消失得無影無蹤。當情勢不斷加溫，他便處於巔峰狀態，但處理例行公事的能力卻是奇差無比。這點你們都知道。」

克里斯特喃喃稱是後又說：「《千禧年》之所以能運作，就是因爲妳和麥可互補得很好。」

「不只如此。你應該還記得當初麥可跑到赫德史塔，幾乎賭氣賭了一整年，《千禧年》沒有他照樣正常運作，就像現在沒有了我也一樣。」

「好吧，妳有什麼計畫？」

「我想選你，克里斯特，接任總編輯。」

「萬萬不可。」克里斯特舉手投降。

「但我知道你會拒絕，所以還有另一個人選。瑪琳。妳今天就能開始代理總編輯的工作。」

「我？」瑪琳似乎頗受驚嚇。

「對，就是妳。妳一直是個相當好的編輯秘書。」

「但是我……」

「試試看吧。我今晚就會清空辦公室，妳星期一早上就能搬進來。五月號已經完成，那可是我們拚了命的成果。六月號是雙月刊，接下來能休息一個月。如果行不通，董事會就得另外找人接手八月號。柯特茲……你得轉成正職，接替瑪琳擔任編輯秘書，然後得再雇一個新人。不過這要由你們所有人和董事會來決定。」

她若有所思地打量著眾人。

「還有一件事。我將會在另一間出版公司展開新工作，雖然《瑞典晨郵》和《千禧年》實際上並非競爭者，但對於接下來兩期的內容，我還是不想再知道得更多。從這一刻起，一切相關事宜都應該找瑪琳商量。」

「關於莎蘭德的報導該怎麼辦？」柯特茲問道。

「去問麥可。莎蘭德的事我知道一些，但我會封存起來，不會帶到《瑞典晨郵》那邊去。」

愛莉卡頓時感覺鬆了好大一口氣。「大概就是這樣了。」她說完靜靜地起身走回辦公室，會議到此結束。

《千禧年》的員工們默不作聲地坐在原位。

直到一小時後，瑪琳去敲愛莉卡的門。

「是我。」

「什麼事？」愛莉卡問。

「大家想跟妳說句話。」

「什麼話？」

「出來一下。」

愛莉卡站起來走到門邊，只見他們在桌上擺了蛋糕和星期五下午的咖啡。

「我們覺得應該另外找時間替妳辦個眞正的歡送會，」克里斯特說：「但現在就先以咖啡和蛋糕充數。」

愛莉卡終於露出許久不見的笑容。

①瑞典貨幣單位，一克朗約合台幣五元。

第三章

四月八日星期五至四月九日星期六

茱迪與埃蘭德於晚間七點來到札拉千科的房間時，他已經清醒八小時。先前動了相當大的手術，將一大塊下頷重新對齊再以鈦合金骨釘固定，此時他頭上纏了許許多多繃帶，只露出左眼和嘴巴一個小縫。醫生解釋說，挨了那記斧頭使他的顴骨碎裂、額頭受傷，撕扯下右半邊臉部一大塊肌肉並拉傷了眼眶。傷勢讓他承受極大的痛苦，因此給他施打了高劑量的止痛劑，不過意識相當清楚也能說話。但醫生仍警告警官不要讓他太累。

「你好，札拉千科先生。」茱迪打完招呼，隨後介紹自己與同事。

「我叫卡爾．阿克索．波汀。」札拉千科咬牙費力地說，聲音倒很平穩。

「我知道你的眞實身分，我已經看過你在國安局的檔案。」

這當然不是事實。

「那已經是很久以前的事。」札拉千科說：「我現在是卡爾．阿克索．波汀。」

「你還好嗎?可以說話嗎？」

「我要舉報一樁重罪刑案。我女兒企圖謀殺我。」

「我們知道，也會在適當的時機處理此案。」埃蘭德說：「不過我們有更要緊的事要談。」

「還有什麼比殺人未遂更要緊？」

「現在我們需要你提供斯德哥爾摩三起命案、紐克瓦恩至少三起命案和一宗綁票案的相關訊息。」

「我什麼都不知道。誰被殺了?」

「波汀先生,我們有充分的理由相信你的助手,三十五歲的羅納德・尼德曼,犯下這幾項罪行。」埃蘭德說:「昨晚他還殺害了特羅海坦的一名警員。」

茉迪很驚訝埃蘭德竟然順著札拉千科的意思稱呼他波汀。札拉千科微轉過頭看著埃蘭德,聲音變得輕柔了些。

「這……眞是不幸的消息。尼德曼的事我一無所知,我沒有殺死任何警員,昨晚我自己都差點被殺了。」

「目前尼德曼已經遭到通緝,你知道他可能藏匿在哪裡嗎?」

「他的交友圈我不清楚,我……」札拉千科遲疑幾秒鐘,隨即以神秘的口吻說道:「我必須坦承……偷偷告訴你們吧……有時候我很替尼德曼擔心。」

埃蘭德朝著他彎低身子。

「這是什麼意思?」

「我發現他可能很暴力……我其實會怕他。」

「你是說你覺得受尼德曼威脅?」埃蘭德問道。

「正是。我老了,行動又不便,無法保護自己。」

「你能解釋一下你和尼德曼的關係嗎?」

「我是個殘廢。」札拉千科比比自己的雙腳。「這是我女兒第二次企圖殺我。幾年前我雇用尼德曼當助手,以爲他能保護我……沒想到他接管了我的生活,想來就來想走就走……我也不能多說什麼。」

「他幫你什麼?」茉迪切入問道:「做你自己不能做的事嗎?」

札拉千科用唯一露出的眼睛注視茉迪許久。

「據我所知，你女兒在九〇年代初將汽油彈丟進你的車內。」茉迪繼續說道：「你能不能解釋她這麼做的原因？」

「這妳得去問我女兒，她精神有毛病。」他的口氣再度顯露敵意。

「你是說你想不出莎蘭德在一九九一年有任何理由攻擊你？」

「我女兒精神有毛病。有很多檔案資料可以證明。」

茉迪頭一偏。她發現自己提問時，札拉千科的回答更具攻擊性與敵意，這一點埃蘭德也注意到了。**好吧……白臉、黑臉**。茉迪提高聲量。

「你想她的行為會不會和你曾經痛毆她母親並造成永久性的腦損傷有關？」

札拉千科轉頭面向茉迪。

「根本是胡說八道。她母親是個妓女，八成是被哪個嫖客毆打的，我只是剛好經過。」

茉迪揚起雙眉。「這麼說你完完全全是無辜的？」

「當然。」

「札拉千科……我再重述一遍，看看我了解得正不正確。你說你從未毆打你的女友，也就是莎蘭德的母親安奈妲．蘇菲亞．莎蘭德，但你當時在國安局的負責人畢約克卻寫過一份長長的報告，還蓋上『極機密』印章，而你打人這件事正是報告的重點。」

「我從未被判刑，從未被起訴，要是國安局有哪個白癡胡亂捏造報告，我也沒辦法。如果我曾經涉嫌，他們至少會訊問我吧。」

茉迪無言以對。札拉千科包在繃帶底下的臉似乎在竊笑。

「所以我要告我女兒，告她企圖殺害我。」

茉迪嘆了口氣。「我漸漸可以理解她為什麼會抑制不住衝動，拿斧頭劈你的頭了。」

埃蘭德輕咳一聲，說道：「抱歉，波汀先生……我們還是言歸正傳，說說你對尼德曼的活動有哪些了解。」

茱迪在札拉千科病房外的走廊上，打電話給包柏藍斯基巡官。

「沒有結果。」她說。

「一**點也沒有？**」包柏藍斯基問道。

「他要控告莎蘭德重傷害和殺人未遂。他聲稱和斯德哥爾摩的命案毫無關係。」

「關於莎蘭德被埋在他哥塞柏加農場的土地上，他作何解釋？」

「他說他感冒，幾乎整天都在睡覺。如果莎蘭德在哥塞柏加遭到槍擊，肯定是尼德曼自作主張做的事。」

「好，那現在掌握了些什麼？」

「她是被一把點二二口徑的布朗寧射傷，所以才能活命。凶器找到了，札拉千科承認槍是他的。」

「我懂了，換句話說，他知道我們會在槍上發現他的指紋。」

「沒錯，但他說最後一次看到這把槍的時候，還放在書桌抽屜裡。」

「也就是說那個了不起的尼德曼先生趁札拉千科睡著後，拿槍射殺了莎蘭德。眞是個冷血的混蛋！有任何證據可以反駁嗎？」

茱迪想了一下才回答說：「他熟知瑞典法律與警察辦案程序。他什麼都沒有承認，還有尼德曼當代罪羔羊。我實在不知道我們能證明什麼。我請求埃蘭德把他的衣服送往鑑識組化驗，看看有無火藥殘留，不過他一定會說他兩天前才去打靶。」

莎蘭德聞到杏仁和乙醇的味道。她覺得嘴裡好像有酒精，想要吞嚥，舌頭卻麻痺毫無知覺。她試圖睜開眼睛，卻辦不到。遠處彷彿聽到一個聲音在和她說話，卻聽不懂在說什麼。接著那個聲音變得十分清晰。

「我想她撐過來了。」

她感覺到有人在摸她的額頭，便試著想撥開這隻侵犯她的手，同時間又感覺左肩一陣劇痛，只好逼自己放鬆。

「妳聽得到我說話嗎，莉絲？」

走開。

「妳能睜開眼睛嗎？」

到底是哪個白癡在這裡嘮叨？

最後她終於睜開眼睛。起初只看到奇怪的光線，最後有個人形出現在她視野中心。她努力集中視線，人影卻不斷溜走。她覺得自己好像嚴重宿醉，床也似乎不斷往後傾。

「之頭藥。」她說。

「再說一次好嗎？」

「ㄅ癡。」她說。

「這倒很清楚。可以再把眼睛睜開嗎？」

她將眼睛睜開一條縫，看見一個完全陌生的臉，然後記住每個細節。大約一呎外，有個金髮男子傾斜著一張瘦削的臉，眼珠深藍色。

「妳好，我叫安德斯．約納森，我是醫生。妳現在人在醫院，妳受了傷，剛剛動過手術。妳能告訴我妳叫什麼名字嗎？」

「撒蘭德。」莎蘭德說。

「好，麻煩妳從一數到十好嗎？」

「一、二、四……不對……三、四、五、六……」

接著她便昏了過去。

約納森醫師對她的反應感到很開心，不但說出自己的名字也能開始數數，這表示認知能力多少仍完好如初，不會變成植物人。他寫下她清醒的時間是晚間九點零六分，手術完成到現在約莫十六小時。當天他幾乎睡了一整天，晚上七點左右又開車回醫院，其實這天他休假，不過有一些文書工作要趕著完成。

他忍不住來到加護病房，探視當天清晨被他翻弄過大腦的病患。

「讓她多睡一會，但要定時查看她的腦波圖，我擔心腦內可能會腫脹或出血。她想移動手臂的時候，左肩似乎很痛。如果她再醒來，可以每小時給她兩毫克的嗎啡。」

走出索格恩斯卡醫院大門時，他感到異常快活。

住在阿靈索斯的牙科護士卡斯培森踉踉蹌蹌走過森林時，全身不停顫抖。她嚴重失溫，因為身上只穿了一件溼的褲子和薄薄的毛線衣。赤裸的雙腳在流血。那個男人把她綁在穀倉裡，她好不容易逃出來，卻無法解開將雙手反綁在背後的繩索。十隻手指已毫無知覺。

她自覺有如地球上最後倖存者，所有人都棄她而去。

她不知道自己在哪裡。四下一片漆黑，也不知道已經漫無目的地走了多久。還能活命，她自己都感到訝異。

這時她看見林間射出一道光，立刻停下腳步。

她遲疑了幾分鐘，不敢朝亮光處走去。稍後才穿過叢叢灌木，來到一棟灰磚平房的院子。她詫異地環顧四周。

接著拖著腳步走到門口，轉身用腳跟踢門。

莎蘭德睜開眼，看見天花板有一盞燈。過了一會轉頭時，才發現自己戴著護頸。她覺得頭隱隱作痛，左肩則是劇烈疼痛，於是又閉上眼睛。

醫院，她暗想，**我怎麼會在這裡？**

她筋疲力竭，幾乎無法有條理地思考。接著記憶驀然湧現，短短幾秒內，她將自己從坑洞挖出來的片段影像迅速在腦中閃現，令她不由得驚恐起來。但她咬緊牙根，專注地調整呼吸。

她沒死，但她不確定這是不是好事。

她無法拼湊出完整的過程，只記得柴房裡一些模糊零散的畫面，還有她憤怒地掄起斧頭砍向父親——札拉千科——的臉。他是死是活？

和尼德曼之間發生什麼事，她已記不清楚，但隱約有印象他意外地逃跑了，也不知爲什麼。

忽然間，她想起看見了王八蛋**小偵探布隆維斯特**。也許一切都是夢，但她記得一間廚房，想必是哥塞柏加農舍裡的廚房，好像還記得看見他朝自己走來。**肯定是我的幻覺**。

哥塞柏加發生的事彷彿已是久遠的記憶，也可能是一場荒謬的夢。她將精神集中在此時此刻，然後再次睜開眼睛。

她傷勢很嚴重，這毋須他人告知。她舉起右手摸摸頭，纏了繃帶，脖子上有護頸，這時她全想起來了。**尼德曼。札拉千科。那個老王八蛋也有一把手槍。一把點二二的布朗寧**。這和其他手槍比較起來，只能算是玩具槍，也因此她才能活命。

我頭部中槍，手指伸進傷口還能摸到大腦。

她沒想到自己能活下來，但也覺得無所謂。如果死亡就像她醒過來之前那片黑暗空洞，就沒什麼好擔心的。反正幾乎感受不到差異。就在這番奧妙的思緒中，她又閉上眼睛再次入睡。

她才打盹幾分鐘便留意到有動靜，隨即將眼皮撐開一條縫。她看見穿著白色制服的護士正俯身查看，便又闔眼裝睡。

「我想妳醒了。」護士說。

「嗯。」莎蘭德回應道。

「妳好，我叫瑪莉安，妳聽得懂我說的話嗎？」

莎蘭德想點頭，但頭被護頸卡住了。

「不，不要亂動。妳不用怕，妳先前受傷開了刀。」

「我可以喝點水嗎？」莎蘭德小聲地說。

護士遞給她一個水杯，並插了根吸管。她喝水時，看見左手邊又出現一個人。

「嗨，莉絲，妳聽得到嗎？」

「嗯。」

「我是海倫娜．安德林醫師。妳知道妳在哪裡嗎？」

「醫院。」

「妳在約特堡的索格恩斯卡醫院。妳動了手術，現在在加護病房。」

「嗯。」

「妳不必害怕。」

「我頭部中槍。」

安德林略一遲疑，接著才說：「是的，這麼說妳記得發生了什麼事。」

「那個老王八蛋有一把槍。」

「啊……是啊，某人確實有槍。」

「一把點二二。」

「是嗎？這個我不知道。」

「我傷勢有多嚴重。」

「妳預後相當良好。妳傷得很嚴重，但我們認爲應該有機會完全復原。」

莎蘭德斟酌著這項訊息，然後試圖正眼看著醫生，視線卻變得模糊。

「札拉千科怎麼樣了？」

「誰？」

「那個老王八蛋。他還活著嗎？」

「妳指的想必是卡爾·阿克索·波汀了。」

「不，不是，我說的是亞力山大·札拉千科，這才是他的眞名。」

「這些我完全不知情。不過和妳同時入院那位年長的先生情況一度危急，但已脫離險境。」

莎蘭德的心一沉，細想著醫生的話。

「他在哪裡？」

「就在走廊另一頭。不過目前不必擔心他，妳得專心養好身子。」

莎蘭德闔上雙眼，心想不知自己能不能下得了床，找到可以當武器的東西，把問題解決。但她幾乎連眼睛都睜不開。她心想，**這次又要讓他給逃了**。她錯過了殺死札拉千科的機會。

「我想給妳作個檢查。然後妳就可以再睡了。」安德林醫師說。

布隆維斯特忽然莫名其妙地驚醒過來。他一時不知身在何處，隨後才想起自己下榻在城市旅館。四周漆黑一片。他摸索著打開床頭燈，看看時鐘。兩點。整整睡了十五個小時。

他下床後走進浴室。不可能再睡回籠覺了，於是刮了鬍子並沖澡沖了許久，然後穿上需要清洗的牛仔褲和栗色運動衫。他打電話到櫃檯，詢問這麼早能不能叫咖啡和三明治吃，夜班人員說應該沒問題。

他穿上運動夾克下樓來，點了咖啡和一份起司肝醬三明治，順便買了《約特堡郵報》。莎蘭德被捕的消息上了頭版。他帶著早餐回到房間，邊吃邊看報。報導的內容有點雜亂，但方向正確。羅納德·尼德曼，三十五歲，因殺警遭通緝。警方還想訊問他有關斯德哥爾摩的命案。警方完全沒有透露莎蘭德的狀況，也沒有提及札拉千科的名字，只說是一個現年六十六歲、來自哥塞柏加的地主，媒體顯然將他視爲無辜受害者。

布隆維斯特看完報紙後，打開手機，發現有二十則未讀簡訊。有三則是要他打電話給愛莉卡，兩則來自妹妹安妮卡，十四則來自各報社記者表示想和他談談，最後則是克里斯特傳給他的一個簡短建議：**你最好搭第一班火車回來**。

布隆維斯特皺起眉頭，克里斯特說這樣的話，很不尋常。簡訊是晚上七點零六分傳的。他壓制住凌晨三點打電話吵醒人的衝動，轉而打開 iBook，連上寬頻。前往斯德哥爾摩的頭班車五點二十分出發，至於《Aftonbladet》晚報的電子報上則沒有什麼新消息。

他開啓一個新的 Word 檔，點了根菸，盯著空白螢幕坐了三分鐘後，開始打字。

> 她名叫莉絲．莎蘭德。瑞典人從警方報告、新聞稿與晚報頭條認識了她。她今年二十七歲，身高一百五十四公分。她曾經被稱爲精神病患、殺人凶手與崇拜撒旦的同性戀。關於她，始終有無窮無盡、異想天開的謠言。本期的《千禧年》將公諸讀者，政府官員如何共謀陷害莎蘭德，以保護一個精神變態的殺人犯……

他連續寫了五十分鐘，主要是重述他發現達格與蜜亞當晚的一些重點，以及警方之所以鎖定莎蘭德爲殺人嫌犯的原因。他並引述報紙頭條提到的撒旦教女同性戀，表示媒體顯然希望這些命案涉及性虐行爲。

他看看時鐘，連忙闔上筆電，整理好行李，到樓下櫃檯用信用卡結帳後，便搭計程車前往約特堡中央車站。

布隆維斯特直接上餐車，又點了咖啡和三明治。然後再次打開電腦，將剛才寫的重看一遍。由於看得太入神而沒留意到茱迪巡官，直到她輕咳一聲，問他能不能一塊坐，他才抬起頭，不好意思地笑一笑，同時關上電腦。

「要回家嗎？」

「看來妳也是。」

警官點點頭。「我同事還要再待一天。」

「妳知不知道莎蘭德現在怎麼樣了？上次和妳見面後，我就睡死了。」

「她被送進醫院不久就動了手術，昨天傍晚清醒了。醫生認爲她能完全康復，她實在命大。」

布隆維斯特點頭贊同，也才忽然想到自己其實並不擔心她。他本來就認定她會活下來，絕不可能有其他結果。

「有發生什麼有趣的事嗎？」他問道。

茱迪暗自斟酌該對一名記者透露多少，儘管此人比她更了解這整件事。但話說回來，是她來加入他的，何況現在可能已經有上百名記者在警察總局取得資訊了。

「你不能轉述我的話。」她聲明道。

「我純粹是基於個人的好奇才問的。」

她告訴他警方已對尼德曼發出全國通緝令，尤其是在馬爾摩地區。

「那札拉千科呢？你們訊問他了嗎？」

「問過了。」

「結果呢？」

「這我不能告訴你。」

「拜託，茱迪。反正再不到一小時，等我進了斯德哥爾摩辦公室，還是會知道你們談了什麼。說吧，我一個字也不會寫。」

她略一遲疑，才迎向他凝視的目光。

「他說莎蘭德企圖殺他，所以要正式提告。她很可能會因爲重傷害與殺人未遂被起訴。」

「她大概會說是爲了自衛。」

「但願如此。」茉迪說。

「這聽起來不像官方說法。」

「波汀……札拉千科十分狡猾，面對我們他是有問必答。我相信事情多半如你昨天所說，也就是莎蘭德一輩子，從十二歲開始，都遭到不公的待遇。」

「我將會報導這則故事。」布隆維斯特說。

「有些人不會喜歡的。」

茉迪再次顯得遲疑。布隆維斯特耐心等著。

「半小時前我和包柏藍斯基談過，他沒有說得很詳細，不過關於莎蘭德謀殺你那兩位友人一案的初步調查似乎被擱置了。焦點轉移到尼德曼身上。」

「意思是……」他讓問題就這樣懸著。

茉迪聳聳肩。

「調查莎蘭德的工作將由誰接手？」

「不知道。哥塞柏加發生的事主要是約特堡方面的問題。我猜斯德哥爾摩這邊會派一個人蒐集起訴用的所有資料。」

「明白。妳覺得調查工作轉移給國安局的機率有多高？」

茉迪搖搖頭。

就在抵達阿靈索斯前，布隆維斯特傾身向前說道：「茉迪……我想妳應該了解事情的狀況。如果札拉千科的事曝光，將會引起軒然大波。國安局人員與一名精神科醫生合謀，將莎蘭德關進精神病院。現在他們唯一能做的就是死不認帳，堅稱莎蘭德精神有問題，一九九一年將她關進療養院是正確的。」

茱迪點點頭。

「我會盡一切力量反駁這種說法。我相信莎蘭德和妳我一樣健康，雖然個性確實奇怪，但智力天賦卻不容否認。」他停頓一下，讓對方能好好思考他說的話。「我需要有個信得過的內應。」

她與他四目交接。「我沒有資格評斷莎蘭德的精神有沒有問題。」

「但妳有資格說她是否遭到司法不公的對待。」

「你在暗示什麼？」

「我只是想請妳幫個忙，如果妳發現莎蘭德再次受到司法不公的對待，請告訴我。」

茱迪沒有答腔。

「我並不想知道調查細節之類的，只是需要知道她受到什麼樣的指控。」

「這聽起來倒像是讓我被解職的好方法。」

「我會當妳是線民，絕對、絕對不會提到妳的名字。」

他從筆記本撕下一頁，寫了一個電郵信箱帳號。

「這是一個無法追蹤的 hotmail 帳號，若有事告訴我，可以寫到這裡。當然了，不要用局裡的信箱，自己設一個 hotmail 的臨時帳號吧。」

她將帳號收進夾克內袋，但沒有作出任何承諾。

星期六早上七點，埃蘭德巡官被電話聲吵醒，聽見電視的聲音，還聞到廚房飄來咖啡香，妻子已經開始忙著上午的家務了。他是在執勤二十二小時後，於凌晨一點回到門達爾的公寓，因此去接電話時根本還沒清醒。

「我是夜班的李加森，你醒了嗎？」

「沒有，」埃蘭德說：「還不太清醒。什麼事？」

「新消息。找到阿妮塔．卡斯培森了。」

「在哪裡？」

「波洛斯南邊的賽格羅拉郊區。」

埃蘭德在腦中想像地理位置。

「往南。」他說：「他走小路，肯定是開上了一八〇號公路，通過波洛斯之後再往南走。通知馬爾摩方面了嗎？」

「是的，還通知了赫辛博、蘭茲克魯納和泰勒堡，還有卡斯克羅納。我想到東邊的渡輪。」

埃蘭德揉揉頸背。

「他幾乎已經超前二十四小時，說不定已經逃出國外。卡斯培森是怎麼找到的？」

「她出現在賽格羅拉郊區的一棟屋子。」

「什麼？」

「她去敲……」

「你是說她還活著？」

「抱歉，是我沒把話說清楚。那個叫卡斯培森的女人在今天凌晨三點十分，用腳踢那間屋子的大門，把已經入睡的屋主夫婦和孩子們嚇個半死。她打赤腳，失溫非常嚴重，雙手反綁在身後。她現在人在波洛斯醫院，她丈夫已經趕去。」

「眞是不可思議。我想大家都以爲她死了。」

「有時候事情總會出人意料。不過也有壞消息：郡警局副局長史龐柏從早上五點就來了。她要你馬上起床趕往波洛斯找那個女人問話。」

現在是星期六上午，布隆維斯特以為雜誌社辦公室會空無一人。列車即將進站前，他打電話給克里斯特，問他為何以那種口氣傳簡訊。

「你吃過早餐了嗎？」克里斯特問。

「在車上吃了。」

「好，到我家來，我讓你吃得豐盛一點。」

「怎麼回事？」

「來了再說。」

布隆維斯特搭地鐵到梅波加廣場，再走到萬聖街。來開門的是克里斯特的男友阿諾．馬紐松。不管再怎麼努力，布隆維斯特每次面對他總覺得像在看廣告。阿諾經常在皇家戲劇院登台，是瑞典當紅的演員之一，親眼見到他本人總有種不眞實感。布隆維斯特對明星大多印象不深，但阿諾的外表實在太獨特，又在電視與電影扮演過無數令人熟悉的角色，尤其是在一部收視長紅的九十分鐘電視影集中，飾演暴躁但率直的菲利斯克警官一角。布隆維斯特總是期待他做出與菲利斯克一模一樣的舉動。

「哈囉，麥可。」阿諾招呼道。

「哈囉。」布隆維斯特回道。

「在廚房。」

克里斯特正好將剛做好的鬆餅搭配雲莓果醬和咖啡端上桌。布隆維斯特還沒坐下便又有了食慾。克里斯特想知道哥塞柏加發生什麼事，布隆維斯特便簡要敘述一遍，直到吃到第三塊鬆餅，才想起要問他怎麼回事。

「你跑到約特堡去當你的小偵探布隆維斯特的時候，《千禧年》發生了一點小問題。」

布隆維斯特緊緊盯著克里斯特看。

「什麼問題？」

「沒什麼要緊的。愛莉卡接下了《瑞典晨間郵報》總編輯的位子，昨天是她在《千禧年》的最後一天。」

他呆坐了好幾秒才領悟這句話的意思，卻並不懷疑其眞實性。

「爲什麼她之前沒有告訴任何人？」他終於說出話來。

「因爲她想先告訴你，而你卻到處跑，都已經好幾星期找不到人，也因爲她八成認爲光是莎蘭德的事就讓你忙不過來了。她顯然想第一個告訴你，所以不能跟我們其他人說，時間就這樣一天一天過去……到後來她開始內疚得不得了，也非常沮喪。但我們誰也沒發現。」

布隆維斯特閉上眼睛。「該死！」他說。

「是啊。結果你變成全辦公室最後一個知道的人。我想找機會親自告訴你，讓你了解眞正的來龍去脈，免得你以爲有人背著你做什麼。」

「不，我沒那麼想，只不過，天哪……如果她想到《瑞典晨郵》去，得到這份工作眞是太好了……但這下我們怎麼辦？」

「下一期由瑪琳擔任總編輯。」

「瑪琳？」

「除非你自己想當……」

「不要，當然不要。」

「我也這麼想。所以瑪琳將會是總編。」

「指定編輯秘書了嗎？」

「柯特茲，他已經和我們共事四年，幾乎已不算是實習生。」

「我可以表示一點意見嗎？」

「不行。」克里斯特斷然地說。

布隆維斯特乾笑一聲。「好吧，就照你們的決定去做。瑪琳很強，但缺乏自信。柯特茲有點太常貿然行動。他們倆，我們得多看著點。」

「會的。」

布隆維斯特捧著咖啡，默默坐著。愛莉卡走了以後會有多空虛，雜誌社的前途將會如何他也不敢想。

「我得打個電話給愛莉卡……」

「最好不要。」

「什麼意思？」

「她在辦公室睡覺，你還是去把她叫醒吧。」

布隆維斯特發現愛莉卡在她辦公室的沙發床上睡得正熟。她一整夜都在清理辦公桌和書架上的個人物品，並挑出想留下的文件資料，總共裝了五大箱。他站在門口望了她一會，才走進去坐到沙發邊緣搖醒她。

「如果妳得在辦公室過夜，幹嘛不上我家去睡？」他問道。

「麥可。」她打了個招呼。

「克里斯特都告訴我了。」

她正要開說話，他卻彎下身親親她的臉頰。

「你生氣嗎？」

「氣瘋了。」他回答。

「對不起，我實在無法拒絕。可是在這麼糟的情況下丟下你們，總覺得不對。」

「我其實最沒有資格批評妳棄船潛逃。當初我丟下你們的時候，情況比現在更糟。」

「這是兩回事。你只是暫時休息，我卻要永遠離開，而且沒有告訴任何人。眞的很抱歉。」

布隆維斯特無力地笑笑。

「時候到了就是到了。」接著他又用英語加了一句：「總之就是『女人該做的事就得去做』那套鬼話。」

愛莉卡微微一笑。這是他搬到赫德比時，她對他說過的話。他伸出手，親密地撥亂她的頭髮。

「我能了解妳爲何想離開這個瘋人院……但想要領導全瑞典最乏味的老男人報社……我一時還眞難以明白。」

「現在已經有不少女孩在那裡工作。」

「胡扯。去看看報頭，一直以來都沒變過。妳肯定是個神智不清的受虐狂。要不要一起去喝杯咖啡？」

愛莉卡坐起身來。「我得聽聽約特堡發生的事。」

「我現在正在寫。」布隆維斯特說道：「刊登以後將會有場大戰。發表的時間會和開庭一致。希望妳沒有打算把這則新聞帶到《瑞典晨郵》去。事實上，我需要妳在離開前，幫忙寫一點關於札拉千科的東西。」

「麥可……我……。」

「妳的最後一篇社論。什麼時候寫都行。不管何時開庭，幾乎都不可能在那之前刊載。」

「這樣好像不太好。你覺得應該寫些什麼？」

「道德。」布隆維斯特說：「並說明因爲政府官員在十五年前瀆職，導致我們的一名同事遇害。」

愛莉卡完全明白他想要什麼樣的社論。達格遇害時，她畢竟是社裡的領導人。這麼一想，頓時整個心胸都開闊了。

「好。」她說：「我的最後一篇社論。」

第四章

四月九日星期六至四月十日星期日

到了星期六下午一點，南塔耶的佛蘭森檢察官已經仔細研究過整個案情。紐克瓦恩森林裡的埋屍處簡直混亂不堪，而且打從星期三，羅貝多在當地倉庫與尼德曼打了場拳擊之後，暴力犯罪組的員警便累積了大量加班時數。他們要處理的除了發生在倉庫附近的至少三起埋屍命案，還有莎蘭德的友人蜜莉安遭綁架毆打一案，以及最重要的縱火案。

史塔勒荷曼事件與紐克瓦恩的發現有關連，事實上地點也就在索德曼蘭郡的史崔涅斯警局管轄區內。在這整件事當中，硫磺湖機車俱樂部的藍汀是關鍵人物，但他現在人躺在南塔耶醫院，一腳打了石膏，下巴也釘了鋼板。因此，這一切罪行都在郡警局管轄範圍，也就是說斯德哥爾摩將掌握最後決定權。

星期五舉行了法院聽證會。藍汀因為和紐克瓦恩的關係而遭到正式起訴。最後終於查證出來，倉庫屬一家進口公司所有，公司登記在五十二歲的安內莉．卡爾森名下。她是藍汀的表親，住在西班牙巴努斯港，沒有前科。

佛蘭森將存放所有初步調查資料的文件夾闔上。這些都還只是初步階段，接下來還需要上百頁的詳細內容才能交付審判。但此刻得先針對幾件事作出決定。她抬頭看著警察同仁。

「我們有足夠證據指控藍汀參與綁架蜜莉安，因為羅貝多已指證他是廂型車駕駛。我還要以涉嫌縱火起訴他。至於在倉庫附近挖到的三具屍體，至少在全部確認身分之前，先不將這些命案列入他的罪行。」

警員們點頭回應，這本就在預料之中。

「那桑尼．尼米南怎麼辦？」

佛蘭森將桌上資料翻到尼米南的部分。

「此人犯罪紀錄很輝煌，搶劫、持有非法武器、傷害、重傷害、殺人及毒品罪。他在史塔勒荷曼和藍汀一起被捕，我相信他也涉案，只不過沒有證據能說服法官。」

「他說他從未去過紐克瓦恩倉庫，還說只是剛好和藍汀騎摩托車出去兜風。」代表南塔耶警局負責史塔勒荷曼一案的警員說道：「他說藍汀要到史塔勒荷曼做什麼，他毫不知情。」

佛蘭森心想不知能不能想辦法，把整個案子移交給斯德哥爾摩的埃克斯壯檢察官。

「尼米南拒絕透露事情經過，」警員繼續說道：「但強烈反駁自己參與任何犯罪。」

「你會以爲他和藍汀才是史塔勒荷曼一案的受害者。」佛蘭森氣惱地用指尖敲著桌面。「莎蘭德，」她又接著說，口氣中透著懷疑：「這個女孩看起來簡直像未成年，身高只有一百五十四公分。就噸位而言，實在很難想像她能與尼米南或藍汀較量，更何況是兩人聯手。」

「除非她有武器。手槍便可補外型的不足。」

「但這和我們重建的事發經過不太相符。」

「的確。她使用梅西噴霧器，並以非常猛烈的力道踢中藍汀的下體和臉，導致他一個睪丸破裂、下巴骨折。用槍射藍汀的腳肯定是在踢傷他以後。但我難以相信槍是莎蘭德的。」

「實驗室已確認射傷藍汀的槍是波蘭製的P—八三瓦那，使用馬卡洛夫子彈。槍在約特堡郊區的哥塞柏加找到，上面有莎蘭德的指紋，所以幾乎可以確定她帶著槍去了哥塞柏加。」

「當然，但根據序號顯示這是四年前在奧勒布魯某家槍枝專賣店搶案中失竊的手槍。搶匪最後落網，但槍卻被丟棄。他們是經常在硫磺湖機車俱樂部出沒的當地混混，所以我寧可相信攜帶手槍的人是藍汀或尼米南。」

「也許事情很簡單，就是藍汀攜槍卻被莎蘭德奪走，後來意外開槍射中他的腳，我是說莎蘭德不可能有殺人意圖，因爲他還活著。」

「她也可能純粹出於虐待癖好才開槍射他的腳。誰知道呢？但她又是如何對付尼米南？他並無明顯傷勢。」

「他胸口倒是有一處，也可以說兩處小灼傷。」

「什麼樣的灼傷？」

「我猜是電擊棒。」

「這麼說莎蘭德可能持有電擊棒、一罐梅西噴霧器和一把手槍。這麼多東西該有多重？不，我還是很確定槍要不是藍汀就是尼米南帶的，只是被她搶走了。除非涉案者當中有人願意開口，否則我們不會知道藍汀究竟是怎麼被射傷的。」

「好吧。」

「照目前的情況，依我先前所提的理由起訴藍汀，但是對尼米南卻一點證據也沒有。我考慮今天下午就將他飭回。」

尼米南離開南塔耶警局的拘留所時心情壞透了。因爲嘴巴很乾，所以第一站先到角落的小商店買一瓶百事可樂，當場就咕嚕咕嚕喝起來，另外又買一包 Lucky Strike 香菸和一盒 Göteborgs Rapé 無煙香菸①。他打開手機查看電池量，隨後撥電話給漢斯歐克．華達利，此人現年三十三歲，在硫磺湖機車俱樂部中排行老三。電話響了四聲才接通。

「是尼米南，我出來了。」

「恭喜。」

「你在哪裡？」

「紐雪平。」

「你他媽的在紐雪平幹什麼？」

「你和藍汀被抓以後，我們決定低調一點，直到局勢明朗為止。」

「現在局勢已經明朗了，大夥都到哪去了？」

華達利說出俱樂部其他五名成員的下落，尼米南聽了既不高興也沒有變得較冷靜。

「你們全都像娘們一樣躲起來，還有誰在顧店啊？」

「這樣說不公平。我們根本不知道你和藍汀在搞什麼東西，忽然間就和那個被通緝的婊子開槍互射，藍汀受傷，你也被捕。然後他們開始在我們的紐克瓦恩倉庫附近挖屍體。」

「所以呢？」

「所以呢？所以我們開始懷疑你和藍汀可能有事瞞著我們所有人。」

「你說會有什麼事？我們可是為了俱樂部才接下這個工作。」

「但從來沒人告訴我說倉庫還兼作森林墳場。那些屍體都是些什麼人？」

尼米南正想破口大罵，但及時忍住。或許華達利是個白癡，現在卻不是起爭執的時候，當務之急應該是團結大夥的力量。他好不容易撐過五次訊問沒有出紕漏，此時若在距離警局不到兩百公尺之處，用手機吹噓自己確實有些內幕消息，恐怕不是明智之舉。

「別管屍體了。」他說：「我什麼都不知道。不過藍汀的麻煩可大了。他會在牢裡待上一陣子，他不在的時候，俱樂部由我打理。」

「好，那接下來怎麼辦？」華達利問。

「現在那邊由誰看管？」

「貝尼留在俱樂部代為照顧。你們被抓那天，條子就去搜了。不過什麼也沒找到。」

「貝尼．卡爾森？」尼米南大吼道：「他根本還是個乳臭未乾的小子。」

「別緊張，另外還有那個金髮王八蛋，老是和你和藍汀混在一起的那個。」

尼米南全身血液頓時凝結。他往旁邊瞄一眼後，走到離店門較遠處。

「你說**什麼？**」他壓低聲音問道。

「常和你和藍汀混在一起的那個金髮怪物出現了，說他需要藏身的地方。」

「去你媽的，華達利！現在全國警察都在找他呀！」

「是啊……所以他才需要藏身處。不然我們還能怎麼辦？他是你和藍汀的兄弟耶。」

尼米南將眼睛閉上整整十秒鐘。這幾年來，尼德曼為俱樂部帶來許多工作機會和利益，但他絕不是朋友，他是個危險的混蛋兼病態……而且警方正在積極搜捕他。尼米南從來就不信任尼德曼。**最好的結果就是他頭部中彈之後被警方發現，那麼搜捕行動至少會稍微緩和。**

「你們怎麼處置他？」

「貝尼負責照顧他。他帶他到葉朗森家住。」

維克多．葉朗森是俱樂部的出納兼財務，就住在耶爾納近郊。他受過會計訓練，一開始為一個開連鎖酒吧的南斯拉夫人擔任財務顧問，後來整幫人因為詐欺入獄。他是九〇年代初在庫姆拉監獄結識藍汀。俱樂部成員中只有他平常會穿西裝打領帶。

「華達利，你馬上開車到南塔耶來找我，我四十五分鐘後到車站外面等你。」

「好，但為什麼這麼急？」

「我得掌控局勢。你要我搭巴士嗎？」

開車前往硫磺湖的路上，尼米南一聲不吭，華達利偷偷瞄他一眼。他和藍汀不同，從來不是很好相處。他有張模特兒般的俊俏臉龐，看起來不堪一擊，其實性情暴躁，是個危險人物，尤其是喝了酒之後。此時的他很清醒，但華達利想到將來換他當大哥便十分不安。以前藍汀多少總能壓制住尼米南，如今藍汀不在了，不知情勢會如何發展。

到了俱樂部，不見貝尼人影。尼米南打了兩次手機給他，但無人接聽。

他們又繼續開了大約半哩路，到尼米南的住處。警方也搜過這裡，但顯然沒有發現任何有利於紐克瓦恩案調查工作的事物。正因如此尼米南才得以被釋放。

他去沖澡更衣，華達利則在廚房裡耐心等候。接著他們進入尼米南住處後面的森林，走了約莫一百五十公尺後，扒開一層薄土，露出一只箱子，裡頭裝了六把槍，包括一把ＡＫ五，還有大量子彈和大約兩公斤的炸藥。這是尼米南的武器收藏。其中有兩把波蘭製的Ｐ—八三瓦那，和莎蘭德在史塔勒荷曼搶走那把屬於同一批。

尼米南驅散所有關於莎蘭德的思慮，想到她便令人不快。在南塔耶警局拘留所裡，他一次又一次在腦中回想那一幕：他和藍汀抵達畢爾曼的避暑小屋，看見莎蘭德顯然正準備離去。

一切發生得迅速且出人意料。他和藍汀騎車過去，是聽從那個該死的金髮怪物的命令，爲了燒毀那棟該死的避暑小屋。不料無意中遇見那個婊子莎蘭德——她獨自一人，身高一百五十四公分，骨瘦如柴。尼米南很好奇她到底多重。接著事情全走了樣，還爆發出他們倆誰也想不到的連串暴行。

若以客觀的角度，他倒是可以描述出這串過程。莎蘭德拿一罐梅西噴霧器，往藍汀臉上噴。藍汀本該有所提防，但他沒有。她踢了他兩下，而踢碎下巴也毋須太大力氣。**她襲擊成功，這說得過去。**

但接下來，他，就連受過精良訓練的人也會避免與其正面衝突的桑尼．尼米南，竟也被她制伏。**她動作太快，他還沒來得及掏槍。她輕而易舉地將他制伏，就像打發一隻蚊子。太丟臉了。她有支電擊棒，她有……**

他甦醒後什麼也記不得。藍汀的腳挨了一槍，警察隨後趕到。史崔涅斯和南塔耶警方針對管轄權幾經商討後，把他送進了南塔耶的拘留所。此外，她還偷了藍汀的哈雷機車。**她割下他皮夾克上的標誌——在酒吧排隊的人見到他之所以會退到一旁，他之所以擁有大多數人渴求不到的地位，正是因爲這個標誌。她**

羞辱了他。

尼米南怒不可遏。整個訊問過程中，他始終守口如瓶。他永遠無法開口說出史塔勒荷曼發生的一切。在此之前，莎蘭德對他而言毫無意義，充其量只是藍汀搞出來的一個次要小計畫……又是那個要命的尼德曼下的命令。如今他痛恨她的程度連他自己都感到訝異。通常他不是個會冷靜分析情勢的人，但他知道將來總有一天，他會讓她付出代價以洗刷恥辱。不過首先他得穩住硫磺湖機車俱樂部因莎蘭德與尼德曼而陷入的混亂局面。

尼米南拿起剩餘的兩把波蘭手槍，裝上子彈，然後將一把遞給華達利。

「有什麼計畫嗎？」

「我們要去和尼德曼談談。他不是我們的人，也沒有前科。我不知道他被抓以後會怎麼樣，但萬一他說了什麼，我們可能都得去坐牢。而且速度會快得讓你頭暈。」

「你是說我們應該……」

尼米南已經決定非解決尼德曼不可，但他知道現在最好不要把華達利嚇跑。

「我不知道，得先看看他有何盤算。如果他想盡快出國，我們可以幫他安排。但只要他有被捕的危險，對我們就是一大威脅。」

尼米南和華達利在薄暮時分到達葉朗森住處，屋內沒有燈光。這不是好現象。他們坐在車內等著。

「說不定他們出去了。」華達利說。

「是啊，他們和尼德曼去酒吧了。」尼米南邊打開車門邊說。

前門沒上鎖。尼米南打開天花板的一盞燈後，兩人一個一個房間查看。屋子收拾得整齊乾淨，很可能得歸功於和葉朗森同居的女人，他忘了她叫什麼名字。

他們在地下室發現葉朗森和女友被塞在洗衣間。

尼米南彎身看了看屍體，然後伸出一根手指摸摸這個他忘記名字的女人，已經冰冷僵硬。這表示他們可能已經死了二十四小時。

尼米南不需要法醫也猜得出他們是怎麼死的。她的頭被扭轉一百八十度，脖子斷了。她身穿T恤和牛仔褲，看不到有其他外傷。

然而葉朗森只穿著內褲，還被毆打過，全身都是血漬與瘀青。兩隻手臂彎曲成不可思議的角度，像扭曲糾結的樹枝。他所遭受的毆打只能說是凌虐，據尼米南判斷，他最後的死因是脖子上挨了一拳，連喉頭都深陷進去。

尼米南爬上階梯，走出大門，華達利跟隨在後。尼米南走到五十公尺外的穀倉，彈開搭扣鎖，將門打開。

裡頭有一輛一九九一年的深藍色雷諾。

「葉朗森開什麼車？」尼米南問道。

「他開紳寶。」

尼米南點點頭，從夾克口袋掏出幾把鑰匙，打開穀倉另一頭的門。很快地掃視過後，知道他們來得太遲了。重裝武器櫃已門戶洞開。

尼米南皺起臉來。「大約八十萬克朗。」他說。

「什麼？」

「硫磺湖機車俱樂部大概藏了八十萬克朗在這個櫃子裡，那是我們的金庫。」

只有三個人知道俱樂部所有等著投資、洗錢的現金放在哪裡：葉朗森、藍汀和尼米南。**尼德曼在跑路，需要現金，他知道葉朗森是管錢的人。**

尼米南關上門，緩緩離開穀倉。他心思飛快地轉著，試圖分析這場災難的結果。硫磺湖機車俱樂部的資產有一部分是債券，他能動用，還有一些投資也可以靠藍汀的協助重整。但絕大部分都只存列在葉朗森的腦子裡，除非他曾向藍汀詳細說明，但尼米南認爲不太可能，因爲藍汀向來不善理財。他估計葉朗森的死讓俱樂部損失了高達六成的資產，這是致命的打擊，尤其他們還需要現金應付日常開銷。

「現在該怎麼辦？」華達利問道。

「我們去向警察密告這裡發生的事。」

「向警察密告？」

「沒錯，整間屋子都是我的指紋。我要他們盡快發現葉朗森和他的女人，好讓鑑識結果證明他們死的時候我還被關著。」

「我懂了。」

「那就好。去把貝尼找來，我有話跟他說，如果他還活著的話。然後我們得追蹤尼德曼，還要動用我們在北歐各地俱樂部的所有人脈睜大眼睛盯著。我非讓那個王八蛋好看不可。他八成是開著葉朗森的紳寶，去把車牌號碼找出來。」

星期六下午兩點莎蘭德醒來時，有個醫生正在戳她的身子。

「早啊。」他說：「我是貝尼．史凡特森醫師，妳會痛嗎？」

「會。」莎蘭德說。

「我馬上幫妳開止痛藥，不過我得先檢查一下。」

他在她傷痕累累的身上又捏、又戳、又摸的，檢查結束後，莎蘭德惱怒到極點，但忍住沒有發作。她已經精疲力竭，心想最好不要再因爲吵架而住院住得更不舒服。

「我的情況怎麼樣？」她問道。

「妳會撐過去的。」醫生邊說邊做些紀錄，之後才站起來。這回答對於了解病情幫助不大。

醫生離開後，一名護士進來拿便盆幫莎蘭德解便，然後又讓她繼續睡。

札拉千科——即波汀——吃了一頓流質午餐。臉上肌肉只要稍微一動，下頷與顴骨便感到刺痛，更別說是咀嚼了。前一晚的手術在他下頷骨釘了兩根鈦合金骨釘。

但疼痛是可以忍受的。札拉千科已習慣疼痛。十五年前，他在車內像火炬一樣燃燒過後，痛苦了幾個星期，甚至幾個月，後續的照護有如漫長的折磨，再也沒有什麼會比當時更痛苦。

醫生判定他已無生命危險，但傷勢十分嚴重。由於年齡的關係，他還得在加護病房多待幾天。

星期六，來了四名訪客。

早上十點，埃蘭德巡官又來了。這回他沒有帶那個討厭的女人茉迪，而是由霍姆柏巡官陪同，此人討喜多了。他們問了關於尼德曼的事，問題與前一晚大同小異。他有條不紊地敘述，沒有說溜什麼。當他們開始質問他是否涉及毒品交易與其他罪行，他也再次否認，說自己對此毫不知情。他是靠殘障津貼度日，實在不知道他們在說些什麼。他將一切過錯推諉給尼德曼，並表示願意盡力協助警方找到逃犯。

只可惜他幫不上太大的忙，因為他不清楚尼德曼平時的交友圈，也不知道他會找誰掩護。

十一點左右，檢察官辦公室來了個人，沒有停留太久，只是正式告知他涉嫌重傷害或謀殺莎蘭德未遂。札拉千科耐著性子解釋說自己才是受害者，是莎蘭德試圖謀害**他**才對。檢察官辦公室的人表示可以提供法律上的協助，為他請公設辯護人。札拉千科說他會考慮。

但他並不打算這麼做。他已經有律師，而且當天上午第一件要緊事就是打電話給律師，要他盡快趕過來。因此當天第三名出現在札拉千科病榻前的訪客，正是馬丁·托瑪森。他悠哉悠哉地晃進來，用手梳過濃密的金髮，調整一下眼鏡，然後與他的當事人握手。他是個圓圓胖胖、十分迷人的人。沒錯，他涉嫌為南斯拉夫黑手黨跑腿當差，案子還在調查中，不過他也是出了名的常勝律師。

五年前，札拉千科需要重整一些與他在列支敦斯登某間小型金融公司有關的資金，透過一名合夥人介紹找上了托瑪森。其實金額不大，但托瑪森技巧高超，使得札拉千科毋須繳稅，因此後來又委託他辦了另外幾件事。托瑪森知道那是犯罪所得，卻似乎並不感到困擾。最後札拉千科決定將整個事業重整到一間登記在尼德曼與他名下的新公司，並主動向托瑪森提議讓他成爲第三名合夥人，但不過問公司業務，只負責處理財務。托瑪森立刻接受了。

「波汀先生啊，你這樣子看起來一點也不好玩。」

「我被人重傷害，對方還企圖謀殺我。」札拉千科回答。

「看得出來。我若猜得沒錯，應該是一個叫莉絲．莎蘭德的人。」

札拉千科壓低聲音說：「你也知道，我們的合夥人尼德曼這回眞是出醜了。」

「的確。」

「警方懷疑我涉案。」

「你當然沒有。你是受害者，而且我們一定要馬上讓你以被害人的形象見報。之前莎蘭德小姐已經有不少負面新聞……這我會處理。」

「謝謝。」

「不過一開始我就得提醒你，我不是刑事辯護律師，你需要這方面的專業人才。我會替你找一個可靠的人。」

第四名訪客是在星期六晚上十一點來的，他向護士出示證件，說是有急事，隨後便被帶到札拉千科的房間。病人還醒著，嘴裡嘟噥著埋怨。

「我叫約奈思．桑柏。」他自我介紹的同時伸出手來，札拉千科卻視若無睹。

此人三十來歲，一頭紅棕色頭髮，只簡單穿著牛仔褲、格子襯衫和皮夾克。札拉千科細細打量了他十五秒。

「我還在想你們的人什麼時候會出現。」

「我是國安局的人。」約奈思說著出示自己的證件。

「我不信。」札拉千科說。

「你說什麼？」

「你也許在國安局工作，但你不是他們的人。」

約奈思環顧病房之後，拉來一張訪客椅。

「我這麼晚來是不想引人注目。我們討論過該如何幫助你，現在我們得針對事發經過協商出一致的說法。我來只是想聽聽你的版本，問問你的打算……以便想出一個共同策略。」

「你們有想到什麼策略？」

「札拉千科先生……如今已經啓動法律程序，損害恐怕難以預料。」約奈思說道：「我們已經商量過。哥塞柏加的墳坑，還有那個女孩身中三槍的事實，都很難三言兩語搪塞過去。但也不是完全沒希望。你和女兒之間的衝突可以解釋你對她的恐懼，以及你爲何採取如此激烈的手段……不過你恐怕也得坐牢一陣子。」

札拉千科覺得好笑之至，若非臉上纏滿繃帶，他眞想放聲大笑。但此時只能微微翹起嘴唇，做任何再大一點的動作都太痛了。

「這就是你們的策略？」

「札拉千科先生，你也明白損害控制的概念。我們不得不協商出一個共同策略。我們會盡一切力量協助你找律師等等……但也需要你的合作與某種程度的保證。」

「我只會向你們保證一件事。首先你們得想辦法讓這一切消失。」他手往外畫一圈。「尼德曼是代罪羔羊，我保證誰也找不到他。」

「有鑑識證據……」

「**去他媽的**鑑識證據。重要的是警方如何調查以及事實如何呈現。我可以保證的是……如果你們不揮魔法棒，把這一切都變不見，我就要召開記者會。我知道人名、日期、事件。我想我不需要提醒你我是誰吧？」

「你不明白……」

「我完全明白。你只是跑腿的，所以回去把我的話轉告上司，他會了解。告訴他說我手裡有副本……所有的副本。我可以把你們全拖下水。」

「我們得達成協議。」

「談話到此結束，出去吧。跟他們說下一次要和我商量事情，找個大人來。」

札拉千科說完便將頭轉開。約奈思看了他一會，才聳聳肩站起來。就在他快走到門邊時，又聽到札拉千科的聲音。

「還有件事。」

約奈思轉身聽著。

「莎蘭德。」

「她怎麼了？」

「她必須消失。」

「什麼意思？」

約奈思有一度顯得非常緊張，札拉千科忍不住微微一笑，儘管下巴劇痛難當。

「我知道你們這群膽小鬼顧忌太多，下不了手，甚至是沒有本領殺她。誰來做呢……你嗎？不過她非消失不可。她的證詞必須被視爲無效。她得一輩子關在精神病院。」

莎蘭德聽見走廊上有腳步聲，是以前從沒聽過的。

她的房門整晚都開著，護士每十分鐘就要進來查房。她聽到有個男人就在她房門外向護士解釋，說他有急事要見波汀先生。她聽見他出示證件，但從對話完全猜不出他是誰，出示的又是什麼證件。

護士先去看看波汀是否還醒著，請他稍等。莎蘭德斷定，無論他的身分為何，肯定是極具說服力。

她聽見護士往左手邊的廊道走去，總共走了十七步，同樣的距離，那名男性訪客只走了十四步。平均大約十五點五步。她估計每一步若是六十公分，再乘以十五點五，表示札拉千科就在左邊走廊上距離九百三十公分的房間裡。好，大約十公尺。她估計自己房間寬約五公尺，所以和札拉千科的病房中間應該還隔著一間病房。

根據她床頭櫃上電子鐘的綠色數字顯示，探訪時間剛好九分鐘整。

自稱約奈思的人走後，札拉千科醒著躺了許久。他猜想那不是他的真名，依他的經驗，即使在毫不必要的情況下，瑞典的業餘間諜也很愛用化名。如此看來，約奈思——或者不管他叫什麼——是第一個指標，顯示「小組」已經注意到札拉千科的情況。想想媒體關注的程度，這也是難免的。但此人來訪證實了他的情況使他們感到焦慮。最好是如此。

他斟酌了正負兩面的影響、列出所有可能性、摒除許多選項。他非常清楚一切情況已經糟得不能再糟。假如沒有出差錯，現在的他還在哥塞柏加的家中，尼德曼已平安出國，而莎蘭德則埋在地底洞穴。儘管他已大致了解事情經過，卻怎麼也想不通她是怎麼自己爬出尼德曼挖的洞、一路走回農場，還用斧頭砍了他兩下讓他差點一命嗚呼。她實在太詭計多端。

話說回來，尼德曼出了什麼事，又為什麼自顧自逃命而沒有留下來解決莎蘭德，他倒是心知肚明。他知道尼德曼的腦子不太對勁，常會看到幻影——甚至看到鬼。尼德曼不只一次出現不理性的行為，有時還嚇得蜷縮起身子，最後都得札拉千科出面解決。

這讓他很擔憂。他相信既然尼德曼尚未落網，那麼從哥塞柏加逃離後的二十四小時，他的行動想必很正常。他很可能去了塔林，向與札拉千科犯罪帝國有聯繫的人尋求保護。目前令他擔心的是，誰也說不準尼德曼的心智功能何時會癱瘓。如果發生在他試圖逃離的期間，他可能會犯錯，而他一犯錯就可能被捕。

他絕不會乖乖就範，這麼一來警察會死，尼德曼很可能也會死。

想到這裡，札拉千科不禁感到心煩。他不想要尼德曼死。尼德曼是他兒子，但遺憾的是他也不能被活逮。他從未被逮捕過，札拉千科無法預料他接受訊問時會有何反應。他理應保持緘默，但札拉千科憂心他做不到，所以最好還是被警察給殺死。兒子死了固然令他傷心，但若非如此情況會更糟。假如尼德曼說了什麼，一輩子要待在牢裡的就是札拉千科自己了。

如今尼德曼已經逃亡四十八小時，還沒有被捕。這是好事，表示尼德曼一切正常，而一切正常的尼德曼無人能敵。

然而長期而言還有另一項隱憂。他不知道少了父親引導的尼德曼該如何獨自度日。這些年來他發現，只要他不再下指令或是給尼德曼太大的自主權，兒子就會不知不覺地進入猶豫不決的怠惰狀態。

札拉千科曾多次承認，自己的兒子未能具有某些特質是恥辱也是遺憾。尼德曼無疑是天賦異稟，身體上的一些特質讓他成為難以對付且令人畏懼的人。他也是個冷靜又優秀的謀畫者。但問題在於他完全沒有領導天分，總是需要有人告訴他該籌畫些什麼。

不過眼下這一切都已在札拉千科的掌控之外。現在他得專注在自己身上。他的處境很危險，也許是前所未有的危險。

托瑪森律師稍早前的來訪，並未讓他完全放心。托瑪森從以前到現在始終是企業律師，無論他在那方面表現多傑出，這次畢竟是不同領域的事，他的幫助不會太大。

接著又有那個自稱約奈思的人來訪。約奈思提出一線強烈許多的生機，但這絲生機也可能是個陷阱，他得下對棋，也得掌控局面。掌控才是最重要的。

最後他還有自己的資源可以依靠。目前他需要醫療照護，但再過幾天，也許一星期，他便能恢復體力。萬一事情到了緊要關頭，他恐怕也只能靠自己，也就是說他必須從將他團團圍住的警察眼前消失不見。他將需要一個藏身處、一本護照和一點現金。這些托瑪森都能提供。但首先他得強健起來才能逃亡。

凌晨一點，夜班護士進來探了探，他假裝睡著。當她關上門後，他費力地坐起身來，兩腳垂在床邊，靜靜坐了一會，測試自己的平衡感。接著小心地將左腳放到地上，幸好斧頭砍中的是已經殘廢的右腳。他從床邊的櫃子取出義肢，裝到截肢了的腳上，然後站起來，先將全身重量放在完好的一腳，再試著以右腳站立。轉移重心時，右腳立刻感到一陣刺痛。

他咬緊牙根，往前踏一步。他需要拐杖，也很確定醫院很快就會提供給他。他倚著牆壁，一跛一跛走到門邊，花了幾分鐘時間，而且每走一步就得停下來緩和疼痛。

他以單腳支撐著，將房門打開一條縫往走廊上窺視，一個人影也沒有，於是他把頭再往外探一點。這時聽到左邊有微弱的說話聲，轉頭一看，只見走廊另一頭約二十公尺處的護理站內有一群夜班護士。

他轉頭向右，看見了另一端的出口。

當天稍早他詢問過莎蘭德的狀況，他畢竟是她父親。護士們顯然已接到指示，不得討論其他病患病情。有一名護士雖只是用平淡的口氣說她狀況穩定，卻仍下意識地瞥了左邊一眼。

莎蘭德就在他的房間和出口之間的某間病房內。

他小心地關上門，跛行回床，脫下義肢。終於鑽入被窩時已是汗水淋漓。

霍姆柏巡官在星期日午餐時間回到斯德哥爾摩，人又餓又累。他搭地鐵到市政府站，步行前往柏爾街的警察總局，來到包柏藍斯基巡官的辦公室。茉迪與安德森已經到了。包柏藍斯基在星期日召集他們開會，因爲他知道負責初步調查的埃克斯壯正在其他地方忙著。

「謝謝你們來。」包柏藍斯基說道：「我想我們也該安安靜靜地討論，試著理出一點頭緒來。霍姆柏，有什麼新消息嗎？」

「我在電話上都說了。札拉千科絲毫不肯鬆口，堅稱自己是無辜的，沒什麼好說。只不過……」

「什麼？」

「茉迪說得沒錯，他是我見過最卑鄙的人之一。聽起來可能很蠢，警察不應該用這種字眼思考，不過他那狡猾的表面底下眞的有種很可怕的東西。」

「好。」包柏藍斯基清清喉嚨。「我們有何進展？茉迪？」

她無力地笑笑。

「這一回合私家偵探獲勝。我在公家檔案中完全找不到札拉千科的名字，倒是有一個卡爾·阿克索·波汀，好像是一九四二年出生在烏德瓦拉。父母親喬治和瑪麗安·波汀，死於一九四六年一場車禍。卡爾·阿克索·波汀由住在挪威的叔叔撫養長大，所以直到他在七〇年代搬回瑞典之前都沒有他的紀錄。布隆維斯特說他是從蘇聯叛逃的ＧＲＵ情報人員，這點似乎無法證實，但我傾向於相信他。」

「好，所以這是什麼意思？」

「很明顯地他被賦予了假身分。這肯定經過有關單位的同意。」

「妳是說國安局的秘密警察？」

「那是布隆維斯特說的，但我不知道究竟是怎麼做的。這說法成立的前提是，他的出生證明與其他不少文件都是造假，然後偷偷塞進公家檔案庫。我不敢評論這種行爲的法律後果，很可能得看是誰作的決定。但要讓這些合法，作決定的肯定是相當高層級的人。」

四名刑警思索著此話中的含意，辦公室內一片沉寂。

「好吧。」包柏藍斯基說道：「我們只是四個笨警察。如果這案子涉及政府官員，我不打算訊問他們。」

「嗯。」安德森也說：「這可能導致憲政危機。在美國，可以在一般法院詰問政府官員，但在瑞典卻得透過憲政委員會。」

「但我們可以問問老闆。」霍姆柏說。

「問老闆？」包柏藍斯基不明白。

「圖爾比約恩・費爾丁②，他是當時的首相。」

「你是說直接找上門去，問前首相有沒有替一個叛逃的俄國間諜假造身分證件？不會吧。」

「費爾丁住在海諾桑的歐斯，距離我的家鄉只有幾哩路。我父親是中央黨黨員，和費爾丁熟識，我從小到大見過他幾次。他很平易近人。」

另外三名巡官詫異地望著霍姆柏。

「你認識費爾丁？」包柏藍斯基半信半疑。

霍姆柏點點頭。包柏藍斯基噘起嘴來。

「老實說，」霍姆柏接著說道：「如果能得到前首相的陳述，便能解決不少問題，至少可以知道我們在整件事當中的立場。我可以去找他談。如果他什麼都不肯說，只好順其自然。但如果他願意說，我們就能省下很多時間。」

包柏藍斯基考慮他的提議後，搖搖頭。眼角則瞥見茉迪和安德森兩人在深思後也點頭認同。

「霍姆柏……謝謝你的提議，但我想這個想法還是暫時先緩緩。再回到我們的案子吧，茉迪。」

「據布隆維斯特說，札拉千科是一九七六年來的。依我推測，他的消息來源只可能有一個。」

「畢約克。」安德森說。

「畢約克跟我們說了什麼？」霍姆柏問道。

「不多。他說這全是機密資料，沒有上級准許，他什麼都不能說。」

「他的上級是誰？」

「他不肯說。」

「那麼他接下來會如何？」

「我以違反娼妓法逮捕了他。達格的筆記裡有完善的資料。埃克斯壯很氣惱，但我已經寫了報告，要是他結束初步調查可能會給自己惹上麻煩。」安德森說。

「了解。違反娼妓法。可能會罰他日薪十倍的罰款。」

「應該是。不過反正他已經牽涉進來，我們可以再傳訊他。」

「只是現在幾乎就要侵犯到國安局的範圍，可能會引起一些騷動。」

「問題是如果國安局沒有涉入，這一切都不會發生。札拉千科可能眞的是叛逃並受到政治庇護的俄國間諜，他也可能以專家、線民或任何頭銜爲國安局工作，所以有正當理由讓他匿名並提供假身分。可是有三個問題。第一，一九九一年導致莎蘭德被關的那次調查工作是不合法的。第二，從那時起，札拉千科的活動就和國家安全毫無關係，他只是一個普通的黑道分子，很可能涉及幾起命案與其他犯罪活動。第三，莎蘭德確實在他哥塞柏加的農場土地上遭到射殺並活埋。」

「說到這個，我還眞想看看那份大名鼎鼎的報告。」霍姆柏說。

包柏藍斯基臉色一沉。

「霍姆柏……事情是這樣的：星期五埃克斯壯要求看報告，後來我請他歸還，他說他會給我副本，但一直沒給，反而打電話告訴我說他和檢察總長談過，發現有個問題。據總長說，報告被列爲最高機密就表示不得傳播或影印。總長還要求回收所有文件直到案子調查清楚，也就是說茉迪也得交出她手上的資料。」

「這麼說報告已經不在我們手上了？」

「是的。」

「該死。」霍姆柏說：「從頭到尾沒一件事順利。」

「我知道。」包柏藍斯基說：「最糟的是顯然有人在跟我們作對，而且動作非常迅速又有效率。我們好不容易因爲這份報告找到正確線索。」

「所以我們得找出是誰在和我們作對。」霍姆柏說。

「等等。」茉迪說：「我們還有彼得·泰勒波利安。他曾經爲我們分析莎蘭德，協助調查。」

「沒錯。」包柏藍斯基的聲音更低沉了。「他怎麼說來著？」

「他非常擔心莎蘭德的安全，也希望她好。但討論結束後，他說莎蘭德有致命的危險性，很可能會拒捕。我們的推斷有一大部分是以他所說的內容爲依據。」

「法斯特完全受他煽動。」霍姆柏說：「對了，有沒有法斯特的消息？」

「他請了幾天假。」包柏藍斯基冷冷地回答。「現在問題在於**我們**應該從何著手。」

接下來他們花了兩小時討論一些可能性，最後只作出一個實際的決定，就是讓茉迪隔天去約特堡看看莎蘭德有沒有什麼話說。最後解散後，茉迪和安德森一起走到車庫。

「我在想……」安德森話說到一半。

「想什麼？」

「我們和泰勒波利安談的時候，只有妳對他的回答提出反駁。」

「所以呢？」

「所以……呃……直覺很靈。」他說。

安德森向來不善於讚美人，這絕對是他第一次對茉迪說出這種正面或鼓勵的話。他走後，留下茉迪一臉愕然地站在車子旁邊。

---

①是磨碎的潮溼菸草，以散裝或裝在迷你茶包袋中的方式置於上唇下方。無煙菸草的尼古丁含量與一般香菸相當，但製作過程可降低菸草中可能致癌的亞硝胺的形成。無煙菸草還有鼻菸、嚼用菸草、溼菸和乾菸等形式。約有超過一百萬瑞典成人使用這類產品。

②Thorbjörn Fälldin（1926-），一九七六至一九八二年間曾擔任三屆瑞典首相。一九七一至一九八五年任瑞典中央黨領袖。一九八五年第二次大選失敗以後，他便辭去黨主席職務並退出政壇，返回家鄉農場。

第五章

四月十日星期日

布隆維斯特與愛莉卡一起度過星期六夜晚。他們躺在床上，詳細地談論札拉千科一案的細節。布隆維斯特對愛莉卡是絕對的信任，從無一刻因爲她即將爲競爭對手效力而無法暢所欲言，而愛莉卡也從未想過將這篇報導帶過去。這是《千禧年》的獨家，只不過無法主編這一期讓她頗爲沮喪，否則這將爲她在《千禧年》畫下完美的句點。

他們也討論了雜誌社未來的組織結構。儘管不能干涉雜誌的內容，愛莉卡仍決心保留她的股份，繼續當董事。

「讓我到日報去待幾年，再來誰曉得呢？也許我退休前還會再回《千禧年》。」她說。

至於他們倆複雜的關係，又何必非要改變不可？只是見面不會再如此頻繁了。就像八〇年代，《千禧年》尚未成立前，他們各有各的工作時那樣。

「我想以後我們見面得先預約。」愛莉卡說著淡淡一笑。

星期日早上，他們匆匆道別後，愛莉卡便開車回家到丈夫葛瑞格．貝克曼身邊。

她走後，布隆維斯特打電話到索格恩斯卡醫院，試圖打聽莎蘭德的情況。沒有人肯透露任何消息，他只得打給埃蘭德巡官，警官可憐他，這才吐露：以目前的情形看來，莎蘭德狀況不錯，醫生們都抱持審愼樂觀的態度。他問能不能去看她。埃蘭德回說莎蘭德其實已經被捕，檢察官不會答應讓她見任何人，但反正她也無法接受訊問。埃蘭德又說如果她的情況惡化，會打電話通知他。

布隆維斯特查看手機發現有四十二通留言與簡訊，幾乎全都來自記者。自從得知是布隆維斯特找到莎蘭德，甚至很可能還救了她一命之後，媒體便開始胡亂臆測。他顯然與事件的發展有密切關係。

他刪掉所有來自記者的留言後，打給妹妹安妮卡，邀她中午一塊吃飯。接著打給米爾頓保全的執行長德拉根．阿曼斯基，他正在利丁哥的家中。

「你對上頭條確實很有一套。」阿曼斯基說。

「這個星期本來想打電話給你，聽說你在找我，可是一直沒時間……」

「我們米爾頓一直都在持續調查。我從潘格蘭那裡聽說你有一些資訊，不過你似乎遙遙領先我們。」

布隆維斯特略一遲疑才說：「我能相信你嗎？」

「我不明白你的意思。」

「你是不是站在莎蘭德這邊？我能相信你是眞心希望她好嗎？」

「我是她的朋友。不過你也知道，這並不表示她是我的朋友。」

「我明白。但我想問的是你願不願意和她站在同一陣線，與她的敵人展開激戰。」

「我支持她。」他說。

「如果我告訴你某些訊息並且和你討論，你應該不會洩漏給警方或其他人吧？」

「我不能捲入犯罪活動。」阿曼斯基說。

「我不會要求你這麼做。」

「只要別告訴我你正在進行某種犯罪活動，那麼你可以百分之百相信我。」

「這樣就好。我們得見一面。」

「今晚我會進市區。晚餐行嗎？」

「今天我不行，但如果能約明天晚上，我會很感謝。你和我，也許還有其他幾個人應該坐下來好好談談。」

「歡迎你到米爾頓來，就約六點如何？」

「還有一件事……待會我要去見我妹妹安妮卡．賈尼尼律師。她正在考慮爲莎蘭德辯護，但她不能做白工。我可以自掏腰包付她一部分費用，米爾頓公司能不能也奉獻一點？」

「那孩子將會需要一個頂尖的刑事辯護律師，請恕我直言，但令妹恐怕不是最佳人選。我已經和米爾頓的首席律師談過，他正在研究。我想到的是像彼得．亞亭①之類的人。」

「這樣做不對，莎蘭德需要的是截然不同的法律協助，等我們細談你就會明白了。不過原則上，你願意幫忙嗎？」

「我都已經認定米爾頓應該爲她請個律師了……」

「所以是願意或不願意？我知道她出了什麼事，我大概知道整個內幕，而且我有策略。」

阿曼斯基笑起來。

「好吧，我就聽聽你怎麼說。合我意的話，就算我一份。」

布隆維斯特親親妹妹的臉頰後立即問道：「妳要替莎蘭德辯護嗎？」

「我必須拒絕。你也知道我不是刑事辯護律師。即使殺人一項她被判無罪，也還有其他許多罪名。她會需要一個影響力與經驗與我截然不同的人。」

「妳錯了。妳是律師，而且以爭取女權聞名。幾經深思熟慮，我認爲妳正是她需要的律師。」

「麥可……我想你不太了解這涉及到什麼。這是個複雜的刑事案件，而不只是對女人的性騷擾或施暴這麼簡單。如果我爲她辯護，結果可能會很慘。」

布隆維斯特微笑著說：「是妳沒弄明白。如果她是因爲──比方說──達格和蜜亞的命案被起訴，我會去找席柏斯基②等重量級的刑事辯護律師。但這次審理的案子卻是完全不一樣。」

「你最好解釋清楚。」

他們談了將近兩小時，一面吃三明治、喝咖啡。布隆維斯特敘述完畢後，安妮卡也被說服了。他拿起手機，又打了通電話給約特堡的埃蘭德巡官。

「你好，又是我，布隆維斯特。」

「我沒有莎蘭德的任何消息。」從口氣聽得出他十分氣惱。

「我想這是好消息。不過我倒是有一些消息。」

「什麼？」

「她已經有個律師名叫安妮卡·賈尼尼，現在就在我旁邊，我請她和你說。」

布隆維斯特將手機遞向桌子另一邊。

「我是安妮卡·賈尼尼，我已經決定擔任莉絲·莎蘭德的辯護律師。我得見見我的當事人，徵求她的同意。另外我還需要檢察官的電話號碼。」

「據我所知，」埃蘭德說：「已經爲她指派公設辯護人了。」

「是嗎？但有沒有問過莎蘭德的意思？」

「老實說……我們還沒有機會問她話。如果她狀況夠好，希望明天就能和她談。」

「好，那麼我現在就告訴你，在莎蘭德小姐開口拒絕之前，你可以把我視爲她的法定代理人。除非我在場，否則你們不能訊問她。你們可以跟她打個招呼，問她接不接受我當她的律師。但也僅只如此而已。明白了嗎？」

「明白了。」埃蘭德明顯地嘆了口氣。對於這點，他不十分清楚法律究竟如何規範。「我們的第一要務是想知道她有沒有任何關於尼德曼下落的訊息。可以問她這個嗎……即使妳不在場？」

「那沒關係……你可以問她有關警方搜捕尼德曼的事，但凡是關係到她可能被起訴的問題都不能問，同意嗎？」

「我想這沒問題。」

埃蘭德巡官從辦公桌起身，上樓去向初步調查的負責人葉華轉達他與安妮卡的談話內容。

「顯然是布隆維斯特聘請她的，我想莎蘭德毫不知情。」

「安妮卡專攻女權，我聽過一次她的演講。她很精幹，但完全不適任這個案子。」

「這得由莎蘭德決定。」

「我可能得在庭上對此決定提出異議……為了這女孩著想，她得有適當的辯護人，不能只是個博取新聞版面的名人。而且莎蘭德還被宣告為法定失能，不知道這對事情有無影響。」

「我們該怎麼辦？」

葉華思索片刻。「真是一團亂。我不知道這個案子將由誰負責，又或者會不會轉移到斯德哥爾摩給埃克斯壯。無論如何她都需要一個律師。好吧……問問她要不要安妮卡。」

布隆維斯特在下午五點回到家後，打開電腦，繼續接著寫他在約特堡旅館沒寫完的文章。持續工作了七個小時，他也發現到文章裡有幾個顯而易見的漏洞。還有很多需要調查的地方。根據既有的資料，有一個問題他無法回答，那就是國安局內部除了畢約克，還有誰共謀將莎蘭德關進精神病院？至於畢約克與精神科醫師泰勒波利安之間的關係，他也尚未觸及核心。

最後他關上電腦，上床睡覺。一躺下來，馬上覺得可以輕鬆安穩地睡個好覺，幾星期以來他第一次有這種感覺。故事已在他的掌控中。不管還有多少問題無解，他掌握的資料也已足以引爆所有新聞頭條。

儘管夜已深，他還是拿起電話，打算告知愛莉卡最新發展。但及時想起她已離開《千禧年》，頓時又感到難以成眠。

列車於晚間七點半抵達斯德哥爾摩中央車站，一名男子提著棕色公事包，小心翼翼地下車，在旅客人海中站了一會，觀察周遭環境。上午八點剛過，他從拉荷姆出發，中途到約特堡找一位老友吃午飯，之後又繼續搭車往斯德哥爾摩。他已經兩年沒到首都來，其實他原本根本不打算再來。雖然大半輩子都在這裡生活工作，卻始終沒有歸屬感，尤其退休後每再回來一次，這種感覺便又更強烈一分。

他緩步穿越車站，在連鎖便利商店 Pressbyrån 買了晚報和兩根香蕉，還停下腳步看著兩名戴頭巾的伊斯蘭教女子從身邊匆匆經過。他並不反對女人戴頭巾，別人想要奇裝異服，他無所謂，但是她們非得在斯德哥爾摩市中心作這樣的打扮，讓他很不舒服。他認爲，這種裝扮出現在索馬利亞要適合得多。

他走了三百公尺到瓦薩街老郵局旁邊的福雷斯飯店，前幾次來都住在這裡。這家飯店地點好又乾淨，而且不貴，因爲是自己付錢，得考慮到這點。他提前一天以艾佛特．古爾博的名義訂了房間。

上樓進房後，他直接先去了浴室。到他這個年紀，經常得上廁所，晚上能一覺到天亮都已經是幾年前的事了。

上完洗手間，他脫下帽子——那是一頂窄邊的墨綠色英式氈帽——鬆開領帶。他身高一百八十四公分、體重六十八公斤，身材瘦而結實，身穿犬牙格紋夾克和暗灰色長褲。他打開棕色公事包，拿出兩件襯衫、另一條領帶和內衣褲，收進抽屜櫃，然後將外套和夾克掛到門後的衣櫥內。

現在上床還太早，出門散步又嫌太晚，反正他也不是很喜歡散步。他坐到旅館房間必備的椅子上，環顧房內之後打開電視，關掉音量，省得非聽不可。他想要打電話到櫃檯點杯咖啡，最後覺得太晚了便作罷，轉而打開迷你酒吧，倒了少許「約翰走路」在玻璃杯中，並加入極少量的水。他翻開晚報，細讀每一則關於搜捕尼德曼與莎蘭德一案的報導。過了一會，他拿出一本皮面筆記本，記下一些東西。

前國安局高級行政官員古爾博現年七十八歲，已退休十三年。但情報人員從來不會眞正退休，只是隱身幕後罷了。

戰後，十九歲的古爾博投身海軍，一開始只是預備軍官，後來才開始接受軍官訓練。但他並未如自己預期被指派一般的海上任務，而是前往卡斯克羅納擔任海軍情報系統的訊號追蹤員。這項工作他完全能勝任，多半只是查探波羅的海對面的情況，但他覺得單調而無趣。不過他倒是在軍中的語言學校學會了俄語和波蘭語。這些語言能力是他於一九五〇年被網羅成為秘密警察的原因之一，當時擔任秘密警察局第三處處長的正是那個無懈可擊的喬治．屠林。古爾博剛進去的時候，共有九十六名秘密警察，總預算兩百七十萬克朗。而他一九九二年退休時，秘密警察的預算已超過三億五千萬克朗，至於有多少雇員他不知道。

古爾博一生都奉獻給國王陛下——說得更正確一些，應該是這個社會民主福利國——的情報單位，這其實很諷刺，因為選舉時他總是一次又一次地投給溫和黨，只有一九九一年那次故意不支持溫和黨。他認為卡爾．畢爾德③是**現實政治**④的禍害。因此投給了英瓦．卡爾森⑤。「瑞典最傑出的政府」統治幾年下來，更證實了他最深的恐懼。溫和黨政府開始執政時，正值蘇聯垮臺，依他之見，無論在面對東方新興的政治機會，或是在利用間諜的藝術方面，沒有哪一個政府像瑞典這樣手足無措。畢爾德政府不但以財政為由削減蘇聯方面的人事，還同時捲入波士尼亞與塞爾維亞的國際糾紛——好像塞爾維亞總有一天會威脅到瑞典似的。結果就這樣錯失了在莫斯科設置長期眼線的大好機會。總有一天，當雙方關係再度惡化——古爾博認為這是在所難免——國安局與軍情局將會接到荒謬的命令，期望他們揮揮魔法棒就能變出一票探員來。

古爾博起初在國家警察局第三處的俄國組辦公，有了兩年的經驗後，在一九五二與一九五三年首度實地派任試用，於是他以上尉官階的空軍武官身分入駐莫斯科大使館。奇怪的是，他竟步上另一個知名間諜的後塵。幾年前，擔任此職位的正是惡名昭彰的溫納斯壯上校⑥。

回到瑞典之後，古爾博從事反間工作。十年後，奧多．丹尼爾森⑦手下數名年輕的秘密警察揭發了溫納斯壯，最後以叛國罪判他終生監禁於長島監獄，古爾博便是這幾名警員之一。

一九六四年，由培．古納．維涅⑧領導的秘密警察進行重組，成了國家警察局（又稱瑞典國安局）的情治部門，人員開始劇增。當時，古爾博已經當了十四年秘密警察，並成為受信任的老將之一。

古爾博從來不用「Säpo」一詞稱呼秘密警察。在公文中，他會用「ＳＩＳ」（瑞典國安局），同事之間則稱「公司」或直接說「單位」，但絕不說「Säpo」。原因很簡單。「公司」多年來最重要的任務是所謂的人員管控，也就是調查並記錄涉嫌抱持共產或反動思想的瑞典公民。在「公司」內部，共產主義者與賣國賊是同義詞。後來一般常用的「Säpo」一詞，其實是有反動之嫌的共產主義刊物《光明》所發明的用語，專門指稱警界中的共產黨獵人，有輕蔑之意。古爾博怎麼也想不通，為什麼前上司維涅的回憶錄《秘警之首：一九六二至一九七〇年》會用「Säpo」的字眼。

一九六四年的重整也決定了古爾博的事業前途。

有了「ＳＩＳ」的稱號，表示國家秘密警察已經轉變成司法部備忘錄中所描述的現代警察組織，這牽涉到招攬新人以及持續不斷的訓練問題。這個不停擴展的組織，大大提升了「敵人」安排幹員滲入的機會，相對地便必須強化國內安全——昔日的秘密警察局有如警員們的俱樂部，沒有誰不認識誰，新進人員最普通的資格條件就是他父親正是或曾經是秘密警察。但如今全變了。

一九六三年，古爾博從反間組調到人員管控組，這個角色在溫納斯壯的雙面間諜身分被揭露後，變得更為重要。在那段期間奠定了「政治主張紀錄」的基礎，名單上全是被認定抱持不該有的政治觀點的瑞典公民，人數在六〇年代末到達將近三十萬人。查核瑞典公民的背景是一回事，關鍵問題卻在於：國安局內部又該如何實施安全管控？

溫納斯壯的失敗在秘密警察圈中引發一連串的窘境。如果國防參謀總部的上校能為俄國工作——他同時也是核子武器與國安政策方面的政府顧問——那麼秘密警察當中可能也有俄國派來同樣高階的幹員。誰能保證「公司」裡的高層與中級主管不是在為俄國人工作？簡單地說，誰要負責暗中監控間諜？

一九六四年八月某天下午，古爾博奉命去和國安局副局長漢斯．威廉．佛朗克開會，與會者還有兩名「公司」高層：秘書長和預算主任。會議結束前，古爾博已被任命為某一新成立部門的負責人，部門名稱叫「特別小組」，簡稱ＳＳ。他第一件事就是將部門改名為「分析小組」，簡稱ＳＡ。幾分鐘後，預算主任指出ＳＡ比ＳＳ高明不了多少，於是組織最後定名為「特別分析小組」，簡稱ＳＳＡ，平常就叫「小組」，以區別代表整個秘密警察局的「單位」或「公司」等稱呼。

「小組」是佛朗克的點子，他稱之為「最後防線」。一個在「公司」裡占有戰略地位卻隱形的極機密單位。所有文件，包括預算備忘錄，都未曾提及，因此不可能被滲透。而其任務便是監控國家安全。佛朗克有權做這樣的事。他需要預算主任與秘書長來建立這個隱形結構，但他們都是老同事，都是一同與敵人交戰數十回的戰友。

第一年，「小組」成員包括古爾博和三名精挑細選的同事。接下來的十年間，人數增加到十一人，其中有兩名老派的行政秘書，其餘則都是專業間諜獵人。組織結構只有兩個層級，古爾博是組長，通常每天都會和每個組員會面，組裡重視效率更甚於背景。

形式上，國安局秘書長手下有一大串人都是古爾博的上司，他得每個月上交報告給他們，但實際上他被賦予的是一個具有特權的獨特職位。他——而且只有他——能決定將秘密警察的頂頭上司放到顯微鏡下檢視。只要他願意，他也能將維涅的人生搞得天翻地覆。（他也確實做到了）他可以自行啟動調查，或是進行電話監聽，而毋須作任何解釋，甚至毋須向上級報告。他效法的對象是在美國中情局扮演類似角色的傳奇人物詹姆斯．安格頓⑨，而且兩人也有私交。

「小組」成了「單位」內部一個微型組織——不屬於、凌駕於且平行於國安局其他部門。這也產生了地理位置的影響。「小組」的辦公室在國王島，但為了安全考量，幾乎整個團隊都從總局搬到東毛姆區一間十一房的公寓。該公寓已悄悄改造為防禦式辦公室，二十四小時都有人駐守，因為忠心耿耿的秘書伊蓮娜·巴登布林克就住在最靠近入口處的兩個房間裡。她是個難能可貴的同事，深得古爾博的信任。

在組織裡，古爾博與手下雇員皆是不見天日——他們的資金由一筆專款供應，但隸屬於警察局或司法部的國安局正式架構中卻完全沒有他們的存在。他們的任務是處理最敏感的敏感事務，就連國安局局長也不知道這些秘密中的秘密。

因此到了四十歲，古爾博已經爬到一定的地位，採取行動毋須向任何人報備，並可以對任何人啓動調查。

古爾博很清楚「特別分析小組」有可能變成一個政治敏感的單位，因此工作內容的描述故意含糊不清，書面紀錄少之又少。一九六四年九月，首相埃蘭德簽署一道命令，明確指示撥款給「特別分析小組」，因爲其任務對於保障國家安全十分重要。在某日的下午會議中，國安局副局長佛朗克提到了十二件性質類似的事，這便是其中之一，於是文件蓋上了「極機密」章，歸入國安局的特殊機密檔案。

首相的簽字代表「小組」已是合法機構，第一年的預算爲五萬兩千克朗。古爾博心想，預算這麼低倒是高明的手法。如此一來，設立這個小組顯得只是例行公事。

更廣義地說，首相簽字表示他認爲確實需要有個單位來負責「內部人員管控」。同時也可以解釋爲首相准許成立一個團體，順便監視國安局以外一些特別敏感的人物，其中包括首相自己在內，也正因爲如此而產生了潛在的嚴重政治問題。

古爾博發現杯中的「約翰走路」喝光了。他並不貪杯，只不過這一天和這一趟行程著實漫長。人生至此，他已經不覺得多喝一、兩杯威士忌有何要緊。於是他又倒了一點點格蘭菲迪威士忌。

他所遭遇過最敏感的問題，當然就是帕爾梅事件⑩。

古爾博還記得一九七六年選舉當天的每個細節。那是瑞典在現代歷史上第一次選出保守派政府，最令人遺憾的是首相由費爾丁擔任，而不是遠比他更適任的哥斯塔·波曼⑪。不過最重要的還是帕爾梅被打敗了，為此古爾博大可鬆一口氣。

在國安局走廊上的午休閒談中，大夥曾不只一次談論帕爾梅擔任首相的適任性。一九六九年，維涅遭到解職，因為他說帕爾梅可能是頗具影響力的KGB幹員。單位內部不少人有同感，以當時的氣氛而言，他的想法在單位裡根本不受爭議。只可惜他卻是在訪視諾波頓時，與拉希南遜郡長公開討論此事。拉希南遜驚訝不已，立刻向部長報告，維涅也隨即被召見，與部長一對一進行說明。

令古爾博喪氣的是，帕爾梅可能與俄國方面接觸的問題始終沒有解答。儘管「小組」努力不懈試圖發掘眞相，找出關鍵證物，卻一直毫無所獲。在古爾博看來，這並不代表帕爾梅是清白的，而是他特別狡猾聰明，不太可能和其他蘇俄間諜犯同樣的錯。帕爾梅讓他們年復一年遭受挫敗。到了一九八二年，當他第二度當上首相，他的問題再次浮現，後來斯維亞路響起刺客的槍聲後，這事便不再重要了。

一九七六年是「小組」麻煩連連的一年。國安局內部——也就是眞正知道「小組」存在的少數幾人當中——出現了不少批評聲音。過去十年間，有六十五名國安局雇員因為被認定政治立場不可靠而遭到解雇，然而其中大多數都一直提不出證據，因此有些非常資深的人員開始懷疑「小組」是被一群偏執的陰謀論者所把持。

有個案子涉及國安局於一九六八年聘雇的一名人員，古爾博個人認為他不適任，如今回想起來仍讓古爾博忿忿不平。那人是貝凌巡官，瑞典陸軍中尉，後來才被發現是蘇聯軍隊情報單位GRU的上校。古爾博曾分別四次試圖趕走貝凌，但每次都受阻。直到一九七七年，連「小組」以外的人也開始懷疑貝凌，局面才有所轉變。這件事成了瑞典秘密警察史上最大的一宗醜聞。

七〇年代前半，對「小組」的批評與日俱增，到七〇年代中，古爾博曾聽到多人提議刪減預算，甚至有人認為根本不需要這樣一個部門。

有批評就表示「小組」的未來受到質疑。那一年，恐怖主義的威脅成了國安局優先處理的目標。就間諜活動而言，這是他們史上悲慘的一章，主要應付的都是與阿拉伯或親巴勒斯坦分子鬼混的迷途青年。秘密警察內部的大問題是應該賦予人員管控組多大的特權去調查瑞典境內的外國公民，或者是繼續由移民組負責管理。

由於這場堪稱秘密的官僚內鬥，「小組」覺得有必要派出一名可靠的同事，以加強管控——其實就是監視——移民組的人員。

這項任務落在一個年輕人身上，他於一九七〇年進入國安局，無論就身家背景或政治忠誠度來看，都絕對有資格與「小組」的人員共事。他並利用公暇加入一個所謂「民主聯盟」的組織，社會民主派的媒體則稱之爲極右派團體。在「小組」裡面，這不構成障礙，因爲還有另外三人也是民主聯盟成員，而且聯盟的成立，「小組」其實提供不少助力，也貢獻了一部分資金。這名年輕人便是透過該組織獲得「小組」的注意與網羅。

他名叫古納·畢約克。

札拉千科實在太走運了，一九七六年選舉日那天走進諾爾毛姆警局尋求庇護時，受理的剛好是這個叫畢約克的年輕警官，他當時是移民組的主管，而且已經和最高秘密組織牽上線。

畢約克馬上意識到札拉千科的重要性，便中斷談話，並將這個叛逃者安置在大陸飯店的房間內。畢約克緊急通報的人是古爾博，而不是他在移民組那個有名無實的上司。他打電話時，投開票所剛剛關閉，所有跡象都顯示帕爾梅輸定了。古爾博也剛回到家，正在看電視上的選舉報導。聽到年輕警官的激動陳述，一開始他還半信半疑。後來他開車到大陸飯店——距離他今天待的房間不到兩百五十公尺遠——便接手掌控了札拉千科事件。

那天晚上，古爾博的一生起了巨變。「機密」的概念有了全新的分量。他隨即察覺到有必要爲這名叛逃者建立一個新架構。

他決定將畢約克納入「札拉千科小組」。這是合理的決定，因爲畢約克已經知道札拉千科的存在，將他納入總比冒著安全風險將他排除在外的好。於是畢約克從移民組調到東毛姆警局的一間辦公室。

在接下來一連串的戲劇性發展中，古爾博打一開始就決定只告訴國安局的一個人，那就是已經大致了解「小組」活動的秘書長。秘書長將消息壓了幾天後，向古爾博解釋說叛逃事件太重大，非得報告國安局局長，政府也必須知情。

那時候，新任國安局局長知道內部有一個「特別分析小組」，至於「小組」眞正的工作內容卻只有模糊概念。他最近剛上任，負責收拾一般稱爲「資訊局事件」⑫的殘局，而且已準備在警界平步青雲。秘書長曾私下告訴局長，說「小組」是政府下令成立的秘密單位，可以不依循正常作業程序，外人也不得質疑。只要問題可能得到令人不快的答案，這位局長便從來不問，相當於默許了。他接受這個事實：有這麼一個名叫「特別分析小組」的玩意，而且他什麼都不能過問。

古爾博滿意地接受了現況。他下令要求絕對保密，就連國安局局長在辦公室談論此事也得特別謹愼。局長也同意由「特別分析小組」來處置札拉千科。

即將卸任的首相當然毋須告知。由於政局變天，新任首相費爾丁忙得團團轉，整個心思都放在任命部長以及與其他保守黨派協商上面。一直到新政府成立一個月後，局長才帶著古爾博開車到首相辦公室所在地羅森巴特，向新任首相報告。古爾博根本不贊成告訴政府，但局長堅持立場——若不向首相報告，在憲法上站不住腳。古爾博憑著三寸不爛之舌想說服首相別讓札拉千科的相關消息洩漏出他的辦公室，他堅稱沒有必要讓外交部部長、國防部部長或其他政府官員知情。

蘇聯一名重要的情報分子向瑞典尋求庇護，這讓費爾丁十分心煩，便開始說起爲了公平起見，他必須與聯合政府另外兩黨黨魁商議。古爾博早就料到首相會反對，只好亮出手上的王牌。他低聲解釋，如果首相這麼做，他逼不得已只得立刻辭職。這個威脅讓費爾丁的心遲疑了起來，古爾博的意思是萬一消息外洩，俄國派出暗殺小隊來解決札拉千科，首相必須負全責。假如負責札拉千科安全的人自認為非辭職不可，如此意外揭露的訊息將成為首相的政治災難。

費爾丁仍不太能掌握自己的角色，只好應允。他批准由「小組」負責札拉千科的安全並進行盤問，也下令有關札拉千科的消息不能傳出首相辦公室，這道命令立刻歸入機密檔案。費爾丁簽下命令不只證明他知情，也限制他與任何人討論。簡單地說，他可以把札拉千科拋到一旁去。但費爾丁要求讓他辦公室的一個人知情，一個由他特別挑選的內閣成員。此人將負責聯繫那個叛逃者的相關事宜。古爾博勉強同意了。他預料應付一個內閣成員應該沒有問題。

局長很滿意。如今札拉千科事件有了憲法的保障，也就是說他背後有人撐腰。古爾博也很滿意。他好不容易拉起了封鎖線，也就是說他將能掌控大量訊息。札拉千科只由他一人控制。

回到東毛姆辦公室後，他坐到桌前寫下知道札拉千科一事的人員名單：他自己、畢約克、「小組」的行動負責人漢斯·馮·羅廷耶、副組長佛德利克·柯林頓、「小組」的秘書伊蓮娜·巴登布林克，和負責蒐集與分析札拉千科可能提供的情資的兩名警員。未來幾年內，這七個人將成為「小組」中的特別小組，他暗自稱之為核心團隊。

「小組」以外，知情的除了國安局局長與秘書長之外，還有首相與一名內閣成員，總共十二人。如此重大的秘密竟只有這麼少人知情，眞是前所未見。

想到這裡，古爾博的臉色一沉。還有第十三個人。畢約克最初會見札拉千科時，有一名律師畢爾曼陪同。讓畢爾曼進入特別小組是絕對不可能，他不是眞正的秘密警察——其實也不過就是國安局的菜鳥——也沒有必備的經驗與技能。古爾博考慮了各種做法，最後決定小心地將他引出局外。他威脅利誘雙管齊下，一邊恐嚇畢爾曼只要他敢洩漏隻字片語，就以叛國罪關他一輩子，另一邊又答應替他的未來鋪路，甚至還利用甜言蜜語讓畢爾曼自我膨脹。他安排畢爾曼進一家頗具名望的律師事務所，並讓他案子一宗接著一宗地忙不停。唯一的問題在於畢爾曼實在太不長進，幾乎無法好好把握機會。十年後他離開事務所，自行開業，也就是後來在歐登廣場那間律師事務所。

接下來的幾年間，古爾博一直都小心翼翼地監視著畢爾曼，由畢約克負責。直到八〇年代末，蘇聯面臨瓦解，札拉千科也不再處於優先地位，他才停止監控畢爾曼。

一開始，「小組」將札拉千科視為突破帕爾梅謎團的關鍵，因此古爾博對他展開長時間盤問時，首先提及的便是帕爾梅。

然而案情有所突破的希望很快便破滅，因為札拉千科從未在瑞典執行過任務，對這個國家毫無所悉。不過他倒是聽說過俄國間諜「紅色躍行者」的傳聞，可能是某個替KGB工作的瑞典高官或其他北歐國家的政治人物。

古爾博列出一串與帕爾梅有關的人名：卡爾．黎波姆、皮耶．休利、史坦．安德森、厄夫史考等等。終其一生，古爾博一再地追著這份名單，卻始終找不到答案。

古爾博轉眼間成了大人物。他在傑出戰士的專屬俱樂部受到禮遇，這個俱樂部的成員不僅彼此熟識，交情也建立在私人情誼與信任之上，而不是透過官方管道與官僚體系。此外他還見到安格頓，並在倫敦某間秘密俱樂部與英國軍情六處的首腦共飲威士忌。他成了精英分子。

他永遠無法將自己的豐功偉業告訴任何人，即使是死後的回憶錄也一樣。而且他無時無刻不擔心敵人會發現他的海外之行，擔心自己引人注意，擔心自己可能無意間引領俄國人找到札拉千科。如此說來，札拉千科倒是他的最大敵人。

第一年期間，這個叛逃者住在小組名下一間不為人知的公寓，任何紀錄或公開資料上都沒有他的名字。「札拉千科小組」成員以為還有充分的時間來計畫他的未來。直到一九七八年春天，他才拿到一本名為卡爾．阿克索．波汀的護照，和一段費心設計的個人經歷——這個偽造的背景卻有瑞典檔案紀錄為證。

但那時已經太遲了。札拉千科已經搞上那個原姓休蘭德的蠢妓女安奈妲，而且還漫不經心地說出自己的眞實姓名。古爾博開始覺得這個俄國叛徒腦子不太對勁，還懷疑他是**故意**想暴露身分，彷彿是需要一個舞台。否則他如此愚蠢的行爲又該作何解釋？

一會是妓女，一會是酗酒，一會又和保鑣等等發生暴力衝突惹麻煩。札拉千科曾三次因酒醉鬧事遭瑞典警方逮捕，還有兩次則和酒吧鬥毆有關。每次「小組」都得謹愼地出面保釋他，並確保相關文件從此消失，紀錄也得加以修改。古爾博派畢約克二十四小時守著札拉千科，這不是簡單的任務，但別無他法。

本來一切都可以很順利。到了八〇年代初，札拉千科冷靜下來開始適應。但他始終沒有拋棄那個妓女安奈妲，更糟的是他還生了兩個女兒卡蜜拉和莉絲。

莉絲．莎蘭德。

古爾博不悅地念著這個名字。

自從這兩個女孩九歲、十歲後，就給他不好的感覺，不用精神科醫生診斷也看得出來她不正常。畢約克的報告說她對父親很凶惡、有攻擊性，似乎一點也不怕他。她話不多，卻有上千種方式表達她對事情的不滿。她將會是個麻煩，但古爾博作夢也想不到這麻煩竟會如此巨大。他最害怕的是莎蘭德家裡的情況會導致社福人員寫出一篇提到札拉千科這個名字的報告，因此他一再力促札拉千科與家人斷絕關係，從她們的生活中消失。札拉千科每次答應後又總會食言。他還有其他妓女，他有無數的妓女，但幾個月後偏偏總會回到那個安奈妲身邊。

那個王八蛋札拉千科。只要情報員讓那話兒支配人生的任何一部分，顯然就不是優秀的情報員。那個人似乎自以爲不受任何正規約束。假如他只是和妓女上床也就算了，偏偏卻一次又一次地凌虐女友。這麼做好像是爲了激怒看顧他的「札拉千科小組」組員，並引以爲樂。

古爾博知道札拉千科毫無疑問是個病態王八蛋，但叛逃的ＧＲＵ探員也不是他能選擇的。他眼前只有一個，而且此人很清楚自己在古爾博心中的價值。

「札拉千科小組」扮演起清潔大隊的角色，這點無可否認。札拉千科知道自己可以爲所欲爲，一切問題他們都會解決。對於安奈妲，他更是任性到了極點。

其實並非毫無警訊。莎蘭德十二歲那年，曾刺傷札拉千科，雖然沒有生命危險，他還是被送到聖約蘭醫院，組員們要收拾的殘局更勝以往。古爾博於是向札拉千科挑明了說，要他絕對不能再和莎蘭德一家有來往，札拉千科答應了。這個承諾他遵守了六個多月後，又再次出現在安奈妲家，把她打個半死，她最後被送進一家療養院度過餘生。

莎蘭德家那個女孩竟會製造汽油彈，倒是古爾博始料未及。那天簡直是一團混亂。眼看就要接受各式各樣的調查，「札拉千科小組」——甚至於整個「特別小組」——的未來危在旦夕。萬一莎蘭德說了什麼，就會危及札拉千科的掩護，而過去十五年來在歐洲各地布局的行動恐怕也得解除。除此之外，「小組」也可能受到正式審查，這是不計代價都得避免的結果。

古爾博滿心憂慮。如果「小組」的檔案公開，外界將會發現有些行動不一定符合憲法的規定，更遑論他們多年來對帕爾梅與其他重要社會民主黨員所作的調查。帕爾梅才遇刺幾年，這還是敏感議題。緊接著當然免不了要起訴古爾博與其他幾名「小組」成員。更糟的是有些野心勃勃的三流記者八成會散布「『小組』是帕爾梅遇刺的幕後黑手」等言論，進而引發更不利於他們的臆測，調查工作也可能更緊鑼密鼓地進行。然而最令人擔心的還是秘密警察的人事變遷太大，就連現任的國安局局長也不知道這個「小組」的存在。所有與國安局的聯繫都只到新任秘書長爲止，而他已經在「小組」裡面待了十年。

組員們陷入極度驚慌，甚至於恐懼的情緒中。解決之道其實是畢約克提出來的。精神科醫師泰勒波利安是因爲另一個完全不相干的案子，和國安局反間部門拉上關係，當時該部門正在監視一個有嫌疑的工業間諜，而他正是關鍵的顧問。調查到一個重要階段，他們需要知道調查對象若遭受極大壓力會有何反應。泰勒波利安提出了具體而明確的建議。那一次，國安局人員成功地防止了自殺事件，並讓該間諜成爲雙面間諜。

莎蘭德攻擊札拉千科後，畢約克偷偷地聘請泰勒波利安擔任「小組」的外部顧問。

解決問題的方法很簡單。可以讓波汀因接受復健而消失，安奈妲也必須消失在某個長期照護的療養院。所有相關的警方報告全都集中到國安局，由秘書長轉交給「小組」。

泰勒波利安是烏普沙拉聖史蒂芬兒童精神病院的副主任醫師。他們需要的只是一張合法的醫療報告，由畢約克與泰勒波利安聯手撰寫，接著還要一份簡要但毫無爭議的地方法院裁決書。問題只在於案件的呈現方式，無關憲法。這畢竟涉及國家安全。

何況莎蘭德確實很明顯是瘋了，讓她到醫院待幾年有益無害。古爾博批准了。

許多問題一併解決之際，「札拉千科小組」也正好面臨解散。蘇聯已經不存在，札拉千科的確愈來愈沒有利用價值。

他們從秘密警察資金當中取得一筆豐厚的資遣金，於是安排他接受最好的復健治療，六個月後送他坐上飛往西班牙的飛機。那時他們便和札拉千科攤牌，他與「小組」從此各自為政。這是古爾博最後負責的任務之一。一星期後，他到達退休年齡，便移交給他欽定的接班人柯林頓。此後，古爾博只在特別敏感的事件中擔任顧問。他又在斯德哥爾摩待了三年，幾乎每天都進「小組」工作，但分派給他的任務愈來愈少，他也就逐漸淡出。接著他回到家鄉拉荷姆，在那兒找事做，起初還經常上斯德哥爾摩，後來次數逐漸減少，最後壓根不來了。

在看見札拉千科的女兒出現在每個新聞看板上的那天早上之前，他已經好幾個月連想都沒想到他。

古爾博既驚慌又困惑地留意整件事的發展。畢爾曼擔任莎蘭德的監護人當然不是巧合，另一方面他不明白的是札拉千科的往事怎麼會浮上檯面？莎蘭德很明顯是精神錯亂，殺死這些人並不令人意外，但他萬萬沒想到此事會牽扯上札拉千科。他女兒遲早會被捕，到時一切都完了。於是他開始打電話，並認為該是回斯德哥爾摩的時候了。

「小組」面臨了自從創立以來最大的危機。

札拉千科拖行著進入廁所。現在有了拐杖，他便能到處走動。星期日這天，他強迫自己做一點短暫而劇烈的訓練。下巴依舊疼痛難當，所以只能吃流質食物，不過已經可以下床開始活動。裝了這麼久的義肢，他很快就習慣拄拐杖。他試著在移動時不發出聲響，並在床邊來來回回地練習。每當右腳著地，整隻腿立刻一陣劇痛。

他咬緊牙根，想著女兒就近在咫尺。他花了一整天才推測出她就住在右手邊走廊過去第二間病房。

夜班護士已經離開十分鐘，凌晨兩點，萬籟俱寂。札拉千科費力地起身，摸索著拐杖。他走到門邊傾聽，沒有聲響，於是拉開門，走上廊道，聽見護理站傳來微弱的音樂聲。他走向走廊的盡頭，推開門，看了看空無一人的電梯間。再沿著走廊往回走，來到女兒房門口停下，拄著拐杖站立片刻，豎耳聆聽。

莎蘭德聽到一個摩擦聲，隨即睜開眼睛。走廊上好像有人拖行著什麼東西。有一會寂靜無聲，她以為是自己的幻覺，接著又聽到同樣的聲音逐漸離去。她開始感到不安。

札拉千科就在外頭。

她感覺被鎖在床上。護頸底下的皮膚好癢。她頓時有一股強大的慾望想移動，想起身。她慢慢地坐了起來，目前也只能做到這樣，於是又跌睡回枕頭上。

她用手摸了摸護頸，找到固定的鈕扣，便打開鈕扣，將護頸丟在地上，呼吸立刻順暢許多。

現在她最想要的就是一個武器，以及起身去把事情一次解決的力氣。

她勉強撐起身子，扭開夜燈，往房內張望了一下，沒看到什麼合用的東西。這時她目光落在離床三公尺處牆邊的護理桌上，有人留下一支鉛筆。

她一直等到夜班護士來過又離開。今晚似乎是每半小時巡房一次，護士來的次數減少應該表示醫生認爲她的情況改善了，因爲週末期間至少每十五分鐘就會有人來巡視。至於她自己則幾乎感覺不到任何差異。

護士走後，她使盡力氣坐起來，雙腳從床沿垂下。她身上貼著記錄脈搏與呼吸的電極片，但電線朝鉛筆的方向延伸。她將全身重量放在腳上，站起來，一時間重心不穩晃了一下，她一度以爲自己會昏倒，但還是扶著床頭穩住了，然後將視線集中在眼前的鉛筆。她搖搖晃晃跨出數小步，伸出手，抓起鉛筆。

然後緩緩退回到床邊，已然精疲力竭。

過了一會，她好不容易將被單和毯子拉到下巴處。接著開始研究鉛筆。是一支普通的木質鉛筆，剛削過。用來當武器還過得去——可以戳臉或眼睛。

她把鉛筆放到臀部旁邊，這才入睡。

---

①Peter Althin（1941-），瑞典知名律師與政治人物，二〇〇二至二〇〇七年曾任基督教民主黨的國會議員。他曾擔任許多重要刑事案件的辯護律師，其中耗費最多心力的便是瑞典前外交部長安娜・林德遭暗殺的案子。

②Leif Silbersky（1938-），瑞典知名律師與作家，曾經手許多備受矚目的案件，因而擁有極高的知名度。

③Carl Bildt（1949-）是一九九一至一九九四年的瑞典首相，於一九八六至一九九九年間擔任保守派的溫和黨主席。

④realpolitik，為德文 real（現實的）加上 politik（政治）的複合字。指一個人的所有政治及外交決定，只會依循現實考慮，完全放棄意識形態。

⑤Ingvar Carlsson（1934-），瑞典政治家，一九八六年帕爾梅首相遇刺身亡後接任首相和社會民主黨主席。一九九一年大選失敗下台，一九九四年大選重新擔任首相和社會民主黨主席。

⑥瑞典空軍的史提・溫納斯壯上校（Colonel Stig Wennerström）於一九六四年因叛國罪遭起訴。在一九五〇年代，他涉嫌

向蘇聯洩漏防空計畫，一九六三年遭到已被國安局收買的女僕舉發。最初被判無期徒刑，後來在一九七三年減為二十年徒刑，但他只服刑十年。他在二〇〇六年去世，與出現在《龍紋身的女孩》和《玩火的女孩》中那個心術不正的金融家漢斯艾瑞克・溫納斯壯並非同一人。

⑦Otto Danielsson，溫納斯壯上校事件發生時的瑞典國安局秘密警察高級探員。

⑧Per Gunnar Vinge（1923-）一九六二年被任命為瑞典國安局秘密警察首長，一九七〇年因帕爾梅遇刺事件辭職下台。一九八八年曾出版個人回憶錄。

⑨James Jesus Angleton（1917-1987），自從一九七四年美國中情局成立後，便被招募到反情報部門，其後將近三十年的時間都在全心對付蘇聯與KGB。電影《特務風雲：中情局誕生秘辛》便是參酌他的情報局人生拍攝而成，片中麥特・戴蒙扮演的角色便以他為原型。

⑩帕爾梅（Olof Palme）在一九八六年二月二十八日遭暗殺時，是社會民主黨主席也是瑞典首相。他是個率直敢言的政治人物，受左派人士擁戴，受右派人士厭惡。他遇害兩年後，有一名普通罪犯兼毒蟲被以殺害他的罪名起訴，但後來上訴後獲判無罪。關於該案行兇者眾說紛紜，至今仍是懸案。

⑪Gösta Bohman（1911-1997），曾於一九七〇至一九八一年間擔任瑞典溫和黨黨魁，也曾兩度擔任瑞典經濟部部長，是許多瑞典溫和派政治人物的典範人物。

⑫即所謂的「IB Affair」。一九七三年，瑞典兩名記者 Jan Guillou 和 Peter Bratt 揭發了瑞典秘密情報組織「資訊局」存在的事實。該局隸屬於瑞典陸軍，主要目的是蒐集共產黨員與其他可能威脅國家安全的個人的資料。該組織只向少數內閣官員負責，連瑞典國會也不知道其存在。

第六章

四月十一日星期一

布隆維斯特起床時九點剛過，便打電話到雜誌社給瑪琳。

「早啊，總編輯。」他說。

「愛莉卡走了，我都還處於驚嚇狀態，你竟要我接替她。真不敢相信她已經走了。她的辦公室空了。」

「那麼妳就應該趁今天搬進去。」

「我覺得非常不安。」

「別不安，大家都一致認爲妳是最佳人選。而且只要有必要，妳都可以來找我或克里斯特。」

「謝謝你相信我。」

「這是妳應得的。」布隆維斯特說：「繼續像以前一樣工作就好。無論什麼時候有什麼問題，我們都會應付。」

他說他整天都會在家寫稿。瑪琳明白這是在向她報告，就像以前對愛莉卡那樣。

「好，需要我們做什麼嗎？」

「不用。反而是……如果妳有什麼指示，隨時打給我。我還在寫莎蘭德的故事，試著想找出事情眞相，不過其他與雜誌有關的一切，該輪到妳作主了，都由妳決定，必要的話我會支持妳。」

「萬一我作錯決定呢？」

「如果看到或聽到什麼問題，我會找妳談，但那一定是非常不尋常的事。通常不會有百之百對或百分之百錯的決定。妳作妳的決定，也許會和愛莉卡不同，換成是我可能又有不一樣的想法，但現在是妳說了算。」

「好吧。」

「妳若是好的領導人，就會凡事與其他人商量。首先找柯特茲和克里斯特，其次找我，棘手的問題我們再在編輯會議上提出來討論。」

「我會盡力。」

「祝妳好運了。」

他往客廳的沙發一坐，筆電擺在大腿上，連續工作一整天。結束時，已經寫好兩篇草稿，共約二十一頁，重點放在達格與蜜亞之死——他們正在準備什麼文章、他們為何被殺、凶手是誰等等。他算一算，要登上夏季號，字數還得再多一倍。另外還要好好想想如何描述莎蘭德，才能不違背她的信任，因為他知道一些她絕對不願公開的事。

古爾博在福雷斯飯店的咖啡館吃了一片麵包、喝過一杯咖啡後，便搭計程車前往東毛姆區的火砲路。九點十五分，他透過門口通話機說明自己的身分，大門隨即打開。他搭乘電梯到八樓，迎接他的是「小組」的新組長畢耶．瓦登榭。

古爾博退休時，瓦登榭是小組內最新進的人員之一。他眞希望個性果斷的柯林頓還在。柯林頓繼古爾博之後擔任「小組」組長直到二〇〇二年，後來因為糖尿病與冠狀動脈疾病纏身而不得不退休。古爾博不太清楚瓦登榭的底細。

「歡迎，古爾博。」瓦登榭與前上司握手寒暄道：「感謝你撥空前來。」

「我現在有的是空。」古爾博說。

「你也知道我們的工作狀況。眞希望能有空暇和忠誠的老同事保持連絡。」

他話中有話，但古爾博置之不理，逕自左轉進入昔日的辦公室，坐到窗邊的圓形會議桌旁。他心想，那幾幅夏卡爾和蒙德里安的複製畫應該是瓦登榭的主意，他還在的時候，牆上掛的是克羅南號與瓦薩號等戰船的設計圖。他對海一直抱有幻想，他其實是海軍，只不過服役期間只在海上待了短短數月。現在辦公室裡有電腦，但除此之外幾乎和他離開時沒有兩樣。瓦登榭倒了咖啡。

「其他人馬上就到。」他說：「我想我們可以先大概談一談。」

「我那時候的人還有多少留在組上？」

「除了我以外……只有奧多．哈爾貝和喬治．鈕斯壯還在。哈爾貝今年要退休，鈕斯壯也要滿六十歲了。其他都是新人，有些你可能以前見過。」

「現在『小組』還有多少人？」

「我們稍微重整了一下。」

「所以呢？」

「全職人員有七個，也就是縮編了。不過在國安局內共有三十一名雇員在爲『小組』工作，其中大多數從來不到這裡來。他們平常有自己的正職，有必要或有機會時才暗中替我們兼差。」

「三十一個雇員。」

「加上這裡的七人。這個系統畢竟是你創立的，我們只是加以微調。目前有所謂的內部與外部組織。當我們募集到新人，就會給他們一段休假時間來上我們的課。哈爾貝負責訓練，基本課程需要六星期，上課地點在海軍學校。然後他們再回到國安局原來的工作崗位，只是此後開始要爲我們工作。」

「了解。」

「這是個很了不起的系統，我們的雇員多半不知道其他人的存在。而我們在『小組』本部的工作基本上就是接收報告，規矩和你那時候一樣。我們必須是單一層級的組織。」

「你們有行動小組嗎？」

瓦登榭皺了皺眉頭。古爾博還在的時候，「小組」有個小小的行動組，共有四人，由機敏的羅廷耶帶領。

「不算有吧。羅廷耶在五年前死了。我們有一個較年輕的人才負責實地任務，但必要的話通常會用外部組織的人。當然，在技術上，現在情況比較複雜，比方說要監聽電話或進入住宅，現在到處都有警鈴等等設施。」

古爾博點點頭。「預算呢？」

「一年總共一千一百萬左右。三分之一支付薪水，三分之一是普通開支，三分之一是業務費用。」

「所以說預算縮水了。」

「縮了一點，不過我們人也變少了，所以業務預算實際上增加了。」

「跟我說說我們和國安局的關係。」

瓦登榭搖搖頭說道：「秘書長和預算主任是我們的人。當然正式說起來，只有秘書長確實了解我們的活動情形。我們秘密到根本不存在。不過實際上有兩個副手知道我們的存在。只要聽說我們的事，他們都會盡量忽略。」

「也就是說萬一出問題，目前的國安局高層將會大吃一驚。那麼國防部高層和內閣方面呢？」

「大約十年前我們就和國防部切斷關係。至於內閣總是來來去去的。」

「所以萬一面臨重大狀況，我們只能靠自己了？」

瓦登榭點點頭。「那就是這種安排方式的缺點，當然優點也很明顯。不過我們的任務也有變化。自從蘇聯解體後，歐洲興起一種新的**現實政治**。我們在辨識間諜方面的工作愈來愈少，現在多半和恐怖主義有關，要不就是評估某個地位敏感人物的政治取向。」

「這一直都是重點。」

這時有人敲門。古爾博一抬頭看見兩名男子，一個年約六十、穿著入時，另一人較年輕、穿著牛仔褲和粗呢夾克。

「進來……這位是艾佛特．古爾博，這位是約奈思．桑柏。他已經在這裡工作四年，負責行動任務，就是我剛才跟你提的那位。還有喬治．鈕斯壯，你認識的。」

「你好，鈕斯壯。」古爾博招呼道。

他們互相握手致意後，古爾博轉向約奈思。

「你是從哪兒來的？」

「最近剛從約特堡來。」約奈思輕輕地說：「我去見過他了。」

「札拉千科？」

約奈思點點頭。

「請坐吧，各位。」瓦登樹說道。

「畢約克。」古爾博正說著，見瓦登樹點起小雪茄菸不由皺起眉頭。他已經將夾克掛起來，一屁股坐到會議桌旁的椅子，背靠著椅背。瓦登樹瞅了古爾博一眼，才驚覺這個老人竟變得如此消瘦。

「上星期五他因爲違反娼妓法被捕。」鈕斯壯說：「雖然尚未被正式起訴，但他已經認罪，夾著尾巴溜回家去了。他住在斯莫達拉勒那邊，但現在正在請病假。媒體還沒發現。」

「他曾是我們組上最優秀的一員。」古爾博說：「札拉千科事件中，他扮演了關鍵角色。我退休後他是怎麼回事？」

「幾乎很少有內部同事離開『小組』後又重回外部業務，畢約克卻是其中之一。其實在你退休前，他就已經很活躍。」

「沒錯，我還記得他有一度說需要休息一陣子、想拓展自己的視野。所以八〇年代擔任情報專員時，曾經向『小組』請假兩年。從一九七六年起，他就像上癮一樣，幾乎二十四小時黏著札拉千科，我心想他確實需要休息一下。他是在一九八五年離開，一九八七年才又回來。」

「他可以說是在一九九四年離開『小組』，轉入外部組織。一九九六年他升為移民組副組長，工作占去他許多時間，壓力變得很大。當然了，他一直都和『小組』保持聯繫，也可以說直到最近為止，我們大約每個月都會和他對談。」

「所以說他病了？」

「不嚴重，但很痛苦，是椎間盤突出，過去幾年來一再犯的老毛病。兩年前，他請過四個月病假，去年八月又請一次，本來年初就該回來上班，後來又延長時間，現在正等著開刀。」

「他請了病假還跟妓女鬼混？」古爾博問道。

「是啊。他沒結婚，而且據我所知，好像已經和妓女打了好幾年交道。」近半個小時幾乎都沒開口的約奈思說道：「我看過達格的手稿。」

「明白。不過有沒有人能跟我解釋一下現在究竟怎麼回事？」

「就目前的情況看來，這一切麻煩事全是畢約克搞出來的，否則一九九一年的報告會落入畢爾曼律師手中一事又作何解釋？」

「又是一個把時間花在妓女身上的人？」古爾博問。

「看來應該不是，達格的資料中沒有提到他。不過他是莎蘭德的監護人。」

瓦登榭嘆了口氣。「這可以說是我的錯。你和畢約克在一九九一年逮捕了莎蘭德，將她送進精神病院。本來以為她會關更久，沒想到她認識了一個潘格蘭律師，竟然把她給保出來了，還替她安排一個寄養家庭。當時你已經退休。」

「後來發生什麼事？」

「我們一直看著她，在那同時，她的孿生妹妹卡蜜拉被安置在烏普沙拉的寄養家庭。滿十七歲後，莎蘭德開始挖掘過去，並翻閱了所有能找到的公家紀錄想找出札拉千科。結果也不知怎地，被她發現妹妹知道札拉千科的下落。」

「是眞的嗎？」

瓦登榭聳聳肩。「不知道。這對姊妹幾年不見，莎蘭德還是想盡辦法找到了卡蜜拉，試圖說服她說出她知道些什麼。最後兩人發生激烈爭執，大打出手。」

「後來呢？」

「那幾個月當中，我們密切注意莎蘭德的行蹤，還告知卡蜜拉說她姊姊有暴力傾向和精神病。莎蘭德意外造訪的事，就是她來通知我們的，後來我們加強了對她的監視。」

「這麼說這個妹妹是你們的眼線？」

「卡蜜拉怕姊姊怕得要命。莎蘭德也在其他方面引起注意，例如她曾經和社福局的人起過幾次衝突，依我們判斷，她對於札拉千科的匿名身分仍是一大威脅。此外還有地鐵發生的事故。」

「她攻擊一個戀童色情狂……」

「沒錯。她很明顯有暴力傾向，精神也不正常。我們認爲無論如何最好還是讓她再次關進療養院，她也可以好好利用機會養病。率先行動的是柯林頓和羅廷耶，他們再次請來精神科醫師泰勒波利安，並透過中間人向地方法院訴請讓她二度入院就醫。潘格蘭挺身爲莎蘭德說話，而法院也完全出乎意料地接受他的提議——只不過她必須接受監護。」

「那畢爾曼又是怎麼捲入的？」

「潘格蘭在二〇〇二年中風。當時莎蘭德仍是監視對象，一有她的資料出現，我們都會接獲通知，所以我特別安排畢爾曼擔任她的新監護人。別忘了，他並不知道莎蘭德是札拉千科的女兒。畢爾曼接獲的指令只是當她開始胡說關於札拉千科的事，就要向我們通報。」

「畢爾曼是個笨蛋。一開始就不該讓他插手札拉千科的事，更何況是他女兒。」古爾博看著瓦登樹說：「這是個嚴重的錯誤。」

「我知道。」瓦登樹回答道：「但在當時他似乎是適當的人選，我萬萬想不到……」

「妹妹現在人在哪？那個卡蜜拉．莎蘭德。」

「不知道，她十九歲那年打包行李逃離了寄養家庭，從此就行蹤不明。」

「好吧，說下去……」

「我手下有個正規警員和埃克斯壯檢察官談過，」約奈思說：「負責調查的包柏藍斯基巡官認爲畢爾曼強暴了莎蘭德。」

古爾博呆若木雞地瞪著約奈思。

「強暴？」

「畢爾曼的肚子上有一片刺青，刻著『**我是隻有性虐待狂的豬，我是變態，我是強暴犯**』。」

約奈思往桌上放了一張彩色的驗屍照片。古爾博嫌惡地盯著看。

「會是札拉千科的女兒下的手？」

「很難作其他解釋，而且她可不是個會手下留情的人。硫磺湖機車俱樂部有兩個凶狠的惡棍就被她修理得很慘。」

「札拉千科的女兒。」古爾博喃喃又說了一次，然後轉向瓦登樹。「你知道嗎？我覺得你應該網羅她進『小組』。」

由於瓦登樹表情過於震驚，古爾博不得不連忙解釋自己只是開玩笑。

「好吧，就假設畢爾曼眞的強暴她好了，她也設法報了仇。然後呢？」

「唯一能說出事實眞相的當然只有畢爾曼，而他卻死了。但重點是他應該不會知道她是札拉千科的女兒，所有公家檔案中都沒有紀錄。可是不知道爲什麼也不知道在什麼時候，畢爾曼發現了兩人的關係。」

「拜託，瓦登榭！**她**知道自己的父親是誰，隨時都能告訴畢爾曼啊！」

「我知道。我們……我是說**我**沒想明白。」

「這樣的無能實在不可原諒。」古爾博說。

「我已經懊悔自責上百次。不過畢爾曼是極少數知道札拉千科存在的人之一，我的想法是讓他發現莎蘭德是札拉千科的女兒總比被其他隨便哪個監護人發現來得好，畢竟她有可能告訴任何人。」

古爾博拉拉耳垂說道：「好吧……繼續。」

「這一切都是假設。」鈕斯壯說道：「但我們猜想畢爾曼攻擊了莎蘭德，於是她反擊做了這個……」

他指指驗屍照片中的刺青。

「有其父必有其女。」古爾博口氣中透著不少欽佩。

「結果畢爾曼找上札拉千科，希望除掉他女兒。我們都知道，札拉千科有充分的理由憎恨這個女孩。然後他把這個交易交給了硫磺湖機車俱樂部和那個常在他身邊出沒的尼德曼。」

「可是畢爾曼是怎麼找到……」古爾博嚥下了後半句話。答案很明顯。

「畢約克。」瓦登榭說：「畢約克替他牽的線。」

「該死！」古爾博咒道。

早上來了兩個護士替她換床單，結果發現那支鉛筆。

「唉呀，這怎麼跑到這兒來了？」其中一人說著將鉛筆收進口袋。莎蘭德盯著她的眼中充滿恨意。

她又再次沒了武器，但身體太虛弱也無法抗議。

她頭痛難忍，因此吃下強力止痛藥。要是不小心動一下或是試圖轉移重心，左肩便疼痛有如刀刺。她仰躺著，脖子上套著護頸，這玩意還得再戴上幾天直到頭部傷口開始癒合。星期日她的體溫高達三十九度，安德林醫師說那是因爲她的身體內有感染現象。這點不需要量體溫莎蘭德也知道。

她發現自己又再度被困在醫院病床上，只不過這次沒有皮帶綁著，因爲不需要。她連坐都坐不起來，更何況是離開病房。

星期一午餐時間，約納森醫師來看她。

「妳好，妳記得我嗎？」

她搖搖頭。

「我就是手術後叫醒妳的人，是我動的刀。我只是想看看妳情況如何，是否一切無恙。」

莎蘭德睜大眼睛望著他。一切都不好，這應該再明顯不過。

「我聽說妳昨晚把護頸拿下來。」

她盡可能地以眼神承認。

「讓妳戴上護頸是有原因的……癒合過程開始的時候，妳的頭得保持固定。」他看女孩沉默不語，只好說：「就這樣吧，我只是想看看妳的情況。」

他走到門邊時，聽見她開口了。

「你叫約納森對不對？」

他轉身露出詫異的笑容。「沒錯，既然記得我的名字，就表示妳的復原狀況比我想像得還好。」

「是你開刀拿出子彈的？」

「是的。」

「請告訴我我現在的狀況。誰都不肯給我一個合理的答案。」

他走回床邊，直視著她的雙眼。

「妳很幸運。妳頭部中彈，但我想子彈並沒有傷到任何重要部位。現在的風險是腦內可能出血，所以我才希望妳盡量別動。妳體內有感染，應該是肩膀傷口引起的，如果抗生素不能治癒感染，也許還要再開一次刀，我是說肩膀。將來身體復原期間，妳還得吃點苦頭，不過依目前的情形看來，我很樂觀地認爲妳會完全康復。」

「這會不會造成腦部損傷？」

他遲疑了一下才點點頭。「不無可能，不過一切跡象都顯示妳已度過難關。此外妳的大腦也可能產生疤痕組織，這或許有點麻煩……因爲有可能引發癲癇或其他問題。但老實說，這都只是推測。現在看起來很好，妳正在慢慢復原。將來萬一出現問題，我們會處理。這樣的回答夠清楚了嗎？」

她閉上眼睛表示清楚了。「我還得像這樣躺多久？」

「妳是說在醫院？至少還得幾個星期才能讓妳出院。」

「不，我是說還要多久才能下床走動？」

「這得看復原的進展。不過至少要等兩星期以後才能讓妳展開物理治療。」

她盯著他看了良久，才說道：「你身上該不會剛好帶了香菸吧？」

約納森醫師忍不住大笑，連連搖頭說：「抱歉，醫院裡禁菸。但我可以吩咐替妳準備尼古丁貼片或口香糖。」

她思索片刻後，目光又回到他身上。「那個老王八蛋怎麼樣了？」

「妳是說……？」

「和我同時進醫院那個人。」

「看來他不是妳的朋友。他命是保住了，而且已經可以拄著拐杖到處走。其實他的情況比妳糟，臉部的傷也讓他非常痛苦。據我了解，是妳拿斧頭砍他的頭。」

「因爲他想殺我。」莎蘭德壓低聲音說。

「聽起來不太妙。我得走了。要不要我再回來看妳？」

莎蘭德想了想，示意希望他再來。醫生走了之後，她瞪著天花板。**札拉千科有了拐杖，那就是我昨晚聽到的聲音。**

會議中最年輕的成員約奈思被派出去買餐點。他買了壽司和淡啤酒回來，順著會議桌分送。古爾博頓時襲上一陣懷舊的激動情緒。他那時候，只要某個行動進入關鍵階段，大夥得熬夜加班時，就是像現在這樣。

他發現差異可能在於以前誰也不敢妄想點生魚片。他眞希望約奈思買的是瑞典肉丸配馬鈴薯泥和越橘。話說回來，其實他也不太餓，便將壽司推到一旁，只吃了一片麵包，喝了點礦泉水。

他們邊吃邊繼續討論，情況很緊急，終究得決定該怎麼做。

「我完全不認識札拉千科。」瓦登榭說：「他是個什麼樣的人？」

「大概和現在差不多吧。」古爾博回答：「聰明過人，幾乎過目不忘。但在我眼中他是個豬頭，應該說是腦筋不太正常。」

「約奈思，你昨天和他談過，有什麼收穫？」瓦登榭問道。

約奈思放下筷子。

「他要我們聽他擺布。我已經跟你們說過他的最後通牒：如果不讓這整件事消失不見，他就要踢爆整個『小組』。」

「已經在所有媒體都曝光的事，叫我們怎麼讓它消失？」鈕斯壯說。

「問題不在於我們能做或不能做什麼，而是在於他想要控制我們。」古爾博說。

「依你看，他會不會訴諸媒體？」瓦登榭問。

古爾博不敢確定。「這幾乎是無法回答的問題。札拉千科不會只做口頭威脅，他會做對自己最有利的事，這點是可以預期的。如果訴諸媒體對他有好處……如果他自認爲能獲得特赦或減刑，他就會去做。又或者是他覺得遭到背叛而想報復。」

「不計後果？」

「最重要就是不計後果。他的目的是想證明他比我們任何人都強。」

「就算札拉千科開口，也不一定有人相信。為了證明，他們就得掌握我們的檔案。」

「你想碰碰運氣嗎？假設札拉千科鬆了口，接下來會是誰？假如畢約克在口供上簽字核實，我們該怎麼辦？還有洗腎的柯林頓……如果他忽然變得虔誠，受到良心譴責，又該怎麼辦？萬一他想招供呢？相信我，只要有一個人鬆口，我們『小組』就完了。」

「所以說……我們該怎麼辦？」

眾人都默默無言。最後還是古爾博起了頭。

「這個問題可以分成幾個部分。第一，札拉千科開口的後果，大夥想必看法一致。整個司法系統壓下來，我們也就毀了。我猜會有幾個『小組』成員入獄。」

「我們的行動完全合法……我們其實是奉政府的命令行事。」

「別跟我來這套。」古爾博說：「你跟我一樣心知肚明，六〇年代中隨便寫寫的文件，現在一文不值。我想我們誰也不敢想像札拉千科開口後，會發生什麼事。」

眾人再度沉默。

「所以我們要做的第一件事就是說服札拉千科閉嘴。」鈕斯壯終於出聲。

「要想說服他閉嘴，就必須給他實質的好處。問題是他這個人陰晴不定，可能純粹出於憎恨就毀掉我們。我們得想想怎麼樣才能制得住他。」

「他的要求怎麼辦？」約奈思問道：「他說要我們讓整件事消失，還要把莎蘭德重新關進精神病院。」

「莎蘭德我們應付得來，問題在札拉千科身上。但這又點出第二部分的問題——損害控制。泰勒波利安在一九九一年寫的報告已經外洩，這可能和札拉千科一樣是個嚴重威脅。」

鈕斯壯清清嗓子說道：「一發現報告曝光，落到警察手中，我就採取了一些行動。我去找了國安局的法律顧問傅留斯，他連絡上檢察總長。檢察總長便下令查扣警方手中的報告，報告還沒有傳出去也沒有副本。」

「檢察總長知道多少？」古爾博問。

「什麼都不知道。他只是按國安局的公文辦事，那是機密文件，檢察總長別無選擇。」

「哪些警察看過報告了？」

「報告有兩份，看過的人包括包柏藍斯基、他的同事茉迪巡官，最後還有負責初步調查的檢察官埃克斯壯。我們可以假設還有兩名警員……」鈕斯壯翻著筆記說：「……至少有一個叫安德森和一個叫霍姆柏的知道報告內容。」

「也就是說四個警察和一個檢察官。對他們了解多少？」

「埃克斯壯檢察官，四十二歲，被視為明日之星。他曾擔任司法部調查員，處理過不少受矚目的案件。有衝勁，熱中宣傳，是個野心家。」

「社會民主黨員嗎？」古爾博問。

「很可能，但不積極。」

「那麼主導調查的是包柏藍斯基。我在電視上看過他出席一場記者會，面對鏡頭好像很不自在。」

「他年紀較大，紀錄輝煌，不過也是出了名難相處又頑固。他是猶太人，而且相當保守。」

「那個女的呢，她是誰？」

「桑妮雅．茉迪，已婚，三十九歲，有兩個孩子。爬升得很快。我和泰勒波利安談過，他將她形容得很情緒化，問題問個不停。」

「接下來。」

「安德森是個難對付的傢伙，現年三十八歲，來自索德的掃黑組，幾年前開槍射死一名地痞流氓而聲名大噪。根據報告所寫，他最後被判無罪。包柏藍斯基就是派他去逮捕畢約克。」

「明白了。別忘了他曾射殺過人。若有必要對包柏藍斯基的團隊提出質疑，隨時可以拿這個凶狠角色當目標。我想媒體方面我們應該還有些關係在。最後一個呢？」

「霍姆柏，五十五歲，來自諾蘭，可以說是犯罪現場調查專家。幾年前有一個接受督察訓練的機會，但他拒絕了。他好像很喜歡現在這份工作。」

「有沒有人很熱中政治？」

「沒有。霍姆柏的父親是七〇年代時期，中央黨的市議員。」

「似乎是個很謹慎的團隊，可以想見他們十分團結。能不能想辦法分化他們？」

「其實還有第五個警員。」鈕斯壯說：「法斯特，四十七歲。我推測他和包柏藍斯基之間有非常大的歧見，以至於法斯特請了病假。」

「對他了解多少？」

「我問過的人反應不一。他的紀錄傑出幾乎無可挑剔，十分專業，不過要應付不容易。和包柏藍斯基之間的歧見似乎與莎蘭德有關。」

「什麼樣的歧見？」

「法斯特好像對某報關於撒旦教女同性戀幫派的報導深信不疑。他真的很討厭莎蘭德，似乎將她的存在視爲個人的恥辱。傳聞恐怕有一半出自於他。有個以前的同事告訴我，說他沒法和女人共事。」

「有趣。」古爾博緩緩地說：「既然報紙已經寫過女同性戀幫派，應該讓他們繼續擴大報導。這對莎蘭德的信譽絕不會有幫助。」

「但看過畢約克的報告的警員是一大問題。」約奈思說：「有什麼辦法可以孤立他們嗎？」

瓦登樹又點了根小雪茄菸。「這個嘛，埃克斯壯是初步調查的負責人……」

「但主導的卻是包柏藍斯基。」鈕斯壯說。

「對，可是他不能反對行政決定。」瓦登樹接著轉頭對古爾博說：「你比我有經驗，但這整件事有太多脈絡與關連……我覺得最好能把包柏藍斯基和茉迪從莎蘭德身邊弄走。」

「沒錯，瓦登樹。」古爾博說：「那正是我們要做的事。包柏藍斯基負責調查畢爾曼與安斯赫得那對男女的命案，而莎蘭德已經沒有嫌疑，現在只關係到那個德國人尼德曼。包柏藍斯基和他的團隊得把焦點放在尼德曼身上，莎蘭德已不再屬於他們的任務。另外還有紐克瓦恩的調查工作……三起懸而未決的殺人案，這也和尼德曼有關。這個案子目前分配給南塔耶，但應該要合併調查，如此一來包柏藍斯基暫時會無暇他顧。誰曉得呢？說不定他會抓到尼德曼。這段時間，法斯特……你想他會歸隊嗎？聽起來由他來調查莎蘭德是最合適的。」

「我明白你的想法。」瓦登樹說：「重點就是讓埃克斯壯分案。但這還得要能控制埃克斯壯才行。」

「應該不會有太大問題。」古爾博說著朝鈕斯壯瞄一眼，後者隨即點了點頭。

「我可以處理埃克斯壯。」他說：「我猜他現在恨不得自己從沒聽說過札拉千科這個人。國安局一發文，他馬上就交出畢約克的報告，而且答應配合任何關係到國安問題的要求。」

「你有什麼打算？」瓦登樹問。

「請容我先說個大概。」鈕斯壯說：「我想我們要婉轉地告訴他應該怎麼做才能避免讓他的前途毀於一旦。」

「第三部分將是最嚴重的問題。」古爾博說：「警方並不是自己取得畢約克的報告……而是一名記者提供的。此外你們想必都察覺到了，媒體也是個大問題。《千禧年》。」

鈕斯壯翻了一頁筆記。「麥可．布隆維斯特。」

與會的每個人都聽說過溫納斯壯事件，也都知道這個名字。

「被殺害的達格是《千禧年》的特約記者，本來正在寫一則關於非法性交易的報導。也是因爲這樣而無意中發現札拉千科。布隆維斯特不只發現達格和女友的屍體，也認識莎蘭德，而且始終相信她是清白的。」

「他怎麼會認識札拉千科的女兒……這未免太巧了。」

「我們不認爲這是巧合。」瓦登榭說：「我們相信莎蘭德可以說是連結這一切的關鍵，至於有什麼樣的關連，目前還不知道。」

古爾博在筆記上不斷畫著同心圓，過了好一會才抬起頭來。

「我得好好想一想。我出去走走，一小時後再繼續開會。」

古爾博這一走幾乎走了三個小時。其實他眞正只走了大約十分鐘，便發現一家咖啡館有供應許多種前所未見的咖啡。他點了一杯黑咖啡，坐在門口附近的角落，花了很長時間細細思考，試圖剖析目前困境的各個層面，偶爾還會在口袋日誌裡草草寫點摘要。

一個半小時後，計畫開始成形。

計畫雖不完美，但權衡過所有的可能性後，他認爲要解決問題必須採取激烈手段。

幸虧有人事資源可利用，應該可行。

他起身去找電話亭，打給瓦登榭。

「開會時間要往後延一下。」他說：「我得去做件事，所以改到兩點好嗎？」

古爾博來到史都爾廣場，攔了一輛計程車，告訴司機位於布羅馬郊區的一個地址。下車以後往南走過一條街，來到一棟小小的雙併式住宅前按門鈴。應門的婦人年約四十來歲。

「妳好，我找佛德利克·柯林頓。」

「請問您是？」

「一位老同事。」

婦人點點頭，請他進客廳，原本坐在沙發上的柯林頓正緩緩站起身來。他只不過六十八歲，看起來卻老很多。身體狀況不佳讓他付出很大代價。

「古爾博！」柯林頓驚呼道。

兩名老幹員站著互望良久，最後才伸手擁抱對方。

「眞沒想到還會再見到你。」柯林頓隨後指著晚報頭版上尼德曼的照片，和新聞標題「**殺警兇嫌可能逃往丹麥**」，又說：「你應該是爲這個來的。」

「你好嗎？」

「我病了。」柯林頓說。

「看得出來。」

「如果不換腎，我恐怕不久人世。但要在這個人民共和國裡找到一顆腎，機會微乎其微。」

方才那名婦人出現在客廳玄關，問古爾博要不要喝點什麼。

「麻煩給我一杯咖啡，謝謝。」等她離開後，他轉向柯林頓問道：「那是誰？」

「我女兒。」

眞不可思議，儘管在「小組」裡親密共事多年，閒暇時間卻幾乎誰也不和誰來往。古爾博知道每個同事最細微的個人特質、長處與弱點，對他們的家庭生活卻知之甚少。柯林頓很可能是古爾博二十年來最親密的同事，他知道他結婚生子，卻不知道女兒的名字、已故妻子的名字，或甚至柯林頓平常都上哪度假。就好像「小組」以外的一切都是神聖的，不容討論。

「你要我做什麼嗎？」柯林頓問。

「能不能跟我說說你對瓦登榭的看法？」

柯林頓搖搖頭。「我不想捲入。」

「我不是要求你介入。你認識他，他和你共事過十年。」

柯林頓又搖頭。「他現在是『小組』的頭兒，我怎麼想已經不重要。」

「他應付得來嗎？」

「他不是笨蛋。」

「可是呢？」

「他是個分析家，非常善於解謎，直覺很強，是個傑出的管理者，能用我們認爲不可能的方法平衡預算。」

古爾博點點頭。柯林頓沒有說出最重要的特質。

「你有準備再回來工作嗎？」

柯林頓抬起頭，猶豫了好一會。

「古爾博……我每隔一天就得到醫院洗腎九小時，上樓也一定上氣不接下氣，我實在沒有體力，一點也沒有了。」

「我需要你，最後一次任務。」

「我做不到。」

「你可以，而且你還是可以每隔一天去洗腎，上樓可以搭電梯，必要的話，我甚至可以派人用擔架抬著你往返。我需要的是你有心。」

柯林頓嘆了口氣。「說說看吧。」

「目前我們面臨一個極度複雜的情況，需要好手參與行動。瓦登榭手下有個乳臭未乾的小夥子，名叫約奈思。整個行動部門只有他一人，我想瓦登榭不會有動力做該做的事。在預算方面要花招他也許是天才，但他不敢作行動決策，也不敢讓『小組』採取必要的實地行動。」

柯林頓虛弱地笑了笑。

「行動得分兩頭進行。一頭是札拉千科，我得想辦法和他講道理，這我大概知道該怎麼做。另一頭要從斯德哥爾摩這邊下手，問題是『小組』裡面沒有能眞正負責的人。我要你來帶頭，最後一次任務。約奈思和鈕斯壯可以跑腿，你來發號施令。」

「你根本不知道你在說什麼。」

「我很清楚，只是你得下定決心要不要接這個任務。我們這些老人若不插手盡點力，再過幾個星期，『小組』可能就不存在了。」

柯林頓將手肘靠在沙發扶手上，用手撐著頭，思考了一、兩分鐘。

「說說你的計畫。」他最後說道。

古爾博與柯林頓展開一番長談。

兩點五十七分，柯林頓緊跟在古爾博身後出現時，瓦登榭不敢置信地瞪大雙眼。柯林頓簡直有如一副骷髏。他好像連呼吸都很困難，一手還搭著古爾博的肩膀。

「這到底是……」瓦登榭說道。

「繼續開會吧。」古爾博用輕快的語氣說。

於是大夥重新圍著瓦登榭辦公室的桌子入座。柯林頓重重跌坐在旁人推給他的椅子上，未發一言。

「柯林頓你們都認識。」古爾博說。

「沒錯。」瓦登榭應道：「問題是他來做什麼？」

「柯林頓決定重回工作崗位，並將領導『小組』的行動部門直到這次危機結束。」古爾博眼看瓦登榭就要出聲抗議，立刻舉手制止。「柯林頓很疲倦，所以需要助手，他還得按時回醫院洗腎。瓦登榭，你派兩個人協助他處理實際事務。不過我先把話講清楚……關於這次的事件，行動決策將由柯林頓負責。」

他暫停片刻，無人出言反對。

「我有個計畫。我想我們可以成功地解決這件事，但動作要快，以免錯失良機。」他說道：「一切全看你們在『小組』這段日子以來的決心了。」

「說來聽聽。」瓦登榭說。

「首先，警察方面我們已經討論過，接下來就這麼做。我們試著以冗長的調查工作絆住他們，利用搜尋尼德曼一事轉移他們的目標。這個由鈕斯壯負責。無論發生什麼事，尼德曼都不重要。我們要安排讓法斯特來調查莎蘭德。」

「這主意恐怕不太好。」鈕斯壯說：「何不讓我直接去找埃克斯壯密談？」

「萬一他很難搞……」

「我想應該不會。他有野心，也一直在尋找任何有利於升遷的機會。若有需要，我也許能動用一點關係。他一定很不想被捲入任何醜聞。」

「那好。第二步是《千禧年》和布隆維斯特，這也是柯林頓歸隊的原因。這需要採取非常手段。」

「我想我不會喜歡這種做法。」瓦登榭說。

「也許吧。但你無法用同樣直截了當的方式來對付《千禧年》。話說回來，這個雜誌社構成的威脅只在於一點：畢約克在一九九一年寫的警察報告。我猜想現在有兩個地方，也可能是三個地方有這份報告。報告是莎蘭德發現的，卻不知怎麼到了布隆維斯特手中，也就是說莎蘭德逃亡期間，這兩人還保持某種程度的聯繫。」

柯林頓豎起一根手指，這是他抵達後首度開口。

「這也透露出對手的一些特質。布隆維斯特不怕冒險，別忘了溫納斯壯事件。」

古爾博點點頭。「布隆維斯特將報告交給總編輯愛莉卡，愛莉卡再轉交給包柏藍斯基，所以她也看過了。我們必須假設他們影印了副本加以保管。我猜布隆維斯特有一份，還有一份在編輯辦公室。」

「聽起來合理。」瓦登榭說。

「《千禧年》是月刊，所以不會明天就登。我們還有一點時間——去查一查下一期確切的出刊時間——但一定要扣住這兩份副本。這件事不能透過檢察總長。」

「了解。」

「所以我們所說的行動就是潛入布隆維斯特的住處和《千禧年》辦公室。這你應付得來嗎，約奈思？」

約奈思瞄了瓦登榭一眼。

「古爾博……你要明白……我們已經不做這種事了。」瓦登榭說：「現在是新時代，我們做的大多是侵入電腦和電子監控之類的事，我們無法提供資源給你心目中的行動單位。」

古爾博身子往前傾。「瓦登榭，那你就得盡快給我想辦法弄出一點資源來。去雇幾個人，雇幾個南斯拉夫黑手黨的混混，必要時可以把布隆維斯特痛扁一頓。但無論如何那兩份副本都得拿到手。只要他們沒有副本，就沒有證據。如果連這點小事都辦不好，你乾脆用拇指插住屁眼坐在這裡，等憲法委員會的人來敲門。」

古爾博和瓦登榭互瞪了好一會。

「我做得來。」約奈思忽然出聲。

「你確定嗎？」

約奈思點點頭。

「很好。從現在開始，柯林頓是你的老闆，你得聽他的命令。」

約奈思點頭答應。

「這會牽扯到不少監視工作。」鈕斯壯說：「我可以建議幾個人。外部組織有一個叫莫天森的，在國安局擔任貼身護衛工作。他天不怕地不怕，前途十分看好。我一直在考慮要帶他進來，甚至想過有一天讓他接我的位子。」

「聽起來不錯。」古爾博說：「柯林頓可以決定。」

「我擔心可能還有第三份副本。」鈕斯壯說。

「在哪裡？」

「今天下午我發現莎蘭德請了律師，名叫安妮卡．賈尼尼，是布隆維斯特的妹妹。」

古爾博思考著這個消息。「你說得沒錯，布隆維斯特會給他妹妹一份副本，一定給了。換句話說，在有更進一步的指示前，愛莉卡、布隆維斯特和安妮卡這三個人都得監視。」

「應該可以不必擔心愛莉卡。今天有個報導說她即將接任《瑞典晨間郵報》的總編輯，已經不待在《千禧年》了。」

「還是查一下的好。只要和《千禧年》有關的人，住處和辦公室都要電話監聽並裝竊聽器，要檢查他們的電子郵件，要知道他們見了哪些人、和哪些人說過話。我們很需要知道他們的計畫策略。最重要的還是拿到那份報告的副本。總之事情很多。」

瓦登樹語帶懷疑地說：「古爾博，你現在是要我們對付一家頗具影響力的雜誌社和《瑞典晨間郵報》的總編輯，對我們來說那應該是最冒險的事吧？」

「大家聽好了：你們別無選擇。要嘛你們捲起袖子準備開工，要嘛就該換人接手了。」

這句挑戰性的話彷彿一片烏雲籠罩在會議桌上空。

「我想我能處理《千禧年》。」約奈思終於說道：「不過這一切都解決不了基本問題。札拉千科該怎麼辦？只要他洩漏一字半句，我們作再多努力也沒用。」

「我知道，那部分由我負責。」古爾博說：「我想有個論點可以說服札拉千科閉嘴，不過需要稍加準備。今天下午晚一點我會前往約特堡。」

他停下來環視眾人，最後目光停留在瓦登樹身上。

「我不在的時候，一切行動由柯林頓決定。」他說。

直到星期一傍晚，安德林醫師在與約納森醫師商量過後，才認定莎蘭德的情況已經夠穩定，可以會客。首先，讓兩名巡官問她十五分鐘的話。警官走進病房，拉了椅子坐下時，她只是靜靜地看著他們。

「妳好，我叫馬克斯．埃蘭德，是約特堡暴力犯罪組的刑事巡官。這位是我的同事，從斯德哥爾摩警局來的茉迪巡官。」

莎蘭德默不作聲，表情毫無變化。她認得茱迪是包柏藍斯基團隊的警員之一。埃蘭德淡淡一笑。

「聽說妳通常不太和官方人士溝通。我先聲明妳可以什麼都不說，但如果妳能聽我們說，我會很感激。我們有些事情和妳討論，只不過今天的時間不夠，以後還有機會。」

莎蘭德依然一聲不吭。

「首先，我想讓妳知道妳的朋友布隆維斯特告訴我們，有一個名叫安妮卡·賈尼尼的律師願意為妳辯護，她知道案情。布隆維斯特說他曾經在其他事件中向妳提過律師的名字。我需要妳證實這的確是妳的意願，我還想知道妳要不要安妮卡到約特堡來為妳辯護。」

安妮卡。布隆維斯特的妹妹。他在一封電子郵件中提過她。莎蘭德沒有想過自己會需要律師。

「很抱歉，但我必須聽到妳的答案，只要回答願不願意就行了。如果妳同意，約特堡的檢察官會連絡安妮卡律師。如果妳不同意，法院會為妳指派一名辯護律師。妳比較喜歡哪一個？」

莎蘭德考慮了一下。她猜想自己可能真的需要律師，但要找王八蛋小偵探布隆維斯特的妹妹，她實在難以忍受。但話又說回來，讓法院隨便派個陌生律師來可能更糟。她張開嘴發出粗嘎的聲音，只說了一句：

「安妮卡。」

「好，謝謝妳。現在我有個問題要問妳。在律師到達以前，妳可以什麼都不用說，不過在我看來，這個問題並不會影響妳或妳的權益。警方正在找一個名叫羅納德·尼德曼的德國人，他因為殺警而遭到通緝。」

莎蘭德登時皺起眉頭。她全然不知自己朝札拉千科揮斧頭之後發生了什麼事。

「約特堡警方很焦急，希望盡快逮捕他歸案。我這位同事也想訊問他有關斯德哥爾摩最近發生的三起命案。妳應該知道，妳已不再是那些案子的嫌犯，所以我們想請妳幫忙。妳知不知道……妳能不能提供任何協助，讓我們找到這個人？」

莎蘭德心有疑慮，目光在埃蘭德和茱迪之間游移。

他們不知道他是我哥哥。

接著她開始思考要不要讓尼德曼被捕。其實她最想做的是在地上挖個洞，將他活埋。最後她聳聳肩。實在不該這麼做的，因爲左肩立刻又是一陣疼痛。

「今天星期幾？」她問道。

「星期一。」

她想了想。「我第一次聽到尼德曼這個名字是在上星期四。我跟蹤他到哥塞柏加。我不知道他在哪裡或是會到哪去，不過他會盡快想辦法逃出國。」

「爲什麼他會逃到國外？」

莎蘭德又想了想。「因爲尼德曼忙著挖洞準備埋我的時候，札拉千科跟我說事情鬧得太大，他決定讓尼德曼出國避避風頭。」

打從十二歲至今，莎蘭德從未和警察說過這麼多話。

「札拉千科……也就是妳的父親？」

好啊，至少他們發現這點了。恐怕還得歸功於王八蛋小偵探布隆維斯特。

「我必須告訴妳，妳父親已經正式向警方指控妳企圖謀殺他。案子已經進了檢察官辦公室，他得決定要不要起訴。不過妳拿斧頭砍札拉千科的頭，所以已經因重傷害罪遭到逮捕。」

這次她沉默了許久。後來茉迪向前彎身，低聲說道：「我只想告訴妳，我們警方並不太相信札拉千科的說詞。好好跟妳的律師討論一下，我們稍後再回來找妳談。」

兩名警員一同起身。

「謝謝妳提供尼德曼的消息。」埃蘭德說。

莎蘭德很驚訝警察竟以如此得體且近乎友善的方式對待她。她想著茉迪警官說的話，心想她必定別有居心。

第七章

四月十一日星期一至四月十二日星期二

星期一下午五點四十五分，布隆維斯特闔上iBook，從貝爾曼路住處的餐桌起身，套上夾克，步行到斯魯森的米爾頓保全公司。他搭電梯上二樓的接待櫃檯，隨即被請進會議室。時間剛好六點整，但他卻是最後一個到。

「你好，阿曼斯基。」他握手寒暄道：「謝謝你願意主持這個非正式會議。」

布隆維斯特往室內環顧一周，另外還有四個人：他妹妹、莎蘭德的前監護人潘格蘭、瑪琳，以及曾幹過刑警、目前是米爾頓保全員工的松尼．波曼。在阿曼斯基指示下，波曼從一開始便一直留意對莎蘭德的調查。

這是潘格蘭兩年多以來第一次外出。厄斯塔復健之家的席瓦南丹醫師並不太贊成讓他出來，但潘格蘭本人很堅持。他是搭特殊的身障交通車來的，還有私人看護約翰娜．卡洛琳娜．歐斯卡森陪同，這名看護的薪水是由一個專為潘格蘭提供最佳照護而秘密成立的基金會支付。歐斯卡森此時坐在會議室旁的另一間辦公室，正在看自己帶來的書。布隆維斯特隨手將門關上。

「我來介紹一下，這位是《千禧年》的總編輯瑪琳．艾瑞森。我請她過來是因為我們即將討論的內容，對她的工作也有影響。」

「好吧。」阿曼斯基說道：「人都到齊了，我洗耳恭聽。」

布隆維斯特站到阿曼斯基的白板前，拿起馬克筆，看看衆人。

「這恐怕是我所參與過最瘋狂的一件事。」他說：「等事情全部結束後，我要成立一個名叫『愚桌武士』的協會，目的在每年辦一次晚會，專門講述莉絲．莎蘭德的故事。你們都是會員。」

他說到這裡稍作停頓。

「好，事情是這樣的。」他開始在白板上列出一串標題，整整說了三十分鐘之後，才開始進行爲時將近三個鐘頭的討論。

會議結束後，古爾博坐到柯林頓身邊，兩人低聲交談幾分鐘後，古爾博才起身與這位老同事握手道別。

古爾博搭了計程車回到福雷斯飯店整理行李，結帳退房，然後搭傍晚的列車前往約特堡。他買的是頭等車廂，有專屬廂房。過了歐斯塔橋後，他拿出原子筆和白紙筆記本，思考許久才開始動筆，寫了半頁便停下筆來，將紙撕去。

僞造文書向來不是他的領域或強項，不過這次的工作比較簡單，因爲他現在要寫的是由他簽名的信，複雜的則是信中內容沒有一句是眞的。

列車通過紐雪平時，他已經丟了不少草稿，但也大概知道該怎麼寫了。到達約特堡時，他手中已經有十二封令他滿意的信，並特意在每張信紙上留下清晰的指紋。

到了約特堡中央車站，他找到一部影印機影印這些信，然後買了信封和郵票，最後將信丟進一個晚上九點還會收信的郵筒。

古爾博搭計程車到位於羅倫斯柏路的城市旅館，柯林頓已經替他訂了房間。幾天前，布隆維斯特也住在同一家旅館。古爾博直接進房間，坐到床上，整個人精疲力竭，這才想到自己整天只吃了兩片麵包。不過他還是不餓。他脫下衣服，平躺到床上，幾乎頭一沾枕就睡著了。

莎蘭德聽到開門聲立刻驚醒，而且馬上就知道不是夜班護士。她把眼睛瞇成一條縫，看見門口有一個拄著拐杖的身影。札拉千科正藉由走廊上的燈光注視著她。

她頭動也不動地瞄向電子鐘：凌晨三點十分。

接著又瞄向床頭櫃，看見水杯，心裡默默計算距離。不用移動身體剛好可以搆得著。伸出手再利用桌子堅硬的邊緣敲破玻璃杯需要短短幾秒鐘。如果札拉千科朝她彎下身，將破碎的杯緣劃向他的喉嚨需要半秒鐘。她想找其他方法，但玻璃杯是唯一伸手可及的武器。

她放鬆下來，等候著。

札拉千科在門口站了兩分鐘沒有動，然後小心翼翼地關上門。

她聽見他悄悄地沿走廊遠去時，拐杖發出細微的摩擦聲。

五分鐘後，她以右手肘撐起身子，拿過水杯，喝了一大口水。接著兩腿跨下床沿，拔掉手臂與胸前的電極片。她費力地站起來，身體搖搖晃晃，花了大約一分鐘才穩下來。她一跛一跛地走到門邊後，靠在牆上喘息，全身冒冷汗。剎那間感到一股憤怒的寒意。

去你媽的，札拉千科。我們現在就在這裡一決高下吧！

她需要武器。

緊接著便聽到走廊上響起急促的腳步聲。

該死，電極片。

「妳怎麼爬起來了？」夜班護士問道。

「我想……想……上廁所。」莎蘭德氣喘吁吁地說。

「馬上回床上去。」

她牽著莎蘭德的手，扶她上床，隨後取來便盆。

「妳想上廁所就按鈴叫我們。這就是這個按鈕的作用。」

星期二，布隆維斯特在上午十點半醒來，沖過澡，煮上咖啡，便坐到 iBook 前面。前一晚到米爾頓開過會後，回家又工作到凌晨五點。文章終於開始有了雛形。札拉千科的生平還很模糊，現在有的只是他威脅畢約克吐露的部分，以及潘格蘭所能提供的少許細節。莎蘭德的部分則已大致底定。他按部就班地解釋她如何被國安局內部一幫支持冷戰的分子鎖定，進而關進精神病院以阻止她洩札拉千科的底。

他很滿意自己寫的內容。還得補一些漏洞，但他知道這個故事棒極了，它將在新聞版面造成轟動，也將猛烈引爆政府高層。

他邊抽菸邊沉思。

看得出來有兩個脫漏之處特別需要注意。其中一個還算簡單，就是得應付泰勒波利安，他還挺期待這一刻到來的。事情結束後，原本享譽全國的兒童精神病專家將成爲全瑞典最惹人厭的人之一。這是一件。

另一件比較複雜。

共謀對付莎蘭德的那些人——他暗稱之爲「札拉千科俱樂部」——是秘密警察。他知道其中一個：畢約克，但畢約克不可能是唯一一人。一定是一群人……某種小組或單位之類的。肯定有帶頭者，有行動管理者。一定有預算。但他想不出該怎麼去找出這些人，甚至不知從何著手。對於秘密警察的組織緣起，他僅有十分模糊的概念。

星期一展開調查之初，他先派柯特茲到索德毛姆的二手書店去買所有關於秘密警察的書。下午，柯特茲帶著六本書來到他的住所。

《瑞典間諜戰》，麥可．羅斯奎斯特著（坦帕斯出版社，一九八八年）；《秘警之首：一九六二至一九七〇年》，維涅著（瓦斯壯&威斯坦德出版社，一九八八年）；《秘密警力》，楊．奧托森與拉斯．馬紐松合著（帝達出版社，一九九一年）；《秘警的權力鬥爭》，艾瑞克．馬紐松著（寇勒那出版社，一九八九年）；《一項任務》，卡爾．黎波姆著（瓦斯壯&威斯坦德出版社，一九九〇年）；以及有點出人意料的《臥底特務》，湯瑪斯．懷賽德著（巴蘭庭出版社，一九六六年），此書探討的是溫納斯壯事件，不過是六〇年代那個事件，而不是布隆維斯特最近揭發的溫納斯壯事件。

星期一晚上到星期二凌晨，他花不少時間閱讀或至少瀏覽這些書，看完後有幾點發現。第一，有關秘密警察的書多半都在八〇年代末出版，搜尋網路發現，類似主題幾乎沒有較新的作品。

第二，關於多年來瑞典秘密警察的活動，似乎沒有任何簡單明瞭的基本概要。這可能是因爲許多文件都被蓋上「極機密」章而無法取得，但似乎也沒有任何機構、研究者或媒體針對秘密警察進行嚴密的審查。

他還注意到另一件奇怪的事：柯特茲找到的書中都沒有列出參考書目。反倒是註腳處經常引用晚報的文章或是某位上了年紀已退休的秘密警員的訪談內容。

《秘密警力》一書十分引人入勝，只可惜大多以二次世界大戰前與大戰期間爲主。維涅的回憶錄，布隆維斯特視之爲宣傳工具，是一個遭受輿論嚴重抨擊後被解職的秘警頭子，爲了自我辯白而寫的。《臥底特務》的第一章就有太多關於瑞典的錯誤訊息，他隨手就扔進垃圾桶。最後只剩下《秘警的權力鬥爭》與《瑞典間諜戰》這兩本眞正展現企圖心，要描述秘密警察的工作，書中有日期、姓名與組織圖。他覺得艾瑞克的著作尤其值得一讀，儘管並未爲他此刻的問題提供任何解答，還是詳細解釋了秘密警察的組織架構與其數十年來主要插手的事務。

最令人意外的是黎波姆的《一項任務》，書中描述了帕爾梅遭暗殺與艾伯．卡爾森①事件發生後，前瑞典駐法大使受命審查秘密警察所遭遇的問題。布隆維斯特從未看過黎波姆的著作，作者那嘲諷的口吻加上鋒利的評論倒是讓他大吃一驚。不過就連黎波姆的書也未能讓布隆維斯特更接近問題的答案，只是他已開始有點明白自己要對抗的是什麼樣的對手。

他打開手機，撥了電話給柯特茲。

「柯特茲，謝謝你昨天幫我跑腿。」

「你現在又需要什麼？」

「再替我跑一趟。」

「麥可，我實在不想說，可是我還有工作要做。我現在是編輯秘書耶。」

「很棒的職務升遷。」

「你要我做什麼？」

「這麼多年來，有一些關於秘密警察的公開報告。黎波姆寫了一份，一定還有其他類似的。」

「我懂了。」

「凡是國會找得到的東西都幫我送來，像是預算、公開報告、質詢內容等等。還有秘密警察的年度報告，再久以前的都要。」

「遵命。」

「很好。對了，柯特茲……」

「怎麼樣？」

「明天再給我就好。」

莎蘭德整天都想著札拉千科。她知道他們只隔著一間病房，知道他晚上會在走廊上閒晃，也知道他今天凌晨三點十分來過她的房間。

她爲了殺他一路追蹤到哥塞柏加，結果行動失敗，札拉千科還活著，而且就安穩地躺在距離她幾乎不到十公尺的床上。她陷入了困境。暫時看不出情況有多糟，但如果不想冒著再度被關進瘋人院接受泰勒波利安看管的風險，她就得逃跑，甚至秘密出國。

問題是她幾乎連在床上坐正都有困難。不過情況確實改善了。頭還會痛，但是一陣一陣而非持續性，左肩的疼痛也略為減輕了，但只要一動又會發作。

她聽見門外有腳步聲，接著護士開門讓一個穿著黑長褲、白襯衫和深色外套的女人進來。她是個身材苗條的美女，一頭俐落的深色短髮，整個人散發出一種開朗的自信。她手上提著黑色公事包。莎蘭德立刻看出她的眼睛和布隆維斯特很像。

「妳好，莉絲，我是安妮卡．賈尼尼。」她說：「我可以進來嗎？」

莎蘭德面無表情地打量她。忽然間她一點也不想見到布隆維斯特的妹妹，也後悔不該答應讓她替自己辯護。

安妮卡進來以後關上房門，並拉了椅子坐下。她望著當事人，靜靜坐了好一會。

這女孩看起來情況糟透了。她的頭纏著繃帶，布滿血絲的雙眼周圍全是瘀青。

「在我們開始討論之前，我要知道妳是不是真的希望我替妳辯護。通常我都是接民事案件，替被強暴或家暴的受害者辯護。我不是刑事律師。不過仔細研究過妳的案子之後，我很想為妳辯護，如果可以的話。我也應該告訴妳，麥可是我哥哥，妳想必已經知道，而我的律師費是他和阿曼斯基支付的。」

她暫時打住，見對方沒有回應便又繼續。

「如果妳要我當妳的律師，我就會為妳工作，而不是為我哥哥或阿曼斯基。我還得告訴妳，在任何審判期間，我都會接受妳的前任監護人潘格蘭的建議與協助。他是個很有韌性的老先生，還拖著病體下床來幫妳忙。」

「潘格蘭？」

「是的。」

「妳見過他了？」

「是的。」

「他現在怎麼樣？」

「他氣炸了，但奇怪的是他好像一點也不擔心妳。」

莎蘭德撇嘴一笑。這是她進索格恩斯卡醫院以來首次露出笑容。

「妳覺得如何？」

「像一堆大便。」

「那麼，妳要我當妳的律師嗎？阿曼斯基和麥可會付我錢，而且……」

「不要。」

「不要是什麼意思？」

「錢我自己付。我不要拿阿曼斯基和小偵探的一分錢。不過我得上網才有辦法付錢。」

「我明白了。這個問題到時候再說。反正，我的薪水大多是國家付的。那麼妳要我當妳的律師嗎？」

莎蘭德微微點了點頭。

「好。那我先轉達麥可的訊息。聽起來有點讓人摸不著頭緒，但他說妳會懂。」

「哦？」

「他希望妳知道他已經告訴我絕大部分的事，只有少數細節例外，其中第一項是他在赫德史塔發現的妳的技能。」

他知道我有過目不忘的本領……而且是個駭客。他沒說出去。

「好。」

「第二項是DVD。我不知道他指的是什麼，但他堅持要讓妳決定是否告訴我。妳知道他在說什麼嗎？」

畢爾曼強暴我的影片。

「知道。」

「那就好。」安妮卡忽然變得遲疑。「我有點氣我哥哥。雖然他雇用我，卻只跟我說他想說的事。妳也打算隱瞞我某些事嗎？」

「不知道。這個問題晚一點再說好嗎？」莎蘭德說。

「當然好。以後我們還得經常說話。今天我沒有時間長談，四十五分鐘後我得去見葉華檢察官。我只是想來確認妳眞的要委任我。不過另外還有一件事得告訴妳。」

「什麼事？」

「是這樣的：我若不在場，妳一句話也不要跟警方說，不管他們問妳什麼。即使他們用話激妳或指控妳任何罪名也一樣……妳能答應我嗎？」

「我可以做到。」

星期一忙碌一整天的古爾博完全累癱了，星期二早上直睡到九點才醒，比平常多睡了四個小時。起床後，他進浴室淋浴刷牙，還照了好久的鏡子才關上燈，出來換衣服。他選了棕色公事包內僅剩的一件乾淨襯衫，並打上棕色花紋的領帶。

他下樓到旅館餐廳喝了一杯黑咖啡，又在一片全麥吐司塗上少許果醬配著起司吃，然後喝下一杯礦泉水。

吃完早餐，他到旅館大廳用公共電話打柯林頓的手機。

「是我。現況如何？」

「很不穩定。」

「柯林頓，你處理得來嗎？」

「可以，就跟以前一樣。只可惜羅廷耶不在，行動計畫他比我在行。」

「你們倆一樣好，隨時都可以調換位置。其實以前你們也常這麼做。」

「是直覺問題。他總是比我敏銳一點。」

「你們現在怎麼樣了?」

「約奈思比想像中更聰明。我們找來了外部的莫天森支援，他負責跑腿，卻是可用之人。布隆維斯特的電話線和手機都裝設了竊聽器，今天會處理安妮卡和《千禧年》辦公室的電話。我們正在研究所有相關辦公室與公寓的設計圖，會盡快動手的。」

「第一件事是要找出所有的副本……」

「已經做了，運氣好得出奇。今天早上安妮卡打電話給布隆維斯特，問了他有多少副本流傳在外，結果布隆維斯特只有一份。愛莉卡影印了報告，但已經交給包柏藍斯基。」

「很好，不能再浪費時間了。」

「我知道。但必須一舉成擒，如果不一次拿到所有副本，就不會成功。」

「說得對。」

「事情有點複雜，因爲安妮卡今天到約特堡去了。我派了幾名外部人員跟蹤她，他們現在已經上飛機。」

「很好。」古爾博暫時想不到還要說什麼，最後只說：「謝謝你，柯林頓。」

「應該的。這比枯坐著等換腎要有趣多了。」

兩人道別後，古爾博付清旅館費走到街上。如今大局已定，接下來只須加以周詳規畫。

他走向公園大道飯店，要求使用傳眞機，因爲不想在自己住的旅館做這件事。傳眞完前一天寫的信後，走到大道上攔計程車，並在中途將信的影本撕成碎片丟進垃圾桶。

安妮卡與葉華檢察官談了十五分鐘，想知道檢察官打算以什麼罪名起訴莎蘭德，但很快便察覺葉華尚未下定決心。

「目前我會暫時用重傷害或殺人未遂的罪名，因爲莎蘭德拿斧頭砍她父親。我想妳會以自衛辯護。」

「也許。」

「老實說，我現在要先處理尼德曼。」

「我明白。」

「我找過檢察總長，他們現在還在商量是否將妳當事人所遭受的指控，併案交由斯德哥爾摩一名檢察官辦理，也連同這裡發生的案子一起。」

「我猜案子應該會送交斯德哥爾摩。」安妮卡說。

「無所謂。但我需要向那女孩問話，什麼時候可以呢？」

「我問過她的醫生約納森，他說莎蘭德還要過幾天才能接受問話。她不只傷勢嚴重，現在還在施打強效止痛劑。」

「我也接到了類似的報告，妳想必能了解，這實在很令人失望。我要再強調一次，尼德曼是我優先處理的對象。妳的當事人說不知道他躲在哪裡。」

「她根本不認識尼德曼，只是碰巧認出他並跟蹤他到哥塞柏加，札拉千科的農場。」

「等妳的當事人身子好一點，可以接受問話，我們再見面吧。」葉華說。

古爾博手上拿著一束花，和一名穿著深色夾克的短髮女子一同走進索格恩斯卡醫院的電梯。他按著電梯門，禮讓她先出去，只見她走到服務臺。

「我叫安妮卡，是個律師，我想再見見我的當事人莎蘭德。」

古爾博很慢很慢地轉過頭來，詫異地看著先他一步走出電梯的女子。當護士正在查驗安妮卡的證件並查閱名單時，他瞄了律師的公事包一眼。

「十二號房。」護士說。

「謝謝，我知道在哪裡。」她說著便沿走廊走去。

「有什麼需要我幫忙的嗎？」

「是的，我想送這些花給波汀。」

「他現在不能會客。」

「我知道，我只是想把花留下。」

「我們會替你轉交的。」

古爾博帶花來純粹只是當藉口，主要是想了解病房的格局設計。他向護士道謝後，順著指標走到樓梯間，中途經過札拉千科的房門，據約奈思說是十四號病房。

他在樓梯間等著，透過門上的玻璃窗，看見護士將花束拿進札拉千科的房間。當她回到護理站，古爾博推開十四號房門，迅速入內。

「早啊，札拉千科。」他說。

札拉千科吃驚地抬頭看著不速之客。

「我還以爲你死了。」他說。

「還沒呢。」

「你想做什麼？」

「你說呢？」

古爾博拉過椅子坐下。

「八成是想看我死。」

「那我會謝天謝地。你怎麼會這麼愚蠢？我們給你一個全新的人生，結果你落到這步田地。」

札拉千科要是能笑早已經笑了。依他看，瑞典的秘密警察全是門外漢，古爾博和畢約克都不例外，更甭提那個大白癡畢爾曼了。

「這回又得我們救你出火坑。」

這個形容詞在札拉千科聽來很刺耳，因為他曾遭汽油彈攻擊，罪魁禍首正是此時與他相隔一個房間那該死的女兒。

「少跟我說教了。趕快把我弄出去。」

「我就是來跟你商量這件事。」

古爾博把公事包放到大腿上，拿出一本筆記本，翻到空白頁。然後以銳利的目光注視札拉千科良久。

「有件事我很好奇……我們為你做了這麼多，你真的打算背叛我們嗎？」

「你說呢？」

「這得看你有多瘋狂。」

「別說我瘋。我只是求生存，為了活命，我什麼都做得出來。」

古爾博搖搖頭。「不，札拉千科，你會這麼做是因為你壞到骨子裡去了。你想聽『小組』怎麼說，我來告訴你。這次我們不會再採取任何行動幫你。」

霎時間，札拉千科露出猶疑的神情。他打量著古爾博，想看出他是否只是虛張聲勢嚇唬他。

「你別無選擇。」他說。

「當然有選擇。」古爾博回答。

「我會……」

「你什麼都不會做。」

古爾博深呼吸一口氣，拉開公事包外袋的拉鏈，掏出一把槍托鍍金的九毫米史密斯威森手槍。這把槍是二十五年前英國情報局送他的禮物，酬謝他提供一項珍貴的資訊：也就是軍情五處一名效法費爾比②的職員的姓名。

札拉千科面露訝異神色，緊接著放聲大笑。

「你拿槍打算做什麼？射我嗎？那麼你將在牢裡度過悲慘的下半生。」

「我可不這麼想。」

札拉千科忽然非常不確定古爾博究竟是不是故弄玄虛。

「這會引發非常大的醜聞。」

「我還是不這麼想。也許會上幾個頭條，但一個星期過後，誰也不會再記得札拉千科這個名字。」

札拉千科瞇起眼睛。

「你是個卑鄙小人。」古爾博的口氣冷漠得讓札拉千科全身發冷。

古爾博扣下扳機，子彈剛好打中札拉千科額頭正中央，這時札拉千科正打算將義肢跨下床沿，中彈後隨即倒落到枕頭上，完好的那隻腳踢了四、五下才靜止不動。古爾博看見床頭櫃後面的牆上濺出如花朵般的紅色血跡，此時他才意識到槍響後自己出現耳鳴，於是用空出來的手揉揉左耳。

他接著起身將槍口對準札拉千科的太陽穴，扣了兩次扳機。這回他要這個王八蛋確死無疑。

莎蘭德聽到第一記槍聲立刻驚坐起來，肩膀也隨即一陣刺痛。接著又響起兩聲時，她便試著跨下床來。

安妮卡只來了幾分鐘。她動也不動地呆坐著，試圖分辨尖銳槍聲的來處。她從莎蘭德的反應看得出即將發生可怕的事。

「好好躺著。」她大喊道，同時用手按住莎蘭德的胸口，推她躺下。

接著安妮卡穿過房間，打開房門，看見兩名護士衝向隔壁第二間病房。第一個護士跑到門口忽然停住，尖叫一聲：「不，不要！」然後倒退一步，撞到了另一名護士。

「他有槍，快跑！」

安妮卡看著她們兩人躲進莎蘭德隔壁房間。

緊接著便看到一名身形瘦削、頭髮花白、穿著犬牙格紋夾克的男子步出走廊，手中握著一把槍。安妮卡認出他正是和自己一同搭電梯上樓的人。

此時兩人四目交會，他顯得有些困惑。隨後舉起手槍瞄準她，往前一步。她把頭一縮，轟一聲關上門，絕望地四下張望。身旁剛好有一張護理桌，她連忙把它推到門邊，將桌面卡在門把底下。她聽到有動靜，轉頭一看，發現莎蘭德正再次試圖爬下床。她很快地幾步上前，兩手環繞住當事人抱她起身。扶她進浴室坐到馬桶上，中途把電極片和點滴管都扯落了。接著她轉身鎖上浴室的門，從夾克口袋掏出手機打了緊急求助電話。

古爾博來到莎蘭德門口，壓壓門把，被卡住了，分毫都動不了。

他一度不知如何是好地站在門外。他知道那個律師安妮卡也在房內，不曉得她公事包內是不是裝了一份畢約克的報告。但他進不了病房，也沒有力氣將門撞開。

反正這本來就不在計畫之中。柯林頓會解決安妮卡，古爾博只負責札拉千科。

他看看走廊，發現一堆護士、病患與訪客正盯著自己看。他舉起手槍，朝走廊盡頭牆上的一幅畫開槍。圍觀者瞬間消失不見，像變魔法似的。

他最後又瞄一眼莎蘭德的房間，然後才斷然走回札拉千科的房間關上門。他坐在訪客椅上，望著眼前這個俄國叛徒，他曾是那麼多年間與自己生活如此密切相關的一部分。

他靜靜坐了將近十分鐘才聽見走廊上有動靜，原來是警察趕到了。此時的他並沒有特別想著什麼。

他最後一次舉起手槍，指著自己的太陽穴，扣下扳機。

事情的後續發展證明在醫院裡試圖自殺是無益的。院方以最快的速度將古爾博送進創傷中心，由約納森醫師接收病患，並立即展開一連串措施以維持他重大器官的運作。

這是約納森在不到一星期的時間內，第二次緊急開刀，從人腦組織中取出全金屬殼的子彈。經過五個小時的手術，古爾博的情況很危險，但人還活著。

不過古爾博的傷勢遠比莎蘭德更嚴重。他在生死邊緣徘徊了數日。

布隆維斯特在霍恩斯路上的咖啡吧時，聽見收音機廣播：一名姓名不詳的六十六歲男子在約特堡的索格恩斯卡醫院中彈身亡，此人生前涉嫌殺害在逃的莎蘭德。他咖啡連喝都沒喝就拿起電腦袋，匆匆趕往位於約特路的雜誌社。他穿越瑪利亞廣場，正要轉上聖保羅街時，手機響了。他邊跑邊接聽。

「我是布隆維斯特。」

「嗨，我是瑪琳。」

「我聽說了，妳知道凶手是誰嗎？」

「還不知道，柯特茲正在追。」

「我上路了，五分鐘後到。」

布隆維斯特就在《千禧年》辦公室的門口碰見柯特茲。

「埃克斯壯三點要召開記者會。」柯特茲說：「我現在正要去國王島。」

「現在知道些什麼？」布隆維斯特在他身後喊道。

「去問瑪琳。」柯特茲說完就走了。

布隆維斯特走進愛莉卡……不對，是瑪琳的辦公室，她正在講電話，手飛快地在黃色的便利貼上寫字，一面揮手要他離開。布隆維斯特進到小廚房，倒兩杯加了牛奶的咖啡，杯子上分別印有基督教民主青年黨與瑞典社會民主青年聯盟的標誌。等他回來，瑪琳已經講完電話。他將青年聯盟的杯子遞給她。

「沒錯，札拉千科在一點十五分被槍殺身亡。」她看著布隆維斯特說：「我剛剛和索格恩斯卡一名護士通過電話，她說凶手是個七十幾歲的男人，殺人前幾分鐘還送花給札拉千科。他朝札拉千科的頭部開了幾槍，然後自盡。札拉千科死了，凶手勉強還活著，正在動手術。」

布隆維斯特總算呼吸順暢了些。自從在咖啡吧聽到新聞，他始終懸著一顆心，深恐是莎蘭德殺的人。若是如此將大大妨礙他們的工作。

「知道殺人犯的名字嗎？」

瑪琳搖搖頭。就在同一時間電話響起，她接了起來，從談話中布隆維斯特猜想那是瑪琳派往索格恩斯卡的特約記者。於是他起身走回自己的辦公室，坐了下來。

他好像已經好幾個星期沒進這個辦公室了，桌上堆滿未拆的郵件，他用力掃到一旁，然後打電話給妹妹。

「安妮卡。」

「是我，麥可。妳聽說索格恩斯卡的事了嗎？」

「可以這麼說。」

「妳在哪裡？」

「醫院。那個王八蛋也拿槍指著我。」

布隆維斯特一時語塞，數秒後才真正聽明白妹妹的話。

「這**到底**……妳在那裡？」

「是的，我從來沒經歷過這麼可怕的事。」

「有沒有受傷？」

「沒有，不過他試圖闖進莎蘭德的房間。我把門卡住，我們兩個就反鎖在浴室裡。」

布隆維斯特頓時覺得整個世界失去平衡。**他妹妹差一點就……**

「她怎麼樣？」他問道。

「她沒受傷，我是說至少在今天的事件當中沒有受傷。」

他默想片刻。

「安妮卡，妳有任何關於凶手的訊息嗎？」

「毫無概念。他是個上了年紀的老人，穿著整齊。我覺得他看起來有點慌張。以前從未見過他，不過事發前幾分鐘，我是和他一起搭電梯上樓的。」

「札拉千科眞的死了，毫無疑問？」

「是的。我聽到三起槍聲，而且我無意間聽說三槍都打在頭部。不過這裡眞是一團混亂，來了一大堆警察，現在正在疏散一些實在不應該移動的重病與重傷患。警察抵達現場後，其中一個連問也沒問莉絲的情況就打算訊問她。逼得我不得不嚴厲斥責他們。」

埃蘭德巡官從莎蘭德的病房門口看見安妮卡，見她手機正貼在耳朵上，便等著她講完電話。

凶殺案發生後兩個小時，走廊上仍混亂不已。札拉千科的房間已經被封鎖。槍擊後醫生們立刻展開搶救，但不久即宣告放棄，他已回天乏術。屍體送往法醫處，警方也盡可能不破壞犯罪現場，進行調查。

埃蘭德的手機響了，是調查小組的菲德烈·曼貝爾。

「已經確定凶手的身分了。」曼貝爾說：「他名叫艾佛特·古爾博，今年七十八歲。」

七十八歲。難得有這麼老的殺人犯。

「這個艾佛特·古爾博又是誰呀？」

「已經退休，住在拉荷姆，應該是個稅務律師。我接到國安局來電，說他們最近剛開始針對他作初步調查。」

「什麼時候，又爲什麼？」

「不知道什麼時候，但他顯然有個怪習慣，會寄瘋狂的恐嚇信給政府官員。」

「比方說有誰？」

「司法部部長是其中一個。」

埃蘭德嘆了口氣。原來是個瘋子。狂熱分子。

「今天早上國安局接到幾家報社的電話，說是收到古爾博來信。司法部也打了電話，因爲古爾博指名要讓波汀死。」

「我要信的影本。」

「跟國安局要？」

「對，要不然呢？必要的話，你親自開車到斯德哥爾摩去拿，等我一回到總部就要看到，大概還有一小時。」

他略一思索，又問了一個問題。

「是國安局打電話給你的？」

「我剛才不是說了。」

「我是說……是他們打給你，不是你打給他們？」

「沒錯。」

埃蘭德闔上手機。

他不明白國安局哪根筋不對勁，怎會忽然覺得有必要和警方聯繫，而且還是出於自願。通常他們總是悶不吭聲。

瓦登樹用力推開「小組」辦公室的門，正在裡面休息的柯林頓見狀，小心地坐起身來。

「這到底是怎麼回事？」瓦登樹扯著嗓子喊道：「古爾博殺了札拉千科然後舉槍自盡了！」

「我知道。」柯林頓說。

「你**知道？**」瓦登樹大吼，整個人面紅耳赤，好像眼看就要中風。「他開槍射自己啊，你懂不懂？他企圖自殺。他是瘋了不成？」

「你是說他還活著？」

「暫時還活著，不過腦部嚴重受創。」

柯林頓嘆氣道：「唉，眞可惜。」聲音裡帶著濃濃的憂傷。

「**可惜？**」瓦登樹又發作道：「古爾博發瘋了，你難道不明白……」

柯林頓打斷他的話。

「古爾博患了癌症，已經擴及胃、大腸和膀胱。他已經瀕臨死亡好幾個月，頂多也只能再撐幾個月。」

「癌症？」

「過去半年他一直把槍帶在身上，打算只要痛得受不了，就要趁著被病魔折磨成植物人之前自我了斷。但他最後還能爲『小組』做一件事。他走得很有尊嚴。」

瓦登樹激動得幾乎不能自己。「你**知道？**你知道他想殺札拉千科？」

「當然。他的任務就是確保札拉千科再也沒有機會開口。而你也知道，那個人根本不受威脅也不可理喻。」

「可是你難道不明白這會變成多大的醜聞嗎？你也和古爾博一樣精神錯亂了嗎？」

柯林頓費力地站起來，直視瓦登樹的眼睛，同時交給他一疊傳眞影本。

「這是行動決策。我爲好友感到哀慟，但我恐怕很快也要隨他而去。至於醜聞來說……不過就是一個退休的稅務律師寫了偏執的信給報社、警方和司法部。這裡有一份樣本。古爾博把一切都怪罪到札拉千科頭上，從帕爾梅遭暗殺到企圖以氯毒害瑞典人民。寫信的人根本就是個瘋子，有些地方還字跡模糊、用大寫字體、底下畫線或用驚嘆號強調。我尤其欣賞他連空白處都寫字。」

瓦登樹愈看信愈心驚，不覺抬手擦擦額頭。

柯林頓說：「無論發生什麼事，札拉千科的死都和『小組』無關，開槍的只不過是一個發瘋的退休老人。」他頓了一下。「重要的是從現在開始，你也得上我們的船，而且**別讓船搖晃**。」這個病人凝視瓦登樹的眼神中，透露著鋼鐵般的意志。「你必須了解，『小組』就是整體國防的尖兵，我們是瑞典的最後防線，任務就是爲國家的安全把關。其他一切都不重要。」

瓦登樹用懷疑的眼神看著柯林頓。

「我們是不存在的人。」柯林頓又繼續說：「誰也不曾感激過我們。沒有人想作的決定，尤其是所有政治人物都不想作的決定，得由我們來作。」他說到政治人物這幾個字時，顫抖的聲音充滿輕蔑。「照我說的做，『小組』或許還能存續。要想有這種結果，我們就得果斷地採取強硬手段。」

瓦登樹感覺內心的恐慌逐漸升高。

在國王島警局公關室裡，柯特茲拚命地寫，試著記下臺上所說的每句話。埃克斯壯檢察官已經開始了。他解釋說目前已經決定將哥塞柏加殺警案——也就是尼德曼遭通緝一案——交由約特堡的一位檢察官負責偵查，至於其他關於尼德曼的調查工作則由埃克斯壯本人處理。尼德曼是達格與蜜亞命案的嫌犯，但並未提及畢爾曼律師。此外，埃克斯壯還得偵查並起訴涉嫌犯下一大串罪行的莎蘭德。

他解釋說，有鑑於約特堡當天發生的多起事件，其中包括莎蘭德的父親波汀遭射殺，他才決定公開這項訊息。召開這場記者會最直接的原因就是想澄清已經在媒體圈散布的謠言，他自己就接到好幾通關於這些謠言的電話。

「根據最新得到的消息，我可以告訴大家，波汀的女兒目前因涉嫌殺害父親而在押，她與今天早上發生的事件無關。」

「那麼兇手是誰？」《回聲日報》的記者喊著問道。

「今天下午一點十五分向波汀開槍致死，隨後企圖自盡的人，已經確認身分。他已經七十八歲，一直在接受末期癌症以及因癌症所引起的精神疾病的治療。」

「他和莎蘭德有任何關係嗎？」

「沒有。此人顯然是根據自己偏執的妄想而單獨行動的悲劇性人物。國安局最近也對此人展開調查，因爲他寫了許多信給知名政治人物與媒體，信中語氣明顯很不穩定。就在今天早上，多家報社與政府機關也收到他威脅要殺死波汀的信。」

「警方爲何不保護波汀？」

「具名指出波汀的信是昨晚才寄出的，因此寄達的時間正好與命案同時，根本來不及反應。」

「凶手叫什麼名字？」

「在通知他的家屬之前，我們不會公布這項訊息。」

「他是什麼樣的背景？」

「據我了解，他原本是會計師兼稅務律師，已經退休十五年。調查工作還在進行中，但從他寄出的信中可以看出，如果社會大衆多一點關懷，這場悲劇就可以避免了。」

「他還威脅其他人嗎？」

「我得到的訊息是有的，但我無法告訴你們任何細節。」

「這對莎蘭德的案子有什麼影響嗎？」

「目前沒有。我們有波汀親口向警員陳述的口供，也有大量對莎蘭德不利的鑑識證據。」

「那麼波汀企圖殺害女兒的報告呢？」

「那個也在調查中，但確實有很明顯的跡象顯示他企圖殺害女兒。目前我們能肯定的是，這是一個不正常的悲劇家庭，成員彼此強烈仇視的案子。」

柯特茲搔搔耳朵。這時他發現其他記者也都和他一樣振筆疾書。

畢約克聽說索格恩斯卡醫院槍擊案的新聞後，幾乎驚恐得難以自制。整個背疼痛不已。

他花了一個小時才下定決心，接著拿起電話，想打給住在拉荷姆的昔日保護者。無人接聽。

他細聽新聞，聽見一段記者會內容摘要。槍殺札拉千科的是一位七十八歲的稅務專家。

天哪，七十八歲。

他又試了一次古爾博的電話，仍未接通。

最後他終於受不了不安的煎熬，再也無法待在借來的斯莫達拉勒避暑小屋。他感到脆弱且不受保護。他需要思考的時間與空間，於是收拾了衣物、止痛藥與盥洗用具。因爲不想用自己的電話，便跛著腳走到雜貨店打公共電話到蘭梭特舊日燈塔改建的旅館訂房。蘭梭特地處偏遠，應該不會有人上那兒找他。他預定留宿兩星期。

他瞄一眼手錶，要趕上最後一班渡輪就得快一點，因此忍著背痛盡速回到小屋。進屋後，他直接到廚房確認咖啡壺已切掉電源，接著到玄關拿行李。此時他的目光無意間掃到客廳，不禁嚇一跳，立刻停下腳步。

起初眼前的景象令他迷惑。

天花板的燈不知被誰給取下，放在茶几上，改吊了一條繩索，正下方還擺了一張平時放在廚房的凳子。

畢約克望著繩圈，實在不明所以。

接著聽見身後有聲響，膝蓋竟不由自主地打顫。

他緩緩轉過身去。

有兩個男人站在那裡，外表看起來像是南歐人。他還來不及反應，他們便已從容上前緊抓他的雙臂，將他抬離地面帶往凳子。當他試圖反抗，一陣有如刀刃般的刺痛竄過背脊。他感覺到自己被舉放到凳子上，幾乎整個人都癱軟了。

陪同約奈思的是一個綽號法倫的男子，此人年輕時是專業竊賊，後來及時改行當鎖匠。羅廷耶最初在一九八六年雇用法倫爲小組工作，那次的行動需要強行進入某個無政府組織的領袖家中。此後便不時會徵召他，直到九〇年代中期這類行動逐漸減少爲止。當天一早，柯林頓再次找上法倫分派任務。法倫每做十分鐘工作，便可淨拿一萬克朗的酬勞，但他也得發誓不向行動目標竊取財物。「小組」畢竟不是犯罪集團。

法倫並不清楚柯林頓代表誰，但應該和軍方有關。他看過楊．紀尤③寫的書，他沒有提出任何問題，但在被老雇主遺忘這麼多年後還能重披戰袍的感覺眞好。

他的任務是開門。他是闖空門的專家。儘管如此，還是花了五分鐘才撬開布隆維斯特住處的門鎖。接下來約奈思進入屋內，法倫則在樓梯間等候。

「我進來了。」約奈思對著免持聽筒手機說道。

「好。」耳機傳來柯林頓的聲音。「慢慢來，跟我說你看到什麼。」

「我現在在玄關，右手邊有一個衣櫃和衣帽架，左手邊是浴室。剩下是一個開放空間，約五十平方公尺。右手邊最裡面有一個小小的美式廚房。」

「有沒有書桌或是……」

「他好像是利用餐桌或是坐在客廳沙發工作……等一下。」

柯林頓等著。

「對了，沒錯，餐桌上有一個文件夾，畢約克的報告就在裡頭。看起來像是原件。」

「非常好。桌上還有其他値得注意的東西嗎？」

「有幾本書。維涅的回憶錄、艾瑞克的《秘警的權力鬥爭》。還有另外四、五本類似的書。」

「有電腦嗎？」

「沒有。」

「保險箱呢？」

「沒有……我沒看到。」

「慢慢來，要作地毯式的搜索。莫天森回報說布隆維斯特還在辦公室。你戴了手套吧？」

「當然。」

埃蘭德趁著和安妮卡兩人都剛好沒有講手機的空檔交談了一下，隨後走進莎蘭德的房間，向她伸出手自我介紹，並打招呼問她感覺如何。莎蘭德只是面無表情地瞪著他看。他於是轉向安妮卡。

「我需要問幾個問題。」

「好。」

「妳能不能告訴我今天早上發生了什麼事？」

安妮卡說出了與莎蘭德反鎖在浴室之前，自己所見所聞與反應。埃蘭德斜覷莎蘭德一眼，又將目光移回律師身上。

「所以妳很確定他來到這個房門前？」

「我聽到他試圖壓下門把。」

「這點妳非常確定嗎？人在害怕或興奮的時候很容易有幻想。」

「我確實聽到他在門外。他看見了我，還舉槍指著我，他知道我在這個房裡。」

「有什麼理由讓妳認爲他是有計畫的嗎？也就是事先就打算也要對妳開槍。」

「我不知道。當他拿槍瞄準我時，我立刻頭往後縮，將門卡住。」

「這是明智的做法，把妳的當事人帶進浴室更加明智。這些門太薄，他要是開槍，子彈會直穿而過。我想知道的是他攻擊妳是爲了私人原因，或者純粹只因爲妳在看他而起的反應。妳是走廊上最靠近他的人。」

「除了兩個護士之外。」

「妳是否覺得他認識妳或是認出了妳？」

「不覺得。」

「他會不會在報上見過妳？妳曾因爲幾件案子被廣泛報導而大出鋒頭。」

「有可能，我不確定。」

「而妳從未見過他？」

「在電梯裡見過，那是我第一次見到這個人。」

「這件事我不知道。你們有交談嗎？」

「沒有。我和他同時進電梯，我隱約注意到他幾秒鐘，他一手拿著花，另一手拎著公事包。」

「你們的眼神有交會嗎？」

「沒有。他直視正前方。」

「是誰先進電梯？」

「兩人差不多同時。」

「他的表情是否迷惑或是……」

「我說不上來。他走進電梯，筆直地站著，手裡拿著花。」

「然後呢？」

「我們在同一層樓出電梯，我就來找我的當事人了。」

「妳直接就來這裡嗎？」

「是……不是。其實我先去了服務臺出示證件。檢察官禁止我的當事人會客。」

「當時這個人在哪裡？」

安妮卡猶疑著。「我不太確定。應該在我後面吧。不對，等一下……是他先出電梯，但停下來幫我按著門。我不是百分之百肯定，不過他好像也去了服務臺，我只是腳程比他快。護士們應該知道。」

上了年紀、彬彬有禮的殺人犯。埃蘭德暗想。

「是的，他的確去了服務臺。」他證實道：「他的確和護士說過話，還遵循護士的指示將花留在櫃檯。妳沒有看見嗎？」

「沒有。我一點印象都沒有。」

埃蘭德已經沒有問題要問，內心被沮喪感啃噬著。他以前曾有過這種感覺，也學會了把它當成直覺引發的警訊。好像有些什麼難以捉摸，有些什麼不太對勁。

凶手的身分證實為艾佛特·古爾博，當過會計師，偶爾也擔任業務顧問兼稅務律師。年紀已經很大。因為瘋狂地寫恐嚇信給公眾人物，最近國安局已對他啓動初步調查。

埃蘭德從多年經驗知道外頭的瘋子多的是，甚至有些病態狂會跟蹤名人，並躲在後者別墅附近的樹林裡求愛。當他們的愛沒有獲得回報——當然不會有回報！——這份愛很快就會轉變成強烈恨意。曾有些跟蹤狂從德國尾隨一名二十一歲的流行樂團主唱到義大利，參與她每場演唱會，後來卻因為主唱不肯拋棄一切與他們交往而發火。也有些好伸張正義者再三抱怨眞實或想像的不公不義，有時甚至演變成恐嚇行為。另外還有精神病患與陰謀論者，總之是一些能解讀凡人世界看不見的訊息的瘋子。

像這類將幻想化為行動的愚蠢實例不勝枚舉。前外交部部長安娜·林德④遇刺不正是這種瘋狂衝動行為的結果嗎？

但一想到有個精神異常的會計師——或不論他是何身分——一手拿花、一手拿槍地晃進醫院，再想到他竟然槍決了警方——而且是由**他**負責——調查的對象，埃蘭德巡官實在不敢苟同。死者在官方紀錄中名為卡爾·阿克索·波汀，但據布隆維斯特指稱，他的眞實姓名是亞力山大·札拉千科，一個背叛蘇俄的渾蛋情報人員，也是專業幫派分子。

札拉千科至少是個證人，但在最糟的情況下，他也可能與一連串命案有重大關連。埃蘭德曾獲准向札拉千科進行兩次短暫的問話，儘管在這兩次談話中後者堅稱自己的清白，埃蘭德卻絲毫不為所動。殺害札拉千科的人也對莎蘭德，或至少對她的律師感興趣，試圖進入她的病房。後來他企圖自殺。醫生們表示他很可能會成功，儘管他的身體尚未接收到停止運作的訊息，古爾博能出庭的機率已微乎其微。

埃蘭德不喜歡這個情況，一點也不喜歡。但他沒有證據證明古爾博還有其他不同於外表顯現的開槍動機，因此他決定小心行事。他看著安妮卡。

「我決定讓莎蘭德搬到另一個房間。服務臺右側連廊上有一間病房，就安全上的考量，住那裡比較好，因為房門剛好正對服務臺與護理站。除了妳之外，不許其他人探病。沒有索格恩斯卡的醫生或護士允許，誰也不准進她房間。我還會在她房門外安排二十四小時的警衛。」

「你覺得她有危險？」

「沒有任何跡象顯示她有危險，但我想小心一點。」

莎蘭德傾聽著律師與警員的談話。安妮卡的回答竟能如此精確、清楚又鉅細靡遺，令她十分訝異。而律師在壓力下保持鎮定的工夫，尤其令她印象深刻。

不過，自從被安妮卡拖下床、進入浴室後，她便頭痛欲裂。她出於本能，總是盡可能不和醫護人員打交道，她不喜歡求助或是顯現出柔弱的樣子。但頭實在痛得無法好好思考，只得伸手按鈴呼叫護士。

安妮卡這趟約特堡之行原本只是揭開長期工作的一段短暫而必要的序曲，是為了認識莎蘭德、問問她目前的狀況，順便將他們兄妹倆為這場官司所拼湊出來的初步策略大綱告知當事人。她原本打算當晚便返回斯德哥爾摩，不料在醫院碰上這些意外，害她和莎蘭德都還沒有機會好好說話。莎蘭德的情況比她先前聽說的更糟，不但頭部劇痛還發高燒，一個名叫安德林的醫生不得不開給她強力止痛劑、抗生素等等藥物。因此，當莎蘭德一搬進新病房，門外也開始有警衛站崗後，院方便要求安妮卡離開，而且態度十分強硬。

已經下午四點半了，她不知如何是好。可以回斯德哥爾摩，但明天可能又得搭車到約特堡。或者也可以留下來過夜，但當事人可能情況太糟，明天仍不得會客。她並沒有訂旅館房間。主要是爲受虐婦女辯護的她，財源並不豐厚，昂貴的旅館開支最好能免則免。她先打電話回家，接著打給律師同儕莉莉安．尤瑟弗松，她是婦女網絡的會員也是法學院的老同學。

「我現在在約特堡。」她說：「今晚本來想回家，但發生了一些事，所以得留下來過夜。能不能去住妳那裡？」

「來呀，那會很好玩。我們都多久沒見了！」

「不會打擾妳吧？」

「不會，當然不會。不過我搬家了，現在住在一條和林內街交叉的小街道。我有一間客房，有興趣的話，晚一點可以一塊上酒吧。」

「我要是還有精力的話。」安妮卡說：「什麼時候方便？」

安妮卡和友人說好六點左右到達。

她搭巴士到林內街，在一家希臘餐館待了半小時，因爲覺得餓，便點了烤羊肉串沙拉。她坐了許久，回想一整天發生的事，腎上腺素已消磨殆盡的此刻不由得微微打顫，不過她對自己還算滿意。在最危險的那一刻，仍始終保持冷靜，本能地作出正確決定。知道自己能有臨危不亂的反應，這種感覺挺愉快的。

過了一會，她從公事包拿出 Filofax 隨身手冊，翻開到記事部分，仔細地讀過一遍。她對於哥哥爲她摘要的計畫充滿疑慮，當時乍聽之下很合理，現在看來卻不太完善。即便如此，她還是不打算退出。

六點一到，她付了錢，徒步走到莉莉安位於橄欖谷街的住處，按了朋友給的大門密碼。進入樓梯間正要找電燈開關，忽然遭人襲擊。有人出其不意地將她推撞到門邊的磁磚牆面，她的頭遭到猛力撞擊，立刻痛得不支倒地。

下一刻她聽見腳步聲迅速離去，接著大門打開後又關上。她勉強站起身來，用手摸摸額頭，手掌沾了血。**搞什麼鬼？**她走到大街上，正好瞥見一個人從街角轉進斯維亞廣場。受到驚嚇的她呆站了一分鐘左右，才又走回門邊按密碼。

這時她發覺公事包不見了。遇上搶劫了。幾秒鐘後她才開始感到害怕。**糟了，札拉千科文件夾。**恐慌不安的感覺開始從心窩往上升。

她緩緩地坐到樓梯階上。

接著忽然跳起來，手伸進夾克口袋。Filofax **手冊。謝天謝地。**離開餐廳時她把手冊塞進口袋，沒有放回公事包。那裡頭寫了莎蘭德一案的策略摘要，一點一點都寫得清清楚楚。

隨後她搖搖晃晃爬上六樓，用力敲著朋友的門。

半小時後她才眞正平靜下來，打電話給哥哥。她有一眼瘀血，眉毛上方劃出一道傷口還在流血。莉莉安用酒精幫她消毒後，貼了一塊繃帶。不，她不想去醫院。好，來杯茶也好。這時她才又開始能夠理性地思考。第一件事就是打電話給布隆維斯特。

他還在雜誌社辦公室，和柯特茲與瑪琳一起蒐尋關於殺害札拉千科的凶手的資料。他聽著安妮卡敘述事發經過，愈聽愈心驚。

「沒有骨折吧？」他問道。

「眼睛瘀青。只要稍微冷靜一下就沒事了。」

「妳抵抗了搶匪，是這樣嗎？」

「麥可，我的公事包被搶了，裡頭有你給我的札拉千科報告。」

「沒關係，我還可以再影印一份……」

他話說到一半，頓時覺得寒毛直豎。**先是札拉千科，接著是安妮卡。**

他關上電腦，塞進肩背包後，不發一語便快速地離開辦公室，跑步回到貝爾曼路的公寓又跑著上樓。門鎖著。

一進家門，就發現放在餐桌上的文件夾已不翼而飛。也不必費力尋找了，他很清楚原來放的位置。他頹坐在餐廳椅子上，腦中一片亂糟糟。

有人來過他的公寓。有人企圖湮滅札拉千科的痕跡。

他和妹妹的副本都不見了。

包柏藍斯基手上還有一份。

但還在嗎？

布隆維斯特起身走到電話邊，剛拿起話筒隨即定住。**有人來過他的住處。**他滿心狐疑地盯著電話看，然後拿出手機。

但要竊聽手機通話何其容易？

他慢慢地將手機放到室內機旁邊，四下看了看。

我現在遭遇的顯然是專業級的對手。他們可以不用破壞門鎖輕易闖入，竊聽想必也是輕而易舉。

他再度坐下來。

看著電腦袋。

要入侵我的電子郵件有多難？莎蘭德只要五分鐘就能辦到。

他思考了許久，又走回去用市內電話打給妹妹，遣詞用字十分謹慎。

「妳還好嗎？」

「我沒事，麥可。」

「妳把妳到達索格恩斯卡醫院後到遭人襲擊中間發生的事，全部跟我說一遍。」

安妮卡花十分鐘敘述完畢。布隆維斯特對於其中隱含的意義不置一詞，只是不斷問問題直到自己滿意爲止。他的口氣彷彿一個焦慮的哥哥，但內心卻以截然不同的層面重建關鍵重點。

她是在當天下午四點半決定留在約特堡。她用手機打給朋友，問到了地址和大門密碼。六點整，搶匪已經在樓梯間內等她。

她的手機受到監聽。這是唯一可能的解釋。

也就是說他也受到了監聽。

否則實在說不過去。

「札拉千科報告不見了。」安妮卡又說一遍。

布隆維斯特躊躇不語。無論是誰偷走報告，都已經知道他手上那份也被偷了。要主動提起聽起來才自然。

「我的也是。」他說。

「什麼？」

他說當他回到家，原本放在餐桌上的藍色講義夾已經不見了。

「這下可慘了。」他悶悶地說：「那是最重要的證物。」

「麥可……眞抱歉。」

「我也很抱歉。」布隆維斯特說：「**該死！**但那不是妳的錯，我早該在拿到報告那天就公開才對。」

「我們現在怎麼辦？」

「不知道。發生這種事眞是糟透了，會把整個計畫都打亂。我們已經沒有其他對畢約克或泰勒波利安不利的證據。」

他們又談了兩分鐘，布隆維斯特便結束談話。

「我要妳明天就回斯德哥爾摩。」他說。

「我得去見莎蘭德。」

「早上去見她。我們得坐下來好好想想接下來怎麼辦。」

布隆維斯特掛斷電話後，坐在沙發上盯著前方發呆。竊聽談話的人已經知道他們弄丟了畢約克的報告以及畢約克與泰勒波利安醫師的來往信件，對於布隆維斯特與安妮卡的一籌莫展應該感到很滿意。

不過布隆維斯特前一晚研究過秘密警察歷史後，至少得知一件事：假情報是所有間諜活動的基礎。他剛剛就提供了一些到最後可能珍貴無比的假情報。

他打開電腦袋，取出要給阿曼斯基但尚未送出的副本。這是僅剩的一份，他可不想浪費了。相反地，他會再影印五份，分置於安全地點。

接下來他打了電話給瑪琳。她正準備關門下班。

「你剛才匆匆忙忙地上哪去了？」她問道。

「能不能請妳再多待一會？我有事情想和妳商量。」

他已經幾個星期都沒空洗衣服，襯衫全丟在洗衣籃內。他打包了一支刮鬍刀、《秘警的權力鬥爭》和畢約克報告的僅存副本，又前往 Dressman 男裝店買了四件襯衫、兩條長褲和幾件內衣褲之後，直接進辦公室。他說要先沖個澡，瑪琳一邊等著一邊納悶這是怎麼回事。

「有人闖入我家偷走了札拉千科報告。有人在約特堡襲擊安妮卡，搶走她那份報告。我有證據顯示她的電話遭竊聽，所以我的很可能也一樣。說不定妳家裡還有雜誌社的所有電話都已遭到竊聽。對方既然已大費周章闖入我住的地方，不順便裝個竊聽器未免也太笨了。」

「我懂了。」瑪琳黯然地說，並瞄了眼前辦公桌上的手機一眼。

「繼續像平常一樣工作。可以講手機，但不要透露任何訊息。明天，把事情告訴柯特茲。」

「他一小時前回家了，留了一堆官方調查報告在你桌上。不過你到這裡來做什麼？」

「我今晚打算在這裡過夜。如果他們在今天射殺札拉千科、偷走報告，又在我家裝竊聽器，很可能只是剛開始行動，辦公室還沒遭殃。這裡整天都有人在，我不想讓辦公室今晚唱空城計。」

「你認爲札拉千科的死……可是凶手是個精神不正常的老人。」

「瑪琳，我不相信巧合。有人正在湮滅札拉千科的痕跡。我不管別人怎麼想那個老瘋子，也不管他寫了多少瘋狂信件給內閣成員，他應該是受雇於人的殺手。他是到醫院去殺札拉千科的……也許還有莉絲。」

「但他自殺了，或者是企圖自殺。有哪個受雇的殺手會這麼做？」

布隆維斯特想了一想，隨即迎向瑪琳的目光。

「如果已經七十八歲，已不怕失去什麼，也許就會這麼做。他捲進這整個事件，等我們挖掘到最後就能證明了。」

瑪琳細細打量布隆維斯特的臉。她從未見他如此沉著而堅定，不由得打了個寒噤。布隆維斯特留意到她的反應。

「還有一件事。我們作戰的對手已不再是一群罪犯，而是一個政府部門。這將是一場硬仗。」

瑪琳點點頭。

「我沒想到事情會走到這一步。瑪琳……今天發生的事讓我們清楚地知道這會有多危險。如果妳想退出，就說一聲。」

她心想不知愛莉卡會怎麼說。接著她固執地搖了搖頭。

---

①Ebbe Carlsson（1947-1992），瑞典記者與出版社發行人，曾是帕爾梅首相的親信。因不滿瑞典政府對帕爾梅案的偵辦方向，在三位司法、警務高階主管的秘密支持下，展開私下調查。此事曝光後，在瑞典社會引發高度關注，也導致該

三位政府官員辭職下台。卡爾森後來雖被免除刑責，但帕爾梅案也從此成為懸案。

②Harold Adrian Russell "Kim" Philby（1912-1988），暗中為蘇聯工作的英國高級情報人員，後來叛逃到蘇聯。

③Jan Guillou（1944-），記者出身的瑞典知名暢銷作家，年輕時活躍於政治組織，曾因從事秘密情報工作，而被瑞典政府判刑十個月。四十二歲時出版他的第一部小說《假面》（*Coq Rouge*），小說中即和讀者們分享他的入獄經驗，並大舉揭露新聞媒體與執政當局之間的利益勾當、政府之於人民的種族歧視，以及警察對民眾的非法行徑等，引起社會譁然。他同時也是揭發「資訊局事件」的兩名記者之一。

④Anna Lindh（1957-2003）是瑞典社會民主黨的政治人物，自一九九八至二〇〇三年遇刺期間擔任外交部部長。許多人看好她是接任約朗・培森（Göran Persson）成為社會民主黨黨魁兼瑞典首相的熱門人選之一。在她遇害身故前幾個星期，正積極鼓吹歐元，希望接下來的歐元公投能夠過關。

第二部

駭客共和國

五月一日至五月二十二日

西元六九七年有一條愛爾蘭法律禁止女性從軍——也就是說在此之前有女性士兵。數百年來募集過女兵的民族包括阿拉伯人、北非的柏柏爾人、西亞的庫德人、北印度的拉查普特人、中國人、菲律賓人、毛利人、巴布亞人、澳洲原住民、麥克羅尼西亞人與美洲印第安人。

古希臘關於可怕女戰士的傳說極爲豐富，講述女性從小接受戰藝訓練，諸如武器的使用、如何因應體力不支等等。她們與男人分開生活，自己組軍隊去打仗。這些故事告訴我們她們在戰場上征服了男人。例如西元前六百年，荷馬所寫的希臘文學作品《伊里亞德》中便出現了亞馬遜女戰士。

「亞馬遜」一詞是希臘人發明的，本義爲「沒有乳房」。據說女子爲了便於拉弓，若非在童年便是在成年後以熾熱鐵塊除去右側乳房。雖然據說古希臘名醫希波克拉底與蓋倫都認同這項手術能增進使用武器的能力，但究竟是否有人確實執行卻令人懷疑。在此還有一個語言學之謎：「亞馬遜」（Amazon）的字首「a」是否果眞意味著「沒有」？有人認爲恰恰相反，亦即亞馬遜指的是胸部特別大的女人。而且無論在哪個博物館都找不到任何描繪少了右胸的女人的素描、護身符或雕像，倘若有關割除右胸的傳聞屬實，這理應是十分普遍的創作主題。

第八章

五月一日星期日至五月二日星期一

電梯門開時，愛莉卡深吸一口氣，走進《瑞典晨間郵報》的編輯辦公室。時間上午十點十五分。她穿著黑長褲、紅色套頭毛衣和深色夾克來上班。今天是個道地的五一好天氣，穿越市區途中，她發現勞工團體已經開始聚集，這才忽然想到自己已經二十幾年沒有參加過類似的遊行。

她在電梯門邊獨自隱身站立片刻。**上班第一天**。從這裡可以看見一大半編輯辦公室，編輯臺就在正中央。她還看見總編輯辦公室的玻璃門，如今那是她的了。

她一點也沒有把握自己是領導《瑞典晨間郵報》這個龐雜組織的適當人選。她可是跨了好大一步，才從五人雜誌社邁入一間擁有八十名記者、九十名行政人員，外加IT技師、美編、攝影師、廣告業務與報紙發行所需一切人員的日報。除此之外還有一家出版社、一家製作公司和一家投資管理公司，員工超過兩百三十人。

她站在那裡捫心自問，這整件事會不會是個天大錯誤？

這時兩名櫃檯接待人員當中年紀較長那位發現了剛剛走進辦公室的人是誰，連忙起身走出櫃檯，伸手相迎。

「貝葉小姐，歡迎加入《瑞典晨間郵報》。」

「叫我愛莉卡就好，妳好。」

「我是碧雅翠絲，歡迎。要不要我帶妳去找總編輯莫蘭德？或者應該說是即將卸任的總編輯？」

「謝謝，我看見他就坐在那邊那個玻璃籠子裡。」愛莉卡微笑著說：「我可以自己去，但還是謝謝妳。」

她快速地走過編輯室，也察覺到噪音量陡降，每個人的目光都投射在她身上。她來到半空著的編輯臺時停下腳步，友善地向大夥點點頭。

「待會我們再正式自我介紹。」她說完便走到玻璃室前面敲門。

即將離職的總編輯霍肯．莫蘭德已在這間玻璃籠待了十二年。他和愛莉卡一樣，都是從外面挖掘來的人才——所以他也曾在上班第一天和她走過同樣一段路。他抬起頭，有點茫然，隨後立刻站起來。

「妳好，愛莉卡。」他說道：「我以為妳星期一才開始上班。」

「我不能忍受再在家裡多待一天，所以就來了。」

莫蘭德伸出手，說道：「歡迎，妳能接手，我真有說不出的高興。」

「你還好嗎？」愛莉卡問。

他聳聳肩，櫃檯的碧雅翠絲正好端著咖啡和牛奶進來。

「感覺上我的運作速度已經減半，其實我不太想談這個。一輩子自以為像個長生不老的青少年跑來跑去，卻忽然驚覺所剩的時間不多。不過有一件事是肯定的——我可不想在這個玻璃籠子裡度過餘生。」他說著揉揉胸口。他有心血管的毛病，這也是他之所以要走、愛莉卡也得比預定時間提早幾個月開始上班的原因。

愛莉卡轉身望著外頭編輯室的景象，看見一名記者帶著攝影師朝電梯走去，可能正要去採訪五一遊行的新聞。

「莫蘭德……如果我會妨礙你或是你今天很忙，我可以明後天再回來。」

「今天的工作是寫一篇關於示威遊行的社論，我在睡夢中都能寫。如果左傾分子想和丹麥開戰，我就得解釋他們錯在哪裡。如果左傾分子想避免與丹麥作戰，我也得解釋他們錯在哪裡。」

「丹麥？」

「沒錯。五一的訊息必須觸及移民融合問題。當然了，不管左傾分子說什麼都是錯的。」

他說完開懷大笑。

「向來這麼憤世嫉俗嗎？」

「歡迎加入《瑞典晨郵》。」

愛莉卡對莫蘭德從無任何想法。在傑出的總編輯群中，他是個不出鋒頭的權力人物，他寫的社論予人單調而保守的印象，很善於抱怨稅務，論及媒體自由時則是十足的自由主義者。不過她從來沒見過他本人。

「你有時間跟我說說工作內容嗎？」

「我六月底走，我們會一起工作兩個月。妳會發現一些好事和一些壞事。我是個憤世嫉俗的人，所以看到的大多是壞事。」

他起身走到她旁邊，透過玻璃望向編輯室。

「妳會發現隨著這份工作而來的是，外頭有一票和妳作對的人——日間主編與編輯老鳥們都會自成一個小王國，他們有自己的圈圈是妳無法加入的。他們會試圖擴張版圖，試圖讓自己的標題和觀點強行過關，妳得奮力一搏才能站穩立場。」

愛莉卡點點頭。

「妳的夜間主編是畢林耶和卡爾森……各自都有很多搞頭。他們互相憎恨對方，重要的是他們不值同一個班，不過這兩人都是一副發行人兼總編輯的架勢。另外還有新聞主編安德斯·霍姆，你們接觸的時間很多，我想衝突也少不了。事實上，他是每天讓《瑞典晨郵》出刊的人。至於記者，有些根本不受約束，還有些真的應該掃地出門。」

「難道就沒有一個好同事？」

莫蘭德又笑了。

「有啊，但妳能跟誰處得來得由妳自己決定。外頭有一些記者非常優秀。」

「那麼管理階層呢？」

「馬紐斯·博舍是董事長，也就是網羅妳的人。他很迷人，有點老派卻也有點前衛，但最重要的，他是決策者。有些董事──包括擁有報社的家族中的幾人──似乎多半是坐在那裡殺時間，有些則是跑來跑去，一副專業董事的模樣。」

「你好像不太欣賞你們的董事。」

「必須要分工。我們出報，他們負責財務，所以不應該干涉報導內容，但總會有突發狀況。愛莉卡，我私下老實跟妳說好了，妳會很辛苦。」

「怎麼說？」

「自輝煌的六〇年代至今，發行量減少了將近十五萬份，《瑞典晨郵》可能很快就不再獲利。我們已經進行重整，從一九八〇年起裁撤了不下一百八十份工作。我們改採小型報版面，這早在二十年前就該做了。《瑞典晨郵》仍在大報之列，但很快就會被視為二流報紙，說不定現在已經是了。」

「那麼他們為什麼選上我？」

「因為我們讀者的平均年齡超過五十歲，而二十多歲讀者的成長率幾乎是零，報紙需要重新注入活力。董事們的理論是找來他們覺得最不可思議的總編輯。」

「一個女人？」

「不是隨便一個女人，而是擊垮溫納斯壯帝國、被視為調查報導女王並且以強悍聞名的**那個**女人。想想這個畫面，他們怎能抗拒得了？如果連妳都無法讓報社起死回生，就沒有人辦得到。《瑞典晨郵》聘請的不只是愛莉卡·貝葉，而是和這個名字連在一起的所有神秘魅力。」

布隆維斯特走出霍恩斯杜爾街區戲院旁的科帕小館時，剛過下午兩點。他戴上太陽眼鏡，轉上貝松斯特蘭路前往地鐵站。他一眼就發現街角停了一輛灰色富豪，但經過時並未放慢腳步。車牌相同，車裡空無一人。

這四天來已是第七次看到這輛車。他不知道車子在這一帶停了多久，會留意到它純粹是巧合。第一次是星期三早上，車子停在他貝爾曼路公寓大門附近，是出門上班時看見的。他無意間瞥見車牌號碼是「KAB」開頭，之所以特別留意是因爲那是札拉千科的公司名稱「卡爾·阿克索·波汀有限公司」的縮寫。但若不是幾小時後和柯特茲、瑪琳在梅波加廣場吃午餐時又發現同一輛車，他也不會多作聯想。這回富豪停在《千禧年》辦公室附近的一條巷子內。

他懷疑可能是自己的妄想，不料當天下午到厄斯塔的復健之家造訪潘格蘭時，那輛車又出現在訪客停車場。不可能是巧合。布隆維斯特於是開始留意身邊的一切。第二天早上再看見同一輛車便不感到訝異了。

但從未見過駕駛。

打電話到監理處得知車主是住在威靈比維坦吉路的約朗·莫天森。接著搜尋了一小時，發現這個莫天森擁有商業顧問的頭銜，名下有一間私人公司，地址則是國王島佛萊明路的郵政信箱。莫天森的個人資歷倒是很有趣。一九八三年十八歲，在海岸巡防隊服兵役，後來成了職業軍人。一九八九年晉升爲中尉之後，轉換跑道進入梭納的警察學校就讀，一九九一年至一九九六年間在斯德哥爾摩警局服務。一九九七年的外勤名單中已經沒有他的名字，而一九九九年他便登記成立自己的公司。

如此說來，是秘密警察。

即使比這個更小的事都足以讓一個勤奮的調查記者備感猜疑。布隆維斯特認定自己遭到監視，但手法實在太拙劣，要他不注意到都很難。

但眞的是手法拙劣嗎？最初他之所以留意這輛車，是因為車牌號碼剛好對他有特殊意義。若非「KAB」三個字母，他根本不會多看一眼。

星期五，KAB很明顯地不見了。布隆維斯特雖無法百分之百確定，但當天似乎有一輛紅色奧迪在跟蹤他。他沒能看見車牌號碼。星期六，富豪又回來了。

布隆維斯特離開科帕小館正好二十秒後，克里斯特在對街羅索咖啡館的遮陽棚底下舉起尼康相機，對準跟在布隆維斯特身後走出咖啡館、經過街區戲院那兩名男子，連拍十二張照片。

其中一人看起來約莫四十歲左右，有一頭金髮。另一人顯得年紀大一些，微紅的金髮已漸稀疏，並戴著太陽眼鏡。兩人都穿著牛仔褲與皮夾克。

那兩人走到灰色富豪車旁分手。較年長那人上車，較年輕那人則尾隨布隆維斯特前往霍恩斯杜爾地鐵站。

克里斯特放下相機。布隆維斯特並未多作解釋，只是堅持要他在星期日下午到科帕小館附近晃一晃，找一輛車牌號碼開頭是KAB的灰色富豪，並吩咐他找個好位置，以便拍下上那輛車的人，而且很可能就在三點剛過。布隆維斯特還要克里斯特睜大眼睛留意任何可能在跟蹤他的人。

聽起來很像典型的布隆維斯特歷險記的序曲，克里斯特從來不敢肯定他是天生偏執，或是天賦異稟。自從哥塞柏加事件發生後，布隆維斯特的確變得自閉且難以溝通。其實這也不是什麼不尋常的事。只不過每當布隆維斯特在寫一則複雜的新聞時，就會變得特別明顯——溫納斯壯事件爆發前幾個星期，克里斯特便曾見過同樣異常而神秘的行為。

但話說回來，克里斯特自己也看見了，布隆維斯特確實遭人跟蹤。他隱約感到憂慮，不知又有什麼新的噩夢正在醞釀。而不管是什麼，都會吸光《千禧年》的時間、精力與資源。此時雜誌社的總編輯才剛脫隊投奔大報社，《千禧年》好不容易重建的安穩狀態轉眼間又再度變得混沌不明，克里斯特覺得布隆維斯特實在不應該展開什麼瘋狂的計畫。

但克里斯特已經至少十年沒有參加遊行——除了同志光榮遊行之外。反正這個五一節的星期日也無事可做，還不如遷就一下任性的發行人。儘管沒有接到進一步跟蹤的指示，他還是悠哉地跟在尾隨布隆維斯特那人的身後，但到了長島街卻忽然不見人影。

布隆維斯特發現自己的手機被監聽後，第一件事就是讓柯特茲去買幾支二手機子。柯特茲以極低價格買了一大堆易立信T一〇，布隆維斯特又買了一些Comviq電信公司的預付卡，再將手機分發給瑪琳、柯特茲、安妮卡、克里斯特、阿曼斯基，另外自己也保留一支。這些手機只有在進行需要絕對保密的對話時才使用，至於日常話題，可以也應該用原本的手機。也就是說每個人都得隨身攜帶兩支手機。

週末輪到柯特茲值班，因此傍晚進辦公室時，布隆維斯特又看見他。自從札拉千科遭殺害後，布隆維斯特便排出二十四小時的班表，讓辦公室隨時有人在，每晚也會有人在裡頭過夜。值勤名單包括他自己、柯特茲、瑪琳和克里斯特。蘿塔是出了名的怕黑，死也不肯獨自在辦公室過夜。莫妮卡不怕黑，但她工作得太賣力，所以讓她下班後回家休息。桑尼已經有點年紀，而且身為行銷主任與編輯工作無關。他也快去度假了。

「有什麼新消息嗎？」

「沒什麼特別的，」柯特茲回答：「今天全是五一的新聞，再自然不過。」

「我會在這裡待幾個小時，」布隆維斯特告訴他：「你去休息一下，九點左右再回來。」

柯特茲離開後，布隆維斯特拿出匿名手機打給約特堡的特約記者丹尼爾·歐森。這些年來，《千禧年》刊登過他的幾篇文章，布隆維斯特對他蒐集背景資料的能力很有信心。

「歐森，我是布隆維斯特，你方便說話嗎？」

「當然。」

「我想找人作個調查。你可以請五天的款，而且調查結束不必寫報告。當然，你願意的話還是可以用它寫一篇文章，我們會刊登，但主要是調查的部分。」

「好，說吧。」

「這很敏感，除了我你不能和任何人討論，而且只能透過 hotmail 和我連絡。你甚至不能提到你正在替《千禧年》調查事情。」

「聽起來很有趣。你想知道什麼？」

「我要你到索格恩斯卡醫院做一份工作場所報告。我們就把報告簡稱爲『ＥＲ』，目的是觀察眞實場所與電視影集之間的差異。我要你到醫院的急診室與加護病房觀察幾天，和醫生、護士、清潔工……總之就是所有的工作人員談談。問問他們的工作情形，問他們確實都**做**了些什麼等等。當然還要拍照。」

「加護病房？」歐森問道。

「沒錯。我要你把焦點放在針對重傷病患進行後續照護的一一Ｃ病房區。我要知道整個區的規畫格局、有誰在那裡工作，還有他們的長相與背景。」

「除非我記錯了，不然一一Ｃ區應該有個病患叫莉絲．莎蘭德。」

歐森果然不是剛出道的菜鳥。

「那可有趣了。」布隆維斯特說：「找出她住哪間病房、隔壁住了什麼人、那一區的例行公事爲何。」

「我覺得這應該完全不是這則報導的重點。」歐森說。

「我說過了……我要的只是你調查的結果。」

於是他們交換了 hotmail 信箱。

護士瑪莉安進來的時候，莎蘭德正仰躺在地板上。

她「咦」了一聲，對患者在加護病房的這類行爲是否恰當表達質疑。但她也承認，這是病人唯一的運動空間。

莎蘭德汗流浹背。她聽從復健師的建議，花了三十分鐘做舉臂、伸展與仰臥起坐。其實她每天都有一長串的動作要做，以強化三星期前動過手術的肩膀與臀部肌肉。她呼吸粗重，只覺得身體狀況奇慘無比。雖然很容易疲倦，左肩很緊，而且稍一用力就痛，但確實正逐漸復原。手術後不斷折磨她的頭痛已經減緩不少，現在只偶爾才會發作。

她認爲自己已經好了八、九成，有可能的話，應該可以大步——或至少一拐一拐地——走出醫院，但實際上卻不然。首先醫生尚未宣布她痊癒，其次她的房門始終都上鎖，門外走廊上還坐了一個 Securitas 保全公司派來的該死打手看守著。

以她的健康狀況其實可以轉入普通復健病房，但經過反覆討論後，警方與院方一致同意讓莎蘭德暫時留在十八號病房。這個房間看守較容易，一天二十四小時都有工作人員在附近走動，而且是位在L型走廊的盡頭。札拉千科命案發生後，一一C病房區的人員都提高警覺，加上對莎蘭德的情況十分了解，因此最好不要讓她搬進以新程序運作的新病房。

無論如何，再過幾星期，她在索格恩斯卡的住院生活就要結束。醫生一旦宣布她可以出院，她就會被送往斯德哥爾摩的克羅諾柏看守所等候審判。而決定這個時機的人正是約納森醫師。

哥塞柏加槍擊案發生十天後，約納森醫師才准許警方首度進行正式問訊，依安妮卡之見，這對莎蘭德有利。只可惜連安妮卡要見當事人也難如登天，這可就很討厭了。

經過札拉千科命案與古爾博企圖自殺等事件的紛擾後，約納森評估了莎蘭德的狀況，並考慮到莎蘭德涉嫌三起凶殺案，還幾乎受到父親的攻擊致死，想必承受了極大壓力。他不知道她是否清白，而身爲醫生，他對這個答案一點也不感興趣，只是斷定莎蘭德受到壓力、被槍擊三次，還有一顆子彈射進大腦差點要了她的命。她高燒不退，又有嚴重的頭痛。

他不敢大意。無論是不是嫌犯，她畢竟是他的病人，讓她痊癒是他的職責。於是他塡了一張「禁止探視」的表格，這與檢察官的那張禁止令毫無關係。他開了各種藥方，並囑咐徹底臥床休息。

但約納森也明白隔離是一種不人道的處罰方式，事實上幾近於刑求。不得與任何朋友接觸，誰也高興不起來，所以他決定讓莎蘭德的律師代替朋友的角色。他和安妮卡進行一番懇談，解釋說她可以每天和莎蘭德會面一小時，這段時間內她可以和她說話，也可以只是靜靜坐著陪她，就是不能談論莎蘭德的問題或是即將展開的法律之戰。

「莎蘭德頭部中彈，傷勢**非常**嚴重。」他解釋道：「我想她已經脫離險境，但隨時還是可能出血或出現其他併發症。她需要休息，需要時間復原。只有當她完全康復了，才能開始面對法律問題。」

安妮卡能理解約納森醫師的論點。她會和莎蘭德聊一些普通話題，偶爾也會暗示她與布隆維斯特所計畫的策略要點，但莎蘭德吃了太多藥、太疲乏，往往聽安妮卡說著說著就睡著了。

阿曼斯基端詳著克里斯特所拍下從科帕小館開始跟蹤布隆維斯特那兩人的照片。焦距調得非常清晰。

「沒有，」他說：「從來沒見過他們。」

布隆維斯特點了點頭。此時是星期一上午，布隆維斯特從車庫進入米爾頓大樓後，便和阿曼斯基待在他的辦公室。

「年紀較大的是莫天森，富豪的車主。他像是有愧良知似地跟了我至少一個星期，說不定還更久。」

「你認爲他是秘密警察？」

布隆維斯特提到莫天森的經歷。阿曼斯基猶豫著。

秘密警察老是出糗，這可以視爲理所當然、再自然不過的事，而且不只是瑞典秘密警察，全世界的情報單位恐怕都是如此。法國秘密警察甚至派蛙人到紐西蘭炸毀綠色和平組織的「彩虹戰士號」，老天爺！那肯定是有史以來最愚蠢的一次情報運作，但也可能排在尼克森總統瘋狂地闖入水門大廈的事件之後。有這麼白癡的領導人，也難怪屢屢發生醜聞。秘密警察的成功事蹟從未被報導過，但一旦做出任何不當或愚蠢之事，媒體就會發揮事後諸葛的本領大加撻伐。

一方面，媒體將秘密警察視為絕佳新聞來源，幾乎每一次政府出的政治錯誤都會上頭條：「秘密警察懷疑……」秘密警察的說詞在頭條新聞裡舉足輕重。

另一方面，各黨派的政治人物與媒體一得知有哪個曝光的秘密警察曾監視瑞典公民，總會特別嚴厲地譴責。阿曼斯基覺得這實在很矛盾。他完全不反對秘密警察的存在。因為總得有人負責看著那些民族布爾什維克激進分子、那些讀了太多巴枯寧①著作的人——其實誰管這些新納粹讀了誰的作品，以免他們用肥料和油拼湊成炸彈，放到羅森巴特外的某輛廂型車內。秘密警察是必要的，阿曼斯基並不覺得稍為偷偷監視一下有何不妥，只要他們的目的是為了保衛國家安全。

當然了，問題是被指派監視公民的組織必須受到嚴格的公共監督，必須遵守高標準的憲法原則。然而，國會議員幾乎不可能監督秘密警察，即使首相指派特別調查員，多半也只是名義上可以插手一切。阿曼斯基手上有布隆維斯特影印的黎波姆所著的《一項任務》，他愈看愈感驚訝。假如發生在美國，將會有十來個資深情報員因為妨礙司法而遭到逮捕，並被迫出席國會的公共委員會。但在瑞典，這些人顯然是碰不得。

莎蘭德一案顯示該組織內部似乎亂了套。但是當布隆維斯特特地送來一支安全手機，阿曼斯基的第一個念頭是：這個人有妄想症。直到聽完詳細過程，審視了克里斯特的照片後，他才勉強承認布隆維斯特的懷疑有理。這並非好預兆，反而顯示出十五年前企圖除掉莎蘭德的陰謀並非過去式。

若說一切都是巧合，也未免太多了。且不論札拉千科可能是被一個瘋子殺死的，命案發生時，布隆維斯特和安妮卡手上要用來舉證的最重要文件竟也同時被竊。這已經夠慘的了，沒想到關鍵證人畢約克也跟著上吊自盡。

「說好了，我可以把這個交給跟我接頭的人對嗎？」阿曼斯基邊整理布隆維斯特的資料邊問道。

「你說這是你信得過的人？」

「一個擁有最高道德名望的人。」

「在**秘密警察界？**」布隆維斯特的口氣難掩懷疑。

「我們的意見必須一致。我和潘格蘭都接受了你的計畫，也願意和你配合。但我們無法獨力釐清整件事，如果不想最後以災難收場，就得在政府機關裡找盟友。」

「好吧。」布隆維斯特勉強點頭同意。「我從來不會在文章發表前透露資料。」

「不過在這個案子裡，你已經透露了。你已經告訴我、你妹妹還有潘格蘭。」

「話是沒錯。」

「你會這麼做是因爲連你也很明白這絕不只是你們雜誌社的一篇獨家。這一次，你並非客觀的報導者，而是實地參與了逐漸展開的事件，所以你需要幫助，單憑一己之力，你是贏不了的。」

布隆維斯特投降了。反正他也沒有對阿曼斯基或是妹妹說出**完整的**事實。他和莎蘭德之間還有一、兩個只有他們倆知情的秘密。

最後他和阿曼斯基握了手。

---

①Mikhail Alexandrovich Bakunin（1814-1876），知名俄國革命分子與現代無政府主義的創始人。

第九章

五月四日星期三

愛莉卡開始代理《瑞典晨郵》總編輯職務三天後，總編莫蘭德便在午餐時間過世了。他在玻璃籠中待了一整個上午，愛莉卡則和副主編彼得・佛德烈森一起去會見體育版主編，以便多認識同事並了解他們的工作方式。佛德烈森現年四十五歲，在報社裡還算是新人，雖然沉默寡言但不討人厭，經驗也很豐富。愛莉卡已經決定一旦換自己掌舵，佛德烈森的見識是可以仰賴的。她花不少時間評估哪些人她將來可以信賴，並延攬入自己的新團隊。佛德烈森絕對是個好人選。

他們回到編輯臺時，看見莫蘭德起身走到玻璃籠的門邊。他好像嚇了一跳。接著他身子往前傾，手抓住一張椅子的椅背，撐了幾秒鐘，隨後便不支倒地。

救護車還沒到，他就斷氣了。

一整個下午，編輯室都瀰漫著慌亂的氣氛。董事長博舍於兩點抵達後，召集員工為莫蘭德舉行一個簡短的悼念儀式。他提及過去十五年來莫蘭德如何為報社盡心盡力，以及身為報人有時需要付出的代價。最後他請眾人默哀一分鐘。

愛莉卡發覺有幾位新同事正看著她。**一個未知數**。

她清清喉嚨，在沒有受邀也不知該說什麼的情況下往前踏出半步，語氣堅定地說：「我認識莫蘭德總共整整三天，時間實在太短。儘管對他的了解十分有限，但說實在的我真希望能多認識他一點。」

她從眼角餘光瞥見博舍盯著她瞧，便即住口。對於她的主動發言，他似乎很驚訝。她又往前一步。

「你們總編輯的不幸驟逝將會爲編輯室造成問題。我預定要在兩個月後接替他的工作，本來以爲還有時間能多多向他學習。」

她看見博舍張開嘴似乎有意說些什麼。

「如今已不可能了，我們將度過一段適應期。但莫蘭德是一份日報的總編輯，報紙明天還得照常發行。現在距離送印刷廠還有九個小時，距離頭版定稿還有四個小時。我能不能請問……你們當中哪一位和莫蘭德的關係最親密？」

員工們你看我、我看你，一時鴉雀無聲。最後愛莉卡聽見左側傳來一個聲音。

「應該就是我了。」

是頭版主編古納．馬紐松，已經在報社工作三十五年。

「需要有人來寫一篇訃聞，不能由我執筆……那太冒昧了。能不能請你代勞呢？」

古納遲疑片刻，但還是說：「好，我寫。」

「我們要以整篇頭版報導，其他的全都往後挪。」

古納點點頭。

「我們需要照片。」她往右邊一瞄，正好與圖片編輯雷納．托凱森四目交接。他點了點頭。

「我們得開始忙這個了。一開始可能會困難重重。當我需要有人協助作決定，我會詢問你們的意見，也會仰賴你們的技能與經驗。你們知道發行報紙是怎麼回事，而我還得多上點課。」

她轉向佛德烈森。

「佛德烈森，莫蘭德非常信任你。目前你得像個導師一樣地教我，責任要比平常更重一些。我想請你當我的顧問。」

他點點頭。不然還能怎麼辦？

她接著將話題轉到頭版的主題。

「還有一件事。今天早上莫蘭德在寫他的社論。古納，你能不能進他的電腦，看看他寫完了沒有？即使還沒有完全完稿，我們也要登出來。這是他最後一篇社論，若不刊載未免太可恥。我們今天出的報紙依然是霍肯．莫蘭德的報紙。」

無人作聲。

「如果有人需要一點私人時間，或想休息一下好好思考，就請這麼做吧。你們都知道截稿時間。」

無人作聲。但她發現有人點頭同意。

「開工吧，各位。」她用英語低聲說。

霍姆柏無計可施地兩手一攤，包柏藍斯基和茉迪滿臉狐疑，安德森則面無表情。他們正仔細檢視著霍姆柏當天早上完成的初步調查報告。

「什麼都沒有？」茉迪問話的口氣十分吃驚。

「什麼都沒有。」霍姆柏搖搖頭說：「法醫的最終報告今天早上送來了，除了上吊自殺之外沒有任何其他跡象。」

他們再次看著在斯莫達拉勒那間避暑小屋客廳拍的照片。一切都指向一個結論：就是國安局移民組副組長畢約克爬上凳子、在吊燈掛鉤上打繩結、套上自己的脖子，然後毅然決然地將凳子踢到客廳另一頭。法醫無法確定死亡時間，但證明事情發生在四月十二日下午。而四月十九日發現屍體的不是別人，正是安德森巡官，因爲包柏藍斯基一再試圖連絡畢約克都找不到人，氣惱之餘才終於派安德森去帶他進局裡。

在那星期當中，天花板的吊燈掛鉤鬆了，畢約克的屍體隨之跌落地面。安德森從窗口看見屍體，緊急回電告知。包柏藍斯基與其他抵達避暑小屋的人，從一開始就把它當成犯罪現場，認定畢約克是被某人絞死的。當天稍晚，鑑識小組發現了吊燈掛鉤，霍姆柏便受命查驗畢約克的死因。

「一點都沒有犯罪跡象，也看不出當時除了畢約克還有他人在場。」霍姆柏說。

「吊燈呢？」

「天花板吊燈上有屋主的指紋，兩年前是他掛上去的，還有畢約克自己的指紋，也就是說是他取下吊燈。」

「繩子哪來的？」

「花園裡的旗桿。有人剪下兩公尺左右的繩索，後門外窗臺上有一把隨身小刀，據屋主說刀子是他的，平常都放在流理臺下面的工具抽屜裡。刀柄、刀刃還有工具抽屜都留有畢約克的指紋。」

「嗯。」茉迪出聲。

「是什麼樣的繩結？」安德森問。

「祖母結，就連活結也只是一個環圈。這很可能是唯一有點奇怪的地方。畢約克以前是海軍，應該知道怎麼打繩結。不過誰知道一個企圖自殺的人還會多注意繩結呢？」

「那麼藥物反應呢？」

「根據毒物檢定報告，畢約克血液中有強力止痛劑反應，這是醫生開給他的藥。也有酒精反應，但非常微量。換句話說，他多少算是清醒。」

「法醫報告上說他有幾處擦傷。」

「左膝外側有一道超過三公分長的擦傷，真的只是小傷口。我有想過，但受傷原因可能有十來種……例如碰撞到桌角之類的。」

茉迪拿起一張畢約克面容扭曲的照片。繩圈深深嵌進皮肉，因此繩索隱藏在脖子表皮底下。整張臉腫得怪異。

「掛勾鬆脫前他已經吊在那裡大約二十四小時。全身血液要不是在頭部——繩圈讓血無法流到身體——就是在下肢。當掛鉤脫落，他的身體墜地，胸部撞到茶几，導致這裡有很深的瘀痕。但這個傷卻是在死後很久才出現。」

「死得還眞慘。」安德森說。

「不知道。繩圈很細所以切得很深，阻止了血流。他很可能幾秒鐘內就陷入昏迷，一、兩分鐘就死了。」

包柏藍斯基嫌惡地闔上初步調查報告，他不喜歡這個。據他們推斷，札拉千科和畢約克是同一天死亡，這個事實他一點也不喜歡。但再多的推測也無法改變一個事實，那就是犯罪現場的調查結果絲毫不能佐證有第三者協助畢約克上路的理論。

「他承受了很大的壓力。」包柏藍斯基說：「他知道札拉千科的事恐怕會曝光，他也可能因爲性交易罪被判刑坐牢，還要任由媒體宰割。不知道他比較害怕哪一樣？他有病，長期受慢性病所苦……不知道。要是有留下遺書就好了。」

「很多自殺的人都不會寫遺書。」

「我知道。好吧，暫時先把畢約克放到一邊，反正也別無選擇。」

愛莉卡暫時還無法坐到莫蘭德的座位，也無法將他的物品挪到一旁。她安排古納去找莫蘭德的家屬，請遺孀找個時間自己來或派個人來清理他的東西。

短時間內，她先在編輯室正中央的編輯臺清出一塊地方，擺上筆記型電腦，在那裡發號施令。現場一片混亂。但她在如此駭人的情況下接掌《瑞典晨郵》三小時後，頭版付印了。古納將莫蘭德的生平與職場經歷拼湊成四欄的文章。版面編排以一張黑邊相片爲中心，幾乎整張照片都在摺線之上，他未完成的社論置於左側，最底部則是一長排相片。這樣的設計並不完美，但有很強烈的情緒感染力。

快六點的時候，愛莉卡正在檢視第二版的標題並與主編討論內文，博舍走上前來拍拍她的肩膀。她抬起頭來。

「能跟妳談一談嗎？」

他們一起走到員工休息室的咖啡機前。

「我只是想告訴妳，我很滿意妳今天掌控局面的方式。我想妳出乎了我們大家的意料。」

「我沒有太多選擇。不過在真正上軌道之前可能會有點跌跌撞撞。」

「我們能理解。」

「我們？」

「我是說員工和董事們，尤其是董事會。但經過今天的事情後，我更加確信妳是理想的人選。妳在緊急關頭來到這裡，還在非常艱困的情形下挑起重任。」

愛莉卡幾乎就要臉紅。不過她從十四歲起就沒有臉紅過。

「我可以給妳一點建議嗎？」

「當然。」

「我聽說在某個標題上，妳和霍姆有不同意見。」

「我們對於文章中討論政府稅務方案的角度有不同意見。新聞版的標題應該保持中立，他卻加入了個人觀點。觀點應該保留在社論版。既然說到這個，我就順帶一提……以後我偶爾得寫社論，但我之前也告訴過你我並不活躍於任何政黨，所以我們得解決以後由誰負責社論版的問題。」

「暫時可以讓古納接手。」博舍說。

愛莉卡聳聳肩。「你指派誰我無所謂，但這人必須清楚地表達報社的觀點。立場應該在這裡表明……而不是在新聞版。」

「說得很對。我剛才要說的是對於霍姆，妳可能得稍微讓步。他在《瑞典晨郵》已經很久，擔任新聞主編也已經十五年，他知道自己在做什麼。有時候他或許脾氣暴戾，但他是無可取代的。」

「我知道，莫蘭德跟我說過。不過在**政策**方面，他必須服從指令。我才是受聘來經營報紙的人。」

博舍想了想，說道：「等這些問題浮現後，我們再一一解決吧。」

星期三晚上，安妮卡在約特堡中央車站搭上X二〇〇〇列車時，既疲倦又生氣，覺得自己好像在這班列車上住一個月了。她到餐車買了杯咖啡，回到座位上，打開她和莎蘭德最後一次談話的筆記。莎蘭德，這也是她感到疲倦又生氣的原因。

她有所隱瞞。那個小笨蛋沒有告訴我全部實情。而麥可也有所隱瞞。天曉得他們在玩什麼把戲。

她也認定了，既然哥哥和當事人至今尚未溝通過，那麼兩人之間的陰謀——如果真有的話——肯定是自然而然發展出來的默契。她不明白是什麼樣的事，但哥哥一定認為非常重要，不得不隱瞞。

她擔心事關道德問題，這是他的弱點之一。他是莎蘭德的朋友。她了解自己的哥哥，知道他一旦交上朋友，即使這個朋友是個有明顯性格缺失的討厭鬼，他也會對他忠心不二到魯莽的地步。她也知道他可以容忍朋友做無數蠢事，但不能越過某條界線，至於界線到底在哪裡似乎因人而異，只是她知道他曾經因為好友做出他認為脫軌的事而與他們徹底絕交，而且毫無通融餘地，絕交後便老死不相往來。

安妮卡明白哥哥在想什麼，但對莎蘭德卻毫無頭緒，有時候甚至覺得她腦子裡根本什麼也不想。

安妮卡原本猜想莎蘭德可能很情緒化也很封閉，直到見到她本人，才覺得那肯定只是某個階段，就看能不能得到她的信賴。但經過一個月的交談——且不論前兩星期莎蘭德幾乎無法說話，因此浪費不少時間——她們之間依然純粹是單方面的溝通。

莎蘭德有時似乎十分沮喪，絲毫不想處理自己的現狀與未來。要想為她提供有效的辯護，唯一的方法就是了解所有事實，但她根本不明白也不在乎。安妮卡如何能在黑暗中工作呢！

莎蘭德經常悶不吭聲，即使說了什麼，也總得思考許久、慎選言詞。通常她完全不答腔，有時候卻會回答安妮卡幾天前提出的問題。警方問訊時，莎蘭德也是一聲不吭，雙眼直視前方。她就是不肯對警方吐露隻字片語，幾乎從無例外。罕見的例外是當埃蘭德警官問她有關尼德曼的事，她會抬起頭看著他，非常明確地回答每個問題。然而一轉換話題，她馬上失去興趣。

她知道原則上莎蘭德從不和官方人士交談，這對這次的案子很有利。儘管她不斷鼓勵當事人回答警方的問題，但內心深處對莎蘭德保持沉默還是很高興。原因很簡單，沉默就不會前後不一，就沒有會牽絆她的謊言，也沒有在法庭上會產生不利影響的矛盾推論。

然而莎蘭德的沉著令她十分驚訝。她們倆獨處時，她問過她為什麼如此固執不肯與警方談。

「他們會扭曲我說的話，然後用來攻擊我。」

「可是如果妳不解釋清楚，最後還是可能被判刑。」

「那就這樣吧。這一堆問題不是我惹出來的，如果他們想要判我的罪，我也沒辦法。」

最後，莎蘭德還是將史塔勒荷曼發生的事幾乎全都一五一十地告訴了律師，只有一事除外。她不肯說出藍汀的腳上怎麼會中彈。不管安妮卡如何軟硬兼施，莎蘭德都只是瞪著她，撇著嘴笑。

她也告訴安妮卡哥塞柏加的事，但完全沒有提到自己爲什麼追蹤父親。她是刻意到那裡去殺他——一如檢察官所說——或是去和他說理？

當安妮卡提起她前任監護人畢爾曼，莎蘭德只說自己沒有開槍殺他，那件命案也不再是她被起訴的罪名之一。而當話題觸及這一連串事件的最關鍵處，亦即一九九一年泰勒波利安醫師在精神病院裡扮演的角色，莎蘭德更是一下子陷入絕對的沉默，彷彿再也不會開口說一句話。

這樣下去不會有結果的，安妮卡暗忖，**如果她不信任我，官司必輸無疑**。

莎蘭德坐在床沿望向窗外，可以看見停車場另一邊的建築物。自從安妮卡氣沖沖地衝出去，砰一聲關上房門後，她就這樣紋風不動地坐了一小時。頭又痛起來了，是隱約、輕微的痛，但她還是覺得不舒服。

安妮卡令她感到不耐。就實際面來看，她可以明白律師何以一再追問有關她過去的細節，在理性上她能理解，安妮卡需要知道所有的事實。但她沒有一丁點的意願想談論自己的感覺或行爲，她的人生與別人無關。有一個變態虐待狂兼殺人犯的父親，不是她的錯。有一個殺人犯哥哥，也不是她的錯。謝天謝地，還沒有人知道他們是兄妹，否則在遲早都免不了要作的精神狀態評估中，也一定對她不利。達格和蜜亞不是她殺的，受指派的監護人後來變成豬狗不如的強暴犯，這也不是她的責任。

然而即將被搞得天翻地覆的卻是**她**的人生。她將被迫解釋自己的行為，被迫因為自衛而請求原諒。

她只想安安靜靜地過日子。到頭來，她畢竟還是得一個人生活。她不期望有人當朋友。那個該死的安妮卡很可能是站在她這邊，但那是身為她的律師、一個專業人士所提供的職業友誼。王八蛋小偵探布隆維斯特也不知人在哪裡——安妮卡似乎不太願意提起她哥哥，莎蘭德也從來不問。如今達格命案解決了，他要的故事也有了，她並不期望他對她還像以前一樣感興趣。

她很好奇，發生了這麼多事，阿曼斯基怎麼看她。

她很好奇，潘格蘭怎麼看待這個情況。

據安妮卡說，他們倆都表示會支持她，但那只是空話。要解決她的私人問題，他們幫不上一點忙。

她很好奇，蜜莉安對她作何感想。

她很好奇，她對自己又有什麼想法，最後才了解到這整個人生對她來說根本無關緊要。

想到這裡，思緒被警衛插鑰匙開門的聲音打斷，進來的是約納森醫師。

「晚安，莎蘭德小姐。妳今天覺得如何？」

「還好。」她回答。

他看了病歷表，發現她已經退燒。他每星期都要來巡房好幾次，她已經習慣他的到來。在所有碰觸她、戳弄她的人當中，只有他讓她感到某種程度的信任。她從不覺得他以異樣眼光看她。他來到病房，閒聊一陣，檢視她復原的情形，從未問過任何關於尼德曼或札拉千科的問題，也沒問過她是不是瘋了，或者警察為什麼把她關起來。他似乎只對她肌肉的運作情形、腦部的復原進度與她的感覺有興趣。

而且他還真的搜索過她的大腦，能在腦子裡東翻西找的人，必須獲得禮遇。令她訝異的是儘管約納森醫師會戳她還會爲了體溫表大驚小怪，他的來訪還是讓她感到愉快。

「我可以檢查一下嗎？」

他照常作檢查，看看瞳孔、聽聽呼吸、量量脈搏、血壓，也看看她呑嚥的情形。

「我怎麼樣？」

「正逐漸復原中。不過運動要更認眞做。還有妳會摳頭上的痂皮，不能再這樣了。」他略一停頓。

「我能不能問個私人問題？」

她盯著他看，他則一直等到她點頭同意。

「那個龍的刺青……妳爲什麼要刺那個？」

「你之前沒看到？」

他忽然微微一笑。

「其實我有**曾見**過，但是當妳沒穿衣服的時候，我正忙著止血、取出子彈等等。」

「你爲什麼想知道？」

「只是好奇罷了。」

莎蘭德思忖了好一會，才看著他說：

「我不想討論我刺青的原因。」

「就當我沒問。」

「你想看嗎？」

他似乎有點吃驚。「好啊，有何不可？」

她背轉向他，將病袍拉下肩膀，然後調整坐姿，讓窗外射入的光線落在背上。他看著她背上的龍紋，刺得很美、很精巧，是個傑作。

過了一會，她轉過頭來。

「滿意了嗎？」

「很美，不過一定痛死了。」

「對，」她回答：「很痛。」

約納森離開莎蘭德的房間時心裡有些困惑。對於她身體的復原進展他很滿意，但實在不能了解這古怪的女孩。即使沒有心理學學位也能知道她的情緒不太對。她對他說話的口氣很有禮貌，但也略帶懷疑。他還聽說了她對其他護理人員也很有禮貌，唯獨警察來的時候一語不發。她把自己封閉起來，與周遭的人保持距離。

警方將她關在病房裡，檢察官打算依殺人未遂與重傷害的罪名起訴她。他覺得不可思議，如此瘦小的女孩竟有力氣犯下這種暴行，尤其受害者還是成年男子。

他問及她的龍紋刺青主要是想找個私人話題和她談談。他並不特別想知道她爲什麼要以這種方法裝飾自己，但既然她選擇如此驚人的圖案，想必有其特殊意義。他只是覺得或許可以藉此開啓對話。

他去探視她並非既定行程，因爲安德林才是她的主治醫師。不過約納森是創傷中心的主任，莎蘭德被送進急診室那天晚上他們所做的處理，他深感自豪。他作出正確的決定，選擇移除子彈。到目前看來，莎蘭德並沒有記憶喪失、身體機能退化或因傷勢引發其他障礙等併發症。假如她以同樣的速度持續康復，離開醫院時頭皮上會有疤痕，卻不會有其他明顯傷害。至於心靈上的傷痕則是另一回事。

回到辦公室時，他看見一名穿著深色外套的男子倚在門邊牆上。那人頭髮十分濃密，鬍子修剪得整整齊齊。

「約納森醫師嗎？」

「我是。」

「我叫彼得·泰勒波利安，是烏普沙拉聖史蒂芬精神病院的主任。」

「是，我認得你。」

「很好，如果你有空的話，我想私下和你談談。」

約納森打開辦公室門，請來客進入。「有什麼需要我幫忙的嗎？」

「是有關你的一名病患莉絲．莎蘭德。我有必要見她一面。」

「你得先取得檢察官的許可。她現在已經被捕，禁止會客。而且所有的會面申請也都得先交給莎蘭德的律師。」

「對，對，我知道。我想這個案子應該可以免去這些繁文縟節。我是醫生，所以你可以讓我以醫療的理由去看她。」

「對，這麼做或許行得通，不過我不知道你的目的爲何。」

「莎蘭德曾經待過聖史蒂芬，我爲她治療過幾年，一直到她滿十八歲，地方法院下令讓她重返社會，只不過需要有監護人。或許我應該告訴你，當時我是反對這項決議。從那時起，她就獲准毫無目的地遊蕩，也才會導致今天這有目共睹的結局。」

「眞的嗎？」

「我仍然覺得對她有很大的責任，如果能有機會評估一下她過去這十年來的惡化情形，我會很感激。」

「惡化？」

「和她接受妥善照護的青少年時期比較起來。我們同爲醫生，應該能夠達成共識。」

「趁我的記憶還算清晰，有件事我不太明白，也許你能幫忙解釋一下……既然我們同爲醫生。莎蘭德被送到索格恩斯卡醫院時，我替她作了一次完整的醫療檢查。有一名同事要求看病患的鑑定報告，簽署的是一位耶斯伯．羅德曼醫師。」

「沒錯，羅德曼醫師還在醫院的時候，我是他的助手。」

「原來如此，但我發現那份報告寫得非常模糊。」

「是嗎？」

「裡面並沒有診斷結果，看起來簡直就像針對一個不肯開口的病患所作的學術研究。」

泰勒波利安笑開了。「是啊，她可真是不容易對付。誠如報告中所寫，她堅持不肯與羅德曼醫師對話，所以他只好採用模稜兩可的措詞，他這麼做完全沒有錯。」

「可是他還是建議莎蘭德應該住院？」

「這是根據她先前的病史作出的判斷。我們對她的病已經累積了多年豐富的經驗。」

「這正是我不明白的地方。當她住進這裡，我們曾向聖史蒂芬請調她的病歷，卻到現在都還沒收到。」

「對此我很抱歉。因爲地方法院下令將它列爲極機密文件。」

「如果拿不到她的病歷，我們又怎麼能給她適當的照料？現在她的醫療責任在我們身上，跟其他人都無關。」

「我從她十二歲就開始照顧她，我想全瑞典再也沒有其他醫生像我這麼了解她的病況。」

「病況是……？」

「莎蘭德罹患一種嚴重的精神疾病。你也知道，精神醫學並非精密科學，我不想侷限於某個精確的診斷，不過她顯然會產生幻想，有很明顯的妄想型精神分裂症狀。此外她的臨床症狀還包括一些躁鬱週期以及缺乏同理心。」

約納森凝神直視泰勒波利安十秒，接著才說：「泰勒波利安醫師，我不會和你爭辯診斷結果，但你有沒有想過一個相對簡單得多的診斷？」

「你是說？」

「例如亞斯柏格症候群。當然了，我還沒有對她作精神狀態評估，但若以直覺的猜測，我會認爲是某種自閉症，也因此她才無法遵循社會規範。」

「很抱歉，但亞斯柏格症病患通常不會放火燒自己的父母親。相信我，我從來沒見過反社會性格如此明顯的人。」

「我認爲她是自我封閉，不是一個反社會的偏執狂。」

「她非常善於操弄。」泰勒波利安說：「她會作出她認爲你期望她作出的行爲。」

約納森皺起了眉頭。泰勒波利安對莎蘭德的解讀已經自我矛盾。約納森對這個女孩唯一肯定的一件事，就是她絕對不善於操弄，反而會固執地與周遭的人保持距離，完全喜怒不形於色。他試著將泰勒波利安描述的莎蘭德與他自己所認識的莎蘭德加以協調。

「你只認識她很短的時間，而且她因爲受傷而不得不處於被動。我曾親眼看見她的暴力與不理性的恨意。多年來我一直試著幫助莎蘭德，所以我才會來。我建議索格恩斯卡和聖史蒂芬可以建立合作關係。」

「你說的是什麼樣的合作？」

「你們負責她的醫療狀況，我相信這是她所能獲得最好的照護。但我非常擔心她的心智狀態，所以希望能盡早加入。我已經準備好提供一切協助。」

「我明白了。」

「所以我確實需要見到她，以便作第一手的狀況評估。」

「只可惜這個我愛莫能助。」

「你說什麼？」

「我說過了，她現在已經被捕。如果你想爲她進行任何精神治療，就得向約特堡的葉華檢察官提出申請。這些事情都由她決定。而且我再強調一次，除了檢察官之外還要有她的律師安妮卡的配合。如果事關開庭要用的精神鑑定報告，那麼地方法院就會發給你許可令。」

「我就是想避免那些官方程序。」

「了解，但我要爲她負責，如果她很快就要出庭，那麼無論採取什麼措施，都需要有明確的文件。所以我們不得不遵守這些官方程序。」

「好吧。那我還是告訴你實話好了，斯德哥爾摩的埃克斯壯檢察官已經正式委任我作精神鑑定報告，審判時需要用到。」

「那麼你也可以透過正常管道獲得正式會見她的機會，毋須規避規定。」

「但在這麼來來回回的申請、批准過程中，她的情況恐怕會持續惡化。我只是爲她著想。」

「我也是。」約納森說：「私下告訴你吧，我並沒有發現任何精神疾病的症狀。她遭受暴虐對待，也承受很大的壓力，但她完全沒有精神分裂或妄想的現象。」

泰勒波利安花了很長時間才發現不可能說服約納森改變心意，於是突然起身告辭。

約納森坐了一會，瞪著方才泰勒波利安坐過的椅子。其他醫生來找他尋求治療的建議或意見，這並非不尋常的事，但通常都是已經開始處理病患病情的醫生。他還是頭一次見到精神科醫生像飛碟一樣降臨，還要求希望不按規定去見病患，而且病患都已經幾年沒有接受他治療了。片刻過後，約納森瞄一眼手錶，發現都快七點了，於是拿起電話打給瑪蒂娜．卡格倫，她是索格恩斯卡醫院爲創傷病患安排的心理醫生。

「哈囉，我想妳已經下班了。沒有打擾妳吧？」

「沒問題，我在家，但無所事事。」

「有件事我很好奇。妳和我們那個惡名昭彰的病患莎蘭德談過話，能不能跟我說說妳對她的印象？」

「這個嘛，我去見過她三次，想和她談談。但每次她都很禮貌卻也很堅決地拒絕了。」

「妳對她印象如何？」

「什麼意思？」

「瑪蒂娜，我知道妳不是精神科醫生，但妳是個聰明又敏感的人。妳對她的性格、她的心理狀態的整體印象怎麼樣？」

瑪蒂娜想了一會才說：「我不確定該怎麼回答這個問題。她入院後不久我見過她兩次，但她狀況實在太慘，所以沒有眞正接觸。後來大約一個星期前，我又應安德林醫師的要求去找她。」

「安德林爲什麼要你去見她？」

「莎蘭德開始慢慢恢復，但大多數時間都只是躺在床上盯著天花板看。安德林醫師希望我去探視一下。」

「結果呢？」

「我先自我介紹，然後聊了幾分鐘。我問她感覺如何，需不需要有人和她談天，她說不需要。我問她有沒有需要我幫忙的地方，她請我偷偷帶一包菸給她。」

「她有顯得憤怒、有敵意嗎？」

「我認爲沒有。她很平靜，但會保持距離。我想她要我帶菸應該是開玩笑，不是認眞的。我問她想不想閱讀，要不要帶什麼書給她。起先她說不要，但後來她問我有沒有探討基因學和大腦研究的科學雜誌。」

「探討**什麼？**」

「基因學。」

「**基因學？**」

「對，我說醫院圖書館有一些關於這類主題的大衆科學書籍，但她沒興趣。她說以前看過這類書，還說了幾本權威作品，我聽都沒聽過。她比較想看這個領域的純研究。」

「天呀。」

「我說給病人使用的圖書館恐怕沒有更高深的書，在這裡錢德勒的偵探小說比科學文獻多，不過我會試著找找看。」

「妳去找了嗎？」

「我到樓上借了幾本《自然》雜誌和《新英格蘭醫學雜誌》。她很開心，還謝謝我如此費心。」

「可是那些雜誌刊的多半是學術報告或純研究。」

「她顯然看得津津有味。」

約納森半晌說不出話來。

「妳認爲她的心智狀態如何？」

「封閉。她從未和我討論過任何私人的事。」

「妳覺得她有精神上的疾病嗎？像是躁鬱或妄想？」

「沒有，完全沒有。我要是這麼想，早就提出警告了。她很奇怪，這點毫無疑問，她有很大的問題也有壓力，但她冷靜客觀，似乎能夠應付目前的狀況。你爲什麼這麼問？發生什麼事了嗎？」

「沒有，沒發生什麼事。我只是試著想判定她的狀況。」

第十章

五月七日星期六至五月十二日星期四

布隆維斯特將電腦袋放到桌上，袋子裡裝了約特堡特約記者歐森找到的資料。他看著約特路上人來人往，這是他非常喜愛這間辦公室的原因之一。約特路不論早晚，總是隨時充滿生氣，他坐在窗邊時從不感到被隔離或孤單。

他覺得壓力好大。這幾天一直在寫準備放進夏季號的文章，寫到最後卻發現資料實在太多，即使一整期都用來討論這個主題也嫌不夠。到頭來又落得和溫納斯壯事件同樣結果，他再次決定將所有文章集結成書。目前已經有一百五十頁的內容，全部完稿應該有三百二十或三百三十六頁。

簡單的部分已經寫完，是關於達格與蜜亞的命案以及他爲何剛好出現在現場，同時提及莎蘭德何以成爲嫌犯。他首先以一章的篇幅披露平面媒體對莎蘭德的描述，其次藉埃克斯壯檢察官的聲明間接揭露警方的整個調查過程。經過深思熟慮後，他對包柏藍斯基與其團隊的批評略爲手下留情，因爲仔細看了埃克斯壯的記者會錄影帶，可以明顯看出包柏藍斯基不自在到了極點，也顯然對埃克斯壯驟下斷語十分氣惱。

以戲劇性事件開場後，他開始倒述札拉千科來到瑞典、莎蘭德的童年，以及導致她被關進烏普沙拉聖史蒂芬的連串事件。他還特別揪出泰勒波利安和如今已死的畢約克，要讓他們徹底名譽掃地。他詳述了一九九一年的精神狀態評估報告，並解釋某些不知名的公僕如何負責保護叛逃的俄國人，莎蘭德又如何對他們造成威脅，文中便引述了泰勒波利安與畢約克的通信內容。

接著他開始描述札拉千科的新身分與犯罪活動，描述他的助手尼德曼、蜜莉安遭綁架事件與羅貝多的介入。最後則簡略敘述莎蘭德在哥塞柏加遭射殺、活埋的結局，還指出警員之死其實是可以避免的災難，因爲當時尼德曼已經被制伏。

接下來的故事發展變得比較窒礙難行，問題在於其中還有不少漏洞。畢約克並非單獨行動，在這一連串事件背後，一定有一個擁有資源與政治影響力的更大團隊，否則實在說不過去。但他最後作出一個結論：莎蘭德遭受的非法待遇不會是政府或秘密警察高層所批准的。之所以下此結論並非對政府的絕對信任，而是對人性的信念。這類行動若有政治動機，絕不可能守得住秘密，一定會有人討人情讓某人開口，那麼媒體早在幾年前就會發現莎蘭德的事。

他認爲「札拉千科俱樂部」很小也很隱密。他無法指認出任何人，就算能也大概只有莫天森，一個被秘密指派負責跟蹤《千禧年》發行人的警員。

布隆維斯特的計畫是先將書印好，然後在開庭第一天上市。他和克里斯特原本想要印行平裝版，以收縮膜包裝，連同夏季特刊一起送出。柯特茲和瑪琳各接獲不同任務，要寫一些有關秘密警察歷史、資訊局事件之類的文章。

現在局勢很明白，莎蘭德非接受審判不可。

埃克斯壯在藍汀一案中以重傷害罪起訴她，又在波汀一案中以重傷害或殺人未遂罪起訴她。

日期尚未確定，但同事們得知埃克斯壯準備七月開庭，如果莎蘭德的健康狀況允許的話。布隆維斯特了解他的用意，在假期尖峰時期開庭所引起的關注會比其他時間少。

他凝視窗外之際不由得雙眉深鎖。

事情還沒完。陰謀還在持續著。只有這樣才能解釋電話遭監聽、安妮卡被襲擊、莎蘭德報告雙雙被竊等事故。也許札拉千科的死也是陰謀的一部分。

但他沒有證據。

他和瑪琳與克里斯特共同決定由千禧年出版社出版達格關於性交易的文章，而且也要配合開庭時間。能全部一次呈現會比較好，何況也沒有理由延遲出版，這反而是讓此書受到最多關注的最佳時機。布隆維斯特寫莎蘭德這本書，瑪琳是最主要的助手，因此蘿塔與克里斯特（儘管心不甘情不願）成了《千禧年》的臨時編輯秘書，而莫妮卡則是唯一有空採訪的記者。工作量的增加導致瑪琳必須與幾名自由撰稿人簽約，以準備未來幾期的文章。代價昂貴，但別無選擇。

布隆維斯特在黃色便利貼上記了一筆，提醒自己記得去和達格家人討論書的版權問題。他的雙親住在奧勒布魯，也是他僅有的繼承人。其實以達格的名義出書並不需要獲得許可，但他還是想去見他們，徵求他們的同意。因為事情太多，造訪的時間一拖再拖，現在也該去處理了。

此外還有其他無數細節。有些是關於文章中的莎蘭德該如何呈現，要作出最後決定，就得親自和她談一談，請她允許他說出實情，或至少部分實情。但他無法找她談，因為她已被捕，禁止會客。

在這方面，他妹妹也幫不上忙。她一板一眼地照規矩來，並無意充當布隆維斯特的中間人。而且除了提到他們對她有所隱瞞，她需要幫助之外，安妮卡也從未將她與當事人之間說過的話告訴他。這很令人沮喪，但又非常正確。因此布隆維斯特完全不知道莎蘭德是否披露了前任監護人強暴過她、她在監護人腹部刺了一段駭人詞句作為報復等等事件。只要安妮卡沒有提及此事，他也不能提。

然而莎蘭德被隔離造成了另一個嚴重的問題。她是電腦高手，也是駭客，布隆維斯特知情，安妮卡卻不然。布隆維斯特曾答應莎蘭德絕不洩漏此秘密，也一直遵守承諾。但現在他非常需要她這方面的專長。

無論如何他都得想辦法與她聯繫。

他嘆了口氣，再次打開歐森的文件夾。裡面有一張護照申請表影本，申請人名叫伊德里斯．吉第，出生於一九五〇年，是個留著山羊鬍、橄欖膚色、黑髮但兩鬢灰白的男人。

此人是庫德族人，來自伊拉克的難民。歐森挖出關於吉第的資料遠多於其他醫院工作人員。吉第似乎曾一度引發媒體矚目，出現在幾篇文章中。

他出生在伊拉克北部的摩蘇爾市，機械系畢業，七〇年代參與過「經濟大躍進」，一九八四年進入摩蘇爾的建築技術學院任教。據了解，他在政治上並不活躍，但他是庫德族人，所以在海珊當政的伊拉克是潛在的罪犯。一九八七年，吉第的父親被懷疑是庫德族的激進分子而遭到逮捕，沒有其他詳情，只知道他在一九八八年元月被處決。兩個月後，伊拉克秘密警察抓到吉第，送往摩蘇爾郊外一座監獄，接著進行十一個月的嚴刑逼供。吉第始終不知道他們要他供出什麼，所以刑求持續不斷。

一九八九年三月，吉第的叔叔付了相當於五萬克朗的金額給當地復興黨領袖，以彌補吉第對伊拉克全國造成的傷害。兩天後，他被釋放並交由叔叔監管。當時他體重只有三十九公斤，無法走路，因爲在釋放他之前，獄方用長柄大槌重擊他的左臀，以警告他將來不得再犯錯。

他在生死邊緣徘徊了數星期，後來開始慢慢康復，叔叔便帶他到一座遠離摩蘇爾的農場，度過一個夏天之後，他終於恢復元氣也可以拄著拐杖走路，只不過永遠無法完全復原。問題是：將來要做什麼呢？八月，他的兩個兄弟被捕的消息傳來，他知道再也見不到他們。當叔叔聽說海珊的警察又再次搜索吉第，便以三萬克朗的代價安排讓他越過邊界進入土耳其，再以僞造護照進入歐洲。

吉第於一九八九年十月十九日降落在瑞典的亞蘭達機場。他一句瑞典話也不會說，但有人告訴他去找移民局警察，直接請求政治庇護，他就以一口破英語照做了。他被瑞典政府送到烏普蘭威斯比的難民營，在那裡待了將近兩年，直到移民局判定他申請居留的理由不充分。

此時吉第已學會瑞典話，被打成粉碎性骨折的臀部也獲得治療。開了兩次刀之後，現在不用拐杖也能走路。在此期間，瑞典舉行了舍布辯論①，難民營遭受攻擊，伯特．卡爾森②也創立了新民主黨。

吉第之所以經常出現在媒體資料庫中，是因爲他在最後一刻找到新律師，這位律師直接訴諸媒體報導他的情況。在瑞典的其他庫德族人隨即插手，其中包括相當知名的巴克希家族。他們聚會抗議，並向移民局長比吉特．費里加保請願，結果吉第不但取得瑞典王國的居留權還拿到工作簽證。一九九二年元月，他以自由之身離開了烏普蘭威斯比。

吉第很快便發現擁有高學歷與建築技師的經驗毫無用處。他當過報童、洗碗工、門房、計程車司機。他喜歡開計程車，只不過有兩個缺點。一是他對斯德哥爾摩郡的街道不熟，一是他只要靜坐超過一小時，屁股就會痛得受不了。

一九九八年五月他搬到約特堡，因爲有個遠親看他可憐，便介紹他一個在辦公室清潔公司的固定工作。他只是兼職，在與該公司簽約的索格恩斯卡醫院擔任清潔組組長，工作一成不變。據歐森打聽的結果，他每星期要拖六天地板，也包括一一C區的走廊。

布隆維斯特端詳著護照申請表上吉第的照片。然後登入媒體資料庫，挑出歐森引以爲據的幾篇文章，仔細閱讀。他點了根菸。愛莉卡離開後，《千禧年》的禁菸令也很快隨之解除。現在柯特茲桌上也擺了一個菸灰缸。

最後布隆維斯特讀到歐森所調查關於約納森醫師的資料。

星期一，布隆維斯特沒有看見那輛灰色富豪，也不覺得有人在監視或跟蹤他，但還是快步從學術書店走到NK百貨公司側門，然後直接穿越百貨公司從正門出來。要是有人能在熙攘嘈雜的NK裡面進行監視，鐵定是超人。他把兩支手機都關掉，沿著商店街走到古斯塔夫阿道夫廣場，經過國會大廈進入舊城區。爲防仍有人跟蹤，他在舊城區的窄巷間拐來拐去，直到來到他要找的地址，敲敲黑／白出版社的門。此時是下午兩點半。他沒有事先通知就跑來，但編輯庫多．巴克希並未外出，見到他也十分歡喜。

「你好。」他熱情地說：「你怎麼沒再來找過我？」

「我這不是來了嗎？」布隆維斯特說。

「是啊，不過離上一次已經三年了。」

他們彼此握了手。

布隆維斯特與巴克希在八〇年代結識。事實上，巴克希最初創辦《黑／白》雜誌時，布隆維斯特也是給予實際協助的人士之一。當時巴克希偷偷在工會聯合會大樓裡印行雜誌，卻被培艾瑞克·歐斯壯逮個正著──就是後來「救助兒童會」那個戀童癖獵人③，不過八〇年代期間他還是工會聯合會的研究秘書。歐斯壯發現了《黑／白》第一期的一疊紙頁，還有巴克希在某間影印室裡行動鬼祟。他看了封面後說：「我的天哪，雜誌封面怎麼會是這個樣子！」之後，便爲巴克希設計了一個標誌，在《黑／白》雜誌刊頭印了十五年，直到該雜誌壽終正寢爲止，後來雜誌社則成了出版書商「黑／白」。那個時候，布隆維斯特正在工會聯合會經歷一段可怕的ＩＴ顧問期──那也是他唯一一次冒險進入ＩＴ領域。歐斯壯徵召他來做校對，爲《黑／白》提供一點編輯方面的支援。巴克希與布隆維斯特從此便成了朋友。

布隆維斯特坐到沙發上，等巴克希從走廊的咖啡機倒咖啡來。他們閒聊一會，就和多年不見的朋友一樣，但卻不斷被巴克希的手機打斷，他會用庫德語也可能是土耳其語或阿拉伯語或其他布隆維斯特聽不懂的語言交談，口氣聽起來很緊急。他以前到黑／白出版社來的時候也都是這樣，巴克希會接到來自世界各地的電話。

「親愛的麥可，你好像憂心忡忡，有什麼心事嗎？」他終於說道。

「你可不可以把手機關掉幾分鐘？」

巴克希照做了。

「我想請你幫個忙，很重要的事情，必須馬上做，而且出了這個房間就不能提。」

「說說看。」

「一九八九年有一個名叫伊德里斯·吉第的難民從伊拉克來到瑞典，眼看就要被驅逐出境，卻得到你們家族的幫助，最後取得居留權。不知道是不是你父親或其他家人幫助他的？」

「是我叔叔瑪穆特。我認識吉第，怎麼了嗎？」

「他在約特堡工作，我需要他幫我做一件簡單的事情，我願意付他錢。」

「什麼樣的事情？」

「你信任我嗎，巴克希？」

「當然，我們一直是朋友。」

「我需要他做的事非常奇特，我現在不想說出工作詳情，但我保證絕不是非法的事，也絕不會給你或吉第惹麻煩。」

巴克希打量著布隆維斯特。「你不想告訴我是什麼事？」

「這件事愈少人知道愈好。但我需要你引見，那麼吉第才會肯聽我說。」

巴克希走到辦公桌旁翻開電話簿，找了一下才找到號碼。他撥了電話，接著以庫德語交談。布隆維斯特從巴克希的表情看得出來，一開始只是寒暄閒聊，後來才認真地解釋他打電話的目的。片刻過後，他對布隆維斯特說：「你想什麼時候見他？」

「如果可以的話，星期五下午。問問看我能不能去他家找他。」

巴克希又說了一會工夫才掛斷電話。

「吉第住在安耶瑞，你有地址嗎？」

布隆維斯特點點頭。

「星期五下午他五點以前會到家，歡迎你去找他。」

「謝了，巴克希。」

「他在索格恩斯卡醫院當清潔工。」巴克希說。

「我知道。」

「我當然免不了會在報上看到你捲進那起莎蘭德事件。」

「沒錯。」

「她遭到槍擊。」

「是的。」

「聽說她進了索格恩斯卡。」

「那也沒錯。」

巴克希知道布隆維斯特正忙著計畫某種可疑勾當，這是他出了名的專長。他可是從八〇年代就認識這傢伙了。他們或許不是最要好的朋友，卻也從未起過爭執，只要巴克希開口請求幫忙，布隆維斯特總是一口應允。

「我是不是應該知道我會被捲進什麼樣的事情？」

「不會牽累你的。你的角色只是好心替我引見一位熟人。我再說一遍，我不會要他做違法的事。」有這句保證對巴克希已經足夠。布隆維斯特起身說道：「我欠你一份人情。」

「我們總是互相欠來欠去的。」

柯特茲放下電話後，手指敲著桌沿敲得震天響，莫妮卡不禁橫他一眼。但她看得出來他完全陷在自己的思緒中，其實她本來心裡就有氣，想想就別找他出氣了。

她知道布隆維斯特和柯特茲、瑪琳、克里斯特老是針對莎蘭德的事說悄悄話，卻要她和蘿塔負責下一期雜誌的所有籌備工作。這個雜誌社自從愛莉卡離開後根本已群龍無首，瑪琳還不錯，只是缺乏愛莉卡的經驗與分量。而柯特茲也只是個妄自尊大的小夥子。

莫妮卡並不是因為自己被忽略而不開心，也不是希望做他們的工作——老實說那是她最不想要的。她本身的工作是代替《千禧年》留意政府部門與國會，這種工作她喜歡，而且也爛熟於心。此外還有一大堆工作壓得她快喘不過氣來，像是每星期替一份專業刊物寫一篇專欄，或是到國際特赦組織當義工等等。所以她沒興趣當《千禧年》的總編輯，也不想每天至少工作十二小時還要犧牲週末。

不過她確實感覺到《千禧年》有所改變。這個雜誌忽然變得陌生，至於是哪裡出錯，她也說不上來。

布隆維斯特仍一如往常地不負責任，老是神秘失蹤、來去自如。他是《千禧年》的老闆之一，當然能決定自己想做什麼，可是拜託一下，有點責任感應該無妨吧！

克里斯特是目前留下的另一個共同所有人，但無論他在不在公司幫助都不大。他有才華，這點無庸置疑，當愛莉卡外出或忙碌時，他可以出面接管事務，但通常只是將別人作好的決定照本宣科。他在美編或排版方面非常傑出，但論及籌畫雜誌便力有未逮了。

想到這裡，莫妮卡皺起眉頭。

不對，她這樣想不公平。讓她心煩的其實是公司裡出了狀況。布隆維斯特和瑪琳、柯特茲一起工作，其他人多少都被排除在外。那三人形成一個核心，老是關在愛莉卡的辦公室……呃，應該是瑪琳的辦公室，然後又默默地成群結隊走出來。以前在愛莉卡的領導下，雜誌社一直是一體的。

布隆維斯特正在忙莎蘭德的故事，內容絲毫不肯透露。不過這已不是新聞。當初溫納斯壯的報導他也是一個字都不肯說，就連愛莉卡也不知情，但這次他有兩個心腹。

總而言之，莫妮卡就是火大。她需要放假，她需要離開一陣子。這時她看見柯特茲穿上燈心絨夾克。

「我要出去一下。」他說：「妳跟瑪琳說一聲好嗎？我兩個小時後回來。」

「出什麼事了？」

「我想我有條線索，了不起的獨家，和馬桶有關。我想先去查幾件事，如果行得通，六月號就會有一篇很棒的文章。」

「馬桶。」莫妮卡喃喃自語：「這有什麼好報導的。」

愛莉卡咬著牙放下有關莎蘭德即將出庭的報導。文章很短，占兩欄，預定放在第五頁國內新聞版。她瞪著文章看了一會，嘟起嘴來。現在是星期四下午三點半，她已經在《瑞典晨郵》工作整整十二天。她拿起電話，打給新聞主編霍姆。

「你好，我是愛莉卡。能不能請你盡快找到約翰奈斯．菲利斯克，帶他到我辦公室一趟？」

她耐心地等著，直到霍姆和記者約翰奈斯一前一後悠哉地晃進玻璃籠子。愛莉卡看看手錶。

「二十二。」她說。

「什麼二十二？」霍姆問。

「二十二分鐘。你從編輯臺起身，走十五公尺到約翰奈斯的辦公桌，然後拖拖拉拉地帶著他來到這裡，總共花了二十二分鐘。」

「妳說不急的，而且我很忙。」

「我沒有說不急。我請你找約翰奈斯一起到我的辦公室來，我說盡快就是盡快，不是今晚或下星期或隨便你高興什麼時候移動你的大駕。」

「可是我以爲……」

「把門關上。」

她等到霍姆關上門後，不發一語地盯著他瞧。他無疑是最有能力的新聞主編，他的角色就是確保《瑞典晨郵》的報頁每天都刊出正確內容、清楚明瞭，並且依照上午開會所決定的順序與位置編排。也就是說霍姆每天都要像耍球般耍弄巨量的工作，而他從未掉過一顆球。

他的問題在於他執拗地忽視愛莉卡所作的決定。愛莉卡已經盡力想找出與他共事的方法，她試過和顏悅色地說理也試過直接下命令，她鼓勵他有自己的想法，並常常竭盡所能想讓他明白她希望報紙如何呈現。

一切都只是徒勞無功。

下午被她否決的稿子可能會在她回家後出現在報上。**有個洞要塡，只好隨便找一篇**。

愛莉卡決定用的標題也會突然被截然不同的標題取代，不一定比較不好，卻沒有徵詢她的意見。有挑戰的意味。

總之都是些細節。下午兩點的編輯會議會在沒有告知她的情況下忽然改到一點半，等她到的時候，大都已成定局。**很抱歉……我一忙就忘了告訴妳了。**

愛莉卡怎麼也想不通，爲什麼霍姆會這樣對待她？但她明白平心靜氣的討論與溫和的責備沒有用。直到目前爲止，她尚未在編輯室裡當著其他同事的面與他對衝，現在也該表明她的態度了，而且是當著約翰奈斯的面，應該能確保這番對話很快就會傳得衆人皆知。

「我來到這裡以後第一件事就告訴過你，凡是莉絲．莎蘭德有關的一切我都特別感興趣，我也說過所有預定的稿子都要事先知會我，所有要刊登的文章都得讓我過目並批准。關於這點，我已經提醒你至少六、七次，最近一次就在星期五的編輯會議上。我這些指令有哪些地方你聽不懂？」

「已經計畫好或正在撰寫的稿子都在我們內部網路的每日備忘錄中，而且全都會送到妳的電腦，所以一直都有知會妳。」霍姆說。

「狗屁。」愛莉卡說：「今天早上市政版送到我信箱時，在我們最精華的新聞版面有一篇關於莎蘭德和史塔勒荷曼事故發展的三欄篇幅報導。」

「那是瑪格麗塔．歐凌的文章。她是自由撰稿人，直到昨晚七點才交稿。」

「昨天上午十一點，瑪格麗塔打電話給我提出她的想法。你同意了，並在十一點半發稿給她。結果下午兩點的會議上你提都沒提。」

「每日備忘錄裡有。」

「是啊……備忘錄裡面寫的是：引述開始，瑪格麗塔．歐凌，採訪瑪蒂娜．佛蘭森檢察官，關於：南塔耶查扣了毒品，引述結束。」

「報導內容主要是採訪佛蘭森，談有關合成類固醇的扣押。有一個自稱硫磺湖機車騎士的人因此被捕。」霍姆說。

「完全正確，但備忘錄中完全沒提到硫磺湖機車俱樂部，也沒提到採訪重點是藍汀和史塔勒荷曼，也就是莎蘭德一案的調查。」

「我想這是採訪時聊到……」

「霍姆，我不知道為什麼你會站在這裡跟我睜眼說瞎話。我和瑪格麗塔談過，她說她很清楚地向你解釋過她的採訪重點。」

「想必是我沒弄明白報導會以莎蘭德為主軸，而且又很晚才拿到稿子。妳叫我能怎麼辦，刪掉整篇文章？瑪格麗塔交了一篇好稿子。」

「這點我同意，的確是很精彩的報導。不過你在差不多同樣的時間內，已經撒第三個謊了。瑪格麗塔是在下午三點二十分交的稿，比我六點回家的時間要早得多。」

「愛莉卡，我不喜歡妳說話的口氣。」

「太好了。那我也可以告訴你，我既不喜歡你的口氣，也不喜歡你的搪塞和謊言。」

「妳好像覺得我在計畫什麼陰謀對付妳。」

「你還沒回答我的問題。還有第二點：今天我桌上出現了約翰奈斯的這篇文章，我不記得兩點的會議中有討論過這個。你手下有個記者花一整天在寫莎蘭德，為什麼竟然沒人告訴我？」

約翰奈斯開始坐立不安。但他懂得察言觀色，不至於多嘴。

「這個呀……」霍姆說：「我們發行的是報紙，肯定會有數百篇妳不知道的文章。我們《瑞典晨郵》有一定的做事程序，每個人都得習慣。我沒有時間給特定的文章特殊待遇。」

「我不是要你給特定文章特殊待遇。我只是要求你兩件事：第一，凡是與莎蘭德一案有關的新聞要讓我知道；第二，凡是關於這個主題的文章，要刊登前必須經過我批准。所以我再問一次……我的指令有哪些地方你聽不懂？」

霍姆嘆了口氣，臉上表情顯得苦惱萬分。

「好。」愛莉卡說：「我就把話說個明明白白。我不想和你爭辯這個，只是問你聽懂了沒有。如果舊事重演，我會解除你新聞主編的職務。到時你會聽到一陣五雷轟頂，然後你就可以準備去編家庭版或漫畫版之類的。我沒法和一個讓我信不過，還專用寶貴時間暗中破壞我的決定的新聞主編一起共事。明白了嗎？」

霍姆兩手往上一攤，像是覺得愛莉卡的指控荒謬至極。

「你聽明白了沒？有還是沒有？」

「妳的話我聽到了。」

「我是問你有沒有聽懂。有沒有？」

「妳眞以爲這麼做不會有事？能有這份報紙是因爲我和其他小齒輪拚死拚活地工作。董事會……」

「董事會會聽我的。我來就是爲了改造這份報紙。我們簽約的內容寫得很詳細，我有權大刀闊斧地更動編輯主管的人事，可以照我的意思丟棄廢物注入新血。霍姆……我開始覺得你像個廢物了。」

她就此打住。霍姆回瞪著她，眼神充滿憤怒。

「我說完了。」愛莉卡說：「我建議你仔仔細細地想想我們今天的談話內容。」

「我不覺得……」

「隨便你。就這樣了，出去吧。」

他轉身走出玻璃籠。她看著他朝員工休息室方向走去，消失在編輯人海當中。約翰奈斯原本也起身打算跟著出去。

「你等一下，約翰奈斯。你留下，坐著。」

她拿起他的稿子，又看了一遍。

「我猜你是臨時約聘人員。」

「對，我待了五個月，這是我最後一個星期。」

「你幾歲？」

「二十七。」

「我很抱歉，不該讓你當我和霍姆的夾心餅。跟我說說這篇報導吧。」

「今天早上我得到情報，拿去給霍姆看，他要我繼續追。」

「了解。這裡頭說警方正在調查莎蘭德可不可能涉及販售合成類固醇。這和昨天關於南塔耶的報導有關嗎？昨天也提到了類固醇。」

「我不知道，但有可能。關於類固醇是因爲她和拳擊人士有關連，就是羅貝多和他那些夥伴。」

「羅貝多會使用類固醇？」

「什麼？不是，當然不是。應該說是就整個拳擊界而言。莎蘭德曾經在索德的一間健身房受過訓練，不過那是警方的觀點，不是我的。他們似乎是從這裡推想出她可能涉及販賣類固醇。」

「這麼說這篇報導並沒有實質的根據，只是傳聞囉？」

「警方的確在偵查這個可能性，這並非傳聞。至於他們是對是錯，現在還不知道。」

「好，約翰奈斯，我要你知道我們現在討論的事無關我和霍姆之間的關係。我覺得你是個優秀的記者，你文筆很好，而且觀察入微。總之，這是篇好報導。問題是這內容我不相信。」

「我可以向妳保證這是眞的。」

「這裡頭有一個很大的漏洞，我得解釋給你聽。你的情報哪來的？」

「警局內部的消息來源。」

「是誰？」

約翰奈斯有點遲疑。這是直覺反應。和全世界所有的記者一樣，他並不願意說出消息來源的姓名。但話說回來，愛莉卡是總編輯，也是極少數能要求他透露的人之一。

「是暴力犯罪組一個叫法斯特的警員。」

「是他打給你還是你打給他的？」

「他打給我的。」

「你覺得他爲什麼要告訴你？」

「在搜捕莎蘭德期間，我採訪過他幾次。他知道我是誰。」

「而且他知道你是二十七歲的約聘記者，當他想放出檢察官有意外洩的消息，可以用得上你。」

「當然，這些我都了解。可是我是從警方調查人員那裡獲得情報後，去找法斯特喝咖啡，他就告訴我這些。我完全引述他的話。不然我該怎麼做？」

「我相信你引述他的話沒錯。但事情應該這麼做，你應該把消息告訴霍姆，而霍姆應該來敲我的門向我解釋情況，然後我們一起決定該怎麼做。」

「我懂了。可是……」

「你把資料留在霍姆那裡，因爲他是新聞主編。你做得沒錯。但我們來分析一下你的文章。首先，法斯特爲什麼想洩漏這項訊息？」

約翰奈斯聳聳肩。

「這是表示你不知道還是你不在乎？」

「我不知道。」

「如果我告訴你這個消息是假的，莎蘭德與合成類固醇毫無關係，你怎麼說？」

「我無法提出反證。」

「的確。但你認爲既然沒有證據顯示那是假新聞，我們就應該刊載。」

「不，我們有新聞從業人員的責任，但我們總會平衡報導。當有消息來源發表明確聲明，我們不能拒絕發布。」

「但可以問問這個消息來源爲什麼想要放出這項訊息。我告訴你爲什麼我要下令凡是與莎蘭德有關的文章都要先經過我這裡。我對這個主題有特殊的了解，是《瑞典晨郵》任何人所不能及。法務部門已經知道我擁有相關訊息，但不能和他們討論。《千禧年》即將刊登一則報導，我已簽署約定儘管在《瑞典晨郵》工作也不得透露。這消息是我利用《千禧年》總編輯職權獲得的，現在卻不知該效忠哪一方。你明白我的意思嗎？」

「明白。」

「我在《千禧年》獲知的訊息讓我可以斷定這則消息不實，其目的是爲了在開審前中傷莎蘭德。」

「從目前已經披露關於她的這許多消息看來，很難再將她傷得更重。」

「那些大多都是扭曲不實的消息。法斯特正是宣稱莎蘭德是偏執狂，以及有暴力傾向的撒旦教女同志的主要消息來源之一。而所有媒體都買法斯特的帳，只因爲他看似可靠來源，而且ＳＭ的報導向來很酷。現在他又企圖以新角度讓民衆對她產生不良印象，而且還希望《瑞典晨郵》幫忙散布消息。抱歉，有我把關不可能。」

「我懂了。」

「眞的嗎？那就好。我所說的一切可以用兩句話總結。你身爲記者的工作內容是要以最嚴謹的態度質問與審視，無論消息來自多高的政府層級，也絕不能不分青紅皀白地轉述。千萬別忘記。你的文筆非常好，但如果你忘記自己的工作內容，這項才華就一文不值了。」

「對。」

「我打算刪掉這篇文章。」

「我了解。」

「這並不代表我不信任你。」

「謝謝。」

「所以我想請你回去再寫一篇新的報導。」

「好的。」

「這整件事都是因爲我和《千禧年》簽了約，不得透露我所知道關於莎蘭德事件的內情。但與此同時，在我擔任總編輯的報社的編輯室卻可能因爲拿不到我知道的訊息而報導有所偏差。我們不能讓這種事發生。這是特殊狀況，而且只適用於莎蘭德。所以我決定挑選一名記者，引導他往正確的方向，那麼等《千禧年》一出擊我們才不至於措手不及。」

「關於莎蘭德，妳覺得《千禧年》會登出引人矚目的東西？」

「我不是覺得，而是確實知道。《千禧年》手中握有一則獨家，會讓莎蘭德的故事一百八十度大轉變，不能公開這消息簡直快把我逼瘋了。」

「妳是說妳否決我的文章是因爲妳知道那不是眞的，也就是說這其中有些事是其他記者都不知情的？」

「沒錯。」

「很抱歉，但實在很難叫人相信整個瑞典媒體都遭到矇騙……」

「莎蘭德曾是媒體瘋狂報導的焦點，這種時候已不能以常理推論，任何胡言亂語都可能登上新聞版面。」

「妳的意思是莎蘭德並不完全像她外表呈現的樣子？」

「試著去想想她受到的指控都是冤枉的，新聞版面上描繪的她毫無意義，其實是有一些你作夢都想不到的力量在運作。」

「是眞的嗎？」

愛莉卡點點頭。

「這麼說我剛剛交給妳的東西是故意持續詆毀她的計畫的一部分？」

「正是如此。」

約翰奈斯搔搔頭。愛莉卡等著他結束思考。

「妳要我怎麼做？」

「回到座位上開始寫另一篇報導。你不必覺得有壓力，只是我希望能在開庭前夕刊出一長篇文章，完整檢視所有關於莎蘭德的說詞的正確性。你先讀過所有剪報，列出一切與她相關的報導，然後一一比對刪除。」

「好的。」

「要像個記者一樣思考。去調查是誰在放消息，爲什麼要散布這種消息，並且問問自己這麼做對誰有利。」

「可是開庭的時候我很可能已經不在報社。這是我最後一個星期。」

愛莉卡從抽屜拿出一個塑膠文件夾，抽出一張紙擺在他面前。

「我已經將你的約聘期延長三個月。你把這星期的日常職務做完，星期一到這裡向我報到。」

「謝謝。」

「當然，這得你願意繼續留在《瑞典晨郵》。」

「我當然願意。」

「依照合約，你除了一般編輯工作之外還要作調查，並直接向我報告。你將是莎蘭德審判案的特約記者。」

「新聞主編恐怕會說話……」

「不必擔心霍姆。我已經和法務部主任談妥了，所以不會有任何爭議。但你要深入挖掘背景，而不是報導新聞。聽起來如何？」

「聽起來太棒了。」

「那好……就這樣了。星期一見。」

當她揮揮手讓他離開玻璃籠，恰好見到霍姆正從編輯臺另一端看著她。他連忙垂下視線，假裝不是在看她。

---

①一九八〇與九〇年代之交，瑞典出現移民危機。尋求庇護的人數增加造成失業問題並引發地方政府反彈，最後導致舍布市市民於一九九八年舉行公投，拒絕收容移民。後續的政治辯論使得一九八九年制定的「外人法」結合了移民與融合體制。

②Bert Karlsson（1945-），一九九一年與伊恩・韋斯明斯特（Ian Wachtmeister）伯爵創立了平民政黨新民主黨，並於同年九月當選國會議員。一九九四年因新民主黨內鬨而敗選之後，便轉而進軍娛樂圈，目前是瑞典知名唱片公司Mariann Grammofon AB的所有者與經營者。

③Per-Erik Åström，曾於擔任瑞典「救助兒童會」的反戀童癖熱線組織經理時，耗費許多時間精力在電腦前搜索，終於揪出了瑞典最大的戀童癖網絡。

第十一章

五月十三日星期五至五月十四日星期六

星期五一早從《千禧年》辦公室走向莎蘭德舊公寓所在的倫達路那一帶時，布隆維斯特格外留意沒有被跟蹤。他得到約特堡去見吉第，問題是怎麼樣才能不被發現或不留下痕跡。他決定不搭火車，因爲不想用信用卡。通常他會向愛莉卡借車，但如今已不可能，他也想過請柯特茲或其他人替他租車，但如此一來則會留下線索。

最後他想到這個明顯的解決之道。他先在約特路上的提款機領錢。莎蘭德那輛酒紅色本田的車鑰匙在他手上，車從三月起就一直停在她倫達路的公寓大樓外面。他調整好座位，看看油箱還有半滿，便啓程經由利里葉島橋上E4公路。

兩點五十分，他將車停在約特堡林蔭大道的一條小巷內，看到第一間咖啡館才進去吃一頓延遲的午餐。到了四點十分，他搭電車到安耶瑞，在城區下車後，花了二十分鐘才找到吉第的住所，比約定時間晚了十分鐘左右。

吉第來開門，與布隆維斯特握手後請他進入裝潢簡樸的客廳。他走路有點跛。他請布隆維斯特坐下，座位旁邊的櫥櫃上擺了十來個相框，布隆維斯特逐一細看。

「我的家人。」吉第說。

他說話帶著濃濃的口音，布隆維斯特懷疑他應該通不過瑞典人民黨所建議的語言測試。

「這些是你的兄弟嗎？」

「左邊是我兩個兄弟，八〇年代被海珊殺害了。中間是我父親。我的兩個叔伯在九〇年代被海珊殺害，我母親死於二〇〇〇年。我的三個姊妹都還活著，兩個住在敘利亞，最小的妹妹在馬德里。」

吉第倒來土耳其咖啡。

「巴克希要我代他向你問好。」

「巴克希說你想請我做一件事，但沒說是什麼事。我現在就得告訴你，非法的事我絕不會做，我不敢捲入那樣的事情。」

「我要請你做的事絕對合法，只不過很不尋常。工作本身會持續幾個星期，每天都要做，但每次只需花你幾分鐘。我願意每星期付你一千克朗，直接給錢，不會向稅務機關報告。」

「我明白了。你要我做什麼？」

「你有一份工作是在索格恩斯卡醫院——每星期六天，如果我沒弄錯的話——負責加護中心一一C病房區的清潔工作。」

吉第點點頭。

「我要你做的是這個。」

布隆維斯特傾身向前，開始解釋他的計畫。

埃克斯壯檢察官端詳來客。這是他第三次與警司鈕斯壯見面，對方那張滿布皺紋的臉外圍框著花白短髮。鈕斯壯第一次來找他是波汀被殺後幾天。他出示了替國安局工作的身分證明，接著他們便壓低聲量展開長談。

「有一點你一定要了解：我絕不是企圖影響你的一舉一動或是你辦事的方法。我也要強調無論在什麼情況下，你都不能公開我給你的資訊。」鈕斯壯說。

「我明白。」

老實說，埃克斯壯並不完全明白，但又不想問太多問題露出一副蠢樣。他所了解的是波汀／札拉千科的死是必須非常謹愼處理的案子，還有鈕斯壯的來訪雖有國安局最高層級的背書，卻是秘密進行。

「這絕對關乎生死。」鈕斯壯開門見山地說：「就秘密警察而言，凡是與札拉千科有關的事都是最高機密。我可以告訴你，他是個叛逃者，曾經是蘇俄軍情單位的幹員，也是七〇年代俄國對西歐採取攻勢的關鍵人物。」

「這顯然正符合《千禧年》的布隆維斯特所說。」

「在這件事上，布隆維斯特說得沒錯。他這個記者無意中撞見了瑞典國防部有史以來最秘密的行動之一。」

「他會將這項訊息公開。」

「當然。他代表的是媒體，不管優缺點都一大堆的媒體。我們生活在民主國家，自然不能去影響媒體的報導。但本案的問題是關於札拉千科，布隆維斯特只知道部分眞相，其他大部分他自以爲了解的事都是錯的。」

「我懂了。」

「布隆維斯特沒搞懂的是，札拉千科的眞相一旦曝光，俄國人將很快就會找出我們在俄國的眼線與消息來源。那些爲民主冒生命危險的人將可能遇害。」

「不過俄國現在不也是民主國家了嗎？我是說，如果是在共產黨時期……」

「那是錯覺。我們說的是以前在蘇聯當間諜的人——全世界沒有任何政權能容忍這個，即使事隔多年也一樣。而且這其中有些人仍繼續提供情報。」

其實並無這種情報員存在，但埃克斯壯不可能知道，只能聽信鈕斯壯的說詞。得知這項全瑞典最機密的訊息之一——當然，不能列入紀錄——讓他忍不住感到榮幸，甚至有些訝異瑞典的情報員竟能像鈕斯壯所說的那樣深入俄國軍方，而且他非常明白這種訊息當然絕不能散播出去。

「我奉命和你接觸時，我們對你的背景作了廣泛的調查。」鈕斯壯又說。要想慫恿某人，必得發掘他的弱點。埃克斯壯檢察官的弱點就是對自己的重要性堅信不疑。他和其他人沒兩樣，也喜歡聽好聽話。技巧就在於要讓他覺得他是萬中選一的人才。

「我們確信你在警界……當然還有政治圈，都非常受到尊重。」

埃克斯壯顯得很得意。既然有不具名的政治人士對他極具信心，就暗示了只要他出對牌，他們便會感激在心。

「簡單地說，我的任務是盡可能秘密地為你提供必要的背景資料。你一定要了解，這件事已經變得不可思議的複雜。一方面，由你肩負重責的初步調查已經展開。不管是政府或國安局或其他任何人都不能干預你如何辦案，你的工作是要探查事實眞相，將有罪的人送上法庭。這是民主國家最重要的功能之一。」

埃克斯壯點頭表示同感。

「萬一札拉千科的全部眞相外洩，將會是國家的大災難。」

「所以你來找我究竟有何用意？」

「首先，是讓你知道這敏感的狀況。我想自從二次大戰結束後，瑞典從未暴露在如此危險的處境中。就某種程度而言，也許可以說瑞典的命運就掌握在你手中了。」

「你的上司是誰呢？」

「很抱歉，我不能透露本案中任何相關人士的名字，但我可以說我是奉了最高層級的命令。」

天哪，是政府給他的命令。但他不能說，否則將引發政治風暴。

鈕斯壯發覺埃克斯壯已上鉤。

「然而我可以為你提供資訊。我獲得授權可以自行判斷要讓你看哪些資料，其中有一些還是國家最高機密文件。」

「我懂。」

「也就是說你若有問題，不管什麼樣的問題，都應該告訴我。不能找國安局裡的其他人，只能找我。我的任務是引導你走出這個迷宮，萬一可能造成利害關係的衝突，我們也要彼此協助找出解決之道。」

「我了解。那麼我應該大大感謝你和你的同事願意幫助我，讓事情進行得更順利。」

「即使處境艱難，我們也希望司法程序能照常進行。」

「很好，我向你保證我會採取最謹慎的態度，這畢竟不是我第一次處理最高機密訊息。」

「沒錯，我們十分清楚。」

埃克斯壯提出十來個問題，鈕斯壯小心翼翼地記下，然後極盡所能地給予答覆。他這第三次來訪，將會回答埃克斯壯上次提出的一些問題，其中最重要的一個就是：有關畢約克於一九九一年寫的報告，眞相究竟爲何？

「那件事很嚴重。」鈕斯壯面露憂色。「自從這份報告出現後，我們便派出一個分析小組日夜不停地趕工，想查出究竟怎麼回事，現在差不多可以得出結論。結果非常令人不快。」

「我可以想像。那份報告宣稱秘密警察和精神科醫師泰勒波利安聯手將莎蘭德送進精神病院。」

「要眞是這樣就好了。」鈕斯壯露出淺淺的微笑。

「我不明白。」

「如果整件事只是這樣，很簡單，那就表示有犯罪行爲，直接起訴就行了。難就難在這份報告和我們檔案裡的其他報告並不相符。」鈕斯壯拿出一個藍色講義夾打開來。「這個才是畢約克在一九九一年寫的報告。另外還有他和泰勒波利安之間來往信函的正本。這兩個版本不一樣。」

「請作解釋。」

「令人驚愕的是畢約克上吊自盡了。可能是因爲他偏差的性行爲恐怕即將公諸於世。布隆維斯特的雜誌社打算揭發他，讓他深陷於絕望之中才會結束自己的生命。」

「這個嘛……」

「報告正本是敘述莎蘭德企圖以汽油彈謀殺她的父親札拉千科。布隆維斯特發現的報告前三十頁與正本吻合。這些內容老實說沒什麼值得注意之處。直到三十一頁畢約克下結論並提出建議的部分，便出現了差異。」

「什麼差異？」

「在正本中，畢約克提出五項清楚的建議，是關於對媒體低調處理札拉千科事件等等，這是事實毋須隱瞞。畢約克提議讓札拉千科到國外進行復健，因爲他灼傷非常嚴重，諸如此類。此外他還建議讓莎蘭德獲得最好的精神醫療照護。」

「原來如此……」

「問題是有人巧妙地竄改了其中幾個句子。在第三十四頁某一段，畢約克似乎是暗示莎蘭德既已被貼上精神異常的標籤，就算有人開始問及札拉千科，她的話也不會被採信。」

「而原始報告中並沒有這句話。」

「正是。畢約克自己的報告中從未有過類似暗示。姑且不論其他，光是這樣便已違法。他只是熱心地提議說她很明顯需要照顧。在布隆維斯特的版本中，這卻成了陰謀。」

「我可以看看正本嗎？」

「當然可以，但我走的時候得一併帶走。在你讀之前，我要先請你注意一下附件，那是畢約克和泰勒波利安後來的往來信件，幾乎全都是僞造的，而且不只是在細微處作更動，而是大膽地變造。」

「變造？」

「我想這是唯一適切的形容。正本顯示泰勒波利安受地方法院指派，爲莎蘭德進行精神狀態鑑定。這並無任何不尋常。莎蘭德當時十二歲，還試圖殺死父親，這駭人聽聞的事件最後要是沒作精神鑑定才眞是奇怪呢。」

「說得對。」

「如果由你擔任檢察官，我猜你會堅持雙管齊下，同時調查社會面與精神面。」

「那當然。」

「即使在當時，泰勒波利安已是頗受敬重的兒童精神科醫生，也是法醫精神科醫生。他接受任命，進行一項普通的調查，作出那女孩患有精神疾病的結論。在這裡不必使用他們的專有名詞。」

「不必，不必……」

「泰勒波利安把結果寫進報告送去給畢約克，畢約克再轉呈給地方法院，法院於是裁定莎蘭德須住進聖史蒂芬接受治療。布隆維斯特的版本裡面漏掉了一整段泰勒波利安的調查經過。取而代之的是畢約克與泰勒波利安的通信，暗示畢約克指示泰勒波利安假造精神檢驗結果。」

「你是說這是捏造的，是偽造的？」

「毫無疑問。」

「但捏造這種東西對誰有好處？」

鈕斯壯放下報告皺起眉頭。「你這麼一問可就問到重點了。」

「答案是……？」

「不知道。我們的分析小組也非常努力想找出答案。」

「會不會有一部分是布隆維斯特杜撰的？」

鈕斯壯笑了起來。「我們的第一個想法也是這樣，但應該不是。我們傾向於認為那是很久以前假造的，也許和原始報告差不多同一時間出爐。造假的人不僅非常熟知內情，而且還能取得畢約克所使用的打字機。」

「你是說……」

「我們不知道畢約克在**哪裡**寫的報告，可能在他家或他的辦公室或其他任何地方。我們所能想出的可能性有兩種。造假者也許是精神病院或法醫部門的人，不知為何想要讓泰勒波利安捲入醜聞。否則就是秘密警察內部有人為了截然不同的目的而造假。」

「有可能是什麼目的呢？」

「事情發生在一九九一年。當時國安局內部可能有某個俄國情報員發現札拉千科的行蹤。目前我們正在檢視大量的個人舊檔案。」

「但如果是被KGB發現……早在幾年前就應該洩漏了。」

「你說得沒錯，但別忘了那也是蘇聯正面臨瓦解的時期，KGB被解散了。我們不知道出了什麼錯，也許是原本計畫好的行動被擱置了。KGB向來善於偽造與洩漏假情報。」

「可是KGB怎麼會想要偽造這個呢？」

「這點我們也不知道。不過最明顯的目的就是要製造瑞典政府的醜聞。」

埃克斯壯噘起嘴來。「所以你的意思是莎蘭德的醫療評估結果是正確的？」

「可不是。說得白話一點，莎蘭德根本是徹頭徹尾的瘋子，絕對毫無疑問。判她入院治療的決定百分之百正確。」

「**馬桶？**」瑪琳的口氣似乎認為柯特茲在捉弄她。

「馬桶。」柯特茲又說了一遍。

「你想寫一篇關於馬桶的文章？刊在《千禧年》？」

瑪琳忍不住笑了。星期五開會見他晃進來時，便已察覺他難掩熱情，完全就像一個正在寫獨家報導的記者模樣。

「說說看吧。」

「眞的很簡單。」柯特茲說：「到目前為止，瑞典最大的產業是營建業，但即使斯堪雅營造公司在倫敦設立了分部，這個產業基本上還是無法外包海外。不管怎麼說，房子總是得蓋在瑞典。」

「這又不是什麼新聞。」

「對，不過**新鮮的是**：就競爭力與效率而言，營建業領先了瑞典其他產業好幾個光年。如果富豪也用同樣的方式生產車輛，最新車款可能要賣一百或甚至兩百萬克朗。大多數產業都要面對不斷降價的挑戰，可是營建業卻恰恰相反，每平方公尺的價格是持續攀升。國家還要用納稅人的錢來補貼，以免價格高得無人問津。」

「這裡頭有什麼新聞性嗎？」

「等一等，這很複雜。假設漢堡的價格曲線從七〇年代起就沒變過，那麼一個大麥克現在大約要賣一百五十克朗或更貴。再加薯條和可樂要多少錢，我就不猜了，不過以我在《千禧年》的薪水恐怕買不起。現在在座的人有誰會去麥當勞買一個一百克朗的漢堡？」

沒有人應聲。

「這可以理解。可是當NCC營建在斯德哥爾摩利丁哥區的果薩加用幾片鐵皮拼成四方隔間出租時，三房公寓一個月租金就要一萬到一萬兩千克朗。你們有誰付得起這麼貴的房租？」

「我付不起。」莫妮卡說。

「當然付不起。可是妳已經住在丹維克斯杜爾旁邊的一房一廳公寓，那是妳父親二十年前為妳買的，如果妳打算出售，應該可以賣到一百五十萬。但是一個想搬出來自己住的二十歲年輕人要怎麼辦？他們負擔不起。所以只好當二房東或三房東，不然就是賴在家裡和母親住到退休。」

「那這跟馬桶有什麼關係？」克里斯特問道。

「就快說到了。問題是公寓為什麼會貴成這個樣子？因為委託蓋房子的人不知道怎麼定價格。簡單地說，一個開發商找上斯堪雅，問說蓋一百間公寓要多少錢。斯堪雅算一算，回來告訴他們說大概要五億克朗，也就是每平方公尺造價多少克朗，如果你想搬進去，每個月就得花一萬克朗。但和麥當勞不同的是，你其實別無選擇，總得有地方住嘛。所以只好按市價付錢。」

「柯特茲，親愛的……請說重點。」

「這**就是**重點啊！爲什麼得花一萬克朗月租去住哈馬比罕能那些破爛房子？因爲營建公司根本不在乎要不要壓低價錢。無論如何，顧客都得付錢。建材是主要成本之一。建材的買賣要透過批發商，他們也是自行訂價，因爲競爭不大，所以在瑞典一個浴缸零售價五千克朗，同一個製造商的同款浴缸在德國卻只賣兩千克朗。不管有哪些額外成本都難以解釋這樣的價差。」

圍坐的衆人已開始不耐地低聲抱怨。

「九○年代末開始運作的政府組織營建成本代表團有一份報告，裡面寫了很多相關資料，在那之後卻沒什麼進展。沒有人去找營建公司反應價格的不合理，買家欣然支付賣家開出的價格，最後負擔就落在租屋房客或納稅人身上。」

「柯特茲，馬桶呢？」

「營建成本代表團寫了報告之後，只有局部地方產生改變，主要都在斯德哥爾摩外圍。有些買主受夠了昂貴的營建價格。比方說卡斯克羅納之家，他們自己買建材，蓋出了比別人都便宜的房子。瑞典商貿聯盟也加入了戰局，他們認爲建材價格太荒謬，所以一直試著要讓公司行號更容易買到品質一樣好卻比較便宜的產品。結果去年在歐弗休的營建商展上還引發小小衝突，因爲瑞典商盟帶了一個來自泰國的人，他賣的馬桶一個五百克朗。」

「結果呢？」

「他最主要的競爭者是瑞典一家批發公司叫維塔瓦拉，他們賣的純正瑞典製馬桶一個要價一千七百克朗。精明的都市買家開始搔頭苦思，心想既然可以用五百克朗從泰國買到類似的馬桶，那又何必花一千七呢？」

「也許品質比較好吧？」蘿塔說。

「沒有，完全一樣。」

「泰國。」克里斯特說：「好像有童工之類的，所以價格低。」

「不是這樣，」柯特茲說：「泰國使用童工的產業大多是紡織業和禮品業，當然還有戀童界。聯合國有特別注意童工的問題，我也查過這間公司，是有名的製造商。這是一家大規模、現代化、享有聲譽的衛浴設備公司。」

「好吧……但我們現在說的是低工資國家，也就是說你寫這篇文章恐怕是在暗示瑞典產業競爭不過泰國產業，應該解雇瑞典勞工、關閉此地的工廠，全部都由泰國進口。你根本過不了工會聯合會那關。」

柯特茲聽了，臉上綻放出微笑，背往後一靠，志得意滿的神情有點可笑。

「又錯了。」他說：「你們猜猜維塔瓦拉售價一千七的馬桶在哪製造的？」

無人出聲。

「越南。」柯特茲說。

「你在開玩笑吧？」瑪琳說。

「他們至少已經在那裡做了十年的馬桶。瑞典工人早就在九〇年代被淘汰出局。」

「該死！」

「現在重點來了。如果直接從越南的工廠進口，價格大約三百九十克朗。猜猜看泰國和越南的價差該作何解釋？」

「可別跟我說是……」

「偏偏就是。維塔瓦拉公司轉包給一間名叫豐蘇工業的公司，他們被聯合國列為使用童工的公司，至少從二〇〇一年就開始接受調查。不過絕大部分的工人都是罪犯。」

瑪琳終於放聲大笑。「太好了，真是太好了。等你長大一定是個了不起的記者。寫完需要多久時間？」

「兩星期。我有一大堆國際貿易的東西要查，而且報導裡面需要一個**壞人**，所以我要看看維塔瓦拉的所有人是誰。」

「那麼來得及刊在六月號嗎？」

「沒問題。」

包柏藍斯基面無表情地聽著埃克斯壯檢察官說話。會議已持續四十分鐘，包柏藍斯基有一股很強烈的衝動，想抓起檢察官辦公桌邊緣那本「瑞典王國法律」朝他臉上甩去。他暗想著，倘若如此衝動行事不知有何後果？除了肯定會成爲晚報頭條，也很可能被控傷害，他於是將念頭驅離。文明人類的最大特點就是不能屈服於這種衝動，無論對手如何挑釁都不行。當然，每當需要包柏藍斯基巡官出面，通常就是有人被這種衝動征服了。

「我就當我們達成協議了。」埃克斯壯說。

「不，我們沒有達成協議。」包柏藍斯基邊起身邊回答。「不過初步調查由你負責。」

他喃喃自語地轉進走廊，走回辦公室途中把安德森和茉迪同時叫來。這天下午他能找的同事只有他們兩人，霍姆柏決定在此時休假兩星期眞是不巧。

「到我辦公室。」包柏藍斯基說：「順便倒咖啡。」

三人都坐定後，包柏藍斯基看了看自己與埃克斯壯開會做的筆記。

「依目前的情況，原本因爲幾樁命案被通緝的莎蘭德，我們的初步調查負責人已經對她撤銷所有相關告訴。就我們而言，她已經不再是初步調查的一部分。」

「不管怎麼說，這都可以視爲有所進展。」茉迪說。

安德森一如往常沒有吭聲。

「這我就不敢說了。」包柏藍斯基回答道：「在史塔勒荷曼和哥塞柏加事件中，莎蘭德仍涉嫌重傷害，但那些調查已與我們無關，我們得全力找出尼德曼，偵查紐克瓦恩森林裡的埋屍洞穴。但話說回來，埃克斯壯一定會將莎蘭德起訴，案子已移交給斯德哥爾摩，他也下令展開全新的調查。」

「真的嗎？」茉迪說。

「猜猜看，要調查莎蘭德的人是誰？」包柏藍斯基說。

「恐怕是最糟的一個。」

「法斯特回來上班了，他將協助埃克斯壯。」

「太過分了！法斯特根本不適合調查和莎蘭德有關的任何案子。」

「我知道，但埃克斯壯有一個好理由。法斯特請了多久的病假……嗯……他是四月崩潰的，對他來說，這起案子應該是處理起來最簡單、最理想的。」

無人作聲。

「總而言之，今天下午要將所有關於莎蘭德的資料交給他。」

「那有關畢約克、秘密警察和一九九一年的報告這整件事……」

「……將會由法斯特和埃克斯壯一併處理。」

「我不喜歡這樣。」茉迪說。

「我也不喜歡。可是埃克斯壯是老闆，又有高層當靠山。換句話說，我們的工作還是找殺人凶手。安德森，現在情況如何？」

安德森搖搖頭。「尼德曼好像人間蒸發了似的。我不得不承認當了這麼多年警察，還沒碰過這種事。我們沒有接到任何密告，沒有一個線民認識他或是知道他可能去了哪裡。」

「聽起來難以置信。」茉迪說：「不過他被通緝是因為涉嫌在哥塞柏加殺警、重傷害另一名警員、殺害莎蘭德未遂、對牙科護士卡斯培森的綁架與傷害，還有謀殺達格和蜜亞。每件案子都有明顯的鑑識證據。」

「至少有點幫助。硫磺湖機車俱樂部財務經理的案子怎麼樣了？」

「葉朗森，還有他女友蕾娜．紐格倫。葉朗森的屍體上留有指紋和DNA。尼德曼揍人的時候，指節肯定流了很多血。」

「硫磺湖機車俱樂部有什麼新消息嗎？」

「因爲藍汀繼續收押，等候蜜莉安綁架案的開庭，俱樂部由尼米南接管了。有傳聞說尼米南懸賞重金打聽尼德曼的下落。」

「那更奇怪了，如果黑社會全都在找他，怎麼還會找不到？那葉朗森的車呢？」

「因爲在葉朗森住處發現卡斯培森的車，尼德曼想必是換了車。可是他開走的車毫無線索。」

「所以我們要問三個問題，第一，尼德曼是否還躲藏在瑞典？第二，如果是，和誰在一起？第三，他是否已經潛逃國外？你們怎麼想？」

「毫無跡象顯示他出國了，但那眞的是最合邏輯的路線。」

「如果**已經**走了，那他把車丟在哪裡？」

茱迪和安德森都搖頭。警方若想找人，十之八九都不算困難。只要展開一連串邏輯性的調查：有哪些朋友？有哪些獄友？女友住在哪裡？有哪些酒友？最後一次在哪裡使用手機？車子在哪裡？循線追蹤到最後，逃犯通常就出現了。

尼德曼的問題是他沒有朋友、沒有女友、沒有手機紀錄也從未坐過牢。

調查工作集中在尋找葉朗森的車，據推測應該是尼德曼開走了。他們本以爲只要幾天的時間，車子就會出現，而且很可能是在斯德哥爾摩的某處停車場。但至今仍無影無蹤。

「如果他逃出國，會上哪去呢？」

「他是德國公民，按理說會去德國。」

「他好像和漢堡那些老朋友都沒聯絡了。」

安德森搖搖手。「如果他計畫去德國……何必開車到斯德哥爾摩？不是應該去馬爾摩和通往哥本哈根的橋，或是前往某個渡輪碼頭嗎？」

「我知道。早在第一天，約特堡的埃蘭德警官就把追蹤工作集中到那個方向。丹麥警方已接獲有關葉朗森的車的資訊，而我們也確定他沒有搭任何渡輪。」

「可是他確實開車到斯德哥爾摩和硫磺湖，殺害了俱樂部的財務經理，而且——可以這麼推測——還帶走了一筆金額不明的款項。他的**下一步**會是什麼？」

「他得離開瑞典。」包柏藍斯基說：「最可能就是搭渡輪橫越波羅的海。不過葉朗森和女友是在四月九日深夜被殺，尼德曼大可在隔天早上去搭渡輪。我們是在他們死後大約十六小時才接獲報案，接著才對車輛發出全面通告。」

「假如他搭了早上的渡輪，葉朗森的車就會停在某個港口。」茱迪說。

「之所以找不到車，也許是因為尼德曼開車經由哈帕蘭達出境往北走了。要沿著波斯尼亞灣繞一大圈，但十六小時內就能到芬蘭。」

「是這樣沒錯，但進芬蘭不久就得丟下車子，那現在也該被發現了。」

他們靜靜坐著無言以對。最後包柏藍斯基起身走到窗邊站著。

「他會不會是找到一個地方先暫時藏身，像是避暑小屋或……」

「我不覺得會是避暑小屋。現在這個時節，每個小屋主人都會去查看屋況。」

「他也不會冒險到任何與硫磺湖機車俱樂部有關連的地方。他們是他最不想見到的人。」

「整個黑道應該都可以排除……有沒有我們不知道的女友？」

他們可以猜測，但沒有事實根據。

安德森下班後，茱迪又回到包柏藍斯基的辦公室敲敲門柱。他招手讓她進去。

「可以占用你幾分鐘嗎？」她問道。

「怎麼了？」

「莎蘭德。我不喜歡埃克斯壯和法斯特還有新審判這回事。你看過畢約克的報告，我看過畢約克的報告，莎蘭德在一九九一年遭到非法拘禁，埃克斯壯也知道。他到底在搞什麼？」

包柏藍斯基摘下老花眼鏡，塞進胸前口袋。「我不知道。」

「你一點概念都沒有？」

「埃克斯壯說畢約克的報告還有他和泰勒波利安來往的信函是僞造的。」

「胡說八道。如果是假造的，當初傳訊畢約克的時候他怎麼不說？」

「埃克斯壯說畢約克不肯討論這件事，因爲這是最高機密。我挨了一頓罵，因爲太早採取行動帶他來問話。」

「我開始對埃克斯壯有很深的疑慮。」

「他有來自各方面的壓力。」

「不能拿這個當藉口。」

「茉迪，事實眞相不是我們的專利。埃克斯壯說他拿到證據可以證明報告是假的，事實上沒有那個文號的報告。他還說僞造得很成功，內容巧妙地混合了眞假。」

「哪部分是眞、哪部分是假，這個我得知道。」茉迪說。

「整件事的梗概都相當正確。札拉千科是莎蘭德的父親，也是個會打她母親的混蛋。他們的問題倒也常見——母親不想提出告訴，所以就這麼持續了幾年。後來莎蘭德企圖殺死父親，畢約克奉命調查事發經過。他和泰勒波利安通過信，但我們所看見的信件格式顯然是僞造的。泰勒波利安爲莎蘭德作了例行的精神鑑定，判定她精神不穩定。某檢察官決定不再進一步調查。莎蘭德需要治療，就被送到聖史蒂芬。」

「如果是僞造的……是誰做的，又爲什麼？」

包柏藍斯基聳聳肩。「據我了解，埃克斯壯會讓莎蘭德再接受一次徹底的檢驗。」

「這我無法接受。」

「這已經不是我們的案子了。」

「而且接手的是法斯特。包柏藍斯基，這些混蛋如果敢再對莎蘭德做什麼亂七八糟的事，我會去找媒體。」

「不，茉迪，妳不會。第一，報告已經不在我們手上，所以妳無法證明妳的說詞。妳會像個偏執狂，然後職業生涯也到此結束。」

「我還有那份報告。」茉迪低聲說：「我替安德森影印了一份，但還沒來得及給他，檢察總長就把資料都收走了。」

「假如妳洩漏這份報告，不但會被撤職，還犯了嚴重瀆職的罪。」

茉迪默默坐了片刻，雙眼直盯著上司。

「茉迪，答應我別這麼做。」

「不行，我不能答應。這整件事裡頭有些非常病態的地方。」

「妳說得對，**是**很病態。但我們不知道對手是誰，暫時也無法採取任何行動。」

茉迪將頭側到一邊。「**你**會採取什麼行動嗎？」

「這種事我不會和妳討論。相信我吧。現在是星期五晚上，休息一下，回家去吧。還有……這段談話從沒發生過。」

Securitas保全的警衛尼可拉斯．亞當森正在用功準備三星期後的考試。此刻是星期六下午一點半，他聽見地板打蠟機低速轉動的聲音，並看見是那個跛腳的深膚色移民清潔工。此人總會禮貌性地點頭招呼，但聽到他說的笑話卻從來不笑。亞當森看著他拿出一瓶清潔劑，朝服務臺上噴兩下，再用抹布擦，然後拿起拖把將打蠟機清不到的角落拖一拖。於是警衛重新埋頭於國內經濟學的書中，繼續研讀。

清潔工花了十分鐘才來到走廊盡頭，亞當森所在之處。他們互相點了點頭。亞當森站起來讓他打掃擺在莎蘭德房門外那張椅子周圍的地板。自從被派到這裡站崗以後，幾乎每天都會看到這個人，卻記不得他的名字——是某種奇怪的外國名字，不過亞當森並不覺得有必要查看他的身分證。第一，這個黑鬼不能打掃囚犯房間——上午有兩個清潔婦會負責，其次，他不覺得一個跛子會造成任何威脅。

清潔工打掃完走廊後，打開莎蘭德隔壁的房門。亞當森覷了他一眼，但這與平日例行工作並無兩樣，那裡是清潔工具室。接下來的五分鐘內，他倒掉水桶的水、清洗刷子，並將垃圾桶用的塑膠袋補放進清潔推車。最後將清潔車推入小工具室。

吉第早已留意到走廊上的警衛。是個金髮年輕人，通常一星期會在那裡兩、三天，看書。兼差的警衛，半工半讀的學生。他就像牆上的一塊磚，把周遭環境看得一清二楚。

吉第很好奇，若眞有人企圖進入那個叫莎蘭德的女人的房間，亞當森會怎麼做。

他也好奇布隆維斯特究竟想做什麼。他在報上看過關於這名特立獨行的記者的報導，也知道和一一C病房區這個女人有關，本以爲他會要他偷帶東西給她。但他無法進入她的房間，甚至從未見過她。而無論他原本預期什麼，總之都不對。

這項工作，怎麼看都不違法。他透過門縫看著亞當森，只見他又埋頭讀起書來。確定走廊四下無人後，吉第從工作服口袋掏出 Sony Ericsson Z600 手機。他看過廣告，這款手機要價約三千五百克朗，具有一切最新功能。

他又從口袋拿出一把螺絲起子，踮起腳尖，旋下靠莎蘭德房間牆面一個通風口的白色圓蓋。然後按布隆維斯特的吩咐，將手機盡可能地推入通風口，接著再將蓋子重新旋上。

他只花了四十五秒鐘。第二天花的時間會更短。他要做的是取出手機，換電池後將手機放回原位，並將使用過的電池帶回家充電。

吉第要做的就是這些。

但這對莎蘭德毫無幫助。她房內的牆面應該也有一個用螺絲旋緊的類似圓蓋，但除非她有螺絲起子和梯子，否則永遠也拿不到手機。

「我知道。」布隆維斯特當時說了：「不過她不需要拿到手機。」

吉第必須每天做這個動作，直到布隆維斯特告訴他不必再做爲止。

光做這件事，每星期就能有一千克朗的酬勞直接入袋，而且工作結束後，手機就歸他所有。

他當然知道布隆維斯特在打某種怪主意，卻想不通會是什麼。將一支手機放進上了鎖的清潔工具室的通風口內，開了機卻沒連上線，這實在太瘋狂，吉第怎麼也想不出這有什麼用。如果布隆維斯特想和病患取得聯繫，還不如買通某個護士偷偷將手機帶進去給她。

但話說回來，他並不排斥幫布隆維斯特這個忙——這個忙可是一星期價值一千克朗呢。所以最好別多問。

約納森回到賀加路住處時，看見一個男人拎著公事包，靠在他那棟住屋協會公寓外的鐵門上，不由得放慢腳步。那人看起來有點面熟。

「約納森醫師嗎？」他問道。

「是的。」

「很抱歉在你住家外面的大馬路上叨擾你。實在是因爲我不想追到你工作的地方，但又得和你談一談。」

「有什麼事，還有請問你是？」

「我叫布隆維斯特，麥可·布隆維斯特，是《千禧年》雜誌社的記者。這事有關莉絲·莎蘭德。」

「喔，我認出你來了。是你打的緊急求救電話。她傷口上的絕緣膠帶是你纏的嗎？」

「是的。」

「做得很好。不過我不和記者討論我的病患，你得和其他人一樣，去找索格恩斯卡醫院的公關部。」

「你誤會了。我不是來探消息的，而且完全是以私人身分來找你。你什麼都不必說，也不必告訴我任何訊息。反而是我想告訴你一些事情。」

約納森皺皺眉頭。

「請聽我把話說完。」布隆維斯特說：「我不是隨便在路上找外科醫生搭訕，而是眞的有很重要的事要告訴你。能不能請你喝杯咖啡？」

「先告訴我是關於什麼事。」

「關於莉絲的未來與幸福。我是她的朋友。」

約納森心想，來者若不是布隆維斯特他是不會答應的。但此人備受矚目，不太可能玩什麼無聊的把戲。

「無論在什麼情況下我都不會接受訪問，也不會討論病患的事。」

「我完全了解。」布隆維斯特說。

約納森於是陪著布隆維斯特到附近一家咖啡館。

「首先，我不會在任何一篇文章中引述你的話，甚至不會提及你。至於對我而言，這番對話從未發生過。我來是想請你幫個忙，但我得解釋原因，你才能決定幫或不幫。」

「聽起來不是什麼好事。」

「我只請你聽我把話說完。你的職責是照顧莉絲的身心健康，而身爲她的朋友，**我**也有同樣責任。我沒法直搗她的腦袋取出子彈，但我有另一項技能對她的幸福也一樣重要。」

「那是？」

「我是個調查記者，我發現了她眞正經歷的事實。」

「好。」

「我可以大略地告訴你，而你可以自己下結論。」

「好的。」

「我還應該聲明一下，莉絲的律師安妮卡——你應該已經見過——是我妹妹，也是我付錢請她爲莉絲辯護。」

「我知道了。」

「我顯然無法請安妮卡幫這個忙，她不跟我談論莉絲的事，她必須爲她們倆的對話保密。我猜你已經在報上看過有關莉絲的報導。」

約納森點點頭。

「她被描寫成精神病患，還是個不正常的同性戀殺人狂。這全是胡說八道。莉絲不是精神病患，她也許跟你我一樣正常。至於她的性偏好與他人無關。」

「如果我了解得沒有錯，這件案子已經改變了偵查方向。現在被追捕的殺人嫌犯是那個德國人。」

「據我所知，尼德曼是個毫無道德良知的殺人犯。不過莉絲有敵人，有力又卑鄙的敵人。其中有些是秘密警察。」

約納森愕然地看著布隆維斯特。

「莉絲十二歲那年，被送進烏普沙拉的兒童精神病院。爲什麼呢？因爲秘密警察不計代價想要守住的一個秘密，被她揭開了。她的父親札拉千科——也就是在你們醫院被殺的波汀——是蘇俄的叛逃者、是間諜、是冷戰的遺物。他還年復一年地毆打莉絲的母親。莉絲滿十二歲時出手還擊，趁父親坐在車內，朝他丟擲一顆汽油彈。她就是爲此被關。」

「我不懂。如果她企圖殺死父親，讓她接受精神治療當然是名正言順。」

「我的故事，我要發表的故事是秘密警察知道札拉千科會打妻子，他們知道莉絲受到什麼刺激才做這種事，卻仍選擇保護札拉千科，只因爲他能提供珍貴情報。於是他們僞造了診斷書，讓莉絲非住院不可。」

約納森滿臉狐疑，布隆維斯特看了忍不住笑起來。

「一切細節我都可以提出證明，我還要趕在莉絲開庭的同時寫出完整的敘述。相信我，這將會引起軒然大波。請你記得一件事，激怒莉絲的那番毆打讓她母親下半輩子都得住院。」

「好，請說下去。」

「我要揭發爲秘密警察作惡，幫著將莉絲埋葬在精神病院的兩個醫生，要讓他們得到應有的懲罰。其中一個還是德高望重的人。但我說過，我掌握了所有的證據。」

「如果有醫生捲入這種事，那眞是整個醫界之恥。」

「我不認爲有必要歸罪於群體，這只和直接涉入的人有關。秘密警察也是一樣。我絕對相信在秘密警察界也有優秀的人才，這只是一小部分的陰謀者。莉絲十八歲時，他們又再度想把她關進醫院，這次沒有成功，她反而有了監護人。不論什麼時候，只要一開庭，他們就會再一次極盡所能地汙衊她。我──或者應該說我妹妹安妮卡──將會盡力讓她獲釋，也讓法院撤銷她目前還存在的失能宣告。」

「我明白。」

「不過她需要彈藥，這就是這項策略的背景。也許我應該再提一點，警局裡有幾個人其實是站在莉絲這邊，但對她提起告訴的檢察官卻不然。總之，莉絲在出庭前需要幫助。」

「可是我不是律師。」

「對，但你是莉絲的醫生，你能見到她。」

約納森瞇起眼睛。

「我想請你幫忙的事不但違反醫德，說不定也是違法。」

「是嗎？」

「但是就道德面而言，這麼做是對的。她的憲法權利被那些理應保護她的人給剝奪了。我給你舉個例子。莉絲不能會客、不能看報或與外界溝通。檢察官還強制她的律師不得對外洩密，安妮卡遵守了規定。然而，檢察官自己卻是記者的主要消息來源，媒體才會不斷寫那些亂七八糟的報導。」

「眞是這樣嗎？」

「比方說這則新聞吧。」布隆維斯特拿起一星期前的一份晚報。「調查小組內部的消息來源聲稱莉絲**精神失常**，導致這份晚報臆測她的精神狀態。」

「我讀過這篇報導，全是胡說。」

「這麼說你不認爲她是瘋子。」

「這點我不予置評。但我確實知道她沒有作過精神狀態評量。所以這篇文章胡說。」

「我可以確切地向你證明洩漏這項消息的人是一個名叫法斯特的警員，他在埃克斯壯檢察官手下做事。」

「喔。」

「埃克斯壯會想方設法讓審訊時禁止旁聽，那麼外人便無從得知也無法衡量對莉絲不利的證據。但更糟的是……因爲莉絲遭檢察官隔離，將無法作充分的準備爲自己辯護。」

「這不是應該由她的律師來做嗎？」

「如今你想必也推測到了，莉絲是個很奇特的人。我在無意中發現她的一些秘密，卻不能告訴我妹妹。但莉絲應該可以選擇開庭時要不要加以利用。」

「我明白。」

「爲了讓她能這麼做，她需要這個。」

布隆維斯特將莎蘭德的 Palm Tungsten T3 掌上型電腦和一個充電器放在兩人之間的桌上。

「這是莉絲的火藥庫中最重要的武器，非給她不可。」

約納森難以置信地看著電腦。

「為什麼不交給她的律師？」

「因為只有莉絲知道如何取得證據。」

約納森坐了好一會，還是沒碰電腦。

「我來跟你說一、兩件有關泰勒波利安醫師的事吧。」布隆維斯特說著從公事包抽出一個文件夾。

星期六晚上八點剛過，阿曼斯基離開辦公室，徒步走到位於聖保羅街的索德區猶太會堂。他敲開門後自我介紹，開門的拉比本人請他入內。

「我和一個認識的人約在這裡碰面。」阿曼斯基說。

「在樓上，我帶你去。」

拉比給了他一頂小圓帽，阿曼斯基略一遲疑才戴上。他是在伊斯蘭教家庭長大，戴著這個感覺很蠢。

包柏藍斯基也戴著小圓帽。

「你好，阿曼斯基。謝謝你來。我向拉比借用一個房間，我們可以安靜地談談。」

阿曼斯基坐到包柏藍斯基對面。

「你這麼神秘兮兮的，應該有特殊原因吧？」

「我就不兜圈子了。我知道你是莎蘭德的朋友。」

阿曼斯基點頭承認。

「我需要知道你和布隆維斯特打算捏造什麼來幫她。」

「我們為什麼要捏造什麼呢？」

「因為埃克斯壯檢察官問了我十幾次，你們米爾頓保全到底對莎蘭德的案情調查知道多少。他不是隨口問問，而是擔心你們會爆出什麼震撼彈……震撼媒體。」

「原來如此。」

「如果埃克斯壯這麼擔心，就表示他知道或是懷疑你們在醞釀什麼計畫，否則至少是和某個心存懷疑的人談過。」

「某人？」

「阿曼斯基，別要把戲了。你知道莎蘭德在九〇年代初曾遭受司法不公的對待，我只怕一旦開庭又要舊事重演。」

「你是民主國家的警察，如果你有這樣的情報，就應該採取行動。」

包柏藍斯基點點頭。「我也正打算這麼做。但問題是：怎麼做？」

「你說你想知道什麼。」

「我想知道你和布隆維斯特在打什麼算盤。我猜你們不會只是坐在那裡無所事事。」

「事情很複雜。我怎麼知道能不能信任你。」

「布隆維斯特發現一份一九九一年的報告……」

「我知道。」

「我已經拿不到那份報告了。」

「我也是。原本在布隆維斯特和他妹妹——也就是莎蘭德現在的律師——手中的兩份報告都不見了。」

「不見了？」

「有人闖入布隆維斯特住處偷走他那份，而安妮卡則是在約特堡被人偷襲擊倒在地，報告也被搶了。兩件事都發生在札拉千科遇害那天。」

包柏藍斯基沉默良久。

「為什麼我們還沒聽到消息？」

「布隆維斯特是這麼說的：出版的好時機只有一個，壞時機卻多不勝數。」

「可是你們兩個……他打算出版？」

阿曼斯基很輕地點個頭。

「在約特堡被偷襲，在斯德哥爾摩這裡被闖空門。同一天。」包柏藍斯基說道：「這表示我們的對手很有組織。」

「我恐怕還得再提一下，我們知道安妮卡的電話遭到竊聽。」

「一大串的罪行。」

「問題是：誰幹的？」

「我也很好奇。最可能還是秘密警察，他們有理由不讓畢約克的報告曝光。可是阿曼斯基……我們現在說的是瑞典秘密警察，一個政府單位。我不敢相信他們會允許這種事發生，我甚至不相信他們有做這種事的技能。」

「我自己都覺得難以消化，更別提還有人晃進索格恩斯卡醫院，轟掉札拉千科的腦袋。在此同時，報告的作者畢約克也上吊了。」

「所以你認爲這一切背後有一隻黑手？我認識約特堡負責調查的警官埃蘭德。他說所有的跡象都顯示這起命案完全是一個生病的人一時衝動之舉。我們徹底查過畢約克的住處，一切線索也都指向自殺。」

「古爾博，七十八歲，罹患癌症，最近在接受憂鬱症的治療。我們的行動組長約翰．佛雷克倫查過他的背景。」

「結果呢？」

「他四〇年代在卡斯克羅納當兵，後來研讀法律，成了稅務顧問。在斯德哥爾摩開了三十年的事務所，很低調，秘密客戶……如果眞有客戶的話。一九九一年退休。一九九四年搬回老家拉荷姆。沒什麼値得注意的，只不過……」

「只不過什麼？」

「只不過有一、兩個令人驚訝的細節。佛雷克倫到處都找不到古爾博的資歷。任何報紙或專業期刊都沒有提過他，也沒有人能告訴我們他有哪些客戶。就好像律師界從來沒有這個人存在。」

「你的意思是？」

「秘密警察是很明顯的關連。札拉千科是蘇俄叛徒，除了秘密警察之外還有誰會照顧他？接下來是將莎蘭德關進療養院的共謀問題。現在又出現闖空門、偷襲和電話竊聽。我個人並不認爲秘密警察是幕後黑手。布隆維斯特稱他們爲『札拉千科俱樂部』，也就是一小群脫離蟄伏期、躲藏在國安局某個陰暗角落的冷戰分子。」

「那麼我們該怎麼辦？」包柏藍斯基問。

第十二章

五月十五日星期日至五月十六日星期一

國安局憲法保障組負責人托斯登．艾柯林特警司緩緩轉動著手上那杯紅酒，一面仔細聆聽米爾頓保全總裁說話。阿曼斯基毫無預警地來電，並堅持邀請他星期六到他利丁哥的住處用晚餐。他妻子蕾娃準備了美味的燉菜，他們吃得很開心，也彼此客客氣氣地閒聊天。艾柯林特猜不出阿曼斯基有何用意。餐後，蕾娃坐到沙發上看電視，留下他們倆在餐桌旁說話。阿曼斯基這才開始說起莎蘭德的事。

艾柯林特和阿曼斯基是在十二年前，因某位國會女議員受到死亡恐嚇而結識的。當時女議員向黨召集人反應此事，國會保安隊立刻接獲通知，不久也引起秘密警察的注意。在當時，貼身護衛組是所有秘密警察單位中預算最低的單位，但國會議員只要公開出現便會全程受到保護。至於下班後則只能自求多福，而這卻也是她最可能遭受攻擊的時間。於是女議員開始懷疑秘密警察的保護能力。

某天晚上當她回到家，發現有人闖入她家在客廳塗寫淫言穢語，還有在她床上手淫的痕跡。她隨即聘雇米爾頓保全負責她的人身安全，卻並未將自己的決定通知秘密警察。第二天早上，她按照預定行程要前往泰比某間學校時，政府的保安人員與她的米爾頓保鑣起了衝突。

那時艾柯林特正是貼身護衛組的代理副組長。他直覺就不喜歡看到私人惡霸保鑣做政府部門該做的事，卻又不得不承認議員有充分的理由抱怨。不過他沒有讓問題惡化，反而請米爾頓保全總裁吃飯。他們一致認為情況可能比秘密警察所預料的還嚴重，艾柯林特也了解到阿曼斯基手下的人不僅有做這份工作的技能，而且受到精良的訓練，甚至還有更好的裝備。最後他們協議讓阿曼斯基的人擔任保鑣，秘密警察則負責犯罪調查與支付酬勞，解決了眼前的問題。

這兩人發現自己都十分欣賞對方，後續幾年當中雙方也合作愉快。艾柯林特很尊重阿曼斯基，當他急於請他來吃飯想私下談談，他也願意聽。

但他沒想到阿曼斯基會把一枚點燃的炸彈丟到他腿上。

「你是說秘密警察涉入重大犯罪行爲？」

「不，」阿曼斯基說：「你誤會了。我是說秘密警察當中有一些人涉入這種行爲。我不認爲國安局局長允許他們這樣的行爲，也不認爲有政府的認可。」

艾柯林特端詳著克里斯特拍的照片，照片上有名男子坐上一輛車牌號碼以KAB開頭的車。

「阿曼斯基……這不是惡作劇吧？」

「我倒希望它是。」

翌日上午，艾柯林特進入總局的辦公室後，仔細地將眼鏡擦拭乾淨。他頭髮斑白，有一雙大耳朵和一張剛毅的臉，只是此時的表情卻是困惑多於剛毅。昨天他憂慮了一整夜，不知該如何處理阿曼斯基給他的訊息。

全是令人不快的想法。在瑞典，（幾乎）所有黨派都認爲秘密警察是不可或缺的組織，但也同時存有戒心，進而無中生有地編造關於他們的陰謀論。醜聞確實不少，尤其是左派激進分子當道、出了一些憲法錯誤的七〇年代。但備受批評的秘密警察在經過五次公開調查後，新的一批公職人員誕生了。他們代表較年輕一派的積極分子，來自國家警察隊的經濟、武器與反詐欺等小組，原本就是調查眞正犯罪而非追逐政治幻影的警員。

秘密警察已經現代化，特別是憲法保障組也擔負起顯著的新角色，依政府規定，其任務在於揭發與防範國家的內部安全威脅，亦即**利用暴力、威脅或強迫以圖改變我們的政體、影響具有決策力的政治實體或有關單位的決策方向，或是阻止公民行使個人受憲法保障的權利與自由等等的非法活動。**

總之，就是捍衛瑞典民主不受眞正的或推斷的反民主威脅。他們主要擔心的是無政府主義與新納粹主義分子，原因是前者堅持以非暴力方式反抗，而後者既然名爲納粹，就定義而言便是民主的敵人。

取得法律學位後，艾柯林特成爲檢察官，後來在二十一年前加入秘密警察行列。他起初在貼身護衛小組，後來進入憲法保障組擔任分析師兼主管，最後當上了負責人，總管捍衛瑞典民主的警力。他自認爲是民主人士。憲法由國會制定，他有責任保護憲法完好無瑕。

瑞典的民主只奠基於一個前提：那就是自由言論的權利。這賦予人民一項不可剝奪的權利，對任何事都可以表達、可以有想法也可以相信。這項權利涵蓋所有瑞典公民，從住在森林裡的新納粹瘋子到丟石頭的無政府主義者，以及這當中的所有人。

其他每項基本權利，如組織政府的權利、自由結社的權利等，都只是自由言論權利的實際延伸。民主能否持續就全看這條律法了。

所有的民主都有其限制，而自由言論權的限制由媒體自由法規來規範，其中定義了民主的四點約束：無論創作者認爲多麼具有藝術性，皆不得發行兒童色情作品與描繪某些暴力性行爲的作品；不得煽動或勸誘他人犯罪；不得中傷或誹謗他人；不得激起族群仇恨。

國會也同樣規範了媒體自由，其基準在於就社會面與民主面都可接受的社會限制，也就是構成文明社會框架的社會契約。立法的精髓主張的是沒有人有權利騷擾或羞辱其他任何人。

既然自由言論權與媒體自由都是法律，就需要某種機關來確保人民守法。在瑞典，這項功能分屬於兩個機構。

第一個是檢察總長辦公室，負責起訴違反媒體自由法的罪行。艾柯林特對此並不滿意。依他之見，檢察總長對於那些他認爲是直接違反瑞典憲法的罪行，處理態度太過寬鬆。檢察總長則總是回答說民主的原則太重要了，若不是非常緊急，他就不應該插手提告。然而近幾年來，他這樣的態度也愈來愈受到質疑，尤其在瑞典的赫爾辛基委員會①秘書長羅伯．霍德提出報告後更是如此。這份報告檢視檢察總長數年間缺乏機動性的表現，並聲稱幾乎不可能將任何人以違反族群仇恨法起訴並判刑。

第二個機構便是秘密警察局的憲法保障組，艾柯林特警司非常兢兢業業地負起這個責任。他認爲這是瑞典警察所能擔任的最重要職位，在整個瑞典司法界與警界，無論用什麼職位跟他交換他都不願意。全瑞典可是只有他這個警察可以當政治警察，這任務很棘手，需要莫大的智慧與司法自制力，因爲有太多國家的經驗顯示政治警察部門很輕易就會變成民主的最大威脅。

媒體與民眾多半都以爲憲法保障組的主要功能是追蹤納粹分子與激進的純素食主義者。這類團體確實會引起憲法保障組的注意，但還有許多組織與現象也屬於該單位的管轄範圍。舉例來說，假如國王或是軍隊的最高指揮官心裡認爲議會制度已經過時，應該由獨裁體制取代，這位國王或指揮官馬上就會被憲法保障組列入觀察。再舉個例子，假如有一群警察決定擴張法律，以至於侵害到個人受憲法保障的權利，那麼憲法保障組就有責任作出反應。若有如此重大案例，檢察總長應該也會指揮調查。

當然，憲法保障組的問題就在於他們只有分析與調查的功能，並無行動作業的權力，因此通常要逮捕納粹分子，出手的若非正規警員就是秘密警察局內其他部門的人員。

艾柯林特對於這樣的事態深感不滿。幾乎每個民主國家都會有某種形式的獨立憲法法庭，負責監督權力機關不得任意踐踏民主程序。在瑞典，這是檢察總長與監督公務員是否瀆職的國會監察使的任務，然而他們也只能實行其他部門轉達的建議。如果瑞典有憲法法庭，那麼莎蘭德的律師便可立即控告瑞典政府剝奪她的憲法權利。接著法庭可以下令調集所有資料，也可以傳喚包括首相在內的任何人來作證，直到事情解決爲止。而以如今的情況，她的律師頂多只能向國會監察使申訴，但國會監察使卻無權向秘密警察要求提出資料或其他證據。

多年來，艾柯林特一直熱烈提倡設立憲法法庭。若有這樣的法庭，他便能更輕易地對阿曼斯基提供的訊息採取行動：只須擬訂一份警察報告，將資料呈交法庭，不容阻擋的程序就能隨即啓動。以目前的情況，艾柯林特並無合法的權力啓動初步調查。

他塞了一撮無煙香菸到嘴裡。

如果阿曼斯基的資訊正確，就代表當某個瑞典女人遭受一連串重大傷害之際，資深的秘密警察竟視而不見。接下來她的女兒因爲一份僞造的診斷報告，被關進精神病院。最後他們還**縱容**一名前蘇聯情報員犯下涉及武器、毒品與性交易的罪行。艾柯林特一臉痛苦的表情，他甚至不想去估計這其中發生了多少不法行爲，更別提布隆維斯特住處的竊案、莎蘭德律師遭襲案，也許還涉及札拉千科命案，對此艾柯林特實在無法相信。

事情一團亂，艾柯林特並不希望自己非捲入不可。只不過從阿曼斯基請他吃飯那一刻起，他就已經捲入了。

現在該如何處理呢？就事論事的話，答案很簡單。假如阿曼斯基所說屬實，莎蘭德最起碼被剝奪了**行使受憲法保障的權利與自由**的機會。從憲法的觀點，這恐怕會一發不可收拾：**政治決策團體的決策方向受到誘導**。這也觸及了憲法保障組被授予的責任核心。艾柯林特身爲警察又得知某犯罪行爲，便有義務向檢察官報告。但實際上，答案卻不這麼簡單，甚至可以說一點都不簡單。

莫妮卡·費格蘿拉巡官儘管姓氏相當特別，卻是在瑞典中部的達拉納土生土長，她的家族至少從十六世紀古斯塔夫一世時期就住在瑞典。她是個很容易引人注目的女人，有幾個原因：她現年三十六歲，藍眼，身高一百八十四公分，留著短短的、淡金色自然鬈髮，不僅吸引人還懂得將自己打扮得更迷人，而且身材健美。

青少年時期，她曾是傑出的體操選手，十七歲那年還差一點被選入奧運代表隊。後來雖然放棄正統體操運動，卻仍持之以恆地每星期上健身房五天。由於太常運動，她體內分泌的腦內啡就像毒品一樣，讓她一停止運動便痛苦難耐。她會跑步、舉重、打網球、練空手道，還曾經十分沉迷於健美，但在幾年前已經減緩了這種美化身體的極端手法，當時她可是每天都要舉重兩小時。不過她依然非常勤於鍛鍊，身上肌肉極其發達，一些毒舌同事至今仍叫她費格蘿拉先生。每當她穿上無袖T恤或夏天洋裝，沒有人會不去注意她的二頭肌與厚實的肩膀。

另外她的聰明也令許多男同事膽怯。她以優異的成績畢業，二十歲進入警官學校，之後在烏普沙拉警局服務九年，閒暇時候還研讀法律。她也修了政治學學位，據說是爲了好玩。

當她離開巡邏勤務成爲刑警，可說是烏普沙拉街頭維安上的一大損失。她首先在暴力犯罪組，後來加入專門打擊經濟犯罪的單位，二〇〇〇年申請進入烏普沙拉的秘密警察局，到了二〇〇一年便調到斯德哥爾摩。起初從事反間工作，但幾乎立刻就被艾柯林特欽點進入憲法保障組。他剛好與費格蘿拉的父親熟識，這幾年來一直在留意她的發展。

當最後決定必須對阿曼斯基的訊息有所行動，艾柯林特把費格蘿拉叫進辦公室。她進這個小組還不到三年，也就是說還只是個道地的警員，稱不上經驗豐富的內勤戰士。

那天她穿著藍色緊身牛仔褲，青綠色低跟涼鞋和海藍色夾克。

「費格蘿拉，妳現在在忙什麼？」

「我們正在追蘇納那起雜貨店搶案。」

秘密警察通常不會浪費時間偵查雜貨店搶案，而費格蘿拉和手下的五名警員是負責政治犯罪案件，他們最倚重的工具就是和一般警察局報案系統連線的電腦。呈報到瑞典任一警局轄區的報告，幾乎都會送到費格蘿拉部門的電腦。軟體會掃描每份報告，並對三百一十組關鍵字有所反應，例如**黑鬼**、**平頭族**、**卍字**、**移民**、**無政府主義**、**希特勒舉手禮**、**納粹**、**國家民主主義**、**賣國賊**、**親猶太**或**親黑鬼**等等。只要一出現這樣的關鍵字，報告便會列印出來受到審查。

憲法保障組會公布一份年度報告，名爲「國家安全的威脅」，根據地方警局接獲的報案，提供唯一可靠的政治犯罪數據。在蘇納商店搶案中，電腦對三組關鍵字起了反應：**移民**、**臂章**和**黑鬼**。有兩名頭戴面罩的男人持槍搶劫一間移民開的商店，取走了兩千七百八十克朗和一條香菸。其中一名搶匪身穿中長外套，戴著一枚瑞典國旗臂章，另一人對著店主數次高喊「去你媽的黑鬼」，並強迫他躺在地上。

這樣便足以促使費格蘿拉的團隊展開初步調查，查詢搶匪是否與衛姆蘭的新納粹幫派有關係，搶案又是否能定義為種族歧視罪行。假如是的話，該起事件很可能要列入當年度的統計數據，同時也要納入維也納聯合國中心彙整的歐洲統計數據之中。

「我要給妳一個艱難的任務。」艾柯林特說：「這件事可能會讓妳惹上大麻煩，也可能毀了妳的前途。」

「我洗耳恭聽。」

「但如果順利，妳就能向燦爛的前途邁進一大步。我想要把妳調到憲法保障組的行動隊。」

「請恕我直言，可是憲法保障組並沒有行動隊。」

「有的。」艾柯林特說：「今天早上成立了。目前的隊員就是妳。」

「是嘛……」費格蘿拉顯得遲疑。

「憲法保障組的任務是捍衛憲法不受所謂的『國內威脅』所害，這多半都是那些極左或極右派。但萬一對憲法的威脅來自我們自己的組織，那該怎麼辦？」

接下來半小時，他將阿曼斯基前一晚說的話告訴她。

「這些話的來源是？」費格蘿拉聽完後問道。

「重點在訊息內容，不在來源。」

「我的意思是你認為消息來源可靠嗎？」

「消息來源絕對可靠。我和此人已經相識多年。」

「這一切聽起來有一點……怎麼說呢？難以置信吧。」

「可不是嗎？很像是間諜小說的內容。」

「你要我怎麼做？」

「從現在開始，放下其他任務，妳的工作，**唯**一的工作，就是調查這件事的眞相。這些說詞妳必須一一加以證明或否決，然後直接向我一人報告。」

「我現在明白你說我會陷入困境的意思了。」

「但萬一是眞的……即使只有一部分，我們就等於面臨憲法危機。」

「你要我從哪裡著手？」

「先從簡單的開始。先讀畢約克的報告，然後確認那些據說在跟蹤布隆維斯特的人的身分。根據我的消息來源指出，那輛車登記在莫天森名下，一個住在威靈比維坦吉路的警員。布隆維斯特的攝影師拍下的照片中還有另一個年紀較輕的金髮男子，身分也要確認。」

費格蘿拉邊聽邊記下來。

「接著查一查古爾博的背景。我從未聽過這個名字，但我的消息來源認爲他和秘密警察有關連。」

「也就是說國安局內部有人找一個七十八歲的老人去做掉一個老早以前的間諜。這我實在不相信。」

「不管怎麼樣還是去查。妳的整個調查工作，除了我之外誰都不能知道一丁點。在妳採取任何行動之前，都要先向我報備。我不要看到水面出現任何漣漪，也不要聽到任何風吹草動。」

「好巨大的任務，我一個人怎麼做得來？」

「不會只有一個人，妳只是先做查證的動作。如果妳說查過以後什麼也沒發現，那就沒事。如果發現有**任何一點**和我的消息來源描述的相符，我們再決定下一步。」

費格蘿拉利用午餐時間到警局健身房舉重。然後將包括黑咖啡、肉丸三明治配甜菜根沙拉的午餐帶回辦公室吃。她關上門、清理桌子後，開始邊吃三明治邊讀畢約克的報告。

她也看了附錄中畢約克和泰勒波利安醫師的來往信函，並記下報告中每個需要查證的姓名與事件。兩小時後，她起身到咖啡機旁再倒一杯咖啡。離開辦公室時順手將門鎖上，這是國安局內的慣例。

她第一個查的是檔案文號。她打電話到檔案室，對方回答找不到這個文號的報告。再來是查詢媒體檔案，結果好一點。一九九一年關鍵的那一天，有幾份晚報和一份早報報導有一人在倫達路的車輛起火案中受重傷。該起意外的受害者是一名中年男子，但未提姓名。有一份晚報寫道，根據目擊證人指稱，那是一個年輕女孩蓄意縱火引發的事故。

撰寫報告的畢約克眞有其人，是移民組的資深官員，最近請病假，前不久才過世，是自殺身亡。人事部並不知道一九九一年畢約克在做些什麼，檔案蓋上「極機密」章，即使對國安局其他同仁也不例外。這也是慣例。

此外倒是很輕易便證實，一九九一年時莎蘭德和母親與孿生妹妹同住在倫達路，接下來兩年則住進聖史蒂芬兒童精神病院。至少在這些部分，檔案與報告的內容吻合。

如今已是知名精神科醫生並經常上電視的泰勒波利安，一九九一年在聖史蒂芬工作，目前是院內的資深醫生。

費格蘿拉隨後打電話給人事部副主任。

「我們憲法保障組正在做一項分析，需要評估某個人的可信度和一般精神狀況。我想徵詢某個可以處理機密資訊的精神科醫生或其他專家，有人向我提到彼得．泰勒波利安醫師，我想知道能不能雇用他。」

過了一會才得到回應。

「泰勒波利安醫師已經爲國安局做過幾次外部諮詢工作。他已經通過安全調查，妳可以不要太深入地和他討論機密資訊。不過在找他之前，妳得按程序來，妳的上司必須先批准，然後正式提出申請讓妳能和泰勒波利安醫師接觸。」

她的心往下一沉。她剛剛證實了一件只有極少數人知道的事。泰勒波利安確實和國安局有往來。

她放下報告，把注意力轉移到艾柯林特交給她的其他資訊上。她仔細檢視照片中那兩人，據說他們在五月一日跟蹤布隆維斯特離開科帕小館。

照片中灰色富豪的車牌清晰可見，查閱監理所的資料發現車主叫約朗．莫天森。接著又從國安局人事部獲得證實，此人是局裡的員工。她的心沉得更深。

莫天森屬於貼身護衛組，是個保鑣，也是在正式場合上負責首相安全的幾名警官之一。過去這幾星期，他出借給反間組，請假時間從四月十日開始，札拉千科和莎蘭德住進索格恩斯卡醫院之後幾天。不過這種暫時性的職務調派並不罕見，可以在緊急情況下彌補人手不足的缺憾。

接下來費格蘿拉打給反間組副組長，她認識這個人，之前短期待在反間組時也曾在他手下工作。請問莫天森在忙什麼重要的事嗎？能不能借用他替憲法保障組做一項調查？

反間組副組長十分困惑。費格蘿拉巡官肯定弄錯了，莫天森並未被調到反間組。抱歉。

費格蘿拉瞪著話筒呆愣了兩分鐘。貼身護衛組以為莫天森出借到反間組，反間組卻說他們絕對**沒有**借用他。像這樣的調派必須由秘書長批准。她正想拿起電話打過去，又及時縮手。如果貼身護衛組出借了莫天森，就表示秘書長肯定批准了。但莫天森不在反間組，秘書長一定知道。假如莫天森出借給某個跟蹤記者的部門，秘書長想必也知情。

艾柯林特告訴過她：不許泛起漣漪。向秘書長提起此事，恐怕是朝水塘裡丟一塊大石頭。

愛莉卡坐在玻璃籠裡的辦公桌前。此時是星期一上午十點半，她剛從休息室的咖啡機倒了杯咖啡，現在的她太需要了。工作日一開始的數小時全被會議占滿，最早的一場十五分鐘，由副主編佛德烈森報告這一天的大概行程。由於對霍姆失去信心，她愈來愈倚賴佛德烈森的判斷。

第二場是和董事長博舍、報社財務長克利斯特．賽爾伯、預算主任鄔夫．伏羅丁的一小時會議，討論廣告蕭條與零售量欲振乏力的問題。預算主任與財務長都決定要削減報社的一般開支。

「今年多虧廣告量些微上揚，加上兩名高薪的資深員工在年初退休，才勉強撐過第一季。那兩個職缺還沒有遞補。」伏羅丁說：「這一季結算很可能會出現小小赤字。不過免費報紙《都會報》和《斯德哥爾摩城市報》正在搶我們在斯德哥爾摩的廣告收入，我預料第三季會損失慘重。」

「那我們應該如何因應？」博舍問道。

「唯一的選擇就是削減預算。我們從二〇〇二年起沒有解聘過任何人。但在今年底之前，必須裁掉十個人。」

「哪些職位的人？」愛莉卡問。

「我們得採取『刮乾酪』原則，這裡刮掉一點、那裡刮掉一點。體育版目前有六個半的職位，應該縮減爲五個全職。」

「據我所知，體育版已經應付不過來了。你現在的提議等於要我們刪減體育版面。」

伏羅丁聳聳肩。「我很樂意聽聽其他的建議。」

「我沒有更好的建議，但有個原則：如果裁員，就得發行較小的報紙，如果發行較小的報紙，讀者人數將會減少，廣告商的數量也一樣。」

「惡性循環。」賽爾伯說。

「我受聘就是爲了扭轉這個下滑的趨勢。」愛莉卡說：「我認爲我的職責是採取激烈的手段改變報紙風格，讓它更吸引讀者。如果要裁員，我就做不到。」她轉向博舍說道：「報社還能流多少血？我們還能再承受多大的損失？」

博舍噘起嘴來。「打從九〇年代初開始，《瑞典晨郵》已經吃掉很多老本，我們的股票行情比起十年前掉了差不多三十個百分比。這些資金大多是用來投資ＩＴ，各項支出也很可觀。」

「我聽說《瑞典晨郵》發展出自己的文字編輯系統ＡＸＴ，那花了多少錢？」

「開發經費大約五百萬克朗。」

「爲什麼報社要自找麻煩開發自己的軟體呢？市面上本來就有不貴的商用程式。」

「這個嘛，愛莉卡……也許眞是如此。是我們前任的ＩＴ主任大力鼓吹的。他說長期下來會比較便宜，而且我們也可以賣使用權給其他報社。」

「有人買嗎？」

「其實是有的，挪威一家地方報社買了。」

「結果呢，」愛莉卡冷冷地說：「我們還坐在這裡用五、六年前的舊電腦……」

「明年絕不可能花錢買新電腦。」伏羅丁說。

討論就這樣一來一往。愛莉卡發現自己每次抗議都會被伏羅丁和賽爾伯給駁回。對他們而言，刪減預算是最重要的，從預算主任和財務長的立場來說當然可以理解，但她這位新上任的總編輯卻無法接受。最令她氣惱的是她一發表意見，他們便帶著施恩般的笑容加以打發，讓她自覺像個在接受隨堂測驗的青少年。雖然沒有說出任何不恰當的言詞，他們對她的態度卻古板得近乎可笑。**小姑娘，妳那漂亮的腦袋不應該煩惱複雜的事情。**

博舍的幫助不大。他只是在一旁觀望，讓其他與會者盡情發言，不過他並沒有給她同樣高高在上的感覺。

她嘆了口氣，打開電腦收信，有十九封新信，其中四封是垃圾郵件，想向她推銷威而鋼；「和網路上最性感的蘿莉塔」進行網愛，每分鐘只要四美元；「獸交，全宇宙最刺激的人馬交」；以及訂閱裸體時尚電子報 fashion.nu。這些垃圾潮從未消退過，不管她試了多少方法還是阻擋不了。另外七封是那些所謂的「奈及利亞詐騙信件」，諸如阿布達比某家銀行前總裁的遺孀願意給她一大筆錢，只要她贊助一點點資本金之類的騙術。

另外有上午備忘錄、午休時間備忘錄，有三封是佛德烈森寫來報告當天頭條新聞的最新進展、一封是會計師寫來想和她碰面討論她從《千禧年》跳槽到《瑞典晨郵》後薪資的變動，還有一封是牙醫告知她每季定期檢查的預約日期。她查看行事曆後，馬上發現那天不行，因爲已經預定要開一個重大編輯會議。

接著她打開最後一封信，寄件人是〈centraled@smpost.se〉，主旨欄寫著「致：總編輯」。她緩緩放下咖啡杯。

臭婊子！妳以爲妳是誰呀賤貨。別以爲妳能來這裡作威作福。有人會拿螺絲起子插妳的屄，賤人！妳最好快點消失。

愛莉卡抬起頭以目光搜尋新聞主編霍姆。他不在位子上，也沒看見他在編輯室。她看了寄件人，然後拿起電話撥給ＩＴ經理彼得．佛萊明。

「早啊，彼得。〈centraled@smpost.se〉是誰在用的帳號？」

「這不是報社裡的有效帳號。」

「我剛剛收到這個帳號寄來的一封郵件。」

「是假造的。郵件裡有沒有病毒？」

「不知道，至少防毒軟體沒有反應。」

「那就好。這個位址並不存在，不過要假造一個看似正常的位址非常簡單。網路上有些網站可以讓人發送匿名郵件。」

「這種郵件有可能追蹤嗎？」

「幾乎不可能，就算這個人笨到用自家的電腦發送也一樣。妳也許可以藉由ＩＰ位址追蹤到伺服器，但如果他用的是 hotmail 之類的帳號，追蹤也不會成功。」

愛莉卡向他道謝後，自己沉思了一會。她不是第一次收到瘋子寄來的恐嚇郵件或訊息，這一封卻明顯針對她總編輯的新工作，不知道是不是哪個神經病讀到她和莫蘭德的死有關的新聞，或者寄件者就在這棟大樓裡。

費格蘿拉絞盡腦汁地思考該如何處理古爾博。在憲法保障組有一個好處，只要是瑞典境內可能與種族歧視或政治有關的犯罪案件，她幾乎都有權取得警察報告。嚴格說來札拉千科是移民，她的職責也包括追查國外出生者所遭受的暴力，以確認該罪行是否涉及種族歧視。因此，她有權介入調查札拉千科命案，查明已知的凶手古爾博是否與任何種族主義組織有關連，又或者有沒有人聽到他行凶時說出種族歧視的話。她調閱報告，看到寫給司法部部長的那些信，發現除了誹謗與人身攻擊之外還有**親黑鬼**與**賣國賊**等字眼。

這時已經下午五點。費格蘿拉將所有資料鎖進保險箱、電腦關機、沖洗咖啡杯後，打卡下班。她快步走到一間位於聖艾瑞克廣場的健身中心，花了一小時做一些簡單的肌力訓練。

結束後，她回到彭通涅街的一房一廳公寓，沖了個澡，吃一頓時間稍晚卻十分豐盛的晚餐。她本想打電話找住在同一條街隔三個路口的丹尼耶．莫格蘭。他是木工師傅兼健身教練，已經斷斷續續當了她三年的健身夥伴。最近幾個月他們之間也發生過純友誼的性愛關係。

對她來說，做愛幾乎就像在健身房劇烈運動一樣令人滿足，但是身為三十來歲，不，應該說將近四十的熟女，費格蘿拉開始想到也許應該物色一個穩定的伴侶，作更長遠的生活安排。甚至也許該生孩子。但不是和莫格蘭。

最後她確定今晚誰都不想見，便拿了一本古代史上床。

---

①Swedish Helsinki Committee，成立於一九八二年，為一沒有政治與宗教立場的非政府組織，主要宗旨是監督人權是否依照一九七五年的「赫爾辛基協議」受到保護，以及支持促進民主與公民社會的計畫。

第十三章

五月十七日星期二

星期二早上，費格蘿拉在六點十分醒來，沿著梅拉斯特蘭北路慢跑一大段路後，回家沖澡，八點十分來到警察總局打卡上班。她已備妥備忘錄，寫下前一天作出的結論。

九點，艾柯林特來了，她先等他處理信件，二十分鐘後才去敲門。他讀完她的四頁報告後，抬起頭來說了一句：「秘書長。」

「他肯定批准了莫天森外借，所以儘管貼身護衛組說莫天森在反間組，他也一定知道他不在那裡。」

艾柯林特拔下眼鏡，用紙巾仔仔細細地擦拭。他和秘書長亞伯特·申克曾在聚會與內部會議上見過無數次面，但稱不上熟識。申克個子矮小，一頭稀疏的淡紅金髮，如今身材已胖了不少。他年約五十五，在國安局至少待了二十五年，也可能更久。他擔任秘書長已經十年，在此之前是副秘書長。艾柯林特覺得他這個人沉默寡言，必要時卻也能心狠手辣。他不知道他閒暇時做些什麼，但記得有一次在警局車庫看見他身穿休閒服，肩上背著高爾夫球袋。還有一次在歌劇院與他不期而遇。

「我忽然想到一件事。」費格蘿拉說。

「什麼事？」

「古爾博。他在四〇年代服役，後來成了會計師之類的，到了五〇年代卻人間蒸發了。」

「所以呢？」

「我們昨天談的時候，好像把他當成某種職業殺手。」

「聽起來很牽強，這我知道，但是……」

「我想到的是關於他的背景太少，幾乎就像煙幕一樣。五、六〇年代期間，國安局和軍情局都在外部設立了掩護用的公司。」

「我很好奇妳是什麼時候想到的。」艾柯林特說。

「我想申請許可，看看五〇年代的個人資料。」費格蘿拉說。

「不行，」艾柯林特搖頭否決。「要看檔案就得經過秘書長批准，在我們沒有得到更多資料之前，不能引起注意。」

「那接下來呢？」

「莫天森，」艾柯林特說：「查出他現在在做什麼。」

莎蘭德正在研究房間裡的氣窗時，聽見門口有鑰匙轉動的聲音，進來的是約納森。此時已是星期二晚上十點過後，她正在盤算如何逃出索格恩斯卡醫院，卻被他給打斷。

她量過窗口大小，發現頭可以伸進去，那麼要將身體其他部位擠進去，問題應該不大。這裡離地面有三樓高，但只要撕破床單再加上三公尺長的立燈輔助，應該也沒問題。

她一步一步地計畫逃亡。問題是要穿什麼？她有半長內褲、醫院睡衣和一雙好不容易借來的塑膠拖鞋。身上有兩百克朗的現金，是安妮卡借給她到醫院零食店買甜食用的，如果能在約特堡找到救世軍商店，這筆錢應該足夠買一件便宜的牛仔褲和一件T恤。剩下的錢還得用來打電話給瘟疫，那麼一切都會很順利。她打算在逃出去幾天後抵達直布羅陀，再從那裡製造一個其他國籍的新身分。

約納森坐在訪客椅上，她則坐在床沿。

「妳好，莉絲。很抱歉這幾天沒來看妳，實在是急診室忙翻天了，而且還要帶幾個實習醫生。」

她沒想到約納森會特地來看她。

他拿起病歷細看她的體溫表和給藥紀錄，體溫十分穩定，介於三十七度到三十七度二之間，而且上個星期都沒有吃頭痛藥。

「安德林醫師是妳的主治大夫，妳和她處得好嗎？」

「她還好。」莎蘭德淡淡地說。

「我替妳作個檢查好嗎？」

她點點頭。他從口袋拿出筆型手電筒，彎身照射她的眼睛，看看瞳孔的收放情形。接著讓她張嘴檢查喉嚨。然後他雙手輕輕抱住她的脖子，前後左右轉了幾下。

「脖子會不會痛？」他問道。

她搖搖頭。

「頭痛怎麼樣了？」

「偶爾還會痛，不過很快就過去了。」

「妳還在繼續恢復中，到最後就完全不會頭痛了。」

她的頭髮還很短，不需要撥開髮絡就能摸到耳朵上方的疤。雖然慢慢復原了，但還有一個小結痂。

「妳一直在抓傷口，不要這樣。」

她點點頭。他抓住她的左手肘，將手臂抬高。

「妳可以自己舉起來嗎？」

她舉起手臂。

「肩膀會覺得痛或不舒服嗎？」

她搖搖頭。

「會覺得緊繃嗎？」

「有一點。」

「我想妳要多做一點肩膀肌肉的復健。」

「被關在這裡很難。」

他聽了微微一笑。「不會太久的。妳有按照復健師的建議做運動嗎？」

她點點頭。

他先把聽診器壓在自己的手腕上，讓它變溫，然後坐到床邊解開莎蘭德的睡衣，聽她的心跳並量脈搏。他要她往前傾，然後將聽診器貼在她背上聽肺部。

「咳一下。」

她咳了一聲。

「好，妳可以穿好睡衣上床了。就醫療觀點來說，妳已經復原得差不多。」

她以爲他會起身說過幾天再來，沒想到他卻繼續坐在床邊，似乎若有所思。莎蘭德耐心地等著。

「妳知道我爲什麼當醫生嗎？」

她搖頭。

「我出身勞工家庭，一直以爲自己想當醫生。十幾歲的時候，還眞的考慮過要當精神科醫生。我聰明得不得了。」

他一說到「精神科醫生」這幾個字，莎蘭德立刻警覺地看著他。

「不過我不確定自己有沒有辦法應付學業。所以畢業以後，我去學焊接，甚至還當了幾年焊接工。我心想如果醫學院讀不來，有個專長當備胎也不錯。而且當焊接工和當醫生其實差不多，都是修補東西。現在我就是在索格恩斯卡修補像妳這樣的人。」

她不確定他是不是在捉弄她。

「莉絲……我在想……」

他接下來沉默了好久，莎蘭德幾乎忍不住要問他在想什麼。不過她還是等他自己開口。

「如果我問妳一個私人問題，妳會不會生我的氣？我想以個人而不是醫生的身分問妳，妳的回答不會留下任何紀錄，我也不會告訴其他任何人。如果妳不想回答也沒關係。」

「什麼問題？」

「自從妳十二歲被關進聖史蒂芬醫院後，凡是精神科醫生想和妳談話妳都拒絕。爲什麼呢？」

莎蘭德的眼神變得有些黯然，但面對約納森仍未流露出一絲一毫情緒。她靜靜坐了兩分鐘。

「爲什麼要問這個？」她終於開口。

「老實說我也不太確定，大概是想了解些什麼吧。」

她嘴唇微微翹起。「我不和瘋子醫生說話，因爲他們從來不聽我說。」

約納森笑起來。「好吧，那妳告訴我……妳覺得泰勒波利安怎麼樣？」

約納森出其不意地丟出這個名字，莎蘭德差點跳起來。她瞇起眼睛。

「這到底怎麼回事，問答猜謎嗎？你到底想幹什麼？」她的聲音粗得有如砂紙。

約納森傾身向前，幾乎已經靠得太近。

「因爲有一個叫泰勒波利安的……妳怎麼說來著……瘋子醫生，在我們這行還算有名，前幾天他來找過我兩次，試圖說服我讓他替妳做檢查。」

莎蘭德立刻覺得背脊一陣發寒。

「地方法院將指派他爲妳進行精神狀態鑑定。」

「所以呢？」

「我不喜歡這個人，我跟他說他不能見妳。上一次他無預警地出現在病房，試圖說服護士讓他進來。」

莎蘭德雙唇緊閉。

「他的行爲有點怪，也有點太急迫。所以我想知道妳對他的想法。」

這回輪到約納森耐著性子等莎蘭德回答。

「泰勒波利安是禽獸。」她終於說了。

「你們之間有私人恩怨嗎？」

「可以這麼說。」

「另外還有一名官員來找我談，希望我讓泰勒波利安見妳。」

「結果呢？」

「我問說他認爲他有什麼樣的醫療專業能夠評估妳的情況，然後就叫他去死，當然，我口氣有委婉一點。最後一個問題，妳爲什麼願意跟**我**談？」

「你在問我問題不是嗎？」

「對，可是我是醫生，我也研究過精神病學，妳爲什麼願意和我談？我可以假定妳對我有某種程度的信任嗎？」

她沒有回答。

「那麼我就決定這樣解讀了。我要妳知道一點：妳是我的病患，意思就是我只爲妳而不爲其他任何人工作。」

她用懷疑的眼神看他，他也回望了她片刻，隨後改以較輕鬆的語氣說道：

「就像我剛才說的，以醫療觀點來看，妳可以算是健康的人，不需要再復健幾個星期。但只可惜就是太健康了點。」

「爲什麼可惜？」

他露出燦爛的笑容說：「妳好得太快了。」

「什麼意思？」

「意思是我就沒有合理的理由把妳隔離在這裡。檢察官很快就會把妳轉移到斯德哥爾摩的看守所，等著六星期以後開庭。我猜應該下星期就會提出要求。也就是說泰勒波利安便有機會觀察妳。」

她靜坐不動。約納森似乎有點心煩意亂，他俯身替她擺好枕頭，一邊像是自言自語地說著。

「妳已經不會頭痛也沒有發燒，所以安德林醫師很可能會讓妳出院。」他說著忽然站起來。「謝謝妳願意和我談，在妳被轉走之前我會再來看妳。」

他都已經走到門邊，莎蘭德才開口。

「約納森醫師。」

他轉過身來。

「謝謝你。」

他輕輕點一下頭，然後走出去鎖上門。

莎蘭德盯著上鎖的門看了許久，然後躺下又盯著天花板。

這時她忽然感覺到枕頭底下有個硬硬的東西。她拿起枕頭，意外發現一個之前絕對不存在的小布包。她打開一看，不敢置信地瞪著眼前那部 Palm Tungsten T3 掌上型電腦和充電器，接著再定睛一瞧，發現電腦左上角有一道小刮痕。她的心跳漏了一拍。**是我的掌上型電腦，可是怎麼會……**她驚訝地瞄了上鎖的門一眼。約納森可真是充滿驚奇的人物。她興奮萬分，隨即打開電腦，發現有密碼保護。

她沮喪地盯著一閃一閃的螢幕，彷彿在向她挑戰。**他們怎麼會以爲我能……**這時她看了看小布包裡頭，發現底下有一張摺起的紙。她把紙打開，上面有一行筆跡優美的字：

妳是駭客，想辦法解開吧！小偵探B

幾個星期以來，莎蘭德第一次笑出聲來。**厲害！**她想了幾秒鐘，拿起觸控筆寫下「九二七七」這個數字組合，這剛好是WASP（黃蜂）四個字母在鍵盤上對應的數字，也是當初小偵探布隆維斯特擅自進入她位於菲斯卡街的公寓，觸動了警報器，而被迫猜出的數字。

不對。

她又試了「五二五五三」，對應的是KALLE（小偵探）幾個字母。

也不對。既然布隆維斯特有意讓她使用電腦，選的密碼一定不會太難猜。他以「小偵探」署名，這是他向來痛恨的外號。她自由聯想了一會，確定是某種羞辱字眼。於是她打了「七四七七四」，對應的字母是PIPPI，該死的長襪皮皮。

電腦啓動了。

首先螢幕上出現一個微笑標誌，旁邊還有一個漫畫對話泡泡：

妳瞧，不難嘛。建議妳點進已儲存的檔案。

她發現最上端有一個「嗨，莉絲」的檔案，便點進去看：

先聲明，這是妳我之間的秘密。妳的律師、我的妹妹安妮卡並不知道妳拿到這部電腦。要繼續保密。

我不知道妳對上鎖的病房外面發生的事了解多少，但奇怪的是，（儘管妳性格怪異）竟有一群忠誠的笨蛋願意爲妳盡力。我已經成立一個精英社團名叫「愚桌武士」，我們每年會舉辦晚餐聚會，以說妳壞話爲樂。（抱歉，妳不在受邀名單之列。）

好了，言歸正傳。安妮卡正在盡最大努力準備妳的開庭工作。當然，這其中有個問題：她爲妳工作的同時也受到那些要命的保密宣誓所約束，所以她不能告訴我妳們談了些什麼，如此一來會有點不便。幸好她還願意接受訊息。

我必須和妳談一談。

別寄到我的 email 信箱。

也許是我窮緊張，但我有理由懷疑那個信箱的信不只有我一人看得到。如果妳想寄什麼，就進入雅虎社群「愚桌」。帳號是 Pippi，密碼是 p9i2p7p7i。麥可

莎蘭德把信看了兩遍，困惑地瞪著電腦。經過這段少了電腦的生活，她受夠了網禁之苦。但她實在不明白布隆維斯特到底是用哪根腳趾頭在想事情，偷偷塞了一部電腦給她，卻忘記她需要手機才能連線。苦思之際，她聽見走廊響起腳步聲，連忙關掉電腦，塞進枕頭底下。聽到鑰匙開門的聲音時才發覺布包和充電器還放在床頭櫃上。她伸手抓起布包藏到被子下面，電線則用兩腿夾住。夜班護士進房時，她乖乖躺著望向天花板，護士禮貌地打了聲招呼，問她覺得如何、需不需要什麼。

莎蘭德回答說自己很好，並想要一包菸。護士口氣堅定但和善地拒絕她的要求，倒是給了她一包尼古丁口香糖。護士關門時，莎蘭德瞥了一眼坐在走廊上的警衛。她一直等到護士腳步聲逐漸走遠，才又再次拿起掌上型電腦。

她打開電源，搜尋連線。

當電腦忽然顯示已經建立連線，她簡直像是受到驚嚇。**連上網路了，不可思議**。

她馬上跳下床來，但因跳得太急，弄痛了受傷的臀部。她環顧整個房間。**怎麼會呢？**她繞了一圈，查看每個角落。**沒有，房間裡沒有手機**。但是她卻能連線。這時她忽然露出詭異的笑容。這是無線控制的連線，利用偵測範圍在十到十二公尺的藍芽連結上手機。她的眼睛無意中注意到天花板正下方的一個通風口。

王八蛋小偵探不知用了什麼方法在她房間外圍放了一支手機。這是唯一說得通的解釋。

但爲什麼不乾脆把手機一起偷送進來？**啊，對了，電池**。

掌上型電腦只需三天充一次電。網路連線的手機，如果上網上得凶，很快就會沒電。布隆維斯特——或者應該說受他雇用、就在**外頭**的某個人——必須定時更換電池。

但他把電腦的充電器也送進來了。**他還不至於這麼笨**。

莎蘭德開始思索該把電腦放在哪裡，得找個藏匿處。門邊和床背後的壁板上有插座，爲她的床頭燈和電子鐘供電。還有一個原本擺放收音機的壁凹。她微微一笑。充電器和電腦都能放進那兒去。她可以利用床頭櫃裡面的插座，讓電腦在白天充電。

莎蘭德高興極了。兩個月來第一次開啓電腦悠遊網際網路，她心跳得好厲害。

用掌上型電腦那迷你螢幕和觸控筆上網，和用 PowerBook 的十七吋螢幕上網的感覺不一樣。**但她終究連上線了**。如今她可以從索格恩斯卡的病床上接觸到全世界。

她先上一個網站，上面登的全是賓州賈伯斯維爾一個籍籍無名、技巧也不甚高明的攝影師吉爾·貝茨拍的照片，相當無趣。莎蘭德曾經查證過，實際上並沒有賈伯斯維爾這個地方。然而，貝茨卻拍了兩百多張相片，建立一個小縮圖相簿。她往下拉到第一百六十七張相片，點了一下放大，顯示出來的是賈伯斯維爾的教堂。她將游標移到教堂尖塔點一下，立刻跳出一個對話框，要求鍵入使用者名稱與密碼。她拿出觸控筆，在螢幕上的名稱欄寫下「Remarkable」，密碼欄寫下「A(89)Cx#magnolia」。

這時出現一個對話框寫著「ERROR—密碼錯誤」，還有一個按鍵寫著「OK—再試一次」。莎蘭德知道如果按下「OK」鍵，再試另一個密碼，還是會跳出同樣的對話框，不管試幾百年都一樣。因此她在「ERROR」的「O」字上點了一下。

螢幕頓時呈現空白，接著有一扇動畫門打開來，從裡面走出一個有如電玩「古墓奇兵」中的蘿拉·卡芙特般的人物。她以一個對話泡泡提問：「你是誰？」

她點進泡泡，寫下「黃蜂」，並立刻獲得回應：「提出證明，否則……」動畫中的蘿拉隨即拉開槍的保險。莎蘭德知道這威脅不是隨便說說而已。假如連續寫錯三次密碼，網站就會關閉，會員名單也會刪除「黃蜂」這個名稱。因此她小心地寫下密碼「MonkeyBusiness」。

螢幕再次起變化，現在變成藍色背景，還有一段文字：

黃蜂公民，歡迎來到駭客共和國。你上次來訪至今已經五十六天。目前有十一位公民在線上。你想要一、瀏覽聊天室；二、發送訊息；三、搜尋檔案；四、聊天；五、性交？

她點了「四、聊天」，然後進入「誰在線上？」的選單，看見一串名稱：安迪、班比、達科塔、賈霸、巴克羅傑斯、曼陀羅、普瑞德、滑溜、珍姊妹、半斤和三一。

〈夥伴們。〉黃蜂寫道。

〈黃蜂。眞的是妳嗎？〉半斤寫道。〈瞧瞧誰回來了。〉

〈妳跑到哪去了？〉三一寫道。

〈瘟疫說妳惹上麻煩了。〉達科塔寫道。

莎蘭德不太確定，只是懷疑達科塔是女的。其他在線上的公民，包括自稱爲珍姊妹的那個，都是男生。駭客共和國（在她上次連線時）共有六十二位公民，其中有四名女性。

〈你好，三一。〉黃蜂寫道。〈大家好。〉

〈妳爲什麼特別跟三一打招呼？你們之間有什麼嗎？我們其他人有什麼問題嗎？〉達科塔寫道。

〈我們在約會。〉三一寫道。〈黃蜂只和聰明的人來往。〉

他立刻遭到五人圍剿。

六十二人當中，黃蜂只和兩個人見過面。一個是瘟疫，不知為什麼不在線上。另一個是三一。他是英國人，住在倫敦。兩年前她曾和他碰面幾個小時，當時她正和布隆維斯特在追蹤海莉·范耶爾，因此請他幫忙在聖奧班某住宅進行非法竊聽。莎蘭德笨拙地操作著觸控筆，眞希望能有個鍵盤。

〈還在嗎？〉曼陀羅寫道。

她敲著字母。〈抱歉。只有一部掌上型。快不起來。〉

〈妳的電腦怎麼了？〉普瑞德寫道。

〈電腦沒事。有問題的是我。〉

〈跟大哥哥說吧。〉滑溜寫道。

〈我被政府逮捕了。〉

〈什麼？為什麼？〉三人同時爭著問。

莎蘭德用五行字簡略敘述自己的情況，衆人似乎都在憂慮地喃喃自語。

〈妳還好嗎？〉三一問道。

〈我頭上有個洞。〉

〈我看不出有什麼差別。〉班比寫道。

〈黃蜂的腦袋裡一直都有風。〉珍姊妹寫道，緊接著大夥便七嘴八舌地詆毀黃蜂的智力。莎蘭德不由面露微笑。最後達科塔又回到正題。

〈等等。這等於是攻擊駭客共和國的公民。我們要怎麼回應？〉

〈核子轟炸斯德哥爾摩？〉半斤寫道。

〈不要，這樣有點過火。〉黃蜂回答。

〈一小顆炸彈？〉

〈你去跳湖吧，八兩。〉

〈我們可以讓斯德哥爾摩停擺。〉曼陀羅寫道。

〈用病毒讓政府停擺？〉

駭客共和國的公民通常不會散布電腦病毒，相反地，因爲他們是駭客，因此和那些只爲了破壞網路、摧毀電腦而製造病毒的白癡是不共戴天的仇敵。這些公民嗜資訊成癮，只想要有個運作正常的網際網路可以入侵。

不過他們提議讓瑞典政府停擺並非虛張聲勢。駭客共和國並不是一個人人都能加入的俱樂部，而是由頂尖好手中的頂尖分子組成的精英部隊，世界各國的國防單位都會願意以天價請他們協助網路軍事技術，只要他們能說服**這些公民**對特定國家產生忠誠感。但這非常不可能。

他們個個都是電腦高手，精通於設計病毒，而且只要情況需要，也不必多費唇舌就能讓他們投入某種特殊活動。幾年前，駭客共和國的某位公民——平時在加州從事軟體研發——被一家新成立的網路公司騙取了專利，該公司竟還膽敢拉他上法庭。此事讓共和國內的行動主義者在六個月內不眠不休，入侵並摧毀那家公司的每部電腦。公司內部所有的機密和電子郵件——外加一些可能讓人以爲公司總裁涉及逃漏稅的僞造文件——全都被開開心心地公布在網路上，此外還有關於總裁那位現在已不再那麼秘密的情婦的訊息和幾張好萊塢派對的照片，上頭可以看見總裁正在吸食古柯鹼。公司終於在六個月後倒閉，但即使過了數年，駭客共和國內幾名很能記仇的「義勇軍」還在搜尋前任總裁的下落。

假如全世界五十名頂尖駭客決定聯手攻擊一個國家，這個國家或許不至於滅亡，卻免不了要面對嚴重的問題。只要莎蘭德點個頭，數十億的損失肯定跑不掉。她想了一下。

〈現在先不要。但如果情況沒有照我的需要發展，我可能會求助。〉

〈出個聲就行了。〉達科塔寫道。

〈我們已經很久沒找政府的碴了。〉曼陀羅寫道。

〈我建議逆轉納稅系統。像挪威這種小國，程式都可以量身訂做。〉班比寫道。

〈好極了，不過斯德哥爾摩在瑞典。〉三一寫道。

〈沒差。我們可以這麼做……〉

莎蘭德躺靠在枕頭上，微笑地看著大夥的對話。她眞不明白為什麼自己那麼難以和血肉之軀的眞人談論她自己，而對網路上這群完全陌生的怪咖卻能盡情吐露最私密的心事。事實上，能稱得上莎蘭德的家人或是能讓她有認同感的群體，也就是這些瘋子了。他們誰也不太可能幫她解決她和瑞典政府之間的問題，但她知道只要有需要，他們將不惜花費時間與精力，確實展現他們的力量。透過這個網絡，她還能找到國外的藏身處。當初便是透過瘟疫在網路上的關係，才讓她弄到一張奈瑟的挪威護照。

莎蘭德完全不知道駭客共和國那些公民是誰，對於他們下線後從事的工作也只有模糊的概念——公民們對自己的身分一概含糊其詞。半斤有一度說自己是黑人，美國男性天主教徒，住在多倫多。他也很可能是白人女性路得派信徒，住在瑞典的什甫德。

她最熟識的就是瘟疫。是他介紹她進入這個家族，除非有人強力推薦，否則誰也無法加入這專屬的俱樂部。而且要成爲會員，一定得認識某個公民才行。

在網路上，瘟疫是個聰明、交際手腕又好的公民。實際生活中的他卻是極度肥胖且有社交障礙的三十歲男子，住在松比柏，靠著身障輔助金度日。他太難得洗澡，公寓裡的味道像猴子籠一樣。莎蘭德總是隔很久才去找他一次，她寧可只在網路上和他來往。

繼續聊天的同時，黃蜂一面下載寄到她在駭客共和國私人信箱的郵件。有一封是另一個會員「毒藥」寄的，附加了她那個 Asphyxia 1.3 程式的加強版，這個程式一直放在共和國的檔案中供其他會員使用。Asphyxia 程式可以藉由網路控制他人的電腦。毒藥說他已成功使用過，而他的升級版涵蓋了 Unix、Apple 和 Windows 的最新版本。莎蘭德寄了一封短短的回函，感謝他為版本升級。

下一個小時，由於美國已進入夜晚，又有六、七名**公民**上線，先歡迎黃蜂歸隊後才加入討論。莎蘭德準備登出時，大夥正在討論可不可能用瑞典首相的電腦送出口氣客套但內容瘋狂的郵件給其他國家元首，並隨即組成一支作業小組進行探測。莎蘭德離線前寫了一個短訊：

〈繼續討論，但在我點頭以前什麼都不要做。可以再連線時，我會再回來。〉

衆人紛紛送出擁抱和親吻與她道別，並提醒她頭上的洞要保暖。

從駭客共和國下線後，莎蘭德才進入雅虎，登入私人社群「愚桌」。她發現只有兩個會員：她自己和布隆維斯特。信箱裡有一個訊息，是五月十五日寄送的，主旨寫著：「先看這個」。

嗨，莉絲：

目前情形如下：

警方尚未發現妳的公寓，也沒有拿到畢爾曼的強暴DVD。這片光碟是非常有力的證物，在沒有得到妳許可之前，我不想交給安妮卡。妳公寓的鑰匙和一本以奈瑟爲名的護照在我這裡。

不過妳揹到哥塞柏加的背包，的確在警方手上。不知道裡面有沒有什麼不能洩漏的東西。

莎蘭德回想片刻，覺得應該沒有。半空的咖啡壺、幾顆蘋果、幾件換洗衣物。沒問題。

妳會因爲對札拉千科重傷害或殺人未遂，以及在史塔勒荷曼對藍汀重傷害被起訴，後者是因爲妳開槍射他的腳還踢得他下頷骨折。但根據可靠的警方消息來源告訴我，每起案子的證據都很模糊。以下的事很重要：

一、札拉千科遭射殺之前否認了一切，聲稱肯定是尼德曼開槍並活埋妳。他還告妳企圖謀殺他。

檢察官會咬定這是妳第二次試圖殺他。

二、關於史塔勒荷曼發生的事，藍汀和尼米南都隻字未提。藍汀因爲綁架蜜莉安被捕，尼米南已被飭回。

這些莎蘭德全都和安妮卡討論過，都不是新聞。她已經告訴安妮卡在哥塞柏加發生的一切，只是絕口不提畢爾曼。

我想妳還不了解遊戲規則。

是這樣的。札拉千科在冷戰期間躲進了秘密警察的羽翼下，十五年間無論闖出什麼大禍總會受到保護。有人的事業前途都仰賴札拉千科，因此替他收拾了無數爛攤子。這全是犯罪行爲：瑞典官方協助隱瞞對個別公民所犯下的罪行。

事情萬一爆發，保守黨與社會民主黨都會受到醜聞牽連，尤其是秘密警察高層將會被揭發爲犯罪與不道德行爲的共犯。儘管目前有些罪行已超過追訴期，還是會引發醜聞。其中牽涉到的若非已退休就是即將退休的重量級人物。

他們會不計一切地減輕自己與手下所受的傷害，也就是說妳將會再次成爲他們利用的棋子。但這回重點不在於放棄一個棋子，而在於積極地將自己個人的損害降到最低。所以非得再把妳關起來不可。

事情將會如此演變。他們知道札拉千科的秘密再也隱瞞不了多久。我已經寫了報導，他們也知道我遲早會公布。當然，如今他人都死了，其實也無所謂。他們在乎的是自己的存續，因此以下會是他們優先考量的重點：

一、他們必須說服地方法院（其實就是社會大眾）相信一九九一年送妳進聖史蒂芬的決定是合法的，妳的精神眞的有問題。

二、他們必須切割「莎蘭德事件」與「札拉千科事件」。他們會試著製造一個情況，讓他們可以說：「沒錯，札拉千科是個魔鬼，但這和關他女兒的決定無關。她被關是因爲精神錯亂——任何反面的說法都是那些尖刻記者的病態幻想。沒有，我們沒有幫助札拉千科犯任何罪，那是一個精神不正常的青少女的妄想。」

三、問題是假如妳獲得釋放，就代表地方法院認爲妳不但無罪也不是瘋子，同時也意味著一九九一年關妳的決定不合法。所以他們一定會不惜一切代價，再把妳關進精神病院。如果法院判定妳精神有問題，媒體繼續挖掘「莎蘭德事件」的興趣便會逐漸消退。這是媒體的運作方式。

妳明白嗎？

這一切她自己都已經想到了，問題是不知道該怎麼辦。

莉絲，老實說，這場仗將要在媒體上而不是法院裡一決勝負。只可惜審判時會禁止旁聽，以便「保障妳的隱私」。

札拉千科被射殺那天，我家中遭竊。門鎖沒有被撬壞，東西也都沒有被碰過或移動過的跡象，只有一樣例外。從畢爾曼避暑小屋取得、放著畢約克報告的文件夾不見了。同一時間，我妹妹也遭人襲擊，她手上的報告影本也被搶了。那份文件夾是妳最重要的證物。

我放出消息說我們的札拉千科資料不見了。事實上，我還有第三份影本，本來是準備要給阿曼斯基的。於是我又影印了幾份，分別藏在安全地點。

我們的對手——其中包括幾名高層人士和某些精神科醫生——當然也正在和埃克斯壯檢察官一起爲開庭作準備。我有一個消息來源，爲我提供了情況發展的資訊，但我認爲妳應該更有機會找出相關訊息。這很緊急。

檢察官會試圖把妳關進精神病院，協助他的正是妳的老朋友泰勒波利安。

檢方可以依他們認為恰當的方式洩漏訊息（也確實這麼做了），安妮卡卻無法打這種媒體仗，她根本是綁手綁腳。

但這種限制困擾不了我。我想寫什麼就寫什麼，何況我還有一整個雜誌社供我支配。

不過現在還缺兩個重要的細節：

一、首先，我需要有個東西證明埃克斯壯檢察官正在以某種不當方式與泰勒波利安合作，目的是再次把妳關進瘋人院。我希望能上電視任何一個談話性節目，公開資料，揭穿檢察官的把戲。

二、要想打媒體仗，我就必須公開談論一些妳可能視為隱私的事情。自復活節至今妳被寫了那麼多負面報導，再躲著不出面恐怕是高估情勢的做法。我得為妳重建一個全新的媒體形象，即使妳認為這樣做侵犯妳的隱私也一樣，當然最好能得到妳的同意。妳懂我的意思嗎？

她打開「愚桌」裡的檔案夾，裡頭共有二十六個檔案。

第十四章

五月十八日星期三

星期三清晨五點，費格蘿拉起床後和平日不同，只出去小跑片刻便回家淋浴更衣，穿上黑色牛仔褲、白色上衣和輕便的灰色亞麻夾克。她煮了咖啡倒進保溫瓶，又做了三明治。最後還穿上肩背式槍套，並從槍櫃取出席格索耶爾手槍。六點剛過，就開著她那輛白色紳寶九－五到威靈比的維坦吉路。

莫天森的公寓位在郊區一棟三層樓房的頂樓。前一天，她已經蒐集到有關於他的一切公開資料。他未婚，卻不代表沒有與人同居；在警察紀錄中毫無汙點，沒有大筆財富，生活似乎也不放蕩，而且極少請病假。

唯一啓人疑竇的是他有不下十六把槍械的執照，包括三把獵槍和各式手槍。當然了，只要有執照就不犯法，但對於任何擁有如此大規模武器的人，費格蘿拉總是深懷疑慮。

車牌以KAB開頭的那輛富豪停放的停車場，距離費格蘿拉停車處約三十公尺。她把黑咖啡倒進紙杯，開始吃起用棍子麵包做的萵苣起司三明治。接著她剝了一粒柳橙，把每一瓣的汁都吸得乾乾淨淨。

上午巡房時間，莎蘭德很不舒服，頭痛得厲害。她討了一顆泰諾止痛藥，而且馬上就拿到。一小時後，頭痛得更厲害。她按鈴叫護士再給她一顆泰諾，卻還是沒效。到了午餐時間，她實在痛得受不了，護士只好找來安德林醫師。醫生很快地檢查過後，給她開了一顆強效止痛藥。

莎蘭德將藥丸藏在舌下，等所有人出去之後才吐出來。

下午兩點，她吐了一次，三點左右又吐一次。

四點，就在安德林醫師正要回家時，約納森來了。他們簡短商量了一下。

「她覺得不舒服，而且頭很痛。我給她開了 Dexofen。不知道是怎麼回事，這陣子情況那麼好，可能是有點感冒……」

「有沒有發燒？」約納森問。

「沒有，一小時前體溫三十七度二。」

「今天晚上我會多留意她。」

「我再來要休三個星期的假。」安德林說：「得由你或史凡特森代理照顧她，不過史凡特森對她的情況不太了解……」

「妳休假期間，我會負責當她的主治大夫。」

「那就好。萬一發生緊急狀況需要協助，隨時打給我。」

他們來到莎蘭德病床前看了一下，她把被子拉高蓋住半張臉，看起來可憐兮兮。約納森用手摸摸她的額頭，覺得有點溼。

「我想我們得作個快速檢查。」

他向安德林道謝後，安德林隨即離開。

五點，約納森發現莎蘭德病歷紀錄的體溫升高到三十七度八。當天晚上他去看了她三次，體溫都保持在三十七度八，這樣當然太高，但還不至於衍生出大問題。八點，他吩咐作腦部X光檢查。

X光片出來後，他十分仔細地研究，沒有看到特別值得注意的地方，卻發現緊鄰子彈孔有一個肉眼幾乎看不出來的較黑區塊。於是他以謹慎的措詞，在病歷上寫下含糊籠統的評語：「放射線檢查無法得出確切結論，但白天裡病患的情況持續惡化。不能排除微量出血的可能性、只是X光片上看不出來。未來幾天必須讓病患臥床休養並密切留意病情。」

星期三早上六點半進報社後，愛莉卡收到二十三封電子郵件。其中一封寄自〈editorial-sr@swedishradio.com〉。內容很短，只有兩個字。

婊子

她抬起食指準備刪除訊息，卻在最後一刻改變主意。她回到公司內部信箱，打開兩天前收到的那則訊息。寄件人是〈centraled@smpost.se〉。**如此看來……這兩封電郵都有「婊子」的字眼，寄件人也都假冒媒體**。她建立一個名爲「媒體笨蛋」的新檔案夾，將兩則訊息儲存進去。接著便開始忙上午的備忘錄。

這天早上，莫天森七點四十分出門，上了他的富豪之後朝市區開去，後來卻轉向穿越史托拉．艾辛根島和葛連達爾進入索德毛姆島。他沿著霍恩斯路行駛，經布蘭契爾卡路來到貝爾曼路，隨後在塔瓦斯街的 Bishop's Arms 酒吧左轉，車子就停在轉角處。

就在費格蘿拉到達 Bishop's Arms 酒吧時，有一輛廂型車開走，剛好在貝爾曼路的轉角處空出一個停車格。她居高臨下，一覽無遺，而且剛好可以看見莫天森那輛富豪的後車窗。在她正前方的建築是貝爾曼路一號，就位在朝普里斯巷下降的陡坡上。她面對著建築側面，看不到正門，但只要有人走出來，都能瞧見。她非常確信這個地址就是莫天森出現在這裡的原因。那裡是布隆維斯特的公寓大門。

費格蘿拉看得出來，要想監視貝爾曼路一號周圍地區簡直難如登天。在上貝爾曼路、靠近瑪利亞公共電梯與洛林斯卡之家的步道區和天橋，是唯一能直接監看大樓入口的地點。那裡根本沒有地方停車，而監視者站在天橋上就好像燕子棲息在鄉間的老舊電話纜線上一樣明顯。費格蘿拉停車的貝爾曼路與塔瓦斯街交叉口，基本上是她唯一能坐在車內綜觀全局的地方，可說是異常幸運。不過這裡也不是十分理想，因爲警覺一點的人就會看見她在車內。只不過她不想下車到處走動，她太容易引人注目。作爲一名秘密調查員，她的外表相當不利。

布隆維斯特在九點十分出現了。費格蘿拉記下時間。她看見他仰頭望向上貝爾曼路的天橋，接著起步上坡正對著她而來。

她打開手提包，翻開放在副駕駛座的斯德哥爾摩地圖，然後翻開筆記本，拿出夾克口袋裡的筆，又掏出手機假裝在講電話，並盡量低下頭，讓拿手機的手遮住一部分的臉。

她看到布隆維斯特往下瞥了塔瓦斯街一眼。他知道有人在監視他，想必也看到了莫天森的富豪，卻沒有多看一眼仍繼續往前走。**舉止鎮定冷靜。換作別人應該會一把扯開車門，把駕駛痛打一頓。**

緊接著他經過費格蘿拉的車。她正忙著找地圖一邊講電話，但仍可以感覺到布隆維斯特經過時看著她。**對周遭一切抱持懷疑。**她從副駕駛座側的後視鏡看見他繼續往下朝霍恩斯路走去。她在電視上看過他幾次，這是第一次見到本人。他穿著藍色牛仔褲、T恤和灰色夾克，揹著肩背包，走路時步伐緩慢悠哉。是個好看的男人。

莫天森從 Bishop's Arms 的角落轉出來，看著布隆維斯特離開。他肩揹著一個大運動袋，剛用手機講完電話。費格蘿拉以爲他會尾隨獵物，但出乎意料的是他從她車子正前方穿越馬路後，下坡走向布隆維斯特的公寓大樓。不一會，一個穿著藍色工作褲的男人從她車旁經過，追上莫天森。**喂，你從哪冒出來的？**

他們停在布隆維斯特公寓大樓門外。莫天森按了密碼，兩人隨即進入樓梯井。**他們在查看公寓。業餘狂歡夜嗎？他到底以爲自己在幹什麼？**

這時費格蘿拉抬起眼睛看看後照鏡，又見到布隆維斯特時嚇了一跳。他站在她後面大約十公尺處，近得足以越過陡坡頂望向貝爾曼路一號，正在注意莫天森與同伴的一舉一動。她注視著他的臉，他沒有看她，但卻看見莫天森走進他家大樓的正門。片刻過後，他轉身繼續朝霍恩斯路漫步而去。

費格蘿拉靜坐不動半分鐘。**他知道自己被監視，他留意著周遭所有的動靜。但為什麼沒有反應？一個正常人會有所反應，而且會反應非常強烈……他肯定有什麼盤算。**

布隆維斯特掛上電話，目光停留在桌上的筆電。他剛剛從監理處得知，他在貝爾曼路坡頂看見有個金髮女子坐在裡面的那輛車，車主名叫莫妮卡．費格蘿拉，生於一九六九年，住在國王島的朋通涅街。既然車內坐的是女人，布隆維斯特認為那就是費格蘿拉本人。

她當時在講電話，還看著翻開在副駕駛座上的地圖，其實沒道理覺得她和「札拉千科俱樂部」有任何關連，但布隆維斯特記下了上班日所有脫離常軌的事情，尤其是發生在他住處一帶的事。

他把蘿塔叫進來。

「這個女人是誰？找出她的護照相片、工作地點，和其他所有找得到的資訊。」

賽爾伯簡直驚呆了。他把那張紙給推開，上面寫了愛莉卡在預算委員會週會上提出的九個要點。伏羅丁也顯得愁眉苦臉。至於董事長博舍則一如往常面無表情。

「這不可能。」賽爾伯帶著禮貌性的微笑說道。

「為什麼？」愛莉卡問。

「董事會絕對不會接受。這根本毫無道理。」

「需要再從頭說一遍嗎？」愛莉卡說：「我是被雇用來讓《瑞典晨郵》能重新賺錢。要做到這點，就得讓我有施力點不是嗎？」

「當然是，可是……」

「我不可能坐在玻璃籠裡，揮揮魔法棒、念念咒語就變出日報的內容來。」

「妳不太了解我們財務困難的情況。」

「也許吧，但我了解怎麼編報紙。事實上，過去十五年來，《瑞典晨郵》的員工已經減少一百一十八人，其中有一半是美編人員等等，被新科技所取代了……可是同一時期，負責文字的記者也減少了四十八人。」

「那些是必要的縮編。如果不裁員，報社早就關門大吉了。至少莫蘭德了解縮減的必要。」

「我們等著瞧什麼是必要、什麼是不必要。這三年來，少了十九個記者的職位。此外，目前報社裡有九個職位出缺，一部分由約聘記者替補。體育版的人手嚴重不足，本來應該有九名員工，但空出的兩個位子，一年多了始終沒補上。」

「這是爲了省錢，就這麼簡單。」

「文化版有三個未補的缺，商業版有一個，法律新聞版甚至已經名存實亡……那裡的主編每篇報導都得向社會新聞版借記者，諸如此類。《瑞典晨郵》也至少已經八年沒有正經地報導過公務員與政府機關的相關新聞，一直以來都仰賴自由撰稿人和TT通訊社的題材。你們也都知道，TT通訊社幾年前就撤掉公務新聞部，換句話說，瑞典已經完全沒有監督公務員與政府機關的新聞編輯部了。」

「現在報業的處境很脆弱……」

「事實是《瑞典晨郵》要嘛馬上關門，要嘛董事會就應該想辦法採取強硬措施。現在我們每天需要的稿量更多，員工卻減少了，他們交出的稿子很糟糕、很膚淺，也不可靠。就是因爲這樣《瑞典晨郵》的讀者才會減少。」

「妳不明白情況……」

「別再說我不明白情況，我受夠了。我又不是只爲了賺一點交通費來這裡打工的！」

「可是妳的提議太瘋狂了。」

「怎麼說？」

「妳提議說報社不應該賺錢。」

「聽著，賽爾伯，今年你將付給報社的二十三名股東巨額股利，另外還有那些荒謬到極點的額外分紅，光是董事會上九個人就幾乎要花掉一千萬克朗。你還因爲實施裁員，給了自己四十萬克朗的獎金。當然，比起斯堪迪亞某些主管掠取的巨額分紅，這還算小巫見大巫，但在我眼裡，你連一分錢的獎金都不配拿。分紅獎金應該付給那些壯大報社的人，而你的裁員政策根本是在削弱報社，讓我們在困境中愈陷愈深。」

「這樣說太不公平了。我提出的措施全都經過董事會批准。」

「董事當然會批准你的做法，因爲你保證每年會有股利。這一點非停止不可，而且是馬上。」

「這麼說妳是非常認眞地建議董事會取消股利與分紅。妳想股東怎麼會同意呢？」

「我是建議今年編列零利潤的營運預算，那將會節省將近兩千一百萬克朗，也能藉此增加報社人力、強化財務狀況。我還提議主管減薪。我每個月領八萬八千克朗，對於連體育新聞版一個職缺都補不了的報社來說，這實在太荒唐。」

「所以妳想減自己的薪水？妳是在宣導某種薪資共產主義嗎？」

「少跟我扯這些。你如果加上年度獎金，每個月可領十一萬兩千克朗。那才是瘋狂。如果報社營運穩定，賺進大把鈔票，你想發多少獎金都隨便你。但現在可不是讓你提高自己獎金的時候。我建議所有主管都減薪一半。」

「妳不明白的是股東之所以買我們的股票是因爲想賺錢，那叫資本主義。如果妳打算讓他們賠錢，他們就再也不會想當股東。」

「我不是要他們賠錢，不過最後結果有可能是這樣。所有權也涵蓋了責任。你自己剛剛也說了，重點在於資本主義。《瑞典晨郵》的所有人想牟利，但賺錢或賠錢得由市場決定。依照你的理論，你只想把資本主義套用在報社的**員工**身上，而你和股東們卻能豁免。」

賽爾伯翻了個白眼，嘆一口氣。他向博舍投以求救的眼光，董事長卻正專注地研究愛莉卡那九點計畫。

費格蘿拉等了四十九分鐘，莫天森和穿著工作褲的同伴才走出貝爾曼路一號。他們上坡朝她走來時，她穩穩舉起尼康的 300 mm 遠攝鏡頭拍了兩張照片。隨後將相機放到駕駛座下方的空間，正要再假裝查看地圖時，不經意地往瑪利亞電梯方向瞄，登時瞪大雙眼。上貝爾曼路盡頭，就在瑪利亞電梯門口旁邊，站著一個深色頭髮的女子，拿著數位相機在拍莫天森和他的同伴。**怎麼搞的？今天貝爾曼路這邊是在開什麼間諜大會嗎？**

他們兩人在坡頂分手，一句話也沒說。莫天森回到停在塔瓦斯街的車上，啓動後駛離路邊，消失在視線之外。

費格蘿拉從後照鏡還能看到穿藍色工作褲的男子背影。這時她也看到拿相機的女子不再拍照，而是朝她的方向走來，經過洛林斯卡之家。

先追誰？她已經知道莫天森的身分與意圖，而穿藍色工作褲的男子和拿相機的女子都是不明實體。但假如下車，很可能會被那名女子瞧見。

她靜坐不動，從後照鏡看見藍色工作褲男子轉進布蘭契爾卡路。女子來到她面前的路口，卻沒有繼續跟蹤穿工作褲的男子，而是轉一百八十度下坡走向貝爾曼路一號。費格蘿拉估計她約莫三十五、六歲，留著深色短髮，穿著深色牛仔褲和黑色夾克。等她稍微走遠後，費格蘿拉推開車門奔向布蘭契爾卡路，卻見不到藍色工作褲。下一秒鐘便有一輛豐田廂型車從路邊駛離。費格蘿拉看見那男子的側臉，隨即記下車號。但即使記錯號碼還是能追蹤到他，廂型車側面有「拉斯佛松鎖行」的廣告，還有電話號碼。

不需要去追廂型車。她慢慢地走回坡頂，剛好看見那個女人進入布隆維斯特公寓大樓的大門。

她回到車上，寫下車號和拉斯·佛松的電話號碼。這天上午，布隆維斯特住處附近有不少神秘活動。她抬頭看著貝爾曼路一號的樓頂，她知道布隆維斯特住在頂樓，但根據市府建管處的平面圖，公寓位在大樓另一側，有老虎窗可以眺望舊城區與騎士灣水域。在高級古老文化區中一個獨特的地點。她心想不知他是不是一個愛炫耀的暴發戶。

十分鐘後，拿相機的女子又走出大樓，但並未上坡往回走向塔瓦斯街，而是繼續下坡到了普里斯巷右轉。**嗯**。如果她車停在普里斯巷，就是費格蘿拉運氣不佳，但如果她步行，那條死巷只有一個出口，就是從葡斯特巷往斯魯森方向走到布蘭契爾卡路。

費格蘿拉決定把車留下，走到布蘭契爾卡路左轉向斯魯森。快來到葡斯特巷時，那名女子出現了，正朝著她而來。**中了**。她跟著女子經過索德毛姆廣場的希爾頓，又經過斯魯森的市立博物館。女子的腳步快速果斷，未曾東張西望。費格蘿拉跟在她身後約三十公尺處。當她走進斯魯森地鐵站，費格蘿拉連忙加緊腳步，但見她並未通過收票口而是走向 Pressbyrån 書報攤，也隨即停了下來。

她看著女子在書報攤前排隊，身高約一百七十公分，身材相當不錯，腳上穿著運動鞋。見她雙腳穩穩地站立在書報攤窗口旁，費格蘿拉忽然覺得她是名女警。她買了一罐 Catch Dry 無煙菸草後，又回到索德毛姆廣場，然後右轉越過卡塔莉娜路。

費格蘿拉尾隨在後，幾乎可以確定女子沒有看見她。女子轉過麥當勞的轉角，費格蘿拉匆匆趕上去，但當她到達轉角，女子已經消失無蹤。費格蘿拉猛然定住，驚愕不已。**該死**。她緩緩走過一棟棟建築的大門，眼角瞥見有一塊銅牌上寫著「米爾頓保全」。

費格蘿拉走回到貝爾曼路。

她開車來到《千禧年》雜誌社所在的約特路，在附近的街道轉了半小時，沒看見莫天森的車。午餐時間，她回到國王島總局，在健身房裡待了兩小時，一面舉重一面思索。

「碰上問題了。」柯特茲說。

正在看關於札拉千科一案的書籍打字稿的瑪琳和布隆維斯特都抬起頭來。這時是下午一點半。

「坐吧。」瑪琳說。

「和維塔瓦拉有關，就是那家在越南製造價值一千七百克朗的馬桶的公司。」

「有什麼問題？」布隆維斯特問道。

「維塔瓦拉是斯維亞建設獨資開設的子公司。」

「原來如此，那是一家非常大的公司。」

「沒錯，董事長博舍是個專業董事，也是《瑞典晨間郵報》的董事長，擁有一〇%的股份。」

布隆維斯特目光鋒利地射向柯特茲。「你確定嗎？」

「確定，愛莉卡的老闆是個該死的騙子，專門剝削越南童工。」

「眞糟糕！」瑪琳說。

下午兩點，副主編佛德烈森來到愛莉卡的玻璃籠前敲門時，似乎心情不佳。

「有什麼事？」

「這事有點尷尬，不過編輯室有人接到妳的電子郵件。」

「我寄的？上面寫什麼？」

他將列印出來的幾封郵件遞給她，那是寄給伊娃．卡爾森，文化版一名二十六歲的約聘記者，寄件人是〈erika.berger@smpost.se〉：

心愛的伊娃：

我想愛撫妳，親吻妳的胸脯。我激情難耐，無法自制。求妳回報我的感情。我們見個面好嗎？愛莉卡還有接下來幾天的兩封郵件：

最最親愛的伊娃：

求求妳不要拒絕我，我已慾火焚身。我想要擁抱赤裸的妳，我想要擁有妳。我會讓妳非常快活，妳永遠不會後悔。我要吻遍妳的每吋肌膚，妳美妙的胸脯，和妳可愛的洞穴。愛莉卡

伊娃：

妳爲什麼不回信呢？別怕我。別把我推開。妳已不是純眞女孩，這一切妳都懂。我想和妳發生關係，我會給妳豐厚的報酬。只要妳對我好，我也會對妳好。妳曾要求延長工作期限，我有權力延長甚至讓妳成爲全職。今晚九點到車庫我的車旁見面吧。妳的愛莉卡

「好。」愛莉卡說：「所以說她在懷疑這是不是我寫的，是嗎？」

「也不是這樣……我是說……天哪。」

「佛德烈森，請跟我說。」

「收到第一封信，她雖然很吃驚，卻有點半信半疑。後來她發覺這不太像妳的作風，而且……」

「而且什麼？」

「她覺得很尷尬，又不知道該怎麼辦。有一部分原因很可能是她對妳印象深刻，也很喜歡妳……我是說喜歡妳這個老闆。所以她才來問我的意見。」

「你怎麼跟她說的？」

「我說有人冒用妳的電郵位址，明顯是在騷擾她，也可能是在騷擾妳們兩人。我說我會跟妳談談。」

「謝謝。麻煩你叫她十分鐘後到我辦公室來一趟好嗎？」

這段時間愛莉卡寫了自己的電子郵件。

我接獲報告說有一名報社員工收到幾封看似我寄出的電子郵件，內容包含粗俗的性暗示。我自己也收到過類似郵件，寄件人自稱是《瑞典晨郵》的「centraled」。但該電郵位址並不存在。

我問過IT部經理，他告訴我要假造寄件人位址非常容易。我不知道是怎麼做的，總之可以透過網路上某些網站辦到。我不得不斷定有個變態正在做這種事。

我想知道有沒有其他同事收到奇怪的信件。若有的話，請他們立刻告知佛德烈森。如果這些卑劣的惡作劇繼續下去，我們就得考慮報警了。

總編輯愛莉卡．貝葉

她列印出內容後，將信件送出給公司所有員工。這時，伊娃敲了門。

「妳好，請坐。」愛莉卡說：「佛德烈森說妳收到我寄的信。」

「其實我並不認爲是妳寄的。」

「三十秒前我的確寄了一封信給妳。那是我親自寫的，並發送給公司所有的人。」

她將列印出來的信交給伊娃。

「好，我明白了。」伊娃說。

「做這種醜陋行動的人把妳當成目標，我感到很遺憾。」

「妳不必爲某人的白癡行爲道歉。」

「我只是想確定妳沒有一絲一毫的懷疑，認爲我和這些信件有關。」

「我從來就不相信是妳寄的。」

「謝謝。」愛莉卡淺淺一笑說道。

費格蘿拉花了整個下午蒐集資料。第一先調拉斯・佛松的護照相片，然後查看前科紀錄，馬上就有收穫。

佛松四十七歲，外號法倫，十七歲展開犯罪生涯開始偷車。七、八〇年代期間曾兩度被捕，因強行入侵、強盜與收受贓物遭到起訴。第一次只是輕判入監服刑，第二次判了三年。當時他在罪犯圈內被視爲「前途無量」，並因涉及其他三起強盜案遭到偵訊，其中一起發生在維斯特洛斯一家百貨公司，是相當複雜、媒體也廣爲報導的保險櫃搶案。一九八四年出獄後，他金盆洗手——或至少沒再幹過什麼壞事而再次被捕、被判刑。不過他重新學習開鎖技術（還眞巧），一九八七年自己成立了鎖鑰公司，地點在斯德哥爾摩的諾杜爾。

確認那個拍攝莫天森與法倫的女子身分，比她預期的還要簡單。她直接打電話到米爾頓保全，說自己想找前一陣子接洽過的女職員，但一時忘了她的名字。她仔細描述了女子的長相。總機說聽起來像是蘇珊・林德，便替她轉接。蘇珊接了電話後，費格蘿拉連忙道歉說自己打錯電話了。

戶政資料中，斯德哥爾摩郡共有十八個蘇珊・林德，其中有三人在三十五歲左右。一個住在諾塔耶，一個在斯德哥爾摩，一個在納卡。她調閱她們的護照相片，立刻認出她從貝爾曼路一路跟蹤的女子是住在納卡的蘇珊・林德。

她將一天下來的工作整理記錄後，便去見艾柯林特。

布隆維斯特闔上柯特茲的調查報告文件夾，厭惡地推到一旁。克里斯特也放下這篇已經讀了四遍的文章。柯特茲坐在瑪琳辦公室的沙發上，滿臉內疚。

「喝咖啡。」瑪琳說著起身離去，回來時端了四個馬克杯和一壺咖啡。

「這是個很棒的爛故事。」布隆維斯特說：「一流的調查，完備的考據，完美的編劇，講述一個壞人利用體制——而且合法地——詐騙瑞典的房客，可是又那麼貪婪、那麼愚蠢地外包給越南這間公司。」

「寫得也很好。」克里斯特說：「我們刊登後第二天，博舍就會變成不受歡迎的人物。電視臺也會有所反應，他馬上就和斯堪迪亞那些主管成了一丘之貉。《千禧年》的大獨家。幹得好，柯特茲。」

「只是這事牽扯到愛莉卡，實在掃興。」布隆維斯特說。

「這有什麼好困擾的？」瑪琳說：「又不是愛莉卡做的壞事。我們有權檢視任何一個董事長，即使剛好是她的上司也一樣。」

「真是難以取捨。」布隆維斯特說。

「愛莉卡並沒有完全離開這裡。」克里斯特說：「她擁有《千禧年》三〇％的股份，是我們的董事之一。事實上，直到下一次董事會，也就是要等到八月份，重新選任海莉之前，她也還是董事長。另外愛莉卡在《瑞典晨郵》工作，而且也擔任董事，現在我們卻要揭發她的董事長。」

眾人一片抑鬱的沉默。

「那我們到底該怎麼辦？」柯特茲問道：「抽掉嗎？」

布隆維斯特直視著柯特茲。「不，柯特茲，這篇我們不會抽掉。這不是《千禧年》的作風。不過需要多奔走一下。我們不能把這個當成新聞丟到愛莉卡桌上。」

克里斯特舉起一根手指搖了搖。「我們真的把愛莉卡逼到窘境了。她不得不作出選擇，看是賣掉《千禧年》的股份、退出董事會……或者更慘的是她可能被《瑞典晨郵》炒魷魚。不管怎麼樣，她都會面臨可怕的利益衝突。老實說，柯特茲……我贊成麥可說的，報導應該要刊，但可能得延後一個月。」

「因為我們也面臨情義的衝突。」布隆維斯特說。

「要不要我打電話給她？」

「不用了，克里斯特。」布隆維斯特說：「我來打給她安排碰面。就今晚好了。」

費格蘿拉簡單敘述了布隆維斯特位於貝爾曼路的住處附近忽然出現的熱鬧場景。艾柯林特聽了以後，覺得椅子下方的地板似乎微微晃動起來。

「國安局職員和一名改行當鎖匠的保險櫃搶匪一起進入布隆維斯特的公寓大樓？」

「沒錯。」

「妳想他們在樓梯井做什麼？」

「不知道。不過他們在裡面待了四十九分鐘，我猜法倫打開了門，這段時間莫天森在布隆維斯特的公寓裡。」

「他們去那裡做什麼？」

「不可能是裝竊聽器，因爲那大概只需要一分鐘。莫天森肯定翻看了布隆維斯特的文件或是任何他放在家裡的東西。」

「但布隆維斯特已經有所警覺……他們從他家偷走了畢約克的報告。」

「就是呀。他知道自己被監視，而且他也在監視這些監視他的人。他有打算。」

「什麼打算？」

「我是說他有計畫。他正在蒐集資訊，想揭發莫天森。這是唯一合理的解釋。」

「那麼這個叫蘇珊的女人呢？」

「蘇珊·林德，以前當過警察。」

「警察？」

「她警察學校畢業，在索德毛姆犯罪小組待了六年後，忽然辭職。檔案中完全沒有提到原因。失業幾個月後，被米爾頓保全雇用。」

「阿曼斯基。」艾柯林特若有所思地說：「她進入大樓多久？」

「九分鐘。」

「我猜她在記錄他們的行動，因為她在街上拍攝莫天森和法倫。也就是說米爾頓保全和布隆維斯特合作，事先已經在他的住處或樓梯井架設監視錄影機。她很可能是進去拿帶子。」

艾柯林特嘆了口氣。札拉千科的事開始變得極度複雜。

「謝謝妳。妳回去吧，我得想一想。」

費格蘿拉去了聖艾瑞克廣場的健身房。

「做什麼？」

布隆維斯特用另一支手機撥打愛莉卡在《瑞典晨郵》的電話。接到他的電話時，她正和編輯們討論該用什麼角度處理一篇關於國際恐怖主義的文章。

「喔，嗨，是你呀……等一下。」

愛莉卡用手按住聽筒。

「我想這樣就可以了。」她說著又給他們最後一道指令。等所有人都走了之後，她才說：「哈囉，麥可。抱歉一直沒跟你聯絡，這裡實在讓我忙不過來，有一大堆事情要學。莎蘭德的事怎麼樣了？」

「很好。不過我打給妳不是為了那個。我得見妳一面，今天晚上。」

「但願可以，不過我得待到八點。真是累斃了，我天剛亮就來了。有什麼事？」

「見面再說，但不是好事。」

「我八點半到你家去。」

「不，不能在我家。說來話長，總之目前我家不適合。我們到『薩米爾之鍋』去喝杯啤酒吧。」

「我有開車。」

「那就喝杯淡啤酒。」

愛莉卡走進薩米爾之鍋時略顯煩惱。她內心有些愧疚，因爲自從走進《瑞典晨郵》那天起，她一次也沒跟布隆維斯特聯絡過。

布隆維斯特坐在角落朝她揮手，她在門口停下腳步，一時間覺得他很陌生。**那邊那個人是誰？天哪，我好累**。接著他起身親她的臉頰，她這才驚覺到自己竟然已經幾個星期沒想到他，也驚覺到自己有多想念他。彷彿在《瑞典晨郵》這段時間是一場夢，她也許會在《千禧年》的沙發上驚醒過來。感覺好不眞實。

「嗨，麥可。」

「嗨，總編。吃過了嗎？」

「現在是八點半。我可沒有你那種討厭的飲食習慣。」

薩米爾拿著菜單過來的時候，她發現自己餓了，便點了一杯啤酒和一小盤炸花枝和希臘馬鈴薯。布隆維斯特則點了古斯古斯①和啤酒。

「你好嗎？」她問道。

「這是個有趣的時代，我也忙翻了。」

「莎蘭德怎麼樣？」

「她就是讓生活有趣的部分原因。」

「麥可，我不會偷你的故事。」

「我不是逃避妳的問題，只是現在一切都有點混亂。我很想全部都告訴妳，但那得花掉大半個晚上。總編輯當得如何？」

「那裡和《千禧年》可不一樣。我一回到家就像被吹熄的蠟燭一樣倒頭就睡，每天一睜開眼睛就看到預算表格。我很想你。我們不能回你那兒去睡覺嗎？我沒有精力做愛，但我很想縮在你身旁睡一覺。」

「對不起，小莉，現在我那裡不是適當的地方。」

「爲什麼？出了什麼事嗎？」

「這個嘛，有幾個間諜在那裡裝了竊聽器，應該會聽到我說的每句話。我裝了攝影機錄下我不在的時候發生什麼事。我想最好不要讓妳裸體的影像出現在國家檔案中。」

「你在開玩笑吧？」

「沒有。不過這不是我今晚見妳的主因。」

「有什麼事？告訴我。」

「那我就直說了。我們發現一則對你們董事長不利的消息，是有關他在越南利用童工並剝削政治犯。我們面臨了利益衝突。」

愛莉卡放下叉子，定定地看著他，一眼就看出他不是開玩笑。

「事情是這樣的。」他解釋道：「博舍是一家名叫斯維亞的建設公司董事長兼大股東，而這家公司又獨資開設了一家子公司名叫維塔瓦拉。他們找越南的一家工廠製造馬桶，這家工廠曾被聯合國指責使用童工。」

「你再跟我重說一遍。」

布隆維斯特將柯特茲蒐集的資料詳細地說給她聽。他打開電腦袋，拿出所有相關資訊的影本。愛莉卡慢慢地將文章讀完，最後抬起頭來正好與布隆維斯特四目交接。她感覺到一股不理性的恐懼夾雜著懷疑。

「我不懂，爲什麼我前腳才踏出《千禧年》，你們後腳就跟著去查《瑞典晨郵》董事會成員的背景？」

「不是這樣的，小莉。」他向她解釋這篇報導的發展經過。

「你們知道這個多久了？」

「今天，今天下午才知道。事情發展至此，我感到非常難受。」

「你打算怎麼辦？」

「不知道。我們非刊登不可，不能只因爲和妳的老闆有關就破例。可是我們誰都不想傷害妳。」他雙手一攤。「這個情形讓大家都難過得不得了，尤其是柯特茲。」

「我還是《千禧年》董事會的一員，我是共同所有人……外人會以爲……」

「我非常清楚外人會怎麼看。這下妳在《瑞典晨郵》麻煩可大了。」

愛莉卡頓時感到疲憊不堪。她咬咬牙，克制住衝動，沒有開口要求布隆維斯特將消息壓下。

「**眞該死**。」她咒道：「你心裡毫無懷疑……」

布隆維斯特搖搖頭。「我花了整個下午看過柯特茲的證據資料。博舍只能任我們宰割。」

「那麼你們打算怎麼做，什麼時候？」

「如果我們在兩個月前發掘這則消息，妳會怎麼做？」

愛莉卡目不轉睛地凝視眼前這個過去二十年來的友人兼情夫，過了一會垂下雙眼。

「你知道我會怎麼做。」

「這一切都是不幸的巧合，無一是針對妳個人，我實在非常、非常遺憾。所以我才堅持要立刻見妳，我們得決定該怎麼做。」

「我們？」

「妳聽好了……這則報導原本預定在六月號刊登，我把它延遲了，最早也會等到八月，但如果妳需要多一點時間，也還可以再延。」

「我了解了。」她聲音中帶著一絲苦澀。

「我建議暫時先不要作任何決定，把資料帶回家去看，好好想一想。在我們達成策略共識前，什麼都不要做。還有時間。」

「策略共識？」

「要嘛妳得在我們刊登前辭去《千禧年》的董事職位，否則就得向《瑞典晨郵》辭職。妳不能魚與熊掌兼得。」

她點點頭。「我和《千禧年》的關係太密切，不管有沒有辭職，誰也不會相信我沒有插手。」

「還有一個選擇。妳可以把報導帶到《瑞典晨郵》和博舍對質，要求他辭職。我很確定柯特茲會同意。不過在所有人都同意之前，什麼都不要做。」

「結果我一開始就把挖我的人給轟走了。」

「對不起。」

「他不是個壞人。」

「我相信妳。但他是個貪心的人。」

愛莉卡站起來。「我要回家了。」

「小莉，我……」

她打斷他的話頭。「我只是累壞了。謝謝你的警告，我再跟你聯絡。」

她沒有親吻他便離去，留下他付帳單。

愛莉卡停車的地方離餐廳約兩百公尺，走到一半，她忽然心悸得厲害，不得不停下來靠在牆邊，只覺得想吐。

她站了好久，呼吸著五月的清新涼風。自從五月一日起，她每天工作十五個小時，至今將近三星期了。三年後她會有什麼感覺？莫蘭德猝死在編輯室時就是這種感覺嗎？

十分鐘後她回到薩米爾之鍋，朝著正要走出大門的布隆維斯特奔去。他吃驚地定在原地。

「愛莉卡……」

「麥可，什麼話都不要說。我們已經是那麼久的朋友，沒有任何事能破壞得了。你是我最好的朋友，現在的情形就跟兩年前你躲到赫德史塔的時候一模一樣，只不過角色對調罷了。我覺得壓力好大，好不快樂。」

他伸出手臂摟著她。她淚水已在眼眶打轉。

「在《瑞典晨郵》三個星期已經讓我筋疲力竭。」她說。

「算了吧，愛莉卡·貝葉可沒這麼容易被打倒。」

「你的住所不安全，我又累到沒法開車回家，我會開到一半睡著，然後撞車死掉。我決定了，我要走到斯堪的皇冠飯店訂一個房間。跟我來吧。」

「那裡現在叫希爾頓。」

「沒差啦。」

他們默默地走了一小段路。布隆維斯特一手攬著她的肩膀，愛莉卡覷他一眼，發現他也和自己一樣疲倦。

他們直接走到櫃檯要了一間雙人房，用愛莉卡的信用卡付款。進房間之後，兩人脫衣、沖澡、上床。愛莉卡的肌肉痛得像是剛跑完斯德哥爾摩的年度馬拉松競賽。他們溫存擁抱了一下，很快便都睡著了。

他們倆都沒注意到大廳裡那個看著他們步入電梯的男人。

---

①以小麥粉製成的粗粒狀北非食物，亦稱為「北非小米」。

第十五章

五月十九日星期四至五月二十二日星期日

星期三夜裡到星期四清晨，莎蘭德多半時間都在讀布隆維斯特的文章和他那本書中大致完成的章節。由於埃克斯壯檢察官曾提到預計七月開庭，布隆維斯特便設定六月二十日為付梓的最後期限，也就是說他大約要在一個月內完稿並填補所有的缺漏。

她無法想像怎能來得及，不過那是他的問題，與她無關。她該煩惱的是如何回答他的提問。

她拿出掌上型電腦，登入雅虎的「愚桌」社群，看看過去二十四小時他有沒有放了什麼新的東西，結果沒有。她打開他命名為「核心問題」的檔案。其實內容早已爛熟於心，但還是又讀了一遍。

他概述了安妮卡已經對她解釋過的策略。當初律師跟她說的時候，她並沒有用心聽，幾乎像是事不關己。但有些關於她的事布隆維斯特知道，安妮卡卻不知道，因此前者說起話來較有說服力。她直接跳到第四段。

唯一能決定妳的未來的人是妳自己。不管安妮卡多麼努力，也不管阿曼斯基和潘格蘭和我和其他人多麼用心地支持妳，都是一樣。我並不是想辦法要說服妳，妳得自己作決定。妳可以讓審判變成對妳有利，也可以讓他們判妳的罪。但如果妳想打贏，就得奮力一搏。

她切斷連線，望著天花板。布隆維斯特希望她答應讓他在書中說出眞相。他並不打算提及畢爾曼強暴她的事實。那一段已經寫好了，空缺的部分他只說畢爾曼因爲和札拉千科交易不成而失控，於是尼德曼不得不殺死他。布隆維斯特並未推測畢爾曼的動機。

這個王八蛋小偵探把她的人生搞得太複雜了。

凌晨兩點，她打開電腦的Word，建了一個新檔案，拿出觸控筆開始點起數位鍵盤上的字母。

我叫莉絲．莎蘭德，出生於一九七八年四月三十日，母親是安奈妲．蘇菲亞．莎蘭德。她在十七歲時生下我。我父親是個精神變態、殺人犯，還會毆打妻子，他名叫亞力山大．札拉千科。他原先被蘇聯軍情局GRU派到西歐工作。

用觸控筆點字速度很慢，而且每寫一句之前她總要思之再三，寫了之後一次也沒有更改過。她一直寫到四點才關閉電腦，放進床頭櫃後面的壁凹裡充電。此時，她完成了約莫兩張A4大小、單行間距的內容。

午夜過後，値班護士曾探頭進來兩次，但莎蘭德遠遠就能聽到，甚至在她轉動鑰匙之前就能藏起電腦裝睡。

愛莉卡在七點醒來。雖然連續睡了八小時，卻一點也沒有休息的感覺。她瞄一眼布隆維斯特，還在她身旁熟睡著。

她打開手機查看簡訊。貝克曼——她丈夫——打了十一通電話。**要命，忘了打電話**。她撥了號碼，解釋自己身在何處又爲什麼沒回家。他很生氣。

「愛莉卡，不要再做這種事。這和麥可無關，但我一整晚都擔心死了，好怕出什麼事。妳也知道，如果妳不回家就得打電話告訴我，這種事絕對不能忘記。」

貝克曼完全不介意布隆維斯特當妻子的情夫，他們的婚外情是在他的同意下持續的。只不過每當她決定在布隆維斯特家過夜，都會打電話告訴丈夫。

「對不起。」她說：「昨天晚上我實在是累壞了。」

他不滿地嘟噥一聲。

「貝克曼，別跟我生氣，我現在應付不來，要罵今天晚上再罵吧。」

他又嘟噥幾句，說等她回家一定要好好罵她一頓。「好了，麥可還好嗎？」

「他都睡死了。」她忽然笑出聲來。「信不信由你，我們上床沒幾分鐘就都睡著了。以前從沒發生過這種事。」

「這很嚴重，愛莉卡，我覺得妳應該去看醫生。」

掛斷電話後，她打回辦公室留言給佛德烈森，說臨時出了點事，會比平常晚一點到，原本預定和文化版編輯開的會也請他取消。

她找到自己的肩背包，從裡頭搜出一根牙刷便進浴室去。然後回到床上叫醒布隆維斯特。

「快點，去梳洗一下、刷個牙。」

「什麼……什麼？」他坐起來，迷惑地環顧四周。經愛莉卡一提醒，才想起自己在斯魯森的希爾頓飯店。他點了點頭。

「好了，快去浴室。」

「幹嘛這麼急？」

「因為等你出來，我要和你做愛。」她很快瞄一下手錶。「我十一點要開會，不能延後。我得讓自己體面一點，化妝打扮至少需要半小時。而且去公司的路上還要買件替換的洋裝什麼的。所以只剩下兩小時可以彌補我們失去的那一大段時間。」

布隆維斯特隨即進了浴室。

霍姆柏開著父親那輛福特來到海諾桑郡蘭姆威外圍的歐斯，將車停在前首相費爾丁家門外的車道上。他下車後四下看了看。已屆七十九歲高齡的費爾丁，幾乎不可能還在從事農活，霍姆柏不禁好奇是誰替他播種收割。他知道廚房窗內有人在看他，這是村民的習慣。他自己是在蘭姆威郊外的海勒達長大的，距離沙橋非常近，那可是世上數一數二的美景。至少霍姆柏這樣以爲。

他敲敲前門。

中央黨的昔日領袖已顯老態，但似乎仍然機敏且精力旺盛。

「你好，我叫葉爾凱·霍姆柏，我們見過面，但已經是多年前的事。家父是古斯塔夫·霍姆柏，七、八〇年代中央黨的黨代表。」

「對，我認得你，霍姆柏。你好。你現在在斯德哥爾摩當警察，對吧？我們大概有十年、十五年沒見了。」

「恐怕還要更久呢。我可以進來嗎？」

霍姆柏坐在餐桌旁等費爾丁替兩人倒咖啡。

「希望你父親一切都好。不過你應該不是因爲他來的，對吧？」

「不是，我父親很好。他還能修小屋的屋頂呢。」

「他今年幾歲了？」

「兩個月前剛滿七十一。」

「是嗎？」費爾丁回到餐桌旁，說道：「那麼你來找我是爲什麼事？」

霍姆柏望向窗外，看見一隻鵲鳥飛落在他車旁，啄著地面。隨後他才轉頭看著費爾丁。

「很抱歉沒有事先通知就跑來，不過我碰上個大問題。我們談話結束後，我可能會被開除也不一定。

我是為了公事來的，但我的老闆，斯德哥爾摩暴力犯罪組的包柏藍斯基巡官並不知道我來找你。」

「聽起來很嚴重。」

「如果長官知道我來，我就麻煩了。」

「我明白。」

「但話說回來，如果不做點什麼，我又怕有個女人的權利會遭到嚴重剝奪，更糟的是這將不是第一次發生。」

「你還是從頭說起吧。」

「這事和一個名叫亞力山大．札拉千科的人有關。他是蘇聯GRU的幹員，在一九七六年瑞典選舉當天叛逃。他獲得庇護，並開始為秘密警察工作。我有理由相信你知道他的事情。」

費爾丁定睛凝視霍姆柏。

「說來話長。」霍姆柏於是開始向費爾丁講述自己過去幾個月來參與的初步調查。

愛莉卡最後翻了個身趴著，頭歇靠在手上，臉上露出大大的笑容。

「麥可，你有沒有懷疑過我們兩個根本是瘋子？」

「什麼意思？」

「至少我是。對你的迷戀讓我無法自拔，就好像一個瘋狂的少女。」

「真的嗎？」

「可是我又想回家，和我老公上床。」

布隆維斯特笑著說：「我認識一個不錯的心理治療師。」

她往他肚子一戳。「麥可，我開始覺得《瑞典晨郵》這件事是個重大錯誤。」

「胡說，這是妳天大的機會。如果真有人能為那個垂死的軀體注入生氣，那就是妳。」

「也許吧。但那也正是問題所在。《瑞典晨郵》已經奄奄一息，你還投下有關博舍的這個炸彈。」

「妳得讓事情緩下來。」

「我知道。不過博舍的事會是個大問題。我完全不知道該怎麼應付。」

「我也是。但總會想出辦法的。」

她靜靜躺了一下。

「我很想你。」

「我也很想妳。」

「要怎麼做才能讓你到《瑞典晨郵》來當新聞主編？」

「不管怎麼做我都不會去。新聞主編不是那個……他叫什麼來著……霍姆嗎？」

「對，不過他是個白癡。」

「我同意。」

「你認識他？」

「當然。八〇年代中期，我曾經在他手下兼差三個月。他是個討厭鬼，專愛挑撥離間，而且……」

「而且什麼？」

「沒什麼。」

「說嘛。」

「有個女孩叫鄔拉什麼的，也是約聘記者，曾申訴他性騷擾。我不知道是真是假，不過工會絲毫沒有反應，她的合約也沒有延長。」

愛莉卡看看時間，嘆一口氣便下床去淋浴。直到她出來擦乾身子、換好衣服，布隆維斯特動也沒動。

「我想我還要再小睡一會。」他說。

她親親他的臉頰，手一揮便先離開了。

費格蘿拉把車停在倫特馬卡街靠近歐洛夫帕爾梅路轉角的地方，和莫天森停在前方的富豪中間隔了七輛車。她看著莫天森走到收費機器去付停車費後，往斯維亞路走去。

費格蘿拉決定不去付費。如果走到機器那邊再回來就會把人跟丟，因此直接尾隨而去。他左轉上國王街，走進國王塔咖啡館。她等了三分鐘才跟進去，看見他在一樓和一個身材相當好的金髮男子說話。**是警察**，她暗想，同時也認出那正是五月一日那天克里斯特在科帕小館外面拍到的另一人。

她自己買了杯咖啡，坐到另一頭，翻開手上的《當日新聞報》。莫天森與同伴低聲交談。儘管兩人都沒有注意到她，她還是拿出手機佯裝打電話，順便拍一張照片。雖然手機螢幕的解析度只有七十二dpi，畫質不佳，但仍可作為兩人見面的證據。

過了十五分鐘左右，金髮男子起身離開咖啡館。費格蘿拉暗咒一聲。剛才眞該留在外面，他一出去她就能認出來。她很想跳起來追出去，但莫天森還在那裡慢條斯理地喝他的咖啡，她不希望因為太快跟著他那個身分不明的同伴離開而引起注意。

隨後莫天森去了趟洗手間。他一關上門，費格蘿拉立刻起身走到國王街上，往路的兩頭看去，金髮男子已不見蹤影。

她想碰碰運氣，匆匆趕往斯維亞路口，不見人影，於是走下地鐵站，依然毫無希望。

她緊張地回到國王塔，莫天森也離開了。

愛莉卡回到前一晚停放BMW的地方時，忍不住破口大罵。

車子還在，但夜裡不知哪個王八蛋把四個輪胎都戳破。去你媽的龜孫子王八蛋，她氣炸了。

她打電話給修車廠，告訴他們她沒時間等，鑰匙就放在排氣管內。說完便走到霍恩斯路攔計程車。

莎蘭德登入駭客共和國，發現瘟疫也在線上就敲他。

〈嗨，黃蜂。索格恩斯卡如何？〉

〈很適合休養。我需要你的幫助。〉

〈說吧。〉

〈我從沒想到會要開這個口。〉

〈事情一定很嚴重。〉

〈約朗．莫天森，住在威靈比。我需要進入他的電腦。〉

〈好。〉

〈裡面所有的東西都要複製給《千禧年》的布隆維斯特。〉

〈我會處理。〉

〈老大哥在竊聽布隆維斯特的電話，很可能也會監看他的電子郵件。你得把資料寄到一個 hotmail 信箱。〉

〈好。〉

〈萬一連絡不上我，布隆維斯特會需要你的幫助。你得讓他和你連絡。〉

〈哦？〉

〈他有點古板，但你可以信任他。〉

〈嗯。〉

〈你要多少錢？〉

瘟疫停了好一會。〈這和妳現在的情況有關嗎？〉

〈有。〉

〈那就免費。〉

〈謝啦。不過我從來不欠人情。一直到開庭都會需要你幫忙，我會給你三萬克朗。〉

〈妳付得起嗎？〉

〈可以。〉

〈那好吧。〉

〈我想我們也會需要三一。你能說服他來瑞典嗎？〉

〈做什麼？〉

〈做他最拿手的事。我會付他標準費用加開銷雜費。〉

〈好，要做什麼事？〉

她於是向他解釋需要做些什麼。

星期五上午，約納森坐在辦公桌前，面對著怒氣沖沖的警官法斯特。

「我不懂。」法斯特說：「莎蘭德不是已經痊癒了嗎？我之所以來約特堡有兩個原因：一個是訊問她，一個是讓她準備移送到斯德哥爾摩看守所，也是她該去的地方。」

「很抱歉讓你白跑一趟。」約納森說：「其實我也很希望讓她出院，因爲醫院裡已經沒有空床位。可是……」

「她會不會是裝病？」

約納森露出禮貌性的微笑。「我眞的不這麼認爲。你要知道，莎蘭德是頭部中槍。我從她腦袋裡取出一顆子彈，她存活的機率只有一半。她確實活了下來，預後情況也非常令人滿意……所以我和我的同事也正準備讓她出院。結果昨天她病情惡化，不只頭痛得厲害，體溫也起伏不定。昨晚她發燒到三十八度，還吐了兩次。夜裡燒退了，情況幾乎回復到正常，我以爲只是暫時的變化。但今天早上替她量體溫，又升高到將近三十九度。這很嚴重。」

「所以她到底是怎麼了？」

「不知道，但她的體溫起伏不定就表示不是感冒或其他病毒感染。至於究竟是什麼原因，我說不準，但也可能只是對藥物或是她接觸到的某樣東西過敏而已。」

他點了電腦上一個畫面，然後將螢幕轉向法斯特。

「我替她照了腦部X光，你可以看到這裡，就在槍傷旁邊，有個區塊比較黑。我不能確定那是什麼，有可能是復原過程產生的疤痕組織，但也可能是微量出血。在我們找到問題之前，我不能讓她出院，無論警方認為多緊急都一樣。」

法斯特知道和醫生多辯無益，因為他們扮演著地球上最接近上帝使者的身分。或許除了警察之外。

「你們現在要怎麼做？」

「我已經下令讓她完全臥床休息，暫停復健——因為肩膀和臀部受傷，所以需要運動治療。」

「了解。我得通知斯德哥爾摩的埃克斯壯檢察官。這有點出人意料，我該怎麼告訴他？」

「兩天前我已經準備批准出院，也許就是這個週末。依目前的情況看來，會拖久一點。你得讓他有心理準備，下星期恐怕也還無法決定，要移送她到斯德哥爾摩可能還得等兩個星期。總之要視她的復原速度而定。」

「開庭時間已經定在七月。」

「沒有意外的話，到那時她早已康復了。」

包柏藍斯基以懷疑的眼神覷著隔桌對坐的健壯女子，他們正在梅拉斯特蘭北路一間咖啡館的露天座上喝咖啡。今天是五月二十日星期五，空氣中已能感覺到五月的暖意。證件上顯示她是國安局的莫妮卡·費格蘿拉巡官。她正好趕在他下班回家前找到他，並提議一起喝個咖啡聊聊，就是這樣。

起初他幾乎抱持敵意，但她直截了當地承認自己並無權向他問話，而他若不想說，當然也可以什麼都不說。他問她有何意圖，她說是上司派她私下調查在所謂的札拉千科案以及莎蘭德案的某些部分，哪些是眞哪些是假。她還特別告知說她其實不一定有權利詢問他，願不願意和她談完全由他決定。

「妳想知道什麼？」包柏藍斯基最後說道。

「請告訴我你對莎蘭德、布隆維斯特、畢約克與札拉千科了解多少。他們彼此之間有何關連？」

他們交談了兩個多小時。

事情該如何進行，艾柯林特不斷地斟酌推敲。經過五天的調查，費格蘿拉給了他一些毫無爭議的事證，顯示國安局內部有腐化現象。他明白在得到足夠的資訊前，一舉一動都要異常小心。再者就憲法而言，他目前也處於兩難的困境，因爲他並沒有權限進行秘密調查，尤其又是針對自己的同仁。

因此他必須設法想出個理由讓自己的作爲合理化。萬一最糟的情形發生了，他還是可以藉口說調查犯罪是警察的職責，只不過這項罪行就憲法的觀點來說太敏感，他只要踏錯一步就肯定會被解職。所以星期五一整天，他獨自一人在辦公室裡沉思。

他最後的結論是：儘管看似不可思議，但阿曼斯基說得沒錯。國安局內部確實有陰謀在醞釀著，有一些人在正規作業之外採取行動，也可能兩者並行。因爲這已行之有年，至少從一九七六年札拉千科抵達瑞典就開始了，所以肯定是高層籌畫批准的。至於陰謀者層級到底有多高，他毫無概念。

他在便條紙簿上寫了三個人名。

約朗・莫天森，貼身護衛組，刑事巡官

古納・畢約克，移民組副組長，已故（自殺？）

亞伯特・申克，國安局秘書長

費格蘿拉認為貼身護衛組的莫天森本應調到反間組，實際上人卻不在那裡，至少一定是秘書長下的命令。莫天森太忙於監視記者布隆維斯特的行動，這和反間作業一點關係也沒有。

名單上還得加上幾個國安局外部的人：

彼得・泰勒波利安，精神科醫師

拉斯・佛松（法倫），鎖匠

泰勒波利安是在八、九〇年代之交受國安局聘雇擔任幾個特定案子的精神科顧問，說得確切一點是三件案子，艾柯林特查過檔案裡的報告。第一件案子很不尋常：反間組在瑞典通訊產業界發現一名俄國的眼線，而該間諜的背景顯示一旦行動曝光，他有可能自殺。泰勒波利安對他作了非常精準的分析，協助他們拉攏此人成為雙面間諜。另外兩份報告比較沒有涉及重要的評鑑。第一份是關於國安局內部某職員的酗酒問題，第二份則是分析某非洲外交官怪異的性行為。

泰勒波利安和法倫——尤其是法倫——在國安局內都沒有任何職位。然而藉由這些任務他們關係到**什麼呢？**

陰謀與已故的札拉千科密切相關，他似乎是在一九七六年瑞典大選當天現身叛逃的ＧＲＵ情報員，一個誰也沒聽說過的人。**這怎麼可能？**

艾柯林特試著想像自己若是一九七六年札拉千科叛逃時的國安局局長，會是什麼樣的情形。他會怎麼做呢？絕對保密，這應該是最重要的。叛逃一事只能讓一小群人知道，以免消息洩漏回俄國，而……多小的一群人呢？

一個作業部門？

一個不明的作業部門？

假如事件處理得當，札拉千科的案子最後應該會落到反間組。理想的情況下，他應該受軍情局保護，但他們既無資源也無專業技術從事這類的作業。這麼說就是國安局了。

但反間組從來沒有他這個人。畢約克是關鍵，他是當初處置札拉千科的人之一，而他與反間組毫無淵源。畢約克是個謎，表面上他從七〇年代起在移民組任職，實際上卻很少在組上見到他，直到九〇年代才忽然一躍而成副組長。

不過畢約克是布隆維斯特的主要消息來源。布隆維斯特怎能說服畢約克揭露如此爆炸性的資料呢？而且揭露對象還是記者。

接著莎蘭德上場。

嫖妓。畢約克和一些未成年的妓女胡搞，《千禧年》打算揭發他。布隆維斯特肯定是以此要脅。

已故律師畢爾曼曾同時和已故的畢約克在移民組工作。札拉千科便是他們負責處理的。但他們對他做了些什麼？

一定有人作決定。處置這種身分的叛逃者，下令的肯定是最高層級。

是政府。背後一定有政府撐腰，否則實在難以想像。

眞是這樣嗎？

艾柯林特頓時感到不寒而慄。事實上這一切都不難理解。像札拉千科這麼重要的叛逃者理應以最高機密處理，他自己應該也會這麼想，費爾丁的內閣肯定也是這麼想。這個合理。

但一九九一年發生的事卻不合理。畢約克雇請泰勒波利安，以精神錯亂的（僞造）藉口將莎蘭德關進兒童精神病院，那是犯罪行爲，如此惡劣的罪行讓艾柯林特更加感到憂慮。

一定有**某個人**作了決定。但絕不可能是政府。當時的首相是卡爾森，接著是畢爾德，但無論哪個政治人物都絕不敢涉及這種違反一切法律正義的決定，一旦被發現就會引發天大醜聞。

假如政府果眞插手，那麼比起全世界任何一個專制政權，瑞典也好不到哪去。

不可能。

那麼四月十二日的事件呢？札拉千科就那麼湊巧地被一個精神不正常的狂熱分子殺死在索格恩斯卡醫院，而同一時間布隆維斯特的公寓遭竊，律師安妮卡也遭到襲擊。在後兩起事件中，都丟失了畢約克於一九九一年所寫的奇怪報告。這消息來自阿曼斯基，但完全是**私下告知**，他們並未報警。

另外艾柯林特原本希望能和畢約克好好談一談，不料他也選在這個時候上吊自盡。

艾柯林特不相信這麼多事湊在一起純屬巧合，包柏藍斯基巡官也不相信，布隆維斯特也不相信。艾柯林特再次拿起麥克筆寫下：

艾佛特·古爾博，七十八歲。稅務專家？？？

這個古爾博又是哪號人物？

他想找國安局局長，最後還是克制住了，原因很簡單：他不知道這項陰謀涉及多高層級，不知道能相信誰。

有一度他還想要找正規警員。有關尼德曼的調查工作由包柏藍斯基負責，任何相關訊息他顯然都會有興趣。但單純就政治立場而言，這絕對不可行。

他感覺到肩上負擔沉重。

現在只剩一個合乎憲法程序的選擇，如果最後捲入政治風暴，或許也能提供他些許保護。他現在做的事，只能找**老闆**給予他政治支援。

此時星期五下午快四點了，他拿起話筒打給司法部部長，他們已相識多年，並曾多次在部門會議上碰面。不到五分鐘便接通了。

「你好，艾柯林特，好久不見。有什麼事嗎？」

「老實說……打這通電話應該是爲了看看你認爲我有多可靠。」

「可靠？這可眞是個怪問題。依我看，你是**百分之百**可靠。怎麼會這麼問？」

「因爲我有一個很不尋常的重大要求。我需要和你與首相開個會，事情很緊急。」

「就這樣？」

「很抱歉，我想等我們私下見面後再詳細解釋。我遇上一件非常驚人的事，我想你和首相都應該被告知。」

「和恐怖分子或威脅評估有關嗎？」

「不是，比這個還要嚴重。我向你提出這個要求，是賭上了我的名譽和前途。」

「我明白了，所以你才會問到你的可靠性。你需要多快見到首相？」

「可能的話今天晚上。」

「你這樣倒讓我有點擔心了。」

「不幸的是你的確應該擔心。」

「會面時間要多長？」

「大概一個小時。」

「我再打給你。」

部長在十分鐘後回電，要艾柯林特在晚上九點半前往首相官邸。放下電話時，艾柯林特手心裡全是汗。**明天早上我的前途可能就完了。**

他打給費格蘿拉。

「費格蘿拉，今晚九點來找我報到。最好穿得正式一點。」

「我一向都穿得很正式。」費格蘿拉說。

首相用審慎的眼光看著這個憲法保障組組長良久。艾柯林特覺得首相眼鏡後面彷彿有齒輪在高速旋轉。

首相隨後將目光轉向在組長作報告的這段時間始終一語不發的費格蘿拉。他看到一個異常高大而健壯的女子正回看著他，臉上的表情禮貌中還帶著期望。接著他再轉向司法部部長，只見他聽完報告後已是臉色蒼白。

過了一會，首相深吸一口氣，拿下眼鏡，向著遠方發呆片刻。

「我想我們需要再喝點咖啡。」他說。

「好的，謝謝。」費格蘿拉說。

部長拿著保溫壺倒咖啡時，艾柯林特點點頭致謝。

「我簡單重複一遍，以確保我的了解沒有錯。」首相說道：「你懷疑秘密警察內部有個陰謀集團在從事一些活動，並不符合憲法賦予的權限，而且多年來這個集團還犯下堪稱情節重大的罪行。」

「是的。」

「而你來找我是因為不信任秘密警察的領導階層。」

「不完全是。」艾柯林特說：「我決定直接找首相您是因為這類行為違憲，但我不知道該陰謀集團的目的，也不知道自己是否誤解了什麼。說不定這是政府所批准的合法活動，那麼我可能會依照錯誤的或是誤解的訊息採取行動，進而破壞了某個秘密任務。」

首相看了看部長，兩人都明白艾柯林特是為求自保。

「我從未聽說過這種事。你知情嗎？」

「完全不知道。」部長回答：「秘密警察交給我的報告裡頭，完全沒有和此事相關的內容。」

「布隆維斯特認為秘密警察內部有派系，他稱之為『札拉千科俱樂部』。」艾柯林特說道。

「我甚至從未聽說瑞典曾收容並保護一個如此重要的俄國叛逃者。」首相說：「你說他是在費爾丁執政期間叛逃的？」

「我不認為費爾丁會隱匿這種事。」部長說道：「像這種叛逃行為事關重大，應該會移交給下一任政府。」

艾柯林特輕咳一聲清清喉嚨。「費爾丁的保守派政府由帕爾梅接手。有件事其實眾所周知，我們國安局有些前輩對帕爾梅有些特殊看法……」

「你的意思是說有人忘了告知社會民主黨政府？」

艾柯林特點點頭。「請各位別忘了費爾丁曾兩度執政。每一次聯合政府都垮臺。第一次他將政權交給於一九七九年組成少數黨政府的烏斯騰①。後來溫和黨棄守，政府再度垮臺，費爾丁於是與人民黨聯合執政。我猜在那些交接時期，政府內閣應該是一片混亂。也可能只有一小群人知道札拉千科的事，費爾丁首相並不真正知情，所以也沒有什麼可以移交給帕爾梅。」

「那麼負責的人是誰？」首相問道。

除了費格蘿拉之外，其他人都搖頭。

「我想媒體一定會風聞。」首相說。

「布隆維斯特和《千禧年》就打算刊載。換句話說，我們陷入了所謂進退維谷的困境。」艾柯林特刻意用了「我們」一詞。

首相點頭認同。他明白事態嚴重。「那麼我得先謝謝你這麼快就來告訴我這件事。通常我不會答應這種沒有事先安排的會面，不過部長說你是個謹慎的人，既然不透過正常管道來見我，想必是有重大情事。」

艾柯林特稍稍鬆了口氣。無論如何，首相的怒火是不會延燒到他了。

「現在我們得決定該如何因應。你們有什麼建議嗎？」

「也許可以算有。」艾柯林特試探地說道。

接著他沉默許久，費格蘿拉只好清清嗓子說道：「我可以說幾句話嗎？」

「請說。」首相說。

「如果政府眞的不知情，那麼這項行動就是非法的，行動負責人因爲逾越權限而成了犯罪的公務員。如果我們能證實布隆維斯特的所有說詞，就表示國安局內有一群警員長期以來都在從事犯罪活動。那麼問題將分爲兩個部分。」

「這是什麼意思？」

「首先我們得問問：這種事怎麼可能發生？誰要負責？一個組織完善的警察機構怎麼會發展出這種陰謀？我本身在國安局工作，也很引以爲傲。這種事怎麼可能持續這麼久？這種行動如何隱瞞又如何獲得資金？」

「說下去。」首相說。

「將來很可能會出版很多書討論這第一部分。但有一點很明顯，他們一定有資金，而且每年恐怕至少有幾百萬克朗。我查過秘密警察的預算，並沒有發現任何像是分配給『札拉千科俱樂部』的額度。但你們也知道，有些秘密資金由秘書長和預算主任掌控，我無法取得資料。」

首相沉著臉點了點頭。爲什麼管理秘密警察總是有如一場夢魘？

「第二部分是：有誰涉入其中？或者說得更明確一點，應該逮捕哪些人？依我之見，這所有問題的答案都取決於您在接下來幾分鐘內所作的決定。」她對首相說。

艾柯林特不禁倒抽一口氣。要是可以的話，他眞想往費格蘿拉的脛骨踢一腳。她完全省略委婉的客套話，直指首相本人應該負責。他自己也打算最後要作出同樣結論，但事先可得迂迴曲折地兜好大一圈。

「妳認爲我應該作出什麼決定？」

「我想我們關心的事是一樣的。我在憲法保障組工作三年了，我認爲這個單位對瑞典民主制度非常重要。近幾年來，秘密警察都在憲法體制內恰如其分地工作，我當然不希望醜聞影響到國安局。我們必須知道這起案例只是少數個人犯下的罪行，這點很重要。」

「這種行動絕對不可能是政府批准的。」部長說。

費格蘿拉點點頭，想了幾秒鐘。「在我看來，最要緊的是不能讓這件醜聞牽連到政府，但如果政府企圖掩蓋，就可能受牽連。」

「政府並沒有掩蓋犯罪行爲。」部長說道。

「對，可是假設，只是假設，政府可能會想這麼做，那麼將會引起莫大的公憤。」

「接著說。」首相說道。

「我們憲法保障組爲了調查這件事，不得不執行一項本身就違規的行動，也導致情況變得複雜。所以我們希望一切都能合法合憲。」

「我們都這麼希望。」首相說。

「那麼我建議您以首相的身分指示憲法保障組盡快釐清此事。」費格蘿拉說：「以書面下令，授予我們必要的權限。」

「我想妳的提議恐怕不合法。」部長說。

「**絕對**合法。只要有違憲之虞，政府就有權力採取極大範圍的措施。如果有一群軍人或警察開始實施獨立的外交政策，瑞典**實際上**已經發生政變了。」

「外交政策？」部長不解。

首相忽然點了點頭。

「札拉千科背叛了外國政權。」費格蘿拉解釋道：「據布隆維斯特的說法，他將資訊提供給外國的情報單位。如果政府不知情，就等同於政變了。」

「妳的論點我明白。」首相說：「現在換我說說我的看法。」

他站起來繞桌子一圈，最後在艾柯林特面前站定。

「你有個非常有才幹的同事。她可說是一針見血。」

艾柯林特嚥了一下口水，點點頭。首相接著轉向司法部部長。

「把你的國務秘書和法務司司長找來。明天早上，我就要看到一份特別授權憲法保障組處理此事的文件。他們的任務是確認我們剛剛討論的事究竟是眞是假、蒐集證據證明其牽連範圍有多廣，並找出負責或涉及的有哪些人。文件上不得註明你們在進行初步調查，我也許弄錯了，但我以為在這個情況下，只有檢察總長能指派初步調查的負責人。但我能授權讓你進行個人調查，因此你要作一份正式公開的報告，你懂嗎？」

「我懂，不過我想聲明一下，我自己以前也當過檢察官。」

「我們請法務司司長看一看，究竟該如何措詞才正確。總之，調查工作由你一人負責，但可以挑選你需要的助手。如果發現犯罪證據，必須交給檢察總長，由他決定起訴事宜。」

「我得查一查究竟有哪些適用條款，不過我想您得告知國會發言人和憲法委員會……消息很快就會洩漏出去。」部長說。

「換句話說，我們的動作得更快。」首相說。

費格蘿拉舉手示意發言。

「有什麼事？」首相問。

「還有兩個問題。第一，《千禧年》的出刊會和我們的調查衝突，第二，莎蘭德一案再過幾個星期就要開庭。」

「能不能問出《千禧年》打算什麼時候刊登？」

「可以問，」艾柯林特回答道：「不過我們最不想的就是和媒體打交道。」

「至於這個叫莎蘭德的女孩……」司法部部長起了個頭，隨即住口停了一會。「如果她眞受到如《千禧年》所說的不公對待，就太可怕了。眞的有可能嗎？」

「恐怕是眞的。」艾柯林特說。

「那麼我們非得彌補她所受到的這些傷害，尤其絕不能讓她再次遭受不公的待遇。」首相說。

「要怎麼做呢？」部長問道：「政府不能干涉已經起訴的案子，否則就是違法。」

「能找檢察官談談嗎？」

「不行，」艾柯林特說：「您身爲首相，絕不能影響司法程序。」

「換句話說，莎蘭德只能上法院碰碰運氣。」部長說：「只有當她打輸官司後上訴，政府才能插手，或是特赦她或是要求檢察總長審查是否可能重新開庭。但這也只有在她被判徒刑時才適用，假如她被判入精神療養院，政府便無計可施。那是醫療問題，首相無權判定她是否正常。」

星期五晚上十點，莎蘭德聽到門上鑰匙轉動的聲音，立刻關掉掌上型電腦藏進床墊底下。抬頭一看，約納森正要關門。

「晚安，莎蘭德小姐。」他說：「今天晚上感覺怎麼樣？」

「頭痛得要命，好像還發燒。」

「聽起來不太好。」

莎蘭德似乎並不特別因爲發燒或頭痛感到困擾。約納森花了十分鐘替她作檢查，發現晚上這段時間她的體溫又急劇竄高。

「妳過去幾個星期復原情況那麼好，現在卻得強迫臥床休息，眞是遺憾。很可惜妳至少還得多待兩個星期才能出院。」

「兩個星期應該夠了。」

從倫敦到斯德哥爾摩陸路距離約一千九百公里，理論上開車約需二十小時，實際上二十小時只能到達德國北部與丹麥交界處。星期日天空烏雲密布，當化名「三一」的男子來到連接丹麥與瑞典的俄勒海峽大橋中央，開始下起傾盆大雨。他於是減慢車速，啓動雨刷。

三一發現在歐陸開車眞是要命，因爲路上每個人都堅持開在錯誤的一邊。②他在星期五上午將行李裝上廂型車，從多佛搭渡輪到法國加萊，然後經由列日橫越比利時，在亞琛通過德國邊界後，由高速公路北上漢堡，再繼續前往丹麥。

他的同伴「巴布狗」在後座睡覺。他們輪流開車，除了有幾次暫停一小時休息外，一直都維持九十公里的時速前進。這輛車已是十八年的老車，開不了更快。

雖然從倫敦到斯德哥爾摩有更便利的方法，但要帶著三十公斤的電子儀器上飛機似乎不太可能。他們總共越過六個國界，卻一次也沒被海關或護照查驗人員攔下。三一是歐盟的熱情支持者，他們的規定讓他造訪歐陸的行程簡化許多。

三一出生於布拉福，但從小就住在倫敦北區。他沒受過良好的正規教育，後來上職業學校拿到一份通訊技師的證書，滿十九歲後，在英國電訊公司當了三年工程師。當他了解電話系統如何運作，也明白該系統已經老舊得無可救藥之後，便轉行當私人保全顧問，爲人安裝警報系統防範竊盜，還會爲特別的客戶提供監視錄影機與電話竊聽設備。

現年三十二歲的他熟知電子與電腦理論，而且遠遠超越該領域的任何教授。他從十歲就與電腦爲伍，十三歲便成功侵入第一部電腦。

他從此胃口大開，十六歲已經進階到足以與世界頂尖人士相抗衡。有一段時期，他只要醒著就待在電腦前面寫自己的程式，在網路上散布垃圾郵件。他還入侵過BBC廣播公司、英國國防部和倫敦警察廳，甚至曾經成功地（短時間）支配一艘在北海巡邏的核子潛艇。好在三一只是好奇，而非惡劣的電腦掠奪者。一旦破解了電腦防線，入侵後得知了秘密，他也就不再著迷。

他是駭客共和國的創建人之一。而黃蜂則是共和國的公民。

星期日晚上七點半，他和巴布狗已逐漸接近斯德哥爾摩。通過榭爾島孔根斯庫瓦的宜家家居時，三一打開手機撥了他背下來的電話號碼。

「瘟疫。」三一叫道。

「你們在哪裡？」

「你不是說要我們經過宜家家居的時候打電話？」

瘟疫已經在長島的青年旅館為英國的夥伴們訂了房間，便向三一報路。因為瘟疫幾乎從不離開住處，他們說好隔天早上十點在他家碰面。

瘟疫決定破例作一番努力，洗了碗、大致打掃一下並打開窗戶，迎接客人到來。

①Ola Ullsten（1931-），瑞典自由派政治人物，前任自由人民黨黨魁，曾於一九七八至一九七九年間擔任瑞典首相，一九七九年組成少數黨政府之後不久，便辭職下台。

②因為在倫敦開車是靠左行駛，而歐陸其他國家都是靠右行駛。

第三部

磁碟毀損

五月二十七日至六月六日

西元前一百年西西里的歷史學家狄奧多羅斯（其他史學家認爲他的論述並不可靠）曾描述過利比亞的亞馬遜女戰士，當時利比亞指的是埃及以西整個北非地區。這段亞馬遜族統治期是由婦女當政，也就是只有婦女能擔任官職，包括軍職在內。傳說該王國的統治者是米芮娜女王，她率領三萬名女戰士與三千名女騎兵橫掃埃及與敘利亞，並揮戈直搗愛琴海，一路擊退男性軍伍。直到最後米芮娜女王葬身沙場，她的軍隊才潰散。

但這支軍隊確實在這一帶留下印記。安那托利亞①的婦女在男性戰士遭到大規模屠殺而盡數滅亡後，以刀劍擊敗了高加索的侵略者。這些婦女練習使用各種武器，包括弓箭、長劍、戰斧與長矛，並複製希臘人的銅製護胸甲與盔甲。

她們將婚姻視爲屈從而予以排斥。若想生育可以請假，隨便在鄰近城鎮挑選男性進行性交。

只有在戰場上殺死過男人的女性才能放棄童貞。

第十六章

五月二十七日星期五至五月三十一日星期二

布隆維斯特於星期五夜晚十點半離開《千禧年》辦公室，搭電梯下到一樓後沒有走出大門，而是左轉走過地下室、穿越中庭，再通過他們大樓背面的建築來到賀錢斯街。他迎面遇上一群從摩塞巴克走來的年輕人，但似乎沒有人特別留意到他。監視雜誌社大樓的人會以為他和平常一樣在社內過夜。他從四月就建立了這個模式，其實今晚換克里斯特值夜班。

他在摩塞巴克的大街小巷內繞了十五分鐘，才往菲斯卡街九號走去。他按了大門密碼進入，爬樓梯上頂樓公寓，然後用莎蘭德的鑰匙開門進去，關掉警報器。每次進到這間公寓總覺得有點頭昏：總共二十一個房間，但只裝潢了三間。

他首先煮咖啡、做三明治，接著才進入莎蘭德的工作室啓動她的PowerBook。

自從四月中畢約克的報告被竊，布隆維斯特也察覺自己受到監視後，便在莎蘭德的公寓設立自己的總部。他將最重要的文件移放到她的桌上，每星期會有幾晚在這裡度過，睡她的床、用她的電腦工作。她去哥塞柏加找札拉千科前，已將硬碟清理得乾乾淨淨。布隆維斯特猜想她並不打算再回來。他用她的系統光碟片將電腦還原到運作狀態。

四月以來，他甚至沒有將寬頻線插到自己的電腦上。他用她的寬頻連線，啓動ＩＣＱ聊天程式，用她替他建立的位址透過雅虎的「愚桌」社群敲她。

〈嗨，莉絲。〉

〈說吧。〉

〈我正在寫這星期稍早我們討論過的那兩個章節。新版本已經貼上雅虎。妳那邊怎麼樣？〉

〈寫完十七頁了。正在上傳。〉

來了。

〈好，收到了。我先看看，晚一點再談。〉

〈我還有其他的。〉

〈其他的什麼？〉

〈我建立了另一個雅虎社群叫「武士」。〉

布隆維斯特不禁莞爾。

〈愚桌武士。〉

〈密碼是yacaraca12。〉

〈四個會員，你、我、瘟疫和三一。〉

〈妳的神秘夜間夥伴。〉

〈需要保護。〉

〈OK。〉

〈瘟疫複製了埃克斯壯檢察官電腦的資料。我們在四月入侵的。如果我的電腦沒了，他會告訴你最新消息。〉

〈好，謝謝。〉

布隆維斯特登入ICQ，進入新成立的雅虎社群「武士」，卻只看到從瘟疫連結到一個只由數字組成的匿名網址。他將網址複製到 Explorer，按下 Enter 鍵，來到網路上的某個網站，裡頭有埃克斯壯那十六GB的硬碟。

瘟疫顯然為了簡化程序，直接將埃克斯壯的整個硬碟都拷貝過來，布隆維斯特花了一個多小時逐一檢視其中的內容。他不去管系統檔案、軟體和似乎涵蓋了數年前初步調查的無數檔案，只下載了四個資料夾，其中三個的名稱分別為「初調／莎蘭德」「廢棄／莎蘭德」和「初調／尼德曼」。第四個是前一天下午兩點複製的埃克斯壯電子郵件資料夾。

「謝啦，瘟疫。」布隆維斯特喃喃自語。

他花三個小時看過埃克斯壯的初步調查與開庭策略。果不其然，多半都著重在莎蘭德的精神狀態。埃克斯壯希望進行全面的精神狀態檢查，而且寄出許多郵件，目的是想以最快的速度將她移送到克羅諾柏看守所。

布隆維斯特看得出來埃克斯壯在搜捕尼德曼一事上毫無進展。該調查工作由包柏藍斯基負責，他已成功蒐集到一些鑑識證據可以證明尼德曼涉及達格／蜜亞命案，以及畢爾曼命案。布隆維斯特自己在四月進行的三次長談是讓他們追蹤到這條線索的關鍵，如果尼德曼有朝一日被捕，布隆維斯特便得出庭當檢方的證人。另外從畢爾曼住處採集到的汗滴和兩根頭髮所驗出的DNA，也終於證實與尼德曼在哥塞柏加房中物品所驗出的DNA相符，而且在硫磺湖機車俱樂部的葉朗森的遺體上，也發現了大量相同的DNA。

然而，埃克斯壯對於札拉千科資料的掌握卻少得出奇。

布隆維斯特點了根菸，站在窗邊望向尤爾戈登。

埃克斯壯正在領導兩起個別的初步調查。凡是與莎蘭德有關的事件由刑警法斯特負責調查，包柏藍斯基只針對尼德曼。

當初步調查出現札拉千科的名字，埃克斯壯理當聯繫國安局局長以確認札拉千科的眞實身分，但在埃克斯壯的電子郵件、日誌或筆記中卻找不到類似的查詢，只有在筆記裡面發現幾個謎樣的句子。

莎蘭德的調查是假的。畢約克的原件與布隆維斯特的版本不符。列爲「極機密」。

接著有一連串字句指稱莎蘭德有妄想症與精神分裂症。

一九九一年關起莎蘭德正確。

在「廢棄／莎蘭德」資料夾中，他發現了調查的連結資料，也就是檢察官認爲與初步調查無關的補充資訊，也因此不會當作呈堂證供或是成爲對她不利的證據。其中幾乎包括與札拉千科背景有關的一切。

他們的調查根本不充分。

布隆維斯特很好奇這其中有多少是巧合，又有多少是人爲的。界線在哪裡？埃克斯壯知道有界線存在嗎？

會不會有人故意提供埃克斯壯可信卻會誤導人的消息？

最後，布隆維斯特登入 hotmail，花十分鐘檢查他先前成立的六個匿名電郵帳號。他每天都會查看他給茱迪警官的帳號信箱，但其實並不抱太大希望她會來信，因此當他打開信箱看見〈ressallskap9april@hotmail.com〉寄來的信，不禁略感訝異。信中只有一行字：

瑪德蓮咖啡館，樓上，星期六上午十一點。

瘟疫半夜敲莎蘭德時，她正寫到潘格蘭擔任她監護人的時期，句子寫到一半被打斷，不免氣惱地瞪螢幕一眼。

〈幹嘛？〉

〈嗨，黃蜂，我也很高興聽到妳的消息。〉

〈好啦好啦，什麼事？〉

〈泰勒波利安。〉

她立刻從床上坐起，熱切地盯著電腦螢幕。

〈說吧。〉

〈三一解決了，時間破紀錄。〉

〈怎麼解決？〉

〈那個瘋子醫生就是待不住，老在烏普沙拉和斯德哥爾摩之間跑來跑去，所以沒法惡意接收。〉

〈我知道，結果呢？〉

〈他每星期會打兩次網球，大概兩小時。電腦放在車庫裡的車內。〉

〈啊哈。〉

〈三一輕易就破解車子的警報器，拿到電腦。花了三十分鐘利用 Firewire 介面全部複製，並安裝 Asphyxia。〉

〈在哪裡？〉

瘟疫給了她儲存泰勒波利安的硬碟的伺服器網址。

〈套一句三一說的……**他是個下流的王八蛋。**〉

〈？〉

〈去看他的硬碟就知道。〉

莎蘭德切斷與瘟疫的連線後，進入他給的伺服器，花了將近三小時，一個接著一個資料夾地仔細檢視泰勒波利安的電腦。

她發現有一個人用 hotmail 信箱寄了加密的郵件給泰勒波利安，因爲她有泰勒波利安的PGP鑰匙，很輕易地就將信件解密了。寄件人名叫約奈思，沒寫姓氏。約奈思和泰勒波利安都有不良興趣，希望莎蘭德健康狀態不佳。

沒錯……我們可以證明這其中有陰謀。

但莎蘭德眞正感興趣的是包含了將近九千張兒童色情圖片的四十七個資料夾。她一張一張點進去看，多半是十五歲左右或更小的孩子的畫面，有幾張還是幼兒，大多數是女孩，而且很多是性虐照片。

她還找到至少十來個國外交換兒童色情照的連結。

莎蘭德咬咬嘴唇，但仍舊面無表情。

她想起十二歲那年許多個夜裡，自己被綁在聖史蒂芬的無刺激病房，泰勒波利安一次又一次進入房間，藉著夜燈的光注視著她。

她知道。他從未碰過她，但她一直都知道。

早在幾年前就該處置泰勒波利安，但她壓制了對他的記憶，選擇忽略他的存在。

過了一會，她到ＩＣＱ上敲布隆維斯特。

布隆維斯特就在莎蘭德位於菲斯卡街的公寓過夜，直到早上六點半才關電腦，上床睡覺時腦海中不斷盤旋著兒童色情照的噁心畫面。他在十點十五分醒來，翻下莎蘭德的床，沖了個澡，然後叫計程車到梭德拉劇院門口接他。十點五十五分在畢耶亞爾路下車後，走到瑪德蓮咖啡館。

茉迪已經在等他，面前擺著一杯黑咖啡。

「妳好。」布隆維斯特招呼道。

「我可是冒了天大的風險。」她省略了客套的招呼。

「誰都不會從我口中聽說我們碰面的事。」

她顯得很緊張。

「我有個同事最近去見了前首相費爾丁。他是自己私下行動的，現在也同樣暴露在危險中。」

「我明白。」

「我要你保證絕不披露我們兩人的身分。」

「我根本不知道妳說的同事是誰。」

「我待會會告訴你。我要你答應把他當成消息來源保護。」

「我答應妳。」

她看了看手錶。

「妳趕時間嗎？」

「是的，我十分鐘後得到史都爾商店街和我先生孩子們碰面。我先生以爲我還在上班。」

「包柏藍斯基對此也一無所知？」

「對。」

「好，妳和妳的同事是消息來源，會獲得百分之百的保護。兩個都是。只要你們還活著。」

「我的同事叫葉爾凱．霍姆柏，你在約特堡見過他。他父親是中央黨員，霍姆柏從小就認識費爾丁首相。他人好像很親切，所以霍姆柏就去找他問札拉千科的事。」

布隆維斯特的心跳開始加速。

「霍姆柏問他對於叛逃一事知道多少，但費爾丁沒有回答。當霍姆柏告訴他我們懷疑莎蘭德遭到那群保護札拉千科的人監禁，他倒是眞的很憤慨。」

「他有沒有說他知道多少？」

「費爾丁說在他當上首相沒多久，當時的秘密警察主管就和一名同事去找過他，說了一個關於俄國情報員叛逃到瑞典、很不可思議的事情，還告訴他說那是瑞典最敏感的軍事機密……瑞典軍情局所有情報的重要性都遠遠比不上這件事。費爾丁說他不知道該如何處理，他的政府裡面沒有一個經驗豐富的人，因爲社會民主黨已經執政超過四十年。他們建議他獨自作決定，如果他和內閣同仁商量的話，秘密警察就會撤手不管。他記得那件事整個過程都讓人非常不快。」

「結果他**做了**什麼？」

「他知道自己除了接受秘密警察代表的提議之外別無選擇，便下達指令將叛逃者交由秘密警察全權處理，並保證絕不和任何人提及此事。費爾丁始終不知道札拉千科的名字。」

「不可思議。」

「之後在他兩任期間便幾乎不曾再聽到任何消息。不過他做了一件非常精明的事。他堅持要讓一位國務秘書知道這項秘密，以便在必要時充當政府內閣與札拉千科保護者的中間人。」

「他記得是誰嗎？」

「是貝提爾．楊瑞德，現在派駐在海牙的大使。費爾丁得知這個初步調查的嚴重性後，立刻坐下來寫信給楊瑞德。」

茱迪隨手將一個信封推到桌子對面。

親愛的楊瑞德：

在我任內我們倆共同守護的秘密如今受到非常嚴重的質疑。事件中的關係人已經死亡，再也不會受牽累，然而其他人卻可能會。

目前當務之急是某些問題必須得到答案。

送信者是私下行動，也是我信任的人。請你務必聽他說，並回答他的問題。

請運用你超卓的判斷力。

T．F

「這封信上指的人是霍姆柏？」

「不是，霍姆柏請費爾丁不要指名道姓。他說他還不知道會讓誰去海牙。」

「妳是說……」

「霍姆柏和我討論過了。我們腳下的冰實在太薄，因此需要的不是冰鑿而是划槳。我們無權前往荷蘭去找大使。但你可以。」

布隆維斯特將信摺好，放進夾克口袋後，茉迪忽然抓起他的手，緊緊握住。

「情報換情報，」她說：「我們要知道楊瑞德告訴你的每一句話。」

布隆維斯特點點頭。茉迪隨即起身。

「等一下。妳說有兩個國安局的人去找費爾丁，一個是局長，另一個是誰？」

「費爾丁只見過他那麼一次，不記得他的名字。會面過程並無紀錄。他只記得那人瘦瘦的，留了一道細細的山羊鬍。不過他確實記得國安局局長介紹時說他是什麼『特別分析小組』的組長。費爾丁後來看了國安局組織圖，卻找不到那個單位。」

「札拉千科俱樂部」，布隆維斯特暗忖。

茉迪似乎在斟酌言詞。

「算了，就冒著被砍頭的危險吧！」她最後說道：「其實有一個紀錄費爾丁和他的訪客都沒想到。」

「什麼紀錄？」

「費爾丁在首相辦公室的訪客登記簿。那是公開的資料。」

「所以呢？」

茉迪又猶豫了一下。「登記簿上只說首相與國安局局長及一位國安局同仁會面討論一般的問題。」

「有註明名字嗎？」

「有，叫古爾博。」

布隆維斯特頓時覺得全身血液都衝上腦門。

「艾佛特・古爾博。」他說。

布隆維斯特在瑪德蓮咖啡館用匿名手機訂了前往阿姆斯特丹的機票，飛機將於兩點五十分從亞蘭達機場起飛。他走到國王街的 Dressman 男裝店買了一件襯衫和一套換洗內衣褲，然後到藥房買牙刷等盥洗用品。他小心翼翼地確定無人跟蹤後，匆匆搭上亞蘭達快線。

飛機於四點五十分降落在阿姆斯特丹國際機場，六點半他便住進一家距離海牙中央車站約十五分鐘腳程的小旅館。

他找瑞典大使找了兩個小時，最後在九點左右用電話連絡上了。他鼓起三寸不爛之舌，解釋自己這趟前來肩負著十萬火急的任務。大使終於不再拒絕，答應在星期日上午十點見他。

隨後布隆維斯特到旅館附近找一家餐館，吃了點簡便的晚餐。十一點上床睡覺。

楊瑞德大使在佛爾豪特長街的官邸內爲布隆維斯特遞上咖啡時，毫無聊天的興致。

「說吧……什麼事這麼緊急？」

「亞力山大・札拉千科，一九七六年從蘇俄叛逃到瑞典的人。」布隆維斯特說著將費爾丁的信交給他。

楊瑞德顯得很吃驚，讀完信後隨手放在一旁的桌上。

布隆維斯特向他說明來龍去脈以及費爾丁寫信給他的原委。

「我……我不能討論這件事。」楊瑞德最後才說。

「我想你可以。」

「不行，我只能向憲法委員會提起。」

「將來你非常有可能也得這麼做。不過這封信上請你運用你自己的卓越判斷力。」

「費爾丁是個誠實的人。」

「這點我相信。我並不打算損毀你或費爾丁的名聲，也沒有要求你告訴我任何可能從札拉千科那裡得知的軍事機密。」

「我什麼機密都不知道，甚至不知道他叫札拉千科。我只知道他的化名，大家叫他魯本。但你若以為我會和一個記者討論這件事，未免太過荒謬。」

「我可以給你一個非常好的理由。」布隆維斯特邊說邊挺起胸膛。「這整件事很快就會被公開，到時候媒體要不是讓你粉身碎骨，就是把你形容成一個善處逆境的忠誠公務員。費爾丁指派你負責和札拉千科的保護者溝通，這個我已經知道了。」

楊瑞德沉默片刻。

「你聽好了，我根本什麼都不知情，對你所說的背景毫無概念。我當時還很年輕……不知道該怎麼和這些人周旋。我擔任公職期間，每年大概和他們碰兩次面。他們告訴我說魯本，也就是你說的札拉千科，活得很健康也很合作，說他提供的情報非常珍貴。我從未過問細節，我**沒有知道的必要**。」

布隆維斯特等著他說下去。

「那個叛逃者之前在其他國家工作，對瑞典一無所知，所以他始終不是國安政策的重要因子。我向首相報告過幾次，但其實也沒什麼可說的。」

「了解。」

「他們總說依例行程序處置他，他提供的情報也透過適當管道處理。我還能說什麼？如果我問說那是什麼意思，他們就會笑著說我層級不夠高，不能參與這項秘密。我覺得自己像個笨蛋。」

「你從未想過事情的安排可能有問題嗎？」

「沒有，事情的安排沒有問題。我理所當然地認為國安局知道自己在做什麼，也有適切的辦事程序與經驗。可是我不能談論這個。」

在此之前，楊瑞德已經談論了好幾分鐘。

「好……其實這些全都不是重點。現在重要的只有一件事。」

「是什麼？」

「和你碰面的人的名字。」

楊瑞德困惑地看了布隆維斯特一眼。

「照管札拉千科的人大大超越了自己的權限，犯下嚴重罪行，將會成為初步調查的目標。所以費爾丁才派我來找你，他不知道他們是誰，和他們見面的人是你。」

楊瑞德緊張地眨眨眼，緊抿雙唇。

「有一個是艾佛特．古爾博……他是首腦。」

楊瑞德點頭承認。

「你見過他幾次？」

「他每次都會來，只有一次例外。費爾丁當首相時，我們大概見了十次面。」

「在哪裡碰面？」

「某間飯店的大廳，通常是喜來登，有一次在國王島的雅馬蘭斯，有時候則是在大陸飯店的酒吧。」

「還有誰會出席？」

「都已經那麼久了……我不記得。」

「想想看。」

「有一個叫……柯林頓，和美國總統同名。」

「名字呢？」

「佛德利克，我見過他四、五次。」

「其他人呢？」

「漢斯．馮．羅廷耶。我是透過我母親認識他的。」

「令堂？」

「是的，我母親和羅廷耶一家熟識，漢斯一直是個討人喜歡的小夥子。有一次他忽然跟著古爾博出席，在那之前我並不知道他在國安局上班。」

「他沒有。」布隆維斯特說。

楊瑞德聽了臉色發白。

「他是在一個叫『特別分析小組』的地方上班。」布隆維斯特說：「你聽說過這個『小組』的哪些事？」

「什麼也沒有，我是說除了他們負責照顧叛逃者之外。」

「好。只是他們完全不存在於國安局的組織圖中，這不是很奇怪嗎？」

「很荒謬。」

「是吧？那麼他們怎麼安排會面？是他們打電話給你，還是你打給他們？」

「都不是。每次會面都會敲定下一次會面的時間地點。」

「萬一你需要和他們連絡怎麼辦？比方說要更改會面時間之類的。」

「我有一個電話號碼。」

「號碼多少？」

「我怎麼可能還記得。」

「你打去是誰接的？」

「不知道，我從沒打過。」

「下一個問題。這一切你移交給誰？」

「什麼意思？」

「費爾丁任期結束後，誰接你的位子？」

「不知道。」

「你有寫報告嗎？」

「沒有，一切都是機密，我甚至不能記錄。」

「你從未向接任者簡單說明過？」

「沒有。」

「所以事情經過是怎麼樣？」

「這個嘛……費爾丁離開，烏斯騰進來。我被告知說得等到下一次選舉過後。後來費爾丁再次當選，我們也重新會面。接著是一九八五年的選舉，社會民主黨獲勝，我想帕爾梅應該是指派了某人接替我的位子。我調到外交部，成了外交官，先後派駐埃及和印度。」

布隆維斯特又問了幾分鐘的問題，但可以確定楊瑞德已經將自己所知都告訴他了。三個名字。

漢斯．馮．羅廷耶。

佛德利克．柯林頓。

和艾佛特．古爾博——槍殺札拉千科的人。

「札拉千科俱樂部」。

他謝過楊瑞德後，沿著佛爾豪特長街走一小段路到印度飯店，再從飯店搭計程車到中央車站。直到上計程車後，他才伸手按掉夾克口袋內的錄音機。

愛莉卡抬起頭掃視了玻璃籠外半空的編輯室。霍姆今天休假。她沒發現有任何人公然或暗地裡在留意她，也沒有理由認為有哪個編輯室員工想對她不利。

電子郵件是在一分鐘前送達，寄件者是〈editorial@aftonbladet.com〉。**爲什麼是《Aftonbladet》晚

報？郵址又是假造的。

今天的內容沒有文字，只有一個 jpeg 檔，她用 Photoshop 打開。是一個色情畫面：上頭有個胸部大得驚人的裸體女子，脖子上套著狗項圈，趴跪在地，被人從背後插入。

女人的臉已被換成愛莉卡的臉，拼貼的技術並不純熟，但那應該不是重點。這是她以前《千禧年》簽名檔內使用的照片，在網路上即可下載。

照片底下有兩個字，是用 Photoshop 的噴畫功能寫成的。

婊子。

這是她收到第九封含有「婊子」字眼的匿名信，似乎是從瑞典知名傳播集團內送出。她顯然是被某個網路跟蹤狂給纏上了。

竊聽電話要比監視電腦更爲困難。三一輕而易舉就找出埃克斯壯檢察官住家室內電話纜線的位置，但問題是埃克斯壯很少、甚至從不用這支電話談公事。三一也沒想過要竊聽埃克斯壯在國王島總局的辦公室電話，這得大量利用瑞典的電纜網絡，他辦不到。

但三一和巴布狗投注了幾乎整整一星期的時間，從警察總局方圓一公里內、將近二十萬支手機的背景雜訊中，確認並分離出埃克斯壯的手機。

他們用的是隨機頻率追蹤系統，這種技術並不罕見。這是由美國國安局研發出來的，內建在爲數不詳的衛星上，針對全球各重要城市與特別值得注意的危險地點進行精確的監控。

美國國安局擁有龐大資源，並利用廣大網路在某一地區同時截取大量的手機對話。每通電話都會被分離出來再以電腦進行數位處理，電腦會先設定好某些字眼，如**恐怖分子**或**卡拉希尼科夫**②，類似字眼一旦出現，電腦便會自動送出警訊，也就是說會有某個技師以手動方式操作聽取對話內容，以決定重要與否。

若想認出特定的手機，問題更複雜。每支手機都有一個以電話號碼形式呈現的專屬標記，就像指紋一樣。美國國安局可以利用靈敏度極高的設備，針對某一特定區域，過濾並監聽手機對話。這項技術很簡單，卻非百分之百有效，尤其外撥電話更難確認。打進來的電話比較簡單，因爲前面會有數位指紋以便讓電話接收到訊號。

同樣是試圖竊聽，三一與美國國安局的差異可能就在經濟條件。美國國安局每年有數十億美元的預算、將近一萬兩千名全職幹員，還擁有最先進的IT與通訊技術；三一只有一輛廂型車載著三十公斤重的電子設備，其中大多還是巴布狗安裝的自製玩意。美國國安局透過全球衛星監測，能以高敏感度天線瞄準世界任何地方的特定建築物；三一的天線是巴布狗架設的，有效距離只有五百公尺左右。

由於技術十分有限，三一只能將廂型車停在柏爾街或鄰近某條街道上，費力地調整設備直到確認出埃克斯壯手機號碼的指紋。但他聽不懂瑞典話，所以還得用另一支手機將談話內容轉接給在家裡的瘟疫，讓他負責實際監聽。

五天下來，瘟疫徒勞無功地聽著從警察總局與周圍建築打出去的無數電話，眼窩逐漸下陷。他聽到了正在進行的調查工作的片段、發現了幽會計畫，也錄下許多許多小時毫無重點的對話。到了第五天深夜，三一送來一個訊號，從數字顯示立刻可以看出是埃克斯壯的手機號碼。瘟疫將網狀拋物面天線鎖定在正確的頻率。

隨機頻率追蹤技術主要是對從外面打給埃克斯壯的電話比較有效。當訊號在空中搜尋埃克斯壯的手機，三一的拋物面天線便會加以截取。

由於三一可以錄下埃克斯壯外撥的電話，因此也取得了聲紋供瘟疫處理。

瘟疫將埃克斯壯數位化的聲音輸入一種所謂的聲紋辨識系統。他先訂出十來個經常出現的字眼，如「OK」或「莎蘭德」等，當同一字眼有了五個實例，便根據發聲的時間長度、聲調與頻率範圍、尾音是否上揚等十多個特徵製成圖表。如此瘟疫便能監控埃克斯壯打出去的電話。他的拋物面天線會持續留意任何一通包含這十多個常見字眼並呈現埃克斯壯特有聲譜的電話。這項技術並不完善，但埃克斯壯在總局附近任何地方的手機對話，約莫能監聽並錄下一半。

但這方法有一大弱點。只要埃克斯壯一離開總局，便再也無法監聽他的手機，除非三一知道他人在哪裡，還能把車停在很近的地方。

有了最高層級的許可，艾柯林特得以設立一個合法的行動部門。他挑了四名同事，而且刻意選擇較年輕、受過正規警察訓練、剛加入國安局不久的人才。其中兩人待過反詐騙組，一人有經濟組的背景，一人來自暴力犯罪組。艾柯林特將他們召進辦公室解釋任務內容，並要求他們絕對保密。他坦白地說這項調查是首相明令進行的。負責人由費格蘿拉巡官擔任，她指揮調度的氣勢與外型頗爲相符。

不過調查進度十分緩慢，主要是因爲沒有人確實知道應該調查誰或調查什麼。艾柯林特與費格蘿拉不只一次考慮要訊問莫天森，但最後還是決定再等等。若逮捕他便會洩漏調查工作。

最後到了星期二，與首相會談的十一天之後，費格蘿拉來到艾柯林特的辦公室。

「好像有進展了。」

「坐下說。」

「是古爾博。我們有一名調查員去找埃蘭德談了，他正在負責調查札拉千科的命案。據埃蘭德說，命案才發生兩小時，國安局就主動連絡約特堡警方，提供關於古爾博寫恐嚇信的訊息。」

「還眞快。」

「甚至有點太快。國安局傳眞了據說是古爾博寫的九封信，裡頭有一個問題。」

「什麼問題？」

「其中有兩封是寄到司法部，給部長和次長。」

「這我知道。」

「好，可是給次長的信直到隔天才有紀錄，信晚了點到。」

艾柯林特盯著費格蘿拉看，深恐自己的疑慮即將成眞。費格蘿拉絲毫不爲所動地接著說。

「所以國安局傳眞了一封還沒有送達目的地的恐嚇信。」

「老天哪！」艾柯林特嘆道。

「是貼身護衛組的人傳眞過去的。」

「誰？」

「我想和他無關。信是上午放到他桌上，命案發生不久，他就奉命和約特堡警局連絡。」

「誰指示他的？」

「秘書長的助理。」

「天啊，費格蘿拉，妳知道這代表什麼嗎？這代表國安局涉入札拉千科命案。」

「不一定。但肯定意味著命案發生前，國安局內部已經有人知情。問題是：是哪些人？」

「秘書長……」

「對，但我開始懷疑『札拉千科俱樂部』不在國安局內。」

「什麼意思？」

「莫天森。他從貼身護衛組被調走，現在獨立作業。過去一星期，我們一天二十四小時地盯著他。他有一支手機的來電我們無法監控，我們不知道號碼，總之不是他平常使用的手機。他還會和一個淺色頭髮的男子碰面，但還沒能確認那人的身分。」

艾柯林特皺起眉頭。這時安德斯·貝倫德來敲門。他是新團隊的一員，曾待過經濟犯罪組。

「我想我找到古爾博了。」貝倫德說。

「進來吧。」艾柯林特說。

貝倫德將一張老舊的黑白照片放到桌上。艾柯林特和費格蘿拉一齊看著照片，兩人都一眼就認出那是傳奇人物雙面間諜溫納斯壯上校。兩名壯碩的便衣警員正帶領他穿過大門。

「這張照片是歐蘭斯&歐克倫出版社提供的，一九六四年春季號的《Se》雜誌使用過。這是出庭的時候拍的。溫納斯壯身後可以看到有三個人，右邊是逮捕他的奧多．丹尼爾森警司。」

「好……」

「看看丹尼爾森背後左邊那個人。」

他們看到一個高高的男人，留著細細的山羊鬍，戴著帽子。艾柯林特隱約覺得他有點像推理作家戴許．漢密特。

「把他的臉和古爾博這張六十六歲拍的護照相片對照一下。」

艾柯林特皺眉道：「我沒法肯定這是同一個人……」

「但的確是，」貝倫德說道：「你把照片翻過來看。」

背面有個戳印顯示照片屬歐蘭斯&歐克倫出版社所有，攝影師名叫朱留斯．艾斯特霍姆。字是用鉛筆寫的：**史提．溫納斯壯由兩名警員陪同進入斯德哥爾摩地方法院。背景是丹尼爾森、古爾博與佛朗克。**

「古爾博。」費格蘿拉說：「他是國安局人員。」

「不，」貝倫德說：「嚴格說來他不是，至少拍照的時候還不是。」

「哦？」

「國安局是在四個月後才成立。在這張照片中，他還是國家秘密警察。」

「佛朗克是誰？」費格蘿拉問道。

「漢斯．威廉．佛朗克。」艾柯林特說：「九〇年代初去世，但在五、六〇年代交替時是國家秘密警察局副局長。他和丹尼爾森一樣，稱得上傳奇人物。我見過他本人幾次。」

「是嗎？」費格蘿拉說。

「他在六〇年代末離開國安局。佛朗克和維涅一直不對盤，所以在五十、五十五歲左右有點被迫辭職，後來自己開了店。」

「他**開店？**」

「他成了工業界的保全顧問，辦公室在史都爾廣場，不過國安局的訓練課程偶爾也會請他來講課。我就是在課堂上見到他的。」

「維涅和佛朗克為什麼不合？」

「就是個性不合。佛朗克有點牛仔性格，覺得ＫＧＢ情報員無所不在，而維涅則是老派的官僚。後來沒多久維涅也被解職了。那有點諷刺，因為他認為帕爾梅在替ＫＧＢ做事。」

費格蘿拉看著古爾博與佛朗克並肩站立的照片。

「我想我們應該再找司法部談談。」艾柯林特說。

「《千禧年》今天出刊了。」費格蘿拉說。

艾柯林特的犀利眼神朝她射來。

「札拉千科的事隻字未提。」她說。

「所以到下一期之前還有一個月。好消息。不過我們得應付布隆維斯特。在這團混亂當中，他就像一顆拔去保險插銷的手榴彈。」

---

①西亞古地名，大致相當於今日的土耳其。

②**Kalashnikov**，一種俄製步槍。

第十七章

六月一日星期三

布隆維斯特回到貝爾曼路一號的頂樓公寓時，完全沒想到樓梯井會有人。當時是晚上七點。一看到有個留著金色鬈曲短髮的女人坐在最頂端的階梯上，他立刻停住，也隨即認出她是國安局的費格蘿拉，蘿塔已經找到她的護照相片。

「你好，布隆維斯特。」她闔上剛才在看的書，口氣愉快地打招呼。布隆維斯特看了那書一眼，發現是有關古代對上帝看法的英文書。他打量著此時已起身的不速之客。她身穿短袖的夏天洋裝，把一件磚紅色皮夾克放在階梯頂端。

「我們得和你談談。」她說。

她很高，比他還高，尤其站在比他高兩階的地方，更強化這種感覺。他看了她的手臂，接著看她的雙腳，發現她比自己強壯得多。

「妳每星期會花幾個小時上健身房吧。」他說。

她微微一笑，拿出證件來。

「我叫……」

「莫妮卡·費格蘿拉，生於一九六九年，住在國王島的朋通涅街。妳是達拉納省的波蘭哥人，曾經待過烏普沙拉警局，已經在國安局憲法保障組工作三年。妳是運動狂，有一度是頂尖的運動選手，差點進了瑞典的奧運代表團。妳找我做什麼？」

她大吃一驚，但很快便恢復冷靜。

「很好。」她低聲說：「你知道我是誰，所以你不必怕我。」

「是嗎？」

「有人想平心靜氣地和你談談。但你的公寓和手機好像都被竊聽了，我們又有必要保密，所以他們派我過來邀請你。」

「我爲什麼要跟一個替秘密警察工作的人走？」

她想了一想。「這個嘛……你大可以接受友善的私人邀訪，要不然如果你寧可讓我給你上手銬、強行帶走也行。」她露出迷人的笑容。「布隆維斯特，我明白你沒有理由相信國安局派來的人。但並不是每個在那裡工作的人都是你的敵人，而且我的上司眞的很想和你談。所以你說呢？上手銬還是自己走？」

「我今年已經讓警察上過一次手銬，那就夠了。我們要去哪裡？」

她把車停在普里斯巷轉角。他們坐上她新買的紳寶九—五後，她打開手機按了一個快撥鍵。

「我們十五分鐘後到。」

她請布隆維斯特繫上安全帶，然後經由斯魯森駛到東毛姆區，將車停在火砲路的一條巷弄內。她定定坐了片刻看著他。

「布隆維斯特，這是友善的邀請，你沒有任何風險。」

布隆維斯特未發一語，一切要等到他弄明白這是怎麼回事再作定奪。她走到一扇門前按下密碼。他們搭電梯上六樓，來到一間門牌上寫著「馬汀森」的公寓。

「這個地方是爲了今晚的會面借用的。」她說著打開大門。「右手邊，進客廳。」

布隆維斯特看見的第一個人是艾柯林特，這不令人意外，因爲發生的一切與秘密警察密切相關，而艾柯林特又是費格蘿拉的上司。憲法保障組的組長如此大費周章將他帶來，可見有人緊張了。

接著他看到窗邊有個人。是司法部部長。這**倒是**出乎他意料之外。

再接著他聽見右邊有人出聲，隨即看到首相從扶手椅上站起來。這是他作夢也想不到的。

「你好，布隆維斯特先生。」首相說道：「請原諒我們如此倉促地請你過來，但我們討論過目前的情況，也都認爲應該和你談談。要不要來點咖啡或其他飲料？」

布隆維斯特環顧一周，看見一張深色木質餐桌上雜亂地堆放著玻璃杯、咖啡杯和吃剩的三明治。他們肯定已經來了幾個小時。

「Ramlösa 礦泉水。」他回答。

於是費格蘿拉倒給他一杯礦泉水。當他們坐到沙發時，她則退到後面。

「他認得我還知道我的名字、我的住處、我的工作地點以及我熱愛運動的事。」費格蘿拉說著，沒有特別針對誰。

首相很快地瞄向艾柯林特，接著是布隆維斯特。布隆維斯特立刻察覺自己的處境相當有利。首相需要從他這裡得到些什麼，而且可能不知道他知道多少。

「你怎麼知道費格蘿拉警官的身分？」艾柯林特問道。

布隆維斯特看著這個憲法保障組組長。他不太確定首相爲何在東毛姆區借來的公寓裡與他會面，但突然間靈光一閃，其實可能性並不多。應該是阿曼斯基向某個可信賴的人披露訊息，而引發這一連串事件。而那個人想必是艾柯林特，或是他身邊的人。因此布隆維斯特決定碰碰運氣。

「我們共同的朋友和你談過。」他對艾柯林特說：「所以你派費格蘿拉來一探究竟，結果她發現有幾個行動派的秘密警察在對我進行非法監聽，並闖入我家偷東西。這表示你證實了我所謂的『札拉千科俱樂部』的存在。你大爲緊張，也知道非得有進一步的作爲，但你在辦公室裡枯坐了好一會，不知該如何是好。於是你去找司法部部長，而他又去找首相。結果我們就全來了這裡。你們想要我做什麼？」

布隆維斯特充滿自信的口氣好像在暗示他有直搗核心的線索，對艾柯林特走的每一步都瞭若指掌。一見艾柯林特睜大雙眼，他就知道自己猜得八九不離十。

「『札拉千科俱樂部』的人在監視我，我在監視他們。」布隆維斯特繼續說道：「你們也在監視『札拉千科俱樂部』，這個情況讓首相既生氣又不安。他知道這番談話結束後，將會爆發一樁可能關係到政府存亡的醜聞。」

費格蘿拉發現布隆維斯特只是在故弄玄虛，她知道他怎能突如其來地說出她的名字和鞋子尺寸。**他在貝爾曼路上看見我在車內。他記下車號，作了調查。但其他全是猜測。**

但她沒有作聲。

首相此時確實顯得很不安。

「眞的會這樣嗎？」他說：「眞的會有讓政府垮臺的醜聞嗎？」

「政府的存活與我無關。」布隆維斯特說：「我的角色是揭發像『札拉千科俱樂部』這種垃圾。」

首相說：「而我的責任則是根據憲法施行國政。」

「也就是說我的問題絕對是政府的問題，反之卻不必然。」

「我們能不能不要再兜圈子了？你以爲我爲什麼安排這場會面？」

「想查出我知道些什麼，又打算怎麼做？」

「只說對一部分。但說得更明確一點，我們陷入了憲政危機。我想先聲明一點，政府絕對沒有插手此事，我們無疑是被打得措手不及。我從未聽說過……你所謂的『札拉千科俱樂部』。人在這裡的部長也從無耳聞。艾柯林特是國安局的高層，而且已經進入國安局多年，也從未聽說。」

「這仍然不是我的問題。」

「我明白。我想知道的是你們打算何時刊登文章，又究竟想刊些什麼。不過這無關損害控制。」

「眞的嗎？」

「布隆維斯特先生，就目前的情況，我如果企圖影響你的報導形式或內容，將會是最糟的做法。其實我反而想提議合作。」

「請解釋。」

「既然證實了在一個極其敏感的行政部門有陰謀集團存在，我已經下令調查。」首相接著轉向司法部部長說道：「請你向他解釋政府下了哪些命令。」

「非常簡單。」部長說：「艾柯林特負責查明我們有沒有辦法證實此事。他要蒐集可以交給檢察總長的資料，再由檢察總長判定該不該起訴。這項指示非常清楚。今晚，艾柯林特也報告了調查的進展。我們討論了許多牽涉到憲法的問題，我們當然希望能處理得宜。」

「這是當然。」布隆維斯特說話的語氣顯示他還不太相信首相的保證。

「調查已經到達一個敏感的階段，但還沒有確認出牽涉到哪些人，這需要時間。所以我們才請費格蘿拉巡官出面邀請你見個面。」

「這也不完全是邀請。」

首相皺起眉頭，瞟了費格蘿拉一眼。

「那不重要。」布隆維斯特說：「她完全是按規矩辦事。請說重點吧。」

「我們想知道你的出刊日期。這項調查進行得非常隱密，如果你在艾柯林特完成調查前出刊，一切就完了。」

「那麼你們希望我什麼時候出刊呢？下次大選過後嗎？」

「你自己決定，這不是我能影響的事情。你只要說出日期，讓我們知道最後期限就行了。」

「我懂了。你剛才說要合作……」

首相說：「是的，但我要先聲明，在正常情況下我絕對不會想到找記者開這種會。」

「我猜在正常情況下，你應該會極盡所能地避免讓記者參與這種會吧。」

「說得沒錯。但我了解你背後有幾個動力。只要牽涉到腐敗議題你從不手軟，這已是眾所皆知的事實。在這件案子上，我們倒是有志一同。」

「是嗎？」

「是的，一點也沒錯。又或者……可能在法律層面上有一些差異，不過目標是一致的。假如眞有這個『札拉千科俱樂部』存在，它不只是犯罪陰謀集團，也威脅到國家安全。這些活動必須加以制止，那些負責人也必須繩之以法。在這點上，我們應該是有共識的，對吧？」

布隆維斯特點點頭。

「我知道你對這件事的了解比任何人都多，我們建議你將一切所知說出來。如果這是一般警察針對普通犯罪的調查，初步調查負責人可以決定傳喚你接受偵訊，但你也了解，這是關係到國家大事的非常情況。」

布隆維斯特略加斟酌。

「我能得到什麼回報呢……如果我合作的話？」

「什麼都沒有。我並不打算和你討價還價。假如你想明天一早就出刊，那也請便，我不想捲入有違憲之嫌的交易。我是爲了國家的利益請求你合作。」

「若是這樣，『什麼都沒有』也可能是很多。」布隆維斯特說：「有一點……我非常、非常氣憤。我很生氣國家、政府、秘密警察和這所有的混帳王八蛋，竟然毫無理由地把一個十二歲女孩關進精神病院，直到她被宣告失能爲止。」

「莎蘭德已經變成政府關切的問題。」首相微笑著說：「麥可，對於她的遭遇我個人也非常憤怒。請你相信我說的話，那些負責人將必須好好作個說明。但在此之前，我們得知道他們是誰。」

「我認爲釋放莎蘭德並撤銷失能宣告，才是首要之務。」

「那個我幫不上忙。我並不在法律之上，無法指揮檢察官與法院的決定。她的開釋必須由法院執行。」

「好吧。」布隆維斯特說：「你要我合作，那就讓我知道一點有關艾柯林特的調查，我再告訴你出刊的時間和內容。」

「這我不能答應，否則我和你的關係就會像前任司法部部長和記者艾伯·卡爾森的關係一樣。」

「我不是艾伯·卡爾森。」布隆維斯特冷冷地說。

「我知道。但話說回來，艾柯林特可以自行決定在他的任務架構當中，可以跟你分享哪些資訊。」

「嗯。」布隆維斯特說：「我想知道古爾博是誰。」

眾人均默不作聲。

「據推測，古爾博應該在國安局內部、你所謂『札拉千科俱樂部』的單位，擔任了多年的負責人。」艾柯林特最後說道。

首相嚴厲地瞪他一眼。

「我想他已經知情了。」艾柯林特以解釋作為道歉。

「沒錯。」布隆維斯特說：「他是在五〇年代當上秘密警察，六〇年代成為某個所謂『特別分析小組』的團隊負責人，專門處理札拉千科事務。」

首相搖了搖頭。「你不該知道這麼多。我很想了解你這些資訊都是從哪來的，但我不會問。」

「我的報導裡面還有很多漏洞，」布隆維斯特說：「得把它們填滿。給我訊息，我不會牽累你們。」

「我身為首相不能傳遞這類訊息，而艾柯林特若是這麼做也非常危險。」

「別騙我了，我知道你想要什麼，你也知道我要什麼。如果你提供情報，就等於是我的消息來源，這也意味著你的身分永遠不會曝光。但請別誤會……我會在發表的文章中實話實說。假如你涉入其中，我會揭發你並且盡一切力量讓你永遠不會再當選。不過目前我毫無理由認為你涉案。」

首相瞄艾柯林特一眼，片刻過後點了點頭。布隆維斯特視之為首相違法的暗號——純就理論而言——同意與記者分享機密訊息。

「這一切可能很輕易就能解決。」艾柯林特說：「我有我的調查團隊，並自行決定徵召哪些同仁進行調查。我不能雇用你，否則你就必須簽署保密約定。不過我可以雇你當外部顧問。」

愛莉卡一接下莫蘭德的棒子，一天二十四小時的生活全被會議與工作填滿了。

一直到星期三晚上，布隆維斯特把柯特茲針對博舍所作的調查報告拿給她都快兩個星期了，她才有時間處理這件事。一打開文件夾她才明白，之所以耽擱至今也是因爲自己其實不太想面對問題。她已經知道不管怎麼做，都避免不了災難。

她七點回到位於鹽湖灘區的家，時間早得出奇，卻在關閉玄關警報器時才想起丈夫不在家。當天早上她還特別送他一個長吻，因爲他要飛往巴黎演說，週末才會回來。至於要去哪裡演說、說些什麼，她毫無概念。

她上樓放熱水、脫衣後，拿著柯特茲的文件夾進浴室，花了半小時看完。她忍不住露出微笑，這孩子將來會是了不起的記者。他今年二十六歲，一從新聞學校畢業就進入《千禧年》，至今都四年了。她隱隱然感到驕傲。這篇報導從頭到尾都展現出《千禧年》的特色，所有細節一絲不苟。

但她也覺得異常沮喪。博舍是個好人，她喜歡他。他說話輕聲細語、聰明機敏又迷人，似乎也不重虛名。除此之外，他還是她的老闆。**該死的博舍！他怎麼會愚蠢到這種地步？**

她一方面心想也許有什麼其他原因或情有可原的情況，一方面卻也知道不可能。

她把文件夾放在窗臺上，整個人躺進浴缸思索著。

《千禧年》會刊登報導，這點毫無疑問。要是她還在，她一刻也不會遲疑。《千禧年》事先向她洩漏報導內容，純粹出於好意，希望降低對她個人的傷害。如果情況反過來，是《瑞典晨郵》發現了有關《千禧年》董事長（剛好是她本人）的不利消息，他們也不會遲疑。

報導刊出後，對博舍將是致命的打擊。嚴重的不在於他的公司維塔瓦拉向一間因爲使用童工而被聯合國列入黑名單的公司進口商品——而且這間公司還奴役罪犯，其中無疑有一些政治犯。眞正嚴重的是博舍全都知情，竟還繼續向豐蘇工業訂購馬桶。在其他資本家如斯堪迪亞前總裁所犯下的罪行被披露後，瑞典民衆恐怕難以接受他這種貪婪的行徑。

博舍當然會宣稱自己不知道豐蘇的狀況，但柯特茲握有鐵證。假如博舍採取這個策略，說謊的事實就會被揭發。一九九七年六月，博舍去了越南簽訂第一批合約。那次他待了十天，還到處參觀該公司的工廠。如果他說不知道許多工人都只有十二、三歲，未免顯得太過愚蠢。

柯特茲舉證在一九九九年，聯合國的反童工委員會將豐蘇工業列入剝削童工公司的名單中，當時還成爲雜誌報導主題。有兩個反童工的團體——其中一個是位在倫敦、全球知名的國際反童工聯合組織——曾經寫信給向豐蘇下訂單的公司。維塔瓦拉收到了七封，其中兩封寄給博舍本人，倫敦的組織非常樂意提供證據。而維塔瓦拉一封信也沒回。

更糟的是，博舍後來爲了續約又去了越南兩趟，分別在二〇〇一和二〇〇四年。這才是致命的一擊。博舍再也不可能說自己不知情。

無可避免的媒體風暴只會導向一個結果。假如博舍夠聰明，就該辭去所有董事職務，道歉下台。如果他決定奮戰到底，終將一路走向滅亡。

愛莉卡不在乎博舍是不是維塔瓦拉的董事長，她在乎的是他是《瑞典晨郵》的董事長。報社現在岌岌可危並且正在進行更新計畫，容不得他這樣的董事長。

愛莉卡下定決心了。

她要去見博舍，把資料拿給他看，希望能說服他在報導曝光前辭職。

假如他堅持立場，她將召開臨時董事會，解釋情況，迫使董事們開除博舍。萬一他們不肯，她便只好立刻請辭。

她考慮好久，洗澡水都變涼了才出來沖澡、擦乾身子，回到臥室裡穿上睡袍。接著拿起手機打給布隆維斯特，無人回應。她下樓煮咖啡，然後打算看看電視上有沒有電影可看，放鬆一下，這可是她進《瑞典晨郵》以後的頭一遭。

走進客廳時，腳底下忽然感到刺痛，低頭一看流血了。再走一步，整隻腳又是一陣劇痛，她只得單腳跳到古董椅前面坐下。她舉起腳一看大吃一驚，腳跟上竟然插著一塊玻璃碎片。一開始有點暈眩，隨後強自鎮定下來，抓住碎片拔出來，簡直痛得要命，血也立刻從傷口湧出。

她拉開玄關裡放圍巾、手套和帽子的抽屜，找到一條圍巾，把腳纏住綁緊。光是這樣不夠，便又拿一條充當臨時繃帶加以固定，出血狀況才明顯緩和。

她訝異地看著沾血的玻璃片。**這是哪來的？**接下來又看到玄關地板上還有更多。**我的老天……**她往客廳看去，發現落地窗破了，地板上滿是碎玻璃。

她走回到前門，穿上回家時踢掉的外出鞋，不，應該說穿上一隻鞋後將傷腳的趾頭塞進另一隻，才跳著進入客廳觀看損害情形。

這時她發現客廳地板中央有一塊磚頭。

她跛著腳從陽臺門走到外頭的花園。有人在後牆上噴了兩個一公尺高的字。

婊子

晚上九點剛過，費格蘿拉替布隆維斯特打開車門，然後自己才繞一圈上駕駛座。

「要我載你回家或是你有想去的地方？」

布隆維斯特直盯著前方。「老實說，我還搞不清方向。我從來沒有和首相正面衝突過。」

費格蘿拉笑起來。「你牌打得很好。」她說：「我真沒想到你是這麼厲害的撲克好手。」

「我是說眞的。」

「當然，不過**我**的意思是你假裝自己知道很多，其實不然。當我想出你是怎麼認出我以後就明白了。」

布隆維斯特轉過頭看著她的側面。

「我把車停在你家外面的山坡上時，你記下了我的車號。你卻一副好像知道我們在首相辦公室討論了些什麼的樣子。」

「妳爲什麼不說破？」布隆維斯特問道。

她很快地將目光掃向他，又隨即轉回格雷夫杜爾街。「遊戲規則。我本不該挑那個地點，但又沒有其他地方能停車。你很留意四周環境對吧？」

「妳坐在車裡講電話，前座攤著一張地圖。我記下妳的車號，做個例行查詢。只要引起我注意的車，我都會查，但通常都沒有結果。不料查了竟發現妳是國安局的人。」

「我在跟蹤莫天森。」

「啊哈，就這麼簡單。」

「後來我發現你也利用米爾頓保全的蘇珊在跟他。」

「是阿曼斯基派她留意我住處附近的動靜。」

「因爲她進入你的公寓大樓，我猜想米爾頓應該在你那層樓裝了隱藏式監視器。」

「沒錯。我們清楚錄下了他們闖入屋內翻找文件的經過。莫天森隨身帶了一部可攜式影印機。妳有查出莫天森那個同夥的身分嗎？」

「他不重要。只是一個有前科的鎖匠，很可能是收錢辦事。」

「叫什麼名字？」

「消息來源有保護？」

「當然。」

「拉斯·佛松，四十七歲，又名法倫。八〇年代犯下保險櫃竊案和其他一些小案子。他在諾杜爾有一間店。」

「多謝。」

「不過我們就把秘密保留到明天再碰面的時候吧。」

方才談話結束時已達成協議，布隆維斯特將在隔天到憲法保障組與他們進行情報交換。布隆維斯特心裡想著事情。車子剛剛開過市中心的賽格爾廣場。

「妳知道嗎？我餓壞了。中午很晚吃，本來打算回家煮麵吃，卻被妳攔截了。妳吃過了嗎？」

「有好一會了。」

「找一家餐廳吃點好吃的吧。」

「所有的食物都好吃。」

他看著她。「我還以爲妳是健康食品狂。」

「不是，我是健身狂。你如果有健身，就什麼都能吃。在合理的範圍內。」

她在克拉拉貝爾高架路踩了剎車，想著能上哪去。最後她沒有往南轉向索德毛姆，而是直走到國王島。

「我不知道索德那邊有什麼餐廳，但我知道和平之家廣場上有一家很棒的波士尼亞餐廳，他們的布瑞克烤餅眞是人間美味。」

「聽起來不錯。」布隆維斯特說。

莎蘭德一個字一個字地敲她的報告。她每天平均工作五小時，遣詞用字都非常小心而精準，所有可能對她不利的細節一律略去不提。

其實被關對她而言，反而是件好事。每當聽到鑰匙圈晃動或鑰匙插進鎖孔的聲音，她總能有充分的時間藏起電腦。

我從畢爾曼在史塔勒荷曼郊區的小屋出來正要鎖門時，藍汀和尼米南騎著摩托車來了。他們已經替札拉千科和尼德曼找了我很久，所以看到我在那裡很驚訝。藍汀跨下摩托車，開口就說：「我看得讓這個歹客嚐嚐老二的滋味。」但他和尼米南的行爲實在太具威脅性，我迫不得已只好行使自衛的權利。我騎著藍汀的摩托車離開現場，後來將車棄置在歐弗休的購物中心。

她沒有理由主動提及藍汀罵她婊子，或是她彎身拾起尼米南的P－八三瓦那，開槍射藍汀的腳作爲懲罰等等事情。警方應該可以猜得出來，不過他們得提出證據。她可不想承認自己做了什麼可能被判刑坐牢的事，那未免便宜了他們。

文章內容已經增加到三十三頁，也將近尾聲了。她對於細節特別謹慎，總會耗費精力提防著，不爲自己先前作的許多聲明提供可能的證據，甚至還會模糊一些明顯的事證，然後進到連串事件的下一個環節。

她將文章往上拉，將描述畢爾曼律師如何以粗暴虐待的方式強暴她的段落再重讀一遍。這部分她花了最多時間，也是少數重寫了幾次之後才滿意的部分之一。她總共寫了十九行，清楚而實際地記錄他如何打她、如何將她壓趴在床上、如何用膠帶封住她的嘴，又如何替她上手銬。接著講述他如何反覆對她施行性暴力，其中包括由肛門插入。再來又提到在強暴到某個階段時，他會用一塊布——其實是她自己的T恤——纏繞她的脖子用力勒緊，時間長得讓她暫時失去知覺。接下來幾行說明他強暴時使用的器具，包括短鞭、肛塞、很硬的假陰莖，以及用來夾她乳頭的夾子。

她皺著眉頭細讀。最後拿起觸控筆又多敲了幾行字。

有一次我的嘴巴還被膠帶封住，畢爾曼對於我身上有幾處刺青與穿洞（其中包括左側的乳環）作了評論，他問我是不是喜歡被刺的感覺，說完就離開房間。回來的時候手上多了根針，他拿著針刺穿我的右乳頭。

她如實描述的筆觸反而讓文章感覺很不眞實，有如一篇荒謬的幻想作品。

這個故事聽起來就是令人難以置信。

這也正是她的用意。

這時她聽見警衛鑰匙圈的晃動聲，連忙關掉電腦，放進床頭櫃後面的壁凹。原來是安妮卡。她蹙起眉頭。都已經晚上九點，安妮卡通常不會這麼晚來。

「妳好，莉絲。」

「妳好。」

「妳覺得如何？」

「我還沒準備好。」

安妮卡嘆了口氣。「莉絲，開庭日期已經訂在七月十三日。」

「那好。」

「不，那不好。已經快沒時間了，妳卻什麼都還沒告訴我。我開始覺得接下這份工作是個天大的錯誤。如果想有絲毫的勝算，妳就得相信我。我們必須合作。」

莎蘭德端詳她好一會，最後頭往後一靠，看著天花板。

「我知道我們應該怎麼做。我了解麥可的計畫，他想得沒錯。」

「我可沒那麼有把握。」

「但是我有。」

「警方想再偵訊妳一次。是一個斯德哥爾摩的警員，叫漢斯．法斯特。」
「讓他來問吧，我一個字也不會說。」
「妳得提出說明。」
莎蘭德以銳利的眼神瞪著安妮卡。「我再說一遍：我們一個字也不會對警方說。我們進法院的時候，檢察官不會有任何偵訊資料作為憑據。他們只會拿到一份我現在正在構想的聲明，大部分內容看起來都很荒謬。我會在開庭前幾天給他們。」
「那麼妳什麼時候才要好好坐下來，拿起紙筆寫這份聲明？」
「妳幾天後就會拿到。不過要在開庭前才交給檢察官。」
安妮卡面有疑色。莎蘭德忽然露出謹慎的笑容。「妳說要信任。我能信任妳嗎？」
「當然可以。」
「好，那麼妳能偷偷帶一部掌上型電腦進來，讓我可以上網和人聯繫嗎？」
「不行，當然不行。萬一被發現，我不但會被判刑還會被吊銷執照。」
「那如果有人替我帶進來……妳會告訴警方嗎？」
安妮卡揚起眉頭。「如果我不知道的話……」
「可是如果妳知道了，妳會怎麼做？」
「我會裝聾作啞。怎麼樣？」
「這個假設的電腦不久會寄一封假設的 email 給妳，希望妳讀過之後再來找我。」
「莉絲……」
「等等。事情是這樣的。檢察官在打假牌，不管我怎麼做都處於劣勢，這次開庭的目的就是把我關進精神療養院。」
「我知道。」

「如果我想活命，就得要點手段。」

安妮卡終於點了頭。

「妳第一次來見我的時候，」莎蘭德說：「替布隆維斯特帶了口信。他說除了少數幾件事之外，他幾乎全告訴妳了。那例外的幾件事之一就是我們在赫德史塔時，他發現我擁有的技能。」

「沒錯。」

「他指的是我很會玩電腦，甚至厲害到可以瀏覽並複製埃克斯壯電腦上的東西。」

安妮卡登時臉色發白。

「妳不能捲入這件事，也不能在法庭上使用這些資料。」莎蘭德說。

「妳說得對，確實不能。」

「所以妳毫無所知。」

「好。」

「不過其他人，比方說妳哥哥，可以公布一些摘錄的片段。妳計畫策略時得考慮到這個可能性。」

「我懂。」

「安妮卡，這次開庭誰使出的手段最強，誰就會是贏家。」

「我知道。」

「我很高興妳能當我的律師。我信任妳，也需要妳的幫助。」

「嗯。」

「但如果妳很難接受我將使用不道德的方法，我們就會輸掉官司。」

「對。」

「如果是這樣，請現在就告訴我，我得另外找個新律師。」

「莉絲，我不能違法。」

「妳完全不必違法，只不過妳得對我違法的事裝聾作啞。妳辦得到嗎？」

莎蘭德耐心地等了將近一分鐘，安妮卡才點頭。

「很好。我來告訴妳我的聲明裡要寫的重點。」

費格蘿拉說得沒錯，這裡的布瑞克烤餅眞是人間美味。她從洗手間回來時，布隆維斯特仔細地打量著她，雖然舉止優雅得有如芭蕾舞者，身體卻像……呃……布隆維斯特忍不住看得入迷，好不容易才壓制住伸手摸她腿部肌肉的衝動。

「妳健身有多長時間了？」他問道。

「十幾歲就開始了。」

「一個星期運動幾小時？」

「每天兩小時，有時候三小時。」

「爲什麼？我是說我明白一般人爲什麼運動，可是……」

「你覺得太過度了。」

「我也不知道自己到底怎麼想。」

她淡淡一笑，似乎完全不爲他的問題感到惱怒。

「也許你只是不習慣看到女生有肌肉。你覺得這樣會讓人失去性慾或是不女性化嗎？」

「不，一點也不。還滿適合妳的。妳很性感。」

她笑出聲來。

「我現在的運動時數已經減少了。十年前我做的是很扎實的健身訓練，很酷。但現在卻得小心別讓肌肉變成脂肪。我不想要一身鬆垮垮的肉，所以每星期舉重一次，其餘時間就跑跑步、打打羽毛球、游游泳之類的。只是運動而不是認眞的訓練。」

「了解。」

「我之所以健身是因爲感覺很棒。對於做極限訓練的人，這是很常見的現象。身體會製造一種抑制痛苦的化學物質，久而久之就會上癮。如果不每天跑步，過一陣子就會出現類似戒毒的症狀。當你爲某樣東西奉獻出全部，會有一種非常幸福的感覺，幾乎就像享受美好的性愛一樣。」

布隆維斯特笑了。

「你也應該開始健身。」她說：「你的腰部開始變粗了。」

「我知道。」他說：「我老是覺得內疚。有時候會定時跑步，瘦個幾公斤，然後碰上什麼事忙得沒時間，又會停一、兩個月。」

「最近這幾個月你一直很忙。我讀了很多關於你的文章，你領先警方好幾步追蹤到札拉千科，並確認尼德曼的身分。」

「莎蘭德更快。」

「你是怎麼知道尼德曼在哥塞柏加的？」

布隆維斯特聳聳肩。「例行調查工作。不是我找到他的，而是我們的編輯秘書，呃，應該說我們的現任總編輯瑪琳，從公司資料中發掘出來的。他是札拉千科創立的ＫＡＢ進口公司的董事。」

「就那麼簡單……」

「妳是怎麼加入秘密警察的？」他問。

「信不信由你，我可以說和民主黨員一樣老派。我是說警察是必要的，而民主需要一道政治防線。所以我對於在憲法保障組工作很感到自豪。」

「眞的是值得自豪的事嗎？」布隆維斯特問道。

「你不喜歡秘密警察。」

「凡是不受議會正常監督的組織我都不喜歡。無論立意如何冠冕堂皇，那都會引誘人濫用權力。妳爲什麼對古代宗教感興趣？」

費格蘿拉不解地看著他。

「妳剛才在我家樓梯間讀一本相關的書。」他說。

「這種主題很讓我著迷。」

「啊。」

「我對很多事都有興趣。我在警局的時候，研讀過法律和政治學，在那之前我還修過哲學和思想史。」

「妳有弱點嗎？」

「我不看小說，不上電影院，而且只看電視新聞。你呢？你為什麼當記者？」

「因為有一些像秘密警察這樣的組織缺乏議會監督，不時都需要有人揭發。其實我也不太清楚，也許和妳的答案一樣吧：我相信憲政民主制度，而有時候它是需要保護的。」

「就像你對付漢斯艾瑞克．溫納斯壯那樣？」

「大概吧。」

「你沒有結婚，你和愛莉卡．貝葉在一起嗎？」

「愛莉卡結婚了。」

「這麼說關於你們兩人的傳聞都是空穴來風囉。你有女朋友嗎？」

「沒有固定的。」

「那傳聞到底還是真的了。」

布隆維斯特笑了一笑。

瑪琳在歐斯塔家中的餐桌上工作到凌晨。她埋首於《千禧年》的預算表單，完全專注其中，最後男友安東索性也不和她說話了。他洗了碗盤、做了消夜，又煮了咖啡，然後坐下來看「CSI犯罪現場」影集的重播，讓她安靜地工作。

瑪琳以前應付過最複雜的也不過就是家用預算，但她曾經和愛莉卡一起平衡每月開銷，她了解原則。如今她一夕之間成了總編輯，預算的責任也隨之而來。午夜過後，她決定無論如何都要請個會計師來幫忙。每星期記一天帳的歐斯卡森毋須負責預算，至於該付多少錢給自由撰稿人，或是想買一部新的印表機，但又不包含在資本投資與IT升級的預算中，公司負不負擔得起等等問題，歐斯卡森更是完全幫不上忙。實際上的情況很荒謬：《千禧年》有賺錢，但那是因爲愛莉卡總能以極度緊縮的預算平衡收支。因此他們沒有花四萬五千克朗投資一部很基本的彩色雷射印表機，而是將就著用一部八千克朗的黑白印表機。

有一度她曾經羨慕過愛莉卡。以她在《瑞典晨郵》所能運用的預算，這麼一點費用應該只是零頭吧。

上次開年度大會時，《千禧年》的財務狀況很健全，但盈餘主要都來自布隆維斯特那本關於溫納斯壯事件的書本盈利。提撥出來作投資的收入縮水速度驚人，原因之一便是布隆維斯特爲了寫莎蘭德的報導所帶來的花費。《千禧年》沒有資源能讓每一名員工預算無上限地租車、住飯店、搭計程車、購買調查器材、新手機等等。

瑪琳簽了歐森在約特堡的一張請款單，同時嘆了口氣。布隆維斯特批准一筆一萬四千克朗的費用，讓他進行一星期的調查，結果現在卻不刊登報導了。付給吉第的錢在預算中歸入不能指名的消息來源費用項目，也就是說會計師會抗議少了發票或收據，並堅持要由董事會同意認列。《千禧年》付給律師安妮卡的費用應該屬於一般經費，但她也會拿火車票根與其他費用的收據來向雜誌社請款。

她將筆放下，看著總計的金額。布隆維斯特在莎蘭德的報導上花了十五萬克朗，遠遠超出預算。這種情況不能再繼續下去。

她得找他談一談。

這個晚上，愛莉卡不是坐在沙發上看電視，而是在納卡醫院的急診室度過。玻璃碎片插得太深以至於血流不止，後來發現她腳跟裡還留有一塊碎片，必須取出。她作了局部麻醉，手術後傷口縫了三針。

在醫院的時候，愛莉卡咒罵個不停，也不斷試著打電話找丈夫和布隆維斯特，不料兩人都選擇不接電話。到了十點，她腳上纏著厚厚的繃帶，拄著院方給的拐杖搭計程車回家。

她一拐一拐地在客廳裡掃地收拾，花了好一會工夫。接著打電話給緊急玻璃安裝公司訂購新窗。她運氣還不錯，這天夜裡很平靜，他們二十分鐘內就趕到了。但客廳的窗子太大，他們沒有庫存，工人提議先暫時用三夾板把窗子封死，她欣然接受了。

裝三夾板的時候，她打了電話給納卡全防保全的值班人員，質問爲何有人拿磚頭砸碎她家最大的窗戶，那昂貴的防盜警鈴卻沒響。

保全公司派人來查看損害情形，才發現幾年前安裝警鈴的人竟忘了給客廳的窗戶接線。

愛莉卡氣炸了。

保全公司的人說隔天一早就會馬上來處理。愛莉卡告訴他不用麻煩了，接著轉而打給米爾頓保全解釋自己的情況，並希望他們第二天早上就能來安裝一套完整的防盜系統。**我知道得簽合約，不過跟阿曼斯基說我是愛莉卡．貝葉，明天早上非要派人過來不可**。

最後她才打電話報警。對方說目前沒有車子，無法派人過來替她做筆錄，並建議她明天早上連絡當地的警所。**謝謝，滾你媽的蛋**。

接下來她坐著生了好久的悶氣，直到腎上腺素下降，才開始想到今晚得獨自睡在一間沒有警報器的屋內，而那個罵她婊子、砸碎她窗戶的人還在附近遊蕩。

她考慮著是否應該進市區去住飯店，不過愛莉卡不是個喜歡被恐嚇的人，更不喜歡屈服於恐嚇之下。但她確實做了一些基本的防範措施。

布隆維斯特曾跟她說過莎蘭德用一根高爾夫球桿了結連續殺人犯馬丁．范耶爾。於是她便到車庫，花了幾分鐘找高爾夫球袋，她都已經大約十五年沒想起它了。她挑了一根比較有點重量的鐵桿，放在床邊伸手可及的地方，又在玄關擺一支推桿、廚房擺一支八號鐵桿。她在地下室的工具箱拿了一根鐵槌，也放到主臥室。

她將原本放在肩袋裡的梅西噴霧器擺到床頭櫃上，最後找來一塊橡膠門擋卡在浴室門底下。一切就緒後，她幾乎暗暗希望那個罵她婊子、砸壞她窗戶的白癡會笨到當晚再回來。

當她覺得防護得夠周全時，已經凌晨一點。她八點得進辦公室，看了行事曆發現有四個會要開，第一個會是十點。腳還是痛得厲害。她脫下衣服爬上床去。

接下來當然是憂慮難以入眠。

婊子。

先前收到過九封電子郵件，裡頭都有「婊子」的字眼，而且似乎都來自不同媒體。第一封還是從她自己的編輯室寄出，不過郵址是假造的。

她下床拿出新的戴爾筆記型電腦，那是進入《瑞典晨郵》後報社分配給她的。

第一封郵件說要拿螺絲起子插她，這是最粗魯駭人的一封，寄件時間五月十六日，幾個星期前。

第二封在兩天後，五月十八日送達。

接著過了一個星期，郵件又開始陸續寄來，每封都間隔大約二十四小時。再來是攻擊她的住家。還是那個字眼，**婊子**。

在這段期間，文化版的伊娃收到一封假借愛莉卡的名義寄出的下流電郵。如果伊娃收到這種信，寄件人很可能是忙著到處發信，其他人顯然也會收到她發送的郵件而她卻不知情。

想到這裡眞是令人不快。

而最令人不安的還是住家遭到攻擊。

有人特意查出她的住所，開車前來，丟磚塊砸破窗戶。這顯然是預謀，因爲攻擊者還帶了噴漆罐。下一刻她頓時寒毛直豎，因爲想到還有另一起攻擊意外。她和布隆維斯特在斯魯森希爾頓飯店過夜時，車子的四個輪胎都被割破。

結論既明顯也讓人不悅。她被跟蹤了。有人爲了某個不明的原因，決定騷擾她。

住家成爲攻擊目標，這可以理解，因爲房子就在那裡藏不了。但假如隨意停在索德毛姆街上的車受到毀損，那麼停車之際，跟蹤她的人想必就在附近。他們肯定時時刻刻跟在她身後。

第十八章

六月二日星期四

愛莉卡的手機響了。時間九點零五分。

「早啊，愛莉卡小姐。我是阿曼斯基，聽說妳昨晚來電了。」

愛莉卡解釋事情發生的經過後，問米爾頓保全能不能接手納卡全防的合約。

「我們當然能安裝一套運作正常的警報系統。」阿曼斯基回答說：「問題是我們夜間最靠近妳那裡的車輛在納卡市中心，反應時間約需半小時，如果接受妳的委託，勢必要將妳的房子轉包出去。我們和當地一家保全公司簽了約，是菲斯克賽特拉的亞當保全，如果沒有意外，他們的反應時間是十分鐘。」

「那也比根本不出現的納卡全防來得好。」

「亞當保全是家族企業，父親帶著兩個兒子，還有幾個表親。希臘人，人很好。我認識那個父親很多年了。他們一年裡面大約承擔我們的工作三百二十天，若碰到假期或其他原因無法工作也會事先告知，我們在納卡的車輛便會接手。」

「我沒問題。」

「今天早上我會派人過去。他叫大衛．羅辛，其實他現在已經上路了。他會先作保全評估，如果妳要出門，得把鑰匙留給他，而且他也需要妳的允許，對房子進行徹底的檢查。另外他還會拍下整棟建築物和周遭環境的照片。」

「好的。」

「羅辛很有經驗，我們會給妳一份建議書。幾天後就會備妥完整的保全計畫，其中涵蓋人身安全警報器、消防保全、疏散與防盜設備。」

「好。」

「萬一發生什麼事，在菲斯克賽特拉的車抵達之前那十分鐘，我們也希望妳知道該怎麼辦。」

「很好。」

「我們今天下午就會安裝警報器，之後還得簽合約。」

和阿曼斯基講完電話，愛莉卡才發現自己睡過頭了，於是拿起手機打給佛德烈森說自己受傷了，請他取消十點的會。

「怎麼回事？」他問道。

「我的腳割傷了。」愛莉卡說：「等情況好一點，我會盡快跛著腳進公司。」

她在主臥房的浴室上完廁所，套上一件黑色長褲，並借用貝克曼的一隻拖鞋穿在傷腳上。隨後挑了一件黑襯衫，又套上夾克。將浴室門底下的門擋移走前，她將梅西噴霧器隨身帶著。

她提高警覺地在屋裡走動。啓動咖啡壺後，在廚房餐桌上吃早餐，一邊傾聽著周圍的任何聲響。剛倒第二杯咖啡，前面便傳來敲門聲。是米爾頓保全的羅辛。

費格蘿拉徒步走到柏爾街，一大早便召集四名同事開會。

「現在有期限了。」她說：「我們必須在七月十三日，莎蘭德的庭訊開始以前完成任務，已經不到六個星期。我們得就當務之急達成共識。誰先發言？」

貝倫德清了清喉嚨說道：「和莫天森在一起那個金髮男子。他是誰？」

「我們有照片，但不知道怎麼找他。又不能發出全面通告。」

「那麼古爾博呢？肯定有線索可以追蹤。我們知道他從五〇年代到一九六四年，國安局成立那年，都在國家秘密警察局。後來就失蹤了。」

費格蘿拉點點頭。

「那麼能不能下結論說札拉千科俱樂部是一九六四年成立的組織？可是當時札拉千科根本還沒到瑞典來。」

「一定有其他目的……是組織內的秘密組織。」

「那是在溫納斯壯上校事件發生後，每個人都有妄想症。」

「是一種秘密間諜警察嗎？」

「其實海外也有類似的組織。六〇年代，美國的中情局內部就另外成立一個驅逐內部間諜的特別小組，由安格頓領軍，幾乎破壞了整個中情局。安格頓的黨羽是一群偏執狂，懷疑中情局裡面每個人都是俄國特工。結果中情局的活動大多都癱瘓了。」

「但那只是臆測……」

「舊人事資料放在哪裡？」

「古爾博不在裡頭，我查過了。」

「那預算呢？像這樣的作業一定得有資金。」

他們一直討論到午餐時間，費格蘿拉先告退離席，一個人到健身房打算好好想一想。

愛莉卡直到中午才到編輯室。腳傷實在太痛，根本不能施力。她一跛一跛地走進玻璃籠，重重跌坐在椅子上，才算鬆了口氣。埋首於辦公桌的佛德烈森剛好抬起頭，她招招手請他進來。

「發生了什麼事？」他問道。

「我踩到玻璃，有塊碎片插進我的腳跟。」

「唉呀……那可不太妙。」

「可不是。佛德烈森，還有沒有人收到奇怪的電子郵件？」

「我沒聽說。」

「好，你多留意些。報社裡如果發生什麼怪事要告訴我。」

「哪種怪事？」

「好像有某個白癡傢伙會寄送一些很下流的郵件，而且似乎是針對我。所以你如果聽說了什麼，記得告訴我。」

「妳是說伊娃收到的那種信？」

「對，不過只要覺得奇怪都要說一聲。我已經收到一大堆瘋狂的郵件，用各種難聽話罵我，還說要用各種變態的手段對待我。」

佛德烈森臉色一沉。「有多久了？」

「幾個星期。你眼睛睜亮一點……好了，跟我說說明天報紙要刊些什麼？」

「這個嘛……」

「怎麼樣？」

「霍姆和法務部主任在大發雷霆。」

「為什麼？」

「為了約翰奈斯。妳延長了他的合約，還要他寫一篇特別報導，他卻不肯將內容告訴任何人。」

「是我不准他說的，是我的命令。」

「他也這麼說，所以霍姆和法務部主任都很氣憤。」

「我可以理解。下午三點安排和法務部開個會，到時我會解釋。」

「霍姆很不高興……」

「我對霍姆也很不高興，我們剛好扯平。」

「他憤怒到去向董事會申訴。」

愛莉卡猛地抬起頭來。**糟了，我還得處理博舍的問題**。

「博舍今天下午會過來，說是想和妳談一談。我猜是霍姆幹的好事。」

「好吧，什麼時間？」

「兩點。」佛德烈森說完便回到自己的座位寫中午的備忘錄。

約納森在午餐時間來巡視莎蘭德。她將營養師調配的一盤蔬菜濃湯推到一旁。他一如往常地爲她作簡單的檢查，但她發現醫生已不再那麼費心。

「妳復原的情況良好。」他說。

「嗯。你得想辦法改善這裡的伙食。」

「怎麼了嗎？」

「就不能讓我吃披薩嗎？」

「抱歉，超過預算。」

「我就知道。」

「莉絲，明天我們要討論妳的身體狀況……」

「明白了，而且我的復原狀況良好。」

「妳現在已經可以轉移到克羅諾柏看守所，我也許可以再拖延一個星期，不過我的同事們會開始起疑。」

「你不必那麼做。」

「眞的嗎？」

她點點頭。「我準備好了，而且遲早都得面對。」

「那麼我明天就批准出院。」約納森說：「妳應該很快就會移送了。」

她又點點頭。

「可能就是這個週末，院方並不希望妳留在這裡。」

「這也不能怪他們。」

「呃……妳那個東西……」

「我會留在這桌子後面的壁凹裡。」她指著說。

「好主意。」

他們默默無言地坐了片刻之後，約納森才起身。

「我得去看其他病患了。」

「一切多謝了。我欠你一份情。」

「我只是做我分內的事。」

「不，你做得多更多。我不會忘記的。」

布隆維斯特從波爾罕街入口進入國王島的警察總局，由費格蘿拉陪同前往憲法保障組辦公室。他們在電梯裡只是眼神交流，並未交談。

「妳覺得我在總局裡晃來晃去這樣好嗎？」布隆維斯特問道：「可能會有人看見我們在一起而起疑心。」

「這是我們唯一一次在這裡碰面，以後會改到我們在和平之家廣場租用的辦公室，明天就能使用了。不過這也沒關係。憲法保障組是一個很小、也算是獨立自主的單位，國安局裡面誰也不把它放在眼裡。何況我們和其他單位的樓層不同。」

他只和艾柯林特點頭致意，沒有握手，接著又和另外兩名組員打招呼。他們顯然是他團隊的成員，自我介紹時只說自己叫史蒂芬和貝倫德。他不禁心裡暗笑。

「從哪開始呢？」他問道。

「不妨先來杯咖啡吧……費格蘿拉？」艾柯林特說。

「謝謝，這是好主意。」費格蘿拉說。

艾柯林特應該是示意她去倒咖啡。布隆維斯特發覺這位組長僅略一遲疑，便起身將咖啡壺拿到已經擺好杯子的會議桌來。布隆維斯特發現艾柯林特也在暗笑，心想這是個好兆頭。不一會艾柯林特的神情轉趨嚴肅。

「我眞的不知道該如何處理這個情況。記者參與秘密警察會議，這肯定是史上頭一遭。我們現在要討論的議題在很多方面都是被列爲極機密的秘密。」

「我對軍事機密沒興趣。我感興趣的只有『札拉千科俱樂部』。」

「但我們得找到折衷的解決之道。首先，你不得在文章裡面提到今天與會者的名字。」

「同意。」

艾柯林特對布隆維斯特投以詫異的眼神。

「其次，除了我和費格蘿拉，你不能和其他人談。能告訴你哪些事，只有我們兩人能決定。」

「如果你有一大串條件，昨天就應該明說。」

「昨天我還沒徹底地想過。」

「那麼我也有話要說。這應該是我職業生涯中第一次也是唯一一次，將尙未刊登的報導內容透露給警察知道。所以，套用你的話……我眞的不知道該如何處理這個情況。」

在座所有人一時無言。

「也許我們……」

「如果我們……」

艾柯林特和費格蘿拉同時開口，又陷入沉默。

「我的目標是『札拉千科俱樂部』。」布隆維斯特說：「你們也想起訴『札拉千科俱樂部』成員。我們就堅持這個原則。」

艾柯林特點了點頭。

「好吧，你們那邊有什麼？」布隆維斯特問道。

艾柯林特向布隆維斯特說明了費格蘿拉與其團隊發掘的事實，並出示古爾博與溫納斯壯上校的照片。

「好，我要一份副本。」

「在歐蘭斯&歐克倫出版社的檔案資料裡有。」費格蘿拉說。

「它現在就放在我面前的桌上，背面還有文字說明。」布隆維斯特說。

「給他吧。」艾柯林特說。

「這就表示札拉千科是被『小組』謀殺的。」

「謀殺，外加一個癌症末期男子的自殺。古爾博還活著，不過醫生們說頂多只能再拖幾個星期。他自殺的槍傷嚴重損害大腦，幾乎已經成爲植物人。」

「札拉千科叛逃時的主要負責人就是他。」

「你怎麼知道？」

「札拉千科叛逃六個星期後，古爾博去見了首相費爾丁。」

「你有證據嗎？」

「有。首相辦公室的訪客登記簿。古爾博是和當時的國安局局長一起去的。」

「局長後來死了。」

「但費爾丁還活著，而且願意談論此事。」

「難道你……」

「我沒有，是其他人，我不能透露名字。保護消息來源。」

布隆維斯特說出費爾丁對於札拉千科一事的反應，以及他到海牙造訪楊瑞德的經過。

「這麼說『札拉千科俱樂部』就在這棟大樓的某個角落。」布隆維斯特指著照片說。

「一部分。我們認爲它是組織內的組織。若沒有這棟大樓內的關鍵人物支持，你所謂的『札拉千科俱樂部』不可能存在。但我們懷疑那個『特別分析小組』在外面另起爐灶。」

「所以就是這樣運作的？受國安局聘雇、拿國安局薪水的人，事實上卻要向另一個雇主報告？」

「大概是這樣吧。」

「那麼這棟大樓裡，誰在替『札拉千科俱樂部』做事？」

「還不知道，不過有幾個嫌疑人。」

「莫天森。」布隆維斯特試探著說。

艾柯林特點點頭。

「莫天森替國安局工作，當『札拉千科俱樂部』需要他，他就停止正規任務。」費格蘿拉說。

「實際上怎麼運作呢？」

「問得非常好。」艾柯林特無力地笑了笑。「你想不想來替我們工作？」

「你一輩子也別想。」布隆維斯特說。

「我當然只是說笑，不過這的確是個好問題。我們在懷疑一個人，但還無法證實。」

「看來……這肯定是個握有行政權力的人。」

「我們懷疑的是秘書長申克。」費格蘿拉說。

「這是我們遇到的第一塊絆腳石。」艾柯林特說：「我們給了你名字，卻沒有證據。所以你打算怎麼處置？」

「我不能沒有證據就公布姓名。如果申克是清白的，他可以告《千禧年》誹謗。」

「很好，那我們就有共識了。這次的合作必須建立在相互信任的基礎上。該你了。你有什麼？」

「三個名字。」布隆維斯特說：「前兩個是八〇年代『札拉千科俱樂部』的成員。」

艾柯林特與費格蘿拉立刻豎起耳朵。

「漢斯．馮．羅廷耶和佛德利克．柯林頓。羅廷耶死了，柯林頓已經退休，但他們兩人都是與札拉千科最親近的圈子的人。」

「第三人呢？」艾柯林特問道。

「泰勒波利安和他有聯繫，只知道他叫約奈思，不知道姓什麼，但可以確定他在二〇〇五年是『札拉千科俱樂部』的一員……我們甚至懷疑他可能就是照片中和莫天森在科帕小館那個人。」

「約奈思這個名字是從哪裡冒出來的？」

莎蘭德侵入泰勒波利安的電腦，使我們得以追蹤他的信件，並發現他是如何與約奈思共謀，就和一九九一年與畢約克共謀的方式如出一轍。

「他給泰勒波利安下了指令。現在又碰上另一塊絆腳石了。」布隆維斯特帶著微笑對艾柯林特說：「我可以證明我的說詞，可是一旦把證據給你就會洩漏消息來源。所以你得相信我說的。」

艾柯林特似乎陷入苦思。

「也許是泰勒波利安在烏普沙拉的同事。好吧，我們先從柯林頓和羅廷耶著手。說說看你知道些什麼。」

博舍在董事會會議室隔壁的辦公室見愛莉卡，一臉心事重重的模樣。

「聽說妳受傷了。」他指著她的腳說。

「不會有事的。」愛莉卡說著將拐杖靠在桌旁，坐到訪客椅上。

「那……那就好。愛莉卡，妳來上班一個月了，我想了解一下現況。妳覺得情況如何？」

我得和他談談維塔瓦拉。但要怎麼談？什麼時候談？

「我已經開始掌握住情況。可以就兩方面來說，一方面報社有財務問題，快被預算勒死了；另一方面編輯室裡面有一大堆廢物。」

「難道沒有任何正面觀點？」

「當然有，有許多經驗老到的專業人士知道該怎麼做好自己的工作，問題是有人不讓他們做事。」

「霍姆找我談過……」

「我知道。」

博舍有些困惑。「他對妳有不少意見，幾乎都是負面的。」

「無所謂，我對他也有不少意見。」

「也是負面的？這樣不好，如果你們兩人無法共事……」

「我可以和他共事，沒問題，是他有問題。」愛莉卡說：「我都快被他搞瘋了。他經驗非常豐富，也無疑是我所見過最有能力的新聞主編。但他混帳的程度也是無與倫比。他總喜歡沉溺在陰謀當中，挑撥離間。我在媒體界二十五年了，從沒見過管理階層有像他這種人。」

「他必須夠強悍才能把工作做好。他得承受各方的壓力。」

「強悍……那當然，但不代表要做出笨蛋行爲。很不幸，霍姆是個活災難，也是我們員工幾乎無法發揮團隊精神的主要原因之一。他把分化管理當成他的工作。」

「言重了吧。」

「我會給他一個月的時間調整態度。到時候如果他還辦不到，我就要解除他主編的職位。」

「妳不能這麼做。妳的工作並不是分解營運組織。」

愛莉卡凝視著董事長。

「請恕我直言，但這正是你雇用我的原因。我們還簽約明訂我可以視需要，自由更動編輯人事。我來這裡的任務就是讓報社重生，但我只有改變組織與工作程序才能辦得到。」

「霍姆把一生都奉獻給報社了。」

「沒錯，而他今年五十八歲，還有六年才退休，我可負擔不了他這個累贅這麼久的時間。博舍，你別誤會。從我坐進玻璃籠的那一刻開始，我的人生目標就是提升《瑞典晨郵》的品質與銷售數字。霍姆有得選擇：要嘛照我的意思做，不然就另謀高就。凡是造成阻礙或企圖以某種方式傷害《瑞典晨郵》的人，我都會這樣恫嚇他。」

該死……我得提維塔瓦拉的事。博舍會被解雇。

博舍忽然面露微笑。「看來妳也很強悍。」

「我是，但在這件事情上很遺憾，因為應該是不必這樣的。我的工作是辦個好報，要想做到這點，就得有運作良好的管理和工作愉快的同事。」

與博舍會談完後，愛莉卡跛著腳回到玻璃籠，滿心沮喪。剛才和博舍待了四十五分鐘，卻隻字未提維塔瓦拉。換句話說，她對他並沒有特別直接或誠實。

坐到電腦前，發現〈MikBlom@millennium.nu〉寄了一封信來。她心知肚明《千禧年》根本沒有這個郵址。她將信打開：

> 妳以為博舍救得了妳啊，臭婊子！妳的腳感覺怎麼樣？

她不由自主地抬起雙眼，望向外頭的編輯室，目光正好落在霍姆身上。他也正看著她，隨後微微一笑。

只可能是《瑞典晨郵》裡的人做的。

在憲法保障組的會議一直開到五點過後，他們說好下星期再碰一次面。布隆維斯特若有需要提前聯繫國安局，可以找費格蘿拉。他收好筆電站起身來。

「我怎麼出去？」他問道。

「你當然不能自己亂跑。」艾柯林特說。

「我會帶他出去。」費格蘿拉說：「等我幾分鐘，我去辦公室拿幾樣東西就好。」

他們一起穿過克羅諾柏公園，走向和平之家廣場。

「那現在怎麼辦？」布隆維斯特問。

「保持連絡。」費格蘿拉回答。

「我開始喜歡和秘密警察接觸了。」

「待會想一起吃飯嗎？」

「又是波士尼亞餐廳？」

「不，每天外食我可負擔不起。我是想在我家簡單吃個便飯。」

她停下來，微笑看著他說：

「你知道我現在在想做什麼嗎？」

「不知道。」

「想把你帶回家，剝光你的衣服。」

「這樣會有點奇怪。」

「我知道。不過我並不打算告訴我的老闆。」

「現在還不知道這件事會如何變化，最後我們可能會打對臺。」

「我願意冒個險。好啦，你是要乖乖跟來還是要我上手銬？」

愛莉卡七點左右回到家，米爾頓保全的顧問還在等她。她的腳抽痛得厲害，蹣跚走進廚房後，隨即跌坐在最近的一張椅子上。他煮了咖啡，便替她倒一點。

「謝謝。煮咖啡也是米爾頓的服務項目嗎？」

他禮貌地笑了笑。羅辛是個矮矮胖胖、五十多歲的人，留著微紅的山羊鬍。「謝謝妳今天讓我借用廚房。」

「這是我能做的最低限度。情況如何？」

「我們的技術人員已經來安裝了警報器，待會我會示範給妳看。我也從地下室到閣樓仔仔細細看過一遍，並研究了周圍環境。我會和米爾頓的同事商量妳的情況，幾天後再向妳報告我們的評估結果。不過在此之前得先討論一、兩件事。」

「說吧。」

「第一，有一些形式上的手續要辦理。正式合約晚一點再說，要看我們協議提供哪些服務，這只是一份同意書，說妳今天委託米爾頓保全來安裝警報器。這是標準格式的文件，說明我們米爾頓會要求妳一些事，也會承諾一些事，諸如客戶保密協定等等。」

「你們對我有要求？」

「是的。警報器就是警報器，如果有個瘋子拿著衝鋒槍站在你們家客廳，就完全沒用。爲了確保安全，我們希望妳和妳先生能注意一些事情，並採取一些例行措施。我會把細節從頭跟妳說一遍。」

「好。」

「我並不想提前預測最後的評估結果，但我對整體狀況的看法是這樣的。你們夫妻倆住在一棟獨立的房子，後面有海灘，還緊鄰著幾間大宅。鄰居無法一覽無遺地看到你們家。這房子相當孤立。」

「沒錯。」

「所以當入侵者接近你們家，很可能不會有人看見。」

「右邊的鄰居已經出門很久，左邊鄰居是一對老夫婦，通常很早上床。」

「正是如此。除此之外，各棟房子都是山形牆對著山形牆，幾乎沒有窗戶等等。一旦有人入侵你的住處——而且只要五秒鐘就能轉過道路，到屋子的背後去——視野是完全遮蔽的。房子後面則有圍籬、車庫和那間獨棟建築擋住視線。」

「那是我先生的工作室。」

「我猜他應該是藝術家吧？」

「是的。所以呢？」

「不管是誰砸碎妳的窗戶、又在外牆噴漆，都不會受到干擾。也許會有人聽見玻璃破碎的聲音，而有所反應……但妳的房子坐落成L型，聲音被牆面給擋掉了。」

「我明白。」

「第二件事，妳這房子很大，起居空間大約有兩百五十平方公尺，還不包括閣樓和地下室。兩層樓共有十一個房間。」

「這房子像隻怪獸，是我先生的父母留給他的。」

「還有一些不同方法可以進屋，例如從前門、後面陽臺、二樓走廊和車庫，另外一樓有幾扇窗戶和地下室的六扇窗戶，先前的保全業者並沒有裝警報器。最後，我還可以利用屋後的防火梯，從屋頂通往閣樓的活板門進來，那只是簡單用彈簧栓拴住而已。」

「聽起來好像有好幾個旋轉門可以進來。我們該怎麼辦？」

「今天裝設的警報器只是暫時的。我們下星期會再回來，把一樓和地下室的每扇窗戶都安裝妥當。那是當妳和妳先生不在家時的防盜設施。」

「好。」

「但目前的情況是妳受到某特定人士的直接威脅，這要嚴重得多。雖然不知道這個人是誰、他的動機何在，或者他會做到什麼地步，但可以作幾個假設。如果只是匿名恐嚇信，我們會認爲威脅不大，但這次有人特地開車到妳家來進行攻擊——何況鹽湖灘區可不近——這比較令人擔心。」

「這點我同意。」

「我今天和阿曼斯基談過，我們想法一致：在得知更多關於恐嚇者的訊息之前，必須小心行事。」

「意思是……」

「首先，今天安裝的警報系統包含兩部分，一個是你們不在家時開啓的防盜警鈴，另一個則是晚上你們上樓後要啓動的一樓感應器。」

「嗯。」

「這有點不方便，因爲每次下樓都得關掉警報器。」

「我懂了。」

「其次，我們今天也換了臥室的門。」

「你們把整扇門換掉？」

「是的，改裝了一道鐵製安全門。放心……門漆成白色，和一般臥室門沒有兩樣，差別只在於關上後會自動上鎖。從房裡開門只要壓下門把，和所有普通門一樣。但若要從外面開門，就得在門把上的面板輸入三位數的密碼。」

「你們今天就做了這麼多事啊……」

「如果妳在家中遭到威脅，就能有一個安全的房間自我防禦。門的材質非常堅固，就算攻擊妳的人手邊有工具，也得花好一段時間才能破壞那扇門。」

「這倒讓人安心。」

「第三，我們會安裝監視錄影機，那麼你們在臥室裡便能看見庭院和一樓的動靜。這會在這個星期內完成，同時我們也會在屋外裝設移動偵測器。」

「聽起來以後臥室就不再那麼浪漫了。」

「只是個小小的監視器，可以放進衣櫥或櫃子，就不會看得很清楚。」

「謝謝。」

「過幾天我會換掉妳書房和樓下另一個房間的門。萬一發生什麼事，妳要盡快尋找掩護、將門鎖上，等候救援。」

「好的。」

「如果不小心誤觸防盜鈴，妳得立刻打電話到米爾頓警報中心取消出動緊急車輛。要取消的話，就得說出事先登記的密碼。萬一忘了密碼，緊急車輛還是會來，到時就得向妳收取一筆費用。」

「明白。」

「第四，現在屋內有四個地方有人身安全警報器，廚房這邊一個，還有玄關、樓上書房和臥室。這個警報器有兩個按鈕，妳要同時按住三秒，這個動作可以一手完成，又不可能誤觸。假如人身安全警報器響起，接著會發生三件事。第一，米爾頓會派車過來，最近的車來自菲斯克賽特拉的亞當保全，十到十二分鐘內就會有兩名彪形大漢趕到。第二，米爾頓的車會從納卡過來，但反應時間最快要二十分鐘，但比較可能是二十五分鐘。第三，警方也會得到自動通報。換句話說，很短的時間內，也就是幾分鐘之內，就會有好幾輛車趕來。」

「好。」

「人身安全警報器不能像防盜警報器那樣取消，妳不能打電話來說是誤觸。即使妳來到車道上告訴我們沒事，警察還是會進屋。我們要確保屋內沒有人拿槍抵著妳先生的頭之類的。所以人身安全警報器只能在遇到真正危險時使用。」

「了解。」

「但不一定非得肢體受到攻擊，如果有人試圖闖入或出現在庭院裡等等都可以。只要妳覺得受威脅，就應該啓動警報器，不過要善用妳的判斷力。」

「我會的。」

「我發現妳在這裡和其他幾個地方都擺了高爾夫球桿。」

「對，昨晚我一個人睡。」

「要是我就會去住飯店。我不反對妳自己採取防衛措施，但妳要知道用高爾夫球桿很輕易就能殺死入侵者。」

「嗯。」

「若是這樣，妳很可能被控過失致人死亡。假如妳坦承是爲了自衛而到處擺放高爾夫球桿，說不定還會被認定是謀殺。」

「如果有人攻擊我，那我可能眞的有意把他的腦袋敲碎。」

「這我明白。但雇用米爾頓保全的用意就是讓妳可以不必那麼做。除了可以打電話求救，最重要的是妳不該讓自己走到非得敲碎別人腦袋的地步。」

「很高興聽到你這麼說。」

「順帶一提，如果入侵者有槍，妳打算怎麼用這些球桿？安全防護的關鍵就是要比有意傷害妳的人提早一步行動。」

「那你告訴我，如果被跟蹤，我怎麼能提早一步？」

「妳要讓他永遠沒機會靠近妳。現在警報器的裝設還要幾天才會全部完成，而且我們也得和妳先生談談，他也必須擁有同樣的安全意識。」

「他會的。」

「在那之前，我希望妳不要待在這裡。」

「我沒法到其他地方去。我先生過幾天就會回來，不過他和我都經常出遠門，所以我們當中偶爾總會有一個人落單。」

「我了解，但我指的只是在一切安裝妥當之前的這幾天。妳沒有朋友家裡可以借住嗎？」

愛莉卡一度想到布隆維斯特，但隨即想起現在恐怕不是好時機。

「謝謝，但我寧可待在這裡。」

「我想也是。那麼我希望接下來這幾天能有人和妳作伴。」

「這個嘛……」

「有沒有朋友能過來陪妳？」

「平常當然有，可是現在已經是晚上七點半，外頭還有個瘋子晃來晃去。」

羅辛沉思片刻。「妳會不會反對讓米爾頓的員工在這裡過夜？我可以打電話問我同事蘇珊，看她今晚有沒有空。她肯定不介意賺個幾百克朗當外快。」

「實際金額是多少？」

「妳得和她談，這並不包含在正式合約中。不過我真的不希望妳單獨留在這裡。」

「我不怕黑。」

「我知道，否則妳昨晚不會在這裡過夜。蘇珊以前也當過警察，而且這只是暫時的。如果有必要安排貼身保鑣，那又是另一回事，價碼會貴得多。」

羅辛慎重其事的態度起了作用。她漸漸明白他正冷靜地談論她可能遭遇生命危險。是他誇大其詞嗎？應該將他的謹慎視爲職業習性而不予理會嗎？若是如此，當初又何必打電話請米爾頓保全來安裝警報系統？

「好吧，打給她，我去準備客房。」

直到晚上十點，費格蘿拉和布隆維斯特才裹著床單到她家廚房，從冰箱取出剩下的鮪魚和培根做涼麵沙拉，然後配著白開水吃。

費格蘿拉咯咯地笑。

「什麼事這麼好笑？」

「我想到如果艾柯林特看見我們現在這副模樣，應該會很氣惱。我想他叫我緊緊盯著你的意思，應該不是要我和你上床。」

「都是妳起的頭。我只有兩個選擇，若不想上手銬就得乖乖跟來。」布隆維斯特說。

「沒錯，不過你並不難說服。」

「也許妳自己不知道——但我想不太可能——妳全身散發著不可思議的性魅力。妳想有誰能抗拒得了？」

「多謝你的讚美，但我並不性感，我也不常做愛。」

「不可能。」

「是眞的，我沒有跟太多男人上過床。今年春天我有個約會對象，但已經結束了。」

「爲什麼？」

「他人很好，只是後來變成一種很累人的腕力競賽。我比他強，他受不了。你是那種會想和我比腕力的男人嗎？」

「妳是說我會不會在乎妳比我健美、外型也比我強壯嗎？我不會。」

「謝謝你說實話。我發現有不少男人一開始對我有興趣，後來卻開始挑戰我，並想方設法要支配我。尤其當他們知道我是警察的時候。」

「我不會和妳競爭。在我的專業領域我比妳強，而在妳的專業領域妳比我強。」

「這種態度我可以接受。」

「爲什麼選中我？」

「我完全根據自己的慾望，而你給了我這種慾望。」

「可是妳是秘密警察，這可不是一般職業，何況還正在調查一起和我有關的案子……」

「你是說我不夠專業。你說得對，我不該這麼做，萬一被知道我麻煩可大了。艾柯林特一定會大發雷霆。」

「我不會告訴他。」

「很有紳士風度。」

他們沉默了一會。

「不知道接下來會如何演變。我猜你比一般男人更愛冒險，對不對？」

「很不幸，正是如此。我可能不會想有固定的女朋友。」

「多謝警告。我很可能也不想有固定的男友。我們就維持在朋友階段好嗎？」

「我想這樣是最好的。費格蘿拉，我們的事我不會告訴任何人，但如果不小心一點，我可能會和妳的同事爆發很大的衝突。」

「我想應該不會。艾柯林特非常老實，而且你和我們的人目標一致。」

「以後就知道了。」

「你和莎蘭德也有過一段。」

布隆維斯特盯著她說：「聽著……我不是個完全沒有秘密的人。我和莉絲的關係和其他人都無關。」

「她是札拉千科的女兒。」

「沒錯，這點她必須承擔。但她不是札拉千科，差別可是很大的。」

「我不是那個意思。我只是好奇你怎麼會捲入這件事。」

「莉絲是我的朋友。這樣的解釋應該夠了。」

米爾頓保全的蘇珊穿著牛仔褲、黑皮夾克和布鞋，在晚上九點抵達鹽湖灘，羅辛帶她看了看房子。她隨身帶了一只綠色軍用袋，裡頭裝她的手提電腦、一支伸縮警棍、一罐梅西噴霧器、手銬和牙刷，進入客房後她便將東西一一取出。

愛莉卡煮了咖啡。

「謝謝妳的咖啡。妳可能把我當成客人一樣招待，事實上我不是客人，而是忽然出現在妳生活中的必要之惡，不過只是幾天的時間。我在警界待了六年，在米爾頓四年，是個訓練精良的貼身保鑣。」

「我懂。」

「妳受到恐嚇，所以我來這裡當守門人，好讓妳安心地睡覺、工作、看書或是做任何妳想做的事。如果需要找人說話，我很樂意傾聽。否則我自己帶書來了。」

「好的。」

「我的意思是妳就過妳的日子，不必覺得有必要招呼我，不然妳很快就會覺得我礙事。妳最好能把我當成臨時的工作夥伴。」

「這種情況確實讓我很不習慣。以前在《千禧年》當總編輯時也遭受過恐嚇，但那和工作有關，現在卻是一個非常令人討厭的人……」

「特別在**糾纏**妳。」

「大概可以這麼說。」

「如果要安排全天候的保鑣，得花很多錢。爲了讓錢花得值得，一定要是非常清楚而明確的恐嚇。對我來說，這只是額外的工作。這星期剩下的幾天我都會來這裡過夜，每晚我只收五百克朗，這非常便宜，遠比我接米爾頓的工作所要求的酬勞來得低。妳可以接受嗎？」

「完全沒問題。」

「如果有事情發生，我要妳鎖在臥室裡，其餘交給我來應付。妳的任務就是按下人身安全警報器，如此而已。如果遇上麻煩，我不希望妳造成妨礙。」

愛莉卡在十一點準備睡覺。關上臥室門時，聽見門鎖喀嗒一聲，隨後心事重重地脫衣上床。

蘇珊要她不必覺得有義務招待「客人」，但她們還是在廚房餐桌旁聊了兩個小時。她發現和蘇珊很處得來。她們討論了某些男人之所以跟蹤女人的心理。蘇珊說她不信心理學那套，最重要的還是阻止這些王八蛋，她很喜歡米爾頓這份工作，因為她的任務多半都是對付這些瘋子。

「那妳為什麼不繼續待在警界呢？」愛莉卡問。

「妳應該問說我當初怎麼會當警察。」

「好，妳怎麼會去當警察？」

「因為我十七歲那年，有個很要好的朋友遭人襲擊，還在車內被三個混帳王八蛋給強暴了。我進入警界是因為我很理想化地以為，警察的存在就是為了防範類似的犯罪。」

「結果……」

「我預防不了。身為警察的我總是在罪行發生**以後**才抵達現場。我無法忍受自己像個白癡一樣問一些白癡問題，而且不久以後我發現有些罪行根本沒有人管，妳就是典型的例子。事情發生時妳有沒有打電話報警？」

「有。」

「他們有人來嗎？」

「應該說沒有。他們要我向地方派出所報案。」

「所以妳就知道了。我替阿曼斯基工作，並且會在罪行發生**以前**插手。」

「處理的大多是受恐嚇的婦女嗎？」

「我會處理各種事件，像是安全評估、貼身保護、監視等等，但通常都是有人受到恐嚇威脅。我在米爾頓比當警察更有成就感，只可惜有個缺點。」

「什麼缺點？」

「只能為付得起錢的人服務。」

上床後，愛莉卡回想蘇珊說的話，不是每個人都負擔得起保全。她自己接受羅辛的建議換了幾扇門、請來技術人員、安裝替代性的警報系統等等，眼睛眨都沒眨一下。這林林總總算起來花了將近五萬克朗。但她付得起。

她思考著自己對於這名恐嚇者可能與《瑞典晨郵》有關的疑慮。無論如何都是知道她腳受傷的人。她想到霍姆。她不喜歡他，也因此更不信任他，不過打從她拄著拐杖進編輯室那一刻，受傷的消息早已傳開了。

而且她還有博舍的問題。

想到這裡她忽然坐起身來，皺著眉頭環顧臥室。柯特茲那份關於博舍和維塔瓦拉的資料，她放到哪去了？

她下床穿上睡袍，倚著拐杖走到書房，打開電燈。不對，自從她……前一晚在浴室看過資料後就沒有進過書房。她把它放在窗臺上了。

她進浴室一看，不在窗臺上。

她站了好一會，開始擔心起來。

她不記得當天早上有看到資料夾，也沒有拿到其他地方。

她心中一凜，連忙花五分鐘搜尋浴室，並一一檢視堆在廚房與臥室的文件與報紙。最後不得不承認文件夾不見了。

當天早上，從她踩到玻璃碎片到羅辛抵達的這段時間內，有人進入她的浴室拿走了《千禧年》所蒐集有關維塔瓦拉的資料。

接著她又想到屋裡還有其他秘密，於是踮著腳回到臥室，打開床邊櫃子最下層的抽屜。她的心倏地往下沉。每個人都有秘密，她的秘密就保存在臥室的抽屜櫃裡。愛莉卡並沒有定期寫日記，但有一段時間倒是天天寫。此外還有青少年時期寫的舊情書。

還有一個信封裡裝了當年感覺很酷的照片，然而……愛莉卡二十五歲時曾加入極端夜總會，參與過爲皮繩愛好者籌辦的私人派對。各種派對上都拍了照，如果拍照時是清醒的，她會承認自己完全像個瘋婆子。

最糟的是還有一卷錄影帶，是九〇年代初她和貝克曼受玻璃藝術家托契爾·波凌耶邀請到西班牙陽光海岸度假時拍攝的。假期當中，愛莉卡發現丈夫有非常明顯的雙性戀傾向，最後兩人一起和托契爾上了床。那是個很美好的假期。當時攝影機還是相當新鮮的玩意。他們玩鬧中拍下的影片絕對不適合當眾播放。

抽屜空了。

我怎麼會這麼笨？

抽屜底部被人用噴漆噴上了她已經很熟悉的那兩個字。

第十九章

六月三日星期五至六月四日星期六

莎蘭德在星期五清晨四點寫完她的自傳，並藉由雅虎的「愚桌」社群傳了副本給布隆維斯特。然後靜靜躺在床上盯著天花板。

她知道自己在今年五朔節①前夕滿二十七歲了，但當時根本沒想起生日這回事。她被監禁著，就如同在聖史蒂芬一樣。假如事情不順利，她可能還得在某種監禁的形式下度過許多生日。

她不會讓這種情況發生。

上一回被關時，她才剛要進入青春期。如今她長大了，也擁有更多的知識與技能。她心想不知要花多長時間才能安全脫逃到其他國家定居下來，爲自己建立新身分與新生活。

她下床走進浴室照鏡子。腳已經不跛了，用手指摸摸臀部，傷口也已癒合結痂，接著扭扭手臂、前前後後地伸展左肩，感覺有點緊繃，但多少是痊癒了。她又敲敲自己的頭，雖然被一顆全金屬殼的子彈貫穿，大腦似乎沒有受到太大損傷。

實在太幸運了。

在取得電腦之前，她一直設想著如何逃離索格恩斯卡醫院這間上鎖的病房。

後來約納森醫師和布隆維斯特偷偷將她的掌上型電腦送進來，打亂了她的計畫。她讀完布隆維斯特的文章後，不斷反覆思考。她作了風險評估、考慮他的計畫、衡量自己的機會有多大，最後決定聽他一次。

她要測試這個體系。布隆維斯特說服了她，讓她相信自己已不怕再失去什麼，而他可以提供另一種非常不同的逃脫機會。假如計畫失敗，她再計畫從聖史蒂芬或其他瘋人院逃出來就好了。

其實眞正讓她決定照布隆維斯特的方式玩這場遊戲的原因在於復仇的慾望。

她沒有原諒任何人。

札拉千科、畢約克和畢爾曼都死了。

然而泰勒波利安還活著。

還有她哥哥，那個叫尼德曼的人也是，只不過他不是她要解決的問題。沒錯，他曾經幫忙殺害並活埋她，但似乎只是次要角色。**如果哪天碰上他，到時再說吧，在此以前他是警察的問題**。

不過布隆維斯特說得對：在陰謀背後肯定還有她不知道的其他人也參與塑造她的人生。她得把這些人的名字身分一一揪出來。

於是她決定依布隆維斯特的計畫行事，也因此用四十頁的篇幅寫下極爲簡短生硬的自傳，描述她這一生赤裸裸的眞相。她用字十分精確。自傳中的一切都是事實。她接受了布隆維斯特的說法：瑞典媒體已經用各種可笑言詞對她百般中傷，這麼一點胡言亂語不可能對她的名聲有更進一步的損害。

但這篇自傳也可以說是假造的，因爲她並未說出**全部**的事實。她也不想這麼做。

她回到床上，蓋上被子。

心裡有種說不出的煩躁。她拿出安妮卡給她、但幾乎沒有用過的筆記本，翻到第一頁，上面寫著：

$$(x^3 + y^3 = z^3)$$

去年冬天在加勒比海，她花了幾個星期瘋狂地研究費瑪定理。回到瑞典後，在尚未開始尋找札拉千科前，她也還不停玩著這個公式。現在讓她心煩的是她好像看到了解答……**她找出了解答**。

但卻不記得是什麼了。

不記得某件事對莎蘭德而言是一種陌生的現象。她為了測試，便上網隨便挑選網頁 HTML 碼，瞄一眼記下來，然後完整無誤地再背出來。

她向來視為詛咒的記憶力並未喪失。

腦袋裡的運作一如往常。

除了她覺得好像看到了費瑪定理的解答，卻不記得過程、時間與地點。

最糟的是她對它已經毫無興趣。費瑪定理再也吸引不了她。這不是好預兆。她從以前就是這樣，會沉迷於某個問題，但一旦解開後便興趣全無。

這正是她對費瑪的感覺。他再也不是騎在她肩膀上的魔鬼，攫取她的注意力、蒙蔽她的理智。這只是一個普通的公式，一張紙上的塗鴉，她一點也不想和它有什麼瓜葛。

這讓她很困擾。她放下筆記本。

應該要睡一會。

但她又拿起掌上型電腦重新上網。想了一下，進入阿曼斯基的硬碟，自從拿到電腦後她還沒進去看過。阿曼斯基正和布隆維斯特合作，不過沒有特別需要知道他現在在做什麼。

她心不在焉地讀著他的電子郵件。

發現了羅辛為愛莉卡住處所作的評估報告。她簡直不敢相信眼前看到的內容。

愛莉卡．貝葉遇上跟蹤狂了。

接著又看到蘇珊的訊息，她前一晚顯然是在愛莉卡家過夜，報告是深夜寄出的。莎蘭德看了寄信的時間，凌晨快三點，報告上說愛莉卡發現原本放在臥室櫃子抽屜中的日記、信函與照片，還有一卷極為私人的錄影帶遭竊。

與貝葉小姐討論過後，我們認定是她在納卡醫院那段時間失竊的。屋內沒人的時間大約有兩個半小時，而納卡全防保全所裝設有缺陷的警報器也沒啓動。在發現竊案之前的其他時間裡，愛莉卡和羅辛都至少有一個人在。

結論：跟蹤愛莉卡的人一直待在附近，因此看見她坐上計程車，可能也看到她受傷了。然後再趁機入屋。

莎蘭德更新了她下載的阿曼斯基的硬碟，然後關機，陷入沉思。內心五味雜陳。

她沒有理由喜歡愛莉卡。她還記得一年半前的除夕夜，看見愛莉卡和布隆維斯特走下霍恩斯路時的羞辱感。

那是她這一生中最愚蠢的時刻，她再也不容許自己產生類似的感覺。

她還記得當時心中那股可怕的恨意，以及追上前去傷害愛莉卡的念頭。

眞難爲情。

她痊癒了。

但也沒有理由同情愛莉卡。

她很好奇那卷**極爲私人的**錄影帶裡錄了些什麼。她自己也有一部極爲私人的影片，錄的是那個王八蛋律師畢爾曼強暴她的過程，目前由布隆維斯特保管。她心想若有人闖入她家偷走那張光碟，不知自己會有何反應。按定義說，布隆維斯特也是這麼做的，只不過動機不是爲了傷害她。

哼。傷腦筋。

星期二夜裡，愛莉卡根本無法入眠。她急躁地跛著腳走來走去，蘇珊則在一旁看顧著。她的焦慮有如濃霧般籠罩整棟屋子。

兩點半，蘇珊好不容易勸愛莉卡上床休息，儘管她還是沒睡，但聽見臥室門關上的聲音，蘇珊還是鬆了口氣。她打開筆電，寄了一封電子郵件給阿曼斯基簡述情況。才剛剛送出郵件，便聽到愛莉卡又下床走動。

七點半，她讓愛莉卡打電話到報社請病假。愛莉卡勉強答應，隨後便在客廳面對著三夾板封釘起來的落地窗的沙發上睡著了。蘇珊替她蓋上毯子，然後煮了咖啡，再打電話給阿曼斯基解釋自己現在在現場，是羅辛叫她來的。

「留在那裡陪愛莉卡。」阿曼斯基對她說：「妳自己也要睡幾個小時。」

「我不知道這要怎麼計費……」

「以後再說吧。」

愛莉卡一直睡到下午兩點半，醒來後發現蘇珊也斜躺在客廳另一頭的沙發上睡著。

星期五早上費格蘿拉起晚了，沒有時間出去晨跑。她把事情怪到布隆維斯特頭上，沖完澡後也挖他起床。

布隆維斯特開車到雜誌社上班，每個人見他這麼早起都很驚訝。他嘟噥敷衍幾句便去煮咖啡，隨後叫瑪琳和柯特茲進辦公室。他們花了三小時討論主題專刊的文章，並掌握書的進度。

「達格的書昨天送印了。」瑪琳說：「走一般膠裝平裝版流程。」

「特刊將定名為《莉絲·莎蘭德的故事》。」柯特茲說：「開庭的日期一定會改，但目前暫定在七月十三日星期三。到時候雜誌已經印好了，只是還沒訂好發行日期。你可以到時候再決定。」

「好，那就剩下札拉千科那本書到現在還是場噩夢。我打算把書名定為《小組》，前半部基本上就是雜誌刊登的內容，從達格和蜜亞的命案開始，接下來則是先後對莎蘭德、札拉千科和尼德曼的追捕。後半部是關於我們對『小組』所知道的一切。」

「麥可，就算印刷廠每次都為我們破紀錄，我們最晚也要在這個月底把最後定稿交給他們。」瑪琳說：「克里斯特也需要兩、三天做版面設計，排版就假設一個星期吧，那麼只剩兩個星期要完成內文。我不知道我們要怎麼辦到。」

「我們沒有時間挖出整個故事。」布隆維斯特坦承道：「不過我想就算用一整年恐怕也挖不完。這本書的用意是為了闡述發生過的事，如果沒有消息來源就直說，如果是我們的猜測也要說清楚。所以我們要寫出發生了哪些事，哪些是有佐證，而哪些則是我們的推測。」

「這樣很模稜兩可。」柯特茲說。

布隆維斯特搖搖頭說：「如果我說國安局幹員闖入我家，而且有這件事和這個人的錄影帶，那就是有證據。如果我說他是『小組』派來的，那就是臆測，但根據我們陳述的所有事實，這是個合理的臆測。這樣說有道理嗎？」

「有。」

「這些缺漏的部分，我沒有時間自己寫。我這裡有幾篇文章，柯特茲你得把它們拼湊起來，大約是五十頁的內容。瑪琳，妳支援柯特茲，就像我們編輯達格的書一樣。我們三人的名字都會出現在書的封面和內封，你們兩個覺得如何？」

「可以。」瑪琳說：「不過我們還有更緊急的問題。」

「比如說？」

「你全心投入札拉千科的故事的時候，我們這裡有一大堆事要做……」

「妳是說我沒幫上忙？」

瑪琳點點頭。

「妳說得對，對不起。」

「不必道歉。我們都知道只要你一頭栽進某篇報導，其他事都不重要。但我們其他人不能這樣，尤其是我。愛莉卡可以倚賴我，我有柯特茲，他也是一流的人才，可是他還要放同樣的時間在你的故事上面。就算把你都算進來，我們還是少兩個編輯人員。」

「兩個？」

「而且我不是愛莉卡。我不像她那麼駕輕就熟，我還在學習。莫妮卡拚了命地工作，蘿塔也是。誰都沒有辦法停下一分一秒來思考。」

「這只是暫時的，只要法院開庭……」

「不，麥可，到時候也不會結束。一旦開庭，將會是更大一場混仗。你還記得溫納斯壯事件那段期間吧，你將會在電視攝影棚之間跑來跑去，三個月見不到人影。」

布隆維斯特嘆氣道：「妳有什麼建議？」

「如果想讓雜誌社到秋天還能正常運作，就需要加入新血。至少兩個人，或三個。我們眞的沒有足夠的編輯人力應付現在的情況，而且……」

「什麼？」

「而且我不認爲自己作好了準備。」

「我知道了，瑪琳。」

「我說眞的。我是個很棒的編輯秘書，有愛莉卡當老闆**輕鬆得很**。我們說好這個夏天讓我試試看……好啦，已經試過了，我不是個稱職的總編輯。」

「胡說八道。」柯特茲說。

瑪琳搖搖頭。

「我知道了，」布隆維斯特說：「但別忘了現在是非常時期。」

瑪琳苦笑一下。「你就當作是員工的抱怨吧。」

星期五一整天，憲法保障行動小組都在試著釐清布隆維斯特提供的訊息。有兩名組員搬到和平之家廣場的臨時辦公室，負責彙整所有的資料。但很不方便，因爲警局內部網路在總局，所以一天下來他們得在兩棟大樓之間往返好幾趟，儘管只有十來分鐘腳程，還是很累人。到了中午休息時間，已經蒐集到許多資料證明柯林頓與羅廷耶兩人在六〇與七〇年代初與秘密警察有關連。

羅廷耶出身軍情單位，有幾年專門負責協調軍事國防與秘密警察間的聯繫。柯林頓是空軍背景，一九六七年開始進入秘密警察的貼身護衛組服務。

兩人都已離開國安局：柯林頓在一九七一年，羅廷耶一九七三年。柯林頓投身商場擔任管理顧問，羅廷耶則進入公務部門，爲瑞典原子能機構做調查工作，派駐在倫敦。

直到傍晚，費格蘿拉才得以向艾柯林特做出較確切的報告，說柯林頓和羅廷耶離開國安局後的職業都是假的。柯林頓在做什麼很難追蹤，擔任企業顧問幾乎什麼可能性都有，而且扮演這種角色的人不一定要向政府報告他的活動。從報稅單可以清楚看出他賺不少錢，但他的客戶大多都是總公司位於瑞士或列支敦斯登的企業，因此要證明他的業務造假並不容易。

然而應該在倫敦工作的羅廷耶則從未進過那裡的辦公室。他聲稱的辦公大樓其實已在一九七三年拆除，由國王十字車站的擴建部分所取代。顯然有人在捏造事實的時候出了錯。白天的時間裡，費格蘿拉團隊與一些瑞典原子能機構的退休人員面談，他們誰也沒聽說過羅廷耶。

「現在我們知道了，」艾柯林特說：「接下來就要找出他們到底在做什麼。」

費格蘿拉說：「那布隆維斯特怎麼辦？」

「什麼意思？」

「我們答應過，如果發現任何有關柯林頓和羅廷耶的消息就會告訴他。」

艾柯林特考慮了一下。「如果他再繼續挖下去，也遲早會發現的，我們還是跟他保持良好關係。你們的發現就告訴他吧。但要善用妳的判斷力。」

假。

費格蘿拉答應會小心。他們又花了幾分鐘安排週末，費格蘿拉組上有兩人要繼續工作，她自己可以休假。

隨後她打卡下班前往聖艾瑞克廣場的健身房，利用兩個小時加緊努力以彌補錯失的時間。她七點回到家，沖過澡後做了簡單的晚餐，然後打開電視聽新聞。但她開始感到急躁，便穿上跑步裝，來到門口時停下來想了想。**該死的布隆維斯特**。她打開手機撥到他的易利信手機。

「我們找到不少有關羅廷耶和柯林頓的資料。」

「告訴我。」

「你來我才說。」

「聽起來像勒索。」布隆維斯特說。

「我剛換上慢跑裝想去消耗一點多餘的體力。」費格蘿拉說：「我是現在出門呢，還是等你過來？」

「我九點過後再去可以嗎？」

「好啊。」

星期五晚上八點，約納森醫師來看莎蘭德。他坐在訪客椅上，身子往後靠。

「你要替我作檢查嗎？」莎蘭德問道。

「不用，今晚不用。」

「好。」

「今天我們研究過妳的病況，也通知檢察官我們準備讓妳出院了。」

「我明白。」

「他們想要今晚把妳送到約特堡的看守所。」

「這麼快？」

他點點頭。「斯德哥爾摩那邊有意見。我說明天還要再給妳做最後幾項檢測，所以星期天以前不能讓妳出院。」

「爲什麼？」

「不知道，大概只是氣他們這麼霸道。」

莎蘭德露出一抹眞正的微笑。如果給她幾年時間，她應該有辦法讓約納森醫師變成道地的無政府主義者。總之，他私下其實也有公民不服從的傾向。

「佛德利克·柯林頓。」布隆維斯特瞪著費格蘿拉床上的天花板說道。

「你如果點燃那根菸，我就把它插到你的肚臍捻熄。」費格蘿拉說。

布隆維斯特詫異地看著剛從夾克拿出來的香菸。

「抱歉，」他說：「可以借用妳的陽臺嗎？」

「只要你事後記得刷牙。」

他在腰間圍上一條床單。她跟著他來到廚房，倒了一大杯冷水，然後靠在陽臺門框上。

「先說柯林頓嗎？」

「他如果還活著，就是和過去的聯繫。」

「他快死了，他需要換腎，洗腎和其他治療就花了他大半的時間。」

「但他還活著。我們應該連絡他，直接質問他。也許他會說實話。」

「不行。」費格蘿拉說：「第一，這屬於初步調查範圍，得由警方處理，所以沒有所謂的『我們』。第二，我們是根據你和艾柯林特的協定提供這項訊息給你，但你保證過絕不採取任何可能干涉調查的行動。」

布隆維斯特微笑看著她說：「哇，秘密警察在拉我脖子上的狗鍊了。」說完便捻熄香菸。

「麥可，這不是開玩笑。」

星期六上午，愛莉卡開車上班時仍忐忑不安。她本來覺得自己已經開始抓到編報紙的眞正訣竅，並打算休息一個週末獎賞自己——也是她進《瑞典晨郵》以後的頭一次——沒想到她最私密的物品連同博舍的報告都被偷了，讓她根本無法放鬆。

前一晚愛莉卡幾乎一夜未眠，大部分時間都和蘇珊待在廚房，她認爲「毒筆」會出擊，散播一些可能對她造成嚴重打擊的圖片。網際網路對這些變態而言，是何等便利的工具。**天哪……我和丈夫與另一個男人的性交畫面……最後我將出現在全世界一半的網站上。**

驚慌恐懼糾纏了她一整夜。

蘇珊費盡唇舌才總算哄她上床。

八點她便起床開車進辦公室。她無法躲著不出面。如果有風暴正在醞釀，她也想趕在其他人聽到風聲之前第一個去面對。

但在人員減半的星期六編輯室內，一切如常。當她跛行經過編輯臺，大夥都和她打招呼。霍姆今天休假，編輯職務由佛德烈森代理。

「早，我以爲妳今天休假。」他說。

「我本來也這麼以爲。可是我昨天人不舒服，有些事必須做完。有發生什麼事嗎？」

「沒有，今天很平靜。最新得到的消息是達拉納的木材工業突然景氣回春，諾雪平發生一宗搶案，有一人受傷。」

「好，我會在玻璃籠裡待上一會。」

她坐下來，將拐杖靠在書架旁，然後連線上網。先收信。有幾封訊息，但都不是來自毒筆。她皺了皺眉頭。那人闖入至今兩天了，卻還沒利用這難能可貴的機會採取行動。**爲什麼呢？也許他打算改變戰略。**

勒索嗎？也可能只是想讓我胡思亂想。

沒有什麼特別的工作要做，於是點進正在替報社寫的策略文件。瞪著螢幕看了十五分鐘，卻一個字也看不進去。

她試著打給貝克曼，沒找到人，甚至不知道他的手機在國外能不能通。當然，稍微用點心還是能找到他的下落，但她覺得懶到極點。不對，她覺得無助又無力。

她也試著打給布隆維斯特，想告訴他博舍的文件夾被偷了，但他沒接電話。

到了十點，她一件事也沒做，便決定回家。正伸手要關掉電腦，忽然看見有人敲她的ＩＣＱ帳號，不由驚訝地看著圖示列。她知道ＩＣＱ是什麼，但她很少聊天，而且進報社以後就沒用過這個程式。

她猶豫了一下才點了回應。

〈嗨，愛莉卡。〉

〈嗨，你是誰？〉

〈秘密。妳一個人嗎？〉

是詭計嗎？毒筆？

〈你是誰？〉

〈小偵探布隆維斯特從沙港回來的時候，我們在他家碰過面。〉

愛莉卡睜大眼睛盯著螢幕，幾秒鐘後才聯想起來。**莉絲‧莎蘭德。不可能。**

〈妳還在嗎？〉

〈在。〉

〈別說名字。妳知道我是誰了嗎？〉

〈我怎麼知道妳是不是騙人的？〉

〈我知道麥可脖子上的疤是怎麼來的。〉

愛莉卡嚥了一下口水。這世上只有四個人知道他那道疤痕的由來。莎蘭德便是其中之一。

〈但妳現在怎能和我聊天？〉

〈我是電腦高手。〉

莎蘭德是個電腦狂。但從四月就被隔離在索格恩斯卡醫院的她，到底怎麼和外界溝通？

〈我相信。〉

〈我能信任妳嗎？〉

〈什麼意思？〉

〈這番對話不能外洩。〉

她不想讓警方知道她能上網。當然不了。所以現在才會和瑞典數一數二的大報社的總編輯聊天。

〈沒問題。妳有什麼事？〉

〈還債。〉

〈我不懂。〉

〈《千禧年》幫過我。〉

〈我們只是做自己該做的。〉

〈沒有其他刊物這麼做。〉

〈妳並沒有犯下妳被指控的罪行。〉

〈有人在跟蹤妳。〉

〈妳知道些什麼？〉

愛莉卡的心登時狂跳不止。

〈錄影帶被偷，住家遭闖入。〉

〈沒錯，妳能幫忙嗎？〉

愛莉卡不敢相信自己會問這個問題。太荒謬了。莎蘭德在索格恩斯卡進行復健，自己的問題都處理不完了。愛莉卡若想求助於人，她是最不可能的人選。

〈不知道，讓我試試。〉

〈怎麼試？〉

〈問題：妳覺得那個變態是你們報社的人嗎？〉

〈無法證明。〉

〈爲什麼會這麼想？〉

愛莉卡思索片刻才回答。

〈只是直覺。我進報社以後才開始受到騷擾。還有其他同事收到毒筆的下流信件，看起來卻像是我寄的。〉

〈毒筆？〉

〈我替那個變態取的外號。〉

〈好，妳怎麼會成爲毒筆的目標？〉

〈不知道。〉

〈有任何跡象顯示他是針對個人嗎？〉

〈什麼意思？〉

〈《瑞典晨郵》總共有多少員工？〉

〈包括出版社大約有兩百三十人。〉

〈妳認識的有幾個？〉

〈說不準。這幾年來我碰見過幾個記者和其他同事。〉

〈妳進報社前和誰起過爭執嗎？〉

〈我印象中沒有。〉

〈有沒有誰可能想報復的？〉

〈報復？報復什麼？〉

〈報復是很強烈的動機。〉

愛莉卡盯著螢幕，試圖揣測莎蘭德的意思。

〈還在嗎？〉

〈在。爲什麼會問到報復？〉

〈羅辛列出妳和毒筆有關的意外事件，我看過了。〉

我怎麼不感到意外呢？

〈所以呢？？？〉

〈感覺不像跟蹤狂。〉

〈爲什麼？〉

〈跟蹤狂的動力是性妄想。這個看起來比較像在模仿跟蹤狂。拿螺絲起子插妳的屄……拜託！模仿得還眞可笑。〉

〈妳這麼認爲？〉

〈我見過眞正的跟蹤狂。他們更變態、更低級、更詭異得多。他們會同時表達愛與恨。這個感覺就是不對。〉

〈妳覺得這還不夠變態？〉

〈沒錯，發信給伊娃更是完全不對。是有人想討回公道。〉

〈我沒想到這方面。〉

〈不是跟蹤狂。是針對妳個人。〉

〈好，妳有什麼建議？〉

〈妳相信我嗎？〉

〈也許。〉

〈我需要進入《瑞典晨郵》的內部網路。〉

〈哇，先等等。〉

〈現在就要。我很快會被移送，到時就不能上網了。〉

愛莉卡遲疑了十秒鐘。向……誰？一個十足的瘋子，敞開報社的大門？莎蘭德或許沒有殺人，但她肯定不正常。

但她又有什麼損失呢？

〈怎麼做？〉

〈我得灌一個程式到妳的電腦。〉

〈我們有防火牆。〉

〈妳得幫忙。連結網際網路。〉

〈已經連上了。〉

〈Explorer 嗎？〉

〈是。〉

〈我會打一個位址，複製後貼上 Explorer。〉

〈好了。〉

〈現在妳看到一串程式名稱，點進 Asphyxia Server 然後下載。〉

愛莉卡照著她的話做。

〈好了。〉

〈啓動 Asphyxia。點「安裝」，選擇 Explorer。〉

過程花了三分鐘。

〈完成了，好，現在妳得重新啓動電腦，我們會暫時斷線。〉

〈明白了。〉

〈重新啓動時，我會複製妳的硬碟到網路上一個伺服器。〉

〈好。〉

〈重新啓動吧。待會再聊。〉

電腦緩緩重新啓動時，愛莉卡愣愣地盯著螢幕出神，心想自己是不是瘋了。接著莎蘭德敲了她的ICQ。

〈嗨，又是我。〉

〈嗨。〉

〈妳來做比較快。啓動網際網路，複製我寄給妳的位址。〉

〈好了。〉

〈現在妳看到一個問題框。點「開始」。〉

〈好了。〉

〈現在妳要爲硬碟取名，就叫它「瑞典晨郵—二」。〉

〈好了。〉

〈去喝杯咖啡，接下來要花點時間。〉

星期六早上費格蘿拉八點醒來，比平時晚了約兩個鐘頭。她坐在床上看著身邊的男人，他在打鼾。**好吧，沒有人是完美的。**

她很好奇自己和布隆維斯特這段關係會如何發展。他顯然不是個忠實的人，所以不必期望長久的關係。這些訊息多半是從他的傳記看來的。反正，她自己應該也不想要發展穩定的關係——有伴侶、房貸和小孩的那種。從十幾歲開始，經過十多次感情失敗的經驗，她傾向於相信穩定關係被高估的理論。她最長的一段是和烏普沙拉的一名同事，兩人同居了兩年。

不過她並不是喜歡搞一**夜情**的人，雖然她認爲性愛幾乎是被低估的可以治百病的良藥，而且和布隆維斯特——儘管身材已變形——做愛的經驗也很不錯，老實說還不只不錯而已。此外，他是個好人，他讓她想要更多。

一段夏日浪漫戀情？一段風流韻事？她戀愛了嗎？

她走進浴室洗臉刷牙，然後穿上短褲和薄外套，靜靜地出門。先做了暖身操後慢跑四十五分鐘，經過羅蘭姆秀夫醫院，繞過弗瑞德霍爾區，再經由史密角回來。九點到家時發現布隆維斯特還在睡，便俯身咬他的耳朵。他迷迷糊糊地睜開眼睛。

「早啊，親愛的。我需要有人幫我搓背。」

他看著她嘟噥了幾句。

「你說什麼？」

「不必洗澡，妳現在就已經全身溼透了。」

「我去跑步，你應該一起來的。」

「我要是想跟上妳的速度，恐怕會在梅拉斯特蘭北路心臟病發。」

「胡說。來吧，該起床了。」

他替她搓背，替她抹肥皂。先是肩膀、臀部，接著腹部、胸部。不一會，她再也不想洗澡，直接又把他拖回床上去。

他們到梅拉斯特蘭北路的路邊咖啡座喝咖啡。

「你可能會讓我養成壞習慣。」她說：「我們才認識幾天而已。」

「我覺得妳有一種不可思議的吸引力。不過這妳已經知道了。」

「你爲什麼會這麼覺得？」

「抱歉，無法回答。我從來不明白爲什麼會被某個女人吸引，卻對另一個人毫無感覺。」

她若有所思地笑了笑。「我今天休假。」她說。

「我沒有。開庭前我有堆積如山的工作，而且前三個晚上我都和妳在一起，沒有趕工。」

「眞可惜。」

他起身親親她的臉頰。她趁勢抓住他的衣袖。

「布隆維斯特，我希望能有多一點時間和你相處。」

「我也是，不過在將這個故事送印以前，恐怕還會有點起伏不定。」

他說完便沿著手工藝街離去。

愛莉卡喝了咖啡，盯著螢幕。整整五十三分鐘毫無動靜，除了螢幕保護程式偶爾會啓動之外。接著她的ＩＣＱ又被敲了。

〈準備好了。妳的硬碟裡一大堆亂七八糟的東西，還有病毒。〉

〈抱歉，接下來呢？〉

〈《瑞典晨郵》的內部網路由誰負責？〉

〈不知道，應該是ＩＴ經理彼得．佛萊明。〉

〈好。〉

〈我該怎麼辦？〉

〈什麼都不必做。回家去吧。〉

〈就這樣？〉

〈我會再連絡。〉

〈電腦要不要開著？〉

但莎蘭德已經離線。愛莉卡沮喪地瞪視螢幕，最後把電腦關了，出去找個咖啡館坐下來好好思考。

---

①為巫師與惡魔狂歡的節日，即每年的四月三十日。

第二十章

六月四日星期六

布隆維斯特花了二十五分鐘在地鐵裡不斷改換不同方向的車。他最後在斯魯森下公車，跳上卡塔莉娜電梯來到摩塞巴克，然後繞路走到菲斯卡街九號。他在郡議會旁的迷你超市買了麵包、牛奶和乾酪，進屋後直接擺進冰箱，然後打開莎蘭德的電腦。

想了一下，也把易利信T一〇打開，平常用的手機就不管它了，現在他不想和任何與札拉千科故事無關的人說話。他發現過去二十四小時內有六通未接來電：柯特茲三通、瑪琳兩通、愛莉卡一通。

先打給柯特茲，他正在瓦薩城區某家咖啡館，找他沒什麼急事，只是有幾個細節需要討論。

瑪琳找他，據她的說法，只是為了保持連絡。

接著打給愛莉卡，忙線中。

他登入雅虎「愚桌」社群網站，看見莎蘭德自傳文章的最後版本。他微微一笑，將檔案列印出來後立刻開始閱讀。

莎蘭德打開她的 Palm Tungsten T3，利用一小時的時間，藉由愛莉卡的帳號侵入並瀏覽《瑞典晨郵》的內部網路。她沒有竊用佛萊明的帳號，因為不需要完整的管理員權限。她感興趣的是報社的人事資料，用愛莉卡的帳號便已綽綽有餘。

她眞希望布隆維斯特夠好心，能把她的 PowerBook 連同眞正的鍵盤和十七吋螢幕一起偷送進來，而不是只有這部掌上型。她下載所有員工的名單，開始核對。員工共有兩百二十三人，其中八十二名女性。

她一開始便將女性剔除。排除女性的可能性並非因爲她們不會做出如此瘋狂的事，而是統計顯示騷擾婦女的絕大多數是男性。那麼就剩下一百四十一人。

統計數據還顯示大部分毒筆作者若非青少年便是中年人。報社沒有青少年員工，因此她畫出年齡曲線，刪除所有超過五十五歲與不滿二十五歲的人。如今剩下一百零三人。

她略一思索。所剩時間不多了，說不定還不到二十四小時。於是她當機立斷，一筆劃掉行銷、廣告、圖像、維修與IT部門的所有人員，只鎖定一群記者與編輯人員當中，四十八名年紀介於二十六至五十四歲之間的男性。

這時門外響起鑰匙串的聲音。她連忙關掉電腦，放進被子底下夾在兩腿中間。這將是她在索格恩斯卡的最後一頓星期六午餐，她認命地打量著包心菜濃湯。她知道午餐過後會有一陣子不能做事，便將電腦放回床頭櫃後面的壁凹，等候兩名厄利垂亞婦女吸地板、換床單。

她們其中一人叫莎拉，過去幾個月都會定期爲莎蘭德偷帶一些萬寶路淡菸進來，還給了她一個打火機，現在藏在床頭櫃後面。莎蘭德心存感激地收下兩支菸，打算夜裡到氣窗旁邊抽。

一直到兩點，病房才恢復安靜，她也才拿出電腦上網。原本打算直接回到《瑞典晨郵》的檔案，但自己的問題也得解決，便展開每天例行的掃描，先從雅虎社群「愚桌」開始。布隆維斯特已經三天沒有上傳任何新資料，不知道在忙些什麼。**這王八蛋很可能在外頭和哪個波霸鬼混**。

接著進入雅虎社群「武士」，看看瘟疫有沒有新增什麼。沒有。

再來檢視埃克斯壯和泰勒波利安的硬碟，前者只有一封關於開庭的例行信件。

每當她進入泰勒波利安的硬碟，總覺得體溫彷彿下降了幾度。

她發現他已經寫好她的精神鑑定報告，都還沒有機會替她作檢查，顯然還不應該寫才對。內容有些進步，但沒啥新鮮之處。她下載了報告傳到「愚桌」。然後開始一封一封點閱泰勒波利安這二十四小時來的電子郵件。其中有一個極爲簡短的訊息，她差點就錯過了。

星期六三點，中央車站天井。約奈思

要命。約奈思。泰勒波利安的信中常常出現這個名字。使用 hotmail 帳號。身分不明。

莎蘭德瞄一眼床頭櫃上的電子鐘，兩點二十八分。她立刻敲布隆維斯特的ＩＣＱ。沒有回應。

布隆維斯特列印出兩百二十頁的完稿之後，便將電腦關機，拿著編輯用的鉛筆坐到莎蘭德的餐桌前。文章很不錯，只是還有一個大漏洞。他要如何才能找到「小組」的餘黨？瑪琳說得也許沒錯：這恐怕是不可能的任務。就快沒有時間了。

莎蘭德懊惱地咒了幾聲，又敲瘟疫，他也沒回應。再看看時鐘，兩點半。

她坐在床沿，接著找柯特茲，然後是瑪琳。**星期六，大家都沒上班**。兩點三十二分。

隨後她試著連絡愛莉卡，還是失敗。**我叫她回家了，該死**。兩點三十三分。

她應該可以傳簡訊給布隆維斯特……但電話被監聽了。她用力扯著嘴唇。

最後逼不得已只好按鈴叫護士。兩點三十五分，她聽到開鎖的聲音，護士阿涅妲探頭進來看她。

「哈囉，妳還好嗎？」

「約納森醫師在嗎？」

「妳覺得不舒服嗎？」

「我沒事，但我需要和他談一下，如果可能的話。」

「我剛才還看到他。有什麼事？」

「我只是有話跟他說。」

阿涅妲皺起眉頭。莎蘭德很少按鈴叫護士，除非頭疼得厲害或有其他同樣嚴重的問題。她從來不找他們麻煩，也從未要求找特定的醫師。不過阿涅妲發現約納森醫師花不少時間在這個被警方逮捕、卻又看似與世隔絕的病患身上。也許就是這樣和她建立了某種良好關係吧。

「我去看看他有沒有空。」阿涅妲輕輕說完後，關門上鎖。這時兩點三十六分，緊接著時鐘嗒一聲跳到兩點三十七分。

莎蘭德從床邊站起來，走到窗戶旁。眼睛始終盯著時鐘。兩點三十九分。兩點四十分。

到了兩點四十四分，她聽見走廊響起腳步聲，然後是警衛鑰匙串的匡啷聲。約納森好奇地瞄她一眼，看見她絕望的神情立刻定住腳步。

「發生什麼事了嗎？」

「**現在**正在發生。你身上帶了手機嗎？」

「什麼？」

「手機，我得打通電話。」

約納森轉頭朝門口看去。

「約納森……我需要一支手機。**馬上就要！**」

一聽到她絕望的口氣，他馬上從內口袋掏出自己的摩托羅拉遞給她。莎蘭德一把搶了過去。不能打給布隆維斯特，因為他沒把易利信T一〇的號碼告訴她。他想都沒想過，因為怎麼也沒料到她能從隔離的房間打電話給他。她僅僅遲疑十分之一秒，便撥了愛莉卡的號碼。響三聲就接通了。

手機響時，愛莉卡正開著BMW要回鹽湖灘，離家約還有半哩路。

「愛莉卡。」

「我是莎蘭德，沒時間解釋了。妳有沒有麥可另一支手機的號碼？沒有被監聽的那支？」

「有。」

莎蘭德今天已經讓她驚嚇過一次。

「**現在馬上**打給他！泰勒波利安和約奈思約好三點在中央車站天井碰面。」

「什麼……」

「快打就是了。泰勒波利安。約奈思。中央車站天井。三點。還有十五分鐘。」

莎蘭德啪地關上手機，以免愛莉卡問一些不必要的問題浪費寶貴時間。

愛莉卡把車停到路邊。從袋子裡拿出電話本，找到布隆維斯特約她在薩米爾之鍋碰面那天晚上給她的電話。

布隆維斯特聽到手機響了，從餐桌前起身走到莎蘭德的工作室，拿起桌上的電話。

「喂？」

「是愛莉卡。」

「嗨。」

「泰勒波利安和約奈思約好三點在中央車站天井碰面。你只剩下幾分鐘。」

「什麼？什麼？什麼？」

「泰勒波利安……」

「我聽見了，但妳是怎麼知道的？」

「別多問了，馬上行動。」

麥可瞄向時鐘，兩點四十七分。「謝了，拜！」

他抓起電腦袋，沒等電梯直接走樓梯，同時邊跑邊打柯特茲的T一〇手機。

「柯特茲。」

「你現在在哪裡？」

「學術書店。」

「泰勒波利安和約奈思約好三點在中央車站天井碰面。我已經在路上，但你比較近。」

「天哪，我馬上去。」

布隆維斯特沿著約特路往斯魯森方向加速奔去，來到斯魯斯普蘭時已是上氣不接下氣。也許費格蘿拉說得沒錯。他不可能趕到。於是開始以目光搜尋計程車。

莎蘭德將手機還給約納森醫師。

「謝謝。」她說。

「泰勒波利安？」約納森很難不聽到這個名字。

她注視著他。「泰勒波利安是個十足、十足的大壞蛋。你想都想不到。」

「沒錯，但我看得出來剛才發生的事讓妳很激動，從我照顧妳以來從沒見過妳如此激動。希望妳知道自己在做什麼。」

莎蘭德對約納森撇嘴笑了笑。

「你應該很快就會知道答案了。」她說。

柯特茲像個瘋子般跑出學術書店，從山繆牧師高架路穿越斯維亞路直接來到克拉拉諾拉，然後轉上克拉拉貝爾高架路、越過瓦薩街。飛奔過克拉拉貝爾街時從一輛巴士和兩輛轎車間穿越，其中一名駕駛還憤怒地搥打擋風玻璃，最後他就在車站大鐘敲響三點整時，衝進中央車站大門。

他三階一跨地跑下手扶梯來到售票大廳，又跑過口袋書店之後才放慢腳步，以免引人側目。他仔細瞧著每一個站在天井附近或從旁經過的人。

沒有看到泰勒波利安，也沒看到克里斯特在科帕小館外面拍到、他們認爲就是約奈思的人。柯特茲又看看時鐘，三點零一分。他氣喘如牛，彷彿剛跑完馬拉松。

他趁機疾步走過大廳，來到門外的瓦薩街，停下來四下環顧，凡在視線內的每張臉都一一檢視，沒有泰勒波利安。沒有約納思。

他又回到車站內。三點零三分。天井區幾乎空蕩蕩的。

這時他抬起頭，正好在一霎那間瞥見滿頭亂髮、留著山羊鬍的泰勒波利安的身影從售票大廳另一頭的Pressbyrån便利商店走出來。一秒過後，克里斯特照片中那名男子也出現在泰勒波利安身邊。**約奈思**。他們穿過中央大廳，由北門走到瓦薩街上。

柯特茲鬆了口氣，用手背揩去眉毛上的汗水後，開始尾隨這兩人。

布隆維斯特的計程車在三點零七分抵達中央車站。他快步走進售票大廳，卻沒看見泰勒波利安或任何看起來像約奈思的人，也沒見到柯特茲。

正打算打電話給柯特茲，手機就響了。

「我找到他們了。他們現在正坐在瓦薩街上，通往阿卡拉地鐵線樓梯旁的『Tre Remmare』酒吧。」

「謝了，柯特茲，你人在哪裡？」

「我在吧檯，正在喝下午啤酒。我值得獎賞。」

「好極了。他們認得我的長相，所以我就不去了。我想你應該沒有機會聽到他們的對話內容吧。」

「完全沒希望。我只能看到約奈思的背影，而那個該死的心理醫生說話的時候嘴都不張開，甚至看不到他嘴唇在動。」

「明白了。」

「不過我們有個問題。」

「什麼？」

「約奈思把皮夾和手機放在桌上，皮夾上面還放了車鑰匙。」

「好，我會處理。」

費格蘿拉的手機響起電影《狂沙十萬里》的主題曲，她只好放下手邊有關古代上帝的書，這本書好像永遠都看不完。

「嗨，我是麥可。妳在做什麼？」

「坐在家裡整理舊情人的照片。我今天被甩得更早，眞丟臉。」

「妳的車在附近嗎？」

「據我所知就停在外面的停車格。」

「很好，妳下午想不想到市區來？」

「不太想，怎麼了？」

「有個叫泰勒波利安的心理醫生正在瓦薩街上和一個代號約奈思的特務喝啤酒。既然我要配合你們這種東德秘警的官僚作風，我想妳應該有興趣一起來跟蹤。」

費格蘿拉已經起身拿車鑰匙。

「你該不是開玩笑吧？」

「當然不是。而且約奈思的車鑰匙就放在他面前的桌上。」

「我馬上到。」

瑪琳沒有接電話，但布隆維斯特幸運地找到蘿塔，她正在歐蘭斯百貨公司買丈夫的生日禮物。他拜託她趕到酒吧支援柯特茲，算是加班。接著打給柯特茲。

「計畫是這樣的。五分鐘後我就會有車，車子會停在從酒吧往下走的鐵道路上。過幾分鐘蘿塔會過去支援你。」

「好。」

「他們離開酒吧時，你跟著約奈思，隨時用手機告訴我位置。你一看到他往車子走去，就要讓我們知道。蘿塔會尾隨泰勒波利安。如果我們來不及趕到，就記下他的車牌號碼。」

「好的。」

費格蘿拉在緊鄰機場快線月台的諾地克光飯店旁邊停車，一分鐘後布隆維斯特便打開駕駛座的門。

「他們在哪間酒吧？」

布隆維斯特跟她說了。

「我得請求支援。」

「最好不要。已經有人看著他們了，人多反而容易壞事。」

費格蘿拉狐疑地看著他。「你怎麼知道他們要碰面？」

「我必須保護消息來源，抱歉。」

「難道你在《千禧年》還有自己的情報單位？」她發作道。

布隆維斯特似乎很開心。能在秘密警察的專業領域中打敗他們，眞好。

事實上，他完全不知道愛莉卡怎麼會突然打電話告知他這場會面的消息。打從四月初，她就已經不再插手雜誌社的編輯工作。當然，她肯定知道泰勒波利安，但約奈思卻是五月才出現。據他所知，愛莉卡根本不知道此人的存在，更不可能知道他是國安局與《千禧年》高度懷疑的焦點。

他得找愛莉卡談談。

莎蘭德緊抿著嘴，看著掌上型電腦螢幕。借用過約納森的手機後，她暫時擱置有關「小組」的所有念頭，專注於愛莉卡的問題。經過仔細考慮，她又刪除所有二十六歲到五十四歲之間的已婚男性。這麼做有點草率，她自己也明白，她的挑選方式幾乎毫無數據、社會或科學原理作根據。毒筆很可能是個已婚男性，有五個小孩和一隻狗，也可能在維修部門工作，甚至可能是個女的。

只是她非得縮減名單人數，自從上次刪減成四十八人，現在又減少到十八人。名單上的成員大多是較有名的記者、主管或中階主管，年齡至少三十五歲。如果這群人當中找不到任何線索，再將網撒大一點也不遲。

四點她登入駭客共和國，將名單上傳給瘟疫。幾分鐘後他回敲了她。

〈十八個名字。幹什麼的？〉

〈一個額外的小計畫。就當作訓練吧。〉

〈好……吧。〉

〈這裡頭有個討厭鬼，把他找出來。〉

〈有什麼準則？〉

〈要快。明天我就會被斷線了，必須早一步找到他。〉

她概述了毒筆的情況。

〈做這個有什麼好處嗎？〉

莎蘭德想了一秒鐘。

〈有。我不會跑到你們那個沼澤區，放火燒你家。〉

〈妳眞會這麼做？〉

〈每次請你幫忙我都會付錢。但這次不是爲了我自己，你就當作是節稅用的公益支出吧。〉

〈妳開始顯現社會責任感了。〉

〈怎麼樣？〉

〈好吧。〉

她將進入《瑞典晨郵》編輯室的密碼傳給他後，便登出了ＩＣＱ。

柯特茲到了四點二十分才來電。

「他們好像要離開了。」

「我們準備好了。」

沉默。

「他們在酒吧外面分手，約奈思往北走，泰勒波利安往南，蘿塔就跟在他後面。」

布隆維斯特舉起一根手指，指著瓦薩街上從他們面前閃過的約奈思。費格蘿拉微一點頭，發動引擎。

幾秒鐘過後，布隆維斯特也看到柯特茲了。

「他正要過瓦薩街，朝國王街走去。」柯特茲在手機裡說道。

「保持距離，別讓他發現你。」

「放心，路上挺多人的。」

沉默。

「他轉上國王街，往北走。」

「國王街往北。」布隆維斯特說。

費格蘿拉換檔後上行瓦薩街，接著被紅燈給擋下。

「他現在在哪裡？」他們轉上國王街後，布隆維斯特問道。

「在PUB百貨對面，他走得很快。唉呀，現在到陀特寧街往北轉。」

「陀特寧街北轉。」布隆維斯特說。

「好。」費格蘿拉說著隨即違規左轉上克拉拉諾拉，朝歐洛夫帕爾梅路駛去，轉過街角後在工業技術與文書雇員工會大樓外停下車來。約奈思穿越歐洛夫帕爾梅路後右轉，朝斯維亞路走去。柯特茲還留在對街。

「他朝東走……」

「你們兩個我們都看見了。」

「他轉進荷蘭人街了。**喂**……車子，紅色奧迪。」

「車子。」布隆維斯特邊說邊寫下柯特茲念給他的車號。

「他往哪邊開？」費格蘿拉問。

「往南。」柯特茲回報說：「他會在你們前面轉上歐洛夫帕爾梅路……**就是現在**。」

費格蘿拉已經啓程，通過了陀特寧街。她打著燈號，阻止幾個試圖闖紅燈的行人。

「多謝了，柯特茲。再來由我們接手。」

紅色奧迪在斯維亞路往南轉。費格蘿拉邊跟蹤邊用左手打開手機按了一個號碼。

「能幫我找一輛紅色奧迪的車主嗎？」她一口氣說出了號碼。

「約奈思．桑柏，一九七一年生。你說什麼？契斯塔，赫辛佑街。謝謝。」

布隆維斯特將資訊寫下。

他們跟著紅色奧迪經由港口街駛往海濱大道，然後轉上火砲路。約奈思將車停在距離軍事博物館一個路口外，然後徒步過街，走進一棟一八九〇年代的建築大門。

「有趣。」費格蘿拉轉頭對布隆維斯特說。

約奈思進入的大樓，和首相借用來與他們私下會面的公寓僅一街之隔。

「幹得漂亮！」費格蘿拉說。

就在此時，蘿塔也來電告知說泰勒波利安從中央車站的手扶梯上了克拉拉貝爾街之後，便去了國王島的警察總局。

「星期六下午五點去警察總局？」

費格蘿拉和布隆維斯特以懷疑的眼神互望一眼。費格蘿拉針對這局勢的變化思考了幾秒鐘，然後拿起手機打給刑事巡官包柏藍斯基。

「你好，我是國安局的費格蘿拉。前一陣子我們在梅拉斯特蘭北路見過面。」

「有什麼事？」包柏藍斯基問道。

「這個週末你手下有人值班嗎？」

「茉迪。」包柏藍斯基說。

「我需要她幫個忙，你知道她人在不在總局？」

「應該不在。天氣這麼好，又是星期六下午。」

「你能不能連絡她或是任何調查小組的人，請他們到埃克斯壯檢察官的辦公室走廊……看看他現在是不是在辦公室開會？」

「什麼樣的會？」

「現在還不能細說。我只想知道他現在是不是在和誰開會，如果是的話，跟誰。」

「妳要我去窺伺檢察官，而且還是我的上司？」

費格蘿拉挑起眉頭，接著又聳聳肩。「是的。」

「我盡量。」他說完便即掛斷。

茉迪離總局很近，比包柏藍斯基想像的還近。她正和丈夫在某位朋友位於瓦薩街住處的陽臺上喝咖啡。孩子們跟著外祖父母去度週末了，所以他們夫妻倆打算做點老派的事，像是上館子、看電影之類的。

包柏藍斯基解釋了來電的原因。

「我要用什麼藉口去打斷埃克斯壯？」茱迪問道。

「我答應昨天要給他有關尼德曼的最新消息，結果下班前忘了把報告拿到他的辦公室。就放在我桌上。」

「好吧。」茱迪轉而看著丈夫和朋友說：「我得進局裡一趟。我開車去，運氣好的話，一小時內就會回來。」

她丈夫聽了嘆氣。朋友也嘆氣。

「這個週末我當班。」茱迪道歉著解釋。

茱迪把車停在柏爾街，搭電梯上包柏藍斯基的辦公室拿那三頁A4大小、關於追捕尼德曼的報告，內容少得可憐。**實在不怎麼亮眼**，她心想。

她爬樓梯上一層樓，來到通往走廊的門前停下。這個夏日午後，總局裡幾乎空無一人。她其實不算躡手躡腳，只是腳步很輕。走到埃克斯壯關起的辦公室門口她停了下來，聽見裡面有說話聲，忽然勇氣頓失。她覺得自己像個笨蛋。平常她會敲門、推開門進去說：「嗨！原來你還在啊？」然後輕輕鬆鬆就走進去。但現在好像全都不對勁。

她環顧四周。

包柏藍斯基爲什麼找她？這是什麼樣的會議？她瞥向走廊對面，正對著埃克斯壯辦公室的是一間足以容納十個人的會議室，她自己就曾經在裡面聽過幾場報告。她走進會議室，關上門。百葉窗沒有拉開，而面對走廊的玻璃隔牆則有布簾遮住。裡面很暗。她拉過一張椅子坐下，然後將窗簾拉開一條縫往走廊上看。

她覺得不安。萬一有人開門，問她在這裡做什麼，她恐怕有得解釋了。她拿出手機，看看上面顯示的時間，快六點了。她將鈴聲轉為靜音後，背靠椅子，留意看著埃克斯壯辦公室的門。

七點，瘟疫在線上敲了莎蘭德。

〈好了，我是《瑞典晨郵》的管理員了。〉

〈在哪裡？〉

他傳了一個網址過來。

〈二十四小時內應該不可能做到。就算有這十八個人的電郵位址，要入侵他們家裡的個人電腦也要幾天時間。而且星期六晚上，大多數人恐怕根本沒上線。〉

〈你專攻他們家裡的個人電腦，報社那邊我來負責。〉

〈我也這麼想。妳那部掌上型比較有限制。要我特別幫妳注意哪個嗎？〉

〈不用，每個都試就對了。〉

〈好吧。〉

〈瘟疫？〉

〈欸。〉

〈如果明天以前沒有任何線索，我要你繼續試。〉

〈好。〉

〈那樣的話我會付你錢。〉

〈算了，反正好玩。〉

她登出後便進入瘟疫上傳了所有《瑞典晨郵》管理員權限的網址。一開始先看看佛萊明有沒有在線上工作。沒有。於是她借用他的身分進入報社的郵件伺服器，如此便能看到電子郵件系統中的一切活動，甚至包括早已從個人信箱刪除的訊息。

她先從恩斯特·提歐多·畢靈開始，他是報社的夜間編輯之一，現年四十三歲。她打開他的信箱，開始往回點閱，每則訊息約花兩秒鐘，剛好可以知道寄件者與大概的內容。幾分鐘後，她已經看出每日備忘錄、行事曆與其他瑣碎事項等等例行郵件的端倪，便開始捲動略過這些郵件。

她一一查看三個月份的訊息，隨後跳著月份只看主旨欄，引起她注意的才點進去看內容。她得知畢靈和一個名叫蘇菲亞的女人約會，而且和她說話的口氣很令人不舒服。但這似乎沒什麼不尋常，因爲畢靈給大多數人寫電郵的口氣都是這樣，無論是記者、美編等等。不過她還是覺得奇怪，一個男人竟會不斷對女友使用**死肥豬**、**死笨蛋**、**臭婊子**之類的字眼。

搜尋一小時後，她關掉畢靈的信箱並將他從名單上剔除。接著看拉斯·厄楊·沃爾貝，法律新聞線一位五十一歲的資深記者。

艾柯林特於星期六晚上七點半走進警察總局。費格蘿拉與布隆維斯特正在等他，而且就坐在前一天布隆維斯特坐的同一張會議桌旁。

艾柯林特暗中提醒自己現在如履薄冰，當他允許布隆維斯特走進這道走廊時，就已經違反了一堆規定，費格蘿拉更無權擅自邀請他來這裡。即使同事們的配偶也不准進入國安局的廊道，要找另一半的話就得在樓梯口等著。而最糟的是布隆維斯特還是記者。從現在起，只能讓他出入和平之家廣場的臨時辦公室。

不過外人只要經過特別邀請，反而**能**進入這些走廊，例如外國賓客、研究人員、學者、兼職顧問……他將布隆維斯特列爲兼職顧問。這些個無聊的安全分類其實也就是文字罷了。總會有人決定是否應該給某人特殊的通行許可，因此艾柯林特想好了，一旦出現批評的聲音，他會說是他個人對布隆維斯特放行的。

當然，這是萬一出事時的做法。他坐下來看著費格蘿拉。

「妳怎麼知道他們要碰面？」

「布隆維斯特在四點左右打給我。」她帶著滿意的笑容回答。

艾柯林特轉向布隆維斯特。「那你又是怎麼知道的？」

「我得到線報。」

「難道你在對泰勒波利安進行某種跟監？」

費格蘿拉搖搖頭。「一開始我也這麼想。」她語氣愉快地說著，彷彿布隆維斯特不在場似的。「但不合理。就算有人替布隆維斯特跟蹤泰勒波利安，也不會事先知道他正要去見約奈思。」

「那麼……還有什麼？非法竊聽之類的嗎？」艾柯林特質問道。

「我可以向你保證，」布隆維斯特出聲以提醒他們他也在一旁。「我沒有對任何人進行非法竊聽。實際說起來，非法竊聽是政府當局的專利。」

艾柯林特蹙眉說道：「所以你是不打算告訴我們你如何得知消息囉？」

「我已經說過我不會說。這是線民提供的消息，我得保護消息來源。我們何不將重點放在最新的發現上？」

「我不喜歡事情懸而未決。」艾柯林特說：「不過好吧。你們發現了什麼？」

「他名叫約奈思．桑柏，」費格蘿拉說：「受過海軍蛙人訓練，在九○年代初進入警察學校。先後在烏普沙拉和南塔耶服務。」

「妳也來自烏普沙拉。」

「對，但我們大約差了一年。他在一九九八年被延攬進國安局反間組，二○○○年轉派任國外一個秘密職位。根據我們的資料，他在馬德里大使館工作，我向大使館查證過了，人事名單上沒有約奈思。」

「就和莫天森一樣。形式上調往某個並沒有他存在的單位。」

「只有秘書長能做這樣的安排。」

「正常狀況下，一切都可以推說是官僚作業疏失。我們之所以會發現是因爲特別去留意的緣故。如果有人開始問一些奇怪的問題，他們會說這是機密不然就說和恐怖分子有關。」

「這裡頭有不少預算需要核對。」

「妳是說預算主任？」

「也許。」

「還有什麼？」

「約奈思住在索倫圖那，未婚，但和南塔耶一名教師生了一個孩子。沒有不良紀錄，擁有兩把槍的執照，認眞負責、滴酒不沾。唯一比較不協調的是他似乎是福音派教徒，九〇年代還加入生命之道教會。」

「妳怎麼查出來的？」

「我去找以前烏普沙拉的上司談過，他對約奈思的印象很深刻。」

「一個信基督教的蛙人，有兩把槍和南塔耶的一個孩子。還有嗎？」

「我們確認他的身分也才大約三個小時，你得承認我們動作已經很快了。」

「的確。對火砲路那棟建築有什麼了解？」

「還不多。史蒂芬去找過建管處的人，拿到建築的平面圖，是一八九〇年代的住屋協會建築，共六層樓、二十一間公寓，另外中庭一棟小建築裡還有八間公寓。我查過房客，但沒有特別的發現。裡頭有兩個住戶有前科。」

「是誰？」

「三樓的林斯壯，六十三歲，在七〇年代犯了保險詐欺罪。五樓的衛菲特，四十七歲，曾兩度因爲毆打前妻被判刑。其餘似乎就是典型的瑞典中產階級。不過有一間公寓倒是啓人疑竇。」

「哪間？」

「位於樓頂，十一個房間，明顯像棟豪宅。屋主是一間名叫貝洛納的公司。」

「做什麼的？」

「天曉得。他們做市場分析，年營業額大約三千萬克朗，所有人都住在國外。」

「啊哈。」

「啊哈什麼？」

「沒什麼，就是啊哈。再深入調查貝洛納。」

這時候，布隆維斯特只知道名叫史蒂芬的警員走了進來。

「嗨，老闆。」他向艾柯林特打招呼：「這實在太酷了。我去查了貝洛納那間公寓的背景。」

「結果呢？」費格蘿拉問道。

「貝洛納公司成立於七〇年代，公寓是他們向前屋主買來的，那位屋主擁有大片房產，是個名叫克莉絲汀娜・賽德霍姆的女人，生於一九一七年，丈夫佛朗克，也就是國安局成立時和維涅起爭執的那個大砲型人物。」

「很好。」艾柯林特說：「非常好。費格蘿拉，派人二十四小時監視那間公寓，找出他們用的電話。我要知道有哪些人進出，有哪些車載人到那個地址。總之就是例行工作。」

艾柯林特轉頭看著布隆維斯特，似乎欲言又止。布隆維斯特也回看著他，等他開口。

「你對這樣的訊息交流還滿意嗎？」艾柯林特終於說道。

「非常滿意。那你對《千禧年》的貢獻滿意嗎？」

艾柯林特勉強點了個頭。「你要知道我可能因此惹上很大的麻煩。」

「那不是因為我。我會把從這裡得到的訊息當作消息來源保護，我會報導事實，但不會提到我用什麼方法、在什麼地方取得訊息。報導送印之前，我會正式採訪你，你若不想回答某個問題，就說『沒有意見』，否則你也可以詳細說明你對『特別分析小組』的想法。由你決定。」

「是啊。」艾柯林特點點頭。

布隆維斯特很高興。才幾個小時，「小組」成員已明確成形，眞是一大突破。

埃克斯壯辦公室內的會議持續許久，讓茱迪非常沮喪，幸好有人在會議桌上留了一瓶礦泉水。她傳了兩通簡訊給丈夫，告訴他自己還走不開，並承諾回到家後一定會有所補償。但她開始坐立不安，自覺有如非法入侵者。

會議直到七點半才結束。當門打開，法斯特走出來，她著實嚇了一大跳。接著是泰勒波利安醫師，跟在他們後面的是一個年紀較大、頭髮花白的男人，茱迪從未見過。最後是埃克斯壯檢察官，他穿上夾克後隨手關燈鎖門。

茱迪將手機伸到窗簾縫隙，對著站在埃克斯壯辦公室門外那群人，拍了兩張低解析度照片。幾秒鐘後，他們一起往走廊另一頭走去。

她屏住氣息直到他們遠離困住她的會議室。聽到樓梯間的門關上的聲音時，她已經冒出一身冷汗，站起來的時候竟然雙腳發軟。

包柏藍斯基在八點剛過打了電話給費格蘿拉。

「妳說想知道埃克斯壯是不是在開會。」

「沒錯。」費格蘿拉回答。

「會議剛結束。和埃克斯壯會面的有泰勒波利安醫師和我的前同事法斯特巡官，還有一個年紀較大但我們不認識的先生。」

「等一下。」費格蘿拉說完，用手遮住話筒，轉而對其他人說：「泰勒波利安直接去找埃克斯壯了。」

「喂，妳還在嗎？」

「抱歉，能形容一下第三個人嗎？」

「不只能形容，我還可以傳照片給妳。」

「照片？真是感謝你。」

「只要告訴我是怎麼回事就好了。」

「我會再和你連絡。」

他們圍坐在會議桌旁，沉默了好一會。

「這麼說，」最後是艾柯林特先開口。「泰勒波利安和『小組』的人碰面，然後直接去見埃克斯壯檢察官。我願意懸賞重金打聽他們談話的內容。」

「你乾脆直接問我。」布隆維斯特說。

艾柯林特和費格蘿拉都轉頭看他。

「他們碰面是為了訂定最後策略，好在法庭上定莎蘭德的罪。」

費格蘿拉瞄他一眼之後，緩緩地點點頭。

「那只是猜測，」艾柯林特說：「除非你有超能力。」

「不是猜測。」布隆維斯特說：「他們是為了討論關於莎蘭德的精神鑑定報告。泰勒波利安剛剛寫完了。」

「胡說，莎蘭德都還沒作檢查呢。」

布隆維斯特聳聳肩，打開電腦袋。「以前也是這樣，泰勒波利安照寫不誤。這是最新版本。你自己看，上面的日期就在預定開庭的那個星期。」

艾柯林特與費格蘿拉看了眼前的這篇報告，最後兩人交換眼神並一齊掉頭看著布隆維斯特。

「你又是從哪弄來這個的？」艾柯林特問道。

「一個我必須保護的消息來源。」布隆維斯特回答。

「布隆維斯特……我們必須能夠互相信任。你分明有所保留，你袖子裡是不是還藏有更多令人意外的秘密呢？」

「是的，我當然有秘密，而我也深信你們並未充分授權讓我看國安局裡的所有資料。」

「這是兩回事。」

「絕對是一樣的事。這次的安排需要雙方合作，你自己也說：我們必須相互信任。我保留的部分對於你們對『小組』的調查並無幫助，對於已犯下的各項罪行也無法提供新的線索。我已經交出泰勒波利安在一九九一年與畢約克共同犯罪的證據，我也告訴你們他將會受雇再重蹈覆轍。現在這份文件證明我說得沒錯。」

「但你還是隱瞞了關鍵資料。」

「當然了，你如果無法忍受，我們可以停止合作。」

費格蘿拉舉起手指打岔道：「抱歉，但這是否意味著埃克斯壯在替『小組』做事？」

布隆維斯特皺著眉頭說：「這個我不知道。但我覺得他比較像是被『小組』利用的有用傻瓜。他有野心，但我想他還算誠實，只是有點笨。確實有個消息來源告訴我，當初還在追捕莎蘭德時，泰勒波利安作了有關於她的報告，埃克斯壯幾乎照單全收。」

「也就是說你覺得要操控他並不難？」

「正是。而刑警法斯特則是個百分之百的笨蛋，他以為莎蘭德是同性戀撒旦信徒。」

愛莉卡在家。她覺得全身癱軟，無法集中精神做正事，好像隨時都會有人打電話來告訴她，某個網站上張貼了她的照片。

她發現自己一再地想著莎蘭德，但心裡知道她能幫上忙的希望十分渺茫。莎蘭德被關在索格恩斯卡，禁止會客，甚至不能看報。不過這個女孩異常地詭計多端，儘管被隔離，卻還是有辦法先後用ＩＣＱ和電話連絡上愛莉卡。而且兩年前，她也曾經獨力毀滅溫納斯壯的金融帝國，拯救了《千禧年》。

八點，蘇珊來到門口敲門。愛莉卡驚跳起來，好像有人在客廳開槍似的。

「哈囉，愛莉卡。妳怎麼愁眉苦臉地坐在這裡，也沒開燈。」

愛莉卡點點頭，扭開了燈。「嗨，我去煮點咖啡……」

「不，還是我來吧。有什麼新消息嗎？」

可被妳說中了。莎蘭德跟我連絡，掌控了我的電腦。後來又打電話來說泰勒波利安今天下午要和一個叫約奈思的人在中央車站碰面。

「沒有，沒什麼新消息。」她說：「不過有件事我想問問妳。」

「問吧。」

「妳覺得這不是跟蹤狂，而是我認識的人想找我麻煩的機率有多高？」

「有什麼差別嗎？」

「對我來說，跟蹤狂是我不認識的人盯上了我，而另一種則是爲了私人原因想要報復我，破壞我的生活。」

「有趣的想法。怎麼會想到這個？」

「我……今天和某個人討論過，不能告訴妳是誰，但她認爲眞正跟蹤狂的威脅會不一樣。她說跟蹤狂絕不會寫 email 去給文化版那個女孩，因爲好像完全偏離重點。」

蘇珊說：「她說得有點道理。說眞的，我一直沒看過那些郵件，能讓我看看嗎？」

愛莉卡於是啓動放在餐桌上的手提電腦。

費格蘿拉在晚上十點陪布隆維斯特走出警察總局，來到克羅諾柏公園前停下，就跟前一天同一個地點。

「又來到這裡了。你是要消失去工作，還是想去我家和我上床？」

「這個嘛……」

「你不必覺得有壓力，麥可。如果有事要做，就去做吧。」

「妳知道嗎，費格蘿拉，我眞擔心妳會讓我上癮。」

「而你卻不想依賴任何東西，意思是這樣嗎？」

「不，我不是這個意思。不過今晚我得和某個人談談，時間可能會有點長。等我談完妳已經睡了。」

她聳聳肩。

「再見。」

他親親她的臉頰，然後往和平之家廣場的巴士站走去。

「布隆維斯特。」她喊道。

「怎麼了？」

「我明天早上也沒事。可以的話，過來一起吃早餐吧。」

第二十一章

六月四日星期六至六月六日星期一

莎蘭德瀏覽新聞主編霍姆的電子郵件時，有一些不祥的感覺。他今年五十八歲，並不在她設定的範圍內，但因為他和愛莉卡互看不順眼，因此還是將他納入了。他是個愛耍心機的人，會寫信給不同的人說別人怎麼批評他們表現很差。

莎蘭德一眼就看出霍姆不喜歡愛莉卡，他確實利用不少空間談論這個**爛女人**說了什麼、做了什麼。他上網只會上與工作有關的網站，如果有其他興趣，想必是用自己的時間和另一部電腦搜尋。

她將他保留為毒筆的可能人選之一，但可能性不是最大。莎蘭德花了一點時間思忖自己何以不認為是他，最後得到的結論是他實在太傲慢，根本不會費心寄匿名信。如果想罵愛莉卡是賤女人，他會大聲罵出來。而且他似乎也不像是會在半夜溜進愛莉卡家那種人。

晚上十點，她暫停一下，進入「愚桌」，發現布隆維斯特還沒回來，心裡有點焦躁，不知道他在搞什麼，也不知道有沒有趕上泰勒波利安的約會。

隨後她又回到《瑞典晨郵》的伺服器。

名單上的下一個人是體育版副主編柯雷斯．倫汀，二十九歲。才剛打開他的信箱，她就打住，咬咬嘴唇。然後又關閉，改進入愛莉卡的信箱。

她往回拉，信箱裡的信不多，因為五月二日才啓用帳號。第一封訊息是佛德烈森寄來的中午備忘錄。

愛莉卡上班的第一天，有幾個人寄信來歡迎她加入《瑞典晨郵》。

莎蘭德仔細閱讀愛莉卡信箱裡的每封信。她看得出來，從第一天起，她和霍姆的通信之間便隱含敵意。他們似乎對任何事都沒有共識，莎蘭德還看出霍姆寄了幾封信，說一些雞毛蒜皮的小事，純粹是想激怒愛莉卡。

她跳過廣告信、垃圾信和新聞備忘錄，只專注於所有的私人信件。她看了預算的計算、廣告與行銷計畫，以及和財務長賽爾伯之間持續一星期的對話，差不多都是爲了裁員爭吵不休。法務部主任爲了一個名叫約翰奈斯的約聘記者，也寄了幾封口氣惱怒的信給愛莉卡，好像是因爲她派他寫一篇報導，惹得主任不高興。除了一開始的歡迎信之外，似乎沒有一個主管對愛莉卡的主張或提議抱持正面態度。

過了一會，莎蘭德又拉回到最前面，一面在心裡默數。報社內所有中高階主管當中，只有四人沒有加入詆毀中傷的行列，就是董事長博舍、副主編佛德烈森、頭版主編古納與文化版主編賽巴士提恩·史特蘭倫德。

他們在《瑞典晨郵》從來沒聽說過女人嗎？部門的負責人全都是男的。

這四人之中，愛莉卡和史特蘭倫德來往最少，彼此只互寫過兩封電子郵件，而最友善也最感人的信則來自頭版主編古納。博舍的訊息總是直指重點，十分簡要。

這群男生如果要把愛莉卡五馬分屍，當初到底爲什麼要雇用她？

和愛莉卡關係最密切的同事似乎就是佛德烈森。他有點像是扮演影子的角色，她開會時就在一旁觀察。他會準備備忘錄，替愛莉卡寫各種文章與議題的摘要，讓工作順利進行。

他每天會寄十幾封電子郵件給愛莉卡。

莎蘭德挑出佛德烈森寄給愛莉卡的信，全部看了一遍。有幾次，他反對愛莉卡所作的決定，並提出相對的建議。愛莉卡好像很信任他，因爲後來大多都改變了自己的決定或是接受他的反對意見。他從不展現敵意，但與愛莉卡之間也沒有絲毫的私人情誼。

莎蘭德關閉愛莉卡的信箱後，尋思片刻。

接著打開佛德烈森的信箱。

瘟疫整晚都在弄《瑞典晨郵》各個員工的家庭電腦，卻沒啥收穫。他最後終於進入霍姆的電腦，因爲家中電腦和辦公室電腦一直都連線；無論早晚，他都能進去讀取自己正在寫的東西。霍姆的個人電腦幾乎是瘟疫所入侵過最無聊的一部，至於莎蘭德名單上那十八個人，入侵過程也不順利。原因之一是這些人星期六夜晚都沒有上線。他正開始對這項不可能的任務感到厭倦，莎蘭德在十點半敲他。

〈什麼事？〉

〈彼得．佛德烈森。〉

〈好。〉

〈其他人就算了。針對他就好。〉

〈爲什麼？〉

〈只是第六感。〉

〈需要一點時間。〉

〈有捷徑。佛德烈森是副主編，他在家會用一個叫 Integrator 的程式隨時掌握辦公室電腦動態。〉

〈我對 Integrator 一無所知。〉

〈那是幾年前發表的一個小程式，現在已經過時了。Integrator 有個 bug，駭客共和國的檔案裡有。理論上，你可以反轉程式，從報社進入他的家用電腦。〉

瘟疫嘆了口氣。這個女孩曾經是他的學生，如今已經比他厲害了。

〈好，我會試試。〉

〈如果你發現什麼，我又不在線上，就把它傳給小偵探。〉

布隆維斯特就在午夜前幾分鐘回到莎蘭德在摩塞巴克的公寓。他覺得很累。沖澡、煮咖啡之後，啓動莎蘭德的電腦，敲她的ＩＣＱ。

〈你也該出現了。〉

〈抱歉。〉

〈你這幾天跑哪去了？〉

〈和一個秘密警察做愛。追蹤約奈思。〉

〈你有及時趕到嗎？〉

〈有，是妳跟愛莉卡提供情報的？〉

〈唯一能連絡到你的方式。〉

〈聰明。〉

〈我明天要移送看守所了。〉

〈我知道。〉

〈網路的事瘟疫會幫忙。〉

〈好。〉

〈那現在只剩最後結局了。〉

〈莉絲……我們會做我們該做的。〉

〈我知道，你很好預料。〉

〈妳也是一如往常地迷人。〉

〈還有什麼我該知道的嗎？〉

〈沒有了。〉

〈那麼我在網路上還有很多事要做。〉

〈祝好運。〉

蘇珊聽到耳機發出嗶嗶聲立刻驚醒，有人觸動了裝在一樓玄關的感應器。她用手肘撐起身子看了時間，星期日清晨五點二十三分。她靜悄悄地溜下床，穿上牛仔褲、T恤和布鞋，然後將梅西噴霧器塞進背側口袋，並拿起伸縮警棍。

她悄然無聲地通過愛莉卡臥室門口，發現門還關著，因此也上了鎖。

她站在樓上樓梯口側耳傾聽，聽見一樓有微弱的杯盤碰撞聲和行動聲。於是她慢慢下樓，到了玄關停住再聽。

廚房裡有拉椅子的聲音。她緊握住警棍，偷偷移到廚房門邊，隨即看到一個沒刮鬍子的光頭男子坐在餐桌旁，正一邊喝柳橙汁一邊看《瑞典晨間郵報》。他感覺到有人，便抬起頭來。

「妳是誰啊？」

蘇珊鬆了口氣靠在門柱上。「葛瑞格．貝克曼吧，我猜。你好，我是蘇珊．林德。」

「是嗎？妳是要打我的頭還是想喝果汁？」

「好啊，」蘇珊說著放下警棍：「我是說果汁。」

貝克曼從流理臺上拿了個玻璃杯，替她倒了一點。

「我是米爾頓保全的員工。」蘇珊說：「我想最好還是由尊夫人來解釋我在這裡的原因。」

貝克曼站了起來。「愛莉卡出事了嗎？」

「尊夫人沒事，不過出了一點麻煩。我們一直試著連絡人在巴黎的你。」

「巴黎？為什麼是巴黎？我在赫爾辛基啊。」

「是嗎？對不起，但你太太以為你在巴黎。」

「那是下個月。」貝克曼說完便往廚房門口走。

「臥室門上鎖了，你需要密碼才打得開。」蘇珊說。

「妳說什麼……什麼密碼？」

她將開臥室門的三位數密碼告訴他。他隨即奔上樓去。

星期日上午十點，約納森來到莎蘭德的房間。

「哈囉，莉絲。」

「哈囉。」

「只是想來告訴妳一聲：警察會在午餐時間過來。」

「好。」

「妳好像不太擔心。」

「我是不擔心。」

「我有個禮物要送妳。」

「禮物？爲什麼？」

「妳是我長久以來最有意思的病患之一。」

「眞的嗎？」莎蘭德不太相信。

「聽說妳對DNA和基因很感興趣。」

「是誰在大嘴巴？八成是那個女心理醫生。」

約納森點點頭。「妳在看守所如果覺得無聊……這是有關DNA的最新研究。」

他遞給她一本名爲《螺旋——DNA的奧秘》的書，作者是東京大學的高村義人教授。莎蘭德翻開書，看了一下目錄。

「漂亮。」她說。

「哪天我眞想聽妳說說，妳怎麼看得懂這些連我都看不懂的教科書。」

約納森一離開，莎蘭德馬上拿出電腦。最後的機會了。她從《瑞典晨郵》的人事部得知佛德烈森已經在報社工作六年。這段時間內，他曾經請過兩次不短的病假：二〇〇三年兩個月和二〇〇四年三個月。她也從人事資料看出兩次請假的原因是體力透支。愛莉卡的前任總編輯莫蘭德曾一度質疑，佛德烈森是否眞能繼續擔任副主編。

廢話、廢話、廢話。都沒什麼具體的發現。

十一點四十五分，瘟疫敲她。

〈怎樣？〉

〈妳還在醫院嗎？〉

〈你說呢？〉

〈是他。〉

〈確定？〉

〈半小時前他從家裡和辦公室電腦連線，我趁機進去了。他把愛莉卡的照片掃描到家裡的硬碟。〉

〈謝啦。〉

〈她看起來很可口。〉

〈拜託，瘟疫。〉

〈知道啦。妳要我怎麼做？〉

〈他把照片放上網了嗎？〉

〈在我看來沒有。〉

〈你能破壞他的電腦嗎？〉

〈已經做了。如果他企圖用 email 寄送或是上傳任何大於二〇KB的東西，他的硬碟就毀了。〉

〈酷。〉

〈我要去睡了。妳保重。〉

〈一直都是。〉

莎蘭德登出ICQ，瞄向時鐘才發現就快中午了，於是很快地傳了一則訊息到雅虎「愚桌」社群：

麥可。重要。馬上打電話給愛莉卡，告訴她毒筆是佛德烈森。

送出訊息後便聽到走廊上有動靜，她於是擦擦 Palm Tungsten T3 的螢幕，然後才關機放進床頭櫃後面的壁凹。

「嗨，莉絲。」門口出現的是安妮卡。

「嗨。」

「待會警察就要來了。我給妳帶了幾件衣服，希望大小剛好。」

莎蘭德看著她挑選的那些深色俐落的棉質長褲和粉色襯衫，滿臉疑慮。

約特堡兩名制服女警來帶她，安妮卡也要一起到看守所。

從病房開始沿著走廊走去時，莎蘭德發現有幾名醫護人員好奇地注視著她。她向他們友善地點頭致意，其中有幾個還揮手回禮。彷佛巧合一般，約納森就站在服務臺旁邊，他們彼此互望點了點頭。她們都還沒轉彎，莎蘭德就注意到他已經往她的房間去了。

移送看守所的整段過程中，莎蘭德對警方始終一言不發。

布隆維斯特在星期日上午七點關上iBook，不安地在莎蘭德的桌前坐了一會，呆呆瞪著前方。隨後走進她的臥室，看著那張巨大的雙人床，稍後又回到她的工作室，打開手機打給費格蘿拉。

「嗨，是我麥可。」

「哈囉，你已經起床啦？」

「我剛做完事情，正要上床。只是想跟妳打個招呼。」

「只是想打電話打個招呼的男人通常都別有居心。」

他笑了起來。

「布隆維斯特……你願意的話，可以來這裡睡覺。」

「我會是個很糟的伴侶。」

「我會習慣的。」

於是他搭上計程車去了朋通涅街。

星期天，愛莉卡和丈夫一直躺在床上，一會聊天一會打盹，下午才換上衣服，到汽船碼頭去散散步。

「《瑞典晨郵》是個錯誤。」回到家時愛莉卡說道。

「別這麼說。現在確實很艱難，但這是妳意料中的事。過一陣子，事情就會順利了。」

「我不是說工作，這我可以應付，而是氛圍。」

「我懂。」

「我不喜歡那裡，但話說回來，都已經去了幾個星期又不能說走就走。」

她坐在廚房餐桌旁，眼神陰鬱地瞪著前方發呆。貝克曼從未見過妻子如此無助。

星期日上午十一點半，一名女警將莎蘭德帶進約特堡警局埃蘭德警官的辦公室，這是法斯特巡官頭一次與她會面。

「妳還眞是難抓。」法斯特說。

莎蘭德注視他良久，認定他是個笨蛋而暗自高興，並決定不浪費太多時間去關心他的存在。

「葛妮拉．韋凌巡官會和你們一起去斯德哥爾摩。」埃蘭德說。

「好。」法斯特說：「那就馬上出發吧。有不少人想和妳認眞談談呢，莎蘭德。」

埃蘭德向她道別，她置若罔聞。

爲了方便起見，他們決定開車將她移送斯德哥爾摩，由韋凌駕駛。剛啓程時，法斯特坐在前座，每當想和莎蘭德說話便將頭往後轉。到了阿靈索斯，就因爲脖子痠痛不得不停止。

莎蘭德望著窗外的景致。在她心裡法斯特並不存在。

泰勒波利安說得對，她就是個白癡智障。法斯特暗想。**到了斯德哥爾摩，非想辦法改變妳的態度不可**。

他不時偷瞄莎蘭德，試圖對自己拚命追捕了這麼久的女人作出一點評價。第一眼看到骨瘦如柴的她，就連法斯特也不禁存疑，她才多重啊？但他提醒自己，她是個蕾絲邊，所以不算眞正的女人。

不過關於撒旦教的說法可能是誇大其詞，她看起來不像。

諷刺的是他很想以她最初涉嫌的三起命案的名義逮捕她，但事實省去了他的調查。即便是瘦巴巴的女孩也能玩弄武器。結果她被捕的原因卻是傷害了硫磺湖機車俱樂部的老大，她毫無疑問是有罪的。她肯定會試圖反駁，但他們有相關的鑑識證據。

費格蘿拉在下午一點叫醒布隆維斯特。她一直坐在陽臺上，最後終於看完那本關於古代上帝的書，同時一面聽著臥室傳來布隆維斯特的鼾聲。好平靜。走進去看他時，她忽然驚覺這麼多年來從未有一個男人如此吸引她。

這種感覺令人很愉快也不安。他就在眼前，但他不是她生命中的安定元素。

他們一起到梅拉斯特蘭北路喝咖啡，之後她又帶他回家，整個下午都待在床上。他在七點鐘離去。當他親完她的臉頰離開後，她一度覺得悵然若失。

星期日晚上八點，蘇珊敲了愛莉卡家的門。既然貝克曼已經回家，她便毋須在那裡過夜，此刻來訪與工作無關。她在愛莉卡家的這段時間，兩人已經習慣於在廚房裡長談。她發現自己很喜歡愛莉卡，也察覺她是個深感絕望卻巧妙地隱藏自己眞實性情的女人。她上班時表面上若無其事，其實內心非常緊張不安。

蘇珊懷疑她的焦慮不只因為毒筆，不過愛莉卡的生活與問題與她毫無干係。這只是個友善的拜訪。她來只是爲了看看愛莉卡，確認一切沒事。他們夫妻倆臉色凝重地坐在廚房，好像整個星期天都在試圖解決一、兩個重大問題。

貝克曼煮了咖啡。蘇珊才來不到幾分鐘，愛莉卡的手機就響了。

這一天，愛莉卡始終帶著厄運即將來臨的感覺接每通電話。

「愛莉卡。」她說。

「嗨，小莉。」

「嗨，麥可。」

布隆維斯特，該死，我還沒告訴他博舍的資料不見了。

「莎蘭德今天被帶到約特堡看守所，等著明天移送斯德哥爾摩。」

「喔。」

「她有個……有個訊息要給妳。」

「是嗎？」

「好像什麼暗號一樣。」

「她說什麼？」

「她說：『彼得．佛德烈森是毒筆。』」

愛莉卡腦中一時千頭萬緒，靜靜坐了十秒鐘。**不可能。佛德烈森不像那種人。一定是莎蘭德搞錯了。**

「就這樣嗎？」

「就這樣。妳知道她在說什麼嗎？」

「知道。」

「小莉……妳和那個女孩在搞什麼？她還打電話要妳轉告我關於泰勒波利安和……」

「謝了，麥可。我們晚點再聊。」

她關掉手機，以不敢置信的驚訝神色看著蘇珊。

「說吧。」蘇珊說。

蘇珊有點猶豫不決。愛莉卡被告知那些惡意信件是她的副主編寄的，她說個沒完。接著蘇珊問她**怎麼會**知道佛德烈森是那個跟蹤狂，愛莉卡卻又沉默不語。蘇珊觀察她的眼神，發覺她的態度有些改變。她在轉眼間變得束手無策。

「我不能告訴妳……」

「什麼叫妳不能告訴我？」

「蘇珊，我就是知道事情是佛德烈森做的，但我不能告訴妳消息從何而來。我該怎麼辦？」

「如果要我幫妳，妳就得告訴我。」

「我……不行，妳不懂。」

愛莉卡起身站到廚房窗邊，背對著蘇珊。最後轉過身來。

「我要去他家。」

「妳絕不能做這種事。妳哪兒也不能去，尤其是一個顯然恨妳入骨的人的家。」

愛莉卡顯得心煩意亂。

「坐下來，告訴我發生什麼事。剛才是布隆維斯特打電話給妳，對吧？」

愛莉卡點頭。

「我……我今天請一個駭客過濾員工的家庭電腦。」

「啊哈，妳這麼做很可能犯了重大的電腦罪行。妳不想告訴我那個駭客是誰嗎？」

「我答應過不告訴任何人……這還牽連到其他人。跟麥可目前的工作有關。」

「布隆維斯特知道電子郵件和這裡被人闖入的事嗎？」

「不知道，他只是傳達訊息。」

蘇珊頭一偏，腦子裡忽然出現一串聯想。

愛莉卡。布隆維斯特。《千禧年》。惡警闖入布隆維斯特的公寓裝竊聽器。我監視那群監視者。布隆維斯特瘋狂地寫一篇有關莎蘭德的報導。

莎蘭德是個電腦怪傑，這在米爾頓保全公司內部眾所周知。沒有人知道她從何處學到這些技術，蘇珊也從未聽說過莎蘭德可能是駭客的傳聞。不過阿曼斯基有一次說過，莎蘭德進行私調時交出了十分不可思議的報告。駭客……

但莎蘭德正在約特堡的病房受看管。

太荒謬了！

「妳現在說的是莎蘭德嗎？」蘇珊問道。

愛莉卡的表情像觸電似的。

「我不能討論消息的來處。一個字也不能說。」

蘇珊放聲大笑。

是莎蘭德沒錯。愛莉卡的反應再清楚不過。她完全失去了平衡。

可是不可能呀！

莎蘭德受到看管，卻還是找出了毒筆的身分。太瘋狂了！

蘇珊絞盡腦汁思考。

她不明白莎蘭德事件的來龍去脈。當初她在米爾頓工作時，她們大概見過五次面，卻一次也未曾交談過。在她眼中，莎蘭德是個陰沉、不善交際的人，外表的保護層厚得有如犀牛皮。她聽說是阿曼斯基親自雇用莎蘭德，她很敬重阿曼斯基，相信他對這個陰沉的女孩展現無比耐心，必然有他的原因。

毒筆是佛德烈森。

她說的是眞的嗎？她有什麼證據？

接下來蘇珊花了很長時間詢問愛莉卡對佛德烈森了解多少、他在《瑞典晨郵》扮演什麼角色，以及他們之間的關係如何。得到的答案毫無幫助。

愛莉卡搖擺不定到了沮喪的地步。她一下堅決要開車到佛德烈森的住處找他對質，一下又不肯相信這是眞的。最後蘇珊說服她絕不能一時意氣用事衝到佛德烈森家去當面指控他——萬一他是清白的，她可就糗大了。

因此蘇珊答應替她去調查，但話一出口她就後悔了，因爲根本不知道從何著手。

她開車來到菲斯克賽特拉，將她的飛雅特 Strada 盡可能停在離佛德烈森住的大樓最近的地方。她把車上鎖後，四下張望一番，不太知道該做什麼，但她心想無論如何還是得去敲他的門，讓他回答一些問題。

她非常清楚這份工作早已超出米爾頓限定的範圍，也知道阿曼斯基一旦發現定會勃然大怒。

這計畫不好，但反正也還沒來得及付諸行動就流產了。她剛進入中庭，正要走向佛德烈森住的那棟，門就開了。蘇珊立刻認出是他，先前研究愛莉卡電腦上的人事資料時看過他的照片。她仍繼續往前走，與他擦肩而過。他往車庫的方向走去。這時快十一點了，佛德烈森還打算出門。蘇珊轉身奔回自己的車上。

愛莉卡掛斷後，布隆維斯特呆望手機良久，思忖著究竟怎麼回事。他喪氣地看著莎蘭德的電腦，此時她已經被送到約特堡的看守所，沒機會再問她任何問題。

他打開易利信T一〇，撥給安耶瑞的吉第。

「你好，我是布隆維斯特。」

「你好。」吉第應道。

「只是想告訴你先前拜託你的工作可以停止了。」

吉第早已料到布隆維斯特會來電，因爲莎蘭德已經出院。

「我明白。」他說。

「你可以依照約定留下那支手機，至於尾款這個星期會匯給你。」

「謝謝。」

「是我應該謝謝你的幫忙。」

布隆維斯特啓動他的 iBook，過去二十四小時發生的事意味著原稿中有極大部分需要修改，甚至很可能要加入一個全新的章節。

他嘆了口氣，開始工作。

十一點十五分，佛德烈森將車停在距離愛莉卡家三條街外。蘇珊已經猜到他的目的地，因此不再緊盯著他不放。他將車停妥整整兩分鐘後，她才開車經過。車上已經沒人。她駛過愛莉卡家後又開了一小段路，把車停在視線以外的地方。此時她手心開始冒汗。

她掀開 Catch Dry 無煙菸草罐的蓋子，往上唇內側塞了小小一撮。

隨後她打開車門，環顧四周。當她看出佛德烈森要到鹽湖灘區，就知道莎蘭德的情報沒錯。他這麼一趟路過來，顯然不是為了好玩。麻煩正在醞釀中。但她無所謂，只要能當場將他逮個正著就好。

她從車門邊的置物袋拿起伸縮警棍，在手裡掂了掂，接著按下手把上的按鈕，立刻彈出一條很粗的彈性鋼纜。她咬了咬牙。

這正是她離開索德毛姆警局的原因。

當時海耶斯坦有個女人三天內打了三次電話報警，尖叫著說丈夫毆打她希望求援，而前兩次，警察趕到時情況都已經解決。但到了第三次巡邏車開到女人的家時，蘇珊已經氣瘋了。

他們將丈夫押在樓梯間，另外訊問那名婦女。**不，她不想報警。不，這全都是誤會。不，他很好……其實都是她的錯。是她激怒了他……**

而那個王八蛋就一直站在那裡獰笑，雙眼直視著蘇珊。

她也說不出為什麼這麼做。總之內心裡忽然有個東西爆發了，她拿出警棍，往男人的臉揮打過去。第一下不夠力，只讓他嘴唇腫起、雙腳跪地。接下來的十秒鐘內，直到同事們抓住她，半拖半抱地將她拉到外面之前，她手中的警棍如雨點般落在他的背部、後腰部、臀部和肩膀。

她始終沒有被提起告訴，但就在當天晚上她遞出辭呈，回家哭了一個星期。後來心情平復下來之後，她去見阿曼斯基，解釋自己的行為與離開警界的原因，說她要找工作。阿曼斯基心存疑慮，只說需要一點時間想想。等了六個星期她都已經絕望了，才接到他來電表示願意試用她。

蘇珊皺起眉頭，將警棍插進後腰的皮帶。她檢查了一下，梅西噴霧器放在右邊口袋，布鞋鞋帶也綁緊了，這才往回走到愛莉卡家，溜進庭院。

她知道屋外尚未安裝移動偵測器，因此沿著宅院邊緣的樹籬，悄然無聲地通過草坪。她看不見他。繞過屋子站定後，才在貝克曼工作室附近的暗處發現他的身影。

他絕對想不到自己再回這兒來有多愚蠢。

他半蹲下身子，試圖從客廳隔壁房間的窗簾縫往裡偷窺。接著他移往門廊，透過大落地窗拉起的窗簾隙縫往裡面瞧。

蘇珊登時微微一笑。

她穿過草坪來到屋子的角落，而他仍背對著她。她蹲在山形牆盡頭的醋栗灌木叢後面，等候著。她可以從枝葉間看見他。從佛德烈森所在的位置，可以俯視玄關並看到一部分廚房。他似乎發現什麼有趣的事，看了十分鐘才又開始移動。這回他往蘇珊這邊靠近。

當他繞過屋角經過她身邊時，她站起身來低聲說道：

「你好啊，佛德烈森。」

他猛地站定，旋過身來。

她看見他的雙眼在黑暗中閃閃發光。雖然看不見他的表情，卻聽得出他屏住氣息，也感覺得到他的驚恐。

「解決的方法可以很簡單也可以很複雜，」她說：「我們現在走到你的車子那邊……」

他忽然轉身想逃跑。

蘇珊舉起警棍，重重地、毫不留情地朝他左邊膝蓋打下去。

他哀嚎一聲倒地。

她再次舉起警棍，但及時制止了自己。她似乎可以感覺到阿曼斯基的雙眼正在背後盯著她看。

她彎下身，將他翻身壓在地上，一邊膝蓋跪在他的後腰處，抓起他的右手扭到背後，銬上手銬。他很虛弱，並未加以反抗。

愛莉卡關掉客廳的燈，跛著上樓。現在已不需要拐杖，只不過稍一用力，腳底還是會痛。貝克曼熄了廚房的燈，也跟著妻子上樓。他從未見她如此不快樂。無論他說什麼都安撫不了她，也減輕不了她內心的焦慮。

她脫衣上床後，背轉向丈夫。

「不是你的錯，貝克曼。」她聽見丈夫往她身旁靠攏時說道。

「妳人不舒服，」他說：「我要妳待在家裡休息幾天。」

他伸手摟住她的肩膀，她雖沒有推開，卻也毫無反應。他低下頭小心地親吻她的脖子，摟抱她。

「不管你說什麼或做什麼都無法讓情況好轉。我知道我需要休息。我覺得自己好像搭上一輛特快車後，才發現上錯車了。」

「我們可以出海幾天，遠離這一切。」

「不行，我不能遠離這一切。」

她轉頭看著他說：「現在我最不能做的事就是逃避，我得先解決事情，然後才能走。」

「好吧。」貝克曼說：「我好像沒幫上什麼忙。」

她無力地笑笑。「是啊，你是沒有。不過謝謝你在旁邊陪我，我愛你愛瘋了，你知道的。」

他喃喃不知說了什麼。

「我就是不敢相信會是佛德烈森。」愛莉卡說：「他從來沒讓我感受到一丁點的敵意。」

蘇珊正盤算著該不該去按愛莉卡家門鈴時，看見一樓的燈熄了。她低頭看著佛德烈森，他一聲不吭，也沒有動彈。她思索良久才下定決心。

她彎身抓住手銬，拉他站起來，然後將他押靠在牆上。

「你能自己站好嗎？」她問道。

他沒有答腔。

「好，我們就挑簡單的方式。你要是稍微掙扎一下，右腳就會遭受同樣待遇。要是再掙扎，我就打斷你的手臂。明白嗎？」

她聽見他粗重的呼吸聲。出於恐懼嗎？

她一路推著他走到街上停車處，見他跛得厲害，不得不扶他一把。剛來到車旁，便遇見一個出外遛狗的男人。那人停下來看著上了手銬的佛德烈森。

「警察辦案。」蘇珊口氣堅定地說：「回家去。」男人隨即轉身往回走。

她讓佛德烈森坐在後座，由她開車回到他菲斯克賽特拉的家。時間是十二點半，走進大樓時一個人也沒看見。蘇珊搜出他的鑰匙，隨他爬上五樓。

「妳不能進我家。」佛德烈森說。

這是他被上手銬後說的第一句話。她開了公寓的門，推他進屋。

「妳沒有權利這麼做，妳得申請搜索令……」

「我不是警察。」她壓低聲音說。

他不禁狐疑地瞪著她。

她拉住他的襯衫，把他拖進客廳，推他坐到沙發上。這間兩房公寓維持得很整潔，臥室在客廳左側，廚房在玄關對面，客廳旁邊有一個小工作室。

她往工作室裡探頭，大大鬆了口氣。**證據確鑿**。第一眼就看到愛莉卡相簿裡的照片散布在電腦旁邊的桌上，他還將三十來張照片釘在電腦背後的牆上，她看著這片展示成果大為吃驚。愛莉卡是個漂亮的女人，而她的性生活甚至比蘇珊本身更活躍。

她聽見佛德烈森在動，便回到客廳，又打了他的下背部一下，然後拖他進工作室，讓他坐在地板上。

「你乖乖待在這裡。」她說。

她進入廚房，找到 Konsum 超市的紙袋。接著將照片一一取下，並找到被掏空的相簿和愛莉卡的日記本。

「錄影帶呢？」她問道。

佛德烈森沒有回答。蘇珊便到客廳打開電視，錄影機裡面有一卷帶子，但她花了好一會才找到看錄影帶的頻道進行檢視。她取出錄影帶後，四處翻找了一下，確認沒有拷貝帶。

她找到愛莉卡青春期的情書和博舍的資料夾後，注意力轉移到佛德烈森的電腦。他的個人電腦連著一部全友掃描機，一掀起蓋子便看見愛莉卡在某個極端夜總會派對上拍的照片，根據牆上掛的旗幟，那是一九八六年的新年除夕。

她啓動電腦，發現需要輸入密碼。

「密碼是什麼？」她問道。

佛德烈森硬是不肯開口回答。

蘇珊忽然感到無比冷靜。她知道嚴格說來，今晚自己已經犯了一樁又一樁的罪行，包括非法拘禁，甚至於綁架。但她不在乎，反而覺得幾近狂喜。

片刻後她聳聳肩，從口袋掏出瑞士軍用刀，拔掉所有電腦線，把電腦轉過來，用螺絲起子打開背面。拆解電腦移除硬碟，花了她十五分鐘的時間。

她拿走一切，但爲了安全起見，還是又仔仔細細搜查書桌抽屜、一堆堆文件和書架。她無意間瞥見窗臺上擺了一本老舊的畢業紀念冊，是尤爾霍姆高中一九七八年的紀念冊。**愛莉卡不就是出身尤爾霍姆的上流社會嗎？**她翻開紀念冊，開始瀏覽當年的畢業生。

她找到了愛莉卡，十八歲，戴著學生帽，還露出酒窩笑得燦爛。身上穿著薄薄的白棉洋裝，手裡捧著一束花。看起來就是個典型的天真無邪、成績優異的高中生。

蘇珊差點就忽略了兩者的關連，不過就在下一頁。若非有文字說明，她無論如何也認不出他來。彼得·佛德烈森。他和愛莉卡不同班。蘇珊端詳照片中這個戴著學生帽、表情嚴肅地看著鏡頭的瘦弱男孩。

她的眼神恰巧與佛德烈森交會。

「那時候她就已經是個婊子。」

「眞有趣。」蘇珊說。

「她和學校裡每個男生都上過床。」

「我很懷疑。」

「她是個下賤的……」

「別說出來。所以究竟發生什麼事？她不讓你脫她的褲子？」

「她簡直把我當空氣，還嘲笑我。剛進《瑞典晨郵》的時候，她甚至不認得我。」

「好啦，」蘇珊厭煩地說：「我敢說你的童年過得很悲慘。我們好好來談一談如何？」

「妳想怎麼樣？」

「我不是警察。」蘇珊說：「而是專門對付你這種人的人。」

她暫時打住，讓他自己去聯想。

「我要知道你有沒有把她的照片放到網路上去。」

他搖搖頭。

「是眞的嗎？」

他點點頭。

「愛莉卡會自己決定是要針對你的騷擾、恐嚇、破壞與入侵提出告訴，還是私下和解。」

他沒有說話。

「如果她決定不理會你——我想你這種人也不値得理會——那麼我會盯著你。」

她說著舉起警棍。

「要是你再敢靠近她家一次，或寄電子郵件給她又或是騷擾她，我就會回來，把你痛打到連你母親都認不得你。我說得夠清楚吧？」

他還是不作聲。

「所以你有機會左右這件事的結局。有興趣聽嗎？」

他緩緩點了點頭。

「那麼我會建議愛莉卡小姐放你一馬，但你別想再回來上班。也就是說從此刻起，你被炒魷魚了。」

他點點頭。

「你要從她的生活中消失，搬離斯德哥爾摩。我不鳥你怎麼過日子或是要上哪去，可以去約特堡或馬爾摩找工作，可以再請病假，隨便都好。總之別再騷擾愛莉卡。說定了嗎？」

佛德烈森開始啜泣。

「我並不想傷害她，」他說：「我只是……」

「你只是想讓她生活在水深火熱之中，你的確成功了。你到底答不答應？」

他點點頭。

她俯身將他轉過來壓趴在地上，然後解開他的手銬。她拿起裝著愛莉卡生活點滴的 Konsum 紙袋離去，留下他倒臥在地板上。

蘇珊離開佛德烈森的公寓時已是星期一凌晨兩點半。她考慮將事情擱到第二天，後來又想到萬一事情發生在自己身上，她一定想馬上知道。何況，她的車還停在鹽湖灘。於是她叫了計程車。

她都還沒按門鈴，貝克曼就開門了。他穿著牛仔褲，看起來不像剛下床。

「愛莉卡還醒著嗎？」蘇珊問道。

他點點頭。

「又發生什麼事了嗎？」換他問道。

她只是面露微笑。

「進來吧，我們還在廚房裡聊天。」

他們一起進屋。

「嗨，愛莉卡。」蘇珊招呼道：「妳得學著偶爾睡一下。」

「怎麼了？」

林德遞出 Konsum 紙袋。

「佛德烈森答應從現在起不再找妳麻煩。天曉得能不能信任他，不過如果他遵守承諾，就不必辛辛苦苦地到警局做筆錄還要上法院。由妳決定。」

「這麼說**眞的是**他？」

蘇珊點頭回應。貝克曼倒了咖啡，但她不想喝，過去幾天她實在喝太多咖啡了。她坐下來告訴他們這天晚上屋外發生了什麼事。

愛莉卡沉默了一會，然後上樓去，回來的時候拿著她的畢業紀念冊。她盯著佛德烈森的臉看了許久。

「我記得他。」她終於說道：「可是我不知道他們是同一人。如果不是這裡寫了，我根本也不記得他的名字。」

「發生了什麼事？」蘇珊問道。

「沒有，什麼事也沒發生。他是一個安靜又無趣到極點的別班男生，我想我們應該修過同一堂課。沒記錯的話，是法文課。」

「他說妳好像把他當空氣。」

「也許吧，我並不認識他，他不是我們圈子的人。」

「我知道小圈圈是怎麼回事。妳有沒有霸凌他之類的？」

「沒有……當然沒有。我最恨霸凌了。我們在校園發起拒絕霸凌運動，我還是學生會會長。我記得他從來沒跟我說過話。」

「好。」蘇珊說：「不過他顯然記恨於妳。他曾經因爲壓力和過勞，請過兩次很長的病假，也或許是有其他我們不知道的原因。」

她起身套上皮夾克。

「我扒了他的硬碟。嚴格說來這是贓物，所以不應該留給你們。妳不必擔心，我一回家就會把它銷毀。」

「等等，蘇珊。我該怎麼謝妳？」

「嗯，阿曼斯基的雷霆往我頭上劈的時候，替我說說話就行了。」

愛莉卡擔憂地望著她。

「妳會因此惹上麻煩嗎？」

「不知道，眞的不知道。」

「我們能不能付錢給妳……」

「不用。不過阿曼斯基會把今晚記到帳上。但願他會，這樣就表示他認同我的作爲，也比較可能不會炒我魷魚。」

「我一定會讓他寄帳單來。」

愛莉卡站起來給蘇珊一個長長的擁抱。

「謝謝，蘇珊。只要妳需要朋友，我都會在。如果有什麼我能幫得上忙的……」

「謝啦。那些照片別亂放。說到這個，米爾頓可以幫妳安裝一個品質好得多的保險箱。」

愛莉卡微笑著目送貝克曼陪蘇珊走回她的停車處。

第二十二章

六月六日星期一

愛莉卡在星期一早上六點醒來，才睡不到一小時，卻覺得精神異常飽滿，應該是某種身體反應吧。幾個月來，她第一次穿上慢跑裝，以劇烈而快速的衝刺奔向汽船碼頭。但跑了大約百來公尺，腳跟便疼得受不了，只得放慢速度，較輕鬆地慢跑。每跑一步便享受著腳上的刺痛感。

她彷彿重生了。就好像死神來到她門前，卻在最後一刻改變心意，繼續往前到下一戶去。她至今仍不敢相信自己有多幸運，佛德烈森已經拿到照片四天，竟沒有採取任何動作。他做了掃描就表示有所計畫，只是尚未付諸行動罷了。

她決定今年要送蘇珊一個非常昂貴的聖誕禮物。她會想個很特別的東西。

她沒吵醒丈夫，七點半便開車到諾杜爾上班。她把車停進車庫，搭電梯上編輯室，進入玻璃籠內坐定後，第一件事就是打電話請維修部派人過來。

「佛德烈森離職了，不會再回來。」她說：「請派人拿箱子過來收拾他的個人物品，今天早上送到他家去。」

她往編輯臺望去，霍姆剛剛進來，正好與她四目交會，便點了點頭致意。

她也回點一下。

霍姆是個故意找碴的混蛋，但經過幾個星期前的口角之後，他已經不再惹麻煩。如果他繼續保持同樣的正面態度，或許能保住新聞主編的位子。或許。

她應該可以扭轉局勢，她覺得。

八點四十五分，她看見博舍走出電梯後隨即消失在通往樓上辦公室的內部樓梯間。**今天一定要跟他談。**

她倒了咖啡，寫了一會上午的備忘錄。看來今天版面有點冷清，唯一有趣的是一則通訊社報導，大意是莎蘭德已在前一天被移送斯德哥爾摩看守所。她許可後轉寄給霍姆。

八點五十九分，博舍來電。

「愛莉卡，現在馬上到我辦公室來。」說完就掛斷了。

愛莉卡看見他坐在辦公桌前，臉色慘白。他站起來，拿起一疊厚厚的紙往桌上摔。

「這是什麼玩意？」他吼道。

愛莉卡的心往下一沉。她只瞄一眼封面，就知道博舍今天早上收到什麼樣的郵件。

佛德烈森沒能來得及對她的照片動手腳，卻寄出了柯特茲的文章與對博舍作的調查。

她強自鎮定地坐到他對面。

「那是一個叫亨利．柯特茲的記者寫的文章。《千禧年》原本打算在上星期刊登。」

博舍露出絕望的神情。

「妳**竟敢**這麼對我？我把妳帶進《瑞典晨郵》，而妳做的第一件事就是扒糞。妳是哪種媒體婊子？」

愛莉卡瞇起眼睛，臉上罩了一層霜。她受夠了「婊子」這個字眼。

「妳眞以爲會有人在乎嗎？妳以爲用這一文不値的東西就能扳倒我？妳又爲什麼要匿名寄來給我？」

「事情不是這樣的，博舍。」

「那就告訴我是怎麼樣。」

「匿名寄那篇文章給你的人是佛德烈森，他昨天已經被解雇了。」

「妳在胡說些什麼？」

「說來話長。總之我拿到這篇稿子已經兩個多星期，一直在想該如何向你提起。」

「這是妳在背後策畫的？」

「不，不是我。完全是柯特茲個人作的調查、寫的文章。我毫不知情。」

「妳以為我會相信？」

「我《千禧年》的老同事們一發現報導涉及到你，布隆維斯特就先壓了下來。他打電話來又給我一份副本，純粹是考慮到我的立場。後來文章從我這兒被偷，結果送到你這兒來了。《千禧年》希望在他們出刊之前，讓我有機會找你談談。他們打算刊在八月號。」

「我這輩子從來沒見過比妳更厚顏無恥的媒體婊子，實在叫人難以置信。」

「既然你看過報導，應該也考慮過背後所作的調查。柯特茲的鐵證如山，這你也知道。」

「這又是什麼意思？」

「如果《千禧年》刊出報導時你還在這裡，那會傷害到報社。我自己擔心得要命，一直想找個解決方法……但找不到。」

「什麼意思？」

「你必須要走。」

「笑話，我沒有做任何非法的事。」

「博舍，你難道不明白此事被揭發的後果？我不希望非要召開董事會不可，這樣太尷尬了。」

「妳什麼都不必召開，妳在《瑞典晨郵》玩完了。」

「錯了，只有董事會能開除我。也許你可以召開一個臨時董事會，我建議最好是今天下午。」

博舍繞過桌子，把臉貼近愛莉卡，她甚至能感覺到他的氣息。

「愛莉卡，妳只有一個存活的機會。妳得去找妳在《千禧年》那些該死的同事，叫他們抽掉這篇報導。如果妳處理得好，我也許能忘記妳先前做過的事。」

愛莉卡嘆了口氣。

「博舍，你不明白這件事有多嚴重。《千禧年》要刊什麼，我一點影響力也沒有。不管我怎麼說，這篇文章都刊定了。我唯一在乎的是《瑞典晨郵》會遭受什麼影響，所以你非辭職不可。」

博舍雙手按住椅背。

「愛莉卡，如果妳的《千禧年》夥伴們知道這篇胡說八道的東西一洩漏出去，妳就得馬上捲鋪蓋走路，他們可能會改變心意。」

他挺起腰桿。

「我今天要到諾雪平開會。」他憤怒又傲慢地看著她說道：「就是斯維亞建設。」

「明白了。」

「等我明天回來，妳要來向我報告事情已經解決。懂了嗎？」

他穿上外套，愛莉卡則半瞇起眼睛看著他。

「到時候或許妳還能待下來，現在滾出我的辦公室。」

她回到玻璃籠，靜坐了二十分鐘，然後拿起電話請霍姆進辦公室一趟。這回他不到一分鐘就來了。

「坐。」

霍姆揚起一邊眉毛，坐了下來。

「這次我又做錯什麼了？」他語帶諷刺地問。

「霍姆，今天是我在報社最後一天，我從現在這一刻起辭職。午餐時間，我會找副董事長、也會盡力找到各個董事來開會。」

他掩不住滿臉震驚地瞪著她。

「我會建議由你擔任總編輯。」

「什麼？」

「你可以嗎？」

霍姆往椅背一靠，看著她。

「我從來就不想當總編輯。」他說。

「我知道，但以你的強悍足以勝任。而且你為了刊載一篇好的報導，會排除萬難。要是你能有多一點常識就好了。」

「發生了什麼事？」

「我和你的作風不同，我們老是為了報導的角度爭論不休，從來沒有共識。」

「沒錯。」他說：「永遠也不會有。不過也可能是我的作風古板。」

「我不知道用古板來形容恰不恰當，你是個非常優秀的報人，偏偏行為舉止像個混蛋，根本不必要這樣。不過我們最不合的一點，就是你說新聞編輯進行新聞評估時，絕不能受私人因素影響。」

愛莉卡忽然對霍姆狡黠一笑，隨後打開手提袋，拿出博舍那篇報導的原稿。

「我們就來測試你評估新聞的能力吧。我這裡有一篇《千禧年》記者寫的報導。早上我在想我們應該把它當成今天的頭條。」她將文件夾丟到霍姆的腿上。「你是新聞主編，我很想聽聽你的評估是否和我一樣。」

霍姆打開文件夾讀了起來。光是開頭便已經讓他睜大雙眼，他直起身子凝視著愛莉卡，隨即又垂下眼睛將整篇文章看完。最後他又研究了參考資料十分鐘，才緩緩將文件夾放到一旁。

「這將會引起天大的騷動。」

「我知道，所以我才要離開。《千禧年》原本打算在六月號刊登，但被布隆維斯特壓下了。他把文章拿給我，要我在他們刊登前找博舍談一談。」

「結果呢？」

「博舍命令我把消息壓下來。」

「原來如此。所以你爲了洩恨，才打算刊在我們報上？」

「不是爲了洩恨，不是。我們別無他法。如果《瑞典晨郵》做了報導，就有機會在這場混戰中全身而退。博舍除了離開別無選擇，但這也代表我不能繼續留下來。」

霍姆沉默了兩分鐘。

「該死，愛莉卡……沒想到妳這麼強硬。我從沒想到自己會說這種話，不過如果妳的皮這麼厚，我眞的很遺憾妳不能留下。」

「你可以阻止刊登，但如果你和我都ＯＫ……你想你會刊嗎？」

「當然要刊了，反正消息遲早會曝光。」

「對極了。」

霍姆起身後，有點遲疑地站在桌旁。

「去工作吧。」愛莉卡說。

霍姆離開後，她等了五分鐘才拿起電話撥給瑪琳。

「妳好，瑪琳，柯特茲在嗎？」

「在，在他座位上。」

「妳能不能把他叫進妳的辦公室，然後打開擴音器？我們得開個會。」

柯特茲不到十五秒就到了。

「怎麼了？」

「柯特茲，我今天做了一件不道德的事。」

「是嗎？」

「我把你關於維塔瓦拉的報導拿給我們報社的新聞主編了。」

「**什麼？**」

「我要讓新聞明天上報，撰稿人是你，當然也會付錢給你。事實上，價碼由你來開。」

「愛莉卡……這到底是怎麼回事？」

她簡述了過去幾個星期發生的事，以及自己如何差點毀在佛德烈森手上。

「我的老天！」柯特茲驚呼。

「我知道這是你的報導，柯特茲。但我也沒有其他辦法。你能同意嗎？」

柯特茲緘默了好一會。

「謝謝妳來問我。」他說：「用我的名字刊登報導沒關係，我是說如果瑪琳不介意的話。」

「我無所謂。」瑪琳說。

「謝謝你們了。」愛莉卡說：「麻煩你們告訴麥可好嗎？我想他應該還沒進去。」

「我會跟麥可談。」瑪琳說：「不過愛莉卡，這是不是表示妳從今天起失業了？」

愛莉卡笑著說：「今年剩下的時間我打算好好休個假。相信我，在《瑞典晨郵》待幾個星期就夠了。」

「我覺得妳還不能想放假的事。」瑪琳說。

「爲什麼？」

「妳今天下午能不能過來一趟？」

「做什麼？」

「我需要人幫忙。如果妳想再回來當總編輯，可以從明天早上開始。」

「瑪琳，總編輯是妳，沒有其他可能性。」

「那麼妳就來當編輯秘書。」瑪琳笑著回答。

「妳是說眞的？」

「愛莉卡啊，我實在想死妳了。我之所以來這裡上班就是爲了有機會和妳共事，結果妳卻跑到其他地方去。」

愛莉卡安靜了一分鐘。她想都沒想到還能重回《千禧年》。

「你們眞的歡迎我嗎？」她猶豫地問。

「妳說呢？我想我們可以先來個盛大慶祝會，由我親自籌備。而且妳回來得正是時候，我們剛好要出版……妳知道的。」

愛莉卡看看桌上的時鐘，十點五十五分，短短幾小時內，她的整個世界顚覆了。她突然領悟到自己有多渴望再次爬上《千禧年》辦公室的階梯。

「接下來幾小時，我這裡還有事要處理。我四點左右過去好嗎？」

蘇珊直視著阿曼斯基，一五一十說出前一晚發生的事。唯一只隱瞞一點，就是她直覺佛德烈森家的電腦遭入侵可能和莎蘭德有關。她保守這個秘密有兩個原因。第一，她覺得太匪夷所思。第二，她知道阿曼斯基已經和布隆維斯特一頭栽進莎蘭德事件當中。

阿曼斯基專注地聽著。蘇珊說完後，他才說：「貝克曼一小時前打過電話。」

「哦？」

「他和愛莉卡過幾天會來簽約。他說要謝謝我們米爾頓爲他們所做的，尤其更要感謝**妳**。」

「明白，能讓客戶滿意眞好。」

「他還想訂一個家用保險箱。我們會在週末以前去安裝，並完成整個警報系統。」

「那很好。」

「他說要我們把妳這個週末的費用帳單寄過去，那帳單的金額會很可觀。」阿曼斯基嘆氣道：「蘇珊，佛德烈森可以到警局去指控妳一堆罪名，這妳知道吧？」

她點頭不語。

「沒錯，他自己到頭來也會三兩下就入獄，但他也許覺得值得。」

「我很懷疑他會有膽子去報警。」

「也許妳想得沒錯，但妳的作爲已經遠遠超出我的指示。」

「我知道。」

「那麼妳覺得我應該有什麼反應？」

「這得由你決定。」

「那妳覺得我會有什麼反應？」

「我怎麼想不重要。你還是可以開除我。」

「很難，我可禁不起失去妳這麼優秀的專業人員。」

「謝謝。」

「不過妳要是再犯一次，我會非常生氣。」

蘇珊點點頭。

「妳怎麼處理那個硬碟？」

「毀掉了，今天早上用老虎鉗把它夾碎了。」

「那麼就把這一切都忘了吧。」

愛莉卡利用上午剩餘的時間打電話給《瑞典晨郵》的董事們。副董事長人在瓦克松附近的避暑度假屋，她好不容易說服他盡快開車進市區。午餐時間，只有少數幾人湊合著開董事會，愛莉卡一開始便解釋自己如何取得柯特茲的文件夾，以及已經產生的後果。

她說完後，一如她所預期，有人提議找找其他的解決方案。愛莉卡告訴他們《瑞典晨郵》將在翌日刊載這篇報導，也告訴他們說這是她最後一天上班，而且她心意已決。

她請董事們批准兩項決定，並載入會議紀錄。一是要求博舍即刻讓出董事長之位，一是指定霍姆擔任總編輯。接著她告退出來，讓董事們自行商討。

兩點時，她到人事部請他們擬出一份合約，然後去找文化版主編史特蘭倫德與記者伊娃。

「據我觀察，你認爲伊娃是個很有能力的記者。」

「的確。」史特蘭倫德說。

「過去兩年申請預算時，你都要求至少要增加兩名員工。」

「是的。」

「伊娃，因爲妳日前收到那種 email，如果我雇用妳當全職，可能會有難聽的謠言。不過妳還有興趣嗎？」

「當然有。」

「那麼我在報社所做的最後一件事就是跟妳簽這份聘雇合約。」

「最後一件事？」

「這事說來話長。我今天要離職了，能不能拜託你們兩個先暫時保密一個小時左右？」

「這是……」

「很快就會有備忘錄出來。」

愛莉卡在合約上簽名後，推給了桌子對面的伊娃。

「祝妳好運。」她微笑著說。

「星期六和埃克斯壯開會的人當中年紀較大那個叫喬治．鈕斯壯，是一名警司。」費格蘿拉說著將茉迪用手機偷拍下的照片放到艾柯林特桌上。

「警司。」艾柯林特喃喃說道。

「史蒂芬昨晚確認了他的身分。他去了火砲路的公寓。」

「對他了解多少？」

「他是正規警察出身，一九八三年開始爲國安局效力。一九九六年開始擔任調查員，有他自己的專責領域，除了內部管控還要查核國安局已經完成的案子。」

「好。」

「從星期六早上起，共有六個值得注意的人進去過。除了約奈思和鈕斯壯之外，裡面肯定還有柯林頓。今天早上他搭救護車去洗腎了。」

「另外三個是誰？」

「一個名叫奧多．哈爾貝，八〇年代待過國安局，目前則屬於國防參謀單位，在替海軍與陸軍情報局做事。」

「了解。怎麼好像不令人驚訝呢？」

費格蘿拉又放下一張照片。「這個人身分還沒確認。他去找哈爾貝吃午餐，今晚等他回家的時候，看能不能拍一張清楚點的照片。不過最有趣的是這個人。」她又往桌上放一張照片。

「我認得他。」艾柯林特說。

「他叫瓦登榭。」

「沒錯。大約十五年前，他在反恐特遣隊，是坐辦公桌的。他曾經是我們『公司』大老闆的人選之一。我不知道他後來怎麼樣了。」

「他在一九九一年退休了。猜猜看，大約一小時前他在和誰吃午飯？」

她放下最後一張照片。

「秘書長申克和預算主任古斯塔夫．阿特波姆。我想二十四小時盯著這些人，我要確實知道他們見過誰。」

「這樣不實際。」艾柯林特說：「我能派用的人只有四個。」

艾柯林特邊沉思邊捏下唇。然後抬起頭看著費格蘿拉。

「我們需要更多人手。」他說：「妳可不可以偷偷連絡包柏藍斯基，請他今天跟我一起吃晚飯？七點左右，如何？」

艾柯林特接著拿起電話，撥了一個已經背下的號碼。

「你好，阿曼斯基，我是艾柯林特。承蒙你那晚盛情款待，能不能讓我回請一頓？不，我非請不可。就約七點好嗎？」

莎蘭德在克羅諾柏看守所一間二乘四公尺大小的囚室中過夜。囚室設備十分簡單，但門上鎖之後沒幾分鐘她就睡著了。星期一一早醒來，她乖乖地依索格恩斯卡醫院復健師的囑咐做伸展運動。接著送來了早餐，然後她就坐在床鋪上發呆。

九點半，她被帶到走廊盡頭的偵訊室。警衛是個短小、禿頭的老男人，圓圓的臉上戴著一副玳瑁框眼鏡，態度開朗有禮。

安妮卡熱情地跟她打招呼，她則對法斯特視而不見。這是她第一次與埃克斯壯檢察官見面，但接下來的半小時她只是坐在椅子上，定定地瞪著埃克斯壯頭部正上方牆面的某一點，一言不發、動也不動。

到了十點，埃克斯壯中斷這毫無結果的偵訊，對於她絲毫沒有反應感到很氣惱。觀察了這個瘦弱得有如布偶的年輕女子之後，他頭一次有不確定感。她怎麼可能在史塔勒荷曼毆打藍汀和尼米南這兩個惡棍？即使他握有可靠的證據，法官真的會相信嗎？

莎蘭德吃了一頓簡單的午餐後，花了一小時在腦子裡默解方程式，焦點放在球面天文學領域，她兩年前看過一本相關書籍。

兩點半，她又被帶回偵訊室，這回警衛是個年輕女子。莎蘭德坐在空偵訊室中的椅子上，思考一個特別複雜的方程式。

十分鐘後門開了。

「妳好啊，莉絲。」口氣很和善。是泰勒波利安。

他對她微笑，她卻全身血液凝結，原本在空氣中建構的方程式元素一個個跌落在地，她甚至聽到數字和數學符號蹦跳擦撞的聲音，彷彿是有形體的實物。

泰勒波利安站著看了她一會，才與她隔桌面對面坐下。她仍繼續盯著牆上那一點。

片刻過後，他們倆四目交接。

「真遺憾妳落到如此下場。」泰勒波利安說：「我會盡全力幫助妳，希望我們能建立某種互信關係。」

莎蘭德從頭到腳地檢視他。亂七八糟的頭髮、鬍子、門牙中間的細縫、薄薄的嘴唇、全新的褐色夾克、領口敞開的襯衫。她聆聽著他那圓滑又和善得可怕的聲音。

「我也希望這次能比上次幫上更多忙。」

他往桌上放了一本小筆記本和筆。莎蘭德垂下眼睛看著那支筆，尖尖的銀色筆管。

風險評估。

她克制住伸手奪筆的衝動。

她的視線移到他左手的小指上，看見一個不明顯的白色痕跡，那是她十五年前的齒痕，當時她死命地咬住他，差點把他的手指咬斷，還是靠著三名警衛合力制伏才扳開她的嘴。

那時候我還是個尚未進入青春期、嚇壞的小女孩，現在我長大了，隨時可以殺了你。

她再次將目光定在牆上那一點，收拾起散落一地的數字與符號開始重組方程式。

泰勒波利安面無表情地打量莎蘭德。他能成為國際知名心理醫生並非浪得虛名，而是確實有看穿情緒與心情的才能。他可以感覺到有個冷冷的陰影通過室內，照他的解讀，這是病患儘管外表沉著內心卻感到恐懼與羞恥的跡象。他認為自己的出現對她產生了影響，見她態度多年未變也很高興。**她上法院是自找死路。**

愛莉卡在《瑞典晨郵》所做的最後一件事就是寫一份備忘錄給所有員工。一開始，她情緒很激動，寫了滿滿兩頁解釋自己辭職的原因，其中包括對一些同事的觀感，但後來還是全部刪除，以較平靜的口氣從頭寫過。

她沒有提到佛德烈森。若是提到他，所有的注意力都會轉移到他身上，性騷擾事件必定會造成轟動，而她離職的真正原因也會被掩蓋。

她說了兩個原因。主要的一個是她提議主管與股東應該降低薪水與分紅，卻遭到管理階層強力阻撓。也就是說她才剛到報社上任就必須忍痛裁員，這不只違反了她當初接下工作時公司給予她的承諾，也使得她為了壯大報社而打算作長期改變的企圖心全部付諸流水。

她提出的第二個理由是揭發博舍一事。她寫說他命令她掩蓋這則報導，這完全與她心目中的工作大相逕庭，因此她除了辭去總編輯一職別無他法。她最後說《瑞典晨郵》的危險處境不是出於人事問題，而是管理問題。

她重讀一次備忘錄，訂正打字錯誤後，寄給報社內所有職員，同時寄了副本給媒體報紙《新聞報》以及商業雜誌《報人》。之後她收起筆電，走到霍姆的座位旁。

「再見了。」她說。

「再見，愛莉卡。和妳工作眞痛苦。」

他們交換了一個微笑。

「最後一件事。」她說。

「說吧。」

「約翰奈斯一直在替我跑一條新聞。」

「對，而且誰也不知道他在搞什麼。」

「給他一點後盾。他已經查到不少東西，我會和他保持連絡，讓他做完這個工作吧。我保證結果會讓你很滿意。」

他似乎有點警覺。但後來還是點了頭。

他們沒有握手。她把卡片鎖放在他桌上，便搭著電梯下車庫。四點剛過不久，她的ＢＭＷ已經停在《千禧年》辦公室附近。

第四部

重新啓動系統

七月一日至十月七日

儘管古希臘、南美洲、非洲等地都有豐富的亞馬遜女戰士傳說，但眞正有歷史考據的實例卻只有一個。那就是西非達荷美（今日的貝南）的豐族女子軍隊。

公開的軍事歷史中從未提及這些女戰士，也無人拍過有關她們的傳奇電影，如今她們的存在也不過如同歷史的註腳。只有一部學術作品寫過這些女人，那是史丹利·亞朋著的《黑色斯巴達的亞馬遜》（赫斯特出版社，一九九八年），然而她們所構成的戰力卻足以媲美殖民強國中任何一支男性精英部隊。

豐族女子軍隊成立的確切時間不詳，有些資料追溯到一六〇〇年代。最初是皇室護衛隊，後來卻發展成由六千名士兵組成、具有半神化地位的軍隊。她們並不只是用來裝飾門面。將近兩百年間，她們都是豐族對抗歐洲殖民者的前鋒部隊。她們打敗過法國軍隊數次，令後者喪膽。直到一八九二年，法國派出砲兵隊伍、外籍兵團、海軍陸戰隊與騎兵隊，才擊敗這支女子軍隊。

這些女戰士當中戰死沙場的人數不明。多年來，倖存者仍持續打著游擊戰，甚至到了一九四〇年代也還有退伍士兵接受訪問與拍照。

第二十三章

七月一日星期五至七月十日星期日

莎蘭德開庭前兩星期，克里斯特完成了這本三百五十二頁的書的版面設計，書名簡潔有力就叫《小組》。封面藍底黃字，克里斯特在底部放了七張瑞典首相的照片，都是郵票大小的黑白照，上方飄浮著一張札拉千科的照片。他用的是札拉千科的護照相片，並強化對比效果，只讓最暗的部分突顯出來，像是蔓延到整個封面的影子。這不是特別先進的設計，但效果不錯。布隆維斯特、柯特茲和瑪琳並列為作者。

清晨五點，他已經工作了一整夜，覺得有點厭煩，只想回家睡覺。瑪琳也陪著一起熬夜，克里斯特看過說OK以後她又一頁一頁做最後校對，然後印出來。此時她已經躺在沙發上睡著了。

克里斯特將所有文字與插圖放進一個資料夾，啟動 Toast 程式，燒了兩張光碟。一張放在保險箱，另一張在七點前幾分鐘被睡眼惺忪的布隆維斯特接收了。

「回去休息一下吧。」布隆維斯特說。

「我正要走。」

他們讓瑪琳繼續睡，並啟動大門警報器。柯特茲會在八點進來接班。

布隆維斯特走到倫達路，再次未經允許借用了莎蘭德棄置的本田。他朝烏普沙拉西邊開去，前往摩根戈瓦鐵道旁的哈維格·雷克蘭印刷廠。這種事他不會交給郵局去處理。

他慢慢地開，不肯承認自己內心的壓力，一直撐到印刷廠確認光碟沒問題。他也再次叮嚀，書務必要在開庭第一天上市。問題不在於印刷，而在於耗時的裝訂。但印刷廠經理楊．柯賓答應當天至少會送出第一刷一萬冊當中的五百冊，是一般平裝版。

最後布隆維斯特也再次確認大家都了解到高度保密的必要性，只是這或許是不必要的提醒。兩年前，哈維格．雷克蘭印刷廠便曾經在非常類似的情況下，印出布隆維斯特所寫關於溫納斯壯的書。他們知道這個獨特的出版社《千禧年》出版的書，總會有其特別之處。

布隆維斯特慢條斯理地開回斯德哥爾摩，將車停在貝爾曼路一號外面，回家打包換洗衣物與盥洗用具。接著繼續開往瓦姆多的史塔夫斯奈斯碼頭，停好車後，便搭渡輪去沙港。

聖誕節過後，這是他第一次到小屋來。他卸下窗板讓空氣流通，然後喝一杯 Ramlösa 礦泉水。和往常一樣，每當工作完成送印後，再也不可能改變什麼了，他就覺得空虛。

他花一小時清潔打掃、沖洗淋浴排水口、將電冰箱插電、檢查水管、更換臥室夾層的床單，又到雜貨店買這個週末的必需品。回家後按下咖啡壺開關，然後坐到陽臺上抽菸、胡思亂想。

快五點時他走到汽船碼頭，遇見了費格蘿拉。

「妳不是說不能休假？」他邊問邊親她的臉頰。

「我本來是這麼以為。但我跟艾柯林特說過去幾個星期，我只要睜開眼就開始工作，實在快撐不住了。我說我需要放兩天假充充電。」

「在沙港？」

「我沒告訴他要去哪裡。」她微笑著說。

費格蘿拉在布隆維斯特這間二十五平方公尺大的小屋裡東張西瞧，並嚴格檢視了廚房、浴室與夾層等區域後，才滿意地點點頭。她去洗了澡換上輕薄的夏日洋裝，布隆維斯特則趁這段時間煮紅酒燉羊肉，並在陽臺上擺設用餐桌。他們靜靜地吃著，一面觀看碼頭上一艘接著一艘進出的帆船。兩人一塊把剩下的紅酒都喝光。

「這間小屋眞棒。你會把所有女朋友都帶到這兒來？」費格蘿拉說。

「只有重要的才會。」

「愛莉卡來過嗎？」

「來過很多次。」

「莎蘭德呢？」

「我寫溫納斯壯那本書的時候，她在這裡待了幾個星期。兩年前，我們也在這裡過聖誕。」

「這麼說在你的生命中，愛莉卡和莎蘭德都很重要？」

「愛莉卡是我最好的朋友，我們已經認識二十五年。莉絲則完全是另一回事。她確實很特別，也是我所認識最不善交際的人。我們第一次見面的時候，她可以說讓我印象非常深刻。她是我的朋友。」

「你不替她感到難過？」

「不會。發生在她身上那一大堆爛事都得怪她自己，但我的確很同情她，也覺得和她休戚與共。」

「可是你既不愛她也不愛愛莉卡嗎？」

他聳聳肩。費格蘿拉看著一輛 Amigo 23 帆船噗噗地超越一艘汽船往碼頭駛去，因爲來得較晚，航行燈已亮起。

「如果非常非常喜歡某人就是愛，那麼我應該算是愛著幾個人。」布隆維斯特說。

「而現在是愛著我？」

布隆維斯特點點頭。費格蘿拉皺起眉頭看著他。

「妳覺得困擾嗎？」

「你是說對於你帶女人來這裡？不會，但讓我覺得困擾的是我實在不知道我們之間到底是怎麼回事。我想我沒法和一個隨心所欲亂搞女人的男人發展關係……」

「我不會爲自己的生活方式道歉。」

「我想就某方面來說，正因爲你是這樣的人，我才會愛上你。和你上床很簡單，因爲你不會廢話又讓我感到安全。但這一切的開頭都是因爲我屈服於一種瘋狂的衝動。這種事不常發生，也不在計畫之中。結果現在走到這步，我只是變成你邀請上這兒來的另一個女人罷了。」

兩人沉默以對片刻。

「妳可以不必來。」

「不，我非來不可。麥可啊……」

「我知道。」

「我很不快樂。我不想愛上你。結束的時候會讓我痛得受不了。」

「聽我說。自從我父親去世、母親搬回諾蘭後，我便擁有這間小屋，至今二十五年了。當時我們分了家，妹妹取得我們的公寓，小屋歸我。除了早期一些交情不深的人之外，在妳之前有五個女人來過這裡：愛莉卡、莉絲、八〇年代和我在一起的前妻、九〇年代末我曾認眞交往過的一個女人，還有我兩年前認識的一個人，我們現在偶爾還會見面。我和她的情況有點特殊……」

「我想也是。」

「我留下這棟小屋是爲了能夠遠離塵囂，享受些許寧靜，所以多半是自己來。我會看書、寫作，也會坐在碼頭上看船，放鬆自己。這不是一個秘密的愛巢。」

他起身去拿方才放在陰涼處的酒。

「我不會作任何承諾。我之所以離婚是因爲愛莉卡和我離不開彼此，」接著他用英語說道：「**去了哪裡？做了什麼？T恤哪來的？**」

他說完爲兩人斟了酒。

「但我已經好久沒有遇見像妳這麼有趣的人。我們的關係好像從一開始就全速衝刺。從妳在我家門外等我的那一刻起，我大概就愛上妳了。在那之後偶爾幾次在自己家裡睡覺，總會半夜因爲想要妳而醒來。我不知道自己是否想要一段穩定的關係，但我眞的很怕失去妳。」他看著她。「所以妳覺得我們該怎麼辦？」

「我們好好想想吧。」費格蘿拉說：「我也是深深被你吸引。」

「事情開始變得嚴重了。」布隆維斯特說。

她忽然感覺到一股巨大的憂傷。他們沒有聊很久，天色轉黑後便收拾桌子進屋，關上了門。

開庭前的星期五，布隆維斯特站在斯魯森的 Pressbyrån 報攤前，閱讀早報頭版。《瑞典晨間郵報》的總經理兼董事長博舍終於屈服，遞出辭呈。布隆維斯特買了報紙，走到霍恩斯路的爪哇咖啡館吃稍晚了點的早餐。博舍以家庭因素解釋自己突如其來的辭職。外界指稱他命令愛莉卡掩蓋一則有關他涉入零售企業維塔瓦拉的新聞，迫使愛莉卡也一併辭職，對此他不願表示意見。不過邊欄有一則報導說瑞典企業聯盟的主席決定成立道德委員會，調查瑞典公司行號與東南亞那些已知剝削童工的企業間的往來情形。

布隆維斯特開懷大笑，然後摺起早報打開易利信手機，打給ＴＶ４電視台「She」節目的女主持人，她正在吃午餐三明治。

「妳好，親愛的。」布隆維斯特說：「我想妳應該還有興趣跟我吃晚餐吧。」

「嗨，麥可。」她笑著說：「抱歉，可惜你不是我的型。」

「沒關係，那今晚出來和我談談工作如何？」

「你手邊在做什麼？」

「兩年前，愛莉卡和妳談了有關溫納斯壯事件的交易，我也想和妳談一筆類似的交易，結果會一樣精彩。」

「我洗耳恭聽。」

「還沒談定條件之前，不能告訴妳。我們正在準備一篇報導，將來會出書和雜誌特刊，一定會造成轟動。只要妳不在我們發表前洩漏任何消息，我可以破例讓妳看所有的資料。這次的出刊特別麻煩，因爲必須選在特定的日子。」

「新聞有多大？」

「比溫納斯壯還大。」布隆維斯特說：「有興趣嗎？」

「你是說眞的？在哪碰面？」

「薩米爾之鍋如何？愛莉卡也會來。」

「她是怎麼回事？被《瑞典晨郵》掃地出門後又回到《千禧年》了？」

「她沒有被掃地出門，而是和博舍意見不合，所以請辭。」

「這個男人好像眞的很差勁。」

「這點妳說對了。」布隆維斯特說。

柯林頓用耳機聽著威爾第的作品。如今生活中幾乎只剩音樂能讓他遠離洗腎機以及下背部與日俱增的痛楚。他沒有哼出曲調，只是閉上眼睛，右手隨著音樂揮動，彷彿獨立於這個分崩離析的軀體之外，擁有自己的生命。

世事便是如此。誕生、生存、變老、死亡。他已經盡完自己的責任，接下來只剩崩解了。

他對人生感到異常滿意。

他是爲了友人古爾博而表演。

今天是七月九日星期六。只剩四天就開庭，「小組」可以開始將這堆亂七八糟的事全拋到腦後。上午他接到了消息。古爾博比他所認識的任何人都堅強。把一顆九毫米的全金屬殼子彈射進自己的太陽穴，應該必死無疑，但古爾博的身軀卻撐了三個月才放棄。除了運氣之外，很可能也和醫生們爲了讓古爾博活命而奮鬥不懈有關。而且最後奪走他性命的是癌症，不是子彈。

古爾博死得很痛苦，這讓柯林頓感到哀傷。雖然無法與外界溝通，他偶爾仍處於半清醒狀態，當醫護人員輕撫他的臉頰他會露出微笑，痛苦時也會唧唧哼哼。有時候他會試圖說出單字或甚至句子，但誰也聽不懂。

他沒有家人，也沒有一個朋友來探病。他最後接觸到的生命是一個名叫莎拉．紀塔瑪的厄利垂亞籍夜班護士，她一直在病榻前照顧他，並在他闔眼時握著他的手。

柯林頓知道自己很快就要隨昔日戰友而去，毫無疑問。活著等到換腎的機會，一天比一天渺茫。每次做檢查，肝臟與腸道功能似乎愈來愈弱。

他希望能活到聖誕節過後。

不過他滿足了。在所剩無幾的日子裡還能忽然重返工作崗位，進行如此驚人的任務，讓他幾乎有種不眞實的、輕飄飄的滿足感。

這是他意想不到的恩賜。

威爾第的最後幾個音符消失之際，剛好有人打開房門。這是火砲路上「小組」總部裡供他休息的小房間。

柯林頓睜眼一看，是瓦登樹。

他已經認定瓦登樹會是個累贅。他完全不適任瑞典最重要的國防先鋒部隊的指揮官。柯林頓怎麼也想不出自己和羅廷耶怎會如此失算，竟將瓦登樹視爲適當的繼任者。

瓦登樹是個需要順風推助的戰士，若遇上危機就顯得意志薄弱、猶豫不決。一個膽小又沒有骨氣的累贅，將來很可能全身癱瘓、無力行動，任由「小組」滅亡。

事情就是這麼簡單。有些人有天分，有些則是一到緊要關頭就畏畏縮縮。

「你找我？」

「坐吧。」柯林頓說。

瓦登榭坐了下來。

「我人生走到這一步已經不能再浪費時間，所以我就直話直說。等這一切事情告一段落，我要你辭去『小組』的主管職務。」

「是嗎？」

柯林頓口氣轉爲緩和。

「瓦登榭，你是個好人，只可惜你完全不適合接古爾博的位子，我們不該給你這個責任。我生病之後，我和羅廷耶無法好好處理接任人選的事，是我們的錯。」

「你們一直都不喜歡我。」

「你錯了。我和羅廷耶擔任『小組』負責人的時候，你是個很優秀的管理者，沒有你的話我們會很無助，而且我也很欣賞你的愛國心。你的缺點就是沒有決斷力。」

瓦登榭苦笑著說：「經過這些事，我甚至不知道自己還想不想待在『小組』。」

「現在古爾博和羅廷耶都不在了，我不得不自己作出重大決定。」柯林頓說：「過去幾個月來，你一直阻撓我所作的每個決定。」

「我依然認爲你作的決定太荒謬，將來會釀成大禍。」

「有可能，但你的優柔寡斷卻會讓我們必敗無疑。現在我們至少有個機會，而且似乎行得通。《千禧年》不知道該從何下手，他們或許已稍微察覺到我們的存在，卻缺乏證據，也找不到證據或我們。至少我們知道的和他們一樣多。」

瓦登榭放眼望向窗外的一片屋頂。

「目前還有一件事非做不可，就是除掉札拉千科的女兒。」柯林頓說：「如果有人開始挖她的過去又讓她開口說話，誰也不知道會發生什麼事，不過再幾天就要開庭，到時候一切也就結束了。這回我們得把她埋得夠深，讓她再也無法回來糾纏我們。」

瓦登樹搖了搖頭。

「你的態度我不明白。」柯林頓說道。

「看得出來。你已經六十八歲，來日不多，你的決定並不理智，可是鈕斯壯和約奈思卻好像著了你的魔，把你當成天父一般唯命是從。」

「只要和『小組』有關的事，我就是天父的地位。我們是有計畫的，我們決定採取的行動已經給了『小組』機會。當我說『小組』將永遠不會再面臨如此大的曝光風險，我是非常有把握的。等這一切過去，我們將著手徹底檢驗我們的活動。」

「我明白了。」

「鈕斯壯會擔任新組長。他實在太老了，但卻是唯一的選擇，他也答應至少會再待六年。約奈思太年輕也太缺乏經驗，這是你的管理政策直接導致的結果，否則他現在應該早已經驗老到。」

「柯林頓，你還不知道自己做了什麼嗎？你謀殺了一個人呀。畢約克爲小組奉獻了三十五年，你竟然下令讓他死。你難道不明白……」

「你很清楚這是必要的。他背叛了我們，當警方漸漸逼近，他一定承受不了壓力。」

瓦登樹站了起來。

「我還沒說完。」

「那只好晚一點再繼續。你可以躺在這裡幻想自己是萬能之神，我卻還有工作要做。」

「既然你這麼義憤填膺，怎麼不去向包柏藍斯基坦承你的罪行呢？」

「相信我，我確實考慮過。但不管你怎麼想，我正在盡自己的一切力量保護『小組』。」

他打開門，剛好碰上正要進門的鈕斯壯和約奈思。

「嗨，柯林頓。」鈕斯壯說道：「我們得談談。」

「瓦登樹正要走。」

鈕斯壯等到門關上後，說道：「柯林頓，我非常擔心。」

「怎麼了？」

「約奈思和我想了很久，卻始終想不明白。今天早上莎蘭德的律師向檢察官遞交了她的自傳。」

「什麼？」

埃克斯壯拿起保溫壺倒咖啡時，法斯特不住地打量著律師安妮卡。當天早上埃克斯壯到辦公室以後拿到的文件，讓他們兩人都嚇一跳。他和法斯特讀完莎蘭德四十頁的自傳故事後，針對這份特殊文件展開詳細的討論，最後他認爲非得請安妮卡來做個非正式談話不可。

他們坐在埃克斯壯辦公室內的小會議桌旁。

「謝謝妳答應前來。」埃克斯壯說：「今天早上送來的這份……呃……說明，我看過了，裡面有幾點我想澄清一下。」

「我會盡可能幫忙。」安妮卡說。

「我不知道該從何說起。這麼說好了，我和法斯特巡官都非常驚訝。」

「是嗎？」

「我想知道妳的用意何在。」

「什麼意思？」

「這份自傳，或者妳想稱爲什麼都好……重點在哪裡？」

「重點非常清楚。我的當事人想要對她的遭遇發表自己的說法。」

埃克斯壯溫和地笑了笑。他輕捻著山羊鬍，由於同樣的動作重複太多次，安妮卡不禁惱怒起來。

「對，不過妳的當事人之前有好幾個月的時間可以解釋，但法斯特每次偵訊，她都一言不發。」

「據我所知，法律並沒有規定我的當事人只能在法斯特巡官認為適當的時候開口。」

「當然，但我的意思是……莎蘭德再過四天就要出庭，卻在最後一刻跑出這個。老實說，我覺得自己得負起一點超越檢察官職責的責任。」

「是嗎？」

「我一點也不想冒犯妳，這不是我的用意。但在我們國家上法院是有一定程序的。安妮卡女士，妳是專攻女權的律師，以前從未替刑事罪犯辯護過。我起訴莎蘭德不是因為她是女性，而是以重傷害的罪名。我相信就連妳想必也察覺到她有嚴重的精神疾患，需要國家的保護與協助。」

「你是擔心我不能為莎蘭德提供恰當的辯護？」安妮卡以友善的口氣說道。

「我並不想批判，」埃克斯壯說：「也不是質疑妳的能力，我只是指出妳缺乏經驗的事實。」

「我當然明白，而且完全贊同。在刑事案件方面，我確實經驗非常不足。」

「可是一直以來妳卻始終不肯接受經驗比妳豐富許多的律師的幫助……」

「這是我的當事人特別要求的。莎蘭德委託我當她的律師，因此我會上法庭為她辯護。」她給了他一個禮貌性的微笑。

「很好，不過我很好奇，妳眞的打算把這份聲明的內容呈給法官嗎？」

「當然。這是她的經歷。」

埃克斯壯和法斯特互瞄一眼，法斯特眉頭聳得老高，他想不通埃克斯壯在氣什麼。如果安妮卡不知道自己正讓當事人走上毀滅一途，又不是檢察官的錯。他們只須說謝謝，收下文件，將問題擱到一旁就行了。

依他看來，莎蘭德是個瘋子。先前他用盡一切技巧想說服她至少說出自己的住處，但偵訊了一次又一次，那個該死的女孩卻只是坐在那裡，像個啞巴，眼睛盯著他身後的牆壁。請她抽菸她拒絕，咖啡或冷飲也都不喝。無論他低聲下氣地懇求或是偶爾氣極了提高聲量，她都毫無反應。法斯特從來沒有經歷過如此令人沮喪的偵訊過程。

「安妮卡女士，」埃克斯壯最後說道：「我想這次開庭，妳的當事人應該不用出庭。她的狀況並不好。我有一份精神鑑定報告為證，這是一位非常資深的醫生所寫的。她應該接受精神醫療照護，這麼多年來她一直非常需要。」

「看來你應該會向地方法院作出這項建議。」

「我確實打算這麼做。妳應該如何為她辯護，這與我無關，但假如妳真的計畫採取這條路線，那麼情況實在非常荒謬。這份聲明中對一些人提出無憑無據的瘋狂指控……尤其是對她的監護人畢爾曼律師與泰勒波利安醫師。希望妳別天真地以為法院會在沒有絲毫證據的情況下，接受一份質疑泰勒波利安醫師的聲明。如果比喻不當請見諒，不過這份文件將會是妳當事人的最後一道催命符。」

「你的話我都聽到了。」

「開庭期間，妳可能會宣稱她沒病，並要求再次作精神狀態鑑定，然後就能把案子呈交給醫學會。但老實說，她的聲明幾乎讓我更加確定，無論哪個精神鑑定醫生都會作出和泰勒波利安醫師同樣的結論。光是這份聲明的存在，就證實了所有指稱她是妄想型精神分裂症患者的證明文件沒有錯。」

安妮卡依然禮貌地微笑，說道：「還有另一個可能性。」

「什麼可能性？」

「就是她所說的每字每句都是事實，而法官也選擇相信。」

埃克斯壯似乎被搞糊塗了。隨後才露出笑容，又摸起鬍子來。

柯林頓坐在辦公室窗邊的小茶几旁，仔細聽鈕斯壯和約奈思說話。雖然臉上布滿深深的皺紋，但那雙胡椒粒般的眼珠依然目光銳利機警。

「我們從四月起就開始對《千禧年》的主要員工進行電話監聽與電子郵件往來的監視，」柯林頓說：

「也證實了布隆維斯特和瑪琳還有這個叫柯特茲的，都相當意氣消沉。我們看過下一期雜誌的大綱版本，現在似乎連布隆維斯特都改變立場，認為莎蘭德的精神狀態畢竟還是不穩定。他以社會面為她辯護——說是社會放棄了她，所以她試圖殺死父親也不能全怪她。不過這種說法幾乎不能成立。另外有關公寓被闖入、妹妹在約特堡遭襲，以及報告失竊等等，他都隻字未提。他知道自己根本沒有證據。」

「問題就在這裡。」約奈思說：「布隆維斯特肯定知道有人盯上了他，卻好像完全無視自己的懷疑。請恕我直言，但這不是《千禧年》的作風。而且愛莉卡又回雜誌社了，但這整期的內容卻如此平淡空洞，簡直像個笑話。」

「你想說什麼？這是個陷阱嗎？」

約奈思點點頭。「夏季號本來預定在六月最後一個星期出刊。瑪琳在某封電子郵件裡頭說已交給南塔耶某家印刷廠，但我今天早上打電話去問，他們說根本沒拿到稿件，只有大約一個月前接到估價的要求。」

「他們以前在哪一家印刷？」柯林頓問。

「在摩根戈瓦一家叫哈維格．雷克蘭的印刷廠。我打電話去詢問印刷的進度，我說我是《千禧年》的人。經理什麼都不肯說。我今天晚上想開車去瞧瞧。」

「合理。鈕斯壯你呢？」

「我重新檢視了上個星期的通話紀錄。」鈕斯壯說：「很奇怪，《千禧年》的員工從來沒討論過有關開庭或札拉千科的事。」

「完全沒有？」

「沒有。只有在和雜誌社以外的人談話時會提起。比方說，你聽聽這個。這是布隆維斯特接到《Aftonbladet》晚報一名記者的電話，詢問他對於即將展開的庭訊有什麼想法。」

他將一部錄音機放到桌上。

「抱歉，但我無可奉告。」

「你從一開始就涉入這件事。是你在哥塞柏加發現了莎蘭德，後來卻沒有刊載過隻字片語。你打算什麼時候公開呢？」

「等時機成熟。如果我有話要說的話。」

「你有嗎？」

「這個嘛，你可以買一份《千禧年》自己看看。」

他關掉錄音機。

「我們之前沒想過這個，但我又回去隨便聽了幾段對話，一直都是這樣。他幾乎不提札拉千科的事，即使提了，也總是模糊其詞。而他妹妹是莎蘭德的律師，他竟然也沒和她討論過。」

「也許他真的無話可說。」

「他從頭到尾都不肯作任何揣測。他好像二十四小時都待在公司，幾乎很少在家。如果像這樣日以繼夜地工作，不管下一期的內容是什麼，都應該會更豐富才對。」

「我們還是沒能竊聽他們辦公室的電話嗎？」

「是的。」約奈思說：「那裡一天二十四小時都有人在，重要的是這種情形是從我們第一次進入布隆維斯特家之後開始的。辦公室的燈永遠亮著，要不是布隆維斯特就是柯特茲或瑪琳，或是那個玻璃……我是說克里斯特。」

柯林頓搓搓下巴，思忖片刻。

「結論是什麼？」

鈕斯壯說：「除非有更好的解釋，否則我覺得他們在演戲給我們看。」

柯林頓頓時感到脊背發涼。「怎麼沒有早點想到呢？」

「我們只專心聽他們說了什麼，而不是他們沒說什麼。我們一旦在電話或電子郵件中發現他們驚慌失措，就欣慰不已。布隆維斯特心知肚明有人從他和他妹妹那裡偷走了一九九一年的莎蘭德報告，結果他做了什麼？」

「他妹妹遭襲之後，他們沒有報警？」

鈕斯壯搖搖頭。「莎蘭德接受偵訊時，安妮卡都在場。她彬彬有禮，卻從未說過任何重要的話。莎蘭德自己更是什麼也不說。」

「但那對我們有利。她愈不肯開口愈好。埃克斯壯怎麼說？」

「幾個小時前我見過他，他剛拿到莎蘭德那份陳述。」他指指柯林頓腿上那疊紙。

「埃克斯壯很困惑。幸好莎蘭德不善於用文字表達自我，在一個外人看來，這簡直就像添加了色情元素的瘋狂陰謀論。不過她還是差點正中紅心。她很精確地描述自己是怎麼被關進聖史蒂芬，還說泰勒波利安在替秘密警察工作等等。她說這一切應該都和秘密警察內部的一個小集團有關，顯示她懷疑有類似『小組』這樣的東西存在。大致上都相當正確。但我也說了，這太不眞實。埃克斯壯很慌，因爲安妮卡好像也打算以這個作爲她的辯護方向。」

「該死。」柯林頓咒道。他低下頭，專注沉思了幾分鐘，最後抬起頭來。

「約奈思，今晚開車到摩根戈瓦看看有沒有什麼動靜。如果他們在印《千禧年》的雜誌，弄一份給我。」

「我會帶法倫一起去。」

「好。鈕斯壯，我要你今天下午去找埃克斯壯，替他把把脈。到目前爲止一切都很順利，但你們兩個剛才說的話不能忽視。」

柯林頓又靜默了一會。

「如果根本不要開庭，那是最好……」他終於說出。

他抬起眼睛看著鈕斯壯。鈕斯壯點了頭。約奈思也點了頭。

「鈕斯壯，你能不能查查看有哪些可能性？」

約奈思和綽號法倫的鎖匠將車停在距離鐵軌稍遠處，徒步穿過摩根戈瓦。時間是晚上八點半。現在還太亮也太早，什麼事都不能做，但他們想先勘察地形，看看周遭的環境。

「如果廠內有警報器，我不幹。」法倫說：「最好還是從窗戶往裡看，如果看見什麼東西，只要丟一塊石頭砸破玻璃，跳進去，抓起你要的東西，然後拚命跑就好了。」

「那也行。」約奈思說。

「如果你只需要一份雜誌，可以去翻翻後面的垃圾桶，肯定會有超印或試印之類的東西。」

哈維格．雷克蘭印刷廠是一棟低矮的紅磚建築。他們從對街南側慢慢接近，約奈思正要過街時，法倫一把抓住他的手肘。

「繼續往前走。」法倫說。

「什麼？」

「繼續往前走，裝作是晚上出來散步的樣子。」

他們經過印刷廠，在附近繞了一圈。

「這是怎麼回事？」約奈思說。

「你眼睛得尖一點。這個地方不只裝設了警報器，廠外牆邊還停了一輛車。」

「你是說車內有人？」

「那是米爾頓保全的車。印刷廠受到監護啊，拜託。」

「米爾頓保全？」柯林頓覺得腹部挨了一拳。

「要不是法倫，我就直接落入他們的陷阱了。」約奈思說。

「事情有點古怪。」鈕斯壯說：「一個郊區的小印刷廠沒道理雇用米爾頓保全做全天候監護。」

柯林頓雙唇抿得緊緊的。已經過了十一點，他需要休息。

「也就是說《千禧年》**眞的**有什麼圖謀。」約奈思說。

「這我看得出來。」柯林頓說：「好吧，我們來分析現況。最糟的情況會是什麼？他們**有可能**知道什麼？」他迫切的眼神投向鈕斯壯。

「一定是莎蘭德報告。」他說：「報告副本被我們偷走以後，他們就加強了保全，想必是猜到自己受到監視。最糟的是他們手上還有那份報告。」

「但報告失蹤後，布隆維斯特已經無計可施。」

「我知道，但我們也可能被他給騙了。不能忽略這個可能性。」

「這個假設稍後再討論。」柯林頓說：「約奈思？」

「我們已經確知莎蘭德的辯護方式，她會說出她所認知的事實。我讀過她那篇自傳，事實上她在不知不覺中幫了我們的忙，因爲裡頭關於強暴與剝奪她的權利等等指控太駭人聽聞，最終還是會被視爲妄想的譫語。」

鈕斯壯說：「何況她提不出任何證據。埃克斯壯會用這篇聲明來反擊她，摧毀她的可信度。」

「好。泰勒波利安的新報告寫得好極了。當然，安妮卡有可能聲請傳喚自己的專家，說莎蘭德沒有瘋，然後整個案子便會移交到醫師會去。但同樣地，除非莎蘭德改變策略，否則她還是會拒絕對他們開口，然後他們就會判定泰勒波利安是對的。她是她自己最大的敵人。」

「不過最好還是根本不要開庭。」柯林頓說。

鈕斯壯搖著頭說：「幾乎不可能。她現在在克羅諾柏看守所，和其他囚犯毫無接觸。每天在屋頂的小區域內做一小時運動，但在那裡我們無法接近她。而且看守所裡我們也沒有內線。」

「或許還有時間。」

「如果要收拾她，就應該在索格恩斯卡醫院動手。現在若是派殺手，被逮的機會是百分之百，要上哪找願意自投羅網的槍手？而且時間這麼緊迫，也不可能安排自殺或意外。」

「我也這麼想，何況意外死亡可能會受到懷疑。好吧，只能看看開庭情況如何了。其實一切都沒改變，我們一直都預期他們會採取某種反制手段，這篇所謂的自傳似乎就是了。」

「問題是《千禧年》。」約奈思說。

「《千禧年》和米爾頓保全。」柯林頓思索著說：「莎蘭德曾經替阿曼斯基工作，而布隆維斯特則曾經和她發生過關係。是不是應該假設他們聯手了？」

「那麼米爾頓保全戒護著替《千禧年》印刷的工廠就顯得合理了。這不可能是巧合。」

「他們什麼時候出刊？約奈思，你說他們比預定日期晚了將近兩個星期。如果假設米爾頓在印刷廠戒備是爲了不讓人拿到雜誌，就表示他們不想洩漏刊物內容，要不就是雜誌已經印好了。」

「爲了在開庭第一天上市。」約奈思說：「這是唯一合理的解釋。」

柯林頓點點頭。「好，那麼雜誌裡面寫了什麼？」

他們思考了好一會，最後是鈕斯壯打破沉默。

「就像我們剛才說的，最糟的情況是他們有一九九一年報告的副本。」

柯林頓和約奈思也作出相同結論。

「但他們能拿來做什麼呢？」約奈思問道：「報告牽涉到畢約克和泰勒波利安。畢約克已經死了，他們可以猛打泰勒波利安，但他也會說自己只是作例行的精神鑑定檢驗。到時將會是他們雙方針鋒相對。」

「如果他們發表報告，我們能怎麼做？」鈕斯壯問道。

「我想王牌在我們手中。」柯林頓說：「假如因爲報告引起騷動，焦點會是國安局而不是『小組』。

等記者們開始提問，國安局只要從檔案室拿出報告就行了……」

「那不是同一份報告。」約奈思說。

「申克已經將修改過的版本放進檔案室，也就是埃克斯壯看到的那個版本。它有檔案序號，所以我們很快就能向媒體提供許多假情報……我們有畢爾曼拿到的那個正本，《千禧年》卻只有副本，我們甚至可以散播布隆維斯特自己假造正本的風聲。」

「很好。《千禧年》還可能知道些什麼？」

「他們不可能知道任何有關『小組』的事，絕對不可能。因此他們只能把箭頭指向國安局，布隆維斯特也會因此被當成陰謀論者。」

「現在的他相當有名。」柯林頓緩緩地說：「自從在溫納斯壯事件展現了果斷態度後，大家都很相信他。」

「能不能多少削減一點他的可信度？」約奈思說。

「你想你能弄到……比方說五十克古柯鹼嗎？」

「也許可以找南斯拉夫幫。」

「試試看吧。動作得快點，再三天就要開庭了。」

「我不懂。」約奈思說。

「這是我們這一行打一開始就用的伎倆，不過還是非常有效。」

「摩根戈瓦？」艾柯林特皺起眉頭說。費格蘿拉來電時，他正穿著睡袍坐在家裡的沙發上，將已經看了兩遍的莎蘭德自傳再看一遍。由於已過午夜，他心想應該出了什麼事。

「摩根戈瓦。」費格蘿拉又說一次。「今晚八點半，約奈思和法倫去了那裡。包柏藍斯基手下的安德森巡官跟蹤他們前去，我們也在約奈思的車內裝了雷達發射器。他們把車停在舊火車站附近，到處走了一下，然後回到車上返回斯德哥爾摩。」

「了解。他們去見了誰或是……」

「沒有，奇怪就在這裡。他們只是下車，在附近走動了一下，然後就直接開車回斯德哥爾摩，安德森是這麼跟我說的。」

「知道了。妳爲什麼在半夜十二點半打電話跟我說這個？」

「我花了一點時間才查出原因。他們經過哈維格．雷克蘭印刷廠。我和布隆維斯特談過，那是《千禧年》印刷雜誌的地方。」

「該死！」艾柯林特咒了一聲。他馬上就看出其中的關連。

「因爲法倫也跟著去，我不得不假設他們本來想深夜造訪印刷廠，但後來放棄了冒險。」費格蘿拉說。

「爲什麼？」

「因爲布隆維斯特請阿曼斯基派人看守工廠，直到雜誌發行爲止。他們很可能是看到米爾頓保全的車。我想你應該會希望馬上知道。」

「沒錯。這表示他們開始察覺不對勁了。」

「看到保全車之後，他們一定有所警覺。約奈思讓法倫在市區下車後，自己又回到火砲路。我們知道柯林頓在那裡，鈕斯壯也大約在同一時間抵達。問題是他們打算做什麼？」

「星期三就要開庭……妳能不能連絡布隆維斯特，請他加強《千禧年》的保全？以防萬一。」

「他們已經有萬全的防備。看他們對著遭竊聽的電話呑雲吐霧的模樣，簡直和專家沒兩樣。布隆維斯特已經偏執到使用聲東擊西的招數，倒值得我們學學。」

「這樣很好，不過還是再打給他吧。」

費格蘿拉闔上手機，放到床頭櫃上，然後抬頭端詳著赤裸躺在身邊、頭靠在床尾的布隆維斯特。

「他要我打電話給你，讓你加強《千禧年》的保全。」她說。

「多謝建議。」他語帶諷刺地回答。

「我是說眞的。如果他們開始覺得不對勁，恐怕會不經大腦做出什麼事來。他們有可能會闖進去。」

「柯特茲今晚在那裡過夜，而且我們安裝了和米爾頓保全連線的防盜系統，他們只要三分鐘就會趕到。」

他閉上眼睛躺著。

「偏執。」他喃喃地說。

第二十四章

七月十一日星期一

星期一早上六點，米爾頓保全的蘇珊打了布隆維斯特的T一〇手機。

「你們這些人都不睡覺的嗎？」布隆維斯特帶著濃濃的睡意說。

他瞄費格蘿拉一眼，見她已經起床並換上慢跑短褲，但尚未穿上T恤。

「當然睡，只是被夜班警衛吵醒了。我們在你家裝設的靜音警報器在凌晨三點被觸動了。」

「是嗎？」

「我去看了一下，情況有點詭異。你今天早上能不能來米爾頓一趟？愈快愈好。」

「這下可嚴重了。」阿曼斯基說。

八點剛過，阿曼斯基、布隆維斯特和蘇珊便齊聚在米爾頓保全會議室的電視機前面。阿曼斯基另外還召來佛雷克倫（一名自梭納警局退休的刑警，現今是米爾頓的行動小組長）和從一開始就插手莎蘭德事件的前警員波曼。眾人思考著蘇珊剛剛播放的監視錄影帶畫面。

「這裡我們看到秘密警察約奈思在三點十七分打開麥可的家門，他自己有鑰匙。你們應該記得幾個星期前，鎖匠法倫和莫天森闖入時就做了備份。」

阿曼斯基嚴肅地點點頭。

「約奈思進入屋內大約八分鐘，在這段時間做了以下幾件事。首先，他從廚房拿一個小塑膠袋裝東西，接著旋開麥可你客廳的音響喇叭背板，然後將袋子放進去。他從你的廚房拿袋子這件事很重要。」

「那是 Konsum 的袋子。」布隆維斯特說：「我留下來裝乾酪之類的東西。」

「我也會這麼做。當然重點是那上面有你的指紋。接著他從玄關的回收桶拿了一份《瑞典晨郵》，撕下一頁包東西之後放在你衣櫥最上面的架子。還是一樣：報紙上有你的指紋。」

「我懂了。」布隆維斯特說。

「我是五點左右到達你家。」蘇珊說：「我找到幾樣東西：現在喇叭裡面有將近一百八十克的古柯鹼，我這裡採了一點樣本。」

她將一個小證物袋放到會議桌上。

「衣櫥裡有什麼？」布隆維斯特問。

「大約十二萬克朗的現金。」

阿曼斯基示意蘇珊關上電視後，轉身面向佛雷克倫。

「所以說布隆維斯特涉及古柯鹼交易。」佛雷克倫和和氣氣地說：「他們顯然開始對布隆維斯特目前的動作有點擔心。」

「這是一個反制。」布隆維斯特說。

「反制什麼？」

「他們昨晚在摩根戈瓦撞見巡邏的米爾頓保全人員。」

他將費格蘿拉告訴他有關約奈思前往印刷廠的事說出來。

「這個小壞蛋還眞忙。」波曼說。

「可是爲什麼是現在？」

「他們肯定很緊張，不知道《千禧年》會在開庭後刊登什麼。」佛雷克倫說：「如果布隆維斯特因爲交易古柯鹼被捕，他的信用將會一落千丈。」

蘇珊點點頭。布隆維斯特則面露疑色。

「我們要如何處理？」阿曼斯基問道。

「應該什麼都不要做。」佛雷克倫說：「牌全在我們手上。我們有約奈思到你家裡栽贓的鐵證，繼續看他們要耍什麼把戲，反正我們馬上就能證明你的清白，而且『小組』的罪行也將多一分證據。這些傢伙被帶上法庭的時候，我還眞想當檢察官。」

「這我不知道。」布隆維斯特緩緩地說：「後天就要開庭了，雜誌會在星期五上架，開庭後的第三天。如果他們打算以交易古柯鹼陷害我，雜誌出刊前我絕對沒時間解釋這一切，恐怕還得進看守所而錯過一開始的庭訊。」

「所以你這星期更應該隱藏行蹤。」阿曼斯基說。

「可是……我得上TV4電視臺，還有其他許多事要做，會非常不方便……」

「爲什麼偏偏是現在？」蘇珊忽然開口。

「什麼意思？」阿曼斯基問道。

「之前他們有三個月的時間整垮布隆維斯特，爲什麼要等到現在？不管發生什麼事，都阻止不了雜誌出刊。」

大夥一時無言以對。

「也許是因爲不知道你要刊些什麼，麥可。」阿曼斯基說道：「他們不得不假設你在醞釀什麼……不過他們可能以爲你手上只有畢約克的報告，他們絕不可能知道你打算掀開整個『小組』。若只是爲了畢約克的報告，那麼抹黑你便綽綽有餘。無論你揭露什麼，一旦你被捕定罪後就會被湮滅。這是大醜聞。著名的麥可．布隆維斯特因毒品交易被捕，判刑六到八年。」

「能不能拷貝兩份錄影帶給我？」布隆維斯特問。

「一卷交給艾柯林特。另外我三小時後要去TV4，我想隨身帶著，萬一出什麼差錯可以隨時交給電視臺播放，這樣比較保險。」

「你要做什麼？」

費格蘿拉關掉DVD播放機，將遙控器放在桌上。他們此時聚在和平之家廣場的臨時辦公室。

「古柯鹼。」艾柯林特說：「他們玩的可是非常骯髒的把戲。」

費格蘿拉若有所思地瞥著布隆維斯特。

「我想最好還是讓你們全都知道最新進展。」他聳聳肩。

「我覺得不太對。」費格蘿拉說：「這是魯莽行事，有人沒把事情好好想清楚。他們一定知道你不會乖乖就範，不會讓人以毒品交易的罪名把你打進庫姆拉監獄。」

「我同意。」布隆維斯特說。

「即使你被判刑，民眾也很可能會相信你說的話，還有你《千禧年》的同事也不會默不作聲。」

「還有，這讓他們付出很大的代價。」艾柯林特說：「他們有足夠的預算可以弄出十二萬克朗而不眨一下眼睛，再加上古柯鹼也不知花了多少錢。」

「我知道，不過這計畫確實不差。」布隆維斯特說：「他們打算讓莎蘭德回精神病院，而我則消失在疑雲之中。他們還認定所有的注意力都會集中在國安局，而不是『小組』。」

「但他們要怎麼說服毒品查緝小組去搜索你的住處？我的意思是，光靠匿名檢舉恐怕很難讓警方踢破一個明星記者的大門。而且若要發揮效果，也得在四十八小時內讓你蒙上嫌疑。」

「老實說，真的不知道他們有什麼計畫。」布隆維斯特說。

他覺得精疲力竭，只希望這一切早點結束。他站起身來。

「你要去哪裡？」費格蘿拉說：「我要知道你接下來幾天的行程。」

「我中午要去TV4開會。六點要到薩米爾之鍋和愛莉卡吃燉小羊肉，順便仔細商討新聞稿的內容。下午和晚上的其他時間都會在雜誌社，我想。」

費格蘿拉一聽到愛莉卡的名字，眼睛立刻微微瞇起。

「我要你白天裡保持連絡。開庭前最好能保持密切聯繫。」

「也許我應該搬到妳家住幾天。」布隆維斯特笑著打趣道。

費格蘿拉立刻拉下臉來，同時很快地斜乜艾柯林特一眼。

「費格蘿拉說得對。」艾柯林特說：「我覺得你暫時最好少現身。」

「你們管好自己的事。」布隆維斯特說：「我也會管好我的事。」

TV4「She」節目的主持人看到布隆維斯特帶來的錄影帶資料，簡直難掩興奮，布隆維斯特見她如此興高采烈也覺得有趣。一星期以來，他們每天拚了命地將「小組」的資料整理出來以便播放。TV4的節目製作人與新聞編輯都確信這將是非常珍貴的獨家新聞。製作過程保密到家，只有極少數幾人參與。布隆維斯特堅持要讓這則消息成爲開庭第三天晚間新聞的頭條，他們答應了，並決定做一小時的特別**報導**。

布隆維斯特交給她許多照片，但對電視臺而言什麼都比不上動態畫面。當他讓她看了一名身分可確認的警員偷偷將古柯鹼藏進他家的錄影帶，而且畫面清晰無比，她眞是樂壞了。

「很棒的電視轉播。」她說：「畫面：**國安局人員正將古柯鹼偷偷藏入記者家中**。」

「不是國安局……是『**小組**』。」布隆維斯特糾正道：「別把兩者搞混了。」

「拜託，約奈思是國安局的人。」她反駁道。

「沒錯，但實際上他應該被視爲內線。界線要分得一清二楚。」

「明白了。這裡要報導的是『小組』，不是國安局。麥可，你能不能解釋一下，爲什麼你老是捲入這麼轟動的大事？你說得沒錯，這會比溫納斯壯事件還大。」

「我就是有這個能耐。諷刺的是這個故事也是從溫納斯壯說起，就是六〇年代的間諜醜聞。」

愛莉卡四點打電話來，說她正在和報業公會開會，分享她對於《瑞典晨郵》計畫裁員的想法，自從她辭職後，裁員之舉在報社引起了極大的衝突。她恐怕趕不及六點半吃飯。

約奈思幫著讓柯林頓從輪椅移到房間的沙發床上，這個房間是柯林頓在火砲路「小組」總部的指揮中心。他一個早上都在洗腎，剛剛才回來，覺得自己老態龍鍾、疲憊到極點。過去幾天他幾乎都沒闔眼，真希望這一切早點告一段落。鈕斯壯出現時，他坐在床上，好不容易讓自己舒服了些。

柯林頓集中精力問道：「準備好了嗎？」

「我剛剛去見了尼柯利屈兄弟。」鈕斯說：「需要五萬克朗。」

「我們付得起。」柯林頓說。

天哪，要是再讓我年輕一次就好了。

他轉頭輪番打量著鈕斯壯和約奈思。

「不會良心不安吧？」他問道。

兩人都搖頭。

「什麼時候？」柯林頓問。

「二十四小時內。」鈕斯壯說：「很難確定布隆維斯特會在哪裡過夜，但若是逼不得已，他們會在《千禧年》辦公室外面動手。」

「今天晚上，兩個小時後也許有機會。」約奈思說。

「眞的嗎？」

「愛莉卡前不久打電話給他，他們會在薩米爾之鍋吃晚餐，這間餐廳在貝爾曼路附近。」

「愛莉卡……」柯林頓有些遲疑。

「拜託，她該不會……」鈕斯壯說。

「那也沒什麼大不了的。」約奈思說。

柯林頓和鈕斯壯都瞪著他看。

「我們一致認爲布隆維斯特是最大的威脅，他會在下一期的《千禧年》發表不利的消息。我們阻止不了雜誌發行，所以只好摧毀他的信譽。如果他在一場看似典型的黑道火拼中喪生，接著警方又從他家搜出毒品與現金，調查人員便會下某種結論。他們不會一開始就調查與秘密警察有關的陰謀。」

「說下去。」柯林頓說。

「愛莉卡其實是布隆維斯特的情婦。」約奈思說得鏗鏘有力。「她對丈夫不忠。如果她也犧牲了，將會更引人猜疑。」

柯林頓和鈕斯壯交換一下眼色。在製造煙幕方面，約奈思是天生好手，學得很快。但柯林頓與鈕斯壯心裡頓時湧起一股焦慮。約奈思對於決定生死太滿不在乎，這不是好現象，不能只因爲出現機會便使用極端手段。殺人並非方便之道，除非別無選擇否則不該輕易訴諸於此。

柯林頓搖了搖頭。

連帶損害，他暗想。忽然間對這整個行動充滿厭惡。

爲國家奉獻一生之後，如今卻像一群野蠻傭兵似地坐在這裡。札拉千科有必要。畢約克……令人遺憾，但古爾博說得對：畢約克會投降。布隆維斯特……或許也有必要。但愛莉卡可能只是個無辜的旁觀者。

他定睛注視著約奈思，暗自希望這個年輕人不會變成個精神變態。

「尼柯利屈兄弟知道多少？」

「一無所知，我是說關於我們。他們只見過我一人，我用了另一個身分，他們追蹤不到。他們以爲殺人一事和毒品交易有關。」

「暗殺後他們怎麼辦？」

「馬上離開瑞典。」鈕斯壯說：「就像幹掉畢約克以後那樣。假如命案調查沒有結果，幾個星期後他們就能非常小心地回來了。」

「用什麼方法？」

「西西里作風。走向布隆維斯特，把彈匣裡的子彈全打到他身上，然後走開。」

「武器呢？」

「他們有自動槍，不知道是哪一種。」

「他們可千萬別掃射餐廳……」

「這你大可放心。他們不是衝動型的人，知道該怎麼做。不過假如愛莉卡坐在同一張桌子……」

連帶損害。

「聽好了，」柯林頓說：「重要的是不能讓瓦登榭聽到一點風聲，尤其是愛莉卡也一起遇害的話。他已經壓力大到崩潰邊緣，等事情結束後，恐怕就得讓他退休。」

鈕斯壯點點頭。

「也就是說當我們聽到布隆維斯特被射殺的消息，就要好好演場戲。我們要召開緊急會議，要表現出對情勢發展的震驚。可以推測幕後的主使者，但在警方找到證據之前，絕口不提毒品。」

布隆維斯特在即將五點時與「She」的主持人道別。他們花了一個下午填補資料的空缺，接著布隆維斯特去上了妝，拍一段很長的訪問影片。

他被問到一個問題，卻一直無法給予前後連貫的答案，只得重拍好幾次。

瑞典政府的公務員怎麼可能走到殺人這一步？

早在「She」的主持人提問前，布隆維斯特便考慮過這個問題。「小組」必定將札拉千科視為不能接受的威脅，但這個答案仍不令人滿意。而他對於自己最後給的回答也還是不滿意：

「我唯一能作出的合理解釋就是多年下來，『小組』發展成一個道道地地的邪教，成爲像克努特比教派①，或吉姆．瓊斯②牧師之類的組織或人物。他們訂定自己的法律，其中對與錯的觀念已經不重要。也因爲這些法律，他們自以爲獨立於正常社會之外。」

「聽起來像一種精神病，不是嗎？」

「這樣描述不能說不正確。」

布隆維斯特搭地鐵到斯魯森。此時去薩米爾之鍋還太早，他在索德毛姆廣場站了一會，內心還是擔憂，不過另一方面生活又忽然重新上了軌道。直到愛莉卡重回雜誌社上班後，他才發覺自己有多想念她。而且她重披戰袍並未引起任何內鬥，瑪琳歡歡喜喜地回去當編輯秘書，如今生活恢復正常令她感到——套她自己的話——近乎欣喜若狂。

愛莉卡重回崗位也讓大夥發現過去三個月內，人手不足的情況是多麼不可思議。愛莉卡不得不全速重掌《千禧年》，並在瑪琳的協助下才終於處理掉一些日積月累的組織問題。

布隆維斯特決定去買份晚報，然後在和愛莉卡碰面前，上霍恩斯路的「爪哇」喝咖啡殺時間。

檢察總長辦公室的蘭西德．古斯塔夫森檢察官將老花眼鏡放到會議桌上後，仔細打量著這群人。她現年五十八歲，有一張雙頰豐滿但布滿皺紋的臉，和一頭花白短髮，擔任檢察官已二十五年，自九〇年代初進入檢察總長辦公室。

僅僅三個星期前，她毫無預警地被召到總長辦公室見憲法保障組組長艾柯林特警司。當天她正忙著結束一、兩件例行公事，以便無牽無掛地前往胡沙羅島的小屋度假六星期。不料臨行前卻被指派負責調查一群被稱爲「小組」的公務員，度假計畫只得暫緩。她被告知說接下來這段時間都要以本案爲主，而且可以相當自由地組織自己的行動團隊，作出必要的決定。

「這可能會是瑞典有史以來最轟動的犯罪調查之一。」檢察總長對她說。

她開始覺得總長說得有理。

聽著艾柯林特簡述整個情況以及他奉首相之命所作的調查，她愈聽愈驚訝。艾柯林特的調查尚未結束，但他相信已經得到夠多證據可以將案子送交檢察官。

古斯塔夫森首先檢閱艾柯林特呈上來的所有資料。當犯罪活動的範圍開始清楚呈現，她便了解到自己所作的每個決定總有一天會受到歷史學家與其讀者們的審視。自此之後，她只要醒著便時時刻刻努力地應付這許多罪行。此案是瑞典法律史上的特例，要追查的犯罪活動時間至少長達三十年，因此她認知到這需要一支非常特殊的行動團隊。她想起七、八〇年代義大利政府內的反黑手黨調查員，爲了求生存不得不將工作幾乎全部地下化。她知道爲什麼艾柯林特自己也得秘密行動，因爲他不知道能信任誰。

她採取的第一步就是找來檢察總長辦公室的三名同事，挑選的都是認識多年的人。接著再聘請一位知名歷史學家，此人曾協助犯罪預防委員會分析數十年來秘密警察的責任與權力的增長。她也正式指派費格蘿拉警官擔任調查負責人。

至此，針對「小組」的調查工作已具備合乎憲法效力的形式，就和警方的其他調查工作沒有兩樣，只不過是在極度保密的狀況下進行。

過去兩星期，古斯塔夫森檢察官正式但非常秘密地傳訊了許許多多人，陪同訊問的除了艾柯林特和費格蘿拉，還有刑警包柏藍斯基、茉迪、安德森與霍姆柏。至於被傳喚的人包括布隆維斯特、瑪琳、柯特茲、克里斯特、安妮卡律師、阿曼斯基與蘇珊，檢察官甚至還親自造訪莎蘭德的前任監護人潘格蘭。《千禧年》的員工原則上不回答可能洩漏線民身分的問題，但除此之外，所有人都欣然提供詳實的答案，有時還有證明文件。

對於要按照《千禧年》提出的時間表辦案，也就是必須在特定日期下令逮捕一些人，古斯塔夫森檢察官極為不悅。她知道理想狀況下，到達目前的調查階段之前，會有幾個月的準備時間，但她卻沒得選擇，布隆維斯特非常強硬。《千禧年》不受政府的法令規章約束，他又打算在莎蘭德開庭後第三天刊出報導，因此古斯塔夫森逼不得已也得調整自己的作業，在同一時間出擊，以免讓那些嫌犯有機可乘，連同證據一起消失。布隆維斯特從艾柯林特與費格蘿拉方面獲得令人意想不到的支持，而檢察官也發現布隆維斯特的計畫有某些明顯的優點。身為檢察官的她剛好可以利用完全聚焦的媒體作為她所需的後盾，來加快起訴的速度。此外，整個過程的進展將會異常快速，讓這個複雜的調查內容來不及洩漏到政府機關的走廊上，進而被「小組」所察覺。

「布隆維斯特最優先的考量是為莎蘭德平反。逮捕小組成員只是附帶的結果。」費格蘿拉說。

莎蘭德的開庭日預定在星期三，還剩兩天的時間。星期一的會議主要是再次檢視最新資料與分派任務。

出席的共有十三人。從檢察總長辦公室，古斯塔夫森帶來了兩名與她最親近的同事；從憲法保障組來的，有費格蘿拉巡官和手下的史蒂芬與貝倫德。而憲法保障組組長艾柯林特則是列席旁聽。

但古斯塔夫森認為如此重要的事，為求公信，不能只侷限於國安局。因此她也找來包柏藍斯基與他手下的正規警員，包括茉迪、霍姆柏與安德森，他們畢竟也從復活節就開始偵查莎蘭德的案子，對所有細節都瞭若指掌。另外古斯塔夫森還找了葉華檢察官與約特堡警局的埃蘭德警官，因為「小組」的調查與札拉千科命案的調查有直接關連。

當費格蘿拉提到前首相費爾丁可能得出庭作證，霍姆柏和茉迪幾乎掩不住內心的不安。

五個小時內，他們針對已被確認為「小組」活躍分子的個人一一檢視，接著列出各個可能與火砲路公寓有關的罪行。後來又有九人被確認與「小組」有關，儘管他們從未去過火砲路。他們主要是在國王島的國安局上班，但曾與「小組」的幾名活躍分子見過面。

「現在還說不準陰謀的範圍到底有多大。我們並不知道這些人是在哪些情況下與瓦登榭或任何其他人見面。他們可能是內線，也可能自以為在做內部管控或類似的工作。所以他們涉入的程度不太確定，只能等有機會訊問他們才能得到答案。還有，這些只是我們開始進行監視後那幾個星期觀察到的人，也許還有更多我們還不知道的。」

「可是秘書長和預算主任……」

「我們必須假設他們是『小組』的人。」

星期一下午六點，古斯塔夫森讓每個人休息一小時用餐，之後再繼續開會。

正當所有人起身開始走動，費格蘿拉在憲法保障行動小組的同事耶斯伯．湯瑪斯將她拉到一旁，報告前幾個小時監視的結果。

「柯林頓幾乎整天都在洗腎，三點才回到火砲路。只有鈕斯壯的動靜值得注意，不過不太確定他到底在做什麼。」

「說來聽聽。」費格蘿拉說。

「一點半，他開車到中央車站和兩個人見面。他們一起走到喜來登，進酒吧喝咖啡。會面時間約二十分鐘，之後鈕斯壯就回火砲路了。」

「好，那兩人是誰？」

「新面孔。兩個都三十五、六歲，似乎是東歐裔。只可惜進地鐵以後就跟丟了。」

「知道了。」費格蘿拉疲憊地說。

「這裡有照片。」湯瑪斯說著交給她一連串的跟監照片。

她瞄了那兩張陌生面孔的放大照一眼。

「謝了。」她說完便將照片放在會議桌上，拿起手提包準備去吃點東西。剛好站在一旁的安德森彎下身，想就近把照片看仔細。

「該死！」他詛咒一聲。「尼柯利屈兄弟也捲進來了嗎？」

費格蘿拉頓時停了下來。「你說誰？」

「這兩個是壞到骨子裡的傢伙。」安德森說：「尼柯利屈兄弟托米和米洛。」

「你和他們交過手？」

「當然。從胡丁格來的一對兄弟，塞爾維亞人，二十幾歲的時候就被監視過幾次，我當時在掃黑組。米洛比較危險，因爲重傷害已經被通緝一年左右。我還以爲他們回塞爾維亞去從政什麼的。」

「從政？」

「是啊。他們在九〇年代初到南斯拉夫去協助淨化族群，替一個叫阿肯的黑手黨領袖做事，這個人指揮著某種秘密的法西斯民兵。他們是有名的槍手。」

「**槍手？**」

「殺手。他們在貝爾格勒和斯德哥爾摩之間飛來飛去，有個叔叔在諾爾毛姆開餐廳，所以好像偶爾會在那裡打工。我們的報告顯示他們至少涉及兩起殺人案，都是所謂的『香菸戰爭』事件，但一直沒能將他們移送法辦。」

費格蘿拉默不作聲地凝視照片，臉色瞬間變得慘白。她轉而瞪著艾柯林特。

「布隆維斯特。」她大喊一聲，聲音中帶著驚恐。「他們不只是想讓他捲入醜聞，還打算殺死他。案發後警方會在調查時發現古柯鹼，並自行下定論。」

艾柯林特也瞪著眼看她。

「他應該是在薩米爾之鍋和愛莉卡碰面。」費格蘿拉說完，轉身抓住安德森的肩膀問道：「帶槍了嗎？」

「帶了……」

「跟我來。」

費格蘿拉衝出會議室。隔著三道門便是她的辦公室，她跑進去從辦公桌抽屜拿出配槍，接著奔向電梯時竟違反規定地讓辦公室門敞開未上鎖。安德森猶豫了一下。

「去吧。」包柏藍斯基對他說。「茉迪，妳也一起去。」

布隆維斯特在六點二十分到達餐廳。愛莉卡也剛到，在吧檯旁邊找到一張桌子，離門口不遠。他親親她的臉頰。兩人都向侍者點了燉羊肉和濃啤酒。

「『She』那個女的怎麼樣？」愛莉卡問道。

「很酷，一如往常。」

愛莉卡笑著說：「你要是不小心一點，會對她著迷的。想想看，竟然有女人能抗拒大名鼎鼎的布隆維斯特的魅力。」

「其實這麼多年來沒愛上我的女人還不少。」布隆維斯特說：「妳今天過得如何？」

「白費力氣。不過我接受邀約到公關俱樂部去辯論《瑞典晨郵》這整件事。這將是我最後的貢獻。」

「好極了。」

「能回到《千禧年》真讓人鬆了好大一口氣。」

「妳都不知道妳回來有多好。我到現在還樂不可支。」

「再回來工作很有趣。」

「嗯。」

「我很高興。」

「我得去一下洗手間。」布隆維斯特說著站起身來。

他幾乎和一個剛進門的男人撞在一起。布隆維斯特發覺對方有點像東歐人，而且正在看著他。緊接著他便看見那把衝鋒槍。

他們行經騎士島時，艾柯林特來電告知說布隆維斯特和愛莉卡都沒接手機。大概是用餐時關掉了。費格蘿拉咒罵一聲，並以接近八十公里的時速駛過索德毛姆廣場。她一路按著喇叭，到了霍恩斯路時來個急轉彎，安德森整個人都貼到門上了。他拿出槍來檢查彈匣，後座的茉迪也做了同樣動作。

「我們得請求支援。」安德森說：「和尼柯利屈兄弟可不是鬧著玩的。」

費格蘿拉咬牙切齒。

「我們這麼做。」她說道：「我和茉迪直接進餐廳，希望他們還坐在裡面。安德森，你認得這兩人，所以就留在外面看守。」

「好。」

「如果一切順利，我們會帶布隆維斯特和愛莉卡出來直接上車，載他們到國王島。如果懷疑情勢有異，我們就留在餐廳裡面請求支援。」

「好。」茉迪回答。

就快開到餐廳時，儀表板底下的警用無線電發出劈哩啪啦的聲響。

「**各單位注意。索德毛姆區塔瓦斯街發生槍擊。地點薩米爾之鍋餐廳。**」

費格蘿拉頓時感到心窩一陣絞痛。

愛莉卡看見布隆維斯特經過大門往男盥洗室走去時撞到一名男子，不知爲何地皺起眉頭。她看到那人以一種驚訝的表情盯著布隆維斯特，心想會不會是認識的人。

隨後她看見那人後退一步，往地上丟了一只袋子。起初她沒弄明白自己看到的情景，當對方舉起像槍的東西瞄準布隆維斯特，她只是呆坐著動彈不得。

布隆維斯特想也沒想便作出反應。他揮出左手抓住槍管，把它往上扭向天花板，在一剎那間槍口從他眼前閃過。

衝鋒槍開火的聲音在小空間裡震耳欲聾。米洛．尼柯利屈連掃十七槍，頭頂上的灰泥與燈具玻璃紛紛落到布隆維斯特身上。他還一度直視襲擊者的雙眼。

接著米洛倒退一步，猛力一拉將槍口對準他。布隆維斯特一時大意，沒把槍管抓牢，他馬上知道自己身陷險境。出於直覺，他沒有蹲下或找掩護，而是往襲擊者撲過去。稍後他才領悟到若是低下身子或後退，立刻就中槍了。他再次抓住衝鋒槍管，並用盡全身力氣將對方逼到牆邊，這時又聽到六、七聲槍響，便奮不顧身地強拉住槍，讓槍口轉向地板。

第二串槍聲響起時，愛莉卡下意識地尋找掩護，卻不小心絆倒在地，頭還撞到椅子。她躺在地板上抬頭一看，方才座位後方的牆面出現了三個洞。

她驚嚇之餘轉過頭來，看見布隆維斯特正在門邊和那個男人扭打。他已經跪倒下來，雙手緊抓著槍，試圖從對方手中奪過來。她看見襲擊者掙扎著想要脫身，重重的拳頭一次又一次落在布隆維斯特的臉和太陽穴。

費格蘿拉來到薩米爾之鍋對面緊急剎車，猛地打開車門，朝對街的餐廳奔去。當她留意到停在餐廳門口的那輛車，連忙握住席格索耶爾手槍，拉開保險。

她看見尼柯利屈兄弟之一坐在駕駛座，隨即用槍隔著車窗指著他的臉。

「警察，手舉起來。」她嘶喊道。

托米．尼柯利屈舉起雙手。

「下車，臉朝下趴在人行道上。」她怒吼著。然後轉頭瞄向身旁的安德森與茉迪，說道：「餐廳。」

茱迪想到自己的孩子。支援尚未抵達又不清楚確切的情況便拔槍衝入建築物內，完全違反警察的教條。

她正想著，餐廳裡又傳來更多槍聲。

布隆維斯特見米洛還要繼續開槍，便將中指卡進扳機與護環之間。他聽見身後玻璃碎裂的聲音，又感到灼熱的疼痛，因爲襲擊者不斷地扣扳機壓擠他的手指。只要他的手指保持在原位，槍就開不了火。但是米洛掄起拳頭一再毆打他的頭部側邊，他才忽然驚覺四十五歲的自己已經不適合做這種事。

非得結束不可，他心想。

這是他發現這個帶著衝鋒槍的男人之後，第一個興起的理智念頭。

他咬緊牙根，把指頭又往扳機後面的空間伸得更進去。

隨後他奮力一振，用肩膀去撞殺手的身體，然後勉強拉回身子站穩。他右手鬆開了槍，舉起手肘護著不讓對方打到臉，米洛於是轉而打他的腋下和肋骨。有一瞬間，他們又再次四目交接。

下一秒鐘，布隆維斯特感覺到殺手被人給拉開了，手指最後一次劇痛過後，他看見安德森的巨大身影。這名警員幾乎是緊抓住米洛的脖子給拎起來，再拿他的頭去撞門邊的牆。米洛應聲癱倒在地。

「趴下！我們是警察，不要動。」他聽見茱迪大喊。

他一轉頭便見到她跨開雙腳、兩手握槍，一面觀察著混亂的現場。最後她把槍指向天花板，看著布隆維斯特。

「你受傷了嗎？」她問道。

布隆維斯特回看著她，只覺得頭暈目眩。他的眉毛和鼻子都在流血。

「我好像斷了一根手指。」他說完便坐到地上。

費格蘿拉用槍押著托米來到人行道還不到一分鐘，前來支援的索德毛姆武裝因應小組便趕到了。她出示證件後，將犯人交給警員處理，然後往餐廳裡面跑。她在大門口停下來，評估情勢。

布隆維斯特和愛莉卡並肩坐著，前者的臉血跡斑斑，似乎驚魂未定，後者則大大吐了口氣。他沒死。這時愛莉卡伸手摟住布隆維斯特的肩膀，她不由得皺起眉來，至少臉色鐵青。

茉迪來到他們身邊蹲下，檢視布隆維斯特手上的傷勢。安德森正在給米洛上手銬，米洛一副被卡車撞到的模樣。接著她看到地上躺著一把瑞典軍用M／四五型衝鋒槍。

費格蘿拉抬起頭，發現餐廳員工與顧客全都嚇壞了，另外瓷器碎落一地、桌椅東倒西歪，還有槍彈掃射後的滿目瘡痍。她聞到火藥味，但沒發現餐廳裡有任何死傷。此時武裝因應小組的警員開始持槍湧進餐廳。她伸手碰碰安德森的肩膀。他站起身來。

「你說米洛是通緝犯？」

「是的。重傷害罪，大約一年前，哈倫達的一場街頭鬥毆。」

「好，那我們這麼做。」費格蘿拉說：「我會盡快帶布隆維斯特和愛莉卡離開，你留下來。事發經過是你和茉迪來這裡用餐，因爲你待過掃黑組所以認出了米洛，當你試圖逮捕他，他拿出武器開始掃射。所以你就把他解決了。」

安德森露出無比訝異的神情。「這說不通的，還有目擊證人呢。」

「證人們會說有人在打架還開槍。只要能撐到明天晚報出來不被識破就行了。就說尼柯利屈兄弟被捕純粹是碰巧被你認出來。」

安德森環顧四下的凌亂場面，終於點頭答應。

費格蘿拉擠過街上成群的員警，將布隆維斯特和愛莉卡安置在她車子後座，然後回頭找因應小組的組長低聲交談了半分鐘。她指指布隆維斯特和愛莉卡此時已坐上的車輛，組長有些困惑，但最後還是點了頭。她開到辛肯斯達姆，停下車，轉頭看著後座乘客。

「你傷得有多嚴重？」

「我被打了好幾拳，牙齒都還在，不過中指受傷了。」

「我送你到聖約蘭掛急診。」

「這是怎麼回事？」愛莉卡問道：「妳又是誰呢？」

「抱歉。」布隆維斯特說：「愛莉卡，這位是莫妮卡．費格蘿拉警官，是國安局的幹員。費格蘿拉，這位是愛莉卡．貝葉。」

「我已經猜到了。」費格蘿拉聲音平平地回答，卻仍忍不住偷瞄愛莉卡一眼。

「我和費格蘿拉是在調查過程中認識的，她是代表國安局和我接觸的人。」

「原來如此。」愛莉卡說完全身開始發抖，像是忽然才感覺到驚嚇。

費格蘿拉狠狠地瞪著愛莉卡。

「發生什麼事了？」布隆維斯特問。

「我們誤解了古柯鹼的原因。」費格蘿拉解釋道：「我們以為他們栽贓給你是為了製造醜聞，現在才知道他們想殺你，到時候警方搜索你的住處時自然會發現古柯鹼。」

「什麼古柯鹼？」愛莉卡問。

布隆維斯特暫時閉上雙眼。

「帶我到聖約蘭去吧。」他說。

「被捕了？」柯林頓咆哮道，同時感覺到一種輕微的壓力，彷彿有蝴蝶在心臟四周飛舞。

「我們覺得沒關係。」鈕斯壯說：「好像純粹是運氣不佳。」

「運氣不佳？」

「米洛因為以前的一樁傷害案件被通緝，他走進薩米爾之鍋剛好被一個掃黑組的警員認出來，想要逮捕他。米洛一緊張就開槍企圖逃命。」

「那布隆維斯特呢？」

「沒有涉及到他，甚至不知道他當時在不在餐廳裡。」

「怎麼可能發生這種鳥事！」柯林頓說：「尼柯利屈兄弟都知道些什麼？」

「關於我們嗎？什麼也不知道。他們以為暗殺畢約克和布隆維斯特都是因為毒品交易。」

「但他們知道布隆維斯特是目標嗎？」

「當然，但他們不太可能主動洩漏被雇殺人的事，就算到了地方法院也還是會守口如瓶。他們除了持有非法槍械還八成會因為拒捕去坐牢。」

「眞是成事不足敗事有餘的笨蛋！」柯林頓罵道。

「唉，他們眞的搞砸了。我們暫時只能放布隆維斯特一馬，不過並沒有造成眞正的傷害。」

蘇珊與米爾頓保全貼身護衛組的兩名彪形大漢，在十一點來到國王島接布隆維斯特和愛莉卡。

「妳還眞會到處亂跑。」蘇珊說。

「抱歉。」愛莉卡悶悶不樂地說。

開車前往聖約蘭途中，愛莉卡始終處於驚嚇狀態。她忽然領悟到自己和布隆維斯特是從鬼門關前轉了一圈回來。

布隆維斯特在急診室待了一個鐘頭，照頭部的X光，包紮臉部。左手中指用夾板固定住，末端的指關節瘀傷嚴重，指甲恐怕保不住。諷刺的是傷勢之所以如此嚴重，是因為安德森趕來援救時一把將米洛拉開，當時布隆維斯特的中指還卡在衝鋒槍的扳機護環裡，立刻啪一聲折斷。雖然疼痛萬分，卻沒有生命危險。

一直到兩個小時後，來到國安局憲法保障組向包柏藍斯基警官與古斯塔夫森檢察官報告時，布隆維斯特才眞正感到驚恐。他開始渾身發抖、精疲力竭，問題回答到一半還幾乎睡著。於是大夥便閒聊了一陣。

「我們不知道他們有何計畫，也不清楚麥可是不是唯一的設定目標，」費格蘿拉說：「或者愛莉卡也應該會死。我們不知道他們會不會再試一次，或者有沒有其他《千禧年》員工也被鎖定。爲什麼不殺死莎蘭德呢？她畢竟是眞正對『小組』構成威脅的人。」

「麥可包紮傷口的時候，我已經打電話給雜誌社的同事。」愛莉卡說：「雜誌出刊前，每個人都會非常低調，辦公室也不再派人駐守。」

艾柯林特第一個反應就是派人貼身保護布隆維斯特和愛莉卡，但仔細一想，他和費格蘿拉都認爲聯繫國安局貼身護衛組恐怕不是明智之舉。愛莉卡主動婉拒警方保護，也替他們解決了難題。她打電話給阿曼斯基解釋整件事的經過，因此當晚稍晚，蘇珊才會被叫來值班。

布隆維斯特和愛莉卡被安置在一棟安全藏身房的頂樓，房屋地點位於剛過皇后島通往埃克勒的路上。這是一棟寬敞的三〇年代別墅，俯瞰莫拉倫湖，有一個令人難忘的花園、一些附屬建築和廣大的土地。這是米爾頓保全的產業，但瑪蒂娜·薛格蘭住在這裡。她是他們多年的同事漢斯·薛格蘭的遺孀，漢斯則是在十五年前出任務時意外喪生，葬禮結束後，阿曼斯基找薛格蘭太太懇談一番，隨後便聘請她擔任此地的總管。她免費住在一樓側廳，並將頂樓隨時準備好接待客人，因爲每年總有幾次，米爾頓保全會臨時需要爲一些擔心自身安全的人——不管理由是眞的或是想像的——尋找藏身之處。

費格蘿拉也一起去了。她一屁股坐到廚房的椅子上，讓薛格蘭太太爲她倒咖啡，此時愛莉卡和布隆維斯特在樓上放行李，蘇珊則忙著檢查房屋四周的警報器與電子監視設備。

「浴室外面的櫃子抽屜裡有牙刷這些東西。」薛格蘭太太朝樓上喊道。

蘇珊和米爾頓的保鑣睡在樓下房間。

「我四點被吵醒後就一直忙個沒完。」蘇珊說：「你們可以排個輪值表，不過至少先讓我睡到五點。」

「妳就睡一整晚吧，這個交給我們。」一名保鑣說。

「謝啦。」蘇珊說完直接就上床了。

費格蘿拉心不在焉地聽著保鑣們開啓院子裡的移動偵測器，並抽籤決定誰先值班。輸的那人自己做了三明治，到廚房旁邊的房間看電視。費格蘿拉細細端詳那些繪有花卉圖案的咖啡杯。她也是一早醒來就忙個不停，現在覺得疲憊不堪，正打算開車回家時，愛莉卡下樓來給自己倒一杯咖啡，然後坐到費格蘿拉對面。

「麥可頭一沾枕就睡得不省人事了。」

「腎上腺素消退的緣故。」費格蘿拉說。

「現在該怎麼辦？」

「你們得保持幾天的低調，不管結果如何，一個星期之內都會結束。妳現在感覺如何？」

「還好，還有點心驚，這種事不會天天發生。我剛剛打了電話給我先生，解釋我不回家的原因。」

「喔。」

「我先生是……」

「我知道他是誰。」

沉默。費格蘿拉揉著眼睛打呵欠。

「我得回家睡個覺。」她說。

「拜託，別再裝了，就去和麥可睡吧。」愛莉卡說。

費格蘿拉望著她。

「有這麼明顯嗎？」她問道。

愛莉卡點點頭。

「是不是麥可說了什麼……」

「他什麼也沒說。他對於女性友人的事向來很會保密，不過有時候又可以一目瞭然。而妳即使只是看我的眼神都明顯地充滿敵意。你們兩個之間顯然有不可告人的事。」

「因爲我老闆。」費格蘿拉說。

「跟他有什麼關係？」

「要是他知道我和麥可……肯定會大發雷霆。」

「我懂了。」

又是沉默。

「我不知道你們倆之間是怎麼回事，但我不是妳的情敵。」愛莉卡說。

「不是嗎？」

「我偶爾會和麥可上床，但我沒嫁給他。」

「我聽說你們倆交情特殊。我們在沙港的時候，他跟我說過妳的事。」

「這麼說妳去過沙港？看來他**的確**認眞了。」

「別取笑我。」

「費格蘿拉，我希望妳和麥可……我會盡量不妨礙你們。」

「如果妳辦不到呢？」

愛莉卡聳聳肩。「他前妻發現麥可跟我外遇之後，整個人抓狂，把他給轟了出來。那是我的錯。只要麥可還是單身，我就不會內疚。但我答應自己一旦他有認眞交往的對象，我就會保持距離。」

「我不知道自己敢不敢相信他。」

「麥可是個很特別的人。妳愛他嗎？」

「應該吧。」

「那好，只是不要太快告訴他。好了，上床去吧。」

費格蘿拉思考了一會才上樓去，脫下衣服爬到布隆維斯特身邊。他喃喃不知說了什麼，接著便伸手抱住她的腰。

愛莉卡在廚房獨坐許久，內心感到非常不快樂。

---

①Knutby，位於烏普沙拉郡的一個小村莊，曾發生宗教殺人事件。

②Jim Jones（1931-1978），原名 James Warren Jones，美國福音集團人民聖殿教領袖，自封為彌賽亞。一九七七年時帶領信眾至蓋亞那建立一農民公社瓊斯鎮，藉以操控與威脅信徒。一九七八年，美國國會調查員至瓊斯鎮進行調查，瓊斯命令信徒喝下摻了氰化物的飲料，他自己則死於槍傷。瓊斯鎮大屠殺的死亡人數高達九百一十三人，其中有許多兒童。

第二十五章

七月十三日星期三至七月十四日星期四

一直以來布隆維斯特始終想不通，爲什麼地方法院擴音器的聲音如此微弱，近乎呢喃。廣播莎蘭德一案將於十點在五號法庭開審時，他幾乎聽不清內容。不過他到得很早，就站在法庭門邊等候，也是最早獲准進入的人之一。他在左手邊旁聽席挑了一個位子，可以最清楚看到被告桌。席上很快便坐滿了人。隨著開審日期的接近，媒體愈來愈關注，在過去這一星期，埃克斯壯檢察官更是天天接受訪問。

莎蘭德在藍汀一案中被控傷害與重傷害；在波汀（即已故的札拉千科）一案中被控恐嚇、殺人未遂與重傷害；被控兩起非法侵入：一起是侵入已故的畢爾曼律師位於史塔勒荷曼的避暑小屋，另一起是侵入畢爾曼位於歐登廣場的住家；被控竊車：硫磺湖機車俱樂部一名叫尼米南的人所擁有的一輛哈雷機車；被控三起持有非法武器：一罐梅西噴霧器、一支電擊棒和一把波蘭製P－八三瓦那手槍，全都在哥塞柏加被發現；被控盜取或隱瞞證物：陳述並不明確，但指的是她在畢爾曼的避暑小屋所發現的文件；另外還有其他幾項輕罪。莎蘭德被指控的罪名，林林總總共有十六項。

埃克斯壯一直沒閒著。

他還洩漏消息暗指莎蘭德的精神狀態是引起恐慌的原因。他首先引述羅德曼醫師在她十八歲生日時所寫的精神鑑定報告，其次又引述泰勒波利安醫師的一份報告，該報告結果與地方法院預審的判決一致。由於這名精神不正常的女孩一如既往地拒絕與精神科專家溝通，因此開審前被羈押在克羅諾柏看守所的那個月當中，醫師只能根據「觀察」對她進行分析。對該名病患具有多年經驗的泰勒波利安認定她患有嚴重的精神疾患，並使用了精神病態、病態自戀、妄想型精神分裂症等等字眼。

媒體還報導警方曾七度偵訊莎蘭德，而每一次被告都拒絕，甚至不與訊問的警員打招呼。前幾次偵訊由約特堡警局負責，其餘則在斯德哥爾摩的警察總局進行。偵訊過程的錄音顯示警方想盡辦法勸說與反覆提問，卻仍得不到任何回應。

她甚至連喉嚨也沒清一下。

偶爾錄音當中會聽見律師安妮卡的聲音，這是當她察覺當事人顯然不打算回答任何問題的時候。因此對莎蘭德的指控完全基於鑑識證據以及警方在調查中所能判定的事實。

莎蘭德的沉默有時讓辯護律師立場尷尬，因爲她不得不也和當事人一樣沉默。她們兩人私下討論的內容一律保密。

埃克斯壯並未掩飾自己的首要目標是將被告送進精神療養機構，其次才是實際的徒刑。一般正常程序應該是相反，但他認爲本案中精神錯亂的情形如此清晰可見，精神鑑定評估報告又如此明確，他其實別無選擇。法官幾乎不可能作出違反精神鑑定報告的判決。

他也認爲莎蘭德的失能宣告應該撤銷。他在某次採訪中憂心忡忡地解釋道，在瑞典有許多反社會者精神嚴重錯亂，不僅對自己也對他人造成危害，現代醫學唯一能做的就是將這些人安全隔離。他舉了有暴力傾向的安妮特爲例，這個女孩在七〇年代經常引起媒體關注，三十年後的今天仍關在精神病院治療。每當試圖解除限制，她就會焦躁而粗暴地攻擊親人與看護，要不就是企圖傷害自己。依埃克斯壯看來，莎蘭德也罹患了類似的精神疾病。

莎蘭德的辯護律師安妮卡沒有對媒體發表過任何聲明，光是這點便足以吸引媒體的焦點。她拒絕一切的採訪要求，因此媒體多次表示「無法得知對造觀點以作平衡報導」。記者們因而相當爲難：檢方不斷地丟出訊息，而被告方面卻很不尋常地絲毫不肯透露莎蘭德對自己被起訴的罪名有何反應，或是辯方可能採取何種策略。

某家晚報負責追蹤這場庭訊的法律專家對此狀況發表了評論。該專家在專欄中寫道，安妮卡律師是個受敬重的女權律師，但在接下本案之前毫無刑事訴訟經驗，因此他推斷她並不適合爲莎蘭德辯護。布隆維斯特也從妹妹口中得知，有幾位知名律師主動表示願意幫忙。安妮卡則代表當事人一一婉拒了。

等候庭訊開始時，布隆維斯特很快地環視其他旁聽者，正好瞥見阿曼斯基坐在出口附近，兩人對視片刻。

埃克斯壯桌上放了一大疊紙張。他向幾名記者打了招呼。

安妮卡坐在埃克斯壯對面，正低頭整理文件。布隆維斯特覺得妹妹看起來有點緊張。怯場吧，他心想。

接著法官、陪席法官與陪審團進入法庭。約根·伊佛遜法官現年五十七歲，一頭白髮，臉頰瘦削，走起路來步伐輕盈。布隆維斯特查過伊佛遜的背景，發現他是個經驗豐富、剛正不阿的法官，曾主審過許多備受關注的案件。

最後是莎蘭德被帶進法庭。

儘管布隆維斯特對莎蘭德的奇裝異服已習以爲常，但見到妹妹竟允許她如此出庭仍不免訝異。她穿了一件裙邊磨損的黑色皮製迷你裙和一件印著「**我被惹毛了**」的黑色上衣，身上那許多刺青幾乎一覽無遺。除了耳朵打了十個洞之外，還有下唇和左眉也都穿了環。頭上參差不齊的短髮是手術後留了三個月的結果。她塗了灰色口紅，眉毛畫得又濃又黑，睫毛膏也是布隆維斯特前所未見的黑。他和莎蘭德相處的那段期間，她幾乎對化妝毫無興趣。

說得委婉的話，她的樣子有點低俗，幾乎是哥德風，讓他想起六〇年代某部B級片中的吸血鬼。布隆維斯特注意到記者席上有幾名記者或是驚訝地屏息或是露出大大的微笑，寫了那麼多關於這名醜聞纏身的女子的新聞，如今終於見到廬山眞面目，她果然是不負衆望。

接著他發現這是莎蘭德的戲服。她的風格通常是邋遢而且沒有品味，布隆維斯特猜想她對時尚並不眞正感興趣，只是試圖強調個人特色罷了。莎蘭德似乎向來將自己的私人領域畫爲危險地盤，他想到她皮夾克上的鉚釘就像自衛機制，像刺蝟的硬毛。這等於是在暗示周邊的每個人：**別想碰我，會痛的。**

但今天在地院，她不只誇張還甚至到滑稽的地步。

這不是巧合，而是安妮卡策略的一部分。

假如莎蘭德進來的時候頭髮平整、穿著套裝和端莊的鞋子，就會像個要來法院編故事的騙子。這是可信度的問題。她以自己而不是他人的面目示人，甚至太過火了，反而讓人看得更明白。她並不打算假裝自己是另一個人。她傳達給庭上的訊息是她沒有理由感到羞恥或演戲。如果庭上對她的外表有意見，那不是她的問題。國家指控她許多罪名，檢察官把她拉進法院，光是這身裝扮就已經顯示她打算將檢察官的指控斥爲無稽之談。

她自信滿滿地走到律師身旁坐下，目光環顧旁聽席，眼中沒有好奇，反而像是帶著挑戰意味地觀察並記下那些已經將她定罪的記者。

自從在哥塞柏加看到她像個血淋淋的布偶躺在長凳上之後，今天是布隆維斯特第一次見到她，而距離上次在正常情況下與她見面也已經一年半——如果可以用「正常情況」來形容與莎蘭德的關係的話。他們兩人的視線交會了幾秒鐘，她的目光停留在他身上，卻彷彿看著陌生人。不過她似乎端詳著布隆維斯特遍布瘀傷的臉頰與太陽穴，以及貼著膠布的右側眉毛。布隆維斯特隱約覺得她眼中有一絲笑意，但又懷疑是自己的幻想。這時伊佛遜法官敲下木槌宣布開庭。

旁聽群衆在法庭裡待了整整三十分鐘，聆聽埃克斯壯陳述起訴要旨。

每位記者——布隆維斯特除外——都忙著抄筆記，儘管大家都已經知道埃克斯壯打算用什麼罪名起訴。而布隆維斯特已經寫好他的報導了。

埃克斯壯的陳述花了二十二分鐘，接著輪到安妮卡，卻只花三十秒。她口氣十分堅定。

「對於被控罪名，除了其中一項之外辯方一律否認。我方當事人坦承持有非法武器，亦即一罐梅西噴霧器。至於其他罪狀，我方當事人否認有犯罪意圖。我方將證明檢察官的主張無效，以及我方當事人的公民權遭受嚴重侵犯。我將請求庭上宣判我方當事人無罪，撤銷其失能宣告，並當庭釋放。」

記者席上傳出竊竊私語聲。安妮卡律師的策略終於公開了，但顯然出乎記者們的預料，他們大多猜測安妮卡多少會利用當事人的精神疾病為她開脫。布隆維斯特則是面露微笑。

「好。」伊佛遜法官說著速記了一筆，然後看著安妮卡問道：「妳說完了嗎？」

「我陳述完畢。」

「檢察官還有沒有什麼要補充的？」伊佛遜法官問。

這時候埃克斯壯請求到法官辦公室密談。到了辦公室後，他主張本案的關鍵在於一個身心脆弱者的精神狀態與福祉，而且案情牽涉到的一些事若在法庭上公開，可能會危害到國家安全。

「我想你指的應該是所謂的札拉千科事件吧？」法官說道。

「正是。札拉千科從一個可怕的集權國家來到瑞典請求政治庇護，雖然他人已經去世，但在處理他的個案的過程中有些元素，比方私人關係等等，至今都仍列為機密。因此我請求不要公開審理此案，審訊中若涉及特別敏感的部分也應該規定保密。」

「我想我明白你的重點。」伊佛遜法官緊蹙起眉頭說道。

「除此之外，大部分的審議內容將會觸及被告的監護議題，這些事項在一般案件中幾乎會自動列為機密，所以我是出於尊重被告才要求禁止旁聽。」

「安妮卡女士同意檢察官的要求嗎？」

「對我們沒有差別。」

伊佛遜法官與陪席法官商討後，宣布接受檢察官的請求，令在場記者們氣惱不已。於是布隆維斯特便離開法庭。

阿曼斯基在法院樓下的樓梯口等布隆維斯特。這個七月天十分悶熱，布隆維斯特都能感覺到腋下冒汗。他一走出法院，兩名保鑣便靠上前來，向阿曼斯基點頭致意後，隨即專注地留意周遭環境。

「有保鑣在身旁晃來晃去，感覺很奇怪。」布隆維斯特說：「這些總共要花多少錢？」

「都算公司的，我個人也想讓你活命。不過既然你問起了，過去這幾個月我們為了這項**慈善工作**大概花了二十五萬克朗。」

「喝咖啡嗎？」布隆維斯特指了指柏爾街上的義大利咖啡館問道。

布隆維斯特點了拿鐵，阿曼斯基點了雙份濃縮加一茶匙牛奶。兩人坐在外面人行道的陰涼處，保鑣則坐在鄰桌喝可樂。

「禁止旁聽。」阿曼斯基說。

「預料之中，而且無所謂，因爲這表示我們能更確切地掌握資訊流。」

「你說得對，對我們沒有影響，只不過我對埃克斯壯檢察官的評價迅速下降。」阿曼斯基說。

他們邊喝咖啡，邊注視著將決定莎蘭德未來的法院。

「**最後殊死戰**。」布隆維斯特說。

「她已有萬全準備。」阿曼斯基回答道：「我不得不說令妹的表現令人印象深刻。她開始計畫策略時我覺得沒道理，但後來愈想愈覺得好像有效。」

「這個審判不會在裡面決定。」布隆維斯特說。幾個月來，這句話他已經重複說了無數次，像念咒語一樣。

「你會被傳出庭作證。」阿曼斯基說。

「我知道，也準備好了，不過不會是在後天之前。至少我們是這麼希望。」

埃克斯壯把老花眼鏡忘在家裡，只得把眼鏡推到額頭上瞇起眼睛，才能看清最後一刻手寫的補充資料。他捻捻金色山羊鬍之後，才又戴上眼鏡環顧庭內。

莎蘭德打直背脊端坐，以深不可測的表情看著檢察官。她的臉和眼睛都毫無表情，也顯得有些心不在焉。此時輪到檢察官質問她。

「我想提醒莎蘭德小姐，她曾發誓說實話。」埃克斯壯終於開口。

莎蘭德不動如山。埃克斯壯似乎預期她會有所反應，等了幾秒鐘，一面觀望著她。

「妳發過誓會說實話。」他又說。

莎蘭德微微偏了一下頭。安妮卡正忙著閱讀初步調查的資料，彷彿完全不在意檢察官說了什麼。埃克斯壯整理著紙張的順序。經過一段困窘的沉默後，他清清喉嚨。

「很好。」埃克斯壯說：「那我們就直接進入今年四月六日在史塔勒荷曼郊區已故畢爾曼律師的度假小屋所發生的事件，這也是我今天早上陳述的第一個起訴要點。我們將試圖釐清妳怎麼會開車到史塔勒荷曼並射殺藍汀。」

埃克斯壯以挑釁的眼神看著莎蘭德。她依然動也不動。檢察官頓時似乎無可奈何，高舉起雙手做投降狀，求助地看著法官。伊佛遜法官顯得很謹慎。他覷了安妮卡一眼，見她仍埋首於文件中，好像對周遭的事渾然不覺。

伊佛遜法官輕咳一聲，看著莎蘭德問道：「妳的沉默是否代表妳不願回答任何問題？」

莎蘭德轉過頭，直視法官的雙眼。

「我很樂意回答問題。」她說。

伊佛遜法官點點頭。

「那麼也許妳可以回答我的問題。」埃克斯壯插嘴道。

莎蘭德望著埃克斯壯不發一語。

「妳能回答問題嗎？」法官催促她。

莎蘭德回望著法官，揚起眉頭，聲音清晰明確。

「什麼問題？直到現在那個人」——她說著朝埃克斯壯抬抬下巴——「作了許多未經證實的聲明，但我還沒聽到問題。」

安妮卡抬起頭來，手肘靠在桌上，雙手撐著下巴，露出饒富興味的表情。

埃克斯壯一時亂了方寸。

「你能把問題重複一遍嗎？」伊佛遜法官說。

「我問說……妳是不是開車到畢爾曼律師位於史塔勒荷曼的避暑小屋，企圖射殺藍汀？」

「不對，你說你要試圖釐清我怎麼會開車到史塔勒荷曼並射殺藍汀。這不是一個問題，而是一個你期望我回應的普通直述句。我不對你所作的陳述負責。」

「別說歪理了，回答問題。」

「不是。」

「不是什麼？」

「不是就是我的回答。」

沉默。

埃克斯壯嘆了口氣，今天可難捱了。莎蘭德望著他等候下一個問題。

「我們還是從頭來好了。」他說：「今年四月六日下午，妳人是不是在已故律師畢爾曼位於史塔勒荷曼的避暑小屋？」

「是。」

「妳怎麼去的？」

「我先搭區間列車到南塔耶，再搭史崔涅斯的巴士。」

「妳去史塔勒荷曼的原因是什麼？妳安排了和藍汀與他的友人尼米南碰面嗎？」

「沒有。」

「他們怎麼會出現在那裡？」

「這你得問他們。」

「我在問妳。」

莎蘭德沒有回答。

伊佛遜法官又清清喉嚨。「我想莎蘭德小姐沒有回答是因為——純就語義而言——你又再度用了直述句。」法官主動協助解釋。

安妮卡忽然咯咯一笑，聲量剛好能讓在場的人都聽到，但她隨即斂起笑臉重新研讀資料。埃克斯壯惱怒地瞪她一眼。

「妳想藍汀和尼米南為什麼會到小屋去？」

「不知道，我懷疑他們是去縱火的。藍汀用塑膠瓶裝了一公升汽油放在他那輛哈雷機車的馬鞍袋裡。」

埃克斯壯嘟起嘴來。「妳為什麼會去畢爾曼律師的避暑小屋？」

「我去找資料。」

「什麼資料？」

「我懷疑藍汀和尼米南要去燒毀的資料，也是可以幫助釐清誰殺了那個王八蛋的資料。」

「妳認為畢爾曼律師是個王八蛋？我這樣解讀正確嗎？」

「對。」

「他是有性虐待狂的豬，是變態，是強暴犯，所以是個王八蛋。」

她引述了刺在畢爾曼腹部的文字，也等於間接承認那是她所爲。然而莎蘭德被起訴的罪名當中並未包含這項紛爭，因爲畢爾曼從未報警，如今也不可能證明他是出於自願或是被迫紋身。

「換句話說妳在指控妳的監護人強暴妳。妳能不能告訴庭上他是什麼時候侵犯妳的？」

「分別發生在二〇〇三年二月十八日星期二，和同一年三月七日星期五。」

「警方試圖訊問妳的時候，妳始終拒絕作答。爲什麼？」

「我跟他們沒什麼好說的。」

「幾天前妳的律師毫無預警地送來一份所謂的『自傳』，我讀過了。我不得不說那是一份奇怪的文件，其中細節我們稍後再談。不過妳在文中宣稱畢爾曼律師在第一次強迫妳進行口交，在第二次則是整晚一再地以凌虐的方式強暴妳。」

莎蘭德沒有回應。

「是這樣嗎？」

「是的。」

「妳受強暴後有沒有報警？」

「沒有。」

「爲什麼？」

「以前我想跟警察說什麼事，他們從來都不聽，所以那時候去報警好像也沒用。」

「妳有沒有和哪個朋友談過這些事？有和女性朋友談過嗎？」

「沒有。」

「爲什麼？」

「妳爲什麼這麼認爲？」

「因爲和他們無關。」

「妳有沒有試著找律師？」

「沒有。」

「妳說自己受了傷，有沒有去找醫生治療？」

「沒有。」

「妳也沒有去向任何婦女庇護中心求助。」

「你又用了直述句。」

「抱歉。妳有沒有去找任何婦女庇護中心？」

「沒有。」

埃克斯壯轉向法官說：「請庭上注意，被告聲稱自己兩度遭受性侵，第二次應該被視爲相當嚴重。她指稱犯下這些強暴罪行的是她的監護人，已故的畢爾曼律師。值此關頭，下列事實應該納入考量……」他指著自己面前的文章。「在暴力犯罪小組進行的調查中，畢爾曼律師過去沒有任何言行能證實莎蘭德所言屬實。畢爾曼從未被判刑、從未有前科，也從未接受過調查。他之前曾擔任過其他幾名年輕人的監護人或受託人，其中沒有一個人聲稱遭受到任何形式的攻擊。相反地，他們都堅稱畢爾曼對他們總是舉止得當態度和善。」

埃克斯壯翻過一頁。

「我同時也有責任提醒庭上，莎蘭德曾被診斷爲妄想型精神分裂症患者。這位小姐有暴力傾向的紀錄，從青少年初期便有嚴重的人際互動問題。她在兒童精神病院住過幾年，並從十八歲起接受監護。然而儘管令人遺憾，這卻是有原因的。莎蘭德對自己與周遭的人都很危險，我深信她需要的不是牢獄徒刑，而是精神醫療照護。」

他略作停頓以製造效果。

「討論一個年輕人的精神狀態是極度令人不快的工作，不但要侵犯到太多隱私，她的精神狀態也成爲解釋的重點。然而在本案中，我們有莎蘭德本身混亂的世界觀作爲判斷的依據，這在她名爲『自傳』的文中尤爲清晰可見。再也沒有什麼比這篇文章更能顯現出她的不切實際。在此我們不需要那些經常互相矛盾的證人或解釋，我們有她自己說的話，我們可以自行判斷她這些言詞的可信度。」

他目光落在莎蘭德身上，兩人正好視線交會，她微微一笑，神色狡黠。埃克斯壯不禁皺眉。

「安妮卡女士有什麼話要說嗎？」伊佛遜法官問道。

「沒有。」安妮卡說：「不過埃克斯壯檢察官的結論實在荒謬。」

下午一開庭便是詰問證人。第一個是監護局的烏莉卡．馮．李班斯塔。埃克斯壯傳喚她前來作證，畢爾曼律師是否曾遭受申訴。馮．李班斯塔強烈地加以反駁，說這根本是惡意中傷。

「監護案件有非常嚴格的監督制度。在如此令人震驚地遇害身亡之前，畢爾曼律師已經爲監護局服務了將近二十年。」

她惶恐地瞅莎蘭德一眼，但其實莎蘭德並未被控殺人；事實已經證明畢爾曼是尼德曼所殺。

「這麼多年來，畢爾曼律師從來沒有被投訴過。他是個誠實盡責的人，對他的受監護人向來全心全意地付出。」

「所以妳認爲他會對莎蘭德加重性侵害的這種說法不可信，是嗎？」

「我認爲這個說法荒謬之至。畢爾曼律師每個月會向我們提交報告，我也親自見過他幾次，討論個案的情形。」

「安妮卡女士要求法院撤銷莎蘭德的監護，並立即生效。」

「若能撤銷監護，沒有人會比我們監護局工作人員更高興。只可惜我們有責任，也就是說我們必須遵循適當的規定。就監護局而言，我們得依照正常程序讓精神科專家證明莎蘭德確實健康，之後才可能談論法定身分的變更。」

「明白。」

「也就是說她必須接受精神狀態檢驗。可是大家都知道她不肯。」

馮．李班斯塔的詰問持續了大約四十分鐘，同一時間並檢視了畢爾曼的每月報告。

在讓馮．李班斯塔離開前，安妮卡只問了一個問題。

「二〇〇三年三月七日到八日的夜裡，妳在畢爾曼律師的臥室嗎？」

「當然沒有。」

「換句話說，妳根本不知道我的當事人的供述是眞是假？」

「對畢爾曼律師的指控太過荒唐。」

「那是妳的**想法**。妳能爲他提出不在場證明，或是以任何方式證實他沒有侵害我的當事人嗎？」

「當然不可能，可是那機率……」

「謝謝妳。我沒有問題了。」安妮卡說。

七點左右，布隆維斯特和妹妹在斯魯森附近的米爾頓辦公室見面，討論當天的過程。

「大致和我們預期的一樣。」安妮卡說：「埃克斯壯買了莎蘭德自傳的帳。」

「很好。那她還好嗎？」

安妮卡笑了起來。

「她好得很，看起來完全就像個精神病患。她只是做她自己罷了。」

「好極了。」

「今天多半都在談論史塔勒荷曼小屋發生的事。明天就會提到哥塞柏加，還會傳訊鑑識組人員等等。埃克斯壯會努力證明莎蘭德去那裡是爲了殺害她父親。」

「這個嘛……」

「不過可能會有個技術性的問題。今天下午埃克斯壯傳喚監護局的馮．李班斯塔出庭。這個女人卻開始不斷強調我無權替莉絲辯護。」

「爲什麼？」

「她說莉絲目前接受監護，不能自己選律師。所以嚴格說來，如果沒有監護局的許可我不能當她的律師。」

「結果呢？」

「伊佛遜法官明天上午會作出裁定。今天庭訊結束後，我和他談了一下。我想他應該會讓我繼續爲她辯護。我的論點是監護局有整整三個月時間可以提出抗議，如今開庭了才提出這種抗議其實是沒有正當理由的挑釁。」

「我猜泰勒波利安會在星期五出庭作證。一定要由妳來詰問他。」

星期四，埃克斯壯檢察官向法官與陪審團解釋說在研究過地圖與照片，並聽取鑑識專家對於哥塞柏加事件所下的結論後，他確定證據顯示莎蘭德前往哥塞柏加的農場是爲了殺死父親。在證據鏈當中最強力的一環便是她隨身帶了一把波蘭製P—八三瓦那手槍。

札拉千科（根據莎蘭德的供述）或者涉嫌殺害警員的尼德曼（根據札拉千科在索格恩斯卡遇害前的證詞）輪番企圖殺害莎蘭德並將她活埋在鄰近樹林坑洞中的事實，都無法抵銷她追蹤父親到哥塞柏加並蓄意殺害他的事實。何況當她拿斧頭劈父親的臉時，差一點就得逞了。埃克斯壯請求法官判莎蘭德殺人未遂或預謀殺人暨重傷害罪。

莎蘭德自己的供述宣稱她到哥塞柏加是爲了與父親對質，爲了說服他坦承殺害達格與蜜亞。這項聲明對於犯意的確定非常重要。

埃克斯壯詰問完約特堡警局鑑識組人員梅爾克．韓森後，安妮卡律師也問了幾個簡短的問題。

「韓森先生，在你的調查過程中或你所蒐集到的所有鑑識資料中，有沒有任何證據能證明莎蘭德對於她造訪哥塞柏加的原因說謊？你能證明她是爲了殺害她父親而去的嗎？」

韓森考慮片刻。

「不能。」最後終於說道。

「對於她的意圖你有什麼要說的嗎？」

「沒有。」

「如此說來，埃克斯壯檢察官雖然口才便給、滔滔不絕地作出結論，其實只是臆測了？」

「應該是。」

「莎蘭德聲稱她帶著那把波蘭製P—八三瓦那手槍純粹只是巧合，因爲前一天在史塔勒荷曼從尼米南那裡取得後不知該如何處理，便放進自己的袋子。請問有沒有任何鑑識證據能證明她所言不實？」

「沒有。」

「謝謝你。」安妮卡說完坐了下來。韓森接受詰問的時間長達一小時，她卻只問了這幾句話。

瓦登榭在星期四下午六點離開小組在火砲路的公寓，自覺被一片混亂的、即將造成災害的不祥雲霧團團圍住。從數星期前他就知道自己這個負責人的頭銜，也就是「特別分析小組」組長的頭銜，只不過是沒有意義的標籤，他的意見、抗議與懇求根本毫無分量。所有的決策都已經由柯林頓接手。倘若「小組」是個公開透明的單位，這不會是問題——他只需要去找上司表達抗議即可。

事到如今，他無人可申訴，只能孤軍奮鬥，還要看一個被他視爲瘋子的人的臉色。最糟的是柯林頓具有絕對的權威。乳臭未乾的小子如約奈思，還有忠心耿耿的老僕如鈕斯壯……似乎全都立刻乖乖歸隊，任憑這個病得不輕的瘋子使喚。

柯林頓確實並非大喇喇的掌權者，也不是爲了自己的利益工作，瓦登榭甚至承認柯林頓是爲了「小組」的最大利益著想，或者至少是他認爲的最大利益。如今整個組織彷彿自由落體，所有人都沉溺在幻想中，經驗豐富的同事不肯承認自己的一舉一動、與所作出進而執行的決定，只會讓他們一步步邁向深淵。

瓦登榭轉上林內街走向前一天找到的停車處時，胸口隱隱感到沉重。他解除防盜器正要開車門，忽然聽見後面有聲響，便轉過頭面向陽光瞇起眼睛，幾秒鐘後才認出站在自己面前人行道上的高大男子。

「你好，瓦登榭先生。」艾柯林特說道：「我已經十年沒有親自出馬，不過今天覺得有此必要。」

瓦登榭困惑地看著艾柯林特身邊的兩名便衣。包柏藍斯基他認得，卻不認得另一人。

驀地，他大概猜到是怎麼回事了。

「很遺憾，我基於職責必須告訴你檢察總長決定逮捕你，因爲罪名實在太多，肯定得花好幾個星期才能列舉完畢。」

「現在是怎麼回事？」瓦登榭氣憤地問。

「現在是你因爲涉嫌協助殺人被捕了，此外你還涉嫌勒索、賄賂、非法竊聽、多次僞造文書、侵占公款、私闖民宅、濫用職權、從事間諜活動，以及一長串罪名較小、情節卻同樣重大的罪行。我們倆得到國王島找個安靜的地方好好談談。」

「我沒有殺人。」瓦登榭簡直透不過氣來。

「調查過後就知道了。」

「是柯林頓。從頭到尾都是柯林頓。」瓦登榭說。

艾柯林特滿意地點點頭。

每個警察都知道對嫌犯有兩種典型的偵訊法：壞警察和好警察。壞警察會威脅、咒罵、往桌上搥拳頭，而且通常舉止粗暴，意圖讓嫌犯心生恐懼而屈服認罪。好警察則多半是個頭不高、頭髮灰白的年長者，會遞菸、倒咖啡、感同身受地點頭附和，說話口氣也很正常。

許多（但不是全部）警察也都知道若想問出結果，好警察的訊問技巧大大有效得多。壞警察對那些冷酷老練的竊賊最起不了作用，至於搖擺不定的菜鳥也許一經恐嚇便會吐實，但也很可能不管用什麼偵訊技巧，他們都會全盤招供。

布隆維斯特在隔壁房間聽著瓦登榭接受偵訊。他的出席引發了內部不少爭議，最後艾柯林特還是決定讓他參與，他的觀察很可能派得上用場。

布隆維斯特發現艾柯林特使用的是第三種偵訊變數：不感興趣的警察，在這個特別的案子裡效果似乎更好。艾柯林特悠哉地晃入偵訊室，用瓷杯倒了咖啡，按下錄音機後身子往椅背一靠。

「事情是這樣的，所有可以想像得到對你不利的鑑識證據，我們都有了，所以除非你加以證實，否則我們一點也不想聽你的說詞。不過有個問題我們倒想問問：那就是**為什麼**？又或者你**怎麼會**笨到決定要在瑞典殺人，就像在皮諾契政權獨裁下的智利一樣？錄音帶在轉了，如果你有話要說，就趁現在。如果你不想說，我會關掉錄音機，然後除去你的領帶和鞋帶，把你安置到樓上的囚室，你就等著律師、開庭和不久以後的判刑吧。」

艾柯林特啜一口咖啡，靜靜地坐著。見他兩分鐘都沒開口，便伸手關上錄音機，站起身來。

「待會我會派人帶你上樓，晚安。」

「我沒有殺任何人。」艾柯林特已經打開門，聽到瓦登榭忽然出聲，便在門口止步。

「我沒興趣和你閒聊。如果你想解釋你的行為與立場，我就坐下來再打開錄音機。瑞典所有官員，尤其是首相，都急著想聽聽你怎麼說。如果你告訴我，我今晚就可以去見首相轉告你的說詞。如果你不肯說，到頭來還是會被起訴判刑。」

「請坐下吧。」瓦登榭說。

大家都看得出來他已經認命了。布隆維斯特吐了口氣。在場除了他還有費格蘿拉、古斯塔夫森檢察官、只知道名叫史蒂芬的秘密警察，和另外兩個完全不知名的人士。布隆維斯特懷疑其中至少有一人是代表司法部部長前來。

「那些命案都和我無關。」艾柯林特重新按下錄音機後，瓦登榭說道。

「**那些**命案？」布隆維斯特低聲對費格蘿拉說。

她噓了他一聲。

「是柯林頓和古爾博。我發誓，我眞的不知道他們的意圖。當時聽說古爾博射殺札拉千科，我都嚇呆了，根本不敢相信……眞的不敢相信。後來又聽說畢約克的事，我覺得自己都快心臟病發了。」

「跟我說說畢約克的命案。」艾柯林特口氣毫無改變地問道：「是怎麼進行的？」

「柯林頓雇了幾個人。我甚至不清楚事情的經過，只知道是兩個南斯拉夫人。沒記錯的話，是塞爾維亞人。鈕斯壯和他們簽的約，事後付錢。我發現之後就知道事情不會善了。」

「可以從頭說起嗎？」艾柯林特說道：「你什麼時候開始替『小組』做事？」

瓦登榭一開口便再也停不下來。這場偵訊持續了將近五個小時。

第二十六章

七月十五日星期五

星期五上午泰勒波利安坐上法庭的證人席，展現出令人信任的氣度。埃克斯壯檢察官詰問了大約九十分鐘，他始終鎮定且具威信地回答每個問題，臉上的表情時而憂慮時而含笑。

「總而言之……」埃克斯壯翻著那一大疊文件說：「以你多年精神科專業的判斷，莎蘭德罹患了妄想型精神分裂症是嗎？」

「我說過她的情況非常難以作出確切的評鑑。誠如你所知，這名病患在醫生和其他權威人士面前幾乎是自閉的。依我判斷，她患有嚴重的精神疾患，但目前我無法給予精確的診斷，而且沒有進一步的評估，我也無法確定她現在的病情處於哪個階段。」

「不管怎麼說，你都不認爲她是正常的。」

「的確，她的個人經歷在在都證明她並不正常。」

「莎蘭德將她稱爲『自傳』的文章呈交給地院，你已獲准閱讀過了。你有什麼看法？」

泰勒波利安雙手一攤，聳了聳肩。

「你認爲她的供述有幾分可信度？」

「沒有可信度。那是對不同個人所作的一連串主張，裡頭的故事一個比一個離譜。整體說來，她的書面解釋更證實了我們對她患有妄想型精神分裂症的懷疑。」

「你能舉例嗎？」

「最明顯的當然就是描述她被監護人畢爾曼律師強暴的那一段。」

「你能加以說明嗎？」

「這段描述鉅細靡遺。兒童常會有一些怪異幻想，這就是典型的例子。亂倫案件中也有許多類似的例子，其中兒童的供詞往往因爲太不可思議又缺乏鑑識證據而不足採信。這是連非常年幼的兒童都可能會有的色情幻想……他們就好像在看電視上的恐怖片。」

「但是莎蘭德不是小孩，而是成年女子。」埃克斯壯說。

「沒錯，雖然她確實的心智年齡現在不得而知，但基本上你說得沒錯，她是成年人，也許她相信自己所寫的供詞。」

「你是說那一切都是謊言？」

「不，如果她相信自己所說的，就不是謊言，而是一篇顯示她分不清幻想與事實的故事。」

「這麼說她並沒有遭畢爾曼律師強暴？」

「沒有，那是完全不可能的事。她需要專家照顧。」

「你本身也出現在莎蘭德的供述中……」

「是的，那部分相當有趣，但同樣也是她憑空想像出來的。如果這可憐女孩的話可信，那麼我就類似有戀童癖……」他笑一笑接著又說：「但這和我之前所說的一樣，只是表達方式不同。莎蘭德在自傳中說自己在聖史蒂芬醫院長期受到束縛與虐待，說我夜裡會到她的房間……這是她無法詮釋現實一個很典型的表現，或者也可以說她以自己的方式來詮釋現實。」

「謝謝。接下來交給辯方，如果安妮卡女士想要提問的話。」

由於開庭前兩天安妮卡都沒有提出任何問題或抗議，法庭上的衆人本以爲她又會問一些形式上的問題，然後結束詰問。**辯方律師一點也不盡心，實在丟臉**，埃克斯壯暗想。

「有的，」安妮卡說：「我確實有一些問題要問，而且可能得花一點時間。現在是十一點半。我們能不能先休息，等用餐過後再讓我一口氣進行反詰問？」

伊佛遜法官同意了，於是宣布暫時休庭。

安德森在兩名制服員警陪同下，於中午十二點整來到手工藝街的「安德斯大師」餐廳外。他伸出巨大手掌按住警司鈕斯壯的肩膀，鈕斯壯詫異地抬起頭看著這個把警察證件直接伸到他眼皮底下的人。

「哈囉，你被捕了，因爲涉嫌協助殺人與殺人未遂。今天下午的聽證會上，檢察總長會向你解釋罪名。我建議你乖乖跟我們走。」安德森說。

鈕斯壯好像聽不懂安德森說的話，但卻看得出最好別反抗這個人。

中午十二點整，在憲法保障組的史蒂芬放行下，包柏藍斯基帶著茉迪和七名制服員警進入國王島秘密警察辦公的封閉區域。他們跟著史蒂芬穿過走廊，直到他停下來指著一道門。秘書長的助理抬頭看見包柏藍斯基秀出證件，完全一頭霧水。

「**請坐在位子上不要動。警察辦案。**」

他大步走向內門。秘書長申克正在講電話。

「這是怎麼回事？」申克問道。

「我是刑事巡官包柏藍斯基，你因爲違反瑞典憲法被捕了。你有一大串不同的起訴罪名，下午會向你解釋。」

「眞是太過分了。」申克說。

「可不是嘛。」包柏藍斯基回道。

他將申克的辦公室查封後，命兩名警員在門外看守，任何人不得跨入門檻一步。若有人試圖強行進入封鎖的辦公室，他們可以使用警棍甚至配槍加以阻止。

他們繼續沿著走廊走去，直到史蒂芬又指向另一道門，預算主任阿特波姆隨之經歷同樣的程序。

霍姆柏巡官以索德毛姆武裝因應小隊為後盾，在中午十二點整來到約特路上，《千禧年》辦公室正對面一間位於五樓、暫時租用的辦公室敲門。

由於無人應門，霍姆柏便命令索德毛姆警員撬開門鎖，不過就在鐵撬出動前，門打開了一條縫。

「警察。」霍姆柏說：「舉起雙手出來。」

「我也是警察。」莫天森說道。

「我知道，而且你還有很多槍枝執照。」

「對，這個……我是警察，正在執行勤務。」

「說得好聽。」霍姆柏說。

他讓同事們將莫天森壓靠在牆壁，好讓他沒收他的警槍。

「我要以非法竊聽、嚴重失職、多次侵入布隆維斯特位於貝爾曼路的住處等罪名逮捕你。給他上手銬。」

霍姆柏很快地巡視室內一周，發現屋裡的電子設備都足以用來裝設錄音室了。他指示一名警員守在屋內，但要靜坐在椅子上以免留下指紋。

莫天森被帶出大樓正門時，柯特茲用他的尼康相機一連拍了二十二張照片。當然，他不是專業攝影師，照片品質有待加強。但最好的幾張隔天就被他以天價賣給某家晚報。

當天的突擊行動，只有費格蘿拉遭遇到意想不到的事故。當她在中午十二點走進火砲路那棟大樓正門，爬樓梯來到頂樓這間登記在貝洛納公司名下的公寓時，身後有諾爾毛姆的小隊和三名國安局同事支援。

行動計畫得很倉促。所有人員一聚集到公寓門口，她便作勢進攻。諾爾毛姆小隊兩名魁梧的員警抬起四十公斤重的鐵頭鎚，目標精準地撞了兩下便將門撞開。配備有防彈背心與突擊步槍的武裝小隊破門而入後，短短十秒便掌控了公寓。

根據從當天清晨開始的監視結果，上午共有五名被確認爲「小組」成員的人進入公寓，這五人都已被逮捕上銬。

費格蘿拉身穿著防彈背心，巡視這間從六〇年代起便是「小組」總部的公寓，將房門一一撞開。每間房裡全是一堆又一堆的紙張，這恐怕需要找考古學家來整理。

她進入公寓幾秒後，打開裡面一個小房間的門，發現是過夜用的地方，而且正好和約奈思四目交接。他在他們當天上午的任務分派中是個問號，因爲前一晚被指派監視他的警員把他跟丟了。他的車停在國王島，人也整夜沒回家，沒想到今天早上能找到他加以逮捕。

他們爲了安全，派人晚上駐守這個地方。當然了。約奈思値完夜班後在這裡過夜。

約奈思身上只穿著內褲，看起來還昏昏欲睡。他伸手要拿床頭櫃上的配槍，但費格蘿拉已彎身把槍掃到地上。

「約奈思……你因爲涉嫌協助殺害畢約克和札拉千科，而且共謀殺害布隆維斯特和愛莉卡，我現在要逮捕你。把褲子穿上吧。」

約奈思朝費格蘿拉揮出一拳，她本能地擋了下來。

「你開什麼玩笑？」她一把抓住他的手臂，使勁地扭他的手腕，逼得他後退倒地。她讓他整個人翻身趴著，一腳膝蓋跪壓在他的下背部，然後親自爲他上手銬。這是她進國安局以來，第一次在出任務時使用手銬。

她將約奈思交給一名支援警察，又繼續查看公寓，直到打開最裡面的最後一扇門。根據平面圖看來，這是一個面向中庭的小隔間。她在門口停下來，看著一個前所未見的消瘦人形，此人毫無疑問已經病得快死了。

「柯林頓，我現在要以協助殺人、殺人未遂和許許多多其他罪名逮捕你，」她說：「你繼續躺在床上，我們已經叫救護車來帶你到國王島。」

克里斯特就等在火砲路公寓大樓外面。他和柯特茲不同，知道如何運用自己的尼康數位相機。他用了一個小小的遠攝鏡頭，拍出的照片品質絕佳。

照片中可以看到「小組」成員一一被帶出前門，走向警車。最後救護車抵達載走柯林頓。快門按下時，他的眼睛正好對著鏡頭，神情緊張而慌亂。

這張照片後來贏得了年度最佳新聞照片獎。

第二十七章

七月十五日星期五

伊佛遜法官在十二點三十分敲下木槌，宣布重新開庭。他發現安妮卡律師的桌前多了一個人，是坐著輪椅的潘格蘭。

「你好啊，潘格蘭。」伊佛遜法官招呼道：「好久沒在法庭上見到你了。」

「你好，伊佛遜法官。有些案子實在太複雜，這些年輕律師難免需要一點協助。」

「我還以爲你退休了。」

「我生病了。不過安妮卡女士聘請我擔任本案的助理。」

「明白。」

安妮卡清清喉嚨。

「我要特別指出，潘格蘭律師直到生病之前都是莎蘭德的監護人。」

「對於這點我不想發表意見。」伊佛遜法官說。

他點頭示意安妮卡開始詰問，她便站起身來。她向來不喜歡瑞典這種不正式的庭訊傳統，大夥圍坐在桌旁簡直像在參加餐宴派對。站著發言讓她感覺好一些。

「我想我們應該從今天早上的結論開始。泰勒波利安醫師，你爲什麼如此堅持地認爲莎蘭德所說的一切都不是眞的呢？」

「因爲她的說詞非常明顯**就**不是眞的。」泰勒波利安回答。

他氣定神閒。安妮卡轉向法官。

「伊佛遜法官，泰勒波利安醫師宣稱莎蘭德說謊而且幻想。現在辯方將證明她的自傳所言句句屬實。我方將會提出大量的影像與書面證據，以及證人的證詞。本案審訊至此，檢察官已經提出了他起訴的要旨，我們仔細聆聽過了，現在也知道莎蘭德究竟被指控了哪些罪名。」

安妮卡忽然覺得口乾舌燥，手也開始發抖，於是深吸一口氣，順便啜一口礦泉水。接著兩手穩穩抓住椅背，以免洩漏自己內心的緊張。

「從檢察官的陳述可以斷定他有許許多多想法，證據卻少得可憐。他**相信**莎蘭德在史塔勒荷曼射殺藍汀。他**指稱**莎蘭德去哥塞柏加是爲了殺她父親。他**假定**我方當事人罹患妄想型精神分裂症，精神完全不正常。而他是**根據**單一的消息來源，也就是泰勒波利安醫師，作出這個假定。」

她暫停下來喘口氣，強迫自己放慢說話速度。

「照此情形看來，檢察官起訴的重點就在泰勒波利安醫師的證詞。如果他說得對，那麼我方當事人最好能接受他與檢察官所提出的專業精神治療。」

停頓。

「但假如泰勒波利安醫師是錯的，這個起訴案件就得從不同的觀點來看。再者，假如他說謊，那麼我方當事人現在在這個法庭上就等於被剝奪了公民權利，而且已經被剝奪了許多年。」

她轉頭面向埃克斯壯。

「今天下午我們將會證明你的證人是個假證人，而身爲檢察官的你則是受到欺瞞而接受了這些假證詞。」

泰勒波利安臉上閃過一抹微笑。他伸出雙手，向安妮卡微微點頭，彷彿在爲她的表現鼓掌。安妮卡接著轉向法官。

「審判長，我會證明泰勒波利安醫師所謂的精神鑑定調查，根本從頭到尾就是一場騙局。我會證明他針對莎蘭德說的話都是謊言。我會證明在過去我方當事人的權利受到嚴重剝奪。我還會證明她和本庭上所有人一樣正常而聰明。」

「抱歉，可是……」埃克斯壯開口道。

「等一等。」她豎起指頭制止。「我讓你盡情地說了兩天都沒有打斷，現在該輪到我了。」

她又轉向伊佛遜法官。

「如果沒有充分的證據，我不會在法庭上作出如此嚴重的指控。」

「那當然，繼續吧。」法官說道：「不過我不想聽到任何拉拉雜雜的陰謀論。別忘了妳也可能因爲在法庭上所作的陳述而被告誹謗。」

「謝謝庭上，我會記住的。」

她這回轉向泰勒波利安。他似乎仍感到有趣。

「辯方一再地要求，希望能看看莎蘭德十幾歲在聖史蒂芬接受你的照護時的病歷，爲什麼我們無法取得這些資料？」

「因爲地方法院下令將它列爲機密。作這樣的判決是出於對莎蘭德的關心，如果有更高層的法院撤銷這項判決，我當然可以交出來。」

「謝謝。莎蘭德在聖史蒂芬那兩年當中，有多少夜晚是被綁在床上的？」

「我沒法馬上回想起來。」

「她自己說了，她在聖史蒂芬總共待了七百八十六個日夜，被綁了三百八十個晚上。」

「我不可能答得出確切的日數，不過她說得太離譜誇張。這些數字從哪來的？」

「她在自傳裡寫的。」

「妳相信今天的她能確實記得她當時被束縛的每一晚嗎？這太荒唐了。」

「是嗎？那麼你記得是幾晚呢？」

「莎蘭德是個極端具有攻擊性且有暴力傾向的病患，偶爾會被安置在無刺激室是無庸置疑的。也許我應該解釋一下無刺激室的作用……」

「不用了，謝謝。根據理論，病患在這種房間裡不會接收到任何可能引發興奮的感覺。十三歲的莎蘭德被綁在這種房間裡幾天幾夜呢？」

「應該是……我想她住院期間應該有過三十次。」

「三十次。這和她所說的三百八十次差距頗大。」

「的確。」

「甚至還不到十分之一。」

「是的……」

「她的病歷能不能提供較正確的資訊呢？」

「也許可以。」

「好極了。」安妮卡說著從公事包拿出一大疊紙張。「那麼我請求呈上一份莎蘭德在聖史蒂芬的病歷資料。我數過註明使用束縛帶的次數，發現是三百八十一次，比我方當事人說的還多一次。」

泰勒波利安瞪大了眼睛。

「等等……這是機密資料，你從哪裡拿到的？」

「《千禧年》雜誌社的一名記者給我的。如果資料隨便放在某間雜誌社的桌上，恐怕就不是什麼機密了。也許我應該補充一下，《千禧年》已經在今天刊出這份資料的摘錄。因此我認為就連這個法庭的人也應該有機會看看。」

「這是違法的……」

「不，沒有違法。莎蘭德已經許可雜誌社刊登這些摘要。我的當事人沒有什麼可隱藏的。」

「妳的當事人被宣告失能，沒有權利自行作這樣的決定。」

「她被宣告失能的事稍後再說。但首先我們得看看她在聖史蒂芬發生了什麼事。」

伊佛遜法官皺著眉頭接過安妮卡遞交上來的文件。

「我沒有多準備一份給檢察官。但話說回來，他早在一個多月前就已經收到這份侵犯隱私的文件了。」

「那是怎麼回事？」法官問道。

「埃克斯壯檢察官在今年六月四日星期六下午五點，在他的辦公室召開一場會議，當時就從泰勒波利安那裡取得一份這些機密紀錄。」

「是眞的嗎？」伊佛遜法官問。

埃克斯壯不加思索地就想否認，但一轉念便想到安妮卡可能握有證據。

「我請求在簽署保密協定後閱讀一部分資料。」埃克斯壯說：「我得確認莎蘭德確實有過她所宣稱的經歷。」

「謝謝。」安妮卡說：「也就是說我們現在證實了泰勒波利安醫師不只說謊，還違法散布他自己供稱被列爲機密的資料。」

「記下了。」法官說。

伊佛遜法官頓時提高警覺。安妮卡極不尋常地對一名證人發動凌厲攻勢，而且已經推翻他很重要的部分證詞。**她還宣稱她所說的一切都有證據資料**。伊佛遜法官調整一下眼鏡。

「泰勒波利安醫師，根據你自己寫的這些病歷……能不能請你告訴我莎蘭德被束縛了幾天？」

「我不記得次數有那麼多，但如果病歷上這麼寫，應該就是吧。」

「總共三百八十一個日夜。你不覺得太多了嗎？」

「多得很不尋常……的確是。」

「如果你十三歲時，有人把你綁在鐵架床上超過一年，你會作何感想？像不像是酷刑？」

「妳要了解，病患對自己和他人都可能造成危險……」

「好，我們來說說**對她自己造成危險**。莎蘭德曾經傷害過自己嗎？」

「有這樣的疑慮……」

「我把問題重複一遍：莎蘭德曾經傷害過自己嗎？有還是沒有？」

「身爲精神科醫生，我們必須學會詮釋事情的全貌。關於莎蘭德，舉例來說，妳可以看到她身上有許多刺青和環洞，這也是一種自戕的行爲模式，一種傷害自己身體的方法。我們可以把它解讀爲自我憎恨的表現。」

安妮卡轉向莎蘭德。

「妳的刺青是一種自我憎恨的表現嗎？」

「不是。」莎蘭德回答。

安妮卡又轉回來面向泰勒波利安。「這麼說，我戴耳環還在身體某個私密處刺青，你也覺得我會對自己造成危害？」

潘格蘭忍不住竊笑，但最後將笑聲轉化成清喉嚨的聲音。

「不，當然不會……刺青也可以是社會儀式的一部分。」

「你的意思是莎蘭德不屬於這個社會儀式的一部分？」

「妳自己也看到了她的刺青奇形怪狀，還幾乎遍布全身。這並非正常的物戀或身體裝飾。」

「比例多少？」

「妳說什麼？」

「刺青占身體多少比例就不再是物戀，而是精神疾病？」

「妳扭曲了我的話意。」

「是嗎？那麼爲什麼你認爲在我或其他年輕人身上的刺青，是可以接受的社會儀式的一部分，而用來評估我當事人的精神狀態時就變得危險呢？」

「身爲精神科醫生，我必須縱觀全貌，刺青只是一個指標。誠如我先前所說，我評估她的狀況時必須考慮到許多指標，而這只是其中之一。」

安妮卡沉默了幾秒鐘，目不轉睛地凝視著泰勒波利安。接著她用非常慢的速度說道：

「可是泰勒波利安醫師，你從我當事人十二歲，即將滿十三歲的時候開始綁她。當時她身上一個刺青也沒有，不是嗎？」

泰勒波利安沉吟不語，安妮卡又接著說。

「我想你應該不是因爲預料到她將來會開始刺青，才綁住她的吧？」

「當然不是。她的刺青和她一九九一年的情況無關。」

「那麼我再回到最初的問題。莎蘭德是否曾經傷害過自己，以至於必須將她綁在床上一整年？比方說，她有沒有拿刀或刮鬍刀片之類的東西割過自己？」

泰勒波利安一度似乎沒有把握。

「不是的……我是用刺青來**舉例說明**自戕行爲。」

「我們剛才已經達成共識，刺青屬於一種正當的社會儀式。我問你爲什麼將她綁了一年，你回答說是因爲她會危害自己。」

「我們有理由相信她會危害自己。」

「**有理由相信**。所以說你綁她是因爲某種猜測囉？」

「我們作了評估。」

「同一個問題我已經問了差不多五分鐘。你說在你照護我當事人的兩年當中，她被綁了一年多的原因之一在於她的自戕行為。現在能不能請你舉出幾個她在十二歲時自戕的例子？」

「例如這個女孩極度營養不良，部分原因就是她拒絕進食。我們懷疑她有厭食症。」

「原來如此。她有厭食症嗎？你也看到了，我的當事人至今都還是骨架異常瘦小。」

「這個問題很難回答。我得長期觀察她的飲食習慣。」

「你已經觀察過啦，兩年的時間。現在你是在暗示你混淆了厭食症和我當事人天生瘦小的事實。你說她拒絕進食。」

「我們有幾次對她強迫餵食。」

「為什麼？」

「當然是因為她不肯吃東西呀。」

安妮卡轉頭問當事人。

「莉絲，妳在聖史蒂芬的時候真的不肯吃東西嗎？」

「對。」

「為什麼？」

「因為那個王八蛋在我的食物裡加了精神藥物。」

「原來如此。這麼說泰勒波利安醫師想讓妳吃藥。妳為什麼不吃呢？」

「我不喜歡他們給我的藥，吃了會變遲鈍，無法思考，醒著的時候老是昏昏沉沉。那個王八蛋又不肯告訴我藥的成分。」

「所以妳才拒絕吃藥？」

「是的。後來他開始把藥加進食物裡面，所以我也不再吃東西。每次只要食物裡加了什麼東西，我就會絕食五天。」

「所以妳只好挨餓。」

「不一定。好幾次都有幾個醫護人員會偷偷塞三明治給我，其中還有一個會在深夜給我食物。這是常有的事。」

「這麼說妳認爲聖史蒂芬的醫護人員是知道妳餓了才給妳食物，以免妳挨餓嗎？」

「我爲了精神藥物和這個王八蛋抗爭那段時間是這樣的。」

「告訴我們當時的情況好嗎？」

「他想給我下藥，我不肯吃。他開始把藥加進食物裡，我就絕食。他又開始強迫餵食，我就開始把食物吐掉。」

「所以說妳有非常合理的絕食原因。」

「是的。」

「不是因爲妳不想吃東西？」

「不是，我老覺得餓。」

「自從妳離開聖史蒂芬之後……飲食正常嗎？」

「我餓了就吃東西。」

「我們可以說你和泰勒波利安醫師之間發生衝突嗎？」

「可以這麼說。」

「妳被送到聖史蒂芬是因爲妳朝妳父親潑汽油，讓他身上著火。」

「是的。」

「妳爲什麼這麼做？」

「因爲他對我母親施暴。」

「妳曾經向任何人解釋過嗎？」

「有。」

「向誰？」

「我告訴過偵訊我的警察、社工、兒福人員、醫生、一個牧師，還有那個王八蛋。」

「妳說『那個王八蛋』指的是……」

「那個人。」她指著泰勒波利安。

「妳爲什麼這麼叫他？」

「我剛進聖史蒂芬的時候，曾試著向他解釋一切經過。」

「泰勒波利安醫師怎麼說？」

「他根本不想聽，說是我在幻想，還把我綁起來作爲懲罰，直到我不再幻想爲止。然後他又試圖強餵我吃精神病的藥。」

「胡說八道。」泰勒波利安說。

「所以妳才不肯跟他說話嗎？」

「我滿十三歲那天晚上起，就沒有再和那個王八蛋說過一句話。我被綁在床上。那是我送給自己的生日禮物。」

安妮卡轉向泰勒波利安。「聽起來我的當事人之所以拒絕進食，是因爲不想吃你強迫她吃的精神病藥物。」

「也許她是這麼看的。」

「那你怎麼看呢？」

「我這個病患異常難對付。我堅持認爲她的行爲顯示她會危害自己，但這或許是解讀的問題。然而她很暴力，也表現出精神異常的行爲，毫無疑問會對他人造成傷害。她是在企圖殺害父親之後才來到聖史蒂芬的。」

「這點我們稍後會提到。說到你將她束縛了三百八十一天，你會不會是利用這種方式來處罰我的當事人，因爲她不聽你的話？」

「完全是一派胡言。」

「是嗎？我從病歷中發現，束縛的日子大多都是在前一年……三百八十一天當中有三百二十天。爲什麼後來不再繼續綁了？」

「應該是病患行爲有了變化，變得比較不激動。」

「是不是有其他醫護人員認爲你的方法過度粗暴？」

「什麼意思？」

「是不是有人員對於強迫餵食莎蘭德等等事件提出申訴？」

「每個人難免都會有不同的評估，這沒什麼奇怪。可是後來強迫餵食變成一種負擔，因爲她抗拒得太厲害……」

「因爲她拒絕吃那些會讓她倦怠萎靡的精神病藥物。當她不用藥的時候便沒有飲食的問題，這樣的治療方式難道不是比採取強迫手段更合理嗎？」

「請恕我直言，安妮卡女士，我可是醫生。我猜我的醫療經驗應該比妳更豐富。決定應該採用何種治療方式是我的職責。」

「沒錯，我不是醫生，泰勒波利安**醫師**，然而我並非全然沒有專業知識。我除了律師資格外，也取得了斯德哥爾摩大學心理學學位。這是我專業上必要的背景訓練。」

此時庭上安靜得可以聽見針落地的聲音。埃克斯壯與泰勒波利安驚訝地瞪著安妮卡，她絲毫不爲所動地繼續。

「你治療我當事人的方法到最後是不是和你的上司，也就是當時醫院的主任約翰納斯．卡爾丁的意見嚴重分歧？」

「沒有，沒這回事。」

「卡爾丁醫師幾年前過世了，無法作證。但在這個庭上有一個人曾經見過卡爾丁醫師幾次，那就是我的助理律師潘格蘭。」

她轉過去面向他。

「你能告訴我們事情的經過嗎？」

潘格蘭清清喉嚨。他仍為中風的後遺症所苦，必須集中精神專注於咬字。

「莎蘭德的母親被她父親痛毆成身心障礙後，無法再照顧女兒，我便被指派為莉絲的受託人。她母親是永久性的腦損傷，並不斷地腦出血。」

「我想你說的是札拉千科吧？」埃克斯壯特意傾身向前問道。

「正是。」潘格蘭回答。

埃克斯壯說：「我要提醒你，我們現在討論的是極機密的事。」

「札拉千科一再對莉絲的母親施暴，這幾乎不是秘密。」安妮卡說。

泰勒波利安舉起手來。

「事情恐怕不像安妮卡女士所陳述的那麼顯而易見。」

「你這麼說是什麼意思？」安妮卡問。

「莎蘭德無疑目睹了一齣家庭悲劇……某件事引發了一九九一年那場毒打。但沒有證據顯示這種情形如安妮卡女士所說持續多年，它可能是獨立的意外事故，或是一時失控的爭吵。老實說，甚至沒有任何證據指出攻擊莉絲母親的人是札拉千科。據我們所知，她是娼妓，所以犯案者也可能另有其人。」

安妮卡訝異地看著泰勒波利安，似乎一時無言以對，但目光隨即轉為銳利，彷彿要穿透他似的。

「你能說得更詳細一點嗎？」她問道。

「我的意思是實際上我們只有莎蘭德的說詞作為憑據。」

「所以呢？」

「首先，她們有兩姊妹，事實上是孿生姊妹。卡蜜拉．莎蘭德從未作過這樣的聲明，甚至她是否認有這樣的事發生。如果眞有妳的當事人所堅稱如此嚴重的虐待，社福報告等等檔案中當然會有記載。」

「有沒有卡蜜拉的面談資料可以讓我們看看？」

「面談資料？」

「你有沒有任何證據資料顯示確實有人問過卡蜜拉她家出了什麼事？」

莎蘭德聽到他們提起妹妹，身子不安地扭動起來，同時瞄了安妮卡一眼。

「我猜想社會福利局有存檔……」

「你剛剛說卡蜜拉從未說過札拉千科對母親施暴，甚至還加以否認。這是很明確的聲明。你的訊息是從哪來的？」

泰勒波利安靜默了幾秒鐘。安妮卡看得出來他發現自己犯了錯，眼神也變得不一樣。他可以預料到她想引導他說出什麼，但卻避不開這個問題。

「我好像記得警方的筆錄裡有提到。」他終於說道。

「你好像記得……我自己可是想盡辦法要找到關於札拉千科在倫達路嚴重灼傷那起意外事故的筆錄，結果只找到現場警員寫的簡要報告。」

「有可能……」

「所以我很想知道辯方無法取得的警方報告，你又怎麼能看到呢？」

「這我無法回答。」泰勒波利安說：「我是在一九九一年妳的當事人企圖謀殺她父親之後，爲她作精神狀態鑑定的時候看到那份報告的。」

「埃克斯壯檢察官有看到報告嗎？」

埃克斯壯侷促不安地捻著山羊鬍。現在他知道自己低估了安妮卡，然而他沒有理由說謊。

「有的，我看過了。」

「爲什麼辯方無法獲得這些資料？」

「我不認爲它和這次開庭有關。」

「能不能請你告訴我你怎麼能看到這份報告？我問警方時，他們只告訴我沒有這樣的報告存在。」

「報告是由秘密警察寫的，是機密。」

「原來是國安局寫了一份關於一名婦人遭受重傷害的報告，並決定將它列爲機密。」

「那是因爲犯案人……札拉千科。他是政治難民。」

「報告是誰寫的？」

沉默。

「我沒聽到回答。封面頁上寫的是誰的名字？」

「是國安局移民組的古納．畢約克寫的。」

「謝謝。我的當事人說一九九一年有個古納．畢約克和泰勒波利安**醫師**一起假造她的精神鑑定報告，這是同一人嗎？」

「應該是的。」

安妮卡重新將注意力轉回泰勒波利安。

「一九九一年你將莎蘭德送進聖史蒂芬兒童精神病院的監禁病房……」

「事實並非如此。」

「不是嗎？」

「不是，莎蘭德是被判決關入精神病房，這是經過地方法院完整的法律程序所得到的結果。她是個有嚴重精神障礙的少女，那不是我個人的決定……」

「一九九一年地方法院判決將莎蘭德關進兒童精神病院。地院爲何作此判決？」

「地方法院仔細評估了妳的當事人的行爲與精神狀態，畢竟她試圖用汽油彈殺害自己的父親。這不是一個正常青少年的作爲，不管有沒有刺青。」泰勒波利安露出一個禮貌性的微笑。

「地院判決的依據是什麼？如果我的了解正確，他們只有一份醫學鑑定報告，也就是你本身和那個名叫畢約克的警員寫的那份。」

「這是莎蘭德小姐的陰謀論，安妮卡女士。在這裡我必須……」

「很抱歉，但我還沒有提問。」安妮卡說完再次轉向潘格蘭。「潘格蘭，剛才我們提到你見過泰勒波利安醫師的上司卡爾丁醫師。」

「是的，以莉絲受託人的身分。那陣子我每次見到莉絲的時間都很短，我也和其他人一樣，覺得她有嚴重的精神疾病。但由於職責所在，我開始調查她整體的健康狀況。」

「卡爾丁醫師怎麼說？」

「她是泰勒波利安醫師的病患，所以除了例行性的評估之外，卡爾丁醫師並未特別留意她。直到她入院一年多，我才開始和院方討論如何能讓她重返社會。我建議寄養家庭。我不太清楚聖史蒂芬內部發生了什麼事，但一年過後卡爾丁醫師忽然開始對她感興趣了。」

「你怎麼看出來的？」

「我發現他提出和泰勒波利安醫師不同的意見。」潘格蘭說：「有一回他告訴我說他決定改變莉絲的照護方式，我後來才知道他指的是綁束縛帶一事。卡爾丁醫師認爲不應該再束縛她，他覺得沒有必要。」

「所以他違背了泰勒波利安醫師的囑咐？」

埃克斯壯打岔道：「抗議，那是傳聞。」

「不。」潘格蘭回答道：「並不全然是。我申請一份關於莉絲該如何重返社會的報告，卡爾丁醫師寫了那份報告，我至今還保留著。」

他將文件交給安妮卡。

「你能告訴我們裡面的內容嗎？」

「這是卡爾丁醫師在一九九二年十月寫給我的信，當時莉絲已經在聖史蒂芬住了二十個月。卡爾丁醫師在信中明白地寫道，引述開始：**我決定不再束縛或強迫餵食病患之後也產生了顯著的效果，她現在穩定下來了，不再需要吃精神病藥物。然而病患非常封閉而沉默寡言，需要繼續進行支持性治療**。引述結束。」

「這麼說他**很明白地寫出**這是**他的**決定？」安妮卡說。

「是的。而且也是卡爾丁醫師自己決定應該爲莉絲安排寄養家庭，讓她重返社會。」

莎蘭德點點頭。她記得卡爾丁醫師，就如同她記得自己在聖史蒂芬那段日子的一切細節。她不肯和卡爾丁醫師說話……他是「瘋子醫生」，又一個想要刺探她情緒的白袍人。不過他很友善，脾氣也很好。她曾坐在他的辦公室裡，聽他解釋一些事情。

見她不肯和自己說話，他似乎很難過。最後她直視著他的眼睛，說出自己的決定：**我絕對不會再和你或其他任何瘋子醫生說話，你們根本沒有人會聽我說。就算你把我關到死也一樣，我不會再和你們任何一個人說話**。他凝視著她，眼神流露出詫異與難過，接著彷彿理解似地點點頭。

「泰勒波利安醫師，」安妮卡說道：「我們已經確認是你把莎蘭德送進兒童精神病院。是你提供報告給地院，而這份報告也是判決的唯一依據，對不對？」

「基本上是如此沒錯。但我想……」

「之後你還有很多時間解釋你的想法。當莎蘭德即將滿十八歲，你又再次介入她的生活，試圖將她關進醫院。」

「那次的精神鑑定報告不是我寫的……」

「沒錯，那是羅德曼醫師寫的。他當時正好在準備博士論文，而你是他的指導老師。所以是因爲你的評估才讓報告被接受。」

「那些報告並無任何不道德或不正確之處，那是根據醫界的規定作出來的。」

「如今莎蘭德二十七歲，你又第三度試圖說服法院相信她精神有問題，必須關進精神病院。」

泰勒波利安深深吸了口氣。安妮卡是有備而來，不但有幾個狡猾的問題讓他亂了方寸，還扭曲他的回答。她沒有被他的魅力所迷惑，更全然無視他的權威。他已習慣自己說話的時候，旁人點頭附和。

她到底知道多少？

他瞥了埃克斯壯一眼，但明白不能期望他的幫忙。他得獨自度過風暴。

他提醒自己，無論如何他**都是**權威。

不管她說什麼，我作的評估才算數。

安妮卡拿起他的精神鑑定報告。

「我們更仔細地來看看你最新的報告。你花費很大的精力分析莎蘭德的感情生活。有一大部分是你對她的性格、行為與性愛習慣的分析。」

「在這份報告中，我試著呈現出全貌。」

「很好。你根據這個全貌得出的結論是莎蘭德患有妄想型精神分裂症。」

「我不想侷限於確切的診斷。」

「可是你並不是透過和我的當事人交談作出這樣的結論，對吧？」

「妳非常清楚，妳的當事人堅決不肯回答我或其他任何權威人士對她提出的問題。這個行為本身就很明顯。我們或許可以斷定患者的妄想特性已經進展到她幾乎無法與任何權威人士進行簡單的交談，她相信每個人都想傷害她，感覺受到莫大威脅，因而將自己封閉在堅不可摧的保護殼內，保持沉默。」

「我發現你的用詞非常小心。例如，你說我們**或許可以**斷定……」

「沒有錯，我的用詞**是**非常小心。心理學並非精密科學，我下結論必須很小心。而且我們精神科專家絕不會毫無事實根據便信口開河。」

「你的小心謹愼只是爲了保護自己。眞正的事實是自從我的當事人在十三歲生日那天晚上拒絕和你說話開始，你就沒有和她交換過隻字片語。」

「不只是對我，她似乎是無法和任何精神科醫生對話。」

「意思就是像你這裡寫的，你下的結論是根據**經驗**以及對我當事人的**觀察**。」

「正是。」

「對一個抱著手坐在椅子上不肯和你說話的女孩，你能觀察到什麼？」

泰勒波利安嘆了口氣，似乎覺得這麼明顯的事還要說明很是厭煩。但他帶著微笑說：

「從一個坐著不說話的病患，你只能得知他就是一個只會坐著不說話的病患。就連這個也是行爲障礙，不過那不是我作判斷的根據。」

「今天下午稍晚我會傳喚另一名精神科醫生，他名叫史凡泰．布蘭丹，是法醫學院的資深醫生也是精神鑑定專家。你認識他嗎？」

泰勒波利安再次有了信心。他原本就預期安妮卡會傳喚另一名精神科醫生，詢問他的結論。這個情況他已有所準備，而且還能輕而易舉地反駁一切異議。與學院派的同事進行友誼辯論，確實比面對安妮卡這種毫不克制又每每扭曲他的話意的人簡單多了。他不禁微微一笑。

「他是非常受敬重也很有經驗的精神鑑定醫師。不過安妮卡女士，妳得了解這種報告的產生是一種學術與科學的過程，妳本身或許不同意我的結論，另一個精神科醫生也可能對某種行爲或事件有不同看法。妳可能會得到不同的觀點，又或許這純粹是醫生對患者了解多少的問題。他對莎蘭德可能作出非常不同的結論。這在精神醫學上一點也不罕見。」

「這不是我傳喚他的目的。他沒有見過莉絲也沒有替她作檢查，他不會對她的精神狀態作任何評估。」

「哦，是這樣嗎？」

「我是請他閱讀你的報告以及你對莎蘭德所寫的全部資料，並且看她在聖史蒂芬的病歷。我請他作了評估，但不是針對我當事人的健康，而是請他純就科學觀點看看在你的紀錄中有沒有足夠的依據能作出你的那番結論。」

泰勒波利安聳聳肩。

「請恕我直言，我想我比國內其他任何精神科醫生都了解莎蘭德。我從她十二歲起就開始追蹤她的病史，遺憾的是她的行爲一再地證實我的結論沒有錯。」

「很好。」安妮卡說：「那麼我們就來看看你的結論。你報告中說她十五歲被安置到寄養家庭後，治療就中斷了。」

「是的。那是個重大錯誤。如果當時能完成療程，今天可能就不必開這個庭了。」

「你是說如果你有機會再把她綁上一年，她可能就會變得比較溫順？」

「這樣說太過分了。」

「我向你道歉。你大量引述你的博士學生羅德曼在莉絲即將滿十八歲時整理的報告。你寫道，引述開始：**莉絲．莎蘭德從聖史蒂芬出院後出現濫用藥物與雜交的情形，更加證實了她的自戕與反社會行爲**，引述結束。你這句話是什麼意思？」

泰勒波利安靜默了幾秒鐘。

「這個嘛……我得再往回追溯一點。莎蘭德出院後，如我所料地產生了酗酒與吸毒的問題。她屢屢被警方逮捕。有一份社福報告也判定她與年紀較長的男性有放蕩的性關係，很可能是在賣淫。」

「這個我們來分析一下。你說她酗酒。她多常喝醉？」

「妳說什麼？」

「從出院後到滿十八歲爲止，她每天都喝醉嗎？還是每星期喝醉一次？」

「我當然無法回答。」

「但你剛剛才說她有酗酒問題。」

「她未成年，卻屢屢因爲酒醉被警察逮捕。」

「這是你第二次說她屢屢被捕。有多常發生呢？是每星期一次或者每兩星期一次？」

「不，沒有這麼頻繁……」

「莎蘭德有兩次因喝醉被捕，一次在十六歲，一次在十七歲，其中一次還因爲醉死了被送到醫院。這就是你所謂的**屢屢**。除此之外她還有喝醉過嗎？」

「我不知道，但我們擔心她的行爲……」

「抱歉，我沒有聽錯吧？你**不知道**她青少年時期除了那兩次之外還有沒有喝醉過，但你**擔心**有這種狀況。而你卻寫報告主張莎蘭德一再地酗酒吸毒？」

「那是社會局的訊息，不是我的。那和莎蘭德的整個生活形態有關。也難怪她在中斷治療後預後極差，她的生活就在酗酒、警方介入與失控雜交之間不斷循環。」

「你說『失控雜交』？」

「是的，這個用詞顯示她對自己的生活毫無控制力，並和年長男性發生性關係。」

「這並不犯法。」

「沒錯，但對一個十六歲少女而言卻是不正常的行爲。我們或許應該問問她從事這種活動是出於自願或是被強迫。」

「但你說她很可能在賣淫。」

「因爲她缺乏教育，沒能繼續升學或接受更高的教育，以至於找不到工作，自然可能產生這樣的結果。也有可能她將年紀較大的男性視爲父親，性交易得到的金錢報酬只是附帶的好處。這種案例我視爲精神官能症的行爲。」

「所以你認爲一個有性行爲的十六歲少女患有精神官能症？」

「妳扭曲了我的話。」

「但你不知道她性交後是否眞的有拿錢。」

「她從未因賣淫被捕。」

「她不太可能因此被捕，因爲在我國賣淫並不犯法。」

「呃，是的。以她的情形來說，這和精神官能症的強迫行爲有關。」

「你就根據這些未經證實的假設，一口咬定莎蘭德有精神病？我十六歲的時候從我父親那裡偷了一瓶伏特加，喝掉半瓶以後醉得糊里糊塗。你覺得我這樣也有精神病？」

「不，當然不是。」

「請恕我冒昧，你自己十七歲時不也曾在一個派對上喝得爛醉，還和一大夥人到烏普沙拉市中心到處砸窗子？你被警察逮捕後，一直拘留到你清醒付了罰款才被釋放。」

泰勒波利安驚呆了。

「有沒有這回事，泰勒波利安醫師？」

「有。十七歲的時候往往會做很多蠢事，不過……」

「不過那並沒有讓你——或其他任何人——認爲你有嚴重的精神疾病，對吧？」

泰勒波利安感到憤怒。那個可惡的律師不斷扭曲他的話，還專挑小細節，就是不肯看事情的全貌。還有他自己那幼稚的越軌行爲……**她又是怎麼打聽到這個消息？**

他清清喉嚨，提高說話的聲音。

「社會局的報告寫得非常清楚，確定莎蘭德的生活形態繞著酒精、毒品與雜交打轉。社會局還說她是妓女。」

「不，社會局從來沒有說過她是妓女。」

「她被逮捕過，在……」

「不，她沒有被捕。」安妮卡說：「她十七歲時和一個年紀大她許多的男人在丹托倫登遭到警察盤問。同一年她因爲酒醉被捕，也是和一個年紀大了許多的男人在一起。社會局**擔心**她**可能**從事賣淫，但始終沒有提出**證據**。」

「她和很多人都很隨便就發生性關係，不論男女。」

「在你的那份報告中，很詳盡地描述了我的當事人的性習慣。你說她和她的朋友蜜莉安的關係**證實了性精神變態的疑慮**。爲什麼她們的關係會證實這種事？」

泰勒波利安沒有回答。

「我眞誠地希望你不是想說同性戀是一種精神疾病。」安妮卡說：「那甚至可能是違法的聲明。」

「不是，當然不是。我指的是她們關係中性虐的部分。」

「你覺得她是性虐狂？」

「我……」

「我們這裡有蜜莉安的供詞。上面說她們的關係當中並無暴力。」

「他們從事S&M性愛，而且……」

「我開始覺得你看太多晚報了。莎蘭德和友人蜜莉安偶爾會玩一些性愛遊戲，蜜莉安會將我的當事人綁起來，給予她性方面的滿足。這既不是特別不尋常也沒有違法。你就因爲這樣想把我的當事人關起來？」

泰勒波利安不屑地揮揮手。

「我十六歲還在學的時候，曾經多次喝醉酒，也嘗試過毒品，我抽過大麻，大約二十年前還甚至試過古柯鹼。十五歲的時候和學校同學發生第一次性經驗，二十歲和一個男孩發生關係，他把我的雙手綁在床架上。二十二歲時和一個四十七歲的男人交往了幾個月。依你看，我是不是精神有問題？」

「安妮卡女士，妳在開玩笑，但妳的性經驗與本案無關。」

「爲什麼無關？當我看你那份所謂的莎蘭德精神評鑑報告，如果不看上下文，我發現每一點都和我自己的經驗吻合。爲什麼我很健康而莎蘭德就被視爲危險的性虐狂呢？」

「這些不是重要的細節。妳並沒有兩度試圖殺害自己的父親……」

「泰勒波利安醫師，事實上莎蘭德想和誰上床都不關你的事，她的伴侶的性別或是他們如何做愛也不關你的事。但是你卻硬扯出她生活中的細節作爲依據，說她有毛病。」

「莎蘭德的一生——從中學開始——就是一連串的暴力紀錄，經常無緣無故對老師與其他學生發怒施暴。」

「等一等。」安妮卡的聲音頓時有如刮冰刀刮過車窗。「大家看看我的當事人。」

所有人都轉頭看莎蘭德。

「我的當事人在可怕的家庭環境中成長。在幾年的時間裡，她父親持續地虐待她母親。」

「那是……」

「請讓我說完。莎蘭德的母親怕死了札拉千科，她不敢反抗，不敢去看醫生，不敢去找婦女庇護中心。她受盡凌虐，最後被打到腦部損傷無法復原。不得不負起責任的人，唯一一個早在進入青春期之前便試著扛起家庭責任的人，就是莎蘭德。她只能獨力肩負起這個重擔，因爲對國家與社會局來說，那個**間諜**札拉千科比莉絲的母親更重要。」

「我不能……」

「很抱歉，最後導致的結果就是社會摒棄了莉絲的母親和兩個孩子。莉絲在學校製造問題，你們覺得驚訝嗎？看看她。她又瘦又小，總是班上個頭最小的一個。她內向、性情古怪、沒有朋友。你們知道小孩通常怎麼對待**與衆不同**的同學嗎？」

泰勒波利安嘆了口氣。

安妮卡繼續說道：「我可以回顧莉絲在學校的紀錄，一一檢視她出現暴力行爲的情況。每次總是因爲先受到某種挑釁。我可以輕易辨識出霸凌的跡象。讓我告訴你一件事。」

「什麼？」

「我很欽佩莎蘭德。她比我強。如果我十三歲時被綁在床上一年，恐怕整個人早就崩潰了。但她以自己所擁有的唯一武器反擊，那就是鄙視你。」

她早已不緊張了。她覺得一切都在掌握中。

「你今天早上的證詞裡不斷提到幻想。例如，你說莎蘭德供稱自己被畢爾曼律師強暴是幻想。」

「沒錯。」

「你這麼說有什麼依據？」

「根據我的經驗，她經常幻想。」

「根據你的經驗，她經常幻想？你怎麼認定她是在幻想？當她說自己被綁在床上三百八十個日夜，你覺得那是她的幻想，然而你自己的紀錄告訴我們事實的確如此。」

「這完全是兩回事。根本沒有絲毫證據證明畢爾曼強暴莎蘭德。我的意思是，用針刺穿乳頭等如此過火的粗暴行爲，她理應會被救護車送到醫院吧？所以顯然並未發生這種事。」

安妮卡轉向伊佛遜法官。「我事先要求今天要準備投影機……」

「已經準備好了。」法官說。

「請拉上窗簾好嗎？」

安妮卡打開她的 PowerBook，連上投影機，隨後轉向當事人。

「莉絲，我們要看影片了，妳準備好了嗎？」
「我都親身經歷過了。」莎蘭德冷冷地說。
「妳同意我在這裡播放嗎？」
莎蘭德點點頭，目光直盯著泰勒波利安。
「妳能告訴我們影片是什麼時候拍的嗎？」
「二〇〇三年三月七號。」
「是誰拍的？」
「是我。我用了隱藏式攝影機，米爾頓保全的標準配備。」
「等等。」埃克斯壯檢察官大喊：「這愈來愈像要猴戲了。」
「妳要讓我們看什麼？」伊佛遜法官帶點尖銳的語氣問道。
「泰勒波利安醫師聲稱莎蘭德所供述遭畢爾曼律師強暴一事是幻想，我要讓各位看看反面的證據。影片共九十分鐘長，但我只會放幾個短的片段。我先警告大家這裡面有一些令人非常不舒服的畫面。」
「妳在耍什麼把戲嗎？」埃克斯壯說。
「只有一個辦法能知道。」安妮卡隨即開始播放筆電內的ＤＶＤ。
「妳連時間也不會看嗎？」畢爾曼一開門便粗魯地說。接著攝影機進入他的公寓。
九分鐘過後，伊佛遜法官敲下木槌。畫面上畢爾曼律師正粗暴地將假陽具插入莎蘭德的肛門。安妮卡將音量轉大，莎蘭德的尖叫聲傳遍法庭，但因嘴巴被絕緣膠帶纏住而削弱了些。
「不要再播了。」伊佛遜法官以宏亮而威嚴的聲音說道。
安妮卡按下停止鍵，天花板的燈再次打亮。伊佛遜法官滿臉通紅，埃克斯壯檢察官呆坐著彷佛化爲石頭，泰勒波利安的臉色則慘白如死屍。
「安妮卡女士……妳說影片有多長？」

「九十分鐘。強暴的過程分階段持續了將近五、六個小時，但我方當事人只隱約還記得最後一、兩個小時所遭受的暴力。」安妮卡轉向泰勒波利安。「然而其中有一幕是畢爾曼拿針穿過我方當事人的乳頭，也就是泰勒波利安**醫師**堅稱是莎蘭德荒唐想像的說詞。發生的時間是在第七十二分鐘，我現在可以馬上播放這一段。」

「謝謝，不用了。」法官說：「莎蘭德小姐……」

他瞬間失去頭緒，不知該如何進行下去。

「莎蘭德小姐，妳為什麼錄下這支影片？」

「畢爾曼已經強暴過我一次，卻還不滿足。第一次那個變態老頭要我替他吹喇叭，我以為這次又是一樣。我想我可以留下清楚的證據然後威脅他，讓他離我遠一點。我誤判他了。」

「既然妳有這麼……有力的證據，為什麼不去報警呢？」

「我不和警察說話。」莎蘭德口氣平平地說。

潘格蘭從輪椅上站起來，身子撐靠在桌邊，聲音非常清楚。

「我方當事人基本上不和警察或任何權威人士說話，更不用說是精神科醫生。原因很簡單，從她還小的時候就曾經一次又一次試著向警察和社工人員解釋札拉千科向她母親施暴，但每一次的結果都是她被處罰，因為政府的公務員認為札拉千科比她更重要。」

他清清喉嚨又繼續說。

「當她終於認定沒有人會聽她說話，她能保護母親的唯一方法就是以暴制暴。結果這個自稱醫生的混帳東西」——他指著泰勒波利安——「寫了一份假造的精神診斷書說莎蘭德精神異常，讓他有機會把她關在聖史蒂芬長達三百八十一天。真是混帳！」

潘格蘭坐了下來。伊佛遜法官見他情緒如此激動頗感詫異。他轉向莎蘭德。

「妳想不想休息一下……」

「爲什麼？」莎蘭德問。

「好吧，那我們繼續。安妮卡女士，這段錄影要接受檢驗，我會請專家鑑定其眞僞。但目前我無法容忍再看到更多類似的駭人畫面。繼續詰問吧。」

「樂意之至。我也覺得這些畫面駭人。」安妮卡說：「我方當事人多次遭受這種不合法的身心暴力，最該怪罪的人就是泰勒波利安醫師。他違反了醫生的宣誓，背叛自己的病患。他夥同國安局內部某個體制外團體的成員畢約克，拼湊出一份精神鑑定報告，目的是爲了將礙事的證人關起來。我相信本案肯定是瑞典司法史上獨一無二的案件。」

「這些指控太過分了。」泰勒波利安說：「我已經盡力想幫助莎蘭德。她試圖殺害自己的父親，很明顯就是有不對勁的地方……」

安妮卡打斷他的話。

「我現在想請庭上看看泰勒波利安對我方當事人作的第二份精神鑑定報告，該報告也是今天的呈堂證據之一。我主張那份報告說謊，就和一九九一年那份一樣。」

「這實在是……」泰勒波利安急促地說。

「伊佛遜法官，能不能請證人不要一直打斷我？」

「泰勒波利安先生……」

「我會保持安靜。但這些指控太過分了，也難怪我生氣……」

「泰勒波利安先生，在律師問你問題之前請保持安靜。繼續吧，安妮卡女士。」

「這是泰勒波利安醫師呈給庭上的精神鑑定報告。他宣稱是根據對我方當事人的『觀察』所作的，理應發生在她六月五日移送克羅諾柏看守所以後，檢查結果應該是在七月五日提出。」

「據我的了解是這樣沒錯。」伊佛遜法官說。

「泰勒波利安醫師，六月六日以前你是不是應該沒有機會檢查或觀察我的當事人？我們都知道，在那之前她人還被隔離在約特堡的索格恩斯卡醫院。」

「是的。」

「你曾兩度到索格恩斯卡，試圖接觸我的當事人，但兩次都遭到拒絕。」

安妮卡打開公事包，拿出一份文件。她繞過桌子，交給伊佛遜法官。

「好，這應該是泰勒波利安醫師的報告副本。妳的重點是什麼？」

「我想傳兩名證人。他們已經在庭外候傳。」

「證人是誰？」

「是《千禧年》雜誌社的布隆維斯特，和國安局憲法保障組組長艾柯林特警司。」

「他們現在在外面？」

「是的。」

「讓他們進來。」伊佛遜說。

「這太不合程序了。」埃克斯壯抗議道。

埃克斯壯眼看安妮卡把自己的關鍵證人剁得面目全非，心裡著實不是滋味。那部影片是極具殺傷力的證物。法官不理會埃克斯壯，打手勢示意法警開門讓布隆維斯特和艾柯林特進來。

「我想先請布隆維斯特作證。」

「那麼就請泰勒波利安先生先下來一下。」伊佛遜法官說。

「我這邊妳問完了嗎？」泰勒波利安問道。

「還沒，還早呢。」安妮卡說。

布隆維斯特取代泰勒波利安坐上證人席。伊佛遜法官很快地走完例行程序，布隆維斯特也完成宣誓。

「麥可，」安妮卡喚了一聲，隨即微笑道：「請庭上原諒，我覺得叫自己的哥哥布隆維斯特先生很拗口，所以我還是稱呼他的名字。」

她走到伊佛遜法官席前，要求拿回方才呈給他的那份鑑定報告，然後轉交給布隆維斯特。

「你之前看過這份文件嗎？」

「看過，我手上有三份。第一份是在五月十二日取得，第二份在五月十九日，第三份，也就是這份，是在六月三日。」

「你能告訴我們你是如何取得這些副本的嗎？」

「我是記者，這是某個消息來源提供給我的，我不想說出他的姓名。」

莎蘭德瞪著泰勒波利安，他又再度面如死灰。

「你如何處理這份報告？」

「我交給了憲法保障組的艾柯林特。」

「謝謝你，麥可。我現在要傳艾柯林特。」安妮卡說著順手拿回報告，遞給伊佛遜法官，接著宣誓程序又重複一遍。

「艾柯林特警司，你是不是從布隆維斯特那裡拿到一份關於莎蘭德的精神鑑定報告？」

「是的。」

「你何時拿到的？」

「國安局的正式紀錄是六月四日。」

「就是我剛才呈給伊佛遜法官那一份嗎？」

「如果後面有我的簽名，就是同一份。」

法官翻到文件背後，看見上頭有艾柯林特的簽名。

「艾柯林特警司，能不能請你解釋一下，這份精神鑑定報告據稱是分析一個還被隔離在索格恩斯卡醫院的病患，怎麼會到你手上？」

「好的。泰勒波利安醫師的報告是假的，是他和一個名叫約奈思的人一起僞造的，就像他在一九九一年和畢約克也假造過類似的文件。」

「他說謊。」泰勒波利安有氣無力地說。

「你說謊嗎？」安妮卡問。

「不，當然沒有。」艾柯林特說：「也許我應該提一下，今天檢察總長下令逮捕了十來人，約奈思也是其中之一。約奈思是因爲共謀殺害畢約克而被捕，他是國安局內部某犯罪組織的一員，這個組織從七〇年代就開始保護札拉千科，也是這批官員在一九九一年決定將莎蘭德關起來。我們有確鑿的證據，該單位負責人也已坦承不諱。」

此話一出全場愕然，肅靜無聲。

「泰勒波利安先生對這番話有什麼意見嗎？」伊佛遜法官問道。

泰勒波利安搖搖頭。

「那麼我有義務告訴你，你恐怕會被以僞證罪起訴，也可能還有其他罪名。」伊佛遜法官說。

「審判長，請容我打岔。」布隆維斯特說。

「什麼事？」

「泰勒波利安先生還有更大的問題。法庭外有兩名警員想帶他去問話。」

「我知道了。」法官說：「是和本庭有關的事嗎？」

「我想是的，審判長。」

伊佛遜法官向法警打個手勢，隨即讓茉迪和另一個埃克斯壯檢察官沒能立刻認出的女子進入法庭。那女子名叫莉莎·柯雪，是特別調查處的刑警，那是國家警察局內專門負責調查兒童色情與性侵案件的單位。

「妳們來這裡有什麼事？」伊佛遜法官問。

「我們前來逮捕泰勒波利安，希望您能准許，也希望不會干擾庭訊的進行。」

伊佛遜法官看著安妮卡律師。

「我還有些話要問他……不過庭上可能已經聽夠了泰勒波利安先生的證詞。」

「你們可以帶走他了。」伊佛遜法官對兩名員警說。

柯雪直接走到證人席。「泰勒波利安，我現在要以違反兒童色情法的罪名逮捕你。」

泰勒波利安靜坐不動，幾乎無法呼吸。安妮卡發現他眼中似乎光芒盡失。

「說得明確些，我們在你的電腦上發現大約八千張兒童色情照片。」

她彎身拿起他隨身攜帶的電腦袋。

「這要扣押當作證物。」她說。

他被帶離法庭時，莎蘭德目光灼灼地緊盯泰勒波利安的背影。

第二十八章

七月十五日星期五至七月十六日星期六

隨著泰勒波利安的離去，法庭上揚起一片竊竊私語，伊佛遜法官用筆敲著桌沿讓眾人安靜。他似乎不太確定該如何繼續。最後他轉向埃克斯壯檢察官。

「對於過去一小時內所看到和聽到的事情，你有什麼意見要補充嗎？」

埃克斯壯站起來看看伊佛遜法官，再看看艾柯林特，最後轉頭剛好迎上莎蘭德堅定不移的目光。他明白這場仗輸了。他視線掃過布隆維斯特時頓時滿心驚恐，因爲他發現自己可能也受到《千禧年》調查……而這可能會毀了他的前途。

他實在不明白怎會發生這種事。開庭前他還信心滿滿，自以爲對本案知之甚詳。和鈕斯壯警司多次懇談後，他很能了解國防單位希望尋求的那種微妙平衡。他們向他解釋過一九九一年那份莎蘭德報告是僞造的，他得到了他需要的內部情報。他提出問題——數百個問題——也全部獲得解答。爲了國家利益的欺瞞手段。如今，據艾柯林特說，鈕斯壯被捕了。他曾經相信泰勒波利安，畢竟他看起來那麼……那麼能幹。那麼有說服力。

老天哪，我這是淌了哪門子渾水？

接下來，**我又該怎麼脫身呢？**

他摸摸山羊鬍，清清喉嚨，緩緩地摘下眼鏡。

「我很遺憾必須這麼說，這次調查當中，我接收到的一些重點是錯誤的。」

他心想不知能不能把錯怪到調查警員身上，在此同時腦海中浮現出包柏藍斯基巡官。包柏藍斯基絕對不會挺他。假如埃克斯壯走錯一步，包柏藍斯基會召開記者會毀掉他。

埃克斯壯與莎蘭德視線交會。她耐著性子坐在那裡，他從她眼中看到好奇與復仇。

絕不妥協。

他還是可以讓她因為史塔勒荷曼的重傷害罪被判刑，也八成可以讓她因為在哥塞柏加殺害父親未遂被判刑，也就是說他得立刻改變戰略；要放棄與泰勒波利安有關的一切。絕不能再提及她是精神病患，但這也意味著她一路回溯到一九九一年的說詞變得更有力。失能宣告全是假的，除此之外……

她還有那卷要命的影片……

這時他猛然想到。

天哪，她完完全全是個受害者。

「伊佛遜法官……我想我不能再信賴自己手上這些文件了。」

「我想也是。」伊佛遜法官說。

「我不得不請求休庭或者暫緩開庭，直到我能針對起訴事項作某些調整為止。」

「安妮卡女士呢？」法官問道。

「我要求立刻無罪開釋我方當事人。我也要求地院在關於莎蘭德被宣告失能的問題上表達明確立場。此外，她的權利遭受剝奪，我認為也應該給予適當的賠償。」

莎蘭德轉頭看著伊佛遜法官。

絕不妥協。

伊佛遜法官看了看莎蘭德的自傳，接著又抬頭看看埃克斯壯檢察官。

「我也認為最好能調查清楚究竟發生了什麼事，而導致這令人遺憾的局面，但你恐怕不是主導調查權的適當人選。我當了這麼多年法官與審判者，從未面臨過在法律上如此兩難的情況。坦白說我不知該說什麼才好。我甚至從未聽說過檢察官的主要證人在庭訊期間被逮捕，或是十分具有說服力的主張結果竟是捏造的。我實在看不出檢察官還有什麼起訴的理由。」

潘格蘭輕輕咳了一聲。

「什麼事？」伊佛遜問道。

「身爲辯方的代理人，我也只能認同您的感覺。有時候我們得退一步，讓常識引導正式的程序。我想強調的是有一樁醜聞即將撼動整個體制，而身爲法官的您只看到了第一階段。今天有十名國安局員警遭到逮捕，並將會以殺人等罪被起訴，由於罪名太多，光是寫起訴書就要花一段時間。」

「我想我不得不將這個庭延後了。」

「請原諒我這麼說，我覺得這樣的決定不太好。」

「請說。」

「莎蘭德是無辜的。她的自傳雖然被埃克斯壯先生不屑地斥爲『異想天開』，事實上卻是眞的，而且全都可以加以證明。她的權利遭到無情的剝奪。既然已開庭，我們可以堅持正常程序，繼續庭訊直到我們獲得無罪開釋的判決，但另外還有一個明顯的替代方案，就是針對與莎蘭德相關的一切啓動新的調查。如今已經有一項調查工作正在進行，以解決這整個混亂的糾紛。」

「我明白你的意思。」

「身爲本案的審判長，您有一個選擇。明智的做法是摒棄檢察官整個初步調查的結果，要求他做好他的功課。」

伊佛遜法官緊緊盯著埃克斯壯看了許久。

「而**正當**的做法則是立刻釋放我方當事人。此外她也應該獲得道歉，不過平反需要時間，也要視調查的其餘部分而定。」

「我知道你的重點，潘格蘭律師。但在宣判你的當事人無罪之前，我必須對整件事了解得一清二楚。這恐怕得花一點時間……」

他頓了一下，看著安妮卡。

「如果我延到星期一開庭，並答應你們的請求，因爲我看不出有什麼理由繼續羈押你們的當事人，這也意味著不管發生什麼事，她應該都不會被判刑，那麼你們能保證在接下來的程序中，她會隨傳隨到嗎？」

「當然。」潘格蘭馬上就說。

「不行。」莎蘭德尖聲說道。

所有人的目光都隨之轉向這整齣悲劇的核心人物。

「妳這是什麼意思？」伊佛遜法官問道。

「我一被釋放就要離開這個國家。我不想再多浪費一分鐘在這個庭訊上。」

「妳拒絕出庭？」

「沒錯，如果你還要問我問題，就要把我關起來。你一旦釋放我，就表示我這部分都結束了。那我就不必要讓你、讓埃克斯壯或其他任何警察隨時都找得到人。」

伊佛遜法官嘆了口氣。潘格蘭似乎也被搞糊塗了。

「我同意我當事人的想法。」安妮卡說：「是政府和官方人士對莎蘭德犯了罪，而不是相反的情形。至少也應該讓她能無罪走出這扇門，讓她有機會把整件事拋到腦後。」

絕不妥協。

伊佛遜法官瞄了手錶一眼。

「現在三點。也就是說我不得不下令羈押你們的當事人。」

「如果這是您的決定，我會接受。我身爲莎蘭德小姐的代理人，就埃克斯壯檢察官起訴的罪名，請求庭上宣判全部無罪。我請求庭上無條件並立刻釋放我方當事人。我也請求庭上撤銷她之前的失能宣告，立即恢復她的公民權。」

「關於失能宣告一事的過程明顯要長得多。我得看過精神科專家為她檢查後所作的聲明，不能驟下決定。」

「不行。」安妮卡說：「這我們不能接受。」

「為什麼？」

「莎蘭德必須和其他瑞典公民擁有相同權利。**她**是某項罪行的受害者，她是被**不實地**宣告失能，我們都聽到那次偽造文書的證詞了。因此讓她接受監護的判決缺乏法律基礎，必須毫無條件地撤銷。我方當事人沒有任何理由接受精神狀態檢驗。沒有人需要在受害之後還得證明自己精神正常。」

伊佛遜法官考慮了片刻。

「安妮卡女士，我明白這是特殊狀況。我先宣布休庭十五分鐘，讓大家可以伸伸腿、理理思緒。如果妳的當事人是無辜的，我不希望她今晚遭到羈押，但這也表示今天本庭必須繼續到最後。」

「我沒有意見。」安妮卡說。

布隆維斯特抱抱妹妹。「事情進行得如何？」

「麥可，我對付泰勒波利安真是太精彩了。他完全被我擊垮。」

「我就說妳是天下無敵的。說到底，這件案子主要並不是關於間諜和政府秘密單位，而是關於婦女所受到的暴力對待與施暴的男人。我雖然聽到看到的不多，但妳真是了不起。她會無罪開釋的。」

「你說得對。這點絕無疑問。」

伊佛遜法官敲響木槌。

「能不能請妳把事實從頭到尾簡述一遍，讓我能清楚了解眞正的經過？」

「好的，」安妮卡說：「那我就從那個駭人的故事說起。七〇年代中秘密警察局內有一個自稱『小組』的團體，他們掌控了一個蘇聯的叛徒。這個故事已經刊在今天的《千禧年》雜誌。我想這應該會是今晚所有新聞報導的頭條……」

晚上六點，伊佛遜法官決定釋放莎蘭德，並宣布她的失能宣告無效。

但有一個條件。伊佛遜法官要求莎蘭德接受訊問，就她所知爲札拉千科事件作證。起初她不肯答應。她的拒絕一度引發爭執，直到伊佛遜法官將身子往前傾直視著莎蘭德，並提高聲量說道：

「莎蘭德小姐，我撤銷妳的失能宣告就表示妳和其他公民擁有一模一樣的權利，也表示妳擁有同樣的義務。因此妳有責任管理自己的財務、繳稅、守法，並協助警方調查重大刑案。所以我現在要傳妳出庭應訊，凡是擁有可能有助於辦案的重要情報的公民都應該這麼做。」

這番理論的邏輯似乎起了作用。她嘟著嘴像是不高興，但已不再爭辯。

「等警方約談過妳之後，初步調查的負責人——在本案就是檢察總長——將會決定未來的訴訟程序中要不要傳妳作證。和其他任何瑞典公民一樣，妳可以拒絕應訊。妳要怎麼做與我無關，但這可不能全由妳作主。如果妳拒絕出庭，那麼就像其他成年人一樣，可能會被以妨礙司法或僞證罪起訴。不會有例外。」

莎蘭德的臉色更加陰沉。

「所以妳決定怎麼做？」伊佛遜法官問。

思考了一會之後，莎蘭德輕輕點了個頭。

好吧，妥協一點點。

當晚簡述札拉千科事件時，安妮卡對埃克斯壯檢察官毫不留情地展開攻擊，最後埃克斯壯坦承事情經過差不多就如安妮卡所描述。初步調查期間他獲得鈕斯壯警司的協助，並從泰勒波利安醫師那裡取得資訊。埃克斯壯本身並未涉及陰謀，他與小組合作純粹出於身爲初步調查負責人的誠意。當他終於了解整個陰謀的範圍，便決定撤銷對莎蘭德的一切指控，這個決定也表示可以省略許多行政手續。伊佛遜法官看似鬆了口氣。

潘格蘭在法院待了一整天，這是多年來第一次，因而感到疲憊萬分。他得回到厄斯塔復健之家，上床休息。有一名米爾頓保全的制服警衛護送他回去。臨走時，他一手按住莎蘭德的肩膀，兩人默默地互相注視。頃刻後她點了一下頭。

安妮卡在七點打電話給布隆維斯特告知莎蘭德全部被判無罪，但可能還得在警察總局待上幾個小時接受偵訊。

消息傳來時，《千禧年》所有工作人員都在辦公室。自從當天中午派專人將第一批雜誌送往全市各新聞編輯室之後，電話便響個不停。傍晚時分，TV4也播放了第一個關於札拉千科與「小組」的特別節目。今天的媒體可眞是大顯身手。

布隆維斯特走進大辦公室，手指伸進嘴裡吹了一聲響亮的口哨。

「好消息。莎蘭德無罪開釋。」

現場立刻響起掌聲。但每個人隨即又若無其事地繼續講電話。

布隆維斯特抬頭看著編輯室內開著的電視，TV4的新聞剛剛開始，預告是一支顯示約奈思偷偷將古柯鹼藏進他貝爾曼路公寓的短片。

「我們可以清楚看到一名國安局警員將某樣物品藏入《千禧年》雜誌記者麥可·布隆維斯特的住處，後來得知該物品是古柯鹼。」

接著主播出現在螢幕上。

「今天有十二名國安局員警因多項罪名遭到逮捕，其中包括殺人罪。歡迎收看這節延長播出的新聞報導。」

「She」開始以後，布隆維斯特關掉電視的聲音，接著便看見自己坐在攝影棚的扶手椅上。他已經知道自己說了什麼。他遙望著達格坐過的位子，他那些關於性交易活動的調查資料都不見了，桌上再次擺滿一堆堆的報紙和誰也沒時間整理的凌亂紙張。

對布隆維斯特而言，札拉千科事件是從那張桌子開始的，真希望達格也能看到事件的結局。他剛剛出版的新書和布隆維斯特自己那本關於「小組」的書並列堆放在桌上。

你一定會愛上這一刻的，達格。

這時他聽見自己辦公室裡的電話響了，卻沒力氣去接，於是將門拉上，轉而走進愛莉卡的辦公室，一屁股坐到窗邊那張舒服的椅子上。愛莉卡正在講電話。他四下張望一番。她已經回來一個月，卻還沒將四月離職時一併帶走的畫作與相片掛回去，書架也還是空空如也。

「感覺如何？」她掛上電話後問道。

「我想我很高興。」他說。

她笑起來。「《小組》會大賣。每個新聞編輯室都爲它瘋狂。你想不想上九點的『時事』，接受訪問？」

「不太想。」

「我猜也是。」

「這個話題還會持續幾個月，不必急在一時。」

她點點頭。

「你今天晚上要做什麼？」愛莉卡問道。

「不知道。」他咬咬嘴唇。「愛莉卡……我……」

「費格蘿拉。」愛莉卡面帶微笑地說。

他點點頭。

「這麼說你是認眞的？」

「我不知道。」

「她非常愛你。」

「我想我也愛上她了。」他說。

「我答應會保持距離直到……你知道的，也許，有一天。」她說。

八點，阿曼斯基和蘇珊出現在《千禧年》辦公室。他們覺得應該慶祝一下，因此從酒類專賣店搬來一箱香檳。愛莉卡與蘇珊擁抱後，將她介紹給每個同事認識。阿曼斯基則到布隆維斯特的辦公室坐下。

他們喝著香檳，有好一會兩人都沒開口，最後是阿曼斯基打破沉默。

「你知道嗎，布隆維斯特？我們第一次見面，談赫德史塔那份工作的時候，我不太喜歡你。」

「眞的嗎？」

「你來簽約雇用莉絲當調查員。」

「我記得。」

「我想我是嫉妒你。你才認識她幾個小時，她卻和你有說有笑。而我努力了幾年想當她的朋友，卻一次也沒能讓她露出微笑。」

「這個嘛……其實我也沒那麼成功。」

他們再度陷入沉默。

「一切都結束了，眞好。」阿曼斯基說。

「謝天謝地。」布隆維斯特說完，他們一同乾杯。

包柏藍斯基與茱迪負責對莎蘭德進行正式偵訊。他們兩人在歷經特別繁忙的一天後，本已回到家與家人在一起，卻又立刻奉命返回警察總局。

莎蘭德由安妮卡陪同。包柏藍斯基與茱迪提出的每個問題，她都詳實地回答，安妮卡幾乎都沒有發表意見或打岔。

莎蘭德有兩點始終沒有說眞話。在陳述史塔勒荷曼的事發經過時，她堅稱是她用電擊棒攻擊尼米南時，尼米南開槍誤射了藍汀的腳。她哪來的電擊棒？從藍汀那兒搜括來的，她如是說。

包柏藍斯基和茱迪都抱持懷疑，卻又沒有證據和證人能反駁她的說詞。尼米南當然有立場反駁，但卻拒絕談論那場意外，事實上被電擊棒擊昏後那幾秒鐘，他根本不知道發生什麼事。

至於哥塞柏加之行，莎蘭德自稱唯一的目的是說服父親向警方投案。

莎蘭德看起來誠實無欺，實在無法判別她有沒有說謊。安妮卡對此毫無所悉。

只有一個人確知莎蘭德前往哥塞柏加是爲了一次了結與父親之間的關係，那就是布隆維斯特。但重新開庭後不久，他便被請出法庭。誰也不知道莎蘭德被監禁在索格恩斯卡的夜裡，曾與布隆維斯特連線長談。

媒體完全錯過了她被釋放的消息。如果釋放時間被知道，警察總局門口將會被擠得水洩不通。不過《千禧年》上架後以及秘密警察遭其他秘密警察逮捕的消息所引發的混亂激動，已經讓不少記者焦頭爛額。

TV4「She」節目主持人是唯一知道來龍去脈的記者。她爲時一小時的報導成了經典，數月後還贏得年度最佳電視新聞報導獎。

茱迪將莎蘭德送出警局的方法很簡單，就是直接帶她和安妮卡到樓下車庫，開車載她們到安妮卡位於國王島教堂廣場的辦公室，然後換開安妮卡的車。茉迪離去後，安妮卡開往索德毛姆，經過國會大廈時她打破沉默。

「要上哪去？」

莎蘭德想了幾秒鐘。

「妳可以讓我在倫達路下車。」

「蜜莉安不在。」

莎蘭德看著她。

「她出院後不久就到法國去了。如果妳想連絡她，她住在父母親家。」

「妳怎麼沒告訴我？」

「妳一直都沒問。她說她需要一點空間。今天早上麥可給了我這個，說妳應該會想拿回去。」

她遞出一串鑰匙。莎蘭德收下後說道：「謝謝。那妳能不能讓我在福爾孔路下車？」

「妳甚至不想跟我說妳住在哪裡？」

「晚一點。現在我想一個人靜一靜。」

「好吧。」

離開警局後，安妮卡便將手機開機。經過斯魯森時，手機響了。她看了來電顯示。

「是麥可，這幾個小時內他每十分鐘就打一次電話。」

「我不想跟他說話。」

「告訴我……我能問一個私人問題嗎？」

「可以。」

「麥可對妳做了什麼讓妳這麼恨他？我是說，要不是他，妳今晚很可能又得回精神病院。」

「我不恨麥可，他也沒對我做什麼。我只是現在不想見他。」

安妮卡斜覷著她的當事人。「我不是想探人隱私，不過妳愛上他了對不對？」

莎蘭德看向窗外沒有回答。

「我哥哥在男女關係方面很不負責。他一輩子都在亂搞，有些女人對他產生了特殊感情，他卻好像不知道她們會有多痛苦。」

莎蘭德回頭看著她說：「我不想和妳討論麥可。」

「好。」安妮卡說。她來到厄斯塔街路口，未過街便將車停到一旁，問道：「這裡可以嗎？」

「可以。」

她們靜靜坐了片刻。莎蘭德沒有轉身開門，安妮卡於是熄掉引擎。

「接下來會怎麼樣？」莎蘭德終於問道。

「從今天開始妳再也不受監護了，想怎麼過日子都可以。雖然在地院打贏了官司，卻還是有一堆繁文縟節要處理，像是監護局內的責任調查報告和賠償的問題等等，還有刑事調查也會繼續。」

「我不想要什麼賠償。只希望不要有人再來煩我。」

「我了解。不過妳的希望起不了太大作用，這個過程不是妳能控制的。我建議妳給自己找個律師。」

「妳不想再當我的律師了？」

安妮卡揉揉眼睛。承受了一整天的壓力，她覺得自己已經油盡燈枯，現在只想回家洗個澡，讓丈夫給她揉揉背。

「我不知道。妳不信任我，我也不信任妳。一想到這漫長的過程中，每當我提出建議或想要討論什麼事，都只換來令人沮喪的沉默，我就不想捲入。」

莎蘭德好一陣子沒吭聲。

「我……我不擅長經營關係。但我的確是信任妳的。」

聽起來幾近於道歉。

「也許吧。你不善於經營關係並不是我的問題，但假如我擔任妳的律師，這就變成我的問題了。」

沉默。

「妳希望我繼續當妳的律師嗎？」

莎蘭德點點頭。安妮卡嘆了口氣。

「我住在菲斯卡街九號，摩塞巴克廣場上面。妳能載我過去嗎？」

安妮卡看了看她的當事人，然後發動引擎。她讓莎蘭德沿途報路，在離大樓不遠處停下來。

「好吧。」安妮卡說：「我們就試試看。我可以受妳委任，但有幾個條件。當我需要連絡上妳的時候，妳要有回應。當我需要知道妳希望我怎麼做的時候，妳要給我清楚的答案。如果我打電話說妳得和警察或檢察官或任何與刑事調查有關的人談話，就表示我已經認定這是必要的，妳就得準時出現在約定的地點，不能鬧脾氣。妳可以做到嗎？」

「可以。」

「只要妳開始惹麻煩，我就不再當妳的律師。明白嗎？」

莎蘭德點點頭。

「還有一件事。我不想捲入妳和我哥哥之間的不愉快。妳跟他要是有問題，就得解決。不過希望妳記住他不是妳的敵人。」

「我知道。我會處理的，只是需要一點時間。」

「妳現在打算做什麼？」

「不知道。妳可以用 email 和我連絡，我保證會盡快答覆，只是我可能不會天天收信……」

「妳不會因為有一個律師而變成奴隸的。好啦，暫時就先這樣。下車吧，我累死了，想回家睡覺。」

莎蘭德開了門下車，正要關門時又忽然停住，好像想說什麼卻找不到適合的語句。這一刻，她在安妮卡眼中幾乎是脆弱的。

「沒關係，莉絲。」安妮卡說：「回去好好睡個覺，暫時先別惹麻煩。」

莎蘭德站在路邊看著安妮卡的車漸漸遠去，直到尾燈消失在街角。

「謝謝。」她這才說出口。

第二十九章

七月十六日星期六至十月七日星期五

莎蘭德在玄關桌上看見自己的 Palm Tungsten T3，旁邊則放著她在倫達路公寓門外被藍汀襲擊時弄丟的車鑰匙和肩背包，另外還有寄到她在霍恩斯路的郵政信箱的郵件，有些拆了有些沒拆。**麥可．布隆維斯特**。

她緩緩地繞了公寓擺放家具的部分一圈，到處都能看到他的痕跡。他睡過她的床，在她的桌前工作，用過她的印表機，廢紙回收籃裡也有《小組》的草稿和丟棄的筆記。

他買了一公升牛奶、麵包、乾酪、魚子醬和一盒超大包裝的比利牌厚皮披薩，放在冰箱。

廚房餐桌上，她看到一個白色小信封，上面寫了她的名字。是他留的字條，很簡短，他的手機號碼，如此而已。

她知道現在輪到她了。布隆維斯特不會跟她連絡，他已經寫完故事、交回她的公寓鑰匙，他不會打電話給她。如果她想要什麼，可以打電話給他。**該死的豬頭王八蛋**。

她煮了一壺咖啡，做了四份開面三明治，然後坐到窗邊的位子眺望尤爾戈登。她點了根菸，陷入沉思。

一切都結束了，但她的生活卻似乎比以往更封閉。

蜜莉安去了法國。**都是我差點害死妳**。原本一想到要見蜜莉安就忍不住發抖，卻還是決定被釋放後的第一件事就是去找她。**不料她去了法國**。

她忽然虧欠了好多人。

潘格蘭。阿曼斯基。應該去向他們道謝。羅貝多。還有瘟疫和三一。就連那些該死的警察，包柏藍斯基和茉迪，也都很明顯地站在她這邊。她不喜歡虧欠人的感覺，好像成了棋盤上自己無法控制的棋子。

該死的小偵探布隆維斯特。也許還有那個臉上有酒窩、穿著昂貴服飾、渾身散發自信的**該死的愛莉卡**。

但一**切都結束了**，離開警局時安妮卡這麼說。沒錯，庭訊是結束了，對安妮卡來說結束了，對布隆維斯特來說也結束了。他出了書，最後會上電視，很可能還會拿個什麼亂七八糟的獎。

但對莎蘭德來說還沒結束。她後半生的第一天才剛開始。

到了凌晨四點，她不再想了。她把那身龐克服丟在臥室地板，進浴室沖了個澡，卸掉出庭時化的濃妝，穿上寬鬆的深色亞麻長褲、白上衣和薄夾克。接著打包過夜用的換洗內衣褲和幾件上衣，穿上輕便的步行鞋。

她拿起掌上型電腦，打電話叫計程車到摩塞巴克廣場接她，直奔亞蘭達機場，抵達時還差幾分鐘六點。她看著起飛時間表，第一眼看上哪裡就買了機票。她用的是自己的護照、自己的名字。沒想到售票櫃檯和出關櫃檯竟沒有人認出她來，或是對她的名字有反應。

她搭了早班飛機飛往馬拉加，在正午的炎炎烈日下降落。她在航站大廈裡站了一會，不太知道怎麼辦。最後去看地圖，想想來到西班牙可以做些什麼。片刻過後，她決定了。她沒有浪費時間研究巴士路線或其他交通方式。在機場商店內買了一副太陽眼鏡後，便走到外頭的計程車招呼站，爬上第一輛車的後座。

「直布羅陀。我刷信用卡。」

沿著海岸的新公路開了三個小時。計程車讓她在英國的護照檢查哨下車，她徒步通過國界，走到歐羅巴路上的岩石飯店，就位在四百二十五公尺高的獨立巨石斜坡中途。她問櫃檯有沒有房間，他們說還有一間雙人房，於是她訂了兩星期，並遞出信用卡。

她淋浴後裹著浴巾坐在陽臺上，眺望直布羅陀海峽，可以看見貨輪和幾艘遊艇。隔著霧氣，只能隱約看見海峽對岸的摩洛哥。感覺很平和。

過了一會，她進到房間躺下就睡了。

第二天早上莎蘭德五點醒來，起床淋浴後，到飯店一樓的酒吧喝咖啡，七點離開飯店去買芒果和蘋果。她搭著計程車到岩頂，走向猩猩群。由於時間太早，遊客少之又少，幾乎只有她和動物獨處。

她很喜歡直布羅陀。這個位於地中海的英國城鎮，人口稠密到荒謬的地步，這是她第三次造訪鎮上的怪岩。直布羅陀是個非常與眾不同的地方。這座殖民城鎮隔離了數十年，始終堅持不肯併入西班牙。西班牙人當然會抗議土地被占領。（但莎蘭德認為只要西班牙人還占著對岸摩洛哥領土上的休達，就應該閉嘴。）這是個與世隔絕而有趣的地方，鎮上矗立著一塊奇怪岩石，約占兩平方公里城鎮面積的四分之三，還有一個起點終點都是大海的機場。殖民地實在太小，每寸土地都利用到了，只要一擴建就是在海上。就連旅客進城，也得先走過機場的起落跑道。

直布羅陀為「緊密生活空間」的觀念，賦予了全新的意義。

莎蘭德看著一隻巨大的公猩猩爬上小路旁的岩壁。牠怒視著她。那是一隻北非無尾猿。她知道最好別試圖去撫摸那樣的動物。

「哈囉，朋友。」她說道：「我回來了。」

第一次來直布羅陀時，她甚至沒聽說過這些猩猩。當時只是想爬到岩頂看風景，後來跟著幾名遊客走，才赫然發現身旁有一群猩猩在小路兩旁靈活地爬來爬去。

走在一條小路上，忽然被二十多隻猩猩圍繞的感覺很奇妙。她小心翼翼地盯著牠們看。猩猩們並不危險或粗暴，但假如被惹惱或感覺受威脅，肯定能狠狠咬你一口。

她找到一名管理員，給他看了自己那袋水果，問他能不能餵猩猩吃。他說沒關係。於是她拿出一顆芒果，放在離公猩猩有點距離的牆上。

「吃早餐。」她說完倚在牆上，咬了一口蘋果。

公猩猩瞪著她，露出牙齒，隨後心滿意足地拿起芒果。

五天後的下午三、四點時，莎蘭德從哈利酒吧的凳子上跌落下來，酒吧位在大街的某巷弄內，與飯店隔著兩條街。自從離開岩石上的猩猩之後，她幾乎都處於酒醉狀態，而且多半都是和酒吧老闆哈利．歐康納一起喝。哈利一輩子沒去過愛爾蘭，那口愛爾蘭口音是裝的。他憂心忡忡地看著莎蘭德。

幾天前她開始點酒喝時，他還要求看她的證件。她名叫莉絲，這他知道，他都喊她莉莉。她會在午餐過後進來，坐在吧檯最盡頭的高腳凳上，背靠著牆，然後喝下為數可觀的啤酒或威士忌。

喝啤酒時，她不在乎品牌和種類，他倒什麼她就喝什麼。若是點威士忌，她總會選 Tullamore Dew，只有一回她研究了吧檯後面的酒瓶之後改點 Lagavulin。當酒杯遞到她面前，她先聞一聞，瞪著看了一會，然後啜一小口。她放下酒杯，又盯著看了好一會，表情彷彿覺得那杯中物是致命的敵人。

最後她將酒杯推到一旁，要哈利再給她倒一杯沒那麼難喝的東西。他另外倒了一杯 Tullamore Dew，她又繼續喝起來。過去四天來，她喝了將近一整瓶，至於啤酒他沒算。哈利很驚訝像她這麼瘦小的女孩竟然這麼會喝，但他心想如果她想喝酒，就算不在他這裡，也會到其他地方喝。

她喝得很慢，不跟其他客人說話，也不惹是生非，除了喝酒之外，唯一做的事好像就是玩一部偶爾會和手機連線的掌上型電腦。有幾次他試著找話題聊天，她卻沉著臉不應聲，似乎不想找伴。有時候酒吧裡太多人，她會移位到外面的露天座，也有時候會到隔兩道門的義大利餐館用餐。吃過飯又會回到哈利酒吧，再點一杯 Tullamore Dew。她通常會在十點離開酒吧，搖搖晃地離去，每次都往北走。

今天她比往常喝得更多、更快，哈利一直在留意她。見她在兩個小時多一點的時間裡乾掉七杯 Tullamore Dew，便決定不再給她倒酒，也就在此時聽到她砰地一聲跌落高腳凳。

他放下手中正在擦拭的杯子，繞出櫃檯扶她起身。她似乎生氣了。

「我覺得妳喝夠了，莉莉。」他說。

她看著他，眼神朦朧。

「我想你說得對。」她以出奇清醒的聲音說。

她一手扶著吧檯，另一手從上衣口袋掏出幾張紙鈔，然後踉踉蹌蹌朝大門走去。哈利輕輕搭著她的肩膀。

「等一等。妳何不到廁所去把最後那一點威士忌吐掉，然後在吧檯坐一會？妳這個樣子，我不想讓妳走。」

她沒有反對，乖乖地跟著他到廁所去。她把手指伸進喉嚨。等她回到吧檯，哈利倒了一大杯蘇打水，她整杯喝光還打了嗝。他再倒一杯。

「妳明天早上會痛苦死。」哈利說。

她點點頭。

「這不關我的事，但換作是我，我會讓自己清醒幾天。」

她點點頭，然後又走回廁所去吐。

她又在酒吧裡待了一個小時，直到看起來夠清醒了，哈利才讓她走。她搖搖擺擺地離開酒吧，朝機場的方向走，然後沿著海岸線繞行遊艇停泊港。她一直走到過了八點，等腳底下的土地不再晃動，才回飯店去。搭電梯回到房間，刷牙洗臉換衣服，再下樓到飯店酒吧點一杯黑咖啡和一瓶礦泉水。

她坐在一根柱子旁邊的隱蔽角落，靜靜地觀察酒吧裡的人。有一對三十多歲的男女正在輕聲交談，女子穿著淺色夏日洋裝，男子放在桌下的手握著她的手。隔兩張桌子是一個黑人家庭，男子兩鬢已開始發白，女子穿著黃、黑、紅色彩繽紛的美麗洋裝，另外還帶著兩個幼兒。她繼續觀察一群商業人士，他們穿白襯衫打領帶，外套披掛在椅背上，正在喝啤酒。她又看到一群較年長的人，無疑是美國遊客，男性都穿戴著棒球帽、polo 衫與寬鬆長褲。她看著一個穿淡色亞麻外套、灰色襯衫配深色領帶的男人從街上走進來，到櫃檯拿了房間鑰匙後才進酒吧點啤酒喝，他距離她大約三公尺。當他拿出手機開始用德語講電話，她以觀望的眼神看著。

「嗨，是妳嗎？……一切都還好吧？……很順利，明天下午開下一場會……不，我想應該會解決……我至少會在這裡待五、六天後再去馬德里……不，下個週末前不會回去……我也愛妳……當然……過兩天再打給妳……親親。」

他大概一百八十五公分再高一點，五十歲左右，也可能五十五歲，稍長的金髮略轉花白，下巴很短，中廣身材，但保持得還算不錯。他正在看《金融時報》。當他喝完啤酒往電梯走去，莎蘭德也起身隨後跟去。

他按了六樓。莎蘭德站在他旁邊，頭靠在電梯側邊。

「我喝醉了。」她說。

他低頭微笑著說：「是嗎？」

「我整整喝了一個星期。我猜猜看，你應該是生意人，從漢諾威或德國北部其他地方來的。結婚了，很愛老婆，還要在直布羅陀待上幾天。你剛才在酒吧講電話我聽到了。」

男子看著她，驚訝不已。

「我來自瑞典，現在有很強烈的做愛慾望。我不在乎你結婚了，也不要你的電話號碼。」

他有點受到驚嚇。

「我住七一一號房，就在你的樓上。我現在要回房間洗澡上床，如果你想陪我，半小時內來敲我的門，不然我就睡了。」

「妳是在開玩笑嗎？」電梯停時，他問道。

「不是。我只是懶得上酒吧去釣男人。要不要來敲我的門隨便你。」

二十五分鐘後，莎蘭德的房外有人敲門。她裹著浴巾去開門。

「進來吧。」她說。

他進房後疑慮地四下環視。

「只有我一個人。」她說。

「妳到底幾歲？」

她拿起放在抽屜櫃最上層的護照遞給他。

「看起來比較年輕。」

「我知道。」她說著除去浴巾丟到椅子上，然後走到床邊拉開床罩。

她轉頭看見他正盯著自己的刺青。

「這不是陷阱。我是個單身女子，會在這裡住幾天。我已經好幾個月沒做愛了。」

「爲什麼選上我？」

「因爲你是酒吧裡唯一看起來沒帶伴的男人。」

「我結婚了……」

「我不想知道你老婆是誰，甚至不想知道你是誰，我也不想談社會學。我想性交。脫衣服，不然就回你的房間去。」

「就這樣？」

「是啊，有何不可？你是個成年男子了，知道自己該做什麼。」

他思考了整整三十秒，看起來好像要離開似的。她坐在床沿等著。他咬咬嘴唇，隨後脫下褲子和襯衫，只穿著四角褲站在那裡猶疑不定。

「脫掉。」莎蘭德說：「我不想跟穿著內褲的人上床，而且你得用保險套。我知道自己做了什麼，卻不知道你做了什麼。」

他脫掉短褲走到她身邊，一手按著她的肩膀。當他俯身親吻，莎蘭德閉上了眼睛。他的味道不錯。她任由他將自己推倒在床上，重重地壓上身來。

事務律師傑瑞米·麥米倫來到位於遊艇停泊港上方皇后道碼頭布坎南館的辦公室，正要開門之際，頸背寒毛直豎。門鎖已經打開了。他一開門便聞到菸草味還聽到椅子的吱嘎聲。此時七點不到，他第一個念頭是撞見闖空門的竊賊了。

接著他聞到小廚房傳出咖啡香。幾秒鐘後，他遲疑地跨過門檻、走下廊道，往裝潢優雅的寬敞辦公室探頭一看，莎蘭德就坐在他的辦公椅上，背向著他，雙腳翹在窗臺上。他的個人電腦開著，她顯然毫無問題便破解了他的密碼，也毫無問題地打開了他的保險箱，因爲她腿上正擺著他存放最私密的信件與帳本的文件夾。

「早啊，莎蘭德小姐。」他終於開口。

「啊，你來了。」她說：「廚房裡有剛煮好的咖啡和牛角麵包。」

「謝謝。」他說完，認命地嘆了口氣。

這間辦公室畢竟是用她的錢、依她的吩咐買的，只是沒想到她會毫無預警地出現。而且她還發現了他藏在辦公桌抽屜裡的一本同志色情刊物，並顯然翻閱過了。

眞難爲情。

也或許還好。

說到莎蘭德，他覺得從未見過比她更具批判性格的人，但對於他人的弱點她卻從未表現過一絲輕蔑。

她知道他表面上是異性戀，其實在不爲人知的一面他是喜歡男人的；自從十五年前離婚後，他便開始實現自己最私密的幻想。

但說也奇怪，和她在一起我覺得很安全。

既然都已經來到直布羅陀，莎蘭德決定去拜訪爲她處理財務的麥米倫。自從新年剛過之後，她便未再和他連絡過，她想知道這段期間他有沒有忙著讓她破產。

不過不急，她可不是爲了他才會一被釋放就直奔直布羅陀。這麼做是因爲她熱切地渴望逃離一切，而直布羅陀正是絕佳選擇。她幾乎醉醺醺地過了一個星期，接下來幾天和那個德國生意人上床，他後來說他叫迪特，但她懷疑這不是眞名，卻也懶得去查證。那幾天他白天開會，晚上和她一起用餐之後便回到他的或是她的房間。

他的床上功夫很不賴，莎蘭德心想，只不過有點疏於練習，有時則顯現不必要的粗魯。

迪特似乎眞的很驚訝，她竟會一時衝動挑上一個肥胖的德國商人，何況他原本根本無意於此。他確實結婚了，也沒有在出差時出軌或打野食的習慣。但機會自動送上門來，而且還是個瘦小的刺青女郎，他實在禁不住誘惑，至少他是這麼說的。

莎蘭德不太在意他說什麼，反正她只想放鬆地享受性愛，但還是感激他確實努力地滿足她。到了第四個晚上，他們在一起的最後一夜，他忽然驚慌起來，開始擔心太太會怎麼想。莎蘭德覺得他應該閉上嘴，對妻子絕口不提。

不過她沒有把自己的想法告訴他。

他已經是成年人，當初也可以拒絕她的邀約。如今無論他是否感到內疚或是否向老婆坦白，都不是她的問題。她背對他躺著，聽他嘮叨了十五分鐘，最後氣得眼珠子一翻，轉過身來跨騎到他身上。

「你能不能不要再煩惱那些有的沒的，再給我一次高潮？」她說。

麥米倫則完全是另一回事。他對她毫無性吸引力，他是個騙子。有趣的是，他和迪特長得很像：四十八歲，有點太胖，深金色鬈髮開始轉白。他把頭髮整個往後梳，露出高高的額頭，戴著一副細金框眼鏡。

他劍橋畢業，曾經在倫敦當商業律師兼證券經紀人，是某家以大企業以及對房地產與稅務規畫感興趣的富有雅痞爲主要客戶的律師事務所的合夥人，一度前景看好。在活絡的八〇年代，他常與暴發戶名人爲伍，不僅酒喝得凶，還和一些人吸食古柯鹼，但偏偏又很不想第二天一睜眼就看到這些人躺在自己身旁。他從未被判過刑，卻因爲搞砸了幾件案子，又醉茫茫地出席一場調解聽證會，而先後失去了妻兒與工作。

他酒醒之後也沒多想，便夾著尾巴逃離倫敦。爲何選擇直布羅陀，他不知道，但就在一九九一年和當地一名事務律師合夥，開了一家從事地下業務的小事務所，表面上處理諸如不動產規畫、遺囑之類不太起眼的事，私底下麥米倫－馬克斯事務所也會協助設立郵政信箱公司，並爲歐洲一些可疑人物擔任守門員的工作。在莎蘭德將她從瑞典金融家溫納斯壯即將垮台的帝國中偷來的二十幾億克朗交由麥米倫管理之前，他們事務所的收支幾乎只是打平。

麥米倫是個騙子，這點毫無疑問，但她把他視爲**自家的**騙子，連他自己也很驚訝在處理她的事務上竟能如此誠實。她起先只是雇用他做一項簡單的工作。他以微薄的酬勞設立好幾家郵政信箱公司供她使用，她各放了一百萬美元進去。她曾以電話和他連絡，始終只是個遙遠的聲音。他從未試圖打探這些錢的來源，只是照她的吩咐做，然後拿五％的佣金。過了一陣子，她轉了一大筆錢要他用來成立黃蜂企業，接著購買斯德哥爾摩的一間豪宅。與莎蘭德的交易儘管仍只是小額外快，但利潤愈來愈高了。

兩個月後，她來到直布羅陀，並打電話邀他到岩石飯店的房間一起用餐，這間飯店在直布羅陀即使不是最大也肯定是最有名的一間。他其實不太知道自己有何預期，但實在不敢相信客戶竟是這個彷彿才十來歲、像個娃娃一樣的女孩。他心想八成是被當成惡作劇的對象給耍了。

他很快就改變了想法。這個奇怪的女孩和他說話絲毫不帶情感，從來不笑也不展現絲毫熱情，甚至連冷淡也沒有。短短幾分鐘內，她便將他一直小心維護的專業體面形象完全抹煞，他呆坐在那裡無法動彈。

「妳想要什麼？」他問道。

「我偷了一筆錢。」她非常嚴肅地回答：「我需要找個騙子來處理一下。」

他瞪著她，暗自懷疑這女孩不正常，但還是假裝配合。也許可以設個騙局，從她身上撈到一點好處。接下來當她解釋這筆錢是從誰那兒，又是如何偷來的，金額有多少時，他簡直有如五雷轟頂。溫納斯壯事件是全球國際金融圈最熱門的話題。

「我明白了。」

他腦中閃過許多可能性。

「你是個傑出的商業律師兼證券經紀人。如果你很笨，就拿不到你在八〇年代做的工作。不過你卻做出笨蛋行爲，害自己被炒魷魚。」

他畏縮了一下。

「將來我會是你唯一的客戶。」

她用一種他前所未見的純眞表情看著他。

「我有兩個條件。第一，你絕對絕對不能犯罪或捲入可能給我們製造麻煩的事情，而導致有關當局注意到我的公司和帳戶。第二，絕對不要跟我說謊，絕對，一次也不行，不管什麼原因都不行。假如你說謊，我們的業務關係馬上終止，要是惹毛了我，我會毀掉你。」

她替他倒了杯酒。

「你沒有理由對我說謊，因爲你一生中值得知道的事我都知道了。我知道你旺季一個月賺多少，淡季一個月賺多少。我知道你花費多少。我知道你的錢其實從來就不夠花。我知道你的長期和短期債務總共欠十二萬英鎊，而且總會冒險偷一點錢來付貸款。你穿昂貴的衣服努力維護門面，實際上卻很落魄，都已經幾個月沒買一件新的運動夾克。倒是兩個星期前曾經拿舊夾克去補襯裡。你以前會蒐集善本書，但已開始慢慢出售，上個月才以七百六十英鎊賣出一本早期出版的《孤雛淚》。」

她不再出聲，只是目不轉睛地看著他。他乾嚥一口口水。

「其實你上星期大賺了一筆。詐騙那個委託你的寡婦，手法相當高明。你偷了她六千英鎊，她可能永遠也不會發現。」

「妳怎麼會知道這個？」

「我知道你結過婚，有兩個孩子在英國卻不想見你，離婚後生活起了巨變，現在以同性戀的關係爲主。你可能覺得羞恥，所以避免進出同志俱樂部，也盡量不和男性友人一同出現在城裡。你常常越過邊界到西班牙去和男人約會。」

麥米倫震驚到了極點，也忽然感到恐懼。不知道她是怎麼得知這些訊息，但光是這些便足以毀滅他。

「這話我只說一次。你跟誰做愛是你家的事，與我無關。我想知道你是什麼樣的人，但絕不會利用我知道的事去威脅或勒索你。」

麥米倫不是傻瓜。他當然非常清楚她對自己所知的一切已經構成威脅，控制權在她手上。有那麼一刻，他眞想把她揪起來丟出露臺，但最後壓抑了下來。他這輩子從未如此害怕過。

「妳想要什麼？」他強自鎭定地問。

「我要和你合夥。你把現在手邊的其他業務都結束掉，只爲我工作。我的公司能讓你賺很多錢，多到你作夢也想不到。」

她將自己要他做的事以及希望他怎麼安排的方式解釋一遍。

「我要隱身幕後。」她說：「所有事情都由你來代我管理。一切都要合法。我自己賺的錢不會和我們共同的事業扯上任何關係。」

「我懂了。」

「你有一個星期可以解決其他客戶，終止所有的小計謀。」

他也明白這個提議是千載難逢的機會，考慮了六十秒鐘後答應了。他只有一個問題。

「妳怎麼知道我不會坑妳？」

「想都別想，不然你淒慘的下半輩子都會後悔。」

他沒有理由作弊。莎蘭德提出的條件有可能讓他從此脫離困境，若只為一點蠅頭小利而冒險未免太愚蠢。只要他夠謹慎，不要在帳目上出錯，未來就有保障了。

因此他沒想過要坑莎蘭德小姐。

他很誠實地，或者應該說以一個窮途末路的律師最誠實的態度，管理一筆天文數字般的贓款。

莎蘭德對於財務管理毫無興趣。麥米倫的工作就是替她投資，並隨時有足夠的錢支付她的信用卡。她會告訴他錢怎麼處理，他只要照著做就是了。

大部分的錢都投資在優質基金，可以讓她後半輩子即使生活揮霍無度，經濟也能獨立自主。她的信用卡費用就是用這些基金支付的。

剩下的錢他可以自由利用與投資，只要不沾上任何可能招惹警察的事就行了。她禁止他犯一些愚蠢的小罪或設一些低劣的騙局，否則倒楣的話可能會被調查，連帶她也會受到盤查。

再來只剩一件事要談，就是他的酬勞。

「我會先預付你五十萬英鎊，你可以用這筆錢去還清債務，剩下的也還不少。然後你得自己賺錢。你要用我們倆的名義開一家公司，公司盈利你拿二〇％。我要你夠有錢以免心生歹念，但又不能太有錢以免變得怠惰。」

他從前一年二月一日開始新工作，到了三月底便還清所有欠債，個人財務狀況也穩定下來。莎蘭德堅持要他先打理好自己的事，解決所有債務。五月時，他與酗酒的同事喬治．馬克斯解除合夥關係，雖然對昔日的夥伴有點過意不去，但讓他涉入莎蘭德的業務是絕不可能的。

七月初他找莎蘭德談論了此事。當時她毫無預警地回到直布羅陀，發現麥米倫的辦公地點在自己的住處，而不是原先的辦公室。

「我的合夥人是個酒鬼，無法處理這些事情，而且可能是個巨大的危險因子。可是十五年前他找我合夥，救過我一命。」

她凝視著麥米倫的臉，思考了一會。

「我明白了，你是個忠心的騙子，這或許是值得讚許的優點。我建議你開個小額帳戶讓他玩玩，順便確保他每個月有幾千克朗的進帳，日子可以過得下去。」

「妳沒關係嗎？」

她點點頭，環顧了一下他的單身公寓。他住在醫院附近巷弄內的公寓，附有一個小廚房。這地方唯一可取之處就是視野。但話說回來，這樣的視野在直布羅陀很難避得開。

「你需要一個辦公室和好一點的住處。」她說。

「我沒時間。」他說。

於是她便出去替他找辦公室，最後選了位於皇后道碼頭布坎南館內一個一百三十平方公尺大的地方，還有一個面海的小陽臺，這裡肯定是直布羅陀的高級地段。她還聘請室內設計師進行翻新裝潢。

麥米倫還記得當自己忙著處理文件之際，莎蘭德親自監督裝設了警報器、電腦設備與保險箱，就是今天早上他進辦公室時她已經翻搜過的那個。

「我遇上麻煩了嗎？」他問道。

她放下正在瀏覽的信函文件夾。

「不，麥米倫，你沒有遇上麻煩。」

「那就好。」他說著給自己倒了杯咖啡。「妳總會在最意想不到的時候出現。」

「我最近很忙。我只是想知道現在情況如何。」

「據我所知，妳涉嫌殺了三個人、頭部中彈還因爲各式各樣的罪名被起訴。我擔心了好一陣子，以爲妳入獄了。妳該不是越獄逃跑吧？」

「不是，我被判無罪開釋了。你聽說了多少？」

他遲疑了一下。「是這樣的，我一聽說妳有麻煩，就請一家翻譯社搜尋瑞典媒體報導，定期給我最新消息。一切細節我都很清楚。」

「如果你的消息都是從報上看來的，那麼你什麼也不清楚。不過我敢說你發現了我的一些秘密。」

他點點頭。

「接下來要怎麼辦？」他問道。

她吃驚地看他一眼。「沒怎麼辦，還是跟以前一樣。我在瑞典的問題對我們的關係毫無影響。跟我說說我不在的時候發生了什麼事。你情況還好吧？」

「我沒喝酒，如果你想問的是這個。」

「不是。只要不危害我們的事業，你的私生活與我無關。我是說比起一年前，我是更有錢還是更窮？」

他拉過一張訪客椅坐下。其實他並不在意她坐**他的**椅子。

「妳匯了二十四億給我，我們用兩億替妳投資基金，其他的由我全權處理。」

「所以呢？」

「妳的個人基金只多出利息。我可以讓妳增加收益，只要……」

「我對增加收益沒興趣。」

「好吧，妳花的錢微不足道，主要的支出就是我替妳買的公寓和妳爲那個潘格蘭律師設立的基金會，其餘花費都很正常。利率還算不錯，所以差不多打平。」

「好。」

「其他的我拿去投資了。去年獲利不多，我有點生疏了，所以又花時間重新熟悉市場。這段時間只有支出，直到今年才開始有收入。從今年初起大約賺進七百萬，我是說美元。」

「其中你拿二〇%。」

「其中我拿二〇%。」

「你滿意嗎？」

「我在六個月內賺了一百多萬美元。是的，我很滿意。」

「你要知道……人不應該太貪心。當你滿意的時候可以減少工作時間，只要偶爾花幾個小時留意我的事就行了。」

「一億美元。」他說。

「什麼？」

「等我賺到一億美元就收山。我生命中有妳出現是件好事，我有很多事想跟妳談談。」

「說吧。」

他兩手往上高舉。

「這麼多錢實在把我嚇死了，我不知道如何處理。我不知道公司除了賺錢還有什麼目的。這些錢又要做什麼用？」

「我不知道。」

「我也是。但賺錢本身也可能變成目的，這太瘋狂了，所以我決定一旦給自己賺進一億就從此罷手，不想再承擔任何責任。」

「好啊。」

「但在我結束之前，希望妳能決定將來如何管理這筆錢。總得要有個目標、方針和某種可以接手的組織。」

「嗯。」

「現在這種經營方式根本不可行。我已經分配好了，一部分金額作固定的長期投資，房地產、有價證券等等。電腦上有完整的清單。」

「我看過了。」

「另一半我拿去作投機買賣，但因爲金額太大很難追蹤，所以我在澤西成立了一家投資公司。目前妳在倫敦有六名員工。兩個是年輕又優秀的經紀人，還有幾個辦公職員。」

「黃舞廳有限公司？我還在想那會是什麼呢！」

「是我們的公司。在直布羅陀這裡我雇用了一個秘書和一個前途看好的年輕律師。對了，他們再半個小時就會到。」

「我知道。莫莉．佛林特，四十一歲，和布萊恩．狄萊尼，二十六歲。」

「你想見他們嗎？」

「不用。布萊恩是你的情人嗎？」

「什麼？不是。」他似乎很震驚。「我不會公私不……」

「好。」

「順帶一提，我對年輕小夥子沒興趣……我是說缺乏經驗的那些。」

「對……成熟健壯的男人比乳臭未乾的小子更吸引你，這還是不關我的事，不過麥米倫……」

「什麼？」

「小心點。」

本來莎蘭德並不打算在直布羅陀待超過兩個星期，她心想兩星期剛好足夠讓自己釐清現狀，但卻忽然發現不知道要做什麼或該上哪去，於是一住便是三個月。她每天會收一次信，難得幾次安妮卡來信連絡，她也會立刻回覆，只是沒有告訴她自己身在何處。至於其他電子郵件，她一概不回。

她還是會上哈利酒吧，但現在只是晚上來喝個一、兩杯啤酒。白天大部分時間都待在飯店，要不是在陽臺就是在床上。曾和一名三十歲的皇家海軍軍官發生過關係，不過純粹是一夜情，而且十分無趣。

她覺得無聊了。

十月初某日，她和麥米倫一塊吃晚飯。她停留的這段時間，他們只見過幾次面。此時天色暗了，他們喝著一種果香濃郁的白酒，一面討論她那數十億的用途。說到一半，他出其不意地問她有什麼心煩的事。

她端詳了他許久，一面暗自琢磨。隨後也同樣出其不意地說出自己與蜜莉安的關係，以及蜜莉安如何差點被毆致死的經過。而這都要怪她莉絲。除了託安妮卡問候過一次之外，莎蘭德毫無蜜莉安的音訊。現在她人去了法國。

麥米倫默默地聽著。

「妳愛她嗎？」他最後問道。

莎蘭德搖搖頭。

「不，我想我不是那種會愛人的人。她是我的朋友，而且我們發生過關係。」

「沒有人能不愛人。」他說：「他們也許想否認，但友誼很可能是最常見的一種愛。」

她驚訝地看著他。

「如果我說些妳私人的事，妳不會生氣吧？」

「不會。」

「拜託妳，去巴黎吧。」他說。

她在下午兩點半降落在戴高樂機場，搭上機場巴士前往凱旋門，在附近一帶閒晃了兩個小時，想找下榻的飯店。她朝著塞納河往南走，最後在哥白尼街找到一家小旅館叫「維克多．雨果」。

她沖澡之後打電話給蜜莉安。當天晚上兩人在聖母院附近一家酒吧碰面，蜜莉安穿了一件白襯衫外搭夾克，看起來美極了，莎蘭德頓時感到羞怯。她們互相親吻臉頰。

「對不起，沒打電話給妳，妳開庭的時候我也沒去。」蜜莉安說。

「沒關係，反正庭訊也是禁止旁聽。」

「我在醫院待了三個星期，後來回到倫達路以後整個一團亂，晚上都睡不著，一直作噩夢夢見那個王八蛋尼德曼。我打電話給我母親，跟她說我想來巴黎。」

莎蘭德說她明白。

「請妳原諒我。」蜜莉安說。

「別傻了，我才是來這裡請求你原諒**我**的。」

「為什麼？」

「我當時沒想仔細。我萬萬沒想到把舊公寓讓給妳住，會讓妳面臨那麼大的危險。妳差點遇害都是我的錯，妳恨我也是應該的。」

蜜莉安似乎不敢置信。「莉絲，我從來沒這樣想。企圖殺我的人是尼德曼，不是妳。」

她們沉默對坐片刻。

「好吧。」莎蘭德終於開口。

「對。」蜜莉安應道。

「我追妳追到這裡來不是因為我愛妳。」莎蘭德說。

蜜莉安點點頭。

「我們做愛的感覺很棒，但我並不愛妳。」

「莉絲，我想……」

「我只是想說我希望妳……**唉呀！**」

「什麼？」

「我沒有太多朋友……」

蜜莉安又點頭。「我會在巴黎待一陣子。在瑞典念書念得亂七八糟，所以轉到這兒的大學註冊，應該至少會待一學年。之後我也不知道，不過我終究會回斯德哥爾摩。我現在還在付倫達路的管理費，那間公寓我打算留下，如果妳沒意見的話。」

「那是妳的公寓，妳想怎麼樣就怎麼樣。」

「莉絲，妳是個非常特別的人。」蜜莉安說：「我還是想當妳的朋友。」

她們聊了兩個小時。莎蘭德沒有理由向蜜莉安隱瞞自己的過去，凡是能看到瑞典報紙的人都知道札拉千科的事，而且蜜莉安還興致勃勃地密切留意相關報導。她也向莎蘭德詳細敘述那天晚上羅貝多在紐克瓦恩救她一命的經過。

接著她們一起回到蜜莉安在大學附近的學生宿舍。

尾聲

遺產清冊

十二月二日星期五至十二月十八日星期日

安妮卡和莎蘭德約九點在梭德拉劇院的酒吧碰面，莎蘭德喝啤酒，而且已經快喝完第二杯。

「抱歉我來晚了。」安妮卡瞄著手錶說：「剛才有個當事人要應付。」

「沒關係。」莎蘭德說。

「妳在慶祝什麼？」

「沒有，只是想喝醉。」

安妮卡狐疑地看著她，然後坐下。

「妳經常有這種感覺嗎？」

「我被釋放後喝得爛醉，不過沒有酗酒的傾向。我只是想到這輩子我第一次可以在瑞典合法地喝醉酒。」

安妮卡點了一杯金巴利利口酒。

「好吧。妳想一個人喝，還是想有個伴？」她問道。

「最好是一個人，但如果妳不要太多話，可以跟我一起坐。我想妳應該不想和我回家做愛。」

「妳說什麼？」安妮卡驚訝地問。

「沒錯，應該不想。妳是那種根深柢固的異性戀者。」

安妮卡忽然覺得有趣。

「我這輩子第一次有當事人提議要跟我上床。」

「有興趣嗎？」

「沒有，一點也沒有，抱歉。但還是謝謝妳的提議。」

「那麼妳有什麼事呢，大律師？」

「兩件事。要嘛我現在馬上終止妳的委任，要嘛我打電話妳就得接。妳被釋放的時候我們就討論過了。」

莎蘭德望著安妮卡。

「我已經找妳一個星期，又打電話、又寄信、又送email。」

「我出門去了。」

「事實上幾乎一整個秋天都找不到妳的人，這樣眞的不行。我說我會代表妳和政府進行一切協商，這裡頭有程序要跑、有文件要簽名、有問題要回答，我必須要能連絡上妳，我可不想像個白癡一樣不知道妳跑哪去。」

「我後來又離開了兩個星期，昨天回家以後，一知道妳找我就馬上打電話了。」

「這樣還不夠。妳得讓我知道妳在哪裡，每星期至少連絡一次，直到這些賠償事宜全部解決爲止。」

「我才不要什麼賠償，我只要政府讓我清靜一點。」

「可是不管妳有多想，政府都不會讓妳清靜。妳的無罪開釋啓動了一長串的後續發展，而且不只關係到妳。泰勒波利安將因爲他對妳做的事而被起訴，妳必須出面作證；埃克斯壯因爲失職要接受調查，如果最後發現他聽命於『小組』而故意忽視職責，恐怕也會被起訴。」

莎蘭德雙眉高聳，一度顯得頗感興趣。

「但我想應該不會，他是被『小組』誘入陷阱，事實上和他們並無關連。不過就在上個星期，某位檢察官針對監護局啓動初步調查，有幾份報告送交國會監察使，還有一份送到司法部。」

「我沒有投訴任何人。」

「沒錯，但那很明顯是嚴重失職，影響到的人不只妳一個。」

莎蘭德聳聳肩。「這和我無關。但我答應妳會更密切連絡，前兩個星期是例外情形。我在工作。」

安妮卡似乎並不相信。「妳在做什麼？」

「諮商。」

「是嘛。」她說：「另一件事，遺產清冊已經準備好了。」

「什麼遺產清冊？」

「妳父親的。因為好像沒有人找得到妳，所以政府的法定代理人找上了我。妳和妳妹妹是他僅有的繼承人。」

莎蘭德面無表情地看著安妮卡。隨後招引女侍注意，並指指自己的酒杯。

「我不要繼承我父親的任何東西。妳想怎麼辦就怎麼辦吧。」

「錯。是**妳**想怎麼處理遺產就怎麼處理，我只是負責讓妳有機會這麼做。」

「我不拿那隻豬的一毛錢。」

「那就把錢捐給綠色和平或其他組織。」

「我才不甩鯨魚呢。」

安妮卡的口氣忽然轉得輕柔。「莉絲，如果妳要當一個負法律責任的公民，那麼從現在起就要作出樣子來。我一點也不在乎妳怎麼處理妳的錢。只要妳在這裡簽收以後，就可以清清靜靜地買醉了。」

莎蘭德瞄她一眼，然後低頭看著桌子。安妮卡認為這是一種妥協的姿態，在莎蘭德有限的表情調性中應該相當於道歉。

「金額有多大？」

「不算小。妳父親有價值三十萬克朗左右的股票，哥塞柏加的土地市值約一百五十萬，其中包括一塊小林地。另外還有其他資產。」

「什麼樣的資產？」

「他好像投資了不少錢。價值都不大，但他在烏德瓦拉擁有一棟包含六間公寓的小樓房，為他帶來些許租金收入。不過建築物的狀況不是很好，他沒有費心維修，甚至還被租屋委員會給公告出來。賣掉的話不會一夕致富，但能賺一筆。他在斯莫蘭還有一間避暑小屋，價值約二十五萬克朗。另外諾塔耶郊區還有一個荒廢的工業用地。」

「他到底買這些破爛東西做什麼？」

「我不知道。不過遺產扣稅後還有超過四百萬克朗的價値，只是……」

「只是什麼？」

「遺產得由妳和妹妹平分。問題是沒有人知道妳妹妹在哪裡。」

莎蘭德看著安妮卡，一言不發。

「所以呢？」

「所以什麼？」

「妳妹妹在哪裡？」

「不知道。我已經十年沒見到她。」

「她的檔案被列爲機密，但從紀錄看來她人好像不在國內。」

「喔。」莎蘭德虛應一聲。

安妮卡氣惱地嘆了口氣。

「我會建議清算所有的資產，然後將一半的金額存入銀行，直到找到妳妹妹爲止。只要妳點頭，我就開始協商。」

莎蘭德聳聳肩。「我不想和他的錢有任何牽連。」

「我明白。但帳還是得算清楚，這是妳身爲公民的一部分責任。」

「那就把那些亂七八糟的東西全賣了，一半存進銀行，另一半妳愛給誰就給誰。」

安妮卡直愣愣地瞪著她。雖然知道莎蘭德有自己的錢，卻沒想到這個當事人富裕到不把至少一百萬克朗的遺產放在眼裡。再者，她完全不知道莎蘭德的錢有多少，又是從哪來。但無論如何，她一心只想趕緊結束這所有的行政程序。

「莉絲，拜託……妳能不能把遺產清冊看一遍，讓我好辦事，也可以趕快把這件事給解決了？」

莎蘭德嘟囔抱怨了一會，最後還是點頭，將文件夾塞進肩背包。她答應會在看完後，告訴安妮卡該怎麼做，接著又開始喝起啤酒。安妮卡陪了她一小時，喝的多半是礦泉水。

一直到幾天後安妮卡來電提醒關於遺產清冊的事，莎蘭德才拿出皺巴巴的文件，坐到餐桌旁，把紙撫平後開始讀起來。

清冊共有幾頁，什麼有的沒的都詳細列舉出來，像哥塞柏加樹櫃裡的瓷器、衣物、相機與其他私人財產。札拉千科留下的東西實際價值都不高，對莎蘭德而言也毫無情感價值。她確定了，當時在劇院酒吧與安妮卡碰面時的態度依然沒變。把這些爛東西都賣了，錢送出去，或者怎麼樣都好。父親的財產，她肯定是一毛錢也不要，但她也很確定札拉千科眞正的資產藏在稅務稽查員都查不到的地方。

接著她翻開諾塔耶的土地所有權狀。

這是一處工業用地，上有三棟建物，共占地兩萬平方公尺，地點位在諾塔耶與林波姆之間的樹德里一帶。

遺產管理人似乎大概勘查過現場，紀錄說那是一棟老舊磚廠，六〇年代關閉後多少已經清空廢置，只有七〇年代一段期間曾用來存放木材。紀錄上還寫建築「狀況極差」，幾乎不可能翻修作其他用途。「北棟建築」也被形容爲「狀況極差」，其實根本已經被火焚毀。「主建築」則做過一些修繕工作。

令莎蘭德感到吃驚的是這塊地的歷史。札拉千科在一九八四年三月十二日，以極低的價錢買下這塊地，但買賣合約上簽名的人是安奈妲·蘇菲亞·莎蘭德。

如此說來莎蘭德的母親才是眞正的地主。不過她的所有權到一九八七年便終止。札拉千科以兩千克朗買下土地後，就這樣棄置不用十五年。清冊上顯示二〇〇三年九月十七日，KAB進口公司聘請了諾畢格建築公司前來翻修，包括整修地板與屋頂，以及更新排水與電力系統。整修工作進行了兩個月，直到十一月底才中斷。諾畢格送來請款單，費用也付清了。

在她父親所有的遺產當中，這是唯一令人不解的一項。莎蘭德十分困惑。假如父親想讓外界覺得ＫＡＢ進口公司做的是合法事業或擁有某些資產，這塊工業用地的所有權可以說得通。先用她母親的名義購買，再以低價買回的做法也說得通。

但他倒底爲什麼要花四十四萬克朗翻修一棟搖搖欲墜的建築？而且根據遺產管理員的紀錄，這棟建築在二〇〇五年仍然完全沒有使用。

她想不通，但也不打算浪費時間去多想。她闔上文件夾，打了電話給安妮卡。

「清冊我看過了，還是那句老話，把那些爛東西賣了，錢妳愛怎麼處理都行。他的東西我一樣也不要。」

「很好。我會安排將屬於妳妹妹的一半收入存入銀行帳戶，也會爲剩下的錢找一些適當的受贈人。」

「好。」莎蘭德沒有多談就掛上電話。

她坐在窗邊點起香菸，看著外頭的鹽湖。

接下來一星期，莎蘭德協助阿曼斯基處理一樁緊急事務，追蹤一名兒童綁架犯的身分。有一名瑞典婦女正在和黎巴嫩籍的丈夫辦離婚，並爭奪孩子的監護權，嫌犯很可能受雇於其中一人。莎蘭德的任務就是檢查涉嫌教唆綁架的人的電子郵件。當雙方循法律途逕解決後，米爾頓保全扮演的角色也隨之下場。

十二月十八日，聖誕節前的星期天，莎蘭德在六點醒來，想起得買個禮物送潘格蘭。她還想了一下是不是也應該送禮給其他人，比方說安妮卡。她起床後溫吞吞地沖了個澡，然後吃起司果醬吐司、喝咖啡當早餐。

這天沒有特別的計畫，花了點時間清理桌上的紙張和雜誌，忽然目光落在遺產清冊的文件夾上。她翻開來，將有關諾塔耶土地所有權登記的那一頁重看一次。她嘆了口氣。**好吧，我得去瞧瞧他到底在那裡搞什麼鬼。**

她穿上保暖的衣服和靴子。將酒紅色本田開出菲斯卡街九號樓下車庫時，是早上八點半。外頭冷冽卻美麗，陽光閃耀，天空蔚藍。她行經斯魯森和克拉拉貝爾環行道，迂迴繞上E18公路，朝諾塔耶方向北行。她慢慢地開。十點，轉進樹德里郊外數公里處一家OK加油站商店，想問問舊磚廠怎麼走。但才剛停好車就發現根本不必問。

從她所在的山坡地，馬路對面整片山谷正好一覽無遺。左手邊諾塔耶方向可以看到一間塗料倉庫、一個堆放建材的院子，還有另一個院子停放推土機。右手邊在工廠區邊緣，距離馬路約四百公尺處，有一棟破落的磚造建築，高聳的煙囪已然傾倒。屹立的工廠猶如整個廠區的最後哨兵，有點孤伶伶地坐落在道路與小溪的另一頭。她若有所思地觀望著那棟建築，自問到底是哪根筋不對勁竟大老遠開車到諾塔耶來。

她轉身瞄向OK加油站，一輛印有國際公路運輸聯盟徽章的長途連結貨運車剛剛駛進來。她這才想起此處是通往卡佩薛爾碼頭的主要道路，瑞典經由這個碼頭與波羅的海諸國的貨運往來十分頻繁。

她啓動引擎，上路駛往舊磚廠，將車停在院子中央後下車。戶外的氣溫在零度以下，她便戴上黑色針織帽和皮手套。

主建築有兩層樓。一樓的窗戶全部用三夾板釘死了，也看得出二樓許多窗戶都被打破。工廠的規模比她想像還要大，荒廢的程度令人難以置信。看不出有整修過的痕跡。絲毫沒有人影，但有人把一個用過的保險套丟在院子裡，外牆上也布滿塗鴉。

札拉千科爲什麼要買下這棟建築？

她繞過工廠，發現後方那搖搖欲墜的北棟建築。由於主建築的門都上了鎖，她失望之餘開始打量一扇側門。其他門都用掛鎖外加鐵栓和鍍鋅鋼條封鎖住，似乎只有山形牆那面的鎖比較不堅固，只用釘子粗略地固定。**該死，這是我的地方呀**。她四下搜尋，在一堆廢棄物中找到一根細鐵管，便用來撬開固定掛鎖的釘子。

她走進樓梯井，那裡有一道門通往一樓廠區。因爲窗戶被釘死，裡面一片漆黑，只有木板邊緣的縫隙滲入幾絲光線。她靜靜站立幾分鐘，直到眼睛適應黑暗。這時她看見一個大約四十五公尺長、二十公尺寬，有粗大柱子支撐的工作坊，裡面堆滿大量垃圾、木棧板、老舊機器零件與木材。舊磚爐似乎已拆除，取而代之的是幾個大水池，和地面上大片發霉的痕跡。整座廢墟散發出凝滯的臭味，她嫌惡地皺皺鼻子。

她轉身爬上樓梯。樓上乾燥，分隔成兩個類似的房間，每間約二十公尺見方，高度至少有八公尺。在接近天花板之處有一些高不可及的窗戶，雖看不到外面景象卻光線充足。樓上也和樓下一樣堆滿破爛。有數十個一公尺高的貨箱上下堆疊，她抓住其中一個，卻移動不了。箱子上寫著：**機器零件〇——A七七**，底下一行似乎是同義的俄文。她發現第一個房間牆面中央有一架貨物升降機。

這像是存放機器的倉庫，但讓機器放著生鏽可賺不了錢。

她走進裡面的房間，看來應該是當初整修的地方。裡面還是亂七八糟的垃圾、箱子和辦公室舊家具，活像個迷宮。有一部分地板露出水泥底，鋪上了新的木地板。莎蘭德猜想翻修工程是突然中斷。工具、一把橫鋸和一把圓鋸、一把釘槍、一支鐵撬棍、一根鐵桿和工具箱都還在。她不由得蹙眉。**就算工程中斷了，工匠也應該會將工具帶走**。但當她拿起一把螺絲起子放到光線下，看見手把處寫著俄文，這個問題也就有了答案。工具是札拉千科進口的，很可能連工人也是。

她按下圓鋸開關，綠燈亮起。有電力。她隨即關掉。

房間最內側有三道門通往更小的房間，可能是舊辦公室。她扳了扳北側那間的門把，鎖住了，便回到堆放工具處拿鐵撬棍，花了一點時間才破門而入。

室內伸手不見五指，並有一股霉味。她用手順著牆摸索，找到一個開關，點亮了天花板一盞裸露燈泡。莎蘭德詫異地環顧一周。

房間裡有三張床墊髒汙的床，地上還有另外三張床墊。汙穢不堪的床單四處散置。右手邊有一個雙口電爐，生鏽的水龍頭旁邊放了幾個鍋子。角落裡則擺著一個馬口鐵桶和一捲衛生紙。

有人在這住過。而且不只一個。

接著她發現門的內側沒有把手，登時一股寒意竄下脊背。

房間最裡邊有一個大大的床組毛巾櫃。她打開後發現兩個行李箱，疊在上面的箱子裡有一些衣服。她隨手翻弄一下，拿起一件有俄國標籤的洋裝，又找到一個手提包，把裡面的東西倒在地板上，在化妝品與其他小東西當中混著一本護照，是一個深色頭髮的年輕女子所有。那是一本俄國護照，她拼出持照人的名字叫瓦倫蒂娜。

莎蘭德緩緩走出房間，感覺似曾相識。兩年半前，她也曾在赫德比的某個地下室檢視過類似的犯罪現場。女性的衣服。一座監獄。她站立許久，尋思著。令她困擾的是護照和衣服被留在這裡。感覺不對。

隨後她走回混雜的工具堆東翻西找，最後找到一支強力手電筒。她查看電池發現還有電，便下樓到較大的工作坊。地面上一灘灘的水滲進她的靴子。

愈接近工作坊，噁心的腐敗惡臭味愈濃，來到正中央處似乎最臭。她走到其中一個磚爐基座旁站定，看見裡頭的水幾乎就要滿出來。她拿起手電筒照向烏黑水面，卻什麼也看不見。部分水面上覆蓋著水草，形成一片綠色黏稠物。她在一旁發現一根長鐵棍，便拿來插入水池攪動。水深約莫只有五十公分，鐵棍幾乎馬上就碰到硬物。她左右擺弄了幾秒鐘後，一具屍體浮出水面，臉朝上，一副齜牙咧嘴的死亡與腐爛面具。莎蘭德吐了一口氣，藉著光線注視那張臉，發現是個女人，也許就是護照照片中的那個。她對於在冰涼死水中的腐爛速度毫無概念，但屍體看起來已經浸泡許久。

水面上好像有東西在移動。蛆之類的吧。

她讓屍體沉回水底，拿鐵棍繼續攪動，在水池邊又碰到東西，或許是另一具屍體。她沒有把它撈起來，直接抽出鐵棍丟到地上，然後站在水池邊沉思。

莎蘭德重新上樓，用鐵撬棍撬開中間那扇門。房裡是空的。

她走到最後一扇門前，將鐵撬棍插到定位，但還沒用力門就啪一聲開出一條縫。本來就沒鎖。她以棍子輕輕推開門，四下看了看。

這個房間大約三十公尺見方，有一扇普通高度的窗子，可以看見磚廠前方的院子，還能看見山坡上的OK加油站。裡面有一張床、一張桌子和一個堆了盤子的水槽。接著她看到地上有個攤開來的袋子，裡面裝著鈔票。她詫異地上前兩步，才留意到房裡很溫暖，中央有個電暖器，緊接著又看到咖啡機的紅燈亮著。

現在有人住在這裡。建築裡除了她還有別人。

她猛然轉身奔出內室的門，衝向外面工作坊的出口，但卻在距離樓梯井五步處停下來，因爲出口已經被關上並上了掛鎖。她被反鎖了。她慢慢地轉身，往四面八方張望，但沒有人。

「哈囉，小妹。」右手邊傳來一個愉快的聲音。

她一轉頭便看見尼德曼的巨大身形從幾個貨箱背後冒出來。

他手裡握著一把大刀子。

「我一直希望能有機會再見到妳。」尼德曼說：「上次一切都發生得太快了。」

莎蘭德左顧右盼。

「別費心了。」尼德曼說：「這裡只有妳和我，而且除了妳身後那道上鎖的門之外，沒有其他出口。」

莎蘭德將目光轉向同父異母的哥哥。

「手怎麼樣了？」她問道。

尼德曼微笑看著她，同時舉起右手來，小指不見了。

「受感染，我把它切掉了。」

尼德曼沒有痛覺。那天在哥塞柏加，莎蘭德用鐵鍬劃傷他的手，就在札拉千科拿槍射她的頭之前幾秒鐘。

「我眞應該瞄準你的頭。」莎蘭德口氣平淡地說：「你在這裡搞什麼？我以爲你幾個月前就出國去了。」

他又再次露出微笑。

莎蘭德問他在這座傾圮的磚廠做什麼，即使尼德曼想回答恐怕也難以解釋清楚。因爲他自己也弄不明白。

當時是帶著解脫的心情離開哥塞柏加。他指望著札拉千科一死，自己就能接手事業。他自知是個傑出的組織人才。

他在阿靈索斯換車，將嚇破膽的牙科護士卡斯培森丟進後車廂，駛往波洛斯。他事先沒有計畫，到哪都是臨時起意，也沒有想過如何處置卡斯培森。她是死是活都無所謂，但這是個麻煩的證人，恐怕不得不處理掉。到了波洛斯郊外某處，他忽然想到可以不同方式利用她。於是他轉往南行，在賽格羅拉外圍發現一座荒僻的樹林。他將護士綁起來，丟在一間穀倉內，心想她應該能在數小時內逃脫，並導引警方往南追。假如她沒能掙脫，而在穀倉內餓死或凍死也沒關係，那不是他的問題。

隨後他開車回波洛斯，再接著往東開向斯德哥爾摩。他直接來到硫磺湖，但避開了俱樂部。藍汀人在牢裡眞不方便。他改而找上俱樂部的「衛士」華達利，說自己想找個藏身處，華達利便將他送到俱樂部財務葉朗森那兒去。但他只待了幾小時。

理論上，尼德曼不需要擔心錢。他在哥塞柏加留了將近二十萬克朗，已經匯出國外的金額更是大得多。目前的問題是缺現金。葉朗森負責硫磺湖機車俱樂部的財務，尼德曼輕易便說服他帶他到穀倉裡的現金櫃。尼德曼運氣不錯，一下子就有了八十萬克朗。

他隱約記得屋裡還有一個女人，卻忘了自己如何處置她。

葉朗森還提供了一輛警方尚未開始搜尋的車。尼德曼往北行，大概的計畫是到卡佩薛爾搭渡輪前往塔林。

到達卡佩薛爾後，他在停車場坐了半小時，觀察附近的情勢。到處有警察鑽動。他毫無目標地繼續往前行駛，此時需要一個地方藏身一陣子。經過諾塔耶時，他想起了舊磚廠。自從翻修工程後，已經一年多想都沒想到這裡。朗塔兄弟哈利與阿托將磚廠當倉庫，儲放從波羅的海港口進出的貨物，不過自從那個記者達格開始到處打探賣淫事件，他們倆已經出國好幾個星期。磚廠應該是空著。

他將葉朗森的紳寶開到工廠後方一間庫房，人則進入工廠。他撬開一樓的某道門，接著第一件事就是將一樓側邊某塊三夾板弄鬆當作緊急逃生口，其次將壞了的掛鎖換掉，然後住進樓上一間舒適的房間。

過了一整個下午，他才聽到牆外傳來聲響。起初以為是經常縈繞在他周遭的幽靈，便警覺地坐定傾聽，將近一小時後才起身走到工作坊外面聽得更仔細些。一開始沒聽見什麼，但他耐心地站在原地，終於又聽到窸窸窣窣的聲音。

他在水槽邊找到鑰匙。

打開門一看竟發現裡面有兩個俄國妓女，尼德曼鮮少如此吃驚過。兩人瘦得只剩皮包骨，似乎已經幾個星期沒吃東西，吃完最後一包米以後便靠著茶和水維生。

其中一人過於虛弱無法下床，另一人情況好一些。她只會說俄語，但他懂的俄語讓他聽得出她是在感謝上帝和他救她們一命。她跪在地上，雙手抱住他的腿。他把她推開後，走出房間並再次上鎖。

尼德曼不知該拿這兩個妓女怎麼辦。他在廚房找到幾個罐頭，熱了點湯給她們吃，一面思考著。床上那個較虛弱的女子似乎稍微恢復了體力，晚上他問她們許多問題，好一會才明白這兩人根本不是妓女，而是付錢讓朗塔兄弟把她們弄進瑞典的學生。朗塔兄弟答應會給她們簽證和工作證。她們二月從卡佩薛爾來，直接就被帶到倉庫關起來。

尼德曼惱怒地沉下臉。那兩個混帳兄弟竟然瞞著札拉千科賺外快，然後把這兩個女人給忘得一乾二淨，但也可能因爲倉皇逃離瑞典而故意留下她們自生自滅。

問題是：他該怎麼處置她們？沒有理由傷害她們，卻也不能放她們走，否則很可能會將警察引到磚廠來。這想也知道。不能送她們回俄國，因為如此一來就得開車載她們到卡佩薛爾，這似乎太困難。深色頭髮的女子名叫瓦倫蒂娜，曾主動表示只要他幫忙她們就願意提供性服務。他對於和女孩做愛一點興趣也沒有，但她這麼一說便也成了妓女。所有的女人都是妓女。就這麼簡單。

三天後，他受夠了她們不斷的哀求、嘮叨和敲打牆壁，又想不出其他辦法，於是他最後一次開門，迅速解決了問題。他請求瓦倫蒂娜原諒，接著伸出手稍一用力便扭斷她脖子的第二與第三節頸椎。之後他走向躺在床上那個不知名的金髮女子。她萎靡地躺著，全然無力抵抗。他將兩具屍體搬下樓，丟進其中一個浸滿水的坑洞。終於落得些許清靜。

尼德曼原本並不打算在磚廠長住。他以為只要低調度過警方最初的搜索行動就行了。他將頭髮剃光，並留了半吋長的鬍子，外貌亦隨之改變。他找到諾畢格某個工人的一件工作褲，差不多合他穿，然後戴上貝克油漆公司的棒球帽，再將一把摺疊尺插入褲管側袋。黃昏時分，他開車到山坡上的OK加油站商店買一些吃的，從硫磺湖機車俱樂部的撲滿取出的錢夠他花的。他看起來就像回家途中順路進來的工人，誰也沒多看他一眼。他每個星期會去買一、兩次，而且都在同一個時間。OK的店員始終對他非常友善。

打從第一天開始，他就花大量的時間躲避那些住在建築裡的怪物。怪物住在牆內，晚上才現身，他可以聽見它們在工作坊內到處遊蕩。

他把自己關在房內，幾天後實在受不了了，便手持在廚房抽屜找到的一把大刀子，出來準備正面迎戰怪物。非作個了結不可。

轉眼間，他發現它們撤退了。他這輩子頭一次能夠戰勝這些幽靈。他一上前，它們就退縮，可以看到它們變形的身軀和尾巴躲到貨箱與櫃子後面。他對著幽靈怒吼。它們逃之夭夭。

他鬆了口氣回到溫暖的房間，徹夜未眠，等著幽靈回來。它們在黎明時再次發動攻勢，他也再次勇敢面對。它們又逃開來。

他在驚恐與陶醉之間來回擺盪。

他這一生始終被黑暗中的這些怪物糾纏不清，終於有這麼一回覺得自己掌控了局面。他無所事事。睡覺、吃東西、思考。日子很平靜。

幾天的時間變成幾個星期，春去夏至。他從電晶體收音機和晚報得知警方追捕殺人凶手尼德曼的行動趨緩了，他還津津有味地讀著札拉千科命案的報導。**眞可笑。一個精神病患解決了札拉千科**。到了七月，莎蘭德開庭的報導再次引發他的興致，見她被無罪開釋，他大驚失色。感覺不太對。她恢復自由身，而他卻被迫躲躲藏藏。

他在OK商店買了《千禧年》的特刊，讀了所有關於莎蘭德、札拉千科與尼德曼的報導。一個名叫布隆維斯特的記者將尼德曼形容成患有精神病的變態殺人犯。他皺起了眉頭。

才一眨眼就到了秋天，他還是沒有採取行動。天氣轉冷後，他在OK商店買了一個電暖器，卻不知道自己爲何不離開磚廠。

偶爾有一些年輕人會開車前來，把車停在院子裡，但從未有人打擾他或試圖闖入廠內。九月裡來了一輛車，一個穿著藍色防風夾克的男人下車後試著開工廠的門，並四下裡探頭探腦。尼德曼從樓上的窗子觀察他。那男子不斷地在筆記本上寫字，停留二十分鐘後，再到處查看最後一次，接著便上車離去。尼德曼這才鬆了口氣。他不知道那人是誰，又來這裡做什麼，看樣子像是在勘查土地建物。尼德曼沒有想到札拉千科死後得清查他的遺產。

他一直想到莎蘭德，雖然從沒想到會再見到她，但她著實令他迷惑而心驚。他不害怕任何活人，但他這個妹妹，這個同父異母的妹妹，太令他印象深刻。從來沒有人用她這種方法打敗過他。儘管被他埋葬，她仍復活了，而且還回來纏著他不放。他每晚都會夢見她，醒來時冒出一身冷汗，也察覺到她取代了平日的幽靈。

十月裡他下定決心，在找到並毀掉妹妹之前絕不離開瑞典。他沒有特定的計畫，但至少現在的生活有了目標。他不知道妹妹現在何處，又該如何追蹤她，只是日復一日、週復一週地坐在磚廠樓上的房間裡，凝望著窗外。

有一天，廠外停了一輛酒紅色本田，完全出乎意料的是他竟看到莎蘭德從車上下來。**上帝慈悲**，他心想。莎蘭德將會去和那兩個被他丟在樓下水池裡，名字已不復記憶的女人作伴。等待結束了，他終於能繼續他的人生。

莎蘭德評估局勢，發現完全在自己掌控之外。她飛快地動腦。**嗒**、**嗒**、**嗒**。她手裡仍握著鐵撬棍，卻明白面對一個沒有痛覺的男人，這武器太弱了。此時的她被鎖在一個一千平方公尺左右的空間內，還有一個來自地獄的凶殘機器人。

當尼德曼忽然朝她的方向移動，她立刻甩出鐵撬棍，卻被他輕易閃過。莎蘭德身手矯捷。她踏著棧板，借力使力躍上一個貨箱，接著像猴子似地繼續爬上兩個貨箱，這才停下來俯視著四公尺下方的尼德曼。他也正抬頭看她，等候著。

「下來。」他耐著性子說：「妳逃不掉的。結局已經無可避免。」

她暗忖不知他有沒有槍。如果有，**可就**麻煩了。

他彎身拾起一張椅子丟向她，她低頭閃躲。

尼德曼開始惱火了。他一腳踩上棧板，也跟在她後面往上爬。她等到他快爬到頂端時，才很快地助跑兩步，躍過一條通道，落在另一個貨箱頂端，接著一扭身跳下地面，一手抓起鐵撬棍。

尼德曼其實並不笨重，但他知道不能冒險從高疊的貨箱上跳下來，否則恐怕會摔斷腳骨。他得小心翼翼地往下爬，穩穩地踏到地面。他向來都得慢慢地、有規律地行動，也花了一輩子的時間熟悉自己的身體。就在快下到地面時，他聽見背後響起腳步聲，一轉身正好用肩膀擋開鐵撬棍的一擊，手中的刀子也應聲落地。

莎蘭德揮出鐵撬棍後立即撒手，雖沒得來及撿起刀子，卻沿著棧板將它踢遠，見他巨大的拳頭反手揮來連忙機靈地躲開，同時向後退跳到通道另一邊的貨箱上。她從眼角餘光瞥見尼德曼伸手要抓她，隨即以迅雷不及掩耳的速度縮起雙腳。貨箱共有兩排，沿中央通道那排堆了三層高，外側通道那排有兩層高。她躍下降落在兩層高處，背靠著身後的貨箱，雙腳使出全部的力氣往後抵。貨箱想必有兩百公斤重。她感覺到它動了，接著往中央通道跌落。

尼德曼看見貨箱倒下，急忙撲倒到一旁，胸口被貨箱的一角給撞到，但似乎沒有受傷。他重新站起來。**她還在掙扎**。他開始跟著她往上爬，頭才探出第三個貨箱就見她一腳踢來，靴子重重地踢在額頭上。他嘟囔一聲，然後吃力地站上貨箱最高處。莎蘭德飛奔開來，又跳回到通道另一邊的貨箱上。她從邊緣跳落，即刻消失在他視線之外。他聽得到她的腳步聲，並瞥見她穿過門口跑進內側的工作坊。

莎蘭德一面環顧一面衡量。**嗒嗒**。她知道自己毫無機會。只要能躲開尼德曼的巨拳、保持距離，她就能活命，然而一旦犯錯就死定了，而這只是遲早的事。她必須逃避他。只要被他抓住一次，搏鬥就結束了。

她需要武器。

手槍。衝鋒槍。火箭彈。人員殺傷地雷。

什麼鬼東西都行。

但手邊一樣也沒有。

她到處張望。

沒有武器。

只有工具。**喀喀**。她目光落在圓鋸上，只是要讓他乖乖躺在鋸臺上簡直是不可能。**喀喀**。她看到一根鐵棍可以當作長矛，只是對她而言可能太重，要起來無法得心應手。**喀**。她接著瞄向門外，發現尼德曼已經爬下貨箱，距離不到十五公尺，正再度朝她走來。她馬上從門邊移開，在尼德曼到達前大概還有五秒鐘。她又瞄了工具堆最後一眼。

武器……或者藏身處。

尼德曼不慌不忙。他知道妹妹出不去，遲早會落到他手中。不過她很危險，這點毫無疑問。她畢竟是札拉千科的女兒。他不想受傷，所以最好讓她自己跑得精疲力竭。

他站在內室的門口，眼神來回望著那堆工具、家具與半完工的木質地板。不見她的蹤影。

「我知道妳在裡面。我會找到妳的。」

尼德曼定定站著仔細聆聽，卻只聽見自己的呼吸聲。她躲起來了。他笑了笑。她在挑戰他，她的來訪頓時變成一場兄妹的遊戲。

下一刻他聽見房間中央傳出不小心擦撞的聲音。他掉轉過頭，但一時分辨不出聲音來處。隨後他又笑了。中間地板上擺了一張五公尺長的木質工作檯，與其他雜物稍微隔開來，檯子下方有一排抽屜和櫃子滑門。

他從旁邊走向工作檯，很快瞄了一下，確定她沒有躲在背後試圖愚弄他。結果什麼也沒有。

她躲在櫃子裡面。眞笨。

他拉開最左邊的第一道門。

立刻聽見櫃子裡有動靜，在中間的部分。他快速上前兩步，帶著勝利的表情打開中間的櫃門。

空的。

此時又聽到一連串像發射手槍般的細碎爆裂聲，由於離得太近，聽不出來自何處。他轉頭去看，左腳卻忽然感覺到一股奇怪的壓力。他不覺得痛，但低頭往地上一看，剛好看見莎蘭德的手正握著釘槍移往他的右腳。

原來她在櫃子下面。

接下來幾秒鐘他彷彿痲痺似地站立著，莎蘭德則趁機將釘槍槍口對準他的靴子連打五槍，讓七吋長的釘子直接穿透他的腳板。

他試著要移動。

他花了寶貴的幾秒鐘才發覺雙腳已被牢牢釘在新鋪設的木板地上。莎蘭德又拿著釘槍移回到他的左腳。聽起來就像機關槍不停掃射。她又打了四根釘子作爲強固之用，他才回過神來有所反應。

他彎下身去抓她的手，但隨即失去平衡，好不容易撐著工作檯才穩住身子，卻同時聽到釘槍「卡嗒、卡嗒、卡嗒」地響個不停。莎蘭德又回來釘他的右腳。他看見她斜斜地將釘子從他的腳跟打進地板。

尼德曼登時發出憤怒的嘶吼，並再次出手去抓莎蘭德的手。

莎蘭德從櫃子下方的位置看見他的褲管往上溜，表示他試圖彎身。她於是鬆開釘槍。尼德曼看見她的手像蜥蜴一樣迅速消失在櫃子底下，差一點就被他抓到。

他伸手想拿釘槍，但指尖才剛碰到，莎蘭德就從櫃子下方把它拉開了。

櫃子和地板間的縫隙約有二十公分，他使盡所有力氣將櫃子往後推倒。莎蘭德瞪大雙眼往上看著他，臉上滿是氣憤。她拿起釘槍瞄準，從五十公分外發射。釘子打中他脛骨正中央。

下一瞬間她放開釘槍，如閃電般地從他身邊翻滾開來，直到他搆不著的地方才起身，接著又倒退兩公尺後才停住。

尼德曼仍試圖移動，又差點失去平衡，身子前後晃動，兩隻手臂也不停揮舞。他穩住後，狂怒之餘再次彎下身子。

這回終於抓到釘槍。他瞄向莎蘭德扣下扳機。

沒有動靜。他驚慌地看看釘槍，接著又看看莎蘭德。她也面無表情地回望著他，同時舉起插頭。他勃然大怒，把釘槍朝她丟去。她側身閃開了。

接著她重新插上插頭，抓著電線把釘槍往回拉。

他與莎蘭德四目交會，她那毫無感情的眼神令他驚愕。她打敗他了，**她是超自然的生物**。他下意識地想抬起一隻腳。**她是怪物**。他的腳才抬高幾毫米，靴子就碰到釘頭了。釘子以各種不同角度鑽入他的腳，若想掙脫，雙腳非得血肉模糊。即使以他近乎超人的力量也無法讓自己鬆動。他前後搖晃了幾秒鐘，像在游泳似的。接著看見兩隻鞋子之間漸漸形成一灘血泊。

莎蘭德坐到一張凳子上，觀察他的雙腳是否有鬆脫的跡象。他沒有痛覺，所以就看他力量夠不夠大到用腳把釘頭拔起。她靜坐不動地看著他掙扎了十分鐘，眼神一片木然。

過了片刻她起身走到他背後，舉起釘槍對著他頸背正下方的脊椎。

莎蘭德很認眞地思考。這個男人不分大小規模地走私女人，並且下藥、凌虐、販售。他至少殺害了八個人，其中包括哥塞柏加的一名警員、硫磺湖機車俱樂部一名成員和他的妻子。她不知道還有多少人命得算在這個同父異母的哥哥頭上，不管他是否問心有愧，但也拜他之賜，她才會成爲三起命案的嫌犯，被全瑞典的警察瘋狂追緝。

她的指頭用力地按著扳機。

他殺死了記者達格與他的伴侶蜜亞。

他還和札拉千科聯合謀殺**她**，把**她**埋在哥塞柏加。現在又再次出現打算第二度謀殺她。

這樣的挑釁實在叫人忍無可忍。

她想不出任何理由再讓他活命。他痛恨她的程度，她甚至無法想像。如果把他交給警察會有什麼結果？開庭審判？無期徒刑？何時會被假釋出獄呢？他會多快逃出來？如今父親終於走了，她還得提心吊膽多少年，時時回頭留意哥哥會不會倏地再度出現？她感覺到釘槍的重量。她現在就能把問題解決，一了百了。

風險評估。

她咬咬嘴唇。

莎蘭德天不怕地不怕。她發現自己缺乏必要的想像力，這也足以證明自己的腦子不對勁。

尼德曼恨她，她也同樣恨他入骨。他和藍汀、馬丁．范耶爾、札拉千科以及其他無數混蛋都一樣，在她認爲他們根本沒有資格活在世間。如果能把他們全放到孤島上再投下一顆原子彈，她就會心滿意足。

可是殺人？値得嗎？如果殺了他，她會怎麼樣呢？不被發現的機率有多高？爲了一時痛快最後一次扣下釘槍扳機，她得準備付出什麼樣的代價？

她可以說是爲了自衛……不行，因爲他的雙腳被釘在地上。

她忽然想起那個也曾受父兄虐待的賤人海莉。她想起先前和王八蛋布隆維斯特的對話，當時她以最嚴苛的字眼咒罵她，說她哥哥馬丁之所以能夠年復一年地殺害女人，都是海莉的錯。

「如果是妳會怎麼做？」布隆維斯特這麼問她。

「我會殺了這個禽獸。」她回答時，冰冷的靈魂深處充滿自信。

此時此刻她的處境就和當年的海莉一模一樣。如果放尼德曼走，他還會殺死多少女人？她已擁有公民權，必須爲自己的行爲負起社會責任。她打算犧牲自己多少年的人生？海莉當時又打算犧牲多少年？

釘槍忽然變得太沉重，無法再這樣握著對準他的脊椎，甚至連拿都拿不住。

她放下武器，感覺彷彿重返現實。她發覺尼德曼不知喃喃自語些什麼，說的是德語，好像說有魔鬼要來抓他。

她知道他不是在跟她說話，他好像看到房間另一頭有什麼人，她轉過頭順著他的視線看去，什麼也沒有。她感覺到頸背的寒毛豎了起來。

她轉身抓起鐵棍，走到外面房間找自己的肩背包。彎身拾起背包時，瞥見了一旁的刀子。此時她手上還戴著手套，便連同武器一塊拾起。

她躊躇了一會，才將刀子放在貨箱堆之間的中央通道的顯眼處。接著花了三分鐘才用鐵棍將掛鎖撬開，人才得以出來。

她在車裡思索許久，最後打開手機，花兩分鐘找到硫磺湖機車俱樂部的電話。

「喂？」

「尼米南。」她說。

「等一下。」

她等了三分鐘，硫磺湖機車俱樂部的代理首領尼米南才接起電話。

「你是誰？」

「這你不必管。」莎蘭德把聲音壓得很低，他幾乎聽不清她說的話，甚至分不出是男是女。

「好吧，你想幹什麼？」

「想知道尼德曼的消息吧？」

「有嗎？」

「少給我廢話。到底想不想知道他在哪裡？」

「我在聽。」

莎蘭德把諾塔耶郊外磚廠的地點告訴他，並說如果他動作快一點，應該還來得及在那裡找到人。

她闔上手機，啓動引擎，把車開到馬路對面的ＯＫ加油站後停下來，從這裡可以清楚看到磚廠。

她等了兩個多小時。直到下午快一點半的時候，才看到一輛廂型車慢慢駛過下方道路，來到岔路口時，停了五分鐘沒動，然後才往磚廠開去。在這十二月天裡，暮色已逐漸籠罩下來。

她打開儀表板下方的置物箱，取出一副美能達16×50的望遠鏡觀察廂型車停車後的情形。她認出尼米南和華達利，另外有三個人她不認得。**新血。他們得重建組織。**

當尼米南與同伴發現敞開的側門時，她再次打開手機，傳了一則簡訊到諾塔耶警局。

殺警凶手尼德曼在榭德里郊區OK加油站旁的舊磚廠內。即將遭尼米南與硫磺湖機車俱樂部成員殺害。一樓池內有女屍。

她看不見工廠裡的任何動靜。

她等待著時機。

這段時間她取出手機的SIM卡，用指甲剪剪成碎片，搖下車窗丟出車外。接著再從皮夾拿出一張新的SIM卡安裝入手機。她用的是 Comviq 預付卡，幾乎無法追蹤。她打到 Comviq 爲新卡加值五百克朗。

簡訊送出十一分鐘後，一輛廂型警車從諾塔耶方向快速地駛向工廠，沒有鳴警笛只是閃著藍燈，駛進院子後，停在尼米南的廂型車旁。一分鐘後又來了兩輛警車。員警們商議之後，一起朝磚廠前進。莎蘭德拿起望遠鏡，看見一名警員以無線對講機通報尼米南那輛車的車號。其他警察分站在一旁等候。兩分鐘後，莎蘭德看著另一個小隊急速趕到。

一切終於都結束。

從她出生那天展開的故事在這座磚廠結束了。

她自由了。

當警員從車內取出突擊步槍、穿上防彈衣，開始包圍工廠區，莎蘭德走進商店內買了杯咖啡和一個玻璃紙包裝的三明治。她就站在咖啡櫃檯旁吃了起來。

她回到車旁時天已經黑了。正當打開車門時，忽然聽見遠方傳來兩聲巨響，她猜想是馬路對面的手槍聲。接著看見幾個黑影，應該是警察，緊貼在工廠建築一側的入口旁。這時從烏普沙拉方向又來了一輛警車，她還聽到警笛聲。有幾輛車停在下方的路旁湊熱鬧。

她啓動本田，轉上E18公路，一路駛回家。

當晚七點門鈴響了，莎蘭德覺得厭煩之至。她正在泡澡，水還冒著熱氣。現在眞的只有一個人會出現在她家門口。

起先她想置之不理，但響到第三聲時她還是嘆了口氣跨出浴缸，拿浴巾裹住身體。她不快地噘起下唇走到玄關，水一路滴在地板上。她將門打開一條縫。

「嗨。」布隆維斯特說。

她沒有應聲。

「妳聽到晚間新聞了嗎？」

她搖搖頭。

「我想妳也許會想知道，尼德曼死了，今天在諾塔耶被硫磺湖機車俱樂部的一群人殺死的。」

「眞的嗎？」莎蘭德說。

「我問過諾塔耶的値班警員，似乎是起內鬨。聽說尼德曼遭到凌虐，被人用刀子開膛剖腹。他們在工廠裡找到一只袋子，裡面裝了幾十萬克朗。」

「天哪。」

「硫磺湖那幫惡棍被捕了，但好像經過一番激烈槍戰，警方還向斯德哥爾摩請求支援。飛車黨員在六點左右投降。」

「是嗎？」

「妳的老友尼米南陣亡了。他像發了瘋似地開槍，企圖殺出重圍。」

「那很好。」

布隆維斯特靜靜站著沒有再出聲。他們倆透過門縫互望。

「我打擾妳了嗎？」他問道。

她聳聳肩。「我在泡澡。」

「看得出來。想要人作伴嗎？」

她以嘲諷的表情看著他。

「我說的不是泡澡。我帶了一些貝果來。」他說著拿出一個袋子。「還有一些濃縮咖啡。既然妳有一台 Jura Impressa X7 咖啡機，至少應該學學怎麼用。」

她挑起眉來，不知該失望或放心。

「只是純作伴？」

「只是純作伴。」他強調。「我只是以好朋友的身分來探望好朋友，如果妳歡迎的話。」

她有些遲疑。兩年來，她總是盡可能躲布隆維斯特躲得遠遠的，而他卻有如黏在鞋底的口香糖似地巴住她不放，不管是在網路或實際生活上。在網路上還好，他也不過就是電子和語詞。至於實際生活，此刻站在門外的他依然是迷人得要命。而且他們彼此都知道對方全部的秘密。

她看了他好一會，發現自己對他已沒有感覺。至少沒有那種感覺了。

過去一年，他確實一直是她的好朋友。

她信任他。也許吧。她所信任的極少數人之一竟是自己想方設法要躲避的人，想想真叫人生氣。

緊接著她下定決心。要假裝沒有這個人存在，太荒謬了。如今見到他，她已不再難過。

她敞開大門，讓他再次進入她的生活。

〈推薦感言〉

可惡的好看！一部具高度危險性的小說

文／劉進興

我的壞習慣是，每次要寫文章就東摸西摸、吃吃點心，看本小說，非得逼到截稿期限才驚險過關不可。「千禧系列」就是在這種情況下開始讀的。這一讀不得了，整整兩天都被黏住了。簡直是可惡的好看，只好找藉口拖延稿約，一口氣讀完它。注意，這本小說高度危險，如果沒有兩天的空閒，下週要考試的人，有報告要寫的人，切勿輕易開卷。

作者拉森是個瑞典新聞記者，這是他的第一部小說。故事開始時，女主角莎蘭德二十四歲，平胸，體型如兒童，紅色短髮，脖子及右肩上都刺青，鼻子和眉上毛穿著金屬環。在官方紀錄上，莎蘭德兒時受虐，有點智障，是個反社會的邊緣人。事實上她是個超級駭客，可以進去任何人的電腦，搜尋資訊，監視壞人的活動。莎蘭德是個可以在網路上飛簷走壁的女英雄，相較之下，另一個主角布隆維斯特只是個廣結女人緣的小男人。麥可被認爲是調查能力高強的記者，將莎蘭德捲入離奇的懸案中，靠她幫忙才能破解。

女主角英勇，男主角可愛，完全顚覆了傳統的偏見。莎蘭德這個被體制邊緣化，卻能捍衛正義，被社會忽視，卻本領高強的角色，對被視爲平凡卻頗有自尊的廣大讀者，一定大呼過癮。但小說最成功的地方是情節緊湊，兩、三條故事線同時發展，跟電影一樣，沒有冷場。作者在每一章節都布下懸疑，跟電視劇的廣告破口一樣，讓你去泡杯茶時，急著回來看後續如何。但在緊張的節奏下，拉森的文字毫不含糊，角色栩栩如生，心理刻畫細膩，也未因翻譯而稍折損。出版社的朋友邀我去電影版的《龍紋身的女孩》試映會，我說，這部小說根本不需要拍成電影，它本身就是電影。小說比電影還要好看。

莎蘭德的故事，拉森計畫寫十本，但只完成三冊，就不幸在二〇〇四年過世。第二冊《玩火的女孩》及第三冊《直搗蜂窩的女孩》，我當然迫不及待地讀完，整整花了一個禮拜，才鬆了一口氣回去做事。

我曾經熱中瑞典的政治歷史，研究這個「從搖籃到墳墓」的福利國家，也去過好幾次，拉森的小說揭露了潛伏在北歐天堂裡的黑暗力量。

北歐大概是全世界性別最平等、對人權最重視的地方。有位瑞典社會民主黨的朋友來台灣觀察選舉，很驚訝地發現不管哪個黨，都只談「清廉」「認眞」這種政治ABC的淺層議題。他問我，爲何沒有價值層面的討論？我請問其詳。他說，瑞典社會民主黨面對全球化，曾經以「自由」與「平等」何者重要，整整辯論了一年，並據以制訂政策。我聽了，無言以對。

傳統福利國家以國界爲限，但全球化打破了國界，在新的流動中如何維護原有價值，是極大的挑戰。瑞典一向以充分就業、福利完備、善待新移民著稱，但九十年代失業率開始上升，竟然出現了新納粹黨，並且攻擊新移民。拉森是對抗納粹主義的積極分子，他在小說中也將瑞典國安局扯進來，譴責以國家安全爲名，迫害人權的行爲。

拉森有高度的意識形態，但以精湛的文學手法表現，讓納粹、黑道、間諜、網路、愛情，串成一連串引人入勝的情節。譴責納粹餘孽與女性迫害者的工作，就交給莎蘭德與布隆維斯特去完成。

（本文作者爲台灣科技大學教授）

（本推薦文全文刊登於http://blog.roodo.com/cjliu）

〈推薦感言〉

火氣、威力全開的終極三部曲

文／草莓圖騰

我看到莎蘭德第三次在心中默念：「絕不妥協。」一陣激動，眼淚冒出來。多麼強悍的意志，多麼堅韌的生命。

「千禧系列」的三部曲，從第一部《龍紋身的女孩》，那個奇異的、特立獨行的電腦駭客莎蘭德，隨著作者抽絲剝繭的筆法，在第二部《玩火的女孩》裡，揭露了駭人而不可思議的悲慘身世。來到第三部，《直搗蜂窩的女孩》，終於在法庭上獲得平反，正義得到伸張。

前兩部不消說，我看得愛不釋手，大力推薦，第三部是超精彩的大結局，所有隱晦不清的疑雲全部展開，在法庭上激戰，合情合理合法，毫不退縮怯懦地捍衛身為公民的權利，不是西部槍戰片那種人人通通拔槍對幹、把壞人一槍打死的私刑。冷靜，理智，證據確鑿，條理分明，但是火氣跟威力開到十足十，痛剿為了私人利益而陰謀陷害的混蛋。

從十二歲開始，被原來應該保護她的父親、醫生、警察、官員、政府機構，因著政治利益，聯手褫奪了莎蘭德身為一個公民的權利，毀滅了她的生活，莎蘭德陷在一個重重疊疊的巨大陰謀裡面，看得我幾乎喘不過氣來。被宣判失能，被監護人強暴，被媒體妖魔化，被警方當作惡性重大的連續殺人犯通緝，千古奇冤，千古奇冤啊！

二十七歲，到莎蘭德終於合法地贏回自己的生活，十五年過去了。

一面看也一面感覺複雜，興奮不已，卻又很是覺得憂傷。迫不及待地想知道接下來發生什麼事情，可是又捨不得那麼快看完，這本書眞眞正正是拉森的最後一部，知道看完了就沒有了，大抵也不會有其他的作家像拉森，非常徬徨，也深深扼腕。每個作者腦海中都有一個世界，把這個世界呈現在讀者眼前，或是轉碼成讀者可以解讀的語言，就是作者的工作。

拉森的腦海裡，有一個浩瀚的宇宙。

承接前兩部，拉森再度解剖制度的運作方式，出版業、保全業、秘密警察、醫療、國家體制，情節跟人物一樣錯綜複雜，又完全合情合理，完整地剖析呈現，而且，沒有 loose end。所有提到的線索跟事件都有令人滿意的解答，看完非常滿足。我最受不了看書看到作者起了個鋪天蓋地的頭，然後草率結尾，留下一大堆沒解開的線頭，就像織錯了的毛衣一樣，恨不得全部拆開重織。

莎蘭德的遭遇之詭譎，這個大陰謀牽涉的層面之廣之深，抽絲剝繭，慢慢地呈現在讀者面前，可是最叫我深思的是，群體利益跟個人權益之間，孰輕孰重。而誰有資格決定他人的生死，誰可以犧牲，誰不可以。又，生命的價值是等量齊重的嗎？

在可能危害己身利益，甚至於攸關生死的時刻，有多少個人可以堅持住自己的信仰跟原則，並且，做正確的事？

我看過一部很搞笑的電影，裡面的主角最常說的就是「永不放棄，永不妥協」，電影是意欲取笑，可是我卻把這兩句話擷取下來當作自己的原則（眞的，有心的話，連看喜劇都可以學到教訓）。我在《直搗蜂窩的女孩》裡面，眞正看到這種堅韌的決心，發揮到極致，不畏懼，不屈服，彪悍地站穩自己的立場，不放棄，也絕不妥協。

也許人們最缺乏的，就是那一點勇氣跟決心。正與邪之分，也許就在這裡，維護正義跟道德，有時候代價相當高昂，而偽善者的正義道德，付出慘痛代價的卻是別人，犧牲別人來成就自己的功績利益。捍衛權益，鋤強扶弱，滿腔熱血熱情沸騰燃燒，可也需要保有清晰的頭腦，冷靜的態度，穩穩地站定立場，才不會壞事呀。

我一直不大喜歡看「續集」，不過「千禧三部曲」並不是續集系列，而是一本完整的書，分成三本而已。從頭到尾，絕無冷場，從展卷到閱畢，濃度跟張力絲毫不稀釋，是震撼力很強的小說，極度刺激的閱讀雲霄飛車之旅。

拉森筆下的莎蘭德不是完人，不是美女，不是聖賢，但是，是一個完整的、勇敢的人。至少在我心中，莎蘭德已經可以脫離作者而獨立存在，很有資格跟文學上其他不朽的人物相提並列。

唯一的微小遺憾是，始終沒有看到莎蘭德的雙胞胎妹妹卡蜜拉的身影，以一個讀者的私心跟樂觀的揣測，我總是在期待著也許下一本會出現完全不同的事件跟發展，既然在「千禧系列」這三部曲裡，已經完整地交代完一個故事，如果會有卡蜜拉，那一定又會是個全新的系列方向，非常可以期待。

可惜，不會再有下一本，因為不會再有第二個拉森了。

（本文作者為知名部落格作家）

〈推薦感言〉

難以超越的小說作品，無法複製的閱讀震撼

——關於「千禧三部曲」

文／臥斧

初始設定並不令人意外。

富有老人想調查家族秘辛（小說裡有錢家族常有秘辛），找來知名記者協助（小說裡記者都愛調查），記者再找來古怪的電腦駭客（小說裡駭客非宅即怪），挖出女性連環命案，最後當然要水落石出，大家開心——未讀「千禧三部曲」第一集《龍紋身的女孩》前，因為簡介，自然把它想成這樣的故事。

待到讀罷，十分訝異。

訝異的主因來自角色設定——男主角布隆維斯特並非一般扒糞記者，他展現出記者的專業態度及媒體的社會責任，明白地告訴讀者：媒體正義須以實證為基礎，代表非官方力量監督社會，有憑有據地揭弊，而非利用聳動標題及臆測言論，一面吸引注意卻一面替自身的不負責任預留後路；女主角莎蘭德則是外表冷漠、渾身刺青、被法院宣告失能的天才駭客，這種種原以為只是用來突顯怪異特色的設定，隨著故事開展，卻呈現出另一種駭人的內裡。

媒體責任及女性議題，正是貫串這三部曲的重要主軸。

續作《玩火的女孩》中，莎蘭德的過去成爲主線之一，作者拉森開始告訴讀者：爲什麼莎蘭德會成爲目前的模樣？法院紀錄、精神分析等等證明資料都對其不利，整個社會都從官方資料與未能獨立思考的媒體報導中認識這個人時，得到的形象可能如何被扭曲？拉森更進一步將莎蘭德的部分與《千禧年》雜誌社追查的跨國賣春集團事件雙線並列，一方面在內容意義上相互對應，一方面又在行進過程中巧妙地連結。

到了《直搗蜂窩的女孩》，拉森終將這兩部分作了漂亮的小結。

女性受到的暴力對待，可能來自文字言語，可以來自肢體衝突，甚至可能來自制度及法律；當一切現存規章皆不可信時，要嘛就以激烈的手段自我防衛，要嘛就得靠媒體撐住最後的公理正義。當某些原來不得不爲的政策變形成侵犯個人權益的怪獸時，不甘成爲犧牲者的個人以及秉持良知初衷的媒體，將是與之對抗的終結武器。

說著說著，似乎把故事講得嚴肅無趣。

但「千禧三部曲」仍舊保有好故事最基本的要素：各路人馬相互鬥智的精彩過程、每條支線的驚人轉折、各個角色的情緒變化、所有情節的高潮起伏，將這個龐大的故事變成條理分明、令人不忍釋卷的好看小說。喜歡系列小說的讀者，大多因爲認識了個性鮮明立體的角色，希望知道他們生活當中面對了哪些遭遇；拉森的猝逝，讓布隆維斯特及莎蘭德的故事無法繼續，但幸好，他留下了「千禧三部曲」，展現了優秀小說的完美樣貌——易讀、好看，同時充滿了社會批判及人性關懷。

難以超越的小說作品，無法複製的閱讀震撼；這是拉森的「千禧三部曲」。

（本文作者爲文字工作者）

〈推薦感言〉

感覺沒變，只是更有氣魄

文／余小芳

殷殷期盼之下，終於來到了第三部。

由於資源稀少，野望無限，只能不停爭奪。歷史上征戰不斷，諸多女戰士們挺身加入行列之中，可惜史書內鮮少記載；即便戰死沙場者無數，即使沒沒無聞，然而依然會有些倖存者遺留下來，將戰爭事蹟流傳後世。拉森使用種種的文字說明，暗示著劇情的走向及發展，也宣示著如同女戰士般的昂揚精神之復甦。

二部曲停頓在撥出緊急求助電話的地方，將讀者七上八下的心高高懸吊著；翻開三部曲書頁，果眞以最快速度進入混亂卻又不失秩序的前奏：在醫院忙碌了一整夜的醫生面臨最爲緊急的狀況和任務，他不在乎對方是誰，只在意是否能將對方的生命拾起。接著，衆多人物彷彿擔心被讀者遺忘一般，爭先恐後地出現在面前。

外型嬌小細弱，個性堅韌強悍，被龍紋身的女孩兒神秘又叛逆，這部以莉絲·莎蘭德爲主角的小說，實際上也包含著許多特定人物的生活及人生，因而使得內容更加有渲染力；看似以一個中心角色爲主軸，實則擴散至其他要角，而這些人們互動、組合，又形成一段段精彩可人的情事。此外，作者更將時序往前推擠和向後開展，試圖營造經歷特定時代的組織在時空遞移及流轉之下，從長著毒瘤之處漸次惡化，不自覺或半被迫地開始質變、異化、腐朽的過程，而他們為求挽救組織的名譽，不惜斷尾求生或做出玉石俱焚的舉動，著實令人不勝唏噓。

不管是書內的哪一個角色，他們都有想要守護的對象，而那般心意便成就了實際的行動。於是不同的人物或團體或許合作、也許對抗，在實地和虛擬空間戰鬥著，於歷史使命和尖端潮流之間掙扎著，秉持個人或團體的立場奮戰著。

一切已被毀壞，只能奮不顧身地追求自己所欲保護的物質。這應該是所有的人抱持的強烈信念吧。

多重敘事線、多方人馬角力、多面價值觀抵觸，作者置入活躍鮮明的人物，放入緊張刺激的氛圍，塞入龐大壯闊的情節，描繪著人類在瑞典特殊的歷史地位及社會背景的雙重夾擊之下，緩緩流洩而出的意識、慢慢流淌而出的眼淚。

從《龍紋身的女孩》《玩火的女孩》至本書，感覺沒變，只是更有氣魄；也許所謂的正義公理很難判明，灰黑澀暗的地帶亦層出不窮，然而作者持續投注濃厚的社會關懷，卻深深地牽動著眾多讀者的情緒，我們或心疼或激昂或憤恨或沮喪，此便是作者攻無不克的秘訣。

這是一部由於繁複紛擾而讀來辛苦，卻因為歸於完結而充分滿足的故事。雖則隨著時間的逝去，我們有一天終究會遺忘小說中的細節，然而閱讀的震撼與繚繞卻會永恆地烙印在心底，久久不散。

迎接「千禧系列」精彩大結局，你準備好接招了嗎？

（本文作者為暨南大學推理同好會顧問）

The Eurasian Publishing Group
圓神出版事業機構
用心與你對話・視野無限寬廣
寂寞出版社
Solo Press

http://www.booklife.com.tw inquiries@mail.eurasian.com.tw

Cool 003

直搗蜂窩的女孩

作　　者／史迪格・拉森（Stieg Larsson）
譯　　者／顏湘如
發 行 人／簡志忠
出 版 者／寂寞出版股份有限公司
地　　址／台北市南京東路四段50號6樓之1
電　　話／（02）2579-6600・2579-8800・2570-3939
傳　　真／（02）2579-0338・2577-3220・2570-3636
總 編 輯／陳秋月
主　　編／林慈敏
責任編輯／林慈敏
美術編輯／劉嘉慧
行銷企畫／吳幸芳・范綱鈞
印務統籌／林永潔
監　　印／高榮祥
校　　對／周婉菁・林慈敏
排　　版／莊寶鈴
經 銷 商／叩應有限公司
郵撥帳號／18707239
法律顧問／圓神出版事業機構法律顧問　蕭雄淋律師
印　　刷／祥峯印刷廠
2010年5月　初版
2011年2月　26刷

LUFTSLOTTET SOM SPRÄNGDES

First published by Norstedts, Sweden, in 2007

定價 430 元　　ISBN 978-986-84614-8-2　　Printed in Taiwan

他們就像一對中間只隔一個數字的「學生質數」，
如此相似、如此接近，卻又難以眞正靠在一起……

——《質數的孤獨》

國家圖書館出版品預行編目資料

直搗蜂窩的女孩／史迪格．拉森（Stieg Larsson）著；顏湘如譯；
-- 初版 -- 臺北市：寂寞，2010.05
648面；14.8×20.8公分 --（千禧系列；3）（Cool；3）
譯自：Luftslottet som sprängdes
ISBN 978-986-84614-8-2（平裝）

881.357 99004199

北極圈
NORWAY
挪
威
SWEDEN
瑞
典
FIN
DENMARK
丹
麥
OSLO
奧斯陸
STOCKHOLM
斯德哥爾摩
COPENHAGEN
哥本哈根
Gulf
Bothnia of
波的尼亞灣
Bottenviken
Perameri
博滕灣
Baltic Sea
波羅的海
Skagerrak
Kattegat
Vestfjorden
Goteborg
哥德堡
Karlstad
Bornholm I
(Denmark)
Kaliningrad
加里寧格勒
Gdansk
Gdynia
Trondheim
Bergen
Stavanger
Kristiansand
Lulea
Umea
Sundsvall
Uppsala
Malmo
Lund
Helsingborg
Kalmar
Gotland
Aland
Oulu
Vaasa
Pori
Turku
Vanern
Vattern
Siljan
Storsjon
Angermanland
Harjedalen
Jamtland
Osterdalen
Romsdalen
Hallingdal
Valdres
Setesdal
Norrbotten
Vasterbotten
Pohjanmaa (Osterbotten)
Saaremaa s.
Hiiumaa s.
Vormsi s.
Gotska Sandon
Ventspils
Liepaja
Klaipeda
Nordfriesische Lnseln

White Sea
白 海
FINLAND
芬
蘭
Suomenselka
RUSSIAN FEDERATION
俄
羅
斯
聯
邦
Gulf Bothnia of
波的尼亞灣
Bottenviken Perameri
博滕灣
Kandalakskaja Guba
坎達拉克沙灣
HELSINKI
赫爾辛基
Gulf Of Finland
芬蘭灣
TALLIN
塔林
STOCKHOLM
斯德哥爾摩
ESTONIA
愛沙尼亞
RIGA
里加
Liivi Laht
里加灣
LATVIA
拉脫維亞
LITHUANIA
立陶宛
VILNIUS
維爾紐斯
MINSK
明斯克
BELARUS
白俄羅斯
RUSSIA
俄羅斯
Kaliningrad
加里寧格勒
Baltic Sea
波羅的海
Ladozskoe Ozero
拉多加湖
Gotska Sandon
Gotland
Saaremaa s.
Hiiumaa s.
Gdansk
Gdynia
Kaunas
Petrozavodsk
Tampere
Turku
Oulu
Vaasa
Pori
Umea
Lulea
Kiruna
Rovaniemi
Kuopio
Joensuu
Lappeenranta
Vyborg
Narva
Tartu
Parnu
Pskov
Daugavpils
Klaipeda
Siauliai
Vicebsk
Smolensk
Novgorod
Kolpino
Kem
Belomorsk
Onega
Kandalaksa

Norwegian Sea
挪威海
北極圈
North Sea
北海
UNITED KINGDOM
NORWAY
挪威
典
DENMARK
丹麥
OSLO
奧斯陸
COPENHAGEN
哥本哈根
Skagerrak
斯卡格拉克海峽
Kattegat
卡特加特海峽
Stokmarknes
Hadseloya
Austvagoy
Vestvagoy
Lodingen
Leknes
Stamsund
Moskenesoya
Moskenes
Moskenesoy
Vestfjorden
Skutvik
Nordfold
Landegode
Rost
Bodo
Loding
Fauske
Sandhornoy
Bejarn
Rognan
Inndyr
Ornes
Glomfjord
Storjord
Vagaholmen
Nesoya
Kilboghamn
Tomma
Stokkvagen
Mo
Donna
Nesna
Sandnessjoen
Korgen
Heroy
Mosjoen
Tarnaby
Gladstad
Vega
Forvik
Bronnoysund
Trofors
Brenna
Terrak
Majavatn
Klimpfjall
Vikna
Foldereid
Rorvik
Kolvereid
Brekkvasselv
Hoylandet
Gaddede
Namsos
Sor-Flatanger
Bangsund
Grong
Nordli
Sorli
Snasa
Valsjobyn
Malm
Afjord
Steinkjer
Stromsund
Froya
Hellesvik
Brekstad
Verdalsora
Levanger
Kolasen
Follinge
Hitra
Valset
Rissa
Sandvika
Ronnofors
Hammer
Trondheim
Meraker
Jarpen
Hopen
Smola
Aure
Orkanger
Melhus
Storlien
Are
Ostersund
Hallen
Storsjon
Kristiansund
Leira
As
Tingvoll
Meldal
Storen
Alen
Ljungdalen
Bortnan
Eide
Molde
Hjellset
Sunndalsora
Berkak
Storsjo
Svenstavik
Andalsnes
Fjallnes
Funasdalen
Ratansbyn
Alesund
Sjoholt
Romsdalen
Oppdal
Os
Roros
Vemsdalen
Fosnavag
Bremangerlandet
Orstavik
Lesjaskog
Hjerkinn
Tynset
Alvdal
Ytterhogdal
Maloy
Dombas
Storsatern
Svag
Nordfjordeid
Norberg
Alnbrua
Hanestad
Drevsjo
Sandane
Harjedalen
Floro
Eikefjord
Lom
Otta
Akrestrommen
Sarna
Lovnasvallen
Forde
Alhus
Vinstra
Samstugan
Vilnes
Dale
Vik
Skjolden
Elstad
Osterdalen
Koppang
Sogndal
Urnes
Kaupanger
Nybergsund
Fulunas
Lovnas
Sula
Lavik
Lillehammer
Fagernes
Rena
Tanneng
Mora
Gudvangen
Borgund
Leira
Valdres
Brumunddal
Limedsforsen
Siljan
North Roe
Shetland Is.
Gjovik
Hamar
Malung
Leksand
Foula
Lerwick
Knarvik
Vossavangen
Gol
Dale
Askoy
Bergen
Store Sotra
Geilo
Nes
Flisa
Vansbro
Sollet
Hallingdal
Brandbu
Osoyra
Kinsarvik
Rodberg
Huftaroy
Raholt
Kongsvinger
Fredriksberg
Torsby
Rosendal
Numedal
Honefoss
Jessheim
Lillestrom
Fair Isle
Lesjofors
Westray
Skare
Rjukan
Kopparberg
Sanday
Leirvik
Roldal
Haukeligrend
Drammen
Skotterud
Sunne
Bomlo
Skare
Filipstad
Kirkwall
Sanda
Notodden
Hokksund
Ski
Arvika
Haugesund
Hovden
Notodden
Mysen
Forshaga
Karlstad
Karmoy
Sand
Askim
Arjang
Kristinehamn
Kopervik
Bykle
Kvitesjd
Bo
Moss
Skudenes-Havn
Setesdal
Sarpsborg
Grums
Amal
Thurso
John o' Groat's
Tau
Skien
Porsgrunn
Halden
Saffle
Wick
Stavanger
Sandefjord
Larvik
Sandnes
Tveitsund
Steneby
Vanern
Hova
Bryne
Bygland
Kragero
Stromstad
Backefors
Mariestad
Tonstad
Svenes
Risor
Tanumshede
Mellerud
Helleland
Evje
Egersund
Orust
Vanersborg
Arendal
Lysekil
Skara
Skovde
Dormoch
Tain
Invergordon
Elgin
Banff
Fraserburgh
Flekkefjord
Kvinesdal
Vara
Vadstena
Fochabers
Peterhead
Lyngdal
Lillesand
Stenungsund
Vestbygd
Kristiansand
Vargarda
Huntly
Sogne
Tjorn
Alingsas
Mandal
Kungalv
Lerum
Ballater
Aberdeen
Skagen
Goteborg
哥德堡
Ulricehamn
Banchory
Stonehaven
Hirtshals
Boras
Hjorring
Frederikshavn
Kungsbacka
Brechin
Montrose
Bronderslev
Vestero
Gislaved
Glamis
Arbroath
Fjerritslev
Alborg
Varberg
Smalandsstenar
Dundee
Thisted
Logstor
Torup
Kirkcaldy
Crail
Leven
Thyboron
Hadsund
Nykobing
Anholt
Ljungby
Linlithgow
North Berwick
Hobro
Halmstad
Struer
Skive
Randers
Grena
Holstebro
Viborg
Ebeltoft
Angelholm
Osby
Berwick
Melrose
Ringkobing
Helsingborg
Orkelljunga
Kelso
Ringkobing Fjord
DENMARK
Arhus
Skanderborg
Hillerod
Kristianstad
Jedburgh
Alnwick
Skjern
Horsens
Landskrona
Warkworth
Otterburn
Brande
Juelsminde
Lund
Horby
Brampton
Varde
Vejle
Fredericia
Kalundborg
Roskilde
Malmo
Sjobo
Fano
Ystad
Esbjerg
Kolding
Slagelse
Odense
Trelleborg
Penrith
Ribe
Haderslev
Nyborg
Korsor
Koge
Romo
Abenra
Faaborg
Svendborg
Vordingborg
Darlington
Whitby
Nordfriesische Lnseln
Westerland
Tonder
Rudkobing
Nakskov
Northallerton
Northallerton on Tees
Thirsk
Kruse
Harrislee
Flensburg
Nykobing
Rodbyhavn
Rugen
Sassnitz
Wyk
Schleswig
Settle
Scarborough
Bredstedt
Husum
Putthgarden
Gedser
York
Bridlington
Burnley
Kiel
Stralsund

北極圈
NORWAY
挪
威
SWEDEN
瑞
典
FINL
芬
DENMARK
丹
麥
OSLO
奧斯陸
STOCKHOLM
斯德哥爾摩
COPENHAGEN
哥本哈根
Gulf
Bothnia of
波的尼亞灣
Baltic Sea
波羅的海
Bottenviken
Perameri
博滕灣
Skagerrak
斯卡格拉克海峽
Kattegat
卡特加特海峽
Goteborg
哥德堡
Vestfjorden
維斯特峽
Trondheim
Bergen
Stavanger
Kristiansand
Narvik
Kiruna
Lulea
Umea
Sundsvall
Gavle
Uppsala
Orebro
Karlstad
Norrkoping
Linkoping
Jonkoping
Malmo
Lund
Helsingborg
Kalmar
Karlskrona
Visby
Gotland
Oulu
Vaasa
Pori
Tampere
Turku
Mariehamn
Aland
Alborg
Arhus
Odense
Bornholm (Denmark)
Gdansk
Gdynia
Kaliningrad
Klaipeda
Liepaja
Saaremaa s.
Hiiumaa s.
RUSSI